桃吱吱吱

著

上 册

青岛出版集团 | 青岛出版社

图书在版编目（CIP）数据

予春光 / 桃吱吱吱著. -- 青岛 : 青岛出版社, 2024. -- ISBN 978-7-5736-2461-1

Ⅰ. I247.5

中国国家版本馆CIP数据核字第20246PN999号

YU CHUNGUANG

书　　名	予春光
作　　者	桃吱吱吱
出版发行	青岛出版社（青岛市崂山区海尔路182号）
本社网址	http://www.qdpub.com
邮购电话	18613853563
责任编辑	郭红霞
校　　对	李晓晓
装帧设计	梁　霞
照　　排	梁　霞
印　　刷	三河市良远印务有限公司
出版日期	2024年9月第1版　2024年9月第1次印刷
开　　本	32开（880mm×1230mm）
印　　张	17.5
字　　数	538 千
书　　号	ISBN 978-7-5736-2461-1
定　　价	69.80元(全2册)

编校印装质量、盗版监督服务电话 4006532017　0532-68068050

目录

上册

第一章　盛老师，好久不见 / 1

第二章　你是我唯一想过要与之结婚的人 / 28

第三章　周太太，以后请多多指教 / 57

第四章　翘首以盼的爱人 / 83

第五章　请察觉我的爱意 / 112

第六章　宝宝，我都看见了 / 146

第七章　Better late than never / 175

第八章　也曾嗅青梅 / 200

第九章　我爱的人，最喜欢春天 / 229

第十章　春光乍泄时，爱意随风起 / 261

目录

下册

第十一章　别丢下我 / 285

第十二章　我想回家，也好想你 / 315

第十三章　嗔痴贪念欲 / 334

第十四章　亲爱的周先生 / 354

第十五章　深刻而渴盼地爱慕她，直到生命的最后一刻 / 375

第十六章　爱意盛放，再无凋零 / 398

第十七章　时予哥哥 / 417

第十八章　花开半夏，爱意永垂不朽 / 435

第十九章　婚礼（一）：向你飞奔而来 / 462

第二十章　婚礼（二）：念念不忘，终有回响 / 478

番 外 一　青葱岁月年少时（高中篇）/ 492

番 外 二　青葱岁月年少时（大学篇）/ 530

第一章

盛老师，好久不见

她遇见周时予那日，是个再寻常不过的三月艳阳天。

春寒料峭，微凉的清风小心翼翼地钻进窗户里，生怕扰乱教师办公室里此时凝重的氛围。

盛穗的心情不及天气的十分之一美好。

"两天！才开学两天，我的孩子就受伤了！

"一个班只有六个孩子你们都盯不住？学校居然聘请这样不负责的老师！"

教师办公室内回荡着电话另一端的学生母亲的质问，字字清晰。

盛穗的太阳穴"突突"直跳，她强颜欢笑地道："您先别激动，孩子只是蹭破了点儿皮。"

"蹭破皮是小事吗？今天蹭破皮，明天就能摔断腿！我儿子要是受伤了，你赔得起吗？我不管，你今天必须把对方的家长喊来，不然我就去教育局投诉你！"

通话结束，办公室内一片死寂。

良久，盛穗对面的数学老师齐悦才抬起头，不好意思地道歉："对不起啊，学生在我的课上受伤，却害得你被骂。"

在特殊教育学校里，学生或患有自闭症、多动症，或患有智力障碍等疾病。尤其在低年级，学生因为冲突而受伤的事不算罕见。

刚才那段"小插曲"的起因其实很简单：齐悦上课时，班里一位患有多动症的孩子不小心将包子的肉馅掉在了同桌的娃娃身上。他被同桌推到地上，随即尖叫不止。

在隔壁办公室里的盛穗闻声飞奔而来，给学生检查伤势。

好在被推倒的孩子只是脸上蹭破了点儿皮，没伤到脑袋和眼睛。

如果在普通的小学里，七岁大的孩子脸上蹭破点儿皮，或许不用特意通知家长，但特教学校情况不同，再加上这个班原来的班主任匆忙地离职，盛穗接手刚两天，还没来得及和每位家长单独沟通，所以她看到孩子受伤后的第一反应，就是打电话通知家长，于是就有了刚才的对话。

"今天多亏了你，"齐悦凑到盛穗的身边，心有余悸地说，"要换作是我，刚才就被骂哭了。"

盛穗闻言轻轻皱眉。

逃避责任不该是出事后的第一反应。

事关学生不能怠慢，但对待新人，她还是尽可能委婉地柔声教导："不管什么时候，都要留一半的注意力在学生身上，以后你总要独立解决问题的。"

"盛老师真是人美心善。"齐悦亲昵地揽住盛穗的肩膀，讨好地说，"等有空了我请你喝奶茶。"

见盛穗不搭话，齐悦又抓着她的手轻晃，可怜兮兮地说："那找对方家长的事……"

"我来打电话，你先回去看学生吧，"明知道对方的小心思，盛穗还是心软道，"下次一定要注意。"

"晓得啦，我就知道你最好了。"

关门声响起，偌大的办公室重归寂静。

盛穗唇边的笑意淡去。她揉捏着眉头缓解疲惫，看着电脑黑色屏幕中那一脸无奈的自己。

她面部轮廓柔和自然，五官精致小巧，一双杏眼清澈透亮，弯眉微笑时，总给人一种温柔亲切的感觉，让人忍不住靠近她。

大多数人形容她和善、好相处，也有人说她耳根太软。

盛穗打开电脑,很快便找到了原来的班主任保存的家长联系方式的文档,调出了周熠家长的信息。

周熠——因娃娃被弄脏而推倒同桌的学生,是一名自闭症儿童。

家长联系方式那里有两栏手机号码,盛穗用学校的座机拨通第一栏的号码,听筒内传来"对方已关机"的提示音。

她只好拨通第二栏的手机号。

第三次"嘟"声响起时,电话终于被接通了。

"周熠的家长,您好!"盛穗表明自己的身份,"我是孩子的班主任——盛穗。"

她用几句话概述了事情的来龙去脉后,转达对方家长的要求:"今天下午五点,您能来学校一趟吗?"

那边的信号大概不好,盛穗问话后迟迟得不到答复。

她只好一字一板地重复时间、地点,像是在给对方发起隆重的邀请:"今天下午五点,请问您方便来学校面谈吗?"

好在那边这次只是停顿了片刻,就给予她肯定的回应。

"好。"

接电话的是一名男性。男人声音清越,富有磁性,语调温文有礼。

"我会准时赴约的。"

"我等了一上午也不见你回复我的短信,相亲的事你考虑得怎么样了?"

中午十一点半,盛穗刚要和同事去食堂吃饭,就接到了母亲的电话。

"刘姨说男方对你的条件很满意,你们尽快找时间见一面。"

盛穗早晨就看到母亲发的短信了,无非又是催婚那一套。

她心中无奈,示意让同事先走,只剩自己一个人时才解释道:"我刚才在工作,没看手机。"

"再忙还能连回个消息的时间都没有吗?你别糊弄我。"母亲不满意盛穗的敷衍,语气严厉地说,"你是不是根本没打算去相亲?"

盛穗没出声,算是默认了。

几秒后,盛穗的母亲哽咽道:"小穗,妈妈身体不好,保不住哪天就没了，唯一的愿望就是想看你嫁个好人。"

"妈，您的乳腺癌手术做得很及时，医生说了，只要多加注意，就不会影响寿命的。"

盛穗想起去年母亲被病痛折磨的样子，最终只得无奈地妥协："相亲的事，我答应了。医生说您不能总生气，为这点儿事伤身体不值当。您别这样了，好吗？"

"你没骗我？"

"没有，我下班就去联系介绍人。"

"你都是快三十岁的人了，拖得越久只会越难结婚。"听到盛穗这么说，母亲这才满意了一些，嘱咐道，"妈妈都是为了你好，你可千万不要像我当年一样，嫁给你爸那种废物酒鬼。"

盛穗温和地应道："知道了，妈，您记得按时吃药。"

她挂断了电话，将手机丢在桌上。被迫相亲的事压在心口上，她烦躁不安。

自盛穗记事起，父母留给她的印象只有无尽的吵架、撕打。后来母亲改嫁远走，父亲独自将她抚养长大。

在她的青春期里，只剩下嗜酒的父亲对她的毒打，以及邻居的流言蜚语。

受原生家庭的影响，盛穗对爱情和婚姻不抱有任何期待，更会本能地回避冲突和争吵。就好比刚才，为了避免和母亲争执，她宁可浪费时间去相亲。

盛穗在心中自我安慰道：只是吃一顿饭而已，医生说要让她的母亲保持心情愉悦，那就用她的两个小时换来母亲几天的愉悦吧。

成年人，谁还没有一点儿身不由己的事呢。

盛穗迅速地调整情绪，扯出一点儿笑容，揣着胰岛素笔起身去卫生间了。

卫生间里，盛穗低头卷起右侧的衣摆，撕开酒精棉片的包装，感受棉片擦拭在小腹上的清凉感。她用左手在平坦的小腹上捏起一点儿肉，右手打开胰岛素笔的笔盖，在心里计算着一顿午饭需要的胰岛素剂量。随后，她垂下眼帘，利落地将半厘米长的细小的针头扎在肚皮上，将药水缓缓推进身体里，再将针头拔出。

整个过程一气呵成。

毕竟这套动作从她十四岁被确诊患有1型糖尿病后就一直在重复,她一日三餐和睡前都要打针,这早已成为她生活的一部分,动作想不熟练都难。

午休过后,盛穗依旧忙碌,一晃就到了放学的时间——四点半。

双方家长约在会谈室里见面。

盛穗亲自将班里的其他四个孩子送出校门,并嘱咐齐悦看好剩下的两个学生。

盛穗送完学生准备回办公室,刚走到教学楼三层时,就接到了齐悦的电话。

年轻的数学老师难掩语气中的激动:"盛老师,你知道吗?周熠的爸爸居然是周时予!现在他就在三楼会谈室里,你快去看看!"

盛穗在楼梯拐角处放慢脚步,望向走廊尽头的会谈室,外面人头攒动。

"周时予?"盛穗秀眉微蹙,念了一遍男人的姓名,总觉得这个名字非常耳熟。

昨天放学,周熠是由家里的保姆接走的,盛穗并没见过他的父亲。

她究竟是在哪里听过这个名字的?

"你居然不知道周时予?就是那个身家过百亿、在风投界号称百发百中的巨头啊!听说他本人还没到三十岁,没想到孩子竟然这么大了。"

齐悦兴奋的声音在盛穗的耳边回荡。

她走到会谈室门前,隔着围观的人群,看清了会谈室里那个男人的模样,忽地明白了刚才的熟悉感从何而来。

人的一生总会遇见这样一个人,哪怕曾经毫无交集,哪怕时间过去得再久,只因为其足够惊艳,你的记忆里就永远有他的一席之地。

对盛穗而言,周时予就是这样的存在。

高中三年,她不知听过多少关于周时予的故事。每逢大考,她还会站在学校的荣誉栏前偷偷地向这个"学神"祷告,以求考个好成绩。

她只在学校荣誉栏里见过的那个男人已不再年少。他坐在沙发上,姿态随意又不失矜贵。

周时予穿着一身低调的黑色西装，里面穿着一件白色衬衫，纽扣被扣到了最上面的那颗。他脖子修长，侧脸的轮廓棱角分明，薄薄的嘴唇泛着淡淡的粉色，一双黑眸遮掩在金丝框眼镜的镜片下，浑身散发着神秘的疏离感。

在这个男人面前，主任甚至不敢落座，唯唯诺诺地弯腰倒水。

"为了这点儿小事，麻烦您亲自跑一趟，实在抱歉。盛老师也是个莽撞的，怎么把电话打到您那里去了？！"

周时予看着面前手忙脚乱的人，将手放在交叠的长腿上。他的十指根根修长，虽然隔着一段距离，盛穗仍能清晰地看见他手背上的青筋。

明明是被人喊来讨要说法的，周时予却一派轻松的模样，唇边带着温和谦逊的笑意。

等主任将水端到他的面前，男人才慢条斯理地略微颔首，薄唇勾起一点儿弧度，温润有礼地说："辛苦了。"

主任受宠若惊："没……没关系。"

"主任平时那么凶，现在居然厉成这样。"

"拜托，你看看他对面的人是谁，那可是周时予！"

"听说学校新建的体育馆和宿舍都是他掏钱建的，别说主任了，就算是校长，见到他也得点头哈腰。"

走廊里的同事们窃窃私语着，很快，有人发现了盛穗，大家纷纷自觉地为她让路。

"盛老师去送学生放学了，马上就回来……"主任解释道。

他听到门口的骚动立刻看过去，见到盛穗，赶忙招手喊她："小盛，过来，这位是周时予——周总！"

意识到那人身份尊贵，盛穗快步走进会谈室里。

周时予主动起身，在周遭人震惊的目光中，静静地等盛穗走到他的面前。

两个人面对面站立着，身高差距瞬间显现出来。

盛穗身高将近一米七，需要微扬着头，才能对上周时予的视线。

与他冷峻的气场不同，藏在镜片后的那双黑眸温和平静，让人看了如沐春风。

儒雅而凌厉，柔和而疏离，两组截然不同的形容词，却在周时予的身上完美融合。

四目相对时，盛穗想起齐悦在电话里对他的称呼，率先自我介绍道："周熠的爸爸，您好，我是孩子的班主任——盛穗。"

男人眉梢轻抬，眼底闪过一丝微不可察的讶异。

盛穗捕捉到周时予的眼神，却没来得及细想，因为下一秒，他便主动朝她伸出右手。

他笑容得体，风度翩翩，宛如从油画中走出的人物。

"盛老师，好久不见。"

好久不见？

他们明明从未见过面。

盛穗想：这可能是对方的无心之言。她并没多作纠结，反倒因为周围人的各样目光而浑身不自在。

盛穗从没和身居高位者打过交道。她绷紧后背，佯装镇定地一边跟他握手，一边解释道："另一位学生的家长还在路上，抱歉，让您久等了。"

落座后，周时予反客为主地拿起桌上的水壶，倒了杯热水推到盛穗面前，温和地宽慰道："没关系，是我来早了。"

杯口氤氲出袅袅白雾。

盛穗对上周时予温柔的目光，心中稍稍放松。

刚才看主任战战兢兢的样子，她还以为周时予是如何的目中无人呢。至少目前看来，他待她还算温和。

过了一会儿，齐悦带着两名学生过来了。受伤的学生名叫张航，他的家长也很快到场。

夫妻俩昂首挺胸地走进会谈室里，身上的名表、名包彰显着他们的身份、地位。

盛穗一见两个人就头皮发麻。

张航的父亲抬手直指盛穗的面门，张嘴欲骂。男人顺着手指的方向看向她的身后，瞬间闭上了嘴。他旁边的女人则脸上写满震惊，瞪大了双眼。

男人一改气焰嚣张的模样，诚惶诚恐地向周时予递上名片："没想到能在这儿碰见周总，我是华谷科技的亚太区总经理——张薛。"

周时予没有搭话,更没有伸手去接名片。他半垂着眼,若有所思,骨节分明的食指一下一下地在腿上点着。

他的样子喜怒难辨,甚至让人摸不透他是否听见了张航的父亲说的话。

无言的压迫感在会谈室里蔓延。

两位学生站在角落里,盛穗看着他们稚嫩的面孔,实在不忍心让孩子卷入成年人的名利场。

她虽然看见那对夫妻就心里打怵,但是仍咬着牙上前打圆场:"学生之间没有矛盾,张航的伤也让医务室的老师处理过了,如果几位能和解,对孩子也能起到榜样的作用。"

"这么草率肯定不行!"张航的父亲说:"周总,您看这样行不行,哪天我们登门道歉吧?"

盛穗抬眸朝沉默许久的男人望去,正巧撞上他的视线。四目相对,周时予朝她微微颔首,唇边泛起淡淡的笑意。盛穗看得有些出神,就听见清润的嗓音响起:"就按照盛老师说的办。"

一场声势浩大的闹剧,最后因为周时予的一句话而潦草收场,众人始料未及。

盛穗不想再和那对夫妻过多纠缠,加上相亲对象在她下班后打过三次电话,她怎么也该回复一下。于是,和学生的家长告别后,她离开会谈室,快步走到走廊尽头的楼梯间里,看着手机上的未接来电,回拨了过去。

"嘟"声响起,很快有人接起电话。

这个相亲对象周琦是个急性子,洪亮的声音清晰地回荡在楼梯间内:"介绍人说你想下周见面,但我后天要出差,改成明晚六点半行吗?行的话我就订餐厅。"

盛穗自知推不掉,只得说:"好。"

"那就去御星楼吧,是一家港式餐厅。"他没问她的意见就做了决定,倒是没忘记确认另一个问题,"我们还没领证,吃饭得 AA 制,你没有异议吧?"

盛穗嘲讽地扯起嘴角:"没有。"

忽然,她看到地面上有两道重叠的身影,意识到楼梯间里还有其他人。

尴尬席卷而来,盛穗转身时,却发现那人快她一步退出了楼梯间,瓷砖地面上只剩下她一人孤零零的身影。

相亲对象还在喋喋不休,盛穗无心应付,草草地挂断了电话。她特意在楼梯间里逗留了一会儿,想等外面的人离开再出去,却没想到,刚出去就撞见了周时予。

走廊里,周时予靠墙站着。夕阳的余晖透过落地窗洒在他的肩头,勾勒出男人挺拔的身形。地上的倒影染上橙红,流淌至盛穗的脚边,像是下一秒就会攀上她的脚踝,把她拉向周时予。

他怎么会在这里?他是在特意等她吗?

说不定只是凑巧罢了,盛穗在心中自我安慰道。她见绕不开,只好硬着头皮上前,佯装意外遇见。

"周熠的爸爸?"

盛穗的声音在走廊里响起。

男人转过身看向她,目光坦荡,唇边噙着淡淡的笑意。

盛穗不自在地轻轻咳了一声。

"周熠的事,麻烦盛老师了。"相比她的尴尬,周时予则显得泰然自若,"不冒昧的话,盛老师方便给我一个联系方式吗?"

语毕,他从衣兜里掏出一部白色手机递了过来。

男人的淡定感染了盛穗,她不再紧张,接过手机,同时忽略了两个人指尖相碰时对方身体一瞬间的僵硬。

"不麻烦,都是我分内之事。"她低头在手机上输入号码,"孩子在学校很乖,如果有任何问题,周熠的爸爸可以……"

"盛老师。"

她的话被温和的声音打断。

盛穗交还手机的手悬在空中,她下意识地抬眸,目光一下撞进了周时予的双眼里。那人专注的眼神,让盛穗感觉自己任何细微的表情都会被对方收进眼底。

"周熠是我的弟弟,"周时予语气一顿,忽地勾唇一笑,"不知道为什么盛老师会觉得他是我的儿子,但我目前的确未婚且单身。"

说完,男人才想起拿回手机,他的手指快碰到屏幕时,动作顿了顿，最终只捏住手机边框的一角，将其收回衣兜里。

盛穗愣了几秒，反应过来后立刻道歉："实在不好意思，周先生。"

"没关系，我也是第一次被认作人父。"周时予唇边的笑意加深，他意味深长地说，"不得不说，这种感觉很新奇。"

盛穗的耳尖爬上一抹淡红，喊错对方的称谓让她有些羞愧。

为了避开对方的注视，她想胡乱编个借口离开："我还要赶学校的班车，周先生还有其他事吗？"

"耽误盛老师这么长时间，班车可能已经开走了。"周时予绅士地提出邀请，"我是开车过来的，需要送盛老师一程吗？"

"不用不用，还来得及。"盛穗胡编出来的班车当然不会开走，她哪里敢再劳烦他，"那周先生，回见。"

"好，回见。"

纤细的背影在周时予的视野中消失，他眼底的柔和退去。

他回想起刚刚盛穗回头向他挥手说再见的模样。

他见过盛穗的背影无数次，这还是第一次见她回头向他告别。

夕阳映在她肤如凝脂的脸上，她唇边的酒窝若隐若现，琥珀般的双眸莹润明亮。

周时予低头看向左手与她指尖相触的位置，上面仿佛还留有她的余温。

"周先生"，她刚才是这样唤他的。

晚上八点，室友到家时，盛穗还在吃晚饭。

"这破项目到什么时候才是个头儿！"

推门声响起，肖茗在玄关处脱掉高跟鞋。见盛穗在客厅里，她瞥了一眼饭桌，挑眉问道："我不在家，晚饭你又瞎对付了？"

盛穗看了看自己面前那碗用清水煮的青菜和牛肉，笑着上前给肖茗揉肩："也没有很寒酸吧？"

肖茗坐了下来，嫌弃道："像你这么吃，不出两天我就得出家。"

两个人高中时就是形影不离的闺密，后来共同被魔都大学录取。大学毕业后，盛穗从事教育行业，肖茗则于去年跳槽去了一家芯片科技企业。这几年，两个人一直合租房子。

因为患有糖尿病，每天能吃的碳水食物有限，重油、重盐的食物也要少吃，所以盛穗自己做饭基本都是用清水煮。

"明晚我炖汤给你补补。"肖茗被揉得舒服地眯起双眼，余光扫过桌上的电脑，"咦"了一声，"你在看周时予的资料？怎么？想帮我调查未来的投资方？"

盛穗一头雾水。她只是好奇，随手搜索一下打发时间。

"我今晚托遍了关系才弄到晚宴的名额，就是想见见成禾资本的CEO周时予。"肖茗指了指自己身上的低胸礼服，"结果我一句话都没跟他说上，等一下……"

她忽地感觉不对劲，问道："你不知道这件事啊！那你查周时予干吗？"

盛穗只说周时予去了学校，关于周熠和周时予的隐私，都没有提及。

"你的意思是，你看见周时予来你们学校了，但他因为什么而来，你就不知道了？"肖茗沉思了几秒，起身将双手按在盛穗的肩膀上，郑重地说道，"宝，你快想个办法当上校长，然后帮我找个机会和周时予见上一面，好让我能求他投资！"

盛穗不了解科技行业，只听肖茗总说他们公司最近在融资，首选目标就是成禾资本。

见闺密夸张的模样，盛穗不禁笑道："他这么厉害？"

"你不在这个圈子里，不懂成禾在风投界的地位。"肖茗"啧"了一声，说道，"这么说吧，企业想上市就需要钱，而成禾就是行业的风向标。只要它投资了，其他公司必然会跟风，那企业上市基本就是板上钉钉的事了——毕竟周时予看中的项目，就没有不赚钱的。

"他当年是高考的理科状元，如今又成了风投界的传奇。"

肖茗看向盛穗，连连感慨："你说，周时予就大我们两三岁，怎么人家就是叱咤风云的人物，我们就是底层民工呢？"

盛穗笑着揉了揉闺密的头发："你已经很厉害啦。"

"也就你会夸我。"

好姐妹俩又东拉西扯了一会儿。

这时，介绍人打来电话，说已经把盛穗的微信推给了相亲对象，男方等一下就会加她为好友。

结束通话,盛穗见肖茗狐疑地看着自己,举起双手老实地交代:"你没听错,我又要去相亲了。"

"你妈又强迫你去相亲?"肖茗气得直拍桌子,语速快得堪比连珠炮,"你生病的时候一声不吭地远走的是她,等你上大学了又回头去找你的也是她,她把你当猴儿耍呢?!"

"我就是去吃个饭而已,"盛穗垂眸,故作轻松地笑了笑,"再说了,等对方知道了我有病,躲起来还来不及,哪里会再见第二面?"

肖茗不许盛穗妄自菲薄,上手揉搓她的脸蛋儿:"还不是你每次一上来就说自己有病?但凡你等几天再说,求着你嫁的人还不是一大把!"

盛穗说:"等几天再说也算骗人。"

"那就是那些男的眼瞎。"

话题就此结束,两个人各自回卧室休息。

盛穗洗漱后钻进温暖的被窝里,抱着手机想:如果她直接给对方发短信说她患有糖尿病的话,对方取消约会的概率有多少?

肖茗的话不无道理,培养出感情后再告知对她生病的情况,对方念着她的好,或许能接受。可她并不会爱上任何人,眼睁睁地看对方付出感情,自己不能回应,还要对方接受她的身体缺陷,这样的事她做不出来。

如果有一类人天生不适合婚姻、恋爱,应该就是她这样的。

盛穗无所谓地笑了笑,裹紧被子准备睡觉。

困意袭来时,枕边的手机振动了一下,盛穗点开手机,发现有一则新的好友提示。

资料显示对方是男性,头像是一只毛色黑白相间的猫咪,一看就不是品种猫,昵称更简略,只有一个字——"周"。

这个人应该就是介绍人说会加她微信的相亲对象——周琦。

盛穗对这人的印象并不好,通过申请后,为了交差就发过去一句话。

"SS:周先生,你好,最后和你确认一下,明天的见面地点在御星楼,时间是晚上六点半。"

盛穗敷衍的态度再明显不过。无论对方回什么,她都不想理会,如果明天被问起就假装自己睡着了没看见。

盛穗正要丢开手机,就见对话框上方的对方昵称处蹦出"对方正在输入中"几个字,下一秒,屏幕上出现两条新消息。

"周:盛老师要约我吃饭吗?"

"周:可以。"

盛老师……这个称呼太过熟悉。

盛穗的指尖突然僵住了。

她又看了一眼对方的昵称,忽地反应了过来,加她微信的人是周时予?

"如此良宵,你居然一个人躲起来看手机。"

酒吧内灯光昏暗,声音嘈杂。

邱斯在角落里的吧台旁坐下,朝调酒师打了个响指,要了一杯"玛格丽特"。

"我喊你来酒吧是为了让你放松的,"他将胳膊倚在大理石台面上,斜眼看着身旁无动于衷的男人,挑眉说道,"你倒好,换个地方继续看手机工作。"

周时予对邱斯的嘲讽置若罔闻,懒懒地坐在高脚凳上。他长腿交叠,修身的西装衬得他肩宽腰窄。

全场只有他一个人在一直看手机,头顶的射灯落下暧昧的光束,像是要将他与周遭隔绝开来。

周时予在等盛穗的回复。

"对方正在输入中"的提示出现又消失,足足一分钟过去,对话框才跳出一条消息。

"SS:周先生,实在不好意思,我没想到您会加我微信,所以才把您错认成别人了。"

字里行间写满了小心翼翼和疏离,以及盛穗对他加她微信这个行为的困惑。

周时予知道,是他刚才太过急功近利,才引得她怀疑。

他的贸然出现像是天降巨石,猝不及防地投掷在盛穗平静无波的生活里，足以掀起惊涛骇浪。

周时予的耳边传来邱斯喋喋不休的声音："对面的美女已经朝你抛了三次媚眼了，你好歹抬头看人家一眼。"

邱斯和周时予结识于高中，大学时又是同窗，后来一起创办了成禾资本，他们之间说话向来没什么顾虑。

"照这么下去，你迟早要孤独终老……"邱斯的话音未落，就见周时予蓦地抬眸淡淡地瞥了自己一眼，他立刻闭上了嘴。

周时予将手机倒扣在大理石台面上，发出一声轻响，挑眉反问道："不说了？"

邱斯连忙摆手："不说了，怕你半夜从我家窗户爬进来，把我先杀后焚。"

外界对周时予的评价都是温文尔雅，而邱斯与他共事多年，最了解这个男人温和的笑容后的"面热心冷"。周时予私下连话都很少说。

成禾腾飞后，周时予在圈内声名鹊起。数不清的公司试图挑拨离间，想挖邱斯，邱斯都果断地拒绝了。

相处得越久，他越清楚：和周时予玩心眼儿，只有被他玩死的份儿。

邱斯端起酒杯喝了两口压压惊，就见有人朝这边走来。他热情地招手："陈秘书，快来，你家周总又'多云转阴'了。"

"邱总。"陈秘书恭敬地问好，随后走到周时予身旁，在他的耳边低语道："有两件事要和您请示。周老爷子刚才打电话问您什么时候回去，想安排您和付家小姐吃个饭。"

"推掉。"周时予眼皮都没抬，态度冷淡地说，"还有呢？"

"还有就是明天举办庆功宴的时间和地点，"陈秘书继续问道，"我想问问您有什么要求？如果没有的话，还是由我负责。"

周时予沉吟片刻，淡淡地说道："御星楼，晚上六点半。"

周时予以前从不管这些。

陈秘书闻言一愣："好的，我去预订。"

说完，陈秘书的目光扫过大理石台面，他忽地想起自己以前从没见过周时予用白色手机。

"嗯。"周时予漫不经心地应了一声，在四周炙热的目光中，起身大步离开。

中途有姑娘鼓起勇气上前搭讪,男人视若无睹。

邱斯望着男人挺拔的背影,好奇地看向陈秘书,问道:"他今天怎么回事?就因为老爷子给他安排相亲?"

陈秘书想起下午的那趟行程,说:"可能是因为其他的事情吧。"

御星楼是一家港式餐厅,这里环境幽静,装潢雅致,乐声舒缓悠扬。宽阔的大厅中摆着精致的方桌,衣着得体的食客们在低声交谈。

如此,就更显得盛穗的相亲对象嗓音洪亮。

"我爸死得早,我妈靠不住,我还有个妹妹在读书——我以前每天早上睁开眼就是想怎么弄钱。"

点了菜后,周琦就主动开启了话题,说他为了供妹妹读书,初中就辍学出去打工,靠着一身腱子肉在工厂里站稳脚跟,后来出来单干做钢材生意。这两年政策好,他小赚了一笔。他现在人过三十岁,事业有成,于是想过安定的日子,讨个老婆回家照顾他,再给他生个大胖小子。

盛穗看得出,相亲对象对她的这张脸很满意。她也清楚周琦的品性并不坏,只是男人没等上菜就端起酒杯开始喝酒,以及他逐渐升高的音量,都让她坐立不安。

男人仰头将酒一饮而尽的模样,像极了她那酗酒的父亲。

盛穗的父亲清醒时还好,最多只是不理她,可每次喝醉了就免不了大声嚷嚷,还会打她来发泄,引得周围的邻居都过来看热闹。

起初,盛穗挨打了还会哭喊。随着时间的推移,她意识到没人能救自己,眼泪只会招来更多的非议和怜悯的目光。于是,她学会了闭嘴和乖巧地微笑。

周琦再一次要和盛穗碰杯。

她委婉地拒绝道:"我不能喝酒,怕伤胃。"

"这点儿红酒算什么啊,"周琦看着暖黄色灯光下唇红齿白的女人,忍不住炫耀道,"我们在酒桌上谈生意,白酒都得一斤起步!"

"抱歉,"盛穗觉得旁边的人都在向这边看,再也坐不住了,找借口起身,"我去趟洗手间。"

这也不算撒谎,她的确要在上菜前去洗手间里打针。

短效胰岛素需要十五分钟左右起效,注射时间早了容易低血糖,晚了又会让血糖过快地升高。

离开大厅,盛穗终于能畅快地呼吸了。她走进卫生间里的隔间锁上门,低下头,用拇指摁住圆笔的末端,将胰岛素一点儿一点儿地推进身体里。

和周琦的相处让她感到窒息,她不能再待下去了,必须尽快说清自己生病的事,这样对方哪怕对她再有好感,也会知难而退。

盛穗对此很有经验。

良久,她终于从洗手间里离开。

她满心想着怎么和周琦开口,与刚到场的周时予等人擦肩而过。

"做成几个亿的项目,庆功宴就摆在茶餐厅里,周总是不是太抠了?"邱斯懒懒地在方桌旁坐下,虽然嘴上嫌弃,却一连点了七八道菜才停下。他扭头瞥见斜对角的那桌人,咧嘴笑了一下。

"你看,那不是周琦嘛,就是上个月求你给他投资的那个。"他用手肘碰了碰周时予的胳膊,"他对面那个是不是他的女朋友?可真是一朵鲜花插在了牛粪上。"

"不是。"周时予忽地出声说道。

同桌的其他三个人闻言动作一顿,纷纷抬头,就见男人面无表情地说:"只是相亲对象而已。"

"这你都知道?"邱斯说,"周琦那暴脾气,一言不合就发飙,跟他相亲的妹子可真惨。"

周时予抿唇不语,盯着不远处正在交谈的两个人,镜片后的黑眸里闪过一丝寒光。

初春寒凉未退,盛穗今天换了浅紫色的宽松的毛衣和同色系的薄纱裙。她将蓬松的黑发随意地盘起,温雅精致中又不失慵懒随性。盛穗平日不施粉黛的脸上化着淡妆,她朱唇皓齿,细眉笑眼,原本温婉清秀的五官,忽然有了几分媚态天成的勾人意味。

对面的男人殷勤地给她递来一盘甜点。她一愣,笑着接过来。

称得上温馨的一幕,周时予却觉得无比刺眼。

"这是刚上的菠萝包,你尝尝。"周琦说,"你怎么去了这么久?再晚一点儿菜都要凉了。"

盛穗刚注射完胰岛素,不能吃高碳水化合物食物,只能笑着接过甜点。她在找开口的时机——以往她都是等相亲结束才坦白生病的事,周琦是唯一还没上菜她就想逃走的对象。

见盛穗脸上泛起红晕,周琦还以为她害羞,不由得自满地说道:"刚才介绍人问我的想法,我说我对你挺满意的。我这人读书少,不搞弯弯绕绕那一套,你说你想找个人品好的,我觉得我还行,你要是觉得合适,我们就试试……"

"周琦先生,"盛穗听到男人夸她就头皮发麻,不敢再拖延,"我们恐怕不合适。"

"不合适?"拒绝来得猝不及防,周琦意外地瞪大眼睛,"你是觉得我人品不行吗?"

男人的高声反问成功地引来旁边几桌人的关注。

"是我的问题。"盛穗笑容僵硬,"我身体不太好,有1型糖尿病。"

周琦不信:"糖尿病?那不是老人才会得的吗?你年纪轻轻,怎么就得糖尿病了?"

男人的反应在盛穗的意料之中,她不想解释,只希望他不要再喊了。

"介绍人那边,你可以直接说是我的问题。"

周琦想跟盛穗交往试试,转念一想,又觉得盛穗隐瞒他在先,再回忆起自己刚才的自作多情,顿时恼羞成怒,借着酒劲嚷道:"你有病怎么不早说啊!你这不是骗人吗?!"

这时,服务员过来上菜,轻声提醒他:"先生,请往后靠靠,小心烫。"

周琦猛地一拍桌子:"吵什么!没听见我正在说话吗?!"

巴掌拍在桌面上的那一刻,盛穗感觉这一巴掌就像扇在了她的脸上,疼得她呼吸都有些困难。

够了。

她受够了。

"没提前告知,是我的疏忽。"

盛穗芒刺在背。那一刻,她觉得自己又变回了当年小巷里遭人非议的女孩儿，短一截的衣袖藏不住挨打留下的伤痕，微笑是她仅剩的体面。正如现在，她用力地咬着嘴里的软肉也要笑出来。

她找了个借口："抱歉，我有事要接个电话。"

她说完，也不等周琦反应，抓起包就要走。

盛穗转过身，一眼就看到了周时予。男人坐在她斜右侧那桌，此时正目不转睛地看着她。

偌大的餐厅里座无虚席，周时予依旧鹤立鸡群。一身纯黑色的西装尽显他清冷的气质，金丝框眼镜又给他添了几分斯文，他与此时狼狈的盛穗形成了鲜明的对比。

四目相对，她匆匆地移开了视线，加快脚步就要经过周时予那桌，只听身后传来怒斥："你这就走了？！"

她看见周琦粗糙的手抓了过来，想要侧身躲开，腕骨突然被一只温热的手握住，力道柔和却不容拒绝。

对方稍一用力，就将她带离危险地带。

鼻尖处传来的木质冷香似曾相识，后调掺杂着零星苦涩，让人无比心安。

周时予将盛穗护到身后的那一刹，她的焦躁、惶恐全部消失，她清楚地意识到自己已经安全了。

"谁他妈的绊我！"

盛穗的耳边传来一声痛呼。她扭过头，就见另一位长相清俊的男人慢悠悠地收回左脚，他的脚边趴着摔倒的周琦。

周琦骂骂咧咧地爬了起来，抬头看见笑眯眯的邱斯。他视线一转，又看见了周时予，以及被周时予揽到身后的盛穗。

一时间，羞愤、畏怯、惊诧等表情在周琦的脸上轮流上演。

"这不是周兄弟吗？"邱斯优哉游哉地说，"你这是又来要钱了？没必要行此大礼吧，我们可受不起啊。"

周琦的脸上红一阵白一阵的。

他咽不下这口气："两位老总，这是我的私事，你们……"

"周老板，"周时予温和地打断了他的话，居高临下地俯视着他，唇边笑意淡淡，说的话却令人不寒而栗，"我可以给你一次自己走出去的机会。"

语毕,男人漫不经心地朝不远处投去一瞥。

闻讯赶来的餐厅经理带着保安严阵以待,见周时予望过来,纷纷恭敬地鞠躬。

周琦自知斗不过周时予,认为周时予只是顺手英雄救美,临走前还恶狠狠地剜了男人身后的盛穗一眼,说:"咱们的话还没说清楚,我在停车场等你。"

周琦走后再没笑话可看,其他人很快又专注地去做自己的事情了。

盛穗仍心有余悸,恍惚着向邱斯和周时予道谢。

"为美女效劳是我的荣幸。"邱斯见某人还拉着盛穗的手不放,挑了挑眉,起身说道,"我去把你们那桌的账结了。"

他故意停顿了一下,别有深意地看向周时予:"某人到时候记得给我报销。"

盛穗正想说"不必麻烦",就听周时予应了一声:"好。"

"真的不用……"

盛穗话音未落,就感觉被人轻轻环住的手腕骨一凉。周时予松开她的手,继而脱下身上的西装外套披在她的肩上,替她拢紧领口。

他微微俯身,将薄唇停在盛穗的耳边。微苦的木香飘进她的鼻腔里,气味因为距离的拉近而变得浓郁起来。

盛穗呼吸一紧,就听低沉柔和的声音响起:"周琦前科不少,不是合适的结婚人选。"

温热的呼吸落在盛穗的耳畔,她抬眼跌进周时予的目光里,他的眼底有她看不透的情绪在翻涌。

"单身的人很多,盛老师,你值得更好的。"

果然,刚才的争吵都被他听到了。

盛穗忽地想起:两个人昨天在走廊里撞见,周时予特意和她强调过,他也是单身,仿佛是在有意提醒她。

可她因为周琦的事,脑子里混沌一片,现在只想找个地方藏起来,闷头昏睡过去。

盛穗不想再打扰别人,提出要离开。

"打扰什么?一起吃个饭呗。"结账回来的邱斯说道,"周琦还在外面等你,你现在出去,又被他缠上怎么办?"

同桌的人也看出盛穗和周时予关系匪浅，纷纷挽留。

"我在餐厅门口打车就可以了。"盛穗去意已决，故作轻松地弯眉笑了笑，"他不敢怎么样的。"

几个人看她笑盈盈的模样，便不再多劝，只好心地叮嘱她注意安全。

离开前，盛穗将身上的外套脱下来还给周时予。似乎怕被他看出破绽，她有意避开男人的注视，转身就走。

没关系，她只是打车回家而已。

周琦顶多在介绍人面前骂她两句，不可能真的做什么。

她没什么好怕的。

电梯终于到达五楼，盛穗停下自我安慰，跨步走入电梯里。下一秒，一道挺拔修长的身影跟着她进了电梯里。

铁门关闭。封闭的空间里，盛穗惊诧地仰头看向面前的男人。

周时予是什么时候过来的？

男人将手中鼓鼓囊囊的塑料袋递过来，温和地说："打完胰岛素要及时吃饭，不然血糖低了会很危险。"

袋子里肉、蛋、奶、菜俱全，连导致血糖升高的主食，都是对糖尿病人友好的南瓜薏米饭和荞麦面。

盛穗低头看着沉甸甸的袋子，思绪纷乱。

周时予为什么会知道这些？他又为什么要特意追出来？

明明他们只见过一次面，周时予却能轻易地看透她的伪装、脆弱、逞强。连她最难以启齿的病，在男人的口中也同样轻飘飘，他还温和地提醒自己吃饭。

盛穗本来满腹疑惑，当接过温热的塑料袋后，眼角却阵阵发热。

她从没遇见过如周时予一般的人。

她望着那袋食物，如何都说不出拒绝的话，最终"喃喃"道："谢谢。"

周时予垂眸，将盛穗的疑惑尽收眼底。

理智告诉他不该冲动，如果为了一时快意而把盛穗吓跑，那他过去十三年的等待，都将前功尽弃。可见到她委屈低落的模样，他还是做不到无动于衷，还是会忍不住一次又一次地越界。

"我现在要去公司,可以顺路带盛老师一程。"

这是最后一次,周时予在心中告诫自己,镜片后的黑眸中藏着永不会被盛穗察觉的眷恋。

如果她感到不适,他会立刻退后。

他决定将选择权交给盛穗,压抑的情绪让他清润的嗓音微微发哑:"那么,你要和我走吗?"

他只是顺路捎带落难的女性回家而已。

类似这样随口提起的善意,盛穗从小到大听过很多。她知道治标不治本,向来都会委婉地拒绝。

比起在他人面前展露脆弱或狼狈,她宁可独自咬牙扛过去。

然而此刻面对周时予伸出的援助之手,她像是贪恋刚才短暂的感动和安全感,迟迟说不出"不"字。

男人不急,也不多问。他双手插兜,目视前方,耐心地等待着答案。

两个人沉默着。

电梯门发出"叮"的一声,缓缓开启,提醒盛穗回到现实世界中,推搡着她去面对门外未知的残酷。

周时予离门近一些,抬手挡住电梯门,示意让盛穗先出去。

就让自己逃避一次吧,盛穗心想。她终于坦然地接受了自己对男人的依赖,转身道谢:"那就麻烦周先生了。"

分明是自己有求于人,盛穗却见到周时予的唇边浮现出一抹笑意,他好像松了一口气。

身材修长的男人从电梯里走了出来。

他眉眼弯弯,嗓音柔和地说道:"荣幸之至。"

停车场里没有周琦的车。

盛穗边走边看,确认男人不在后,终于放心。

她的头顶传来温和的安抚——

"餐厅经理查过监控,周琦直接开车离开了,没有再逗留。"

周时予将她领到车旁,拉开副驾驶的车门,细心地提醒道:"小心头。"

"谢谢。"

盛穗对车一无所知。她拿到驾照后,开车的次数两只手都数得过来。即便如此,她也能看出眼前这辆车价格不菲。

上车后,盛穗生怕袋子里食物的汤汁洒出来,便小心翼翼地将塑料袋放在腿上,将其抱紧,打算回家再吃。

她担心路上低血糖发作,便趁着周时予绕去驾驶座的空当,从包里摸出常备的巧克力。

正当她低头准备撕开包装袋时,驾驶室的车门被打开。盛穗闻声扭头看去,下意识地合拢掌心。

周时予看破了她在佯装镇定,无奈地笑道:"袋子里的菜,你都不喜欢吗?"

"没有。"盛穗连忙摇头,迅速地将巧克力丢回包里,"我怕汤汁洒出来,弄脏您的车。"

"车只是代步工具而已,脏了就送去洗。"

周时予坐进驾驶室里后,并不急着发动汽车,轻描淡写地说道:"如果所有人都保持车内洁净,清洁人员就会失业。"男人朝她微微一笑,"所以,你可以放心地吃,弄脏了车就当是为别人提供就业机会了。"

还能这样?

事实证明,周时予的话确实奏效,盛穗再打开塑料袋时果然负罪感大减。她尝了一口肉质鲜美滑嫩的烧腊双拼,意识到自己已经饿了太久。

胃部得到满足,大脑也开始恢复运行。

盛穗用筷子轻轻地戳了几下薏米饭,很多问题还是想不通。

她旁敲侧击道:"周先生,您是不是还没吃晚饭?"

"我来之前吃过了。"周时予总能一眼看透她的想法,解释道,"公司投资的一家糖尿病医药企业成功上市,庆功宴定在这里。"

难怪昨天他会爽快地答应邀约,还对她的糖尿病这么了解。

盛穗终于捋顺了逻辑,又低头默默地吃了几口,就听自己的手机铃声响起——是母亲打来的电话。

周时予体贴地询问道:"需要我回避吗?"

初春夜间风大，盛穗不可能让周时予下车挨冻。她摇着头挂断了电话，发现母亲仍坚持打来，最后只好无奈地接起电话。

她将手机的音量调到最小："妈。"

"刘曲介绍的是什么烂人！"果不其然，于雪梅上来就是一通怒骂，"我们答应相亲是给他面子，他居然还敢嫌弃你！我还嫌他是个连初中都没毕业的暴发户呢！"

没想到母亲居然替自己说话，盛穗倍感意外，心中不免有几分感动。

"没事的，他没拿我怎么样。"

"那也不能嫌弃我的女儿！"于雪梅依旧愤愤不平，"你放心，下次叫你去相亲前，妈一定提前帮你把关。"

原来是为了下次相亲，盛穗在心里自嘲道。

她心不在焉地哄了母亲几句后，便挂断了电话。

盛穗刚才还觉得美味的佳肴，现在却味同嚼蜡。周琦的发难都没让她如此疲惫。

有一瞬，盛穗甚至自暴自弃地想：是不是只要她结婚了，就不用再过被母亲掌控的日子了？

"你很着急结婚吗？"身旁沉默许久的周时予出声说道。

盛穗抬头，发现男人正静静地望着她，他的目光温柔似水。

盛穗躁动的心绪忽地平静下来。

或许是心事积压了太久，又或许是周时予能够给盛穗足够的安全感，她被他问起痛处，也并不慌张。

"家里催得紧，"她朝男人笑了笑，无所谓地说，"至于我，大概也需要一段婚姻吧。"

周时予又问："那你希望另一半是什么样的人呢？"

"性格温和，情绪稳定，能聊得来就可以。"

盛穗说完才发现，这个答案简直就是在说周时予。

今天他们才第二次见面，就讨论起理想型伴侣，她忽然有一种在和周时予相亲的错觉。

好在周时予不像她那般爱胡思乱想。他将修长的手指随意地搭在方向盘上，淡淡地说道："关于被催婚这一点，我们倒是很像。"

盛穗闻言愣住了。

男人见她讶异，便微微抬起眉梢："为什么你看上去很惊讶？"

盛穗没想到周时予也会被催婚，不由得弯眉一笑，一时忘记了用敬语："我只是想不到你也有身不由己的时候。"

女人唇边漾起浅浅的酒窝，笑容恬静乖巧。周时予压下抚摸她的发顶的冲动，静静地望着她，用目光描摹她此时的模样。

他们离得这样近，他甚至能看清盛穗眼里的自己。于是，他凑得更近了些，压低声音说道："刚才的话，我没和别人说过。盛老师会帮我保守秘密的，对吧？"

明明是一句玩笑话，却因为周时予的明知故问和微微上扬的语调，突然变得暧昧起来，像是两个人之间，真的有不能为他人所知的秘密。

这个念头让盛穗的心跳忽地漏了一拍。她将后背紧贴在座椅上，紧张地说："会的。"

她很庆幸现在天色昏暗，否则她此刻的慌乱就会因为脸红而暴露无遗。

第二天快下班时，盛穗接到母亲的电话，说单位临时有事走不开，问盛穗能不能替她给许言泽开家长会。

许言泽是盛穗异父异母的弟弟。

十三年前，因为无法忍受盛父酗酒、家暴，一生要强的于雪梅选择离婚，又很快嫁给了许叙——也就是许言泽的父亲、盛穗的继父。

许叙对于雪梅称得上体贴，只是为了亲儿子的成长，拒绝于雪梅带着盛穗嫁过来。

于是，于雪梅权衡利弊后，只能将盛穗丢给盛父抚养。她独自远嫁，飞去了魔都。母女之间仅剩的联系，就是于雪梅每月打来却都被盛父用来买酒的抚养费。

直到几年前，盛穗来魔都上大学，于雪梅的新家庭也安定稳固了，她才又以母亲的身份，突兀又强势地闯进盛穗的生活中。

久而久之，继父也逐渐接纳了盛穗的存在。逢年过节时，一家三口还会喊盛穗来家里吃饭。

"言泽现在上高二，正是关键时期，家长会上老师说的话你帮我录一下音。晚上你来家里吃饭，妈给你做点儿好吃的。"

盛穗下班后没事，便答应下来："好，您把言泽的学校地址发给我吧。"

魔都作为特大城市，对教育的重视程度，俨然不是盛穗生长的小城市可比的。

高二学生寒假后要参加开学统考，不仅如此，学校还要求考试后开家长会做复盘，便于查漏补缺。

许言泽的成绩名列前茅，就是语文拖了后腿。

家长会后，班主任特意请盛穗留下。她翻出许言泽的语文卷子，指着古诗词默写，说道："这些题都是白送分的题，可他偏偏不肯背书，回回考试都丢十二分。"

许言泽耷拉着眼皮，不以为意："我不用这十二分，也能考进年级前五名。"

班主任闻言气结："你这孩子！"

"注意礼貌。"盛穗碰了碰弟弟的胳膊，皱着眉说道，"老师是为了你好，你回去好好背书。"

许言泽不服气地轻哼一声，双手插兜。过了半晌，他才抬头看向盛穗，说："这周末你回家吃饭，你回来我就背书。"

继父不喜欢盛穗打扰他们家的生活，因此她并没有立刻答应许言泽的要求。于雪梅很快匆匆地赶来，接替了盛穗。

虽然许言泽不是于雪梅亲生的孩子，但于雪梅将他从不足一岁带大，早就将他视为己出。

不同于盛穗的生疏，女人上来就要看儿子的语文试卷。她看见古诗词默写处又是空白一片就连连叹气，随后才去看其他科的成绩。

盛穗在一旁看着母亲和班主任交流，又是录音，又是记笔记，表情投入而专注，忽地觉得眼前的人陌生无比。

盛穗读的小学不开家长会；等到她上初中时，母亲已经远嫁，在工地劳作的父亲永远抽不出时间开家长会；至于她到了高中，老师都知道她家里的情况，开家长会也不会强求她的父母到场。

从小到大，盛穗从没有过父母来校参加家长会的经历。

许言泽被于雪梅唠叨得满脸不耐烦，盛穗看着却有些羡慕。

她低头笑自己忌妒心太重。无人在意的她从办公室里悄然退了出去，站在走廊里翻看手机。

直到自己的指尖停在猫咪头像上，盛穗才想起来：她昨晚回家倒头就睡，到现在都没还周时予替她垫付的饭钱。

"SS：周先生，昨天的饭钱是多少？我还给你。"

消息发送的下一秒，周时予就打来了电话，行动之迅速，让盛穗措手不及。

肖茗说这个男人是风投圈内著名的工作狂，怎么她刚发的消息就被他看到了？

周时予开门见山："邱斯没告诉我多少钱，等我问了他之后再告诉你。"

盛穗不习惯占人便宜，见男人答应才没了心理负担。随后，她就听电话那端响起一道苍老的声音，有人在絮絮叨叨地说着什么。

她压低声音问道："你那边在忙吗？"

"家里的老爷子给我打电话，要我去相亲。"周时予示意盛穗不必刻意小声说话，"我开了静音，他听不见。"

人一旦有了共同话题，就会立刻拉近彼此的距离。

盛穗忍不住好奇道："那你打算一直不回家吗？"

"能拖一时算一时，"周时予低声笑了一下，言简意赅地说道，"逃避可耻，但有用。"

一想到高高在上的企业总裁人前叱咤风云，人后却为了躲避相亲，连打电话都只能偷偷摸摸的，盛穗不禁笑出声来。

"你终于笑了。"

似乎是嫌老爷子念叨了太久，周时予挂断了那边的电话，温润的声音清晰地入耳："刚才你好像很难过。"

盛穗脸上的笑容僵住，她心底最柔软的地方倏地被人轻轻触动。

日落时分，在人来人往的学校长廊里，她将手机话筒靠近唇边，细声说道："周时予，谢谢你。"

这是她第一次叫出他的姓名。没来由地，她就是希望能更郑重一些。

"不用谢，"周时予回道，他的声音听着略显沙哑，"是我别有所图在先。"

盛穗不解："嗯？"

"盛穗。"周时予呼唤她的姓名后便陷入了沉默中。

许久后，他才开口沉沉地说道："我们再见一面吧。"

听筒里男人的声音仍旧沉稳，只是语速比平时要快上一些，他说："不是以家长和老师的身份，而是以一对需要婚姻的男女的身份，再见一面。"

第二章
你是我唯一想过要与之结婚的人

周时予的意思是要和她相亲?

这个提议太过荒唐,盛穗根本没考虑,就下意识地果断拒绝:"周先生,您知道我的身体情况,我或许不适合结婚。"

周时予却问:"是医生说过糖尿病患者结婚,会对自身的健康有影响吗?"

盛穗闻言微微一愣,不懂这是什么意思。

"盛穗,谢谢你能站在我的角度,替我考虑问题。"

周围环境嘈杂,男人温润低沉的声音一点儿一点儿地抚平她的慌张。

"但我想,在一段长久的婚姻里,当事人的自我感受应该更重要。"

见惯了周时予只需一个眼神便能让周围的人理解他的指令,盛穗还是第一次听他解释这么多。

"你不用有太多顾虑,只要基于目前对我的感觉,再决定是否见面就可以了。"

可单凭对方是周时予这点,盛穗就无法接受。

她为难地说道:"抱歉,实在太突然了。"

周时予表示理解:"没关系,是我唐突了,希望没给你带来太多困扰。"

盛穗拒绝了周时予本就内疚,听他反过来宽慰她,心里更是羞愧,妥协答应的话几次滚到嘴边,又被她吞咽入腹。

一时间,听筒两端只剩下两道压抑的呼吸声,盛穗不知该如何收场。

最终,还是周时予打破了僵局。男人温和地告诉她:"再见面的事,不是我一时兴起。如果盛老师改变了心意,可以随时联系我。"

"好。"

周时予挂断了电话。

盛穗听着耳边的"嘟"声,一时发愣。

周时予说他不是心血来潮,可他们一共才见过两面,认识也不过只有三天的时间。

理智告诉盛穗:周时予说的不无道理,既然两个人都需要一段婚姻,与其被家里人硬塞给一位陌生人,不如给彼此一个机会。更何况,男人要的只是再见一面而已。

她似乎没有拒绝的理由。

可他们显然不属于同一个世界,盛穗设想她站在周时予的身旁,只会觉得违和突兀,像是一块混入羊脂白玉中的石头。

最重要的是,她无论如何也想不通,周时予为什么会选择她。

这时,于雪梅带着儿子从办公室里出来了。她见盛穗还保持着打电话的姿势,走过去随口问道:"你在和谁打电话?男的?"

盛穗收起手机,心不在焉地"嗯"了一声。

于雪梅来了兴致,追问道:"年纪多大了?是单位的同事吗?……"

"不是,"盛穗胸口发闷,第一次打断母亲的话,"是学生的家长,您别多想。"

于雪梅虽有些不满,但转念想到盛穗大概还在为昨天的相亲而烦闷,便不再多问,开车带姐弟俩回家吃饭。

老城区的房子是许叙早年买的,十几年过去了,房价翻了四五十倍。房子虽然看着略显老旧,面积不到一百平方米,价格却至少千万元。

许家父子俩在客厅里休息,盛穗在厨房里给母亲打下手。

"相由心生,那男的一看就不是好东西。"于雪梅熟练地颠着锅,还不忘愤愤不平地说,"趁早掰了更好,要真在一起,弄不好他以后还会没事就打人,跟盛田似的。"

说起盛父,于雪梅谨慎地关紧厨房门,压低声音问道:"你最近还是每个月都给他打钱吗?"

盛穗点头,平静地说:"他没有工作,又一身病,我总不能真的不管他。"

"你就是心太软,真是人善被人欺。"于雪梅看着女儿的眼神有些复杂。

她想起当年,又恨恨地啐道:"他得病也是活该!我给了那么多抚养费,他全都用来买酒喝,不然,你怎么可能小小年纪就得了糖尿病!"

1型糖尿病的病因尚不能确定,自身免疫、遗传和病毒感染等多种因素都有可能引发1型糖尿病。

于雪梅却一口咬定是盛父照顾不周,才导致盛穗得病的。

"成天喝酒不回家,孩子不生病才怪。"

盛穗来魔都上大学前的那些年,起码能见到父亲,于雪梅却从来没看过她一眼。

盛穗低着头默默地洗菜,没有附和。

盛穗的一言不发大概勾起了于雪梅的愧疚,女人不再提过去的事,让她把菜端上桌,自己转身去盛饭。

"这碗给你,"于雪梅像是要补偿盛穗一般,给她盛了一大碗米饭,还特意用木勺压平,"多吃点儿,你看你最近都瘦了。"

盛穗望着满满的一碗碳水化合物,沉吟了半晌,垂眸说道:"妈,糖尿病人不能吃太多米饭。"

于雪梅尴尬地收回手,讪讪地说道:"那你自己盛吧,我不知道你的饭量。"

说完,她端着碗慌忙地走出去了,像是一刻也忍受不了厨房里的尴尬气氛。

许家父子俩已经在餐桌旁坐好了。

见到盛穗,性格沉闷的许叙微微点头。他从妻子手中接过碗筷,低声说道:"下次你要是临时有事去不了学校就打电话让我去,别麻烦盛穗。"

"你不得跟研究所请假嘛,"于雪梅觉得没这个必要,"正好盛穗下班过去,开完家长会再来家里吃晚饭,多大点儿事。"

说完,她还没忘问盛穗:"你说是吧?"

盛穗听出继父的话外之音,点头说:"我顺路,不麻烦的。"

身为唯一的女主人,于雪梅张罗着给姐弟俩和丈夫夹菜,然后顺势问起许言泽这一周的住宿生活。

从学习,到食宿,再到新学期的变化,一周不见儿子的母亲问得十分详细,不善言辞的父亲也时而搭话。许言泽则满脸不耐烦。

盛穗全程置身事外地只管埋头吃饭,碗底的米饭见空后,也不好直接离桌,只能干坐着。

一家三口其乐融融,只有她是多余又格格不入的外人。

"小穗这就吃饱了?"于雪梅看见女儿半天不动筷,笑着给她夹起一大块鱼肉,"我记得你小时候最爱吃鱼,来把这块鱼肉吃了,多补补。"

盛穗以前确实爱吃鱼。上初三时,有次鱼刺卡在她的嗓子里,她被父亲灌了半瓶醋还是疼得睡不着,最后不得已去医院才把鱼刺取了出来。那之后,她就很少再吃鱼了。

鱼肉静静地躺在她的碗底,表面到处都是小刺。

可盛穗总不能夹出去丢掉,只能勉强地笑道:"谢谢妈。"

于雪梅眼底的笑意更甚,她像是极力在证明什么似的开口说道:"你看,你喜欢吃什么,妈都记着呢。"

席间的气氛欢乐祥和。

饭后,许叙负责洗碗,许言泽回房间里学习,盛穗也要回家备课了。

临行前,于雪梅在玄关处送她,连连感叹:"什么时候你要能带上男朋友回来吃饭,妈就满足了!"

盛穗不语。

"去年生病的时候,我最放心不下你。"母亲亲昵地轻拍她的手背,语重心长地说道,"人活一辈子啊,还是得有个家才算完整。"

"妈,"盛穗将手抽出来,静静地看着母亲的眼睛,"您还有别的话要对我说吗?"

除了相亲和结婚,什么都可以。

于雪梅的脸上又露出了尴尬的表情。她递来一把伞,说道:"天气预报说有雨,你路上小心。"

搭乘出租车回家的路上,盛穗坐在后排看手机,发现肖茗在晚饭时间发来十几条消息。她先是说拉投资的事终于有了进展,又说在老家的母亲寄来太多自制的咸菜,她吃不完,更没地方放。

盛穗看得出,肖茗虽在抱怨母亲,字里行间却都是难掩的亲密。

盛穗回复消息后,鬼使神差般滑动列表,点开了和父亲的对话框。

父女俩聊天的时间和内容很固定,都是以盛穗月初打生活费为开场,以盛田收钱后夸她是乖女儿为结尾。

盛穗垂眸笑了笑。

乖女儿,母亲也常常这样夸她。

出租车停在体育公园旁的红绿灯前。盛穗放下手机,将头靠在冰冷的车窗上,呆呆地看着年轻的父母带着孩子在草坪上玩耍。

母亲苦口婆心地告诉她:只有成家,人生才能完整。

可她从小连家都不曾拥有,又怎么可能学会和另一个人组成家庭?

周五,齐悦因为家里有事请假了,盛穗独自送学生放学。

教室里,其他五名学生都整理好书包,规规矩矩地在教室前排的空地上列队站好,只有周熠仍在座位上一动不动,怀里抱着羔羊布偶。

男孩儿五官出众,漆黑的双眼直勾勾地望着墙上的时钟,安静得宛如与世界脱轨了一般——这是自闭症的典型特征。

盛穗蹲下身子,试图与他沟通:"熠熠,老师帮你收拾书包,好不好?"

周熠不为所动。

盛穗反复劝说也毫无作用。

五分钟后,周熠突然起身,将桌上的东西有条不紊地收进书包,然后站到队伍的最后。

盛穗下意识地回头看表,发现指针正好指向四点半——这是平时放学的时间。

除了社交沟通障碍，刻板行为是自闭症的另一大症状，患者有固定不变的行为模式。

周熠前面患有多动症的孩子不老实，无意间碰掉了周熠怀里的羔羊玩偶。

盛穗手疾眼快地上前捡起玩偶，拍掉灰尘后交给周熠，轻轻揉了揉他的发顶。

周熠抬头看她，漆黑的眼珠转了转。他目光澄澈，眼神略显空洞。

学生们手拉着手，排成一队往校门走去。周熠在队伍的末尾，他的身后跟着盛穗。

开学以来，盛穗仔细地观察过周熠，发现他虽然沟通能力匮乏，但好在自我意识强烈，从不任人摆布，反而在各方面都有需求。对自闭症孩童来说，这无疑是件好事。

盛穗亲自将前面的五位学生交给家长后，蹲下身子给周熠拉好外套的拉链，在校门外寻找接他的阿姨。

"盛老师，您好。"

一位西装革履的男性走上前搭话。他戴着眼镜，气度沉稳，年纪在三十五岁上下。

"我是周总的秘书，姓陈。家里的保姆生病了，周总让我来接周熠回家。"

没见到熟悉的身影，盛穗心头警铃大作。她不动声色地将周熠挡在身后，说："我没有接到家长的电话。"

社会新闻里挟持孩子的勒索事件比比皆是。周熠身份特殊，盛穗自然不可能把学生交给一个陌生人。

"周总的车就在街对面。"陈秘书侧身看向不远处的车，稳重地说道，"周总说他的出现会让盛老师不自在，所以才让我过来的。"

盛穗顺着他的目光看向街对面的名车。

她看不见车窗里面，脑海中却自动浮现出周时予温文矜贵的模样：他长腿交叠，姿态悠闲，镜片后的黑眸正慢条斯理地朝这边看来。

画面感太强，盛穗心头一跳。为了安全起见，她还是坚持要打电话确认。

电话接通后，她问："有人自称是周先生的秘书，我可以把周熠交给他吗?"

"可以。"周时予简明扼要地回答后,为避免她尴尬,对相亲的事只字不提,主动挂断了电话。

这时,陈秘书递来一张发票,以及四张面值五百元的御星楼消费券。

盛穗接过发票,试图将消费券退回:"消费券我不能收,请替我转交给周先生吧。"

"消费券是餐厅经理托我转交的,"陈秘书将双手背到身后,解释道,"盛老师可以亲自交给周总。"

说完,男人朝盛穗微微鞠躬,牵着周熠朝街对面走去。

盛穗别无他法,只能跟上。她在车的后排位置停下脚步,刚要抬手敲车窗,车窗便落了下来。

周时予将目光落在盛穗手里的消费券上,他的声音在初春的微风中更显柔和:"消费券的确和我无关。"

"我知道。"盛穗也不再坚持,认真地说道,"周琦的事情,我还没当面和你说谢谢。"

那晚男人的挺身而出令她印象深刻,自己说不感动是假的。

"不用谢。"周时予将视线转移到她随风而动的发梢上,笑道,"我想,如果我现在提出顺路送盛老师回去,你应该会拒绝吧?"

盛穗委婉地说:"周先生,您是个好人……"

"却并不是合适的结婚对象。"周时予语调不急不缓,"上次见面时你很惊讶,说很难想象我这样的人也会为了结婚而困扰。"

男人苦涩地一笑:"我想,大概是我还有许多不足。"

所以我才会被你拒绝。

未说出口的那句话,两个人心知肚明。

春寒料峭,或许是盛穗在风中站了太久导致她头脑不清,又或许是男人脸上一闪而过的落寞揪紧了她的心脏。盛穗藏在衣袖下的手攥成了拳头,心里的话脱口而出:"你说再见面的事不是一时兴起,是真的吗?"

四目相对。

周时予漆黑的眸中满是郑重,他说:"在这件事上,我不会对你说谎。"

"好!"盛穗深深地吸了一口气,寒风入肺后,她的身体轻轻颤抖,"给我点儿时间考虑,可以吗?"

"当然。"周时予注意到她在发抖,于是脱下西装外套从窗口递出来,温和地说,"外面冷,盛老师不要着凉。"

盛穗谢绝了男人要送她回家的好意。

傍晚,她特意乘坐公交车回家。

每当心烦意乱或者纠结不定时,盛穗都会将自己丢进拥挤的人潮里,藏匿于市井百态中。清楚无人在意她的存在,反而让她有一种安全感,足以让她安然地放空。

此时正值下班高峰,公交车内人头攒动,直到驶离市区开往偏远地带,乘客才进少出多。

快到站时,盛穗终于等来后排的一个空位。

她坐下,将包平放在腿上,刚拿出手机,想照一下屏幕来检查自己的发型,却意外地收到了周琦的信息。

"周琦:介绍人那里我只说了性格不合,你不用担心。"

"周琦:我为那天的粗鲁道歉,以后也不会再打扰你的生活,你能不能和那位周总说一声,让他高抬贵手?"

盛穗看完,不由得蹙眉。

她不清楚具体发生了什么,能让周琦在短短几天内态度大变,但她的心中可以肯定,这与周时予有关。

萍水相逢的人,已经帮了她许多次。

如果不是周琦主动找来,盛穗大概永远也不会知道,周时予曾默默无闻地帮过她。

盛穗点开和周时予的对话框,看着最后一条转账消息,以及她发送的满屏苍白的感谢。

她要为了这件事再度向他道谢,然后又一次残忍地拒绝他吗?

盛穗犹豫不决时,前排的一对老年夫妇争执起来。

她仔细一听,原来是因为车窗关不上,寒风对着奶奶猛吹,旁边的爷爷就要脱下外套给奶奶挡风,奶奶怕他挨冻又不肯,这才你一言我一语地吵了起来。

最后两个人各退一步，决定各披一半外套。结果就是外套既没给奶奶挡风，更没给爷爷防寒。

看到白发苍苍的夫妻俩相视一笑，盛穗心底倏地柔软起来。

盛穗不信爱情——如果非要她形容对婚姻的最高期待，她会毫不犹豫地回答"相敬如宾"，就像她此刻目睹的温馨的场景。

黑色外套盖在两位老人的头上，衣袖随风舞动。不知为何，盛穗忽然想起告别时，周时予怕她受凉而递来的外套，他的外套同样是黑色的。

至少在这一刻，她很羡慕这对相守到白头的夫妇，也同样贪恋周时予曾给她的片刻温暖。

哪怕这份眷恋无关情爱。

直到"嘟"声停止、电话接通的那一刹，盛穗都没想清楚她给周时予打电话的具体原因。

听筒那端寂静无声，男人用沉默表明他有足够的耐心。

"相亲的事，我改变主意了。"

盛穗加快语速，耳边仿佛回荡着声响，催促她一口气说完，否则下一秒，她就要心生退意而挂断电话。

"我的意思是，周先生，我们试一试吧。"

"你又要去相亲？"

卧室里，肖茗靠在床头看盛穗在镜子前挑衣服，百思不得其解。

"你不是才见了个'极品'吗？你这么快又要跳进火坑里啊？"

"可能我脑子不太清醒吧。"盛穗拿起一条黄色的长裙，转身问道，"这件可以吗？"

相亲过近十次，这是她第一次在见面前感到紧张，以至晚饭约在后天，她现在就开始纠结穿着了。

周时予各方面的条件都太过优越，盛穗下意识地觉得处处都要格外谨慎才行。

"相信我，你披块塑料布都好看。"肖茗羡慕地打量着盛穗巴掌大的脸、凹凸有致的S型身材，眯起眼狐疑道，"以前你相亲，我从没见你打扮过,这次有猫儿腻啊。"

八字还没一撇,盛穗不想日后扫兴,只含糊其词道:"对方身份比较特殊。"

"都是人类,能有多特殊?"肖茗最近做梦都在拉投资,便随口问道,"怎么?那人还能是周时予啊?"

盛穗点头:"的确是他。"

"宝,要真是周时予的话,"肖茗伸手将盛穗拉到床边,无比郑重地拍着她的肩膀委以重任,"请你们相亲第二天就速速结婚,然后你凭着老板娘的身份,让成禾给我投资一个亿!"

说完,她率先笑出声来,亲昵地勾住盛穗的脖子:"不说这个了,十四号你过生日,想逛街还是看电影?"

盛穗没有庆祝生日的习惯。

"都可以。"

"那就把晚上的时间交给我,姐带你去快活。"

挑衣服的事暂时告一段落,两个人在床上躺下。肖茗枕着盛穗的胳膊开始吐苦水,说有家大型企业看中了他们的项目,还专门派人来谈条件。

"但我总觉得,负责人看我的眼神奇奇怪怪的,还莫名其妙地总跟我偶遇。"

肖茗在事业上敏锐精干,在男女之情上则格外迟钝,想了半天也想不通。

"可能是我平等地歧视所有男人,只要是雄性,就觉得他不怀好意。"

"这两天我下班来接你吧。"盛穗直觉事情不简单,坐起身说道,"如果发现他跟踪,你就立刻报警。"

她转身去拿手机,准备开始找房子,好随时搬家。

"没这么夸张。"肖茗连忙阻止盛穗,说道,"你是怎么做到面无表情地说出刚才那一串话的?"

盛穗笑了笑:"见多了就有经验了。"

盛穗小时候住的地方鱼龙混杂,白天走过时都有人吹口哨,更别提走夜路时,时不时就会遇到对她动手动脚的流氓。

肖茗的成长环境很单纯，肖茗听盛穗轻描淡写地说起这些，不禁有些心疼。

"你以前过的是什么鬼日子？！"

姐妹俩东拉西扯，荒废着时间。

这时，于雪梅打来电话，说她和许叙要出差几天，问盛穗能不能照顾许言泽。

许言泽周一到周四在校住宿，除非有特殊情况，否则不需要别人费心。

盛穗答应了。

交代完正事，于雪梅又操心起盛穗的终身大事，旁敲侧击道："我们家对门新搬来的小伙子好像挺不错的，年纪看着也……"

"妈，我有正在了解的人了，"盛穗有史以来第一次有底气拒绝母亲，"不要再给我介绍其他人了，可以吗？"

于雪梅先是停顿了一下，而后连连追问各种问题，末了还不放心地说："你们相处多久了？对方可靠吗？"

盛穗不由得疑惑。

以往母亲光凭照片和文字介绍，就能毫不犹豫地让她去相亲；现在她难得主动尝试，母亲反而犹豫不决，质疑她的眼光。

盛穗挂断了电话，肖茗也回房休息去了。

盛穗在床上躺下，想起下午答应和周时予相亲，仍有种深陷梦境中的不真实感，但并不后悔。

枕边的手机振动了一下，随后欢快的铃声响起。盛穗看着屏幕上显示的三个字，立刻从床上坐起来接通电话。

"周先生？"

"私厨餐厅要提前预订菜品，我把菜单发给你，你看看有什么想吃的。"

盛穗点开图片，看着菜单上密密麻麻的选项。

周时予说这家餐厅的菜品分量很小，而且是按人数收费的。她迅速地选好四道菜，将名称打字发过去。

周时予问她："你不爱吃鱼？"

菜单上三分之一的菜品都是各种做法的鱼，盛穗却一道都没点。

她轻声解释道:"我小时候爱吃,后来有一次被鱼刺卡了嗓子,那之后就不怎么吃了。"

男人闻言笑道:"所以你是喜欢吃鱼,但不喜欢挑刺。"

他怎么把她说得像是小孩儿一样。

盛穗小声地反驳:"你喜欢吃,可以自己点。"

周时予听出她语气中的不悦,故意慢悠悠地说:"那我就听盛老师的,点一道黄金虾鲫鱼汤。"

男人果然善变,白天还语气沉重得让人愧疚,晚上就欢快地拿她打趣。

盛穗鼓了鼓腮帮子,挂电话前才想起来问:"见面那天,穿着有什么需要注意的吗?"

在她的印象中,周时予这种身份的人只会出席高级宴会,盛穗不想自己寒酸地出现,丢人现眼。

周时予没有直接回答她的问题:"我突然觉得,不该定在私厨餐厅里见面。我应该选在街边烧烤摊,穿着白背心和人字拖,骑自行车来接你。"

盛穗设想着画面,眉眼弯弯:"如果你穿成那样,应该也很好看。"

周时予笑了一声,他的笑声低沉温和,如蛊如惑。

盛穗的耳朵微微发热。她揉了一下耳垂,就听对方继续说道:"嗯,这也是我的答案。如果是盛老师的话,穿什么都好看。"

几秒后,女人慌乱地道了一声"晚安",随后匆匆地挂断了电话。

偌大的客厅里清冷寂静,头顶的冷白色灯光十分刺眼。

唯一温暖的是周时予怀里正在熟睡的猫。它惬意地打着呼噜。

他靠在沙发上闭着眼,脑海中浮现出女人因为害羞而泛红的面庞,他的喉结滚动了一下。他从手边的托盘里拿起玻璃杯,喝了几口水,压下心中的躁动。

周时予将猫放到一边,起身走到开放式厨房里。他打开冰箱,挑选出食材在水下冲洗。

很快,厨房里依次响起切菜声和翻炒声。

被吵醒的猫咪屁颠屁颠地跑过来,跃上大理石台面。它用头亲昵地去蹭男人的胳膊，奶声奶气地叫着。

热油时而溅出。周时予提着猫的脖颈将它放下去。见猫仍跃跃欲试，他低声叫道："平安。"

他将盛穗点的几道菜做完已是深夜。

周时予解开围裙放到一旁，懒懒地靠着壁橱。他看着满桌的菜，拿出手机给邱斯打电话："过来吃饭。"

"大哥，现在是凌晨一点半！"邱斯情绪崩溃地喊道，"你直接赐我一杯毒酒，送我上西天得了！"

于是，周时予给陈秘书发消息，让他尽快发来上季度的财务报表。

"打工人"果然还没睡，五分钟后便整理好资料发了过来，随后还细心地询问道："您入睡困难的事，需要告诉梁医生吗？"

"不用。"

周时予的目光在对话框上稍作停留，几秒后，他放下手机，转身朝走廊尽头的书房走去。

他进屋后没开灯，轻车熟路地走到贴墙摆放的书柜前，在那些密密麻麻的药瓶里精准地找到安眠药，仰头服下。

他回到卧室，看见平安鹊巢鸠占地躺在他的床上，露出粉色的肚皮。

凄清的月光透过落地窗洒了进来，周时予掀开轻薄的羽绒被躺下，合上双眼。他毫无睡意，脑神经异常活跃。

失眠应该是因为今天见到了她，他过于兴奋。

她的择偶标准很低，只是需要性格温和、情绪稳定的正常人作为未来的伴侣。

凌晨一点半，正常人都睡觉了。

那他也该学着这样做。

两个人约见的地点在一处隐蔽性极佳的私人山庄里，这里藏于深林，盘踞在半山腰，周围琼林玉树，郁郁葱葱。

盛穗坐在出租车上，打开车窗，能闻到空气中树木青草的味道。

她拒绝让周时予接送，一是会有负担，二是她答应要先送肖茗回家。

肖茗离开前，还在想明天是盛穗的生日，她们要怎么玩，该看哪部电影。

出租车在山庄外停下，盛穗由专人带领，沿着石子小道走到一幢精致的木屋前。

盛穗独自从前门进去，脱下外套走向餐桌。这时，木屋的后门被人推开，就见周时予迈着长腿朝这边走来。

顶灯投射出大团暖黄色的灯光，冲淡了男人五官的凌厉感。

周时予今天穿着柔软舒适的灰色高领毛衣，笔直的长腿包裹在黑色西裤里。他换了一个配有细链的眼镜，衬得整个人温雅又深沉。

室内温度偏高，男人的脸颊泛起不自然的红晕。

四目相对。

男人认真地打量着盛穗，赞美道："盛老师今天很漂亮。"

盛穗不习惯被夸赞，避开周时予的视线，在他的对面坐下。她发现自己的手边有一张菜单，上面的六道菜品旁边，清晰地标注着每一道菜的碳水化合物含量。

"这里的米饭每份是一百克，你可以按需求来点。"周时予拿起转盘上的茶壶，倒好清茶，转到盛穗的面前，"上菜的时间大概是十五分钟。"

菜单上的碳水化合物标注和米饭分量，方便她计算出所需的胰岛素的剂量，而十五分钟，又恰好是胰岛素的起效时间。

巧合实在太多，盛穗从没见过任何一家餐厅标注碳水化合物含量，唯一的答案，只能是一切都是周时予提前安排的。

男人润物无声的细心和体贴令人惊叹，她很难不动容。

盛穗去洗手间里打针，出来时却发现周时予不在座位上，估计他是出去处理工作了。

十五分钟后，服务生端着木质托盘进来，依次将小炒黄牛肉、香煎豆腐、干锅香辣虾、荷兰豆炒藕片，还有周时予点的黄金虾鲫鱼汤端上桌。

一时间，香味四溢。

盛穗吃饭向来都是敷衍了事。看到面前色香味俱全的菜品，她忍不住发馋。

很快，周时予再次从后门进屋。见盛穗眸中闪亮，他勾唇笑道：

"不知道合不合你的胃口？"

周时予落座时，盛穗看见他右手的手背上有一小片绯红，像是新添的烫伤。

她皱眉问道："你的手怎么了？"

"没事，"周时予若无其事地将手放下，"刚才不小心被烫到了。"

这时，另一位年轻的服务生端着滚烫的冬瓜排骨汤走了进来，见到周时予就紧张得肩膀直发抖。

服务生给他们盛汤时，连盛穗都察觉出了不对劲。

周时予慢条斯理地接过服务生手中的瓷碗，微微一笑，说："谢谢。"

服务生又是一哆嗦。他看向男人的手背，满脑子都是周时予在后厨熬好汤，让他端出来时，他却不小心将汤洒在男人手背上的画面。

他想道歉，刚要开口，目光就对上了镜片后那双幽冷的眼睛。周时予依旧笑容温和，他却感觉后背发凉。

盛穗疑惑地目送服务生逃也似的离开，从包里找出烧伤膏放在玻璃转盘上，转到男人面前。

她怕学生误食，所以随身携带的药膏都存放在瓶口有特殊设计的小瓶里，没想到这也难住了周时予。

"我来吧。"

见男人轻蹙眉头，盛穗起身走过去。她轻松地将盖子扭开，用食指蘸取少量白色药膏，小心地涂在周时予手背泛红的地方。

或许是男人受了伤的缘故，盛穗的指腹触碰到男人的手背时，她只觉得他的体温比想象中要高出许多。

她弯腰专注地涂着药，未察觉自己的几缕长发已散落到周时予的脸旁。随着她的动作，柔顺的发丝扫过男人的侧脸，伴着淡淡的清香，引起周时予心中的躁动。

周时予哑声说道："盛老师怎么出门还带着烧伤膏？"

"我怕学生受伤，各种药膏都会备一些，以防万一。"谈起学生，盛穗不自觉地弯眉笑了起来。

见她浅笑嫣然的模样，周时予眼里有他自己都不曾察觉的温柔。他说："你能从事喜欢的职业，这很好。"

盛穗手上的动作顿了顿。她轻声说道："你是第一个用'很好'来评价我的职业的人。其实我大学时学的不是教育专业，机缘巧合下才决定从事特教行业。所有人都说这份工作辛苦、钱少、没前途，但我真的很喜欢。"

她从未主动和别人谈起自己的职业，周时予是第一个。

男人丰富的阅历、良好的教养和雄厚的资本，让他拥有旁人远不能及的包容力与宠辱不惊，连盛穗都忍不住向他坦白倾诉。

上完药，盛穗抬眸对上周时予的目光。她看到他眼底不加掩饰的温柔，心跳错乱了半拍。她收好药膏回到座位上，试图转移话题。

最近肖茗成天研究成禾，盛穗耳濡目染。她问道："我听说成禾投资的行业很多，全部都需要你自己去了解吗？"

"判断行业的兴衰更重要，具体细节我会交由专业团队去分析。"周时予耐心地解释，"我学的是金融管理专业，但最初投资的项目都是与糖尿病相关的医药行业。"

他为什么会选择与糖尿病相关的医药行业呢？这个行业有如此大的利润空间，以至能成为周时予的首要选择吗？

身为患者，盛穗难免好奇。不过她也只是在心里想想，面上仍然安静地低头吃饭。

玻璃转盘停住，周时予特意将黄金虾鲫鱼汤转到她的面前。这道菜汤汁浓稠、鱼肉肥嫩，光是看一眼就让人食欲大涨。

可鲫鱼刺多，小刺遍布全身。

盛穗举棋不定时，对面的周时予淡淡地说道："鱼身上所有的刺都被挑出去了，你可以试试。"

盛穗还是有些犹豫："可鲫鱼的刺那么多，能挑干净吗？"

"鲫鱼虽然刺多，但只要将刀贴在鱼的脊骨上，沿着背部划至鱼尾，鱼骨就能分离；剩下的小刺只分布在鱼腩、鱼背和鱼尾三个部位上。"男人将修长的手指摁在玻璃转盘上，继续娓娓道来，"只要摸清鱼刺的位置和形状，将它们拔出来，就能剔干净了。"

周时予的描述过于详细生动，盛穗甚至有一瞬的错觉，觉得眼前的这条鲫鱼是他亲自处理、烹饪的。

她半信半疑地夹起一片鲫鱼肉，入口感觉汤汁鲜美，肉质软嫩。真的没有刺,她接连吃了好多片。

盛穗忍不住感叹道:"我已经很多年没这么畅快地吃过鱼了!"

"难以下咽的不是鱼肉本身,而是会卡在嗓子里的鱼刺。只要有足够的耐心,把刺去掉并不难。"周时予见她目光闪动,眼底的笑意更甚,适时地提出今天的主题,"婚姻也是这样——令人如鲠在喉的不是婚姻本身,而是错误的人。"

他该如何委婉地告知盛穗他有跟她结婚的意愿,同时又不会让她察觉到他不可告人的秘密?

周时予压下心中涌动的情绪,将双手放于桌上:"过去的经历或许让盛老师对相亲顾虑重重,但我想说,不是所有人都是像周琦一样的'鱼刺'。"

目光扫过桌上被盛穗吃掉了大半的菜肴,他笑了笑:"看来我的厨艺还不错,尤其擅长挑刺。"

盛穗明白他的意思。

周时予不该因为别人的错,成为她一票否决所有相亲对象的受害者。

"我从不认为你和周琦一样。"

盛穗将垂在餐桌下的手攥成了拳头。她其实并不擅长自我剖白,抬头看向对面目光温柔的男人,紧张地说道:"我最初拒绝周先生,也并不是因为你有缺点。"

对方已经尽可能地放低姿态了,盛穗努力不让自己说出"不配"的字眼——她知道这种话无疑是在忽视对方的努力。

"周先生,您的条件太优越,身边的女性应该都很优秀。"她语气微微一顿,终于坦白道,"我始终不明白,您选择我的理由。"

周时予沉默着,没有回答。

一时间,木屋内只剩下砂锅炖汤的"咕嘟"声。气氛突然凝固,时间被无限拉长。

盛穗低下头,不安地抿了抿唇。她忍不住想:他为什么不说话?是因为她语气不好,还是她不该拿他和周琦做比较?

"我希望能和盛老师结婚,原因有三。"周时予再开口时,声音比平时沙哑了几分。

男人的表情变得郑重起来,耐心地等待盛穗抬头看向他后,他轻启薄唇说道:"第一,家里的老人希望我能尽快结婚,但我不想选择圈里的人,因为有利益纠缠会带来冲突,而我需要一段稳定、长久的婚姻。

"第二,我的弟弟患有自闭症,我希望未来的妻子能接受他的存在,并且善待他。经过几次相处,我认为盛老师非常热爱特教这份工作。

"第三,也是最重要的一点。"

男人有意停顿,似乎在谨慎地斟酌措辞。

几秒后,他继续开口,刻意放慢语速,说道:"你是我唯一想过要与之结婚的人。"

周时予的意思不难理解。

简而言之,他们很适合结婚。

盛穗需要性格温和、情绪稳定的伴侣;周时予则希望伴侣能善待他的弟弟的同时,生活圈子和他毫无交集,与他也没有任何利益纠葛。

如此来看,周熠的班主任——私生活极其简单的盛穗,的确是上乘的选择。

难怪男人会说,她是他唯一想过要与之结婚的人。

盛穗很有自知之明,知道周时予的最后一句意在总结,并非表达好感。

这也是她想要的。

就盛穗自身而言,比起婚姻的牢笼,她更不想陷入感情的旋涡中。据邻居透露,她的父母也曾轰轰烈烈地爱过彼此,而现在他们之间只剩下对彼此的咒骂、唾弃。

她只想过平平淡淡的人生。

这个话题就此结束,两个人后来自然地聊起家庭情况。

盛穗将父母离异、母亲又组建了新家庭的情况一笔带过。

周时予说得更简洁。他说自己父母早逝,十六岁后一直和爷爷生活。

谈起老人家的催婚方法,连盛穗听了都觉得离谱儿,但从周时予的形容中,不难听出老人对孙子的关切和疼爱。

不知不觉,窗外橙红色的夕阳被一弯银月替代。

盛穗诧异时间溜走之快。和周时予交谈,她能感受到由内而外的放松。

男人谈吐温和有礼,举手投足间体现着良好的家教。

盛穗看着周时予五官出众的脸,心中感叹:原来世上真的有让人挑不出缺点的人!

她忽地说道:"周先生,其实我很羡慕您。"

周时予诧异地问道:"为什么?"

"您和我见过的人都不一样。"盛穗蹙着眉认真地思考,努力地描述道,"我想,只有被爱意包围着长大的人,才会像周先生这样温柔吧。"

"被爱意包围着长大吗?"周时予"喃喃"低语道。

他忽地笑了笑,眼底多了几分深意:"如果我没记错的话,盛老师的择偶标准之一是性格温和。所以,你刚才的夸奖,我可以理解为,我很符合你的择偶标准吗?"

这句话的暗示性太强。

闻言,盛穗的耳根有些发烫,她心想:这人怎么如此不禁夸。

"我收回刚才说的话。"

饭后,两个人从木屋里出来。周时予不再要求送盛穗回家,亲自喊来出租车,体贴地为她拉开车门。

盛穗在后排坐下时,头顶传来男人呼唤她姓名的声音:"盛穗。"

月明星稀,夜风寒凉,周时予的声音格外沙哑。

盛穗抬头看着男人脸上整晚不曾褪散的红晕,迟钝地感觉出不太对劲。

"你……"

"盛老师,没有人的原生家庭是完美的。"面对她担忧的目光,周时予微微一笑,眼睛宛若夜空中的繁星,"没有家的话,那就自己建一个。"

出租车驶离周时予的视线。

他闭上眼睛,疲倦席卷全身。他额头一片滚烫,身上却阵阵发冷。

周时予回到自己的车上,从夹层里拿出常备的体温枪。"嘀"声过后,他看着屏幕上直逼四十的数字,面无表情地将体温枪丢了回去。

原来他浑身发冷不是因为神经紊乱而产生的错觉,是因为发烧了。

好在他今晚没有在她面前失态。

周时予回忆起刚才两个人相处的细节,发动汽车离开山庄。下山途中，他想起还有几个小时，就是盛穗二十七岁的生日了。

他还不确定，他们是否还会再见面。

晚上八点三十分整，出租车停在盛穗家楼下。

盛穗家在四楼，没有电梯。她快走到家门口时，母亲火急火燎地打来电话，催她去医院照顾许言泽。

"臭小子在学校里受伤了也不说，非要感染发烧进医院。"电话里，于雪梅气喘吁吁，像是在快速奔跑，"五分钟后我乘坐最近的一趟航班回来，你先替我去医院看着你弟弟，别让他乱跑。"

"我现在过去，十分钟左右就能到医院。"盛穗宽慰焦急的母亲，"您身体不好，别太着急了。"

"你没当妈，不懂，"于雪梅满脑子都是生病的儿子，"孩子生病受罪，当妈的哪有不焦心的？"

盛穗闻言几次张嘴想说些什么，最后只是默默地挂断了电话。她在寒风中拢了拢身上轻薄的外套，重新回到街边打车。

联系上许言泽的老师后，盛穗怕肖茗担心便打去电话，让她先睡，不必等自己。

"大晚上的，你注意安全。"肖茗听出她兴致不高，安慰道，"小孩子发烧，过一晚上就会好的。再过几个小时就是你的生日了，寿星得高兴点儿啊。"

盛穗笑了笑，说："我没事，你早点儿休息。"

"行，有事随时找我。"

盛穗一路马不停蹄地赶到医院。初春换季时节，急诊室里人满为患，她在人头攒动中左顾右盼，终于找到了许言泽和他的老师。

"医生看过了，确定是由细菌感染而引起的高热。他现在刚打上吊瓶，估计得三四个小时才能输完液。"

"好的，辛苦老师了。"

盛穗谢过学校的老师，在许言泽身边的长椅上坐下。她怕他冷，就脱下自己身上的外套递过去。

"不用，我不冷。"十六七岁的男孩儿最会逞强，许言泽不肯接衣服，看了一眼化着淡妆的盛穗，瓮声瓮气地问道，"你又去相亲了？"

盛穗见他皱着眉头不舒服的样子，将输液的速度调慢。

"难受就睡觉，我守着你。"

"对方人怎么样？"许言泽不依不饶地问，"你们会结婚吗？"

"妈在回来的路上了，学校那里……"

"怎么让你回答个问题这么难啊？！"少年被她顾左右而言他的态度惹怒。

他说完，意识到自己的语气太冲，别过脸咳嗽了一声，说："你别总把我当小孩儿。"

"我没把你当小孩儿。"盛穗见弟弟烧得额头上都是汗，从包里拿出手绢，无奈地轻叹道，"你问的那些我也不知道。"

"什么叫不知道？"许言泽虽然嘴上不服，却乖乖地不动，任由盛穗帮自己擦汗，"你不喜欢就赶紧甩掉他啊，结什么婚！"

盛穗不想和许言泽讨论这些，一来姐弟俩的关系并不亲密，二来她的确没想好要不要和周时予结婚。

男人想跟她结婚的意图再明显不过，选择她的理由也很有说服力，即便如此，她还是感觉不太真实。

周时予的人生无限地趋近圆满，婚姻对他来说可有可无，哪怕一个人生活也算不上有什么遗憾；而她的前半生仿佛是一潭死水，往后的日子更是一眼就能望到头，或许她独自挨过才是最好的结局。

周时予能为她提供富足的物质条件、充裕的情绪价值，她能为对方做的却寥寥无几。

盛穗能感觉到自己内心深处的抗拒，尽管微弱，却的确存在。

输液速度慢下来后，许言泽皱着的眉头缓慢地松开。烧了一整天的少年沉沉地睡去，脑袋不住地往前倾。

盛穗小心翼翼地将弟弟的头扶正，坐直后，再将许言泽的头靠在她的右肩上。

她垂眸看着弟弟绯红的脸颊，不知怎的，忽地想起今晚周时予的脸上也泛着不自然的红晕。

她不安地点开微信对话框，发现两个人最后一次的对话，还是她下车后在自己家楼下报平安。

向来立刻回复她消息的人，直到现在都杳无音讯。

或许他只是在忙吧，盛穗自我宽慰道。她不愿承认自己整晚光顾着吃饭，都没察觉到男人生病了。

许言泽一睡就是两个小时，直到护士来换第三瓶药才悠悠转醒。

盛穗见弟弟的脸色好转，就请护士给许言泽量一下体温。他的体温果然降下许多，估计他输完液回家睡一宿就能退烧了。

时间已过深夜十一点半，盛穗晚上还没打长效胰岛素。她转身看向弟弟，说："我有事要回家一趟。"

除却一日三餐前要注射短效胰岛素，1型糖尿病患者每天还要定量注射长效胰岛素，以保持血糖的稳定。

盛穗一般在晚上十点打长效胰岛素。药在家里，因为今天临时出了状况，她才拖延到将近凌晨还没打针。

盛穗本想拜托肖茗把药送来，可时间太晚，肖茗已经睡着了，她打了三次电话对方也没有接。她见许言泽明显好转，才提出要回家。

她承诺道："我半个小时内就回来，你一个人可以吗？"

"我早就没事了。"许言泽挥手让她回家睡觉，"你别再来了，我打完吊瓶自己回学校。"

盛穗不可能不管弟弟，拜托值班护士和热心的大姐帮忙照看后，起身快步离开。

下车后，她一路小跑，"呼哧呼哧"地爬上四楼，双腿发酸。

1型糖尿病患者剧烈运动后容易低血糖，盛穗从包里摸出巧克力放进嘴里，进屋找胰岛素笔。

打针时，她太过着急，飞速地将药推进身体后，便匆匆地拔出针头，带出了几滴血珠，渗在她奶白色针织衫的衣摆上。

将生病的许言泽一个人丢在医院里，盛穗心有愧疚。她顾不上处理衣服上的血渍，从柜子里拿出毛毯又匆匆地跑下楼，打车去医院。

车行至半路时，她接到了刚下飞机的母亲的电话。

于雪梅语气焦灼地问道："言泽退烧了没有？点滴的速度没太快吧？"

"我把点滴的速度调慢了，我走的时候他还没退烧……"

"他没退烧你就走了？"盛穗的话还没说完，于雪梅就迫不及待地打断她，"我不是让你照顾他吗？你怎么能把他一个人丢在医院里？！

他身上没钱，又生着病，一个人在医院里，万一出事怎么办？"

车内空间有限，女人尖锐的斥责声久久回荡。开车的司机大哥忍不住透过后视镜看向盛穗，目光中满是谴责，似在无声地控诉着她的自私。

耳畔母亲的埋怨声不停，盛穗咬着嘴里的软肉，看向不远处的建筑，低声说道："我马上到医院。"

你可不可以不要再喊了？

"妈妈好不容易拜托你一件事，你怎么就不能上点儿心？！"

"我走的时候，他的体温是38.2℃。"盛穗下了车，朝医院的正门小跑过去，声音在寒风中颤抖，"我回家是因为我也有病，需要打针。"

说完，她脚步一顿，看到母亲在不许停车的医院正门处下了车，飞速地朝急诊室跑去。

"刚才是我语气不好，"于雪梅边跑边飞快地解释，"对不起啊，小穗，但妈妈在最难的时候，是你许叔叔救了我，人要懂得知恩图报。你一直都是乖孩子，能体谅妈妈的心情，对不对？"

盛穗怔怔地望着急诊室大厅外的电子时钟，耳边是母亲恳切的道歉。

时针正好走过零点，来到新的一天。

今天是她的生日。

急诊室内吵吵嚷嚷的，盛穗孤身一人站在大厅门口，身边不断有人行色匆匆地经过，却无人在意她的存在。

不远处，一道嘹亮的哭声响起。

盛穗闻声看去。

生病的婴儿在护士的臂弯中哭闹不止，直到重回母亲的怀抱，才停止哭泣。

是啊，哪有孩子不眷恋父母的温暖的怀抱的，这是人与生俱来的本能。

盛穗没再去照顾许言泽，抱着毯子远远地站着。她看着于雪梅给许言泽披上外套，又递给他一碗还热乎的瘦肉粥。

平日里向来叛逆的少年，难得听话地乖乖喝粥。

那里已经不需要她了。

· 50 ·

盛穗低头看着还在通话的手机，知道母亲早就忘了听筒另一端的人。

她挂断了电话，看见屏幕上映出一张满是疲惫的脸，无奈地笑了笑。

二十七岁的开场，就要这样狼狈不堪吗？

身后有人焦急地喊着"借过"，盛穗后退了几步。她转过身，目光精准地落在角落里那道熟悉的身影上。

男人双手抱胸，微微合着眼，脖颈处的皮肤爬上了一层淡红。大概是不想被人认出来，他戴着黑色的口罩，身上盖着一件黑色的风衣。

盛穗想：她应当是共情过度了，才会撞见周时予独身一人在急诊室里输液，就毫无理由地觉得对方孤独。

她转念一想：或许真正的周时予，并不像她所想象的那样无坚不摧。

这种感觉难以描述，她非但没感到失望，反倒觉得男人的形象因此更加真实起来，不再如之前那般遥不可及。

周时予坐在长椅上歇了一会儿后，拿出手机点亮屏幕。他将手指抬起，迟迟不落。几秒后屏幕熄灭，他又继续点亮。如此重复了三次后，他抬手捏了捏鼻梁。

盛穗不清楚他在纠结什么。

周时予不像是优柔寡断的人，究竟是什么事能让他在凌晨还在反复犹豫？

角落里的男人又一次点亮屏幕，这一次，他的指尖落了下去。

盛穗掌心里的手机振动起来。她看着屏幕上的姓名，表情有片刻的愣怔。

原来他是要给她打电话。

喧嚷的人潮中，周时予沙哑的声音响起——

"盛老师。"

"是我。"盛穗抬眸远远地望着周时予，询问道，"周先生，您还好吗？"

周时予没有回答她的问题："刚才你的电话一直打不通。"

他竟然一直在等她接电话吗？

"我刚才在和我妈妈通话。"盛穗轻声解释道。

她看男人的吊瓶即将见底,对方却毫无察觉的样子,不由得皱眉问道:"您找我有什么事吗?"

"没什么重要的事情。"

低哑的声音在嘈杂的环境中清晰入耳,仿佛小锤子一般,一下一下地敲击着她的心脏。

"我只是想做第一个祝你生日快乐的人。"

盛穗不知她是该惊讶周时予竟然知道她的生日,还是该惊讶男人病中仍不忘打来祝福的电话。

她目不转睛地看着那个男人。他低着头,盛穗看不见他的表情,却知道此时男人的眼神一定是温和而虔诚的,她只看一眼就会溺毙其中。

迟迟没等来她的回应,周时予又说:"盛穗,祝你二十七岁生日快乐。愿你往后的人生,平安顺遂,喜乐安康。"

盛穗定在原地,震惊得久久说不出话。

半晌,男人笑了一声,说道:"你好像很吃惊。"

男人语毕,压抑的咳嗽声响起。只见周时予微微偏过头,将手机拿远。他不想让盛穗听见。

她如大梦初醒般,快步朝男人所在的角落走去。她在他面前站定,问道:"我这里有毛毯,你要不要盖一下?"

说完,她将手里的米白色毛毯递过去。

周时予抬眸对上她的双眼,微微一愣,又倏地皱起眉头。他像是难以置信般,用受伤的右手碰了一下毛毯,"喃喃"低语道:"是真的。"

"嗯,不是幻觉。"盛穗在男人的身边坐下,说,"我弟弟生病了需要人照顾,我回家拿的毛毯。"

在盛穗说话的几秒里,周时予收敛情绪,又恢复了盛穗所熟悉的处变不惊的模样。

盛穗不愿多谈家长里短。她知道高烧的人畏寒,便摊开手里的毛毯,侧过身想给周时予盖好。

"稍等。"周时予的目光扫过她单薄的外衫,他将盖在自己身上的黑色风衣递过来,微微一笑,说道,"我用你的毛毯,你盖我的衣服,我们公平交换。"

盛穗不和病号争辩，给男人仔细地盖好毛毯后，披上了他的外套。

比起回去面对母亲，她宁可留在这里照顾周时予，起码不用处处谨小慎微。

盛穗出神时，周时予从衣兜里拿出一个小木盒，将原本计划第二天找她见面的借口现在说了出来："这是送给你的生日礼物，晚饭时我忘了给你。"

盛穗接过木盒打开，一条红绳手链静静地躺在盒底，手链的末端缀着一颗小木球，球上刻着"喜乐安康"四个字，像是从寺庙里购得的。

"价格并不贵，"周时予再一次看透她所想，开口说道，"如果你实在有负担，也可以送我同款手链。"

"谢谢。"

盛穗拿起手链端详，想起男人在电话里也祝她喜乐安康，忽地弯眉笑了起来。

周时予问她在笑什么。

"我以为，你们生意人会说另一套祝福语，"盛穗被自己的刻板印象逗乐，唇边的酒窝若隐若现，"比如腰缠万贯、陡然而富之类的。"

周时予摘下口罩，雪白的脸颊漾着一片绯红，细看竟有几分魅惑勾人。他声音沙哑低沉："健康快乐，是我能想到的最好的祝福。"

盛穗见周时予的吊瓶已经见底，将滴速调慢后，便起身找护士换药。她又借来体温枪，当看清屏幕上的数字时，不由得眼皮一跳。

39.6℃，比许言泽来医院时的体温还高。

盛穗无法想象此时输液的人在晚餐时还在和她谈笑风生，忍不住说道："你身体不舒服，我们可以换一天见面的。"

他带病坚持赴约，她有些愧疚。

"可是这样会增加你改变主意的可能性。"周时予目不转睛地看着女人一脸担忧的样子，说，"我不喜欢冒险。"

"风投界标杆"说他不爱冒险。面对男人身份和话语的自相矛盾，盛穗只当周时予发烧了脑子不清醒，静静地在他的身边坐下。

母亲很快打来电话："你到了吗？你路上没事吧？"

"没事，我到医院了。"盛穗侧过身压低声音，不想让周时予听见，"我在陪一位朋友。"

于雪梅大概还在内疚，叮嘱她注意安全。

"言泽马上打完点滴了，你忙完就过来吧。"

"好。"盛穗挂断了电话。

她知道自己再也没有理由留下，于是脱下身上的外套就要还回去："毛毯你先盖着吧，我不着急……"

盛穗话音未落，一只发烫的手握住了她的左手腕。

周时予剑眉微蹙，迟迟不肯接过衣服："我想，借东西还是当场归还的好。"

他这是要退还她的毛毯吗？盛穗不解。

环住她手腕的力道很轻，她只要轻轻扭动就能摆脱。盛穗没有动，垂眸看着男人的双眼，那双如深渊般漆黑的眼中翻涌着让人捉摸不透的情绪。

"我的意思是，"周时予停顿几秒后，低声问她，"盛老师可以留下来陪我吗？"

盛穗没有犹豫："好。"

周时予帮过她很多次，今晚又为她带病赴约，于情于理，她都该留下照顾病号。

比起被照顾，盛穗显然更适应照顾别人的身份。她抬起右手指向大厅的正中央，说道："我就在那边，你不舒服的话可以随时打电话给我，我忙完就过来。"

盛穗的左手腕还被周时予握着，她清晰地感受到了男人滚烫的体温。她弯下腰，用右手给周时予盖好毛毯和外套。

"外套你穿着吧。"

周时予趁盛穗弯腰的时候身体前倾，瞬间拉近了与她的距离。他将薄唇停在她的耳边，他的呼吸因为发烧而格外滚烫："如果盛老师因为照顾我而生病了，大概未来很长一段时间，我都会因为纠缠你而愧疚的。"

男人用词暧昧，声音蛊惑，全然不似平日的风度翩翩。盛穗听得耳热，不禁往后躲了躲，委婉地说："周先生，我发现你有时会有些……有些……"

"言行轻浮？"周时予好心地补充道。

见她默认，周时予不恼，反而勾唇一笑。他瞥见盛穗耳尖发红，她的眼中虽有几分难为情的羞恼，却更灵动明亮，再也没有了初见自己时的疏离、敬畏。

他看得出，盛穗已不再对他设防。她穿上他的外套去见母亲和弟弟时，甚至没想过其中的寓意。

盛穗也确实没想到母亲的反应会如此强烈。

于雪梅看着她身上的男式外套，震惊地问道："你这衣服是电话里说的那个朋友的？"

"是。"

盛穗确认弟弟已经退烧后，更不放心周时予一个人在那里输液。她说："我帮你们约车回家。"

急诊室内人来人往，于雪梅看了半天也没找到那个所谓的"朋友"。她上车前还在问："那人是上次你说正在了解的人吗？他人怎么样？"

"他很好。"盛穗不想让母亲再插手，"您不用担心，快回去休息吧。"

盛穗望着汽车远去，只觉得一身轻松。

回到急诊室，她一眼就见到了正在低头看手机的周时予。

男人重新戴上了黑色口罩，正在低头回复邮件。他无视四周女孩儿们的注视，连脸红的小护士对他热心地问候，他都无动于衷地垂着眼，疏离感十足。

这和几分钟前同盛穗说话时的温和的模样，判若两人。

这个反差让盛穗想起两个人初次见面时，男人表面看起来矜贵冷淡，实际接触后，她却觉得他温和体贴，甚至私下里还有几分不羁。

察觉到她的目光，周时予放下黑色手机，朝她弯眉一笑，宛若冰川消融，让人如沐春风。

盛穗走上前问："你好些了吗？"

"我没事了。"周时予摘下口罩，温柔地说，"阿姨回去了吗？"

"刚回去。"

盛穗不信他的话，借来体温计一测，温度不降反升。

她无奈地说道："你要不要睡一会儿？别太辛苦了。"

"好。"

座椅和前排之间的空间窄小，周时予个子太高，一双长腿无处安放。他合眼没多久就要改变一下姿势，英挺的眉轻轻蹙起。

盛穗想让他睡得舒服些，便朝男人靠近了一点儿，坐直后将肩膀抬高，轻声道："不舒服的话，就靠着我的肩膀吧。"

周时予并未扭捏，将头靠在她的肩膀上。过了半晌，他从衣兜里拿出糖来，问她："要吗？"

两颗扁圆的硬糖静静地躺在他的掌心上。透明的彩色纸片包裹着糖块，这是盛穗没得糖尿病前最常吃的水果糖。

小时候，她的零花钱很少，超市里就数这种糖最便宜，一块钱就能买一整包。后来她长大了才知道这种糖色素很多，品质大多低劣，也就没有再吃了。况且随着条件越来越好，廉价的水果糖逐渐被取代，现在市面上已经很难见到了，想吃只能特意去找。

周时予竟然会随身备着这种糖。

盛穗道谢后接过糖，垂眸看男人撕开包装把糖放进嘴里，不由得好奇地问道："你很喜欢这个糖的味道吗？"

从她的角度看，男人仍闭着眼，唇边弯起一点儿弧度："我十六岁那年生病住院，有人给过我一块水果糖。"

那就是十三年前，盛穗在心中默算。

"然后呢？"

周时予这次没再回应。

直到时间过去许久，盛穗以为男人早已睡着了，耳边才传来模糊不清的一声："后来，她不记得我了。"

他却忘不掉了。

第三章

周太太，以后请多多指教

他们凌晨两点半离开医院时，周时予的体温是 38.5℃。

盛穗想劝他留院观察，男人却坚持要亲自开车送她回家。她又困又累，实在推不掉，最后只得上车。

车停在楼下，盛穗推门下车，余光见周时予在低头找东西。

她困得头脑不清，问："需要帮忙吗？"

男人看着她身上的外套，最后只笑了笑，说道："没事，你回去吧，晚安。"

"晚安。"

因为睡眠时间太短，第二天，盛穗险些迟到。闹钟几次响起，都被她摁掉，最后还是肖茗推门进来把她叫醒的。

见她睁不开眼，肖茗也不再提庆生计划："今晚下班我给你做顿好吃的，吃完你就赶紧去补觉。"

盛穗将泡好的黑咖啡一饮而尽："抱歉啊，我答应你要出去玩的。"

"说什么呢，我给你打好车了，等下你在车上眯一会儿。"

出门前，盛穗拿起昨晚忘记还给周时予的男式外套，从衣兜里滑出一部白色手机。

她手疾眼快地接住，反应过来这部手机是周时予的。

盛穗微微皱眉。

她没记错的话，男人昨晚用的是黑色手机，但两个人初次见面他向她要联系方式时，他用的是白色手机。

盛穗用自己的手机拨通周时予的号码，果然见白色手机的屏幕亮了起来。

生活、工作各用一部手机很正常，问题是她该怎么把东西归还给他呢？

到学校后，盛穗打开记录家长联系方式的档案，找到周熠联系人第二栏里的另一串号码，打了几次都是无人接听。

他生病还没好吗？

她不由得开始担心起来，在课间强撑着睡意又拨打了几次电话，对方都未接听。

午休吃饭时，齐悦看出她心不在焉，关切地问道："盛老师，你还好吗？你的黑眼圈怎么这么重？"

盛穗笑着说："没事。"

她回到办公室，刚趴在桌上准备小憩一会儿，就接到了母亲的电话。

于雪梅的语气听起来有些疲惫，她说："小穗，今天是你的生日，妈妈这两天太忙，给你卡里打了两千块钱，你给自己买点儿东西。"

盛穗隐隐地猜到了她要说什么，说道："谢谢妈。"

母亲连连长叹："你弟弟中午又烧起来了，下午还要去医院输液，我真不知道该怎么跟单位请假了，唉！"

盛穗听出母亲话里的意思，主动问道："需要我帮忙吗？"

"你下午两点过去就行。"于雪梅立刻接话，满意地夸赞道，"果然还是养女儿好，言泽要是有你一半省心，我都要烧高香了。"

母亲果然是有事才找自己，盛穗自嘲地一笑："没事。"

母女之间再无话可聊，她挂断了电话，深吸了一口气，发现刚才收到一条短信。

"186××××0314：我是周时予，方便通话吗？"

盛穗高悬的心终于放下，她回拨电话。

电话接通后，男人解释道："抱歉，我上午在开会，刚刚看到未接电话。"

"没事，你的身体好些了吗？"盛穗想起正事，"你的手机和外套在我这里，我该怎么还给你？"

她话音刚落，就听那边响起吵嚷声。

"陈秘书和我说你昨晚烧到了40℃，你居然今天还来公司，牛啊，兄弟！"

"砰"的一声关门声后，周时予的声音响起，他说："看你什么时候方便。"

盛穗总觉得刚才的吵嚷声耳熟，想起男人凌晨时还高烧未退，问道："你还要去医院吗？我下午要在医院待到四点半，你要是去的话就在医院见面吧。"

周时予沉吟片刻，说道："那就四点半，我去找你。"

因为患有糖尿病，盛穗平日作息十分规律。昨天冷不防熬夜导致睡眠不足，她一整天都浑浑噩噩的。

为了陪许言泽，她请假赶到了医院，很快在急诊室里找到少年的身影。

许言泽马上要参加全国奥数竞赛，病中也不忘做卷子。见盛穗在他身边坐下，他头也不抬地说道："都说了不用你来。"

语毕，他从书包里拿出一个购物袋递过来："生日礼物，给你的。"

盛穗认得袋子上的品牌，知道这家最便宜的首饰都要四位数起步。她不清楚许言泽哪里来的这么多钱。

她婉拒道："太贵重了，我不能收。"

"反正也不能退货。"许言泽一脸不耐烦，"我送都送了，你不喜欢就丢掉。"

说完，少年不再理她。

盛穗无奈，只得收下。她叮嘱弟弟觉得不舒服一定喊自己后，便拿出电脑备课。她昏昏欲睡，备课效率奇低。

将近四点半时，于雪梅提着保温桶匆匆地赶来。见急诊室里人多嘈杂，她十分不满。

"吵成这样，病人还怎么休息？我早就说了，该让你爸托关系找个病房的。"女人边说边打开保温桶，盛了碗热腾腾的莲藕瘦肉粥给许言泽,"臭小子,大清早给你做的饭你又一口没吃,赶紧喝粥。"

看着许言泽满脸嫌弃地低头喝粥,那一刻,盛穗只觉得自己像是可笑的可怜虫,永远在期待幻想中的在乎和关心。

究竟要多久,她才能坦然地接受她从未有过家,才能认识到母亲早已有新生活的事实?

"没有家的话,那就自己建一个。"

不知为何,盛穗的脑海里倏地响起周时予温柔低沉的声音。

她收好电脑起身,右手抓紧背包布带,说:"没事的话,我先回去了……"

她的话被手机铃声打断,低头看着熟悉的手机号,她接通了电话。

男人在电话里问:"我到医院了。你在哪里?"

"我在急诊室里。"

"好,我去找你。"

很快,清瘦挺拔的身影出现在大厅里。

周时予的视线精准地落在盛穗身上,他迈着长腿朝她走来。

在她面前站定,男人开门见山地说道:"毛毯还在我车上,等会儿给你。"

周时予说话时,目光没有分毫偏移,俨然没将旁边的母子俩放在眼里。

"好的。"盛穗侧身介绍道,"这是我妈妈和弟弟。"

于雪梅不清楚周时予的身份,但从男人的气质就看出他的身份不同寻常。她收起威风的神情,连连点头问好。

周时予仍旧风度翩翩,镜片后缺乏温度的黑眸扫过保温桶:"湖藕炖至酥烂,至少要两三个小时,阿姨好手艺。"

男人说完,也不等于雪梅回应,再度看向盛穗。他伸手接过外套和手机,旁若无人地问:"你今天过生日,有什么想吃的吗?"

于雪梅对亲生女儿漠不关心,却对继子嘘寒问暖。

盛穗怎么会不懂周时予是在为她出气,她的眼底泛起点点泪花。她低头深吸一口气将泪憋了回去,再抬头时,见母亲脸上红一阵白一阵的。她知道母亲身体不好,便不想挑起争端,简单地告别后,跟着周时予去停车场取毛毯。

气派的车在一众轿车中鹤立鸡群。

盛穗脚步微微一顿,看着男人坚实宽阔的肩膀,轻声说道:"谢谢。"

周时予转身看着盛穗,将她自以为掩饰得很好的哀伤和脆弱尽收眼底。

几秒后,他轻叹一声,抬手轻轻地揉了揉盛穗的发顶。如他千万次想象中那般,她的发丝柔软顺滑,带着几分阳光的暖意。

他低低地喊她的姓名:"盛穗。"

盛穗抬眸,眼底有几分惊诧:"嗯?"

"你不需要成为让所有人都满意的乖孩子,"男人的声音在微凉的清风中显得无比温柔,他说,"不然你会活得很辛苦。"

周时予站在橙红色的阳光下,大片光晕笼罩在他的身上,让她不由得想到从天而降、拯救世人于苦难的神祇。

"好。"盛穗专注地看着他。

过了半晌,她扬起唇角,酒窝若隐若现,明艳的笑意让周时予愣怔了片刻。

"我知道了。"

和以往不同,这次周时予提出要送盛穗回家时,她没有再拒绝。

她系好安全带,不放心地确认道:"你的身体好点儿了吗?"

"我没事。"周时予总是这一句。

他用修长的手指轻轻地在方向盘上点了点。他若有所思,忽地说道:"稍等,我回医院忙点儿事情。"

下车后,他拿出手机拨通电话,语调毫无波澜:"去安排一间 VIP 单间,五分钟后要用。"

"好的,周总……"

陈秘书还没说完,电话就被邱斯抢走了。

"我们周总不是高烧 40℃ 都坚持上岗吗?我给你找医生,你还把医生拒之门外,怎么现在想起来要住院了?"

耳边聒噪声不停,周时予果断地挂断了电话。他大步走回急诊室内,在周围人投来的目光中,锁定了于雪梅母子俩。

女人还在抱怨急诊室的条件不好,旁边的许言泽大概是嫌她太吵,冷着脸戴上了耳机。

见周时予目不斜视地走来，于雪梅立刻警惕地起身，问道："请问有事吗？"

几分钟前的对话让她印象深刻。面前长相出众的男人年纪不过三十岁，姿态谦和，时时带笑，却让她本能地警觉。

周时予淡淡地看了一眼满眼防备的女人，又扫了一眼连头都懒得抬的许言泽，慢条斯理地说："这里似乎不适合学习。"

他从兜里拿出手机，看见陈秘书刚发来的信息，说："等下护士会带你们去VIP病房。"

他温和却不容拒绝的态度，让于雪梅感到一股压迫感。她绷紧后背，问道："你为什么帮我们？"

"别紧张，"周时予笑容温雅，视线落在女人悄然攥紧的拳头上，"只是举手之劳而已。"

这时，急诊科主任亲自带着两名护士赶来，张罗着护士把许言泽扶上轮椅，再送到楼上的VIP病房。

进单人病房都困难的医院，想进VIP病房更不是花钱就能办到的，周时予却说"只是举手之劳"。

在于雪梅敬畏的眼神中，男人向主任微微颔首。他接过对方送来的药品，再次看向于雪梅，说道："盛穗很在意你。我帮忙，也不过是让阿姨能把时间用在该做的事情上。"

于雪梅愣怔片刻。

该做的事情？

男人淡定的模样让她十分害怕，她握紧手机："钱我们会还给你。"

"随你。"周时予无所谓地说。

他低头看了看左手腕上的手表，不徐不疾地说："现在是四点四十五分，距离六点半还有近两个小时。"他略微停顿，朝女人勾唇一笑，"我想，准备一顿生日晚餐，时间应当很充足。"

说完，他颔首告别。他转身离去的瞬间，嘴角上扬的弧度消失，眼底冰冷一片。

周时予折返回车上时，盛穗已经沉沉地睡去。

她对开车门的声音毫无察觉，她的头偏向左侧，卷翘的睫毛随着呼吸轻轻颤动着。

柔和的光束透过车窗落在她的侧脸上，让她雪白的肤色显得有些透明，唇边的酒窝若隐若现。她恬静的睡颜，让人不由得想到"岁月静好"这个词。

周时予目不转睛地看着她，想：自己此时的眼神一定近乎贪婪。

哪怕在梦中，他也不曾这样安静而长久地注视过盛穗的睡颜。

这几日他时而会想：怎么会有人什么都不必做，仅仅存在就能让他感到安心、满足？

车内寂静无声，一场清梦无人惊扰，直到盛穗掌心里的手机振动起来。

她缓慢地睁开眼，睡意蒙眬地点开手机，看到了母亲发来的两条消息。

"母亲：谢谢你的朋友帮我们安排病房，替我谢谢他。"

"母亲：今天是你的生日，我等下去超市买菜，你有什么想吃的告诉我，忙完早点儿回家。"

盛穗看着屏幕，久久发愣，迟钝地看向身旁的周时予。

原来他刚才说"回医院忙点儿事情"，是去帮许言泽安排病房了吗？

不清楚从不在意自己的母亲为何突然对自己示好，但直觉告诉盛穗，这个改变一定和周时予有必然联系。

她刚睡醒，大脑里混沌一片。

她从未遇过如周时予一般的人，理解她的敏感脆弱，包容她的缺点不足，甚至体恤她的优柔寡断。

种种对她的好，让她时时感到不真实。她像是置身于云端仙境，因为太害怕跌落坠下，以至迟迟不敢迈步。

见她醒来，周时予才侧身将装着药的塑料袋放到后排。他看着盛穗迷茫的眼神，问道："今天你过生日，有什么愿望？"

盛穗想：她大概是睡蒙了失去了理智，某个念头在心底不受控制地疯狂滋长，呼之欲出。

她定定地看着男人，感觉自己的心脏在剧烈地跳动："什么愿望都可以吗？"

"什么都可以。"

怕她睡醒后遇寒着凉,周时予打开车内的暖气。他看向她,语气中带着几分不自知的宠溺:"在我这里,你可以做一个'坏孩子'。"

任性、敏感、哭闹……只要她愿意,怎样都可以。

"周先生,我们结婚吧。"

沉溺在男人温和的眼神中,盛穗结婚的请求脱口而出,连她自己都惊诧不已。

在过去不算平顺的人生中,盛穗从未意气用事过。她循规蹈矩地一步步走过来,努力活成别人口中"乖顺听话"的模样。

周时予是她二十七年平凡的人生里,唯一有过的勇敢与疯狂。

然而,男人似乎被她的冲动吓到了,久久没有出声。

沉默越发长久难熬,盛穗忍不住开口说道:"如果你觉得太仓促,也可以再考虑一下。"

她垂下眼帘,不敢再与之对视。盛穗头脑清醒后,尴尬席卷而来,双颊爬上绯红。

"盛穗,你真的想要和我结婚吗?"

周时予柔和的语调平复了她此刻的慌张。

男人耐心地继续说道:"我想要一段长久的婚姻。也就是说,如果你以后想离婚,会很难。"

"我没想清楚。"盛穗坦诚地摇头。她的确做不到像周时予那样能列举出结婚的理由,只轻声说起几次在她脑海中响起的那句话:"昨晚你说'没有家的话,那就自己建一个'。"

她鼓足勇气看向男人,涨红的耳垂暴露了她此刻的慌张:"可家里总不能只有我孤身一人,如果可以,我希望另一个人是你。"

男人眼神犀利,一言不发地深深望着她,似乎在探查她话中的真伪。盛穗能感受到周时予罕见的紧绷情绪,他整个人像是绷紧欲断的弓弦。

几秒后,周时予忽地勾唇,释然一笑:"好。"

说完,他直接发动汽车,踩下油门提高车速。

汽车驶离停车场,盛穗茫然地看着窗外的景色飞速地倒退,一时反应不过来,问道:"这是要去哪里?"

"回家拿户口簿,去领证。"周时予回答得言简意赅,"离民政局下班还有四十分钟,应该来得及。"

男人忽地想起什么,朝盛穗微微一笑,再喊她时已经改口:"周太太,以后请多多指教。"

领证过程比想象中简单不少,唯一耗时的只有拍合照。

见工作人员在整理拍照的设施,盛穗走到房间的角落里,拿出小镜子涂口红。她涂完口红,又将鬓角的碎发仔细地拢到耳后。

时间临近下班,见女主角迟迟不上台,工作人员大声催促道:"新娘人呢?怎么不见啦?"

"稍等。"

熟悉的男声在盛穗的头顶响起。

盛穗眼前一暗,就见周时予挡在她身前,低声宽慰道:"慢慢来,不急。"

"新娘"这个称呼让盛穗耳朵发热。她迅速地收起口红和镜子,就听周时予笑着说:"我该提前准备好婚戒的。"

"没关系,"她从包里翻找出男人送她的手链,放在掌心上,"戴这个也一样。"

下一秒,周时予用修长的手轻轻托住她纤瘦的手腕,细心地将手链套在上面,动作像极了戴戒指。

周遭人声不断,盛穗却只听见男人的声音落在耳畔:"盛穗,你愿意嫁给我吗?"

她不懂得说什么情话,只笨拙地回应道:"我愿意。"

拿到二寸的红底合照时,盛穗再次深深感叹造物主不公。即使周时予无妆上镜,他的五官也难挑瑕疵,宛若精雕细刻的艺术品。

照片上的男人,是她的丈夫。盛穗如是想着。

十分钟后,盛穗从工作人员的手中接过证件,第一次对这段略显匆忙的婚姻,有了些许真实感。

工作人员见她发愣,笑道:"今天是白色情人节,你们结完婚正好可以去吃顿好的,庆祝一下。"

白色情人节?

盛穗一直单身，从没过过情人节，被人提醒才想起来，她的心里开始犯难。

今天是白色情人节，更是她和周时予结婚的日子，而她甚至没考虑过要和丈夫一起吃晚饭。好像他们只是敲定了一纸婚约，却仍旧生活在泾渭分明的两个世界里。

想起肖茗费心准备的庆生晚餐，以及母亲突然的邀约，盛穗纠结道："我可能……"

"按照你原本的计划来就好。"

两个人站在民政局门外，周时予见她的发梢被晚风拂起，抬手替她拢到耳后，温和地说："家是可以随时回来的地方，不必着急。"

盛穗从没和其他男人如此亲近过，有些羞赧："周先生，我……"

"周先生？"

周时予垂眸注视着盛穗发红的耳尖，眼底的笑意更甚，他的身体有意微微前倾，拉近与她的距离。他慢条斯理地说："我记得，我们已经领证了。"

盛穗如何都喊不出"老公"二字。她双手抓紧包带，嗫嚅道："先生。"

她白嫩的脖子上爬满了绯红。

周时予不再逗盛穗，目光落在她戴着的手链上，温和地回应："周太太，祝我们新婚快乐。"

最终，盛穗还是拒绝了母亲的邀约，决定遵守诺言，回家和肖茗一起庆生。

她今天比平时回家要早，在玄关处就闻到了扑鼻的菜香。盛穗看向餐桌，上面果然摆满了她喜欢的菜，只是不见肖茗人在哪里。

"她今天过生日，你让我说这个？行了，我不和你废话，她马上就回来了。"

说话声和推门声同时响起。肖茗从厨房里出来，看到盛穗站在客厅里，先低声骂了一句，又若无其事地催促道："快来，我做了好多吃的。"

盛穗站着没动，轻声问道："你还好吗？"

肖茗张了张口，最后一屁股在沙发上坐下，破罐子破摔道："张涛好像在跟踪我。"

这名字很耳熟。上次肖茗说过有意向投资他们的项目的对方企业的负责人，且几次和她偶遇的人，就叫张涛。

"今天我买菜回来，进了小区里快到家时，瞥了一眼拐角的路面广角镜，发现有个男的躲在旁边的车后面，鬼鬼祟祟的。"回想起当时暮色中的身影，肖茗打了个寒战，"但我没看清对方的脸，不确定他是不是张涛，只是背影很像。"

盛穗听完拧紧眉头，果断地拉肖茗起身，说："这里不能住了，先简单地收拾过夜的东西，我们去酒店。"

"可……可你还要过生日。"肖茗虽然害怕，也没想过要立刻搬走，"我刚和表哥打过电话，他答应每天接送我上下班。"

盛穗拿肖茗没办法，只得无奈地叹气。

肖茗见盛穗态度缓和，立刻抱住她的胳膊轻轻晃了晃："如果你觉得尴尬的话，我不让我表哥进门。"

肖茗的表哥——肖朗对盛穗一见钟情，追求了她整整两年，无数次表示自己不在意她有糖尿病，现在逢年过节还给于雪梅送特产。

盛穗害怕过分热烈的爱意，肖朗越激进，她就逃得越远越快，还一度拒绝和他出现在同一场合。

"还是在家门口接你更安全。"盛穗见肖茗小心翼翼的样子，不忍责怪她，"你提前五分钟出门吧，等你们走了我再去上班。"

"好好好，你先吃饭。"肖茗连忙给她夹菜，突然"咦"了一声，"你以前从来不戴手链，这是谁送的？"

盛穗不知该怎么说自己已经结婚了。

肖茗看她支支吾吾的，就更加怀疑，追问道："是不是新的相亲对象送的？老实交代！"

盛穗招架不住，只得含糊其词道："等关系稳定之后，我再告诉你。"

肖茗不再八卦，感叹道："能被我家穗宝看上，这人到底是何方神圣啊？！"

两个人又笑又闹地吃起庆生餐。盛穗没提去医院的事，只挑开心的事和肖茗说,把女人逗得"哈哈"大笑。

饭后,肖茗主动负责洗碗,催盛穗快去休息。

盛穗洗完澡从浴室里出来,时间刚过晚上十点。她打过针后在床上躺下,本以为自己会倒头就睡,半个小时后却依然清醒。

她打开床头灯,下床找出崭新的结婚证,翻来覆去地看。

她的脑海中浮现周时予为她挺身而出的身影,他在停车场里揉她的发顶,以及他……

他昨晚还发着高烧。

盛穗的思绪有一瞬的停滞。

男人掩饰得滴水不漏,以至让盛穗总是忘记,他还是个病人。

她辗转反侧,最后拿起手机发去信息:"身体好些了吗?"

不同于往日,那人这次直接打来了视频电话。

盛穗现在只穿着一件吊带睡衣。她匆匆地拿起椅背上的外衫披好,靠在床头上接通视频。

下一秒,周时予清俊的脸出现在屏幕上。

他大概是将手机靠在桌面的东西上,盛穗能近距离地看清他棱角分明的下颌线。

周时予没有穿西装,换上了浅灰色的丝质睡衣。他身后的背景也同样是灰色的,清冷的装修风格和他平日温和的气质相差甚远。

盛穗隐约听见那边有人在说话,轻声问:"你还在忙工作吗?"

"我不忙,有几个同事在客厅里打游戏。"

周时予拿起手边的水杯,仰头喝了一口水。他主动开启话题:"你看上去心情很好,是因为晚上庆生了吗?"

在盛穗的认知中,事业有成如周时予,他的每分每秒都弥足珍贵,不能浪费在谈天说地上。哪怕他上次跟她聊天吃饭,也是目的性极强的相亲,这是两个人第一次漫无目的地聊起日常。

起初盛穗担心自己太啰唆,却发现周时予不仅没有不耐烦,时而还会感兴趣地提问。于是,她逐渐打开了话匣子。

后来,她无意间谈起肖茗特意为她做庆生晚餐,就见周时予沉吟片刻,问道:"她是'裕盛'的负责人吗?"

"是她。"盛穗惊讶男人居然知道肖茗,忍不住想帮闺密一把,"他们公司专做芯片研制,最近在找投资方,应该找过成禾。"

"我有印象。"周时予见她双眸灵动明亮,勾唇一笑,慢条斯理地说道,"毕竟那个公司的名称里,有我太太的姓氏。"

听周时予熟稔地称呼自己为"太太",盛穗免不了一阵耳热。

亲昵的话信手拈来,让人不由得猜想他是否过往情史丰富。

盛穗默默地在心里嘀咕,忽地听见一道细微的声音传来。

周时予扭头,低低地唤了一声:"平安。"

奶声奶气的猫叫随即响起。

想起男人的微信头像是一只猫,盛穗好奇地问道:"你家里有猫吗?是你头像上的那只吗?"

"嗯。"

周时予弯下腰,将脚边的猫抱起来。黏人的四脚兽躲进男人的怀中后,亲昵地露出粉色的肚皮,不断用毛茸茸的脑袋去蹭男人的手背,"喵喵"声不断。

盛穗身体往前倾,凑近手机屏幕,浑然不知肩上的外衫已经滑落。

她看着猫咪,说道:"好可爱。"

周时予盯着她锁骨上分外惹眼的一颗小痣,沉吟半晌,垂下眼帘:"它的名字叫平安,六岁半了,是我在一家猫咪咖啡馆里买的。"

调皮的猫见手机屏幕上有人,耸动着鼻尖好奇地凑过来,抬起粉嫩的肉爪按在屏幕上。

盛穗弯眉笑道:"好巧,我大三暑假时,就在一家猫咪咖啡馆里打工。"

周时予温和地说:"嗯,我知道。"

"嗯?"专心看猫的盛穗并未听清,抬眼询问,"你刚才说什么?"

周时予将平安放在书桌上,方便盛穗与猫互动:"它很黏人,平时我不能跟它玩得太久,你过来以后,可以多陪陪它。"

同居的事被猝不及防地提起,盛穗一时反应不过来,迟疑道:"我要搬过去吗?"

说完,她自己都倍感荒唐。

两个人是合法夫妻,住在同一屋檐下再正常不过。

果然,周时予在那边笑出声来。他拿起手机放到唇边,说:"我们结婚才不过六个小时，周太太就有分居的打算了吗？"

"我……我不是这个意思。"

见她慌忙解释，周时予不再提起同居的事让她为难。他沉默了几秒，一字一板地告诉她："盛穗，我不是让你现在就搬过来，我只是想让你知道，有人在等你回家。"

盛穗始料未及，这是第一次有人这样直白地告诉她，期盼着她回家。

盛穗攥紧被子，眼神闪躲，她的唇角悄然扬起，乖乖地答应道："知道了。"

挂电话前，她终于想起正事未提，连忙又问："你退烧了吗？下午我看你从医院拿了很多药。"

"嗯，没事。"周时予还是一成不变的说辞。

有过前车之鉴，盛穗不想再被他轻易地糊弄过去。许是夜黑风高人胆大，她强硬地说："那你测一下体温，我想看看。"

她的语气太理直气壮，让久居高位的周时予都愣了片刻。

他看着盛穗的脸上一点儿一点儿地泛起红晕，不徐不疾地说："看来我在你眼里，似乎信誉堪忧。"

语毕，他转身找出体温枪，测量后，将屏幕上"37.2"的数字给盛穗看，淡淡地笑着等她开口。

盛穗缩在被子里，恨不得把脸埋起来："你前两次也说没事，实际上还在发烧。"

"嗯，我以后一定改，"周时予道歉的态度十分恳切，他还不忘调侃她一句，"尽量少让周太太担心。"

习惯了她总是仓皇地挂断电话，周时予放下手机，起身离开书房，远远地听到从客厅里传来吵闹声。

客厅里的人是邱斯和成禾的另外两位核心人员，他们和周时予都是大学的校友，各自为成禾的发展添砖加瓦。

见周时予出来，刚刚游戏打通关的邱斯说："还是用你家的曲面屏玩得爽，来一局？"

旁边的两位连声附和。

周时予双手插兜，在沙发上坐下，面无表情地扫过茶几上的饮料和啤酒，说道："这是最后一次。"

"别那么小气嘛，"这话邱斯听了不下百遍，他满不在乎地说，"兄弟们为你卖命，玩会儿你家的游戏机怎么了？"

"我结婚了。"周时予笑道。他身体向前倾，金丝框眼镜上的细链摆动起来："所以，不方便。"

邱斯闻言先是一愣，而后捧腹大笑。

"你周时予会结婚？你喜不喜欢女的都难说，还结婚，哈哈……"

在几个人的打闹哄笑声中，周时予瞥了一眼墙上的时钟，从沙发上起身。

他走到卧室门前，回头朝一路跟在自己身后的陈秘书吩咐道："半个小时内，把他们都弄出去。"

"是。"陈秘书立刻预订半个小时后的酒吧包场，办妥当后才说，"梁医生的助理下午来问，您先前预订的诊疗是否还要继续。"

时间在沉默中不断逝去。

良久，当陈秘书正要重复请示时，男人摁住把手推开门，丢下了两个字："照常。"

经过几天时间的相处，盛穗已经和班里的学生亲近了不少。

只是亲密归亲密，棘手的事仍旧只多不少。

上午，班里一位患有智力障碍的学生直接尿在了裤子里。

盛穗察觉后，立刻将男孩儿抱到旁边的洗手间里，给他洗净，换上新裤子，还不忘清理座位旁的大摊尿液。

谁知道孩子肠胃不好，下午又排泄在新换的裤子里了。

再没有备用裤子可换，盛穗只能从教师储物柜中拿出她的裤子给学生换上，又打电话请家长尽早来学校接孩子。

最后，盛穗看向齐悦，说："你照看一下，我去趟洗手间。"

齐悦见盛穗熟练地找出洗衣液和塑料盆，盆里是两条沾满屎尿的裤子，目瞪口呆地问道："你不会是要给他洗衣服吧？他的家长等会儿就来了。"

"他妈妈每天都是坐公交车来，"盛穗语调平静地说，"裤子上的味道很重，司机和乘客可能会拒绝让他们上车。"

特殊儿童一直被绝大多数人歧视。即便这几年情况有所改观，他们也仍旧是弱势群体。

盛穗清楚她能做的很少，但总好过置之不理。

手忙脚乱中，时间眨眼便过去了。等盛穗回过神，齐悦已经在督促学生放学了。

乌云压城，天上"淅沥沥"地下着毛毛细雨。盛穗叮嘱学生打好雨伞，和其他班级的老师一同站在校门口。

一时间，大门前站满了学生、教师，以及等候的家长。

迟迟不见接送周熠的阿姨，盛穗在心中隐隐猜想：周时予会来吗？

她的眼神中带着怕被人发现的担忧，还有几分连她自己都未察觉到的期待。

盛穗隔着熙攘的人群，终于在漫漫雨雾中，看见一道未撑伞的修长的身影。

周时予大概不愿出现引起骚动，只是孤身一人站在斜风细雨中。

两个人四目相对，男人朝她微微一笑。

最后，周熠还是被阿姨接走的。

阿姨似乎不知道周时予来了。直到牵着孩子离开，她也没有朝男人所在的方向看过一眼。

盛穗送走学生后，匆匆地折返回教学楼，想到高烧初愈的人还在冒雨等她，不由得加快脚步。

她再出来时，校门处空无一人，只有不远处的周时予仍站在原地，耐心地等着她。

雨势渐大，盛穗踩着小水洼快步走过去。见男人的肩头半湿，她皱眉问道："为什么不去旁边的报亭里躲雨呢？"

周时予从盛穗的手中接过雨伞，两个人指尖相碰，她感觉到他的手冰凉一片。

"雨很小。"男人撑着伞，伞面向她的方向倾斜着，温和地笑道，"报亭离这儿太远，我怕你找不到我。"

找不到可以打电话。春寒料峭，他病刚好就淋雨，再发高烧该怎么办？

许是患有糖尿病的她太知道健康的重要性，许是两个人的关系已不同往日，盛穗对周时予丝毫不爱惜身体这件事，隐隐生出几分不满。

两个人并肩朝着街对面的车走去，盛穗兴致缺缺地拉开与周时予的距离。

周时予看出她的低落与抗拒，握紧伞柄，说道："你似乎心情不太好。"

"没有。"盛穗觉得她没资格对周时予指手画脚，于是抿唇问道，"你来找我，是有什么事吗？"

"这是家里的钥匙，我昨天忘记给你了。"

周时予从衣兜里拿出钥匙，却见盛穗紧锁着眉，似乎并不愿意接。他的眼神黯淡下来，他说："你讨厌和我一起生活……"

"周先生，"盛穗没听清男人说的话，咬着嘴里的软肉，忍不住打断他，"我知道我不该多管闲事，但我觉得，您应该爱惜自己的身体。"

盛穗看着他，男人湿透的右肩越发刺眼。她抬起头，这才注意到头顶的雨伞向她倾斜着。她猛然明白了男人右肩湿透的原因。

盛穗从包里拿出洁净的手帕，不知哪儿来的冲动，踮起脚就要去擦周时予肩上的雨水。

"您可能身体很好并不在意，但健康真的很重要，请不要再淋雨了……"

话音未落，周时予坚实有力的手臂环住了她的腰，温柔却强势地拥她入怀。一时间，盛穗的鼻间满是湿润微涩的木质冷香。

不知为何，盛穗从这样亲密的动作中，体会到几分患得患失。

盛穗心中的疑惑多过害羞，她整个人藏在黑色的风衣中，不解地抬头叫了一声："周先生？"

"是先生。"周时予不厌其烦地再一次纠正她。

他侧过脸，将头轻轻地抵在盛穗的肩膀上，滚热的呼吸落在她的颈间，宛若耳鬓厮磨的姿态。他低声告诉她："这样，我们就都不必淋雨了。"

细雨寒风，让这个拥抱格外温暖。

躲在男人宽大的黑色风衣下，盛穗忽地觉得自己有被珍重对待。

虽然不清楚原因，但她能清晰地感知到周时予抱住她时的情绪波动。拥她入怀时，男人不忘细心地将她包裹在洁净的风衣下，不让她沾到他的外套上的湿寒。

淡淡的木香过后，周时予身上让人无法忽略的雄性气息席卷而来，如同这个猝不及防的拥抱——温柔之余，更多的是男人与生俱来的征服欲和压迫感，让她无力招架。

盛穗觉得自己将要溺毙在这场无言的较量中。

混沌的大脑艰难地运转，最后，她嗫嚅道："这样抱着，好像没法走路了。"

盛穗的耳边蓦地响起周时予的笑声，他嗓音里充满诱惑："你没试过，怎么知道？"

"可这样我没办法呼吸。"

盛穗感觉搂在她腰上的手卸下了力道。周时予直起身，又恢复了她熟悉的温文尔雅，仿佛他刚才的失态只是她的错觉。

四目相对，她轻声说道："你家里的钥匙，还要给我吗？"

她向来对情绪感知敏锐，会下意识地照顾他人的感受，尽可能让所有人都满意。

盛穗虽然没听清拥抱前男人说的那句话，却也知道他因为她对同居的事犹豫不决而不快。

周时予在结婚前不止一次地明确提过他想要长久、稳定的婚姻，她主动提出结婚，却要丈夫来承担她一时冲动的后果。

"周先生，我没有恋爱经验，也不懂如何处理亲密关系。"

周时予沉静专注的目光令她惭愧。

盛穗垂下眼帘，长袖下的手不安地搓动着。她小声却坚定地说："但我会努力学习的，"怕周时予觉得她敷衍，她又抬头补充道，"争取每天都进步一点儿。"

周时予看着她稚拙却真诚的模样，撑着伞靠近一步，不愿她的肩头淋上半滴雨水。他开玩笑道："你这话听上去像是在还贷。"

盛穗紧张的情绪瞬间消失。

男人朝她伸出手，他的手指骨节分明，根根修长。

在她困惑的眼神中，周时予温柔地笑道："既然是借贷，我也该索要些利息。"

盛穗乖乖地握住男人的左手，低头看她的小手被大掌包住，忍不住扬起唇角:"这也要利息,商人都像你这样精明吗?"

周时予欣然接受评价:"谢谢夸奖。"

已是新婚夫妇的两个人不再纠结接送问题,周时予开车送盛穗回家。

小区里有老婆婆在摆摊卖水果,盛穗想起肖茗最爱吃枇杷,就挑了几个拎回家。

家里寂静无声,盛穗回房简单收拾后,算着肖茗平日回家的时间,提前切好枇杷,摆好盘放在餐桌上。

直到傍晚六点半,盛穗也不见肖茗回家。

肖茗平时加班都会提前告知盛穗。她想起昨晚肖茗提起的被跟踪的事,心里一沉,立马拿出手机打电话。

"嘟"声响过六下,电话被接起。盛穗急匆匆地问道:"你还好吗?"

电话那头的声音模糊嘈杂,几秒后,听筒里传来一声哽咽——

"我……我在公安局。"

盛穗飞也似的赶到公安局时,肖茗已经切换到了战斗模式。

"警察同志,请你们搞清楚,这人跟踪我好几天了,今天还被我表哥抓到现行,他这样都不用被拘留?!"

见肖茗情绪激动,对面的民警起身给她倒了杯热水,耐心地解释道:"肖小姐,我们不怀疑您的话,但他的行为目前还没有构成犯罪,警方无法拘留他。"

"可他对我的人身安全造成了严重威胁!"肖茗"噌"的一下站起身,指着旁边的男人说道,"他每天跟踪我回家,今天又从逃生通道里冲出来,要不是我表哥在,谁知道他会做什么?!"

"谁说我是来找你的?我就不能有朋友也住在这里吗?"西装革履的男人连连冷笑,指着脸上的伤口说,"有人证明我跟踪你吗?我看你们无故打人才是真的,信不信我告你故意伤人。"

肖茗身后的肖朗也是个暴脾气,闻言"咣"的一拳捶在男人的脑袋上:"你去告啊!你以为我怕你!"

"干什么!在公安局里还敢打架!"民警猛地拍了一下桌子,又看向得意扬扬的西装男:"还有你!真以为没监控你就能无法无天了?我警告你,你要是抱了她就属于强制猥亵!随随便便就能拘你十天半个月!"

最后,只能以西装男不情不愿地给肖茗道歉而结案。

他跟踪监视是真,骚扰未遂、没有证据也是真。肖茗再生气,也没法让坏人付出应有的代价,反而可能因为和西装男撕破脸,让项目投资付诸东流。

她转身,看见慌忙赶来的盛穗,不由得眼圈一红。

她冲上去抱紧盛穗,委屈得像个孩子:"我早该听你的。"

"没事就好,"盛穗轻拍她的后背,安抚道,"你尽快搬家吧,那里不能再住了。"

"好,表哥让我先去他家住一阵。"肖茗瓮声瓮气地答应,有些不放心盛穗,"你打算怎么办,要不要先和我挤一个房间?"

肖朗忍不住插话说:"盛穗一起来吧,万一那个畜生再回来打击报复怎么办?你俩住主、客卧,我去客厅凑合凑合就行。"

盛穗谢绝了他的好意:"我弟弟平时住学校,母亲那里应该能借住两天。"

兄妹俩都知道她的情况,苦口婆心地劝了半天也没用。最后,肖茗只得嘱咐道:"那你到家后,一定记得给我打电话。"

"知道了。"

盛穗目送两个人上车离去后,嘴角的弧度垂了下来。

租的房子不能回去了,她去酒店也有被尾随报复的概率,去母亲家更是希望渺茫——继父许叙并不喜欢她出现,过节喊她吃饭已是最大的让步了,她去请求借住简直是自取其辱。

公安局门外鲜少有人经过。盛穗靠着栏杆,看了一眼时间,已过晚上八点。她苦笑一声,自己怎么沦落到了无处可去的境地。

从公安局打车去酒店,在酒店里一直待到天亮应该没事,盛穗心里如是想着。她低头打开手机,翻看聊天列表,指尖停在一个猫咪头像上。

她终于想起,有人曾说过,在等她回家。

拨通周时予的电话时,盛穗才发觉自己已在寒风中站了太久,连声音都在发颤:"周先生。"

男人依旧耐心地等待她说后半句。

盛穗听着平稳悠长的呼吸声,忽地有些委屈:"我想回家。"

"你在哪里?"周时予得知盛穗在公安局,也不多问缘由,只温和地说,"我现在过去。"

这时,电话里传出询问声:"周总这是着急去哪儿?几道好菜还没上呢。"

"改日再聚,"听筒里男人的声音有些模糊,应当是周时予将手机拿远了,"我要去接我太太。"

"周总居然结婚了?那我们公司不知有多少小姑娘要心碎了。行,你快去吧,哪天带着老婆一起来。"

"失陪。"

等到那边彻底安静,盛穗才敢小声地问:"你有饭局吗?会不会打扰你了?"

"跟熟人一起吃饭而已。"周时予发动汽车,忽地低声笑了笑,"况且,这是周太太第一次主动找我帮忙,机会实在难得。"

盛穗耳尖一热,就听男人向她报告一般说道:"我现在开车过去,大约要十五分钟,你冷的话就去室内躲一躲。"

盛穗干巴巴地应了一声,再想不到其他话题,更不想说话。她抬眼看向前方的一片漆黑,犹豫着是否要结束通话。

"盛穗,"周时予忽地唤她的姓名,平缓温柔的声音抚平她的焦躁与不安,"就算没有话说,也可以不挂电话。"

话音一落,男人不再开口。一时间,电话里只剩下两道平稳的呼吸声,气息微弱,却令人倍感心安。

十五分钟后,男人如约而至。

期间,值班民警几次拿着热水和薄毯出来,询问盛穗要不要进去休息,都被她委婉地拒绝了。

熟悉的车远远地驶来。

驾驶门开启,周时予迈着长腿从车上下来,他的臂弯里搭着一件黑色的外套。

盛穗顺从地让男人为她披好外套。

他俯身低低地问道:"怎么不进去?不冷吗?"

盛穗微微扬起下巴,摇了摇头。

盛穗乖顺恬静的模样看得人心底一片柔软,周时予抬手轻轻揉了揉她的发顶,让她先进车里。

车里提前打开了空调,副驾驶座上有一张厚毛毯。盛穗将毯子放在腿上,隔着玻璃看周时予和民警交谈,一时百感交集。

原来被人用心呵护,是这种感觉。

很快,开门声响起,周时予坐进驾驶室里。他低头系上安全带,淡淡的酒味在车里弥漫开来。

盛穗对酒味格外敏感,下意识地问:"你喝酒了?"

"没有,"周时予见她指尖发白,调高了空调温度,"我知道你不喜欢别人喝酒。"

盛穗对酒桌文化略有耳闻,并不想丈夫为了她的喜好做出牺牲,便解释道:"我小时候,父亲的脾气不好,每次他喝醉回家,就会不断地摔东西、骂人、打人。"

坦白原生家庭的阴暗面并不容易,盛穗深吸了一口气,继续说:"其实我并不反对喝酒,只是害怕情绪失控的人。"

一反常态,周时予并未回应她的剖白,只是一言不发地发动汽车。

他突如其来的沉默让盛穗困惑不已。

她隐隐觉得,她说"害怕情绪失控的人",是现在冷场的原因。

可周时予是盛穗见过情绪最稳定的人。就连那日在医院里为她出气,他都始终面带温雅的笑意,脾气好到让她感叹他不像是一个正常人。

两个人一路无言。

周时予住在市中心的一栋高级公寓内,位置寸土寸金,有三百六十度全方位海景可供欣赏,一梯一户,私密性极好。

像上次视频中见到的那样,两百余平方米的大平层都是浅灰色的设计,为数不多的彩色,是随处可见的猫咪玩具、饭盆、饮水机、猫窝和猫抓板。

事发突然,盛穗只回家拿了几套换洗衣物,日常用品只能用周时予的。

"这边是餐厅和客厅,健身房、电脑房和会议室在东侧走廊,西边是两个书房和卧室。"周时予带盛穗在家里简单地转了转。经过其中一个书房时,他脚步微微一顿,说:"平时关着门的书房是用来办公的,我不会让家里的阿姨进去。"

盛穗明白他的意思,回道:"好,我不会乱跑的。"

卧室连通衣帽间,衣帽间里立着四面贴墙的落地柜,中央摆着专门放置首饰的玻璃展柜,尽显气派。

周时予指着落地柜和展示柜,示意道:"阿姨提前清理过,你的东西可以随意放。"

盛穗想:她哪怕搬来家里所有的物件,都塞不满这里的半个落地柜,她的首饰更是两只手就能数过来。

她放好衣服,两个人折返回开放式厨房。盛穗正想问在哪里能接水,就听东边的走廊里响起猫叫。

黑白相间的猫咪在墙角探头探脑,玻璃珠似的圆眼盯着盛穗。几秒后,它屁颠屁颠地朝她走来,翘起的尾巴扫过她的脚踝。

平安比盛穗想象中的还要滚圆。她弯腰抱起小猫,就听它在臂弯里"喵喵"地叫个不停。

她忍不住挠着猫咪的下巴,好奇地问道:"它为什么叫平安呢?"

"它小时候总生病。"周时予从冰箱里拿出鲜奶,倒入小锅里煮,"我希望它能平安健康。"

他从橱柜中拿出玻璃罐,转身靠着大理石台面,目不转睛地看着平安伸出舌头舔盛穗的脸。她眉眼弯弯,笑意嫣然。

一人一猫,是他的"穗穗"与"平安"。

"穗穗平安"。

岁岁皆平安。

周时予静静地看着眼前的场景,忽地想起六年前的那个夏季。

他戴着口罩去往那家咖啡厅,在偏僻的角落里见到打工的盛穗正在逗猫,那时她的脸上也是这样无忧无虑的笑容。

时至今日,他仍记得那时的光景:午后的阳光落在她的肩上,金色的光点跳跃着,她在无人问津的角落里悄然绽放。

只是他是唯一见证绚烂的观众。

"以前我也想过在家里养只猫咪，可惜室友对猫毛过敏。"

女人的说话声将周时予的思绪拉了回来。

盛穗将猫抱在肩上，惋惜地说道："其实她很喜欢猫，我们也试过很多办法，但她还是有过敏反应。"

周时予关掉灶台的火，将温热的牛奶倒进奶泡机里，再依次加入玻璃罐中的姜黄与肉桂粉，然后启动机器。

"让她先去呼吸科检查免疫球蛋白，医生会根据数值给她注射奥马珠单抗，这是专治哮喘和过敏的靶向药，可以减弱过敏反应，一个疗程在半年左右。"

机器声停止，周时予从壁橱中挑选了一个奶白色的马克杯，将黏稠的淡黄色奶泡倒进杯中，最后再撒上些许姜黄粉作为装饰。

"后期有条件的话，她还可以再去变态反应科做脱敏治疗，同样要打针，每周两次，疗程时间因人而异。"他确认杯壁不烫手后，将马克杯递过去，"治疗的费用并不高，就是需要时常打针，还需要注意低温保存脱敏药。"

周时予的描述太过详细，盛穗甚至有一瞬的恍惚，感觉对猫毛过敏的人就站在她面前。

"该有多喜欢，才能做到这种程度啊！"她不由感叹，注意力被眼前的饮品吸引，"这是给我的吗？"

她刚才还以为这是周时予给平安温的羊奶。

周时予将猫咪抱了过来："你今天晚上在外面吹了冷风，又换到新地方睡觉，可能会不适应。这里放了姜黄和肉桂，能驱寒助眠，对糖尿病患者也有益处，你试试看。"

盛穗对于吃向来敷衍，还是第一次见到牛奶有这种喝法。她接过杯子浅尝了一口，唇齿间满是醇厚的奶香，还夹杂着丁点儿姜黄的味道。她觉得新奇，忍不住又喝了几口。

见盛穗喜欢，周时予眼底柔和一片，不由得想起她刚才的那句感叹，意味不明地笑了笑。

是啊，该有多喜欢，才能做到这种程度。

喝过牛奶后，盛穗整个胃都暖洋洋的，紧绷的神经放松，困意席卷而来。

周时予作息规律,她在客厅里陪平安玩的空当,男人已经洗漱完毕了。回卧室时,盛穗就见他靠在床头在看平板电脑。

男人刚洗过的头发格外蓬松柔软,额前的碎发微微遮住他的眉眼,睡衣领口敞开着,露出大片雪白的皮肤和精壮的胸膛。

此时的周时予少了精英的矜贵气派,反而添了几分平易近人,以及几分勾人心弦的诱惑。

盛穗不敢再看,匆匆地拿着换洗衣服进了浴室里。她慢腾腾地洗完澡,又将每根头发吹干,直到找不出一点儿湿意,才咬着牙推门走了出去。

家里只有一间卧室,她不可能在同居第一天就去客厅睡觉,同床似乎是唯一的选择。

于是,她只能一步步地挪到床边,也不知该和周时予说什么,小心翼翼地掀开被子。

周时予见她躺好,便放下平板电脑,摘掉眼镜,平静地询问道:"要关灯睡觉吗?"

"好。"

男人表现得太过坦然镇定,如果她再扭捏,反而显得矫揉造作。

盛穗的心"怦怦"直跳,她感觉到身旁的床面微微下陷,是周时予躺到了她身边。

她该说些什么?

新婚夫妇首次同床共枕,她又需要做些什么?

盛穗的身体僵硬得如钢板一般,各种场景在她的脑海中轮番播放,她却迟迟不见周时予有任何动静。

她用余光悄悄朝旁边看去,发现男人安静地平躺着。他呼吸平稳,显然已经沉沉睡去。

可盛穗仍旧毫无睡意,又不好意思翻身,只能在心中默默地数羊。

"睡不着吗?"

低哑的声音在安静的卧室里响起。

盛穗的心猛地一跳,她慌忙小声道歉:"我是不是吵到你了?"

闻言,周时予侧过身面向她。他并未睁眼,只是在被子下悄然握住盛穗的手,将她的手慢慢带到他胸口的位置。

隔着睡衣的布料,盛穗感受着男人猛烈的心跳。

她一时不知如何开口。

黑暗中,她感觉到周时予的身体正向自己不断靠近,最终停在寸许之外。

男人的两瓣薄唇几欲贴上她的侧脸,他灼热的呼吸快要将她烫伤。

盛穗呼吸骤停,大脑一片空白。

察觉到盛穗的慌乱,周时予低声笑了笑,伴随着不知是谁的剧烈心跳,一字一板地敲在她的耳边:"告诉你一个秘密,其实我也很紧张。"

第四章
翘首以盼的爱人

太近了。

卧室内静谧无声,盛穗缓慢地眨着眼,耳边只剩下自己慌乱的喘息声。

周时予侧躺在她身旁,薄唇几次似有若无地蹭过她的脸颊,滚热悠长的呼吸扫着她的脖颈,气氛暧昧。

"盛穗。"

低哑的声音在盛穗的耳边响起,吹过她的耳郭,带起阵阵痒意。她忍不住转身,见周时予仍闭着眼,压迫感消散了大半,不由得松了一口气。

"今天晚上你能主动找我,我很高兴。"

周时予温和的声音总是最佳的抚慰剂。

盛穗的双手夜间容易发冷,现在被男人的大掌焐热。她垂眸说道:"可我好像一直在给你添麻烦。"

话音刚落,近在咫尺的男人忽地睁开眼。没有了镜片的遮挡,盛穗终于能看清他眼中除温文儒雅以外的其他情绪,像是疼惜,又像是隐忍。

最后,周时予抬手仔细地为盛穗盖好滑落的羽绒被,将她半圈在他宽阔的臂弯中："没有人结婚是为了学会如何独立。"

见她目光怔怔,周时予又闭上眼,像哄孩子入睡一样,耐心地轻拍她的后背："能被你需要,也是件很幸福的事情。"

独身孤寂太久的人,总会格外珍惜来之不易的温暖。

盛穗的身体不再僵硬。她用目光刻画着丈夫俊朗的面容,抿了抿唇,默默地朝周时予的方向凑近了些,等待男人的心跳一点儿一点儿地重归平稳。

在两道交缠的呼吸声中,她轻轻唤道："先生。"

"嗯?"

"其实白天我说谎了,"鼻尖处是令人心安的冷木幽香,盛穗缓缓闭上眼睛,"拥抱不会让人没办法呼吸。"

但会让人感觉到久违的幸福。

盛穗原本预想自己会失眠,却睡得酣畅安然,早晨醒来的时间比平时还晚。

她睡眼蒙眬地看着眼前陌生的环境,迟钝地想起,昨晚已经搬来了周时予家里。

门外传来隐隐的菜香,盛穗正要坐起身,却发现睡衣下摆不知何时卷了上来,露出平坦的小腹。

清晨六点半,她忽地红透了脸。

她的睡相并不太差,就是早上醒来时,总会发现身上的衣服向上卷起,不管穿睡衣还是睡裙,都是如此。

平日里一个人睡还无所谓,可她昨晚搬来和周时予同住,甚至还睡在他怀中,那她的整个胸岂不是都贴着他……?

盛穗不敢再想,挫败地将头深深埋进枕头里,试图逃避惨痛的现实。

推门声响起,周时予进屋就见刚睡醒的人恨不能用被子裹住自己,却顾前不顾后,后腰处的衣摆随着动作卷了上去,露出一截诱人的细腰。

"早。"

他不动声色地别开视线,走到床边拉过被角,去遮掩那片惹眼的雪白。

"你平时一日三餐都吃多少克碳水化合物？"

盛穗沉浸在羞耻中，冷不防听见提问，乖乖地回答后才回神问道："你在准备早饭吗？"

"随便做点儿。"周时予继续问，"你想再睡一会儿，还是起来打针，准备二十分钟后吃饭？"

1型糖尿病患者的生活习惯和正常人的不同，饭前需要提前注射胰岛素，每餐摄入的碳水化合物量也要精细计算，就连最日常的米饭、包子、面包等升糖快的食物，都要尽量少吃。

盛穗的早餐向来十年如一日，用两片全麦面包做主食，搭配一杯全脂牛奶，再加清水煮的青菜和鸡蛋。虽然简易清淡，但胜在营养齐全，她又向来是吃饭对付的人，早就习惯了清汤寡水。

门外香气诱人，盛穗猜想周时予说的"随便做点儿"，是他点了丰盛的外卖，等送来后又加热了一番。

毕竟是丈夫用心为自己点的早餐，哪怕是一些升糖快的食物，自己也该珍惜这份心意，盛穗如此想着。

盛穗在浴室里测了血糖，注射过胰岛素后，仔细地将带血的试纸和针头用纸包好。她并未将纸丢进脚边的垃圾桶里，而是走出浴室，放进她的挎包内胆里。

高中住宿时，盛穗为了不让别人发现她生病，会将针头和试纸用纸包住，然后小心地藏起来，后来便慢慢地养成了这个习惯。

她换好衣服从卧室里出去，见到在厨房里忙碌着的男人的背影，猛然愣住了。

她怎么都想不到，周时予竟然清早起来亲自下厨，甚至还做了看上去十分复杂的食物。

大理石台面上，透明碗中是切得细碎的胡萝卜、炒蛋、韭菜、虾肉和木耳，掺入酱料，搅拌均匀后，又加入葱花去腥。

馅料被男人用瓷勺挖出，放在薄薄的馄饨皮上。

他从另外一个碗中拿出去过虾线的整只嫩虾，摆在色泽鲜艳的馅料上，最后将薄皮合拢，放进蒸锅里，点火烧水。

整套动作，他一气呵成。

看清男人用的是升糖慢的全麦面,而非精细的白面,盛穗忽地觉得,周时予的心已经细致到了恐怖的程度。

她得病十三年,还是第一次吃用全麦面粉做的蒸饺。

听见她的脚步声,周时予戴上手套,打开一直用温火炖煮的砂锅,盛了碗冬瓜口蘑汤给她。

"先喝口汤,早上暖暖胃。"

盛穗在餐桌前坐下,先看了看眼前浓稠鲜美的暖汤,又看着男人将切好的西柚端上桌。

她没记错的话,西柚是对糖尿病人比较友好的水果之一。

盛穗注意到擀面板旁放着一个食品称重电子秤,错愕地道:"你不会把水果和蒸饺都称过重量吧?"

碳水化合物摄入量的计算很烦琐,要称出食物的总重,再按照每一百克重的碳水化合物含量来计算出总碳水化合物量,最后将各种食物的总碳水化合物量相加,就是每顿饭的碳水化合物摄入量。

面对她的诧异,周时予依旧轻描淡写地说:"我不过是随手称的。"

眼前白雾升腾,盛穗有一瞬的恍惚。

切水果、蒸虾饺,还有炖汤,现在时间还不到七点,他怎么都得五点就起床做饭了。

受宠若惊都不足以形容盛穗此时的心情。她嗫嚅了半天,问道:"你平时也这么早就起来做饭吗?"

"偶尔。"周时予将偷偷爬上料理台的平安抱走,从蒸锅中端出虾饺,"家务里我只擅长做饭,清理方面不是很会。"

盛穗听到终于有她能做的,连忙自告奋勇地说道:"我可以帮忙的。"

"好,不要太辛苦了。"周时予见她的汤碗快见底了,眼底泛起笑意,"还要吗?"

盛穗很少早餐时吃得这么多。热汤暖身,西柚清甜,虾饺更是一口咬下去汁水四溢,甚至在周时予告诉她只能吃八个虾饺的情况下,她又偷偷多吃了两个。

饭后,她主动要求洗碗。

"今天是周末,你要不要再休息一会儿,昨晚……"清晨睡衣卷起

86

的尴尬记忆突然涌现在脑海里,盛穗低头刷着锅,声若蚊蝇,"昨晚我没做奇怪的事情吧?"

"没有。"

男人果断的回答令她松了一口气。盛穗正感叹男人心善,就见周时予走到她身边,弯腰替她将滑下来的衣袖一层层地卷起,他的样子暧昧又顽劣。

"不过,我应该能独自给周太太买胸衣了。"

果然他心善什么的,都是假的!

午饭过后,盛穗要回出租屋打包行李,周时予要去公司处理工作。

男人还是将车停在小区门口,没有坚持亲自送盛穗上楼,只在她下车不久后,打去电话。

盛穗疑惑地接起电话:"先生?"

"我今晚有个饭局,要晚点儿回家。"听筒里,周时予声音十分低沉,"我出门没带钥匙,到时需要你帮我开门。"

车还停在小区门口,盛穗本想说她可以现在将钥匙送下去,但转念一想自己大概回家比他更早,于是答应道:"好。"

随后,电话那头沉默下来,她以为周时予有话要说,几秒后他却挂断了电话。

回到出租屋,盛穗搬出大型收纳箱,着手整理物品。她将东西按照使用频率,分门别类地收好,起身环顾四周时,总有种恍如隔世之感。

她在这里住了三年有余,就要这样搬走了吗?

半个小时后,只听门外响起匆忙的脚步声,肖茗笑容满面地推门走了进来。

她见盛穗在收拾东西,连忙将人拉起来:"宝,我们不用搬家了,张涛被人狠狠地收拾了一顿!"

盛穗不解。

"昨天我到家没多久,就接到了张涛领导的电话,为张涛骚扰我的事给我道歉,还让我别担心。"肖茗拉着盛穗的手,兴奋地说,"他说昨晚连夜派张涛去外地了,一周后再把他派遣到非洲去,这简直比解雇他还要大快人心!"

盛穗问起张涛的领导突然处理张涛的原因，肖茗也不大清楚，只听说是张涛他们公司有新项目要启动，如果张涛骚扰肖茗的事情闹大，后果不堪设想。

盛穗感到不对劲。

真想避免麻烦，当场解雇张涛无疑是最优解，何必先把人调派到外地，再弄出国？这一套大费周章的操作，倒更像是想尽办法，尽快把人从魔都弄走。

这件事情解决之迅速，盛穗总觉得和周时予有关。但她昨晚只说过朋友遇到了麻烦，从未谈起张涛的姓名，连肖茗是受害人都绝口未提。

他怎么可能知道呢？

大概是她太多心了。

得知坏人终于受到了惩罚，肖茗欢呼道："现在张涛滚蛋了，我们就可以继续住在这套房子里了！"

她昨晚借住在表哥家，虽然住宿条件好了许多，还不收房费，但没和盛穗待在一处，总觉得寂寞。

肖茗兴奋地规划着晚上吃火锅庆祝，盛穗却坐在床边发愣，出神地看着收拾了一半的箱子，犹豫不决。

"你怎么愁眉苦脸的？"肖茗上前捏了捏盛穗柔软的脸蛋儿，"等会儿我们一起去超市吧，反正也不用搬家了……"

"肖茗，"盛穗的脑子里有两道声音在打架，她下定决心，抱歉地说，"我可能还是要搬出去。"

周时予为了让她搬过去，连家里的衣柜都收拾好了，显然是默认她会长期入住。

如果她需要周时予时就去，不需要他时就走，到底是把他当作什么？

肖茗想不通："为什么？你还是在考虑安全的问题吗？"

"其实，我昨晚是借住在相亲对象的家里。"

肖茗听后猛地吸了一口气。

盛穗狠了狠心，继续说道："不出意外的话，我以后会一直住在那边。"

盛穗没有说所谓"相亲对象"是周时予，因为她清楚肖茗有多渴望成禾的投资款。只是她实在没资格插手,也不认为周时予会为她改变主意。她担心坦白后反而会让肖茗空欢喜一场。

肖茗惊愕地张大嘴,久久不能回神。她看出盛穗不想多谈男方的身份,虽然满腹疑惑,最后只问了一个毫不相关的问题:"我能问问,你为什么不选我哥吗?"肖茗连忙解释,"我没别的意思,只是感觉我哥人品还行,而且他有房有车,年收入近百万元,重点是他很喜欢你。"

还有一句肖茗没敢说,其实她一直以为:只要她哥坚持得足够久,盛穗最后会和他修成正果的。

"我没办法回应他的喜欢。"在感情问题上,盛穗向来坚定,"他对我好会让我愧疚,让我感觉自己像是在利用别人的感情。"

肖茗试探道:"那你对那个相亲对象,就没有一点儿喜欢吗?"

"我们很符合彼此的需求。"盛穗只能这样回答。

她和周时予认识不过短短几天,就能拥有爱情吗?盛穗并不这样认为。或者说,比起热烈却短暂的爱情,她更需要持久的相敬如宾。

肖茗对情爱比盛穗更不通窍,不管三七二十一还是拉着盛穗去了超市。她表示盛穗搬家可以,但晚上必须陪她吃顿火锅。

超市内人声鼎沸,肖茗听完盛穗的相亲过程,从保鲜柜中拿出两盒牛肉片,感叹道:"不知道为什么,听你说完,我总觉得他太完美了!"

"他的家教应该很好。"盛穗试图解释道。

"家教再好,是个正常人也会或多或少地有点儿毛病吧?你能说你家那位没有一丁点儿毛病?"肖茗摸着下巴,眯起眼形容道,"他给我的感觉就好像,他有意只把好的一面展现给你。"

盛穗也有这种感觉。

毫无疑问,周时予儒雅温柔,随叫随到,还会根据她的喜好主动改变原有的生活习惯,完美到令她无法拒绝,无法挑错。

"管他呢,只有完美的男人才能配得上我们的穗宝!"天生乐观派的肖茗一挥手,挽住盛穗的手臂,"既然他对你这么好,你也回报他一下呗。你不是最会弄花茶嘛,每天给他泡点儿喝。"

盛穗厨艺不精,擅长的跟吃喝相关的技能,只有泡茶。

肖茗说的不无道理,两个人既然组成了家庭,不能只让周时予单方面付出。

逛完超市后，姐妹二人回家。直到肖茗在厨房里喊盛穗吃饭，盛穗还在卧室里翻看玻璃茶罐，想找合适的花茶泡给她的丈夫喝。

盛穗将瓶瓶罐罐放进收纳箱里，刚要走出卧室，桌上的手机突然振动起来，是周时予打来的电话。

"你收拾得怎么样了？"男人那边没有嘈杂的声音，应该是特意找了个安静的地方打电话，"东西多的话，等你收拾完，我来接你。"

可盛穗收拾的进度基本为零，整理好的只有花茶。她不好意思说自己浪费时间，于是推拒道："你不用接我，我今天不搬。"

周时予安静了几秒，再开口时声音稍显沙哑："好。"

盛穗存了几分想给对方惊喜的小心思，轻声问道："你今天几点回来？我有话想对你说。"

电话那边又是一阵沉默。

这是周时予第一次听了她的请求后，有些迟疑。

"一定要今天吗？"

"不可以吗？"

听出女人话里的试探，周时予恢复了平静的语调："可以。"

盛穗还想说话，客厅里又响起了肖茗催促她赶紧吃饭的声音。

"嘟"声响起，通话断了。

周时予将白色手机放回衣兜里。他站在高级餐厅的走廊里，居高临下地望着落地窗外的城市夜景，黑眸里只剩一片冷漠。

灯红酒绿中，形形色色的男女，各自为了难有作为的人生而奔波忙碌着。

她有什么事，非要等到他回家后当面说？

大概只有她要搬回去的事吧。

周时予郁郁地靠着冰冷的白墙，心想：自己放出处置张涛的消息，是否亲手将她推得更远了？如若只是悄无声息地处理掉张涛，盛穗是否会提心吊胆地再依赖他一段时间？早知道这样，他就该更卑劣些的。

想起昨晚在公安局门前，她在寒风中冻得鼻尖通红的模样，周时予忽地低头笑了笑，笑容里有几分自嘲、几分无奈。

罢了，他舍不得。

"这不是我们刚结婚的周总吗？"

一道调侃声传来，周时予懒得抬头，就见一双黑色尖头皮鞋出现在视野中，他的耳边响起梁栩柏懒懒的声音："都说小别胜新婚，周总怎么看着心情不太好啊？"

在梁栩柏面前伪装情绪，无疑等同于自讨没趣。周时予摘下眼镜，用骨节分明的手捏着鼻梁："你今晚废话很多。"

"又不是诊疗，别这么抵触我嘛。"梁栩柏慵懒地站在男人的面前，双手插兜，眨着一双桃花眼，慢悠悠地说道，"所以说，这两天圈子里疯传的周太太，是让你花了三年时间做脱敏治疗的那位……"

他打了个响指，微微俯身，将脸凑到周时予的面前："还是那位你暗恋了十三年才终于得手的白月光初恋？哦，我忘了，这两位是同一个人啊。"

周时予面无表情地抬起眼皮，望着梁栩柏的桃花眼。几秒后，他缓慢地站直，轻启薄唇说道："你的花送出去了？"

梁栩柏脸上的笑容瞬间凝固了，他直起身："互相伤害是吧？行，我认输了。陈秘书说你要继续诊疗。"梁栩柏好奇地问道，"你怎么突然这么配合了？"

"我结婚了，"周时予平静地说，"需要确保万无一失。"

梁栩柏皱着眉思考了几秒，笑眯眯地说："不好意思，心理医生不是神仙，做不到万无一失。"

周时予懒得再搭理梁栩柏，戴上眼镜，和他一前一后地回到包厢。在场的人除了邱斯，纷纷起身迎接二人。

等周时予在主座坐下，对面的中年男子连忙起身举杯："我刚才还在和小邱说张涛的事，实在感谢周总的提点。"

周时予静静地等男人仰头将酒一饮而尽，温和地说道："能和重视女性权益的公司合作，是成禾的荣幸，意向书会在三日内送达。"周时予并未起身，拿起手边的茶杯，放在唇边轻抿一口，微微一笑，"我酒量不好，就以茶代酒了，见笑。"

听周时予说同意投资，中年男人立马喜笑颜开，哪里还管周时予喝的是酒是茶，只恨不能叩首拜谢。

今天的饭局是为了圈内的人脉资源互通，邱斯对此兴致缺缺，唯独对旁边的梁栩柏好奇。他凑过去问："你是梁家的老二吧？你一个当心理医生的,怎么会和周时予在一块儿玩?"

梁栩柏看了一眼在人群中心的周时予,故弄玄虚地挑眉笑道:"因为我们俩都是疯子,疯子当然要和疯子一起玩了。"

时钟走过八点半,盛穗忍不住给周时予拨去电话。

虽然男人提前告知过会晚归,但夜间最佳的饮茶时间就在八点半,有暖胃和助消化之效,再晚些的话,不但效果会减弱,更怕喝了茶会睡不着。

盛穗虽然心里清楚可以明早再泡茶,但回家路过餐厅时想起清晨那顿丰盛的早餐,就迫不及待地想为周时予做些什么。

她看着在自己怀中撒娇的平安,手中的电话迟迟无人接听,心里因为期待而有些紧张。

将近一分钟过去,周时予终于接起了电话。

盛穗立刻坐直身体,努力不让自己的语气太急切:"你快回来了吗?"

"还没。"

许是她的错觉,周时予今晚格外寡言。

过了几秒后,他才问:"你着急吗?"

"不着急,"盛穗否认着,眼看墙上时钟的指针在不断转动,一句话脱口而出,"我就是想快点儿见到你。"

这话听着太像表白。

盛穗耳尖一热,连忙改口:"我……我的意思是,我在等你回家。"

简直是越描越黑,她决定闭嘴。

周时予被盛穗逗乐,他的笑声隔着听筒,在她的耳边轻轻震动。

"那你开门。"

盛穗愣了一下。她刚一打电话,周时予就恰好到家了,居然这么巧吗?

她放下平安,快步走去玄关处开门,果然见周时予站在门外,手里拎着两个大塑料袋,里面塞满了猫咪的零食和罐头。

"明天我要出差,平安在家里没人照顾。"周时予换鞋后,先盛穗一步开口询问道,"如果你不着急搬走的话,可以留下来照看它几天吗?"

男人笑意温和，语调如常，盛穗却总觉得他此刻情绪紧绷。

"可以的，"看到周时予的手被塑料袋勒出了红印，盛穗伸出手想帮他分担一个，"但我没有打算搬走。"

周时予将塑料袋放在料理台上，拉开橱柜，平静地说道："下午你在电话里说，今天不搬家了。"手上的动作微微一顿，他低头笑了笑，"我想，大概是因为我照顾不周吧。"

"没有，没有！"

盛穗不知他怎么会这样想，立马转身跑去客厅，搬来装满茶叶罐的纸箱。

"我下午没收拾搬家的东西，是在整理茶叶。你不是发烧之后身体刚恢复嘛，我就想能不能为你做些什么。"她不善言辞，急得脸微微发烫，生怕自己说慢了又让周时予难过，"我是想让你早点儿回来，给你泡点儿茶喝。"

在丈夫沉静温和的目光中，盛穗拿起早已备好的金银花、菊花和茉莉花，按比例放入茶杯里，再倒入刚烧沸的水，只等焖泡十五分钟。

"这是三花茶，清热解毒的效果很好。"

雷声大，雨点小。盛穗解释完才发觉，她把周时予匆匆忙忙地喊回家，居然只是为了让他喝一杯花茶。

周时予镜片后的双眸越发幽暗。

盛穗声音越来越小："谢谢你今天准备的早餐，我很喜欢……"

她话音未落，就见周时予快步向她走近，两个人的距离瞬间压缩到极致。

浓郁的冷木幽香袭来，盛穗的眼底倒映出男人猝然放大的五官，盛穗呼吸骤停时，男人两片滚热的唇瓣覆在她的唇上。

周时予在亲她。

男人怕她的后腰抵在料理台上会痛，亲吻时还不忘用手臂替她隔挡。

浅尝辄止后，周时予低声回应道："谢谢你，我很喜欢。"

不论是花茶，还是笨拙却依旧真诚地靠近的她。

盛穗的大脑宛如一团糨糊，恍惚中，她想起周时予都还没尝过自己泡的花茶，怎么就能轻易地说喜欢呢？

周时予又问:"你昨天说每天都进步一点儿的话,还作数吗?"

盛穗想不通这和刚才的吻有何关系,晕乎乎地点头:"作数。"

她乖顺的模样实在让人心动。周时予手上用力,轻而易举地将人抱上料理台。盛穗轻呼一声,环住他的脖颈。男人再度逼近,抵着盛穗的额头,不依不饶地说道:"我想听你叫我的名字。"

盛穗的眼底泛起水雾,她没有拒绝丈夫的请求:"周时予。"

她刚叫完,又被周时予封住双唇。

和第一次不同,这个得到她默许的亲吻不再温柔克制。

好像蛰伏在温雅的男人体内的野兽终于觉醒了,盛穗觉得下一秒就要被他吞食入腹。她的身体像是被抽干了力气,想要存活,她就只能将全身的重量抵在周时予的肩头,无助又亲昵地依赖着他。

她被吻得喘不过气,含糊地央求着,想求得男人心软。

"喊错了。"周时予终于后退寸许,爱怜地抚摩着盛穗的发丝,"穗穗,我想听你喊我的名字。"

他微微停顿了一下,请求道:"就一次,可以吗?"

男人虽然行径恶劣,语调却温柔得令人沉沦。

盛穗攥着他的领口,又一次被哄骗得照做:"时予。"

"嗯,我在。"听到满意的答案,周时予满足地在盛穗的唇上落下蜻蜓点水般的一吻。

他看着她双眸中的点点委屈,他的眼底泛起笑意:"生气了吗?"

"我明明叫对了,"盛穗觉得这人实在欺人太甚,小声地抗议,"你不讲信用。"

她不喜人饮酒,周时予今晚滴酒未沾。此时他却感觉自己醉得越发厉害,几乎要溺毙在她温暖甜美的气息中。

他忽地感慨原来当混蛋也有好处,于是抬手轻抚过她发红微肿的唇,低声笑了笑:"嗯,无良的商人都是这样的。最后的那个吻,是为了你明天的进步,而提前进行的预习。"

盛穗也不顾还在焖泡的花茶,佯装镇定地从料理台上下来。在某人的注视下,她随口找了个洗澡的借口,逃去了卧室。

她在衣帽间里找出换洗的衣物,快步走进浴室里关上门。盛穗看着镜中双颊通红的自己,自知刚才的伪装实在拙劣。

只是亲吻而已,自己和周时予是法定夫妻,夫妻之间亲吻,甚至做更出格的事,都是名正言顺的,盛穗自我安慰道。

她将衣服放在洗漱台上,准备淋浴时,浴室门被人敲响。

铅灰色的浴室门中间填充着一整块磨砂玻璃,模糊了男人的身影。盛穗只能看清他侧身站在门外,臂弯里有团圆滚滚的影子,大概是平安又在他的怀里撒娇。

敲门声响了三下后,周时予礼貌地询问:"你把胸衣忘在床上了,需要我拿过来吗?"

盛穗刚才见换洗的衣物和毛巾一次拿不完,便先找出胸衣放在床上,又去衣帽间里拿睡衣,结果把胸衣给忘记了。

见她迟迟不开口,周时予贴心地建议道:"长时间穿胸衣会压迫胸部的血管,不舒服的话,你以后回家就别穿了。"

男人的语调分明彬彬有礼,只是结合不久前他轻佻的行为,这话怎么听怎么怪。

盛穗轻声说道:"你帮我挂在门把手上吧,我自己拿。"

"好。"

周时予放下衣服,颀长的身影在门外消失。

盛穗长舒了一口气,等脚步声消失许久后,才小心翼翼地拉开门,飞速地拿回胸衣。

她打开热水,冲刷掉疲惫与窘迫。半个小时后,盛穗换上新睡衣从浴室里出来,趿着拖鞋去开卧室里的飘窗。她深深地吸了一口新鲜的空气后,折返回梳妆台前吹头发。

奶白色的梳妆台款式温柔典雅,桌面不见任何使用过的痕迹,明显是新购置的。

所以,周时予早就想让她搬来了,还提前买好了梳妆台,却从未告诉过她。

短短几日相处下来,盛穗看得出,周时予属于默默付出的人,鲜少主动谈及为她做过什么,被她问起也只会轻描淡写地一笔带过。

盛穗能感受到自己随时随地都被人呵护、在意。她想:自己不应该把这份温暖与包容,当作理所应当。

盛穗的思绪慢慢飘远,她手上的动作顿住,吹风机对准同一位置吹了太久，烫到了她的头皮。她轻轻地叫了一声，关掉吹风机，揉着后脑勺儿。

"我来吧。"

不知何时，周时予出现在卧室门口。

男人或许有些洁癖和强迫症，每次回家都要换一套干净的衣服。他迈着长腿走到梳妆台前，接过吹风机。

盛穗在镜子里看见周时予将风力调小，他用掌心试过温度后，神情专注地替她吹着长发。

"嗡嗡"声中，盛穗垂眸看着崭新的梳妆台，轻声问道："这个梳妆台，你是什么时候买的？"

"领证那天。"周时予将修长的手指穿过她柔软的发丝，"我想不到其他纪念结婚的方式，便随手买了这个。"

盛穗想起他们结婚那日是白色情人节，街上处处是恩爱的情侣，周时予却在新婚第一日，心里想着妻子不久后会搬过来，独自一人去购买梳妆台。

不知为什么，她忽地有些心疼。

盛穗转身抬头看着他，眼底写满认真："周时予，我是真的想和你结婚。"

她确实有很多不足，却从没想过随随便便对待这段婚姻。

只是她叫惯了"周先生"，冷不防地对他直呼其名，总有些不自在。

周时予见她的脸颊白里透红，微微抬起眉梢，旧事重提："刚才的事，你原谅我了？"

原来你也知道自己刚才是在欺负人啊，盛穗在心里嘀咕。

她垂下眼帘，说："我没有生气。"她搓着手，音量减弱，"再说夫妻之间，本来就会做这种事情的。"

男人将她的碎发拢到耳后，问道："你说的'这种事情'，指的是什么？"

盛穗意识到自己又被他调侃了，抿了一下唇，反问道："你平时也总是这样取笑别人吗？"

她的脸颊微微鼓起，像是筋道软嫩的奶白面团。

周时予压下想捏她脸蛋儿的念头，沉吟了片刻，说："我平时跟别人说的话不多。"他退而求其次地揉了揉盛穗的发顶，微微一笑，"但你不是别人。"

她是他翘首以盼的爱人。

本着"你来我往"的原则，盛穗自觉不能次次都让周时予早起做饭，于是特意设置了第二日早上五点半的闹铃。

就算周时予不许她下厨，她至少也能打打下手。

心里装着事，睡眠自然浅。早晨，盛穗枕边的手机刚刚振动了两下，她就从睡梦中醒了过来，无声地打着哈欠。

昨晚被调侃后，她不肯再面朝周时予睡觉。她背对着丈夫，想悄悄地将卷起来的睡衣下摆扎进裤子里。

盛穗在黑暗中屏住呼吸，正摸索着，就感觉到身后的男人忽然贴近，一双干燥的大掌滑过她的手臂。周时予半搂着她，将她圈进怀中。

周时予告诉她："我抱着你，衣服就不会再卷上去了。"

耳边的声音带着几分性感，盛穗愣了几秒，再回过神时，已经来不及推拒。她动弹不得，她的后背贴着他的前胸，甚至能听见男人绵长的呼吸声。

盛穗无奈地叹气，绞尽脑汁地想该如何起床。

"醒了？"周时予嗓音中带着刚睡醒的沙哑，"昨晚睡得不好吗？"

盛穗转过身，发现周时予在望着她笑。她愣住了。

以前她时时都能见到周时予在笑，那些笑容或温柔，或儒雅，或矜贵，却从未见过男人笑得如此时一般鲜活。

对，就是鲜活。

当她的思绪飘远时，周时予长臂一伸，像包粽子似的给她披好被子，随后便从床上起身。

盛穗连忙拉住他的袖子："我也想帮忙，可以给你打下手吗？"

"可以，如果你不想再睡的话。"见她眼巴巴地看过来，周时予咽下了劝她再睡一会儿的话。

平安还在窝里"呼呼"大睡。

盛穗在客厅里的猫窝前蹲下，揉了几下猫咪的脑袋，才起身走向开放式厨房。

料理台前，周时予往透明的器皿中加入各种食材。

盛穗好奇地上前，问道："今天又要做什么？"

"低碳水化合物菠菜饼和松茸虾仁蒸蛋。"

男人洗净双手，将称重后的燕麦、菠菜、鸡蛋、适量清水和细盐倒入器皿中，用搅拌机打成了泥状。他在平底锅中刷上薄薄的一层油，倒进青绿色的泥状物，摊成圆饼。等饼皮两面熟透后，他将香喷喷的蔬菜饼放到白色的瓷盘里。

周时予利落地煎好了两个饼，见盛穗正满怀期待地看着他，一副跃跃欲试的样子。

周时予勾唇一笑，将硅胶铲递过去，温和地说："还需要两个饼，你能帮忙吗？"

"好的。"

这点儿厨艺盛穗还是有的。她自信满满地接过铲子，照葫芦画瓢，学着周时予的样子摊着饼。

周时予将去核的牛油果打成果泥，加入几滴柠檬汁以防氧化，而后将洋葱、圣女果切碎后倒入锅中炒软，再加入牛肉碎炒熟。他还炒了一盘鸡蛋碎。最后，他把用料酒腌过的虾仁炒熟，撒上黑胡椒。

完成所有备料后，他见盛穗还在旁边忙碌地煎着饼，也不催促，耐心地等她将形状各异的菠菜饼递过来。

"辛苦了。"

周时予拿起饼皮对折，在其中的两个饼上涂抹牛油果泥、碎鸡蛋和虾仁，另外的两个饼上涂抹特制的番茄肉酱。他将每个种类的饼各递给盛穗一个。

盛穗注意到她的两个饼都是完美的圆形，而周时予盘子里的则是她做的奇形怪状的饼。

"要不我们换一下吧？"

"没关系，"周时予戴着手套打开蒸锅，将色泽诱人的松茸虾仁蒸蛋放在她的面前，"吃进肚子里都一样。"

不等盛穗再说，男人拿起自己的那两个饼，各尝了一口："还可以。"

何止是还可以。

饼皮软糯筋道，虾仁鲜香多汁，肉酱酸甜融合，多重味道同时在舌尖上跳跃扩散，最后又由顺滑爽口的松茸蛋羹填满胃里仅剩的缝隙。这一顿早餐，盛穗吃得无比满足。

周时予吃完后，又起身去料理台将杧果切成丁。

望着男人的背影，盛穗忍不住问道："你工作这么忙，哪里来的时间学做饭呢？"

"我在国外读书的时候不想点外卖，就随便学了些。"

听男人说起读书的事，盛穗不由得陷入思考中。她思考了几秒，忽地又问："我记得你是那年高考的理科状元，最后被魔都大学录取了，你后来出国是转学还是去当交换生了？"

当年周时予选择魔都大学的事，盛穗印象尤为深刻。

一来她的母校魔都大学曾经是她高中时期最想报考的学校；二来则是周时予作为当年的理科状元，放弃清北而去魔都大学的选择实在令人匪夷所思，这事在学校轰动一时。

男人的动作停顿了一下，他将切好的杧果丁倒入量杯里称重，仔细地查看秤上的数字。

"我退学了，"周时予将量杯中的杧果丁倒进碗里，转身将碗放在盛穗的面前，"半年后才去了纽约读书。"

这事涉及周时予的隐私，盛穗觉得自己不该再多问，于是低下头默默地吃起了水果。

周时予放在桌子上的手机振动起来，是陈秘书打来的电话。他说有临时的紧急会议，需要周时予尽快到场。他现在已经在公寓楼下了，只等男人下楼坐车去公司。

"你去忙吧，碗筷我来收拾就好。"盛穗连忙起身，想起今天的安排，说，"上次我生日那天没去母亲家，今晚可能要过去吃饭。"

"好，到时候我去接你。"

等人走后，盛穗独自在家里收拾餐桌。

终于醒来的平安脚步轻快地跑到她的脚边，"喵喵"叫着。

盛穗抵挡不了平安撒娇的攻势，想起周时予昨晚带回家的猫粮和零食，打开橱柜挑选起来。家里并不缺猫咪的食物，加上周时予昨天买的那些，将三层的储物柜塞得满满当当。

盛穗看着手中的罐头,忽地觉得哪里不对劲。

周时予昨天不是说他今天要出差吗?怎么他今天还答应晚上要去接她?

母亲难得喊盛穗回去吃一次饭,她没有拒绝。

母亲对盛穗生日的忽视令她心寒,但许泽生病在前,况且于雪梅后来又是转账,又是喊她吃饭,还跟她道歉,她便也没多作计较。

不可否认的是,于雪梅是她的亲生母亲,是把她带到这世上的人。盛穗从小被告知最多的话,就是人要怀有感恩之心。

盛穗到继父家时,屋子里不见其他人,只有在厨房里忙碌的母亲。

"外面冷不冷?最近降温了,你还穿这么点儿出来,快来喝点儿热水,菜马上就好。"于雪梅嘴里念叨着,倒了杯热水递给盛穗,见她朝卧室里看,解释道,"言泽和你许叔叔这周末回老家祭拜去了,很晚才能回来。"

原来如此。

玻璃杯有些烫手,盛穗放下水杯,不再东张西望。她想进厨房里给母亲打下手,却被拦在厨房门外。

"这顿饭是给你庆祝生日的,怎么能让寿星动手呢!我那天实在太忙,言泽一生病,我就慌得不行。你妈年纪大了,去年动过手术后,身体和脑袋越发不如从前了。"

盛穗一言不发地站在厨房门外,望着母亲有些佝偻的背影,只觉得和她记忆中的身影大相径庭。

于雪梅生盛穗之前,流产过四次,直到二十八岁才生下她,在当时算是晚育。

远嫁来魔都前,盛穗的母亲总是坚韧的。

盛穗的父亲嗜酒又热衷于赌钱,从最初用完工资,到花光家中积蓄,不过寥寥数年。后来他只能四处赊账,或者拿家里值钱的东西去典当,拆东墙补西墙。于雪梅的嫁妆,以及盛穗的长命锁都是这样没的。

家里实在拿不出钱后,母亲就每晚背着年幼的盛穗去市中心的步行街摆摊,卖一些手制的小饰品。

盛穗还记得十几年前的那天,一位和母亲年龄相仿的女人,牵着一个比盛穗年长几岁的小女孩儿经过摊位。女孩儿穿着精致的娃娃裙，吵闹着非要买于雪梅摊上的几个发箍。女人无奈，嫌弃地蹲下来问价。她嫌于雪梅卖得太贵，两个人不知怎么的，很快便你一言我一语地争吵起来，引得周围的人纷纷注视。

后来，女人的老公忍不住劝道："为了几十块钱至于吗？直接给她就算了，我们也不缺这点儿钱。"

"她穷她就有理啊，一个发箍卖二十块，怎么不去抢呢？！"

最后，趾高气扬的女人从包里拿出一张百元大钞递了过来。她的手白嫩干净，一看就鲜少做家务。

女人连连翻着白眼，说："我老公说得对，我确实不差这点儿钱。不用找了，多余的钱就当是我施舍给你的。"

一向伶牙俐齿的于雪梅突然哑火了。最终，她一言不发地接过了钞票。

那一晚，母亲低头看着自己满是脏污和裂纹的双手，手背上还爬满了被打后可怖的青紫。她久久沉默不语。

最后，她只和盛穗说了一句话："小穗，我不想一辈子都只能做个泼妇。"

"小穗，你怎么了？"

母亲的呼唤声拉回盛穗飘远的思绪。她回过神，下意识地去看于雪梅的手。

母亲的手再也不像当年那样，连指甲缝里都藏污纳垢，虽然上面有岁月留下的痕迹，却不难看出平日在好好保养。

盛穗虽然时而感到委屈，但始终认为，她实在没立场责怪一个无怨无悔地生养她十四年，每次父亲动手时，第一反应都是将她护在身下的女人。

没人想活在泥潭里，也没人想成为抛弃孩子的罪人。在成为母亲之前，于雪梅要先成为自己。每当觉得命运不公时，盛穗总会这样告诫自己。

她还不到三十岁，人生漫长，如果执意活在仇恨与责怨中，只会日夜痛苦，无法自拔。

她不愿过这样的日子，所以选择了原谅。

"你今晚怎么总在发呆?"于雪梅再次出声喊盛穗,皱着眉给她夹菜,不满地说道,"下午肖朗过来给我送腊肉,说你不和肖茗一起住了,这是怎么回事啊?"

"妈,我结婚了,这两天住在丈夫家里。"盛穗放下筷子,语气轻柔却坚定地说,"你上次在医院里见过他,他叫周时予。"

于雪梅一时反应不过来,回神后"啪"的一声将筷子放下:"你们才认识几天?结婚这么大的事,你都不和你妈商量一下吗?"

"我以为,只要我认为他很好,我们就可以结婚,"盛穗忍不住说,"而不是由母亲来挑选谁做我的伴侣。"

"什么叫我来挑选?我不也是盼着你嫁个好人,以后别走我的老路吗?!"于雪梅气得用手揉着胸口,"是,我知道你怪我在你小的时候离婚改嫁,等你长大后又来插手你的事。别人都说我不要你了,那还不是因为你爸把我寄给你的钱都独吞了吗?连你也以为我是真的不要你了?"

两个人再无食欲,母亲花费一下午时间做的菜剩下了大半。

于雪梅关上卧室门,躲到里面哭泣。

盛穗埋头将碳水化合物吃够后,默默起身去厨房洗碗。她闷得喘不过气来,再加上洗碗池过低,弯腰洗了一会儿就感觉腰酸背痛。

洗碗池正对着窗户。盛穗想休息一下,刚站直,就看见楼下停着一辆熟悉的车。

她一时愣住了。

一个身材修长的男人随意地靠在车门上,双手插兜,低垂着头,不知在想些什么。

那人是周时予,她不可能认错。

盛穗手中一滑,饭碗掉进洗碗池里,发出清脆的声响。

她从家里出发前,周时予就打电话问过她母亲家的具体地址。

他是什么时候来的?他在这里等了她多久?

不知为何,在见到周时予的那一刻,盛穗急迫地想要逃离眼前这个无形的牢笼。

她没进卧室里和母亲道别,只将碗筷随便冲洗了两下就穿上外套离开,三步并作两步地朝男人的方向跑去。

现在正是饭点，小区路上鲜少有行人，路灯落下暖黄色的光束。

盛穗一路小跑，绕过居民楼，冲着十米外低头看手机的男人喊道："周时予！"

男人闻言抬头。下一秒，他迈开长腿朝盛穗坚定地走来。

周时予猜盛穗应该是在窗边看到了自己，并不问她早早出来的原因。他抬手给她整理好凌乱的衣领，温和地说："天气冷，下次别跑得太急。"

盛穗乖顺地站在原地，定定地望着他的眼睛，忽地开口轻声说："我刚才和我妈妈吵架了。"

周时予猜到了原因："是因为我们结婚的事情吗？"

"嗯。"

春寒料峭，晚风"萧瑟"，两个人分明可以在车里吹着暖风说，盛穗却坚持要在风中交谈。她像是在用仅剩的力气，来向他诉说脆弱与伤痛。

周时予清楚，她不是会向别人展露委屈的性格，宁可打落牙齿往肚中咽。

他见过母女二人在医院里对峙，早就知道这顿晚餐很难吃得平顺，但又不能劝她别去。

盛穗渴望家庭，渴望她曾经缺少、以后也再不可能圆满的来自父母的亲情。

周时予无法填补这份空白。或许他唯一能做的，就只有在距离她最近的地方，默默等待她的电话。

周时予脱下身上的大衣，披在盛穗的肩头。他声音越发温和："如果你感觉辛苦的话，不需要现在说。"

"我今天可以不用进步吗？我想请一天假。"盛穗拽住周时予的衣袖，垂眸轻声说，"对不起，我该遵守承诺的。"

周时予没想到她这时还在想着信守承诺，心中五味杂陈。他轻叹一声，长臂一伸，将人揽入怀中："盛穗，不要道歉，我会心疼的。"

男人的拥抱一如既往地温暖，他身上幽淡的乌龙茶香碰撞着佛手柑的苦涩味道，典雅又不失理性，如同他给人的感觉一般，温和沉静，深不可测。

盛穗焦躁不安的心突然安定下来，像是飘游许久的灵魂终于归位。

她像是一个狡猾的孩童，在外面犯了错，回家后却只挑自己受的委屈说，耍弄手段，想讨得别人的心疼。

周时予抱着盛穗疼惜时，她能感受到自己心里那份卑劣的满足。

安慰的话她听过太多，理智时刻警示她要懂得知足感恩，但面对丈夫不问缘由的偏袒，贪心的她想要更多。

她忽地明白了：能肆无忌惮地任性，是因为有人能给予足够的包容与袒护。

周时予就是她的底气。

自此，她的哭闹与顽劣才终于拥有意义。

两个人在风中站了良久。

盛穗将头靠在男人宽阔的肩膀上，抬手揪住他的衣摆："你今天不是要出差吗？你怎么还能过来接我？"

"我的目的达成了，我不需要再出差了。"周时予揉了揉她的脑袋，提议道，"时间还早，我们要不要去海边走走消消食？"

盛穗也想多呼吸新鲜空气，便点头说："好。"

上车后，周时予从车门上的卡槽里拿出一个纸袋。盛穗接过纸袋打开一看，发现里面有一个白嫩团子的挂件。

"你下来之前，对面的广场上有人在卖小饰品，我看到这个就想到了你，便买下来了。"

盛穗捏着圆滚滚的挂件，将它系在手机壳的孔上。她看了一眼悬空晃悠的团子，嘴角微微上扬，低落的情绪慢慢散去。

他看到美好的事物便想到她，所以将这份美好保存下来，送到她的手中。无须任何意义，他只是想把自己见过的哪怕再微小的美好，都赠予她。

盛穗喜欢这样漫无目的的浪漫。

两个人到达海边时，时间刚过下午七点。

海滩上随处可见饭后遛弯的居民、慕名而来的游客，以及玩得不亦乐乎的小孩儿。

周时予带着盛穗沿着海岸线，不紧不慢地朝无人处走去，将欢声笑语甩在身后。

海风腥咸,盛穗的大脑放空时,她忽地觉得人与人之间最舒服的相处,不是两个人一定要做什么,而是即便什么都不做,彼此仍觉得自在悠然。

最后,两个人在一大片礁石前停下。

盛穗靠着一块足有半人高的黑色石头,面朝大海。晚风拂动她的长发,她深吸一口气,眯起眼问:"你平时常来海边吗?"

周时予刚才轻车熟路地带着她在海边行走,显然不是第一次来这里了。

"嗯。"周时予侧身眺望着海面,身上的白色衬衫在风中微微鼓动,将他清瘦的身形勾勒出几分萧索,"当我在生意场上遭人陷害,心血毁于一旦,或者有人借我上位的时候,我就会来海边。"

盛穗好奇地问道:"那你会原谅那些人,还是会对他们视而不见?"

高处不胜寒,想看周时予跌落神坛的人必然数不胜数。可如果要憎恨那么多人,他会不会太累了?

盛穗之所以这样问,是因为她从来都不擅长处理负面情绪。面对冲突,她总抱着大事化小,小事化了的态度,得过且过。她和别人日常交往时这样,面对母亲和原生家庭的问题时更是如此。

"可以原谅或者忽视他们,但不要弱化和抹杀你曾受到的伤害。"周时予沉吟片刻,静静地望着她,继续说道,"很多时候,原谅和忘记,往往意味着自己假装那些伤害从未发生过,这会对自己形成二次伤害。"

这段话似乎别有深意。

盛穗还没来得及多想,兜里的手机就振动起来,是母亲打来的电话,大概母亲终于发现她离开了。

盛穗面露抗拒,正想找借口不接电话时,一道黑影突然将她笼罩,一只骨节分明的手拿走了她的手机。

在盛穗惊讶的目光中,周时予平静地接通电话,开门见山地说:"我是周时予,盛穗现在和我在一起。"

"周先生?"于雪梅又恼又惧地说,"我听小穗说,你们结婚了。阿姨不是反对,可你们才认识几天就结婚啊,彼此都不了解,况且……"

"况且我们结婚了,阿姨就会失去相当一部分控制盛穗的能力。"

听筒里，女人的声音戛然而止。

周时予偏转视线，不去看妻子的表情如何，漠然地望向海面。

"因为你不想受到道德的谴责，所以在女儿小的时候将钱塞给她酗酒的父亲了事，还需要她不断地对你感恩戴德，不断地接受你所谓的'好意'与'关心'，以此减轻当年丢下她的负罪感，求得往后人生的心安理得。"周时予字字见血，"可惜她事业有成，经济足够独立，所以，她的婚姻是你唯一能插手的事了。"

几秒后，电话那头的女人恼羞成怒地喊道："你胡说八道什么？！我是她妈！你有什么资格和我说这种话？！"

面对女人尖锐的叫喊，周时予继续平静地说："我一向不惜以最大的恶意揣度别人，如有冒犯，还请见谅。还有两点，我希望你能清楚。

"第一，作为法定伴侣，我是盛穗的第一直系亲属。

"第二，所有迫使他人承受的爱意，不论缘由、目的，都形同暴力。"

电话那头的人沉默良久。

周时予对外人向来少有耐心。面对于雪梅的无言以对，他直接挂断了电话。

他走到盛穗的面前，将手机递过去："抱歉，我不该擅自接你的电话。"

在此之前，他从未在盛穗的面前口出恶语。

盛穗接过手机，眼底写满了不解。周时予分明不必参与她的家庭纷争，这分明是她该解决的问题，他为什么插手？

男人目露怜爱，抬手将盛穗肩上的西装外套拢紧。他俯身靠近，在盛穗光洁的额头上落下一吻。

"你看，"周时予温柔如旧，"两个人一起承担，总比你独自背负要轻松许多。"

说完，他便抬头要直起身，衣角却被西装长袖下的葱白的指尖拽住。

不等周时予再低下头，倚靠在礁石上的盛穗匆匆忙忙地踮起脚，吻住了周时予的双唇。

这是她第一次主动亲吻男人。她说不清缘由，身体比大脑先一步行动。

四片唇瓣一触即分,盛穗甚至来不及感受其中滋味,就慌张地避开视线,扭头想走。

下一秒,她被男人拉入怀中。

"偷偷亲完我就想跑吗?"周时予环住她盈盈一握的腰,笑声中带有几分狡黠的意味,"我上次亲你都是经过你同意的。"

那晚他明明是先斩后奏。

盛穗脸上感动的神情瞬间被害羞取代,她的耳尖悄然涨红。

"那你想怎么样?"

男人握住她的左手,用指腹摩挲着她的手链。他沉吟了片刻,说道:"有来有往,就算周太太欠我一个吻吧。"

听他如此强词夺理,盛穗震惊得瞪大了眼睛。

周时予吊儿郎当地说:"或者下次我想亲你时,你乖一点儿。"

"盛老师,你今晚五点有空吗?我这里有两张文艺片的电影票。"周一中午在食堂里吃饭时,齐悦递给盛穗两张电影票,"我和我老公另有安排,票别浪费了,你约个朋友一起去看吧。"

盛穗接过电影票,看上面写的电影名很陌生,说:"啊,谢谢。"

齐悦笑着摆手:"没事,平时都是你照顾我,我早该还礼啦。"

饭后,盛穗先给肖茗发消息问她要不要去看电影。

"肖茗:对不起啊,我今晚得加班。"

"肖茗:要不你问问你的相亲对象?你们还没约会过吧?"

盛穗看着对话框里的最后一行字陷入了沉思中。她意识到自己和周时予除了相亲那天去吃饭和昨晚去海边散步,根本没有约会过。

她又给周时予发微信。

"SS:同事给我两张电影票,今晚五点放映,你要去看吗?"

她刚想拍下电影票的图片发过去,还没点开相机,手机便振动了两下,是周时予发来的消息。

"周:周太太要约我看电影吗?"

"周:可以。"

这熟悉的对话,让盛穗不自觉地联想到两个人第一次发微信时的乌龙。

那时，她错把周时予当作相亲对象，生硬地丢下一句通知，没想周时予居然毫不犹豫地答应了她。

当时盛穗没细究原因，现在回想周时予的行为，很难不好奇男人到底是什么时候决定和她结婚的。当然，她不会刨根儿问底儿的。

这个人向来收到她的信息便会打来电话，今天怎么突然改成了发微信？她向周时予询问，才知道他正在开会。

"SS：你们公司开会的时候还可以看手机吗？"

"周：按规章制度来说，不能，但没人能管我，所以可以。"

盛穗看着字里行间的故作正经，勾唇一笑。

临近放学时，盛穗和齐悦组织学生站成一排，坐在教室最后一排的周熠突然毫无征兆地高声尖叫起来。

男孩儿坐在座位上，用两只手疯狂地敲打着自己的脑袋。离他更近的齐悦连忙将他抱住，试图阻止他。

盛穗回想起周熠平日的动作，下意识地朝正前方的墙上看去，发现墙上的时钟不见了。

她连忙回头问："墙上的钟呢？"

"啊？在……在储物柜里！"

盛穗快步向角落里的储物柜走去，拉开柜门，迅速地翻找出早已停止摆动的时钟。她毫不犹豫地将时间调至四点半，抓来一把凳子踩上去，将时钟挂回原位。

尖叫声终于停止。

周熠直勾勾地望着时钟。十秒后，他低头收拾好书包，安静地站到队伍的末尾。

盛穗清楚周熠方才的情况是自闭症的典型刻板行为，转身安抚齐悦道："没事，我明天带新电池过来。"

齐悦对盛穗敏锐的观察力十分折服，连连赞叹："盛老师，我越来越佩服你了！"

今天仍是那位阿姨来接周熠，盛穗望着一高一矮两道身影上车离开，心里有些疑惑。

她从未见过周熠的父母，能看出周时予很重视这位弟弟，兄弟俩却没住在一起。那周熠平日都是和谁一起生活的，难道是接送他的阿姨吗？

盛穗带着疑问，打车去电影院所在的商城。她搭乘电梯上至五楼。从电梯里出来时，她从四个年轻的女生身旁走过，听见女生们在兴奋地讨论。

"刚才在角落里打电话的帅哥你们看见没有？他好帅啊，真的不是艺人吗？"

"他要是艺人的话早就火了吧！我刚才没忍住偷拍了一张照片，他简直比我的偶像还要好看！"

"快给我看看！"

窃窃私语声渐远。

盛穗走进影院大厅里，径直朝女生说的角落看去。果不其然，她一眼就瞧见了周时予。

鹤立鸡群的男人身着高定西装，独自站在售票处斜对面的角落里。射灯洒下的光束，勾勒出他棱角分明的侧脸轮廓。他此时正在打电话，掌心里握着一部黑色手机。

盛穗上前正想打招呼，就见男人突然皱眉，语气冷淡地说："你很麻烦……"

话音未落，周时予忽地抬手握住盛穗的手臂，往他的怀中拉去。他语气瞬间温和起来："小心。"

盛穗回头看了看险些撞到她的大哥，就听周时予的手机里传来一声大吼："周时予！你那边居然有女人！你真的结婚了？当时我们不是说好了一起当一辈子不婚主义者，谁搞对象谁就是狗的吗？！"

回应怒吼的，是周时予果断地挂断了电话。

"是邱斯。"周时予解释道，"你上次相亲时，在餐厅里见过他。"

被丈夫提起自己和别人相亲，盛穗不自在地咳了一声。她拿出电影票转移话题："他刚才说，你是不婚主义者？"

"我只是不和别人结婚。"周时予从盛穗的手中接过电影票，询问道，"要吃点儿爆米花吗？"

"不了，"盛穗摇头，看向不远处的爆米花机，惋惜地轻叹，"我不能吃得太多，剩下的丢掉又浪费……"

盛穗还没说完，就听男人慢条斯理地说道："你现在有老公了，剩下的我可以帮你吃。"

盛穗捧着一桶爆米花走进放映厅里，直到落座，她的双颊还漾着绯红。

老公……周时予怎么能说得那么顺口？

进去后她才发现，齐悦订的是情侣厅的票。这里每排有五张长椅，每张长椅正好能坐两个人，长椅与长椅之间还有挡板作为遮掩。总而言之，这里十分便于情侣间举动亲密。

大概因为今天是周一，现在又正好是晚饭时间，直到电影开场，情侣厅里也只坐了两对男女，这还算上了周时予和盛穗二人。

电影是在盛穗意料之中的爱情题材，情节有些俗套，才开场十分钟，她就猜到了结局。没想到银幕上的男女主角在教堂内突然开始热吻起来，然后滚到了地上，大片留白的镜头予人无限遐想。

原来看点是这个。

迟钝如盛穗，正在想亲热的镜头还有多久结束，耳边就传来前排那对情侣的接吻声。

她和周时予进场的时间有点儿晚，那对情侣或许以为自己包场了，所以才会肆无忌惮地亲吻起来。

一时间，电影的主角、身旁的观众，都在身体力行地给盛穗展示情侣间该如何接吻。

"你在看什么？"周时予明知故问。

暧昧的声音贴着盛穗的耳朵响起，她觉得左半边身体发麻。

她猛地侧过身，对上周时予好奇的眼神，压低声音说道："他们的声音太大了。"

听完她的控诉，男人坐直身体望向前排。他微眯着眼，若有所思地道："通常在生意场上，如果遇到手段肮脏的对手，只有一种解决方法，就是比对方更过分。"

银幕发出的光亮暴露了盛穗泛红的耳朵。

周时予在她听懂话中意思前，伸出右臂揽过她的盈盈细腰，让本就靠坐在一起的两个人之间再无空隙。

周时予将薄唇压在她的耳边,如绅士般礼貌地询问道:"周太太还欠我一个亲吻,要不要在这里试试?"

周时予稍微用力,盛穗没设防,朝男人身上贴去。

就在盛穗的双唇将要撞上周时予的下颌角时,她倏地回神,慌忙地侧过脸说:"这里是公共场合,不可以的。"

语毕,周时予果然松开了手,直到她坐直,也没有硬要将脸凑过来。

盛穗想:应当是她的警告起效了。

男人安静地等她整理完头发,沉吟了片刻,哑声说道:"好,那我们回车里。"

盛穗一时没反应过来:"啊?"

"这部电影我看过,"周时予面不改色地胡编乱造,"男女主角等下还要接吻四次。"

他瞥了一眼前排仍在接吻的情侣,拿起外套搭在臂上,准备离场。

"还有,前排的男生在电影开场三分钟的时候就回头发现我们了,我想他们是不会停下的。"周时予声音沙哑,镜片也遮不住他此时如炬的目光,"所以,你要留在这里看他们,还是要回车上?"

第五章
请察觉我的爱意

男人宛如老练的猎手，张弛有度地将猎物圈入自己布下的天罗地网，待到羊入虎口时，再慢条斯理地细细品尝、啃咬。

盛穗就是那只被彻底吃干抹净，连骨头残渣都没留的羔羊。

不知是蓄谋还是无意，周时予的车恰巧停在地下停车场的角落位置，两个人出电梯要七拐八绕才能找到。四周空荡，再无他人。

盛穗被男人一路牵着手，只觉心跳加快。

两个人坐在车内，周时予不等盛穗反应便揽过她的细腰。

冷木幽香扑鼻而来，男人用吻封住她的双唇。盛穗终于迟钝地感知到一丝畏惧，本能地想逃，却寻不到出路，稀薄的空气一点儿一点儿地蚕食着她不多的理智。

突然，盛穗感到右肩微凉，余光见周时予伏在她的肩头，他的牙齿抵在她脆弱的锁骨上。

盛穗有些发抖："疼。"

"盛穗，你的锁骨这里有颗痣，"男人抬头说道，"很漂亮。"

周时予温柔地替盛穗整理好衣领，在她的双唇上落下蜻蜓点水般的一吻，低声说："结婚那天我们第一次打视频电话，我就想这样做了。"

夺她口中的呼吸，尝她唇齿的香甜，啃她颈下的锁骨。

只是，他怕惊扰到她。

周时予又变回了彬彬有礼的绅士，贴心地询问道："你刚刚发抖是因为害怕吗？"

"不是，"她红着脸，将头埋在周时予的肩上，"我只是需要一点儿时间适应。"

她隐隐察觉到，丈夫并非温文儒雅的好好先生，而是善于隐藏野心的猎人。这个男人想要的不是强取豪夺，而是让她心甘情愿地走进他布好的温柔乡里。

盛穗也的确这样做了。

电影的后半段，他们自然没看成。

盛穗打开遮光镜看着自己嘴上的咬痕，说什么都不肯再回电影院。

周时予当然顺应她的意愿，开车打道回府。

只可怜那桶爆米花，被孤零零地遗忘在电影院里。

两个人回家后，着手准备晚餐。

洗菜时，周时予的袖子滑了下来，盛穗见他不方便就主动上前想帮他卷起来。未等她靠近，男人先一步将菜放到盆中，用湿漉漉的手将袖子往上提了提，露出手腕，以及腕上名贵的手表。

在盛穗的印象中，周时予从两个人初见起，手上就戴着腕表。衣帽间正中央的展柜里，也摆放着各式各样的名表。

盛穗垂眸，第一次仔细地打量周时予的手表，总觉得哪里奇怪。

半晌后，她恍然大悟，原来是男人佩戴的手表表带比她以往见过的都要宽许多，应当是定制的款式。再就是他将表带系得很紧，严丝合缝地贴在皮肤上，不留任何缝隙。

似乎感受到了她的注视，周时予头也不抬，淡淡地说道："帮我拿一下酱油。"

盛穗连忙转身："哦，好的。"

男人一如既往，效率奇高，不久就将三菜一汤端上桌。他解开围裙，在盛穗对面拉开座椅。

周时予将盛有水果的瓷碗递过去时，温和地解释道："我等下要做新学的甜点，晚上就给你少称了些水果。"

盛穗低头，望着碗里去皮、去核，还切成块的苹果，不由得愣了一下。

她搬来不过短短几天，只要是在家里吃饭，就再没有主动算过碳水化合物摄入量，像是已经默认周时予会替她准备好一切。

这种下意识的依赖不是不可怕，只是男人润物无声的体贴与照顾渗透到生活里的每一个细节，再独立自强的人，不知不觉间都忍不住想依赖休憩。

盛穗刚吃两口，就见周时予将蒸好的时蔬肉丸夹进她的碗里。她忽然想起来，自己以前在某个学生的饭盒里也见过这个菜。

那个学生挑食不爱吃蔬菜，母亲就煞费苦心地将蔬菜和肉剁碎捏成丸子，只为了让孩子多补充些营养。

下一秒，她就听对面的男人说道："上次看你不爱吃蔬菜，我这次在丸子里加了胡萝卜、卷心菜、西葫芦、洋葱，你试试味道。"

丸子圆滚滚的，一口咬下去，鲜嫩的肉质与蔬菜完美地融合，口感清爽不油腻。

唇齿间食物的香气弥漫开来，盛穗弯眉笑着，诚心地夸赞道："好吃。"

和周时予结婚，似乎比她想象的还要幸福一些。

饭后，周时予在厨房里边打工作电话边做甜点，盛穗则抱着电脑盘腿在客厅的沙发上坐下。她备课时，时而和好奇地凑过来的平安玩闹一下。

比起养猫的男主人，平安反而更黏盛穗。自从盛穗搬来后，通人性的小猫很快就黏上了她，成天露出肚皮让她给它揉。

盛穗在网上找绘本素材时，接到齐悦的电话。她说自己不会写即将提交的工作报告，来找前辈学习经验。

两个人就工作问题聊了许久，挂电话前，齐悦突然说道："今天的电影怎么样？那个电影是我最喜欢的老片，有机会就会重温。"

盛穗没看结局，回想起她离开电影院前银幕上的主角激烈地拥吻的画面，含糊其词道："还挺刺激的。"

"刺激？你说最开始的吻戏？"齐悦愣了一下，几秒后捧腹大笑，"整部影片就那一场吻戏，盛老师这么纯情的人，居然对那个印象最深刻吗?"

盛穗闻言一愣。

周时予不是说后面还有好几场亲热戏吗?

察觉头顶出现了一个黑影,盛穗抬起头,就见周时予穿着家居服站在沙发后面。他手里拿着一个长方形盒子,里面是提拉米苏。

周时予绕过沙发,来到她身边坐下:"我调整了一下配料,里面的碳水化合物不多,你可以吃一点儿。"

见盛穗一只手抱猫,另一只手拿着电话,男人用勺子挖了一点儿,喂到盛穗嘴边。

齐悦还在喋喋不休地说着电影剧情,盛穗看了一眼嘴边的勺子,又看了一眼周时予,乖乖地张嘴。

丝滑的奶油在唇齿间弥漫,清甜不腻,她不由得眼前一亮。

因为患有糖尿病,所以平日盛穗只会在庆祝时才奖励自己吃蛋糕,像这样只为单纯地满足味蕾,还是头一回。

周时予看着她亮晶晶的双眸,不由得眼底带笑,问:"好吃吗?"

盛穗连连点头。

"晚上别吃得太多,"见她眼巴巴地盯着蛋糕,周时予又给她喂了一口,"还有两个放在冰箱里,是抹茶和可可味的,你明天可以带去办公室。"

提拉米苏表面撒了可可粉,盛穗吃蛋糕时不可避免地粘到了嘴角上。

盛穗见周时予盯着她的唇角,抬手想用指腹擦净,却发现男人的眼神越发深沉。她心生不祥的预感,转身要去拿茶几上的抽纸。

果然,下一秒,对面的周时予便放下蛋糕凑了过来,薄唇印上盛穗的嘴角。

周时予伸舌舔舐,笑着评价道:"嗯,是甜的。"

盛穗一脸惊愕,张嘴欲言。周时予再次不容拒绝地逼近,意要再品尝她唇齿间的蛋糕的味道。

今夜,男人的顽劣本性终于展露。他握住盛穗纤细的手腕,不许她推搡,滚热的唇欺压过去,将她吻得节节败退。

除了缠绵的呼吸声,偌大的客厅里只剩下齐悦兴致勃勃的说话声,提醒着盛穗快被蚕食干净的理智。

她努力偏过头,喘息道:"等……等一下!"

"穗穗,小声些。"周时予将手压在她的唇上,骨节分明的手不再赏心悦目。

男人低沉性感的声音响起,他说:"让人听到就不好了。"

盛穗心想:这人实在坏心眼儿,一面体贴入微地喂饱她,一面又要撬开她的双唇讨要报酬,就连欺负人时,还不忘教她如何遮人耳目。

这样大的声音,怎么可能不叫电话那端的齐悦听见?

盛穗眼底蓄满水汽,眼泪将要滴落时,周时予长臂一伸,将她搂入怀里,吻着她柔顺的发丝,哄孩子般轻拍她的后背。

盛穗嘴上痛得紧,一时不想说话,郁郁地靠在周时予身上。

"盛穗?盛老师?你在听吗?喂?"

"在……在的。"

盛穗匆匆忙忙地拿起电话,才发现不知何时,手机通话早就被人按下了静音键。

也就是说,方才那些不堪入耳的动静,电话那端的人是听不见的。

盛穗不信周时予是不小心误点的,抬眼看向满目笑意的男人。两个人坐在沙发上,男人怕她乱动跌落下去,一只手始终护在她的腰侧。

盛穗借口信号不好,挂掉了电话,将手机放在茶几上,见周时予竟然还在笑眯眯地看着她。她手脚并用地从男人怀中挣脱出来,红着脸抓起抱枕丢在他身上。

见盛穗气呼呼的,周时予笑着抬手揉了揉她的发顶,恬不知耻地说道:"我承认,是我居心叵测在先。"

这人还好意思说!

哪怕是发脾气,盛穗说话也是细声细气的,圆圆的眼睛里写满了对丈夫的谴责。

"你就这么喜欢亲吻吗?明明晚饭前在车里才亲过,你简直就像是……"

周时予最喜欢看盛穗闹小脾气的模样,鼓励道:"是什么?"

盛穗垂眸,小声地骂道:"简直就像是亲吻狂魔!"

托这人的福,她的锁骨到现在还在隐隐作痛。

她的耳边随即响起一道笑声。

"我不是喜欢亲吻,"男人靠着沙发,慢条斯理地说道,"而是想做其他坏事,苦于没找到机会。"

第二天上班,盛穗特意穿了领口收紧的衬衫,又涂上护唇的润唇膏。

即便如此,她还是被敏锐的同事瞧出了端倪。

吃午饭时,几个女老师注意到了她嘴上的咬痕,纷纷问她是怎么弄伤的。

尤其是齐悦,眯着眼睛盯了盛穗好一会儿,忽地说道:"要不是知道盛老师没对象,我还以为是她男朋友亲的呢。"

年轻老师之间说话没顾忌,大伙闻言笑道:"要是这样,王老师岂不是要伤心了?"

更有甚者还特意朝盛穗挤眉弄眼,问她:"上次研讨会,王老师还总问我你有什么爱好,你真的不考虑一下吗?"

王老师是去年调来学校的,某次活动他和盛穗同组,在相处过程中对她产生了好感,后来几次托人带话。

对方人是很好,可盛穗不接受办公室恋情,当场道谢后便果断地拒绝。

"谢谢,不考虑了。"

盛穗的嘴大概是最近被周时予养刁了,她以往喜欢吃的食堂饭菜,现在吃起来只觉得一般。她吃饱后将筷子放下,朝对面八卦的同事笑了笑,说道:"我已经结婚了。"

她公私分明,不喜欢将私人感情问题带入工作场所,同事几次介绍她去相亲,她都坚决拒绝。

但她对周时予好像一直都例外。

盛穗在同事们震惊的眼神中端着餐盘离开了。

想到男人身份特殊,她虽说没向同事告知男方的身份,但也没问过周时予是否有这方面的避讳。

回办公室的路上,盛穗用手机给周时予发微信。

"SS:我结婚的事,刚才告诉同事了。"

"SS：但我没说对方是你，应该不会带来麻烦吧？"

见惯周时予永远立刻回复自己，盛穗再接到电话时，已然见怪不怪了。

"我不介意。"周时予向来开门见山，"结婚当天，我就告知其他人我有太太了。"

男人话音刚落，盛穗就听见那边有人大吼一声，随即，邱斯的声音传来："你居然真是在我们打游戏那天结婚的？！"

"周时予，你别卖关子！女方是不是那天在餐厅里遇到的漂亮的女老师？！"

"我认识你那么多年，就没见过你盯哪个女人那么久，你小子别是暗恋人家吧！"

几秒后，关门声响起，电话那边终于安静下来。

周时予跟盛穗解释他在开小组会议，随后问她："爷爷想在周末见见你，你要是不愿意可以不去。"

"没事，我周末有时间，你问爷爷什么时间方便吧。"

根据周时予的描述，盛穗对周老爷子印象很好。

她只是有些担心："你们时间紧张，你出来接电话没关系吗？"

"没事，"周时予笑道，"任何人拥有的时间都有限，但我的时间可以无限地给你。"

盛穗听得耳热，轻声说道："你好会说情话。"

男人对哄人的好听话信手拈来，吻技也纯熟得仿佛情场老手。

周时予似乎情史非常丰富，但盛穗并不介意这些。她只担心自己过于生涩，会不会难以跟上丈夫的步调。

就好比昨晚，她光是接吻就手脚发软，周时予则明显意犹未尽。

周时予闻言又笑了一声，像是在"喃喃"自语，说着盛穗听不懂的话："大概有些话我想了太久，只要找到机会，就会迫不及待地说出口。"

周时予还要开会，盛穗也有工作要忙，没人会刻意纠结他随口说的一句话。挂断电话后，两个人便各自去忙碌了。

下午，盛穗整理教室里的杂物时，不小心撞到了脚踝。好在伤口不严重，她简单地处理后，贴好创可贴，换上长袜。

下班后，盛穗先去超市买了些水果。

中午打电话时，周时予说家政阿姨今天会来，盛穗觉得，第一次见面，基本的礼貌还是该有的。

不习惯家里有外人，盛穗稍觉别扭地推开家门，看着在客厅里忙碌的女人，她脸上的表情由诧异变为难以置信，到最后只剩惊喜。

她甚至忘记放下手提袋，拎着两袋沉甸甸的水果快步上前，小心翼翼地喊道："田阿姨？"

女人闻声回头，她的年龄在五十岁上下，见到来人是盛穗，立刻露出了错愕的表情。

真的是田阿姨。

她又惊又喜地握住盛穗的双手，却不敢相信人生会有这么巧的事情。

高中时期，盛穗每日从学校回家必会经过一条长长的街巷。老街两侧是各类小商铺与小食店，据说没有任何学生能空着胃从老街走过去。

那时的盛穗时而也会贪嘴，只不过生怕多用胰岛素，又要多花钱，只能偷偷攒钱，吃点儿肉类与蔬菜的烧烤。

田阿姨那时跟丈夫开了家烧烤店，生意兴隆，连店外都摆了七八桌。

老街背后的弄堂大多住着如盛穗一般清贫的人家，田阿姨和丈夫都为人心善，遇上条件困难的孩子来光顾生意，总会偷偷送给他们许多额外的吃食。

盛穗受她恩惠颇多。

盛穗至今仍记得高考前一天，女人将自己拦在路边，递来一瓶店里新进的咖啡，说她听别人讲，喝了这个大脑会更兴奋，考试就能得高分。

后来盛穗考上心仪的魔都大学，特意去感谢，却发现田阿姨已经搬走了。

原来是她丈夫在进货路上发生车祸亡故，她家中无子，店里的生意一个人忙不过来，只好将店盘了出去。

那天烈日炎炎，盛穗在烧烤店门前站了许久，呆愣愣地望着施工师傅将生锈的牌匾搬走，第一次深刻地意识到现实的残酷：原来，并不是所有好人，都终得善报的。

"人活着，总要经历生离死别的。"田阿姨见盛穗眼眶微红，爱怜地轻拍她的手背，笑道，"而且，我现在过得很好。

"几年前周先生请我来做家政，说是要感谢我帮过他，开始我还以为他是骗子呢。

"这么帅的小伙子，当年我要是帮过他肯定会记得。"

田阿姨努力逗盛穗开心，说："再有就是，周先生看着太有钱，哪里像是会来我那个小店吃过饭的样子。"

盛穗也好奇，问道："那您最后是因为什么相信他的呢？"

"他当场说出了我家菜单里的炭烤猪五花、金针菇卷菜和炭烤玉米粒，我才信的。"看盛穗脸上露出怀念的表情，田阿姨自告奋勇地说道，"阿姨记得可清楚了，你那时候来，回回都点这三个，下次阿姨给你做。"

"好。"

盛穗笑着道谢应下，没解释她当年每次都吃这三个，是因为它们分别是肉类和蔬菜中单价最便宜的。

"周先生是个好人，这些年非常照顾我，你们在一起了就好好过日子。"最后，田阿姨温柔地摸了摸盛穗的脸庞，说，"来之前我问过他，为什么想到找我。周先生说'好人应该得到好报的'。"

听到这句转述，盛穗忽地泪意上涌。

看到曾向她伸出援助之手的田阿姨过得好，她十分感激周时予。

盛穗不再是当年不谙世事的学生，步入社会多年，清楚因果报应从来不公平，小人得志的事比比皆是。

但正因如此，当有人身体力行地实践那句老话，愿意给田阿姨一个圆满的结局时，她好像也能自信地告诉十八岁那年在烈日下迷茫无助的自己：不要对这个世界失望，哪怕当下人生坎坷黑暗，只要不断地大胆往前走，总会遇到明媚的春光。

此后，路途平坦，天光大亮。

念及此处，盛穗不由得感慨。

盛穗一直以为两个人从前并无交集，直到今日才终于知晓，周时予是那个为十八岁的盛穗弥补遗憾的存在。

田阿姨还要收拾厨房不便再聊,盛穗执意要女人收下水果,便不再打扰她工作,转身回衣帽间更衣。

家里的温度远高于室外的,别说穿外套,盛穗平时穿件轻薄的睡衣都不会冷。

翻找睡衣时,盛穗发现她仅有的三件睡衣都穿过丢进了脏衣篓里,剩下的都是衣料丝滑轻薄的睡裙。

她平时习惯在睡裙外套上针织开衫,所以睡裙长度都在膝盖之上,堪堪遮住大腿。以往和女生合租还好,可现在和她同居的人是周时予……

正当盛穗站在浴室镜子前,皱眉打量睡裙长度时,卧室外响起了关门声,随后响起一男一女的简单对话。

很快,穿着一身纯黑色西装的周时予迈着长腿走了进来。

男人身姿挺拔修长,进卧室后径直来到浴室门边。见盛穗身上只着一件单薄的丝裙时,他眸中闪过一道光。

短短分秒之间,周时予便从上到下细细地将盛穗打量了一遍。男人的目光如刀,像是能轻易挑起她的裙摆。

盛穗原本想说田阿姨的事,被周时予的眼神看得心下一跳。

"第一次见你穿睡裙,"他目不转睛地盯着盛穗,说,"很漂亮。"

"你……"

盛穗后退几步,右脚踝受伤的地方恰巧撞在柜角上,痛得她倒抽了一口冷气,身体向右侧斜了一下。

周时予手疾眼快地扶住了她,将她搂到怀中,眼中含笑。

盛穗越发觉得,两个人私下相处时,周时予笑起来总有几分斯文败类的意味。

"穗穗,"就好比此刻,唤她小名的男人刻意压低声音,"我还没做坏事,你的腿怎么就先软了?"

浴室与卧房的门大敞,盛穗甚至能听清门外田阿姨干活的"窸窣"声。浴室宽阔,暧昧的暖黄色灯光下,她被他的臂弯圈在一块狭小的空间里,她的后腰抵着坚硬冰冷的大理石台面,鼻间满是他侵略性极强的雄性气息。

周时予语调温柔,眼底满是笑意,宛若翩翩君子。盛穗却逐渐发现，和他温文尔雅的外表相悖的，是男人隐藏在骨血中对刺激感的追求。

像上次在电影院里时那样，盛穗试图唤起男人的良知。她压低音量说道："田阿姨还在呢。"

周时予挑起眉梢，柔声反问道："所以呢？"

盛穗一时答不出个所以然来，周时予滚热的薄唇却覆了上来。

她再也不敢穿吊带睡裙了，规规矩矩地换上了宽松的薄毛衣和阔腿裤。

周时予揉了揉盛穗的发顶，说道："我去做饭，你先休息会儿。"

盛穗在卧室里和平安玩耍，直到厨房里传来香气，勾起胃里的馋虫，才慢腾腾地起身去浴室。

盛穗测过血糖，又注射过胰岛素后，低头看着散落在大理石台面上沾血的试纸和针头，没有像往常那样小心地用纸包起来，而是丢进了一旁的垃圾桶里。

不知何时起，她已不再担心周时予知道她生病的事了。

她想：或许她将这里真正当作家了——一个无须躲藏装乖，可以任性耍闹的归处。

周时予的厨艺很好，接连几日他从未做过重复的菜品，相同的食材都能搭配不同的烹饪手法做出新花样。

今天晚餐他做的是茄汁日本豆腐、青椒酿虾滑、柠檬蒜香鸡翅和干锅五花肉包菜，再配上对糖尿病人友好的红豆饭，色香味俱全。

盛穗挽起袖子，上前帮着将菜端上桌。她看着色泽鲜艳的菜色，忍不住弯眉笑道："最近吃惯了你做的菜，我都觉得食堂的饭菜大不如从前了。"

以前她的一日三餐，早餐和晚餐基本都是瞎对付，她每日都盼着学校食堂的午餐。

反观现在，她会特意留着胃口好在晚上多吃点儿。

周时予将杧果、草莓和猕猴桃称好重量后切丁，倒入希腊酸奶后搅拌均匀，再撒上些坚果碎，转身放在盛穗面前。

"明天给你带午饭，这样能更好地控制碳水化合物的摄入量。"

早起做饭太麻烦了，盛穗哪里敢再麻烦男人，摆手推拒道："不用的，我只是想说你做的饭好吃。"

周时予没再争论这件事，只等盛穗将每个菜都尝过一遍才动筷子，随口问起她和田阿姨相处的情况。

"田阿姨以前帮过我很多。"除了再次感叹人与人之间的缘分，盛穗更好奇另一件事，"你以前也常去烧烤店吗？我好像从没见过你。"

"我会等没人时再去。"

周时予想起那时，暮色昏暗，他隔着车窗远望那个总坐在角落里的纤瘦的女孩儿。他勾唇一笑，说："我怕打扰到别人。"

盛穗想：周时予高中时期是学校的风云人物，这个理由很合理。

回忆起当年，她也笑了起来："你可能不知道，那时我们考试前都要在荣誉栏前，对着你的相片拜上一拜，以求能考个好成绩。

"我以前不信，直到高一下学期的期末考试前被朋友拉着拜了拜——我第一次考进了年级前十。"

"那次你考了年级第八，数学得了满分。"周时予看盛穗表情惊讶，温和地解释道，"那次学校的荣誉栏里，你的照片就在我的照片下面两排。"

学校荣誉栏按年级划分，高一、高二合占一块，高三单独占一块。

那是高中三年里，他光明正大地离盛穗最近的一次。

照片的事盛穗都不记得了，她难以置信地睁大双眼，说："这你都记得，记忆力也太好了。"

"有时候，记忆力好也不是优点。"周时予用筷子将蒜香鸡翅剔骨后，夹进盛穗碗中，好听的话信手拈来，"你的酒窝很漂亮，我当时看了很久。"

盛穗自知高中时期瘦小的她长相并不出众，可当丈夫时隔十余年告诉她，那时的她也曾被人默默关注过，她的心底涌起一阵暖意。

鹅黄色的灯光温柔地打在周时予的肩上，气氛温馨美好到盛穗都觉得有点儿不真实。

"拜你真的很灵。"记忆的盒子被开启，她忍不住分享当年自己对丈夫的印象，笑意中带着几分俏皮，"那时我的梦想就是去魔都大学，在高考前一个月我天天拜你，后来真的考上了。"

周时予问她："你为什么想考魔都大学？"

"没什么特别的理由,那时我妈妈在这里,我以为考上魔都大学,就可以名正言顺地找她了。"

谁知成年人的世界远比想象中的复杂。

盛穗吃起鸡翅,随口问道:"你呢?你有一定要来魔都大学的理由吗?"

周时予看盛穗吃饭时双颊鼓起,像只贪食的小仓鼠。他放轻声音,说道:"我当时很想和一个人继续做校友,她想读魔都大学,所以我就来了。"

想和好朋友考同一所学校很正常,盛穗转念想到男人退学的事,不由得感叹:"差一点儿我们就又是校友了!"

再成为校友,两个人大概率也不会有任何交集,就如同他们相互平行的两年高中生活。

周时予于她只是考试前的心理依靠;而她于周时予,大抵只是荣誉栏照片里正在笑的女同学。

听盛穗这样讲,周时予先是微微一愣,随即垂眸笑了笑,他沙哑的声音里有几分自嘲:"是啊,就差一点儿。"

饭后,盛穗去客厅给平安喂饭。

洗过碗后,周时予放下围裙来到客厅,对她说:"饭后运动一下吧,出门散步或者在家里跑步都可以,不然你的血糖会上升得太快。"

盛穗不想拒绝,只是受伤的右脚踝还有些刺痛。她迟疑道:"可以明天再运动吗?下午我不小心把右脚碰伤了。"

她正要用手去指脚踝,就见周时予立刻蹲下来,问道:"伤到哪里了?消毒了吗?"

说着,他抬手轻轻托住她的脚踝,褪去白色的袜子,皱眉看着她皮肉上剐蹭的伤痕。

盛穗从未被男性如此仔细地盯着脚看,羞赧之余,不忘解释道:"只是不小心蹭了一下,没事的。"

说着,她便想坐起身。

"别乱动。"男人语气微冷。他起身回房,很快拿着医药箱折返回来。

盛穗看着丈夫重新在她身边蹲下。

周时予握住她的右脚,转身去拿药箱里的棉签和医用酒精,用棉签轻轻滚在她早已愈合的伤口上。周时予眉间紧蹙,手上的动作却轻柔无比。

周时予问她:"还疼吗?"

她早就不疼了。

盛穗张口欲要否认,听见丈夫疼惜的语气,却突然之间变得娇气起来:"当时有一点儿,现在没事了。"

说完,她又嫌自己矫情,擦伤这样的小事,有什么必要特意拿出来讲的。

周时予闻言陷入沉默中,上完药后,低声问她:"你在浴室里怎么不说受伤的事?你还差点儿摔倒。"

盛穗本想说她是被男人盯得双腿发软,又羞于承认,便说:"是我不小心撞在柜角上的,和你没关系……"

盛穗话音未落,周时予俯身轻轻地吻在她的脚背上。

"对不起。"

男人居然亲吻她的脚背!盛穗被震惊得久久不能回神。她睁大眼睛望着周时予单膝跪在她面前,他表情虔敬诚恳,宛若信徒匍匐于神明面前。

她不懂眼前身居高位的人,为什么在她这里会有如此小心翼翼的姿态。

"哇,老婆给老公准备爱心午餐的没少听说,我还是第一回见到情况反过来的。"

正午十二点,学校附近的快餐店内,外出办事、正好路过这里的肖茗来找盛穗。

她看着面前的饭盒,再次感叹道:"香辣千页豆腐、茭白炒肉丝、虾滑肥牛响铃卷,居然还有山药汤!我上高三那年,我妈都没这么伺候过我。你这相亲对象也太优秀了,刚同居几天啊,就给你洗手作羹汤了?"

盛穗也没想到,她昨晚随口一提,周时予今天就真的给她带了午餐。

早饭前，她看着满桌的菜，还想会不会吃得太丰盛了，就见周时予从橱柜中拿出奶芋色的保温饭盒，将菜、主食和水果依次放好。

男人见她一脸震惊的样子，只是淡定地询问她这些中午够不够吃。

"现在很少有男人这么贤惠了，"肖茗嫌弃地看着手里的汉堡，夹起一筷子肥牛卷，眼前一亮，"你要觉得他还行，就赶紧嫁了吧。"

虽说她哥挺可怜的，但单从清早起床做饭这一点，就被这位不知姓名的相亲对象打败了。

盛穗不安地看着肖茗，鼓起勇气说道："其实我已经结婚了，就在前几天。"

"你结婚……你结婚了？！"肖茗惊呼出声。

她瞪大双眼，过了好半天，脸上泛起一丝疑惑："怎么我身边的人最近都结婚了啊？你结婚了，周时予也结婚了。我忘了和你说，张涛走的当天，成禾就派人来找我了。"肖茗向盛穗报告最新进展，骄傲地挑起眉梢，"不出意外的话，周时予很快就要成为我的投资人了。"

盛穗一直相信肖茗能凭自身实力拿到投资，连忙说："恭喜。"

"你结婚的事先放一放。"人说起八卦就停不下来，肖茗忽地压低声音，神秘兮兮地说道，"我悄悄和你说，周时予好像很怕老婆。"

盛穗愣怔了几秒。

"啊？"

"听说这位周太太特别凶，不管是开会还是谈生意，打电话都要求周时予立刻接呢。"肖茗揶揄道，"还有，今天上午我单独去见周时予，以为他想问我技术方面的问题，结果，他居然是听说我厨艺好，特地问我平时的拿手菜是什么，说他想做给他太太吃。"

肖茗捶胸顿足道："你说这像话吗？！不知道的，还以为他要聘我做厨子呢！"

想不到周时予竟然直接找上了肖茗，盛穗哭笑不得："我觉得周太太应该不是性格泼悍的人。"

"豪门水多深啊，你太单纯了，不懂。"肖茗故作深沉地摆摆手，又开起了玩笑，"还是说你吧，你居然和周时予是同一天结婚的，你们俩没在民政局遇上吗？"

"万一，我是说万一，"盛穗小心地试探道，"周时予就是我的结婚对象呢?"

肖茗立刻捧腹大笑起来。

"这种借口你都能编出来,我知道你是真的不想说那个男人是谁,"肖茗隔着桌子,语重心长地拍着盛穗的肩膀,"等你想说的时候,随时可以找我。

"总之,恭喜你结婚了,这顿饭我吃了不少,替我谢谢你老公。"

"谢谢他?"盛穗低声呢喃,忽地发现婚后几乎没为丈夫做任何事情,抬头问道,"我该怎么谢谢他呢?"

对这种事肖茗更不懂,想了想,说:"做一些正常的夫妻会做的事,比如给对方买礼物,或者他给你做饭,你就接他下班?"

盛穗的下班时间确实比男人要早,但她不确定对方是否想让她接。她踌躇许久,下午四点时发去消息询问。

"SS:你希望我去接你下班吗?"

生怕耽误对方工作,她立刻又发过去一条消息。

"SS:正在忙就不要回电话了,打字也是可以的。"

"难得见周总笑成这样。"

春日暖阳正好,满是芬芳的花店内,梁栩柏坐在一把木椅上,懒懒地靠着椅背,似笑非笑地看着对面正在打字的男人。

沉吟片刻,梁栩柏打了个响指,笑道:"没猜错的话,手机那边就是鼎鼎大名的周太太吧?"

闻言,周时予收敛起来唇边温和的笑容。他发送地址后放下手机,摘下金丝框眼镜,淡淡地说道:"开始吧。"

对方是谁不言而喻,梁栩柏挑眉长叹。他拿起笔,在纸面上轻轻点了点,说:"那就聊聊你最近的生活吧。你近期有没有时常感到抑郁、悲痛,或者闷闷不乐?"

"没有。"

"对身边事物是否失去兴趣?"

"没有。"

"是否和他人爆发过激烈的争吵,甚至是肢体上的对抗?"

"没有。"

"最近有拟订新的自杀计划吗？"

周时予停顿了一下，继续回答："没有。"

他表情平静，长腿交叠，双手平放于腿上，比梁栩柏看着更像医师。

"所有问题的答案，我已经让陈秘书汇总给你了。"

"所以，我要的并不是这些答案。"梁栩柏精准地捕捉到方才男人的停顿，坐直身体，用手敲了敲桌面，说，"把手表摘下来。"

周时予肤色雪白，小臂上的血管清晰可见，衬得手腕内侧的疤痕越发狰狞。

时间久远的疤痕大多呈现浅褐色，也有几道日期稍近的呈淡黄色。这些疤痕密密麻麻地全部聚集在同一个位置上，许多甚至重叠起来，让人难以分清手腕被割开的次数。

"没有新伤口，比上次好很多，"梁栩柏端详一阵后，满意地点头，"看上去，你婚后的生活过得不错。所以……"他重新靠向椅背，笑了笑，问道："你想让我做什么？"

久病成医，像周时予这样早把自身病症摸透的人，主动寻求与医生见面，只能说明他有非常强的目的性。

"我需要确保自己能一直维持正常人的状态，"周时予重复上次见面时说的话，"现在的药物剂量无法满足我的需求。"

他果然是为了加药的事。

梁栩柏不由得"啧"了一声，说："你这人看着斯斯文文的，怎么做事这么极端呢？你很清楚，只有体内的药物水平维持在相对平稳的有效浓度时，病情才能趋于平稳。"梁栩柏脸上的笑容淡去，他难得有几分正经，"还有，不论是担心你的病情和她的身心安全，还是为了维护你们的婚姻稳定，我认为，你的太太有权知道你的情况。"

一时间，花店内悄然无声。

周时予沉默良久，垂眸望着手腕上斑驳的划痕，薄唇轻启："我会考虑的。"

"你怎么突然这么好说话了？"梁栩柏倍感意外，笑出声来，摸着下巴打量着周时予，"果然还是周太太厉害啊。"

两个人又聊了许久，直到时间将近傍晚五点。

梁栩柏收回频频看向街对面的目光，拿起圆桌上的迷迭香，放在鼻尖嗅了嗅。

"不能让周总空手而归，"梁栩柏起身伸懒腰，随口问道，"还是老样子？"

手机铃声响起，周时予在接通电话前拒绝了他："不了，我养不活。"

语毕，男人起身拿起白色手机，轻车熟路地朝花店后门走去。

梁栩柏也不勉强他，只若有所思地打量着手中的迷迭香，随后便听见花店大门被人推开，悦耳的风铃声响起。

年轻的女人小心翼翼地推开门走了进来。她上身穿着棕色针织衫，下身穿着长至脚踝的深蓝色牛仔裙，周身散发着温婉柔和的气场。

女人在店内飞速地扫视了一圈，轻声询问道："请问，周时予在这里吗？"

梁栩柏猜到了对方的身份，饶有兴致地打量着她，明知故问道："这位小姐，你是周时予的……？"

盛穗按照周时予给的地址一路找来，发现这里居然是花店。她有些诧异，看着眼前男人天生含情的桃花眼，如实地回答："他是我的丈夫。"

"原来是鼎鼎大名的周太太。"梁栩柏眼底的笑意更深，他回头朝后门扯着嗓子懒懒地喊了一句："周总，你太太来了！"

很快，周时予迈着长腿折返回花店的正厅。他见到盛穗脸颊红扑扑的，温和地问她外面的风是不是很大。

盛穗笑着摇头，微仰着头同男人说话，唇边一对浅浅的酒窝若隐若现。

相识几年，梁栩柏还是首次在周时予身上看到"温馨"二字。他不由得多打量了两个人几眼，过了半晌，从花店门口的一排木柜上取下一个盆栽。

"初次见面。"

盛穗和周时予的交谈被人打断，她侧身看过去，就见梁栩柏递来一个里面种着小苗的盆栽。

梁栩柏笑道："这盆姬金鱼草幼苗送给周太太，就当是送给你的新婚礼物。"

姬金鱼草？盛穗闻所未闻。

她缓慢地眨眼，正想问这盆花开了是什么模样，就听梁栩柏继续说道："这是周时予最喜欢的花，他每次来我这里都会带一盆走。"

盛穗没有养花的经验，转身询问男人的意见："你想养吗？"

"我养过，只是全都死了。"周时予见她跃跃欲试，温和地笑道，"如果你想试试，就带回去吧。"

"那就试试吧。"盛穗应道。她用手机搜索姬金鱼草的图片，真诚地谢过梁栩柏后，随口问道："话说，姬金鱼草的花语，你知道是什么吗？"

梁栩柏不语，双手抱胸望向对面的周时予。

面对妻子好奇的注视，周时予抬手揉了揉盛穗的发顶。

"姬金鱼草的花语是，请察觉我的爱意。"

姬金鱼草的培育需要注重调整光照，在晚秋、冬、早春季节，由于气温并不太高，要予以充足的光照，而在夏季高温时，则需要避免强光直射。

晚上，盛穗盘腿坐在沙发上，腿上放着笔记本电脑。她忙完学校的备课，仔细地阅读着网页上姬金鱼草的种植方法。

"在忙什么？"

头顶传来熟悉的声音，盛穗抬头，见周时予端着一杯蓝色饮品走来。

"我在温牛奶里面放了蝶豆花粉和姜泥，"周时予在她身边坐下，让盛穗试试味道，"有助镇静、抗压力的作用。"

盛穗习惯了周时予随时随地的照顾和靠近，笑着道谢后接过牛奶，尝了一口，唇齿间满是醇厚香甜的味道。

"我在查姬金鱼草该怎么养。"盛穗指着电脑屏幕，解释道，"资料上说，姬金鱼草喜欢相对干燥的生长环境，那就得保证我们的幼苗叶片干燥；资料还说，姬金鱼草更喜凉爽的气候，等天气热起来，就得再想办法了。"

她自顾自地说了许久，才发现身旁的人一直沉默着，不好意思地挠挠头:"我好像说得太多了。"

女人抬手时衣摆上移,露出一截腰肢,肤色如玉又如雪。

周时予不动声色地搂过她的细腰,将那片雪白重新遮掩于衣下,询问道:"你很喜欢养花吗?"

"我没养过,应该谈不上喜欢,"盛穗努力忽略腰上的手臂,偏头看着周时予,"但你好像很喜欢。我想如果我能成功地把它养开花,你应该会很高兴。"

周时予沉默了一瞬,喉间隐隐发痒:"我高兴这件事,对你来说很重要吗?"

"当然重要。"盛穗认为这是理所当然的事,反而觉得男人的提问奇怪。

"就像你为了照顾我而早起做饭一样,"她认真地看着周时予的双眼,说,"你是我的丈夫,我也希望你在这场婚姻中,和我一样感觉到幸福。"

女人莹润的双眸中写满郑重,她眼底澄澈,其中只倒映一个人的身影。

四目相对时,周时予忽地有片刻的失神,仿佛回到了十三年前的那个寒冬。

当时盛穗站在他的病床前,看他的眼神也是这样的,明亮、干净、清澈。

一眼万年,不过如此。

周时予喟叹一声,在她光洁的额头上落下一吻,说道:"原来,周太太比我更会讲情话。"

盛穗不解,抬头问道:"情话?我刚才说的那句算情话吗?"

"算,每个字都算。"周时予低声应答着。

他将盛穗抱得更紧了,把头埋进她的颈间:"我需要点儿时间缓缓。"

"好的。"

盛穗被他抱住,动弹不得,鼻间满是男人身上的冷木香。她怎么想都觉得自己说的那句话再普通不过。周时予是这么容易被感动的性格吗?

盛穗百思不解。

她抬手轻拍丈夫的后背安抚他，就听男人问她："刚才的话，能经常说给我听吗？只说半句也可以。"

周时予温和地笑着，完美地掩盖自己情绪的波动，变着法子哄骗她："或者，只叫'老公'也可以。"

原来他的目的是这个。

盛穗从不怀好意的男人怀中退出来，小声反驳道："我刚才明明说的是'丈夫'。"

周时予笑着问两者有何区别。

盛穗也说不出其中的差异，只是下意识地对"老公"这个称呼隐隐有些抗拒："可能喊'丈夫'更像是相互敬重的夫妻，而喊'老公'更像是热恋的爱人。"

她和周时予的婚姻，仅仅是由于适合，并非由于爱情。

"老公"这个称呼在她的潜意识中，不仅过分亲昵，更像是代表两个人的关系要跨过"敬爱"这条警戒线，从而掉入热恋的陷阱里。

她从不信爱情能持久，认定夫妻间相互尊重、彼此敬爱才能更好地呵护这段关系，而非靠"爱情"这种不确定性太强的因素。

盛穗下意识地想规避风险。

如果可以，她想和周时予平平淡淡、长长久久地一直走下去。

她认为同样需要一段长久、稳定的婚姻的周时予，也是这样想的。

果然，男人闻言只是沉默了片刻，便不再强求。

他抬手揉了揉她的发顶，说："好，你不喜欢，那就不这样叫。"

洗澡前，周时予从衣帽间里拿出一套洗净的崭新的睡裙，在浴室门口递给盛穗。

优雅简约的奶白色衬衫裙长过膝盖，布料柔软，袖口与衣领有精致的蕾丝边设计，一看就很保暖。

"春季晚上还是冷，"周时予让盛穗有时间试穿一下，看尺寸是否合适，"睡觉多穿些，尽量避免着凉生病。"

盛穗接过衣服："好的。"

洗过澡后，盛穗用毛巾擦干身体，看向置物架上的两套衣服——一套是她自备的睡衣，另一套便是周时予刚送的睡裙。犹豫片刻，她还是选择穿上丈夫送的礼物。

她想：所有精心准备礼物的赠予者，应该都希望这份用心能被珍重地对待吧。

她不想辜负周时予的心意。

盛穗穿着新衣服出去。靠在床头处理工作的男人闻声抬头，看见她身上穿的睡裙，脸上的笑意更甚。

"看来大小正合适，"周时予对她从不吝惜夸奖，放下平板电脑认真地夸赞道，"很漂亮。"

盛穗听到夸奖也不再脸红耳热。她压下翘起的唇角，走到床边掀开被子躺下。

很快，男人关了床头柜上的台灯。盛穗身边的床面微微下陷，耳边传来悠长平稳的呼吸声。

卧室里漆黑一片，盛穗缓慢地眨着眼。几秒后，她转身面向丈夫，轻声询问道："你很喜欢那个称呼吗？"

周时予转身抱住她。他闭着眼，下巴亲昵地贴着她的前额，低声问："什么称呼？"

"'丈夫'的同义词，"盛穗耳朵发热，庆幸在黑暗中不会被发现，"你如果更喜欢那个，我以后可以改。"

她的确不喜欢爱人间的称呼，也清楚这是自己的认知问题。如果仅是改变称呼，就能让周时予满意，她也是乐于改口的。

黑暗中，男人用手指碰了碰她的耳朵，随即，沉沉的笑声响起。

"你的耳朵都热了，"周时予用指腹不轻不重地搓着她的耳垂，问道，"是害羞了吗？"

"有一点儿，但我会习惯的。"盛穗坦陈她的青涩。

她将手搭在周时予的肩上，将唇凑到他的耳边，轻声喊道："老公。"

说完，她立刻感觉到周时予身体绷紧，以为男人没听清，于是又怯生生地提高音量叫了一遍："老公……"

这次话音未落，男人的热吻便铺天盖地般袭来，她被迫沉溺于其中，无法脱身。

不知过了多久，她手脚发软地瘫在床上，若溺水之人大口大口地呼

· 133 ·

吸着新鲜的空气。

恍惚间,盛穗耳畔响起沙哑的声音:"我该提前告诉你的。"

盛穗迷迷糊糊地问:"什么?"

"我该告诉你,你的丈夫是个正常的成年男性,"男人起身下床,在床边俯身亲吻盛穗的额头,"如果妻子半夜趴在我耳边喊'老公',我会把持不住的。"

很快,浴室里响起冲凉声。

盛穗脸上的潮红刚褪去,听见水声,她愣了一下,如乌龟那般把头"嗖"的一下缩进了被子里。

她再也不要出来了。

这对新婚夫妻和周老爷子的见面时间定在周六。

盛穗听肖茗介绍,风投圈里的领头人中,十有八九家里财力雄厚。除了周时予,盛穗和富人打交道的经验约等于零,眼见时间将近,给周老爷子买见面礼的事迫在眉睫。

周五晚上,周时予有饭局,盛穗正好喊肖茗出来逛街,一来是两个人合租时,每周五会出门逛商场,二来她想请朋友做参谋,看看该给老人送些什么。

洞察力敏锐如周时予,早晨出门前,在玄关处递给盛穗一张银行卡。

"不用,我身上有钱,"盛穗连忙摆手,"就怕买的礼物不够贵重。"

"不用管老爷子,"周时予闻言叹了一口气,见盛穗的鞋带松开了,便蹲下身将其系成漂亮的蝴蝶结,"我是让你给自己买些东西。"

"赚钱让妻子随意挥霍……"

男人站起来,朝盛穗笑了笑:"我也想有这种体验。"

春分将至,气温回升。

周时予换上轻便的外套,更显身材修长,不论远观,还是近看,都只能用"赏心悦目"来形容。

"发什么呆呢?不是说要给老人买礼品吗?你傻啦。"

肖茗的呼唤声拉回盛穗的思绪。盛穗握住眼前晃动的手,心里有些担忧,问道:"你觉得我该买价格多高的东西,才显得比较真诚呢?"

"真诚又不是用金钱来衡量的。"肖茗大大咧咧地勾住闺密的肩膀，一针见血地说道，"再说了，喜欢你的人，你就是两手空空，他也喜欢；讨厌你的人，你送他金山银山，他也讨厌你。

"人活着啊，问心无愧就好，其他的都见鬼去吧。"

盛穗想想也是。

她拉着肖茗在商场三楼的名贵补品区逛了两个小时，最后还是肖茗担心她荷包紧张，匆忙地拉她找了家餐馆吃饭才作罢。

吃饭时，肖茗随口闲聊道："你说买东西送人，我开始还以为你是买来送你老公的呢。"

盛穗夹菜的手顿住，她看向手腕上周时予在她生日时送的手链。

仔细地想想，她好像从未给周时予送过礼物。

她默默地放下筷子："吃完饭后，我们再去二楼的男士区逛一逛吧。"

比起价格高昂的物品，盛穗更倾向于送对方一些平时能用到，但家里缺少的东西。

两个人在商场二楼逛了又逛，符合条件的只有皮带。

虽没去特意翻找过，但同居几日下来，盛穗确实没在衣帽间里见过一条皮带。盛穗猜想可能是因为周时予的西装都是量身定制的，皮带的存在变得可有可无。

盛穗看着手中的皮带犹豫不决。她担心实用性低，转念一想如果买了，这或许就是周时予的第一条皮带。

就像她此时手腕上的手链。

最后还是肖茗替盛穗做了决定，她请柜姐将皮带包起来："纠结什么，你又不是这辈子只给你老公买一份礼物。再说了，"肖茗挑起盛穗的下巴，"给男人送皮带，不就等于要把他套牢嘛，多好的寓意。"

盛穗被成功地逗笑，爽快地用自己的工资卡付了款。

为了让周时予拥有被伴侣刷信用卡的体验，盛穗给自己买了件春装，不过价格不及皮带价格的十分之一。

当盛穗提着大包小包回家时，周时予正在客厅里工作，同时还一心二用地给平安梳毛。

听见开门声，男人起身迈着长腿走到了玄关处，接过盛穗手上的东西。

见她双眼亮晶晶的,周时予黑眸里也染上了几分笑意。他去餐厅里倒了杯温水递给盛穗,问道:"玩得还开心吗?"

盛穗笑着点头。她将给老人挑选的见面礼逐一介绍给周时予,连每件保养品的功效都记得清清楚楚,如数家珍。

男人的眼神温柔似水,他耐心地听着。

盛穗不由得多说了一会儿,最后才将装有皮带的精致的包装盒递过去。

周时予认出这是一个奢侈品牌,主打传统手工制造,配件都要五位数起步,相当于盛穗至少一个月的工资。

"我没给男性挑过礼物,"女人捧着水杯仰头看他,笑容里有几分娇憨,"不知道你会不会喜欢。"

周时予在盛穗期盼的眼神中,立刻打开包装盒,一眼就看见了静静地躺在盒底的黑色皮带,皮带的款式低调又奢华。

"谢谢,"周时予的嗓音异常沙哑,他看见自己映在黑色玻璃桌面上那毫无破绽的笑容,"我很喜欢。"

这种表情他对着镜子练过上万次,肌肉早已形成记忆,无须大脑下达指令就可以本能地笑出来。

"我好像能理解早上你说的给人花钱的快乐了。"毫无察觉的盛穗唇边扬起一抹弧度,浅浅的酒窝若隐若现。

她再接再厉道:"我之前还担心你会觉得没用,你喜欢的话,要试试……"

"啪"的一声响起,打断了盛穗的话。周时予垂眸一看,原来是手中的礼盒被他捏瘪了一角。

他若无其事地将凹陷处复原,重新将盒子放回盛穗手中:"我从来不用皮带,也不会系。"周时予脸上笑着,镜片后的黑眸里却没有丝毫笑意,"穗穗可以帮我吗?"

她毫无震慑力地瞪了他一眼:"你怎么又不正经。"

"明天去老爷子家再系吧。"周时予亲昵地吻着盛穗的脖颈,引得她不由得仰头,"你第一次送我礼物,我总要有些心理准备。"

周时予一诺千金,第二日如约系上了盛穗送他的皮带。

不知道男人是否真的不会使用,盛穗在梳妆台前坐下化妆时,就见周时予走进了衣帽间里,半个小时后,她化好妆见人还没出来,进去一看,发现男人居然还手持皮带,站在镜子前。

"你还好吗?"盛穗走上前询问道。

她没想到周时予竟然不会系皮带,轻声说:"如果需要的话,我可以帮忙。"

"没事。"

男人回神后朝盛穗微微一笑,低头将皮带系好,与她预想中的手忙脚乱大相径庭。

盛穗想:周时予刚才大抵是在想工作的事吧。

早饭后,由周时予开车,去有两小时车程的周老爷子家。

路上,周老爷子打来电话,盛穗听不清他在电话里说了什么,但从他的语气中听出他性格强硬,周时予与之相比简直无比温柔。

而更神奇的是,周时予说话从头至尾都慢条斯理的。显然他在和周老爷子的相处中,占据主导地位。

三分钟后,通话结束。周时予将手机收起来,一脸歉意地说道:"今天周熠和他妈妈也会过来,抱歉,没提前通知你。"

"没事,你也是刚知道。"盛穗摆摆手,表示自己不介意。

只是她实在好奇,小心翼翼地询问道:"我可以问一个关于你家里的问题吗?"

周时予左手握着方向盘,温和地说:"当然可以。"

关于周时予和周熠的亲属关系,盛穗始终好奇,只是碍于这属于隐私不好打探。

和盛穗相亲那晚,周时予就说过自己的父母早逝,可周熠现在才七岁,家长联系方式第一栏里的手机号,也不是周时予的。

"我跟周熠是同父异母的兄弟。"周时予道,他的语调平静得如无波无澜的湖面,"十七岁那年,我发现母亲因为难忍家暴,在浴室里自杀了,而罪魁祸首后来发生车祸,死在我二十三岁那年。"

盛穗一时震惊到说不出话。

前面十字路口的红灯亮起,轿车缓慢停下。

周时予转头笑着看她，抬手温柔地将她鬓角的碎发拢到耳后："没关系，不用觉得冒犯了我。"

男人低声唤她："穗穗，其实我和你是一样的，我也没有过家。"

看见眼前人笑着谈起故去的双亲，以及他那些骇人听闻的经历，盛穗觉得似乎有块巨石压在自己的胸口上，疼得她喘不过气来。

她的原生家庭不幸福，再清楚不过其中的痛苦，如今她已年近三十岁，却至今还未从幼年时的阴影中走出来。

她原以为，如周时予这般儒雅、包容、情绪稳定的人，一定是在爱意的环绕中顺利地长大的。

谁知事与愿违。

愚笨如她，怎么也想不通，周时予是怎样做到轻描淡写地笑着谈起这些事的，就像是……

就像是他早已经习惯，并迫使自己欣然面对这些苦痛一样。

"不会的。"

盛穗难以抑制心中的冲动，侧过身紧紧地抱住周时予，拼命地想要将他整个人圈进自己的怀中。扶手箱硌得她腰上隐隐作痛，腰上的痛却不及她此刻宛若被人攥紧的心脏那般刺痛。

周时予将头靠在她瘦削的肩膀上，罕见地没出声安慰，反而沉默地等待她说下一句。

"你不会没有家的。"盛穗清楚她刚才的表达有些混乱，于是再次重复道，"周时予，你以后不会是一个人了，你还有我。"

盛穗的情绪久久不能平静。

这世上不存在真正的感同身受，她光是听他的遭遇就震惊到不能自已。周时予当时所受的伤害，她实在不敢想象。

拥抱过后，周时予安抚地轻拍她的后背。红灯即将结束时，他从车后排拿过毛毯盖在盛穗的膝上，让她先睡一会儿。

男人语调平稳温和，倒显得盛穗有些反应过度。她乖乖地答应，把头偏向车窗，闭上双眼。

余下车程，两个人一路无言。

车开得很稳，盛穗昏昏沉沉地睡了过去。等她再醒来时，汽车已经驶离繁华的城区，窗外的片片绿意快速地倒退。

周老爷子住在一处偏离经济中心的名贵别墅区里，每栋别墅之间相距甚远。这里环境幽静，盛穗一路过来，只在街边见到两三个遛狗的人。

即将靠近一幢三层别墅时，周时予有意放慢车速。将车停在街边后，他侧过身抬手替盛穗盖好滑落的毛毯，轻声询问道："好些了吗？"

"受伤的人不是你吗？你为什么反过来安慰我？"

盛穗自知这话过分。她转头看着他，认真地说道："我真的没事。"

周时予笑着揉了揉她的脑袋，侧身凑过去一些。他望着盛穗漂亮的眼睛，说："我现在更害怕你会哭。"

听对方张口闭口都在关心自己，盛穗鼻间又泛起点点酸楚。

周时予继续慢悠悠地说道："你哭了的话妆就会花，那你早上准备的时间就都浪费了，很可惜。"

怎么会有人在这时候还关心她的妆会不会花？

感动与泪意瞬间消散，盛穗鼓起腮帮子表达不满。在男人凑过来要亲她时，她故意偏头躲开了。

周时予挑起眉梢，口吻染上几分不羁："怎么不让亲了？"

调情般的语调使气氛越发暧昧，盛穗听得耳尖一热，心想：自己不能总被他牵着鼻子走。

她轻咳一声，不甚熟练地以其人之道，还治其人之身。

"如果让你亲的话，要么我脸上的粉底会被弄脏，要么嘴上的口红会被蹭掉。"

周时予笑吟吟地望着她使小性子的模样，沉吟半晌，俯身过去，在她的发顶落下一吻。

只要他想，就一定能办到。

"穗穗，我很高兴你在意我。"周时予的薄唇轻触着她柔顺的青丝，他闻着她发间淡淡的清香，低声说道，"你也要高兴起来，往好处想，至少我们现在很幸福。"

悲伤的氛围一扫而空。

车刚稳稳地停在别墅门前，就见盛穗急匆匆地打开副驾驶的车门。她催周时予快些打开后备箱。

周时予看着她忙碌的背影，镜片后的黑眸终于泛起点点笑意。

他还是更喜欢她无忧无虑的模样。

两个人到来时,恰好是正午用餐时间。

别墅门前早有人守着,不等盛穗将后备箱里的见面礼拿出来,就听见了问候声。

她回头,见五十岁上下的中年男人快步地过来,他的身后跟着一位身强力壮的年轻人。

为首的中年男人鬓角斑白,背挺得笔直。他笑呵呵地同周时予简单寒暄后,转身朝盛穗礼貌地颔首,自我介绍道:"盛小姐,您好,我是周老先生的管家,我姓李。您来的一路上还顺利吗?"

说着,他不忘指挥身后的年轻人将后备箱里的见面礼先带回别墅。

"老爷子一直盼着你们来,一大早就在念叨。他迫不及待地想见见盛小姐,又担心太过热情会吓到您。"

李管家非常健谈,盛穗一时有些招架不住。好在对方友善,加之大多时候周时予帮她搭腔,她便逐渐放下心来。

三个人一同走上大理石台阶,穿过长廊,来到中式装修风格的正厅。正厅的红木沙发上,一位白发老人背对他们而坐,他的斜侧坐着周熠和一位浓妆艳抹的女人,女人瞧着三十岁出头的模样。

盛穗看清后,不由得愣了一下。

并非因为周老先生,而是因为这个女人是盛穗常在电视上见到的面孔。她虽然算不上是流量明星,却也拥有相当的知名度。

盛穗心想:原来周熠的母亲身份特殊,难怪从没见过她来学校接周熠。

女人很快注意到客厅里来人了。她揉了揉周熠的脑袋,拉起他落落大方地朝盛穗走来,一颦一笑间尽是风情。

林夕主动伸手和盛穗打招呼:"盛老师,你好,我是林夕。盛老师在学校对小熠非常照顾,我一直没找到机会感谢您。"

"都是我应该做的。"

盛穗发现林夕似乎并没有和周时予问好的打算。林夕将视线在男人身上停留了半秒,又迅速地移开,同时她的右手下意识地搂紧周熠。

周时予则双手插兜,笑容温和,同样没出声。

最后，盛穗转身，朝红木椅上的白发老人鞠躬问候。

"在场的人就一个懂礼貌的。"周老爷子冷着脸，不满地哼了一声，冲着盛穗直言道。

"小穗是吧？既然你和周时予结婚了，记得好好教他该怎么懂规矩，他进门都不知道喊人。"老人语气生硬，却像是已经认定了她孙媳妇的身份。

盛穗刚想回话，就听头顶传来周时予平静的声音："您可以直接说'欢迎'，这种语气会吓到她的。"

周老爷子闻言抓起手边的拐杖，在木地板上重重一敲，骂道："平时见不到你人，好不容易来一次，废话倒不少，还不赶紧去吃饭！"

他说完，便让李管家搀扶他起身，脚步不算稳健地朝餐厅走去。

林夕牵着周熠跟随其后。

盛穗要跟上时，手腕被一只温暖干燥的大手握住。

她回头，见周时予向她使了个眼色，低声说："洗手间在右侧第二个屋，你中午打针的剂量和平时一样就好。"

餐厅和正厅有一段距离，此时四下无人，盛穗犹豫不决，总觉得随意在别人家里走动很失礼。

她正想要不要先询问周老先生或李管家，屁股忽地被人轻拍了一下。

"这套别墅是我买的，你就当是自己家一样。"

周时予近来越发放肆。他见盛穗如受惊的兔子一般，被她瞪大眼睛的模样逗笑。他俯身望着她的双眸，说："或者，我可以陪你去。"

不怀好意的男人抬起手，将左手的拇指压在盛穗淡红色的下唇上。他在她耳边低语："但我会不会做坏事，就不能保证了。"

说完，他慢条斯理地直起身，饶有兴致地打量着指腹上沾到的口红，在指尖上搓着晕染开。

周时予信手拈来的调情，简直是对抗盛穗一切紧张情绪的最佳利器。

盛穗头也不回地转身跑去了洗手间。她打完针，故意慢吞吞地洗手，等耳尖的红色褪去，才推门出去走向餐厅。

周老先生家的厨房同样是开放式的。

盛穗过去时，除了她，就只有周时予一个人还未落座。

不同于坐在圆桌旁的三位宾客，周时予站在料理台前，垂眸看着台面上的食物秤。

盛穗看着外观同家里的一模一样的食物秤，心里一惊，没想到周时予来做客，竟然把家里的秤都带来了。

不顾周老爷子频频回头，男人不紧不慢地将瓷碗放在秤上，清零数据，再用木勺从电饭锅中舀米饭，达到既定重量才停下。

做客还搞特殊实在不好，盛穗正尴尬时，就见周时予将那碗米饭放在一旁，又取来一个空碗放在秤上，重复刚才的动作。

他不想让她难为情的意图再明显不过。

见人迟迟不上桌，周老爷子不满地叨叨："菜都要凉了，你怎么还在折腾？以前怎么没见过你活得这么精细？"

周时予端着瓷碗在盛穗身边坐下，将米饭少的那碗放在她面前，接下周老爷子的怒火："刘医生上周给我打电话，说您平时肝火太旺。您最近少发些脾气吧，就当为自己的身体着想。"

周老爷子闻言眼睛一瞪，眼见就要发作，身旁的李管家及时打圆场："盛小姐，听说您要来，老先生特意让人炖了西洋参乌鸡汤，滋补功效很好，您要尝尝吗？"

盛穗受宠若惊："好的，劳您费心了。"

"一句话的事。"周老爷子的脸色缓和了一些，他对孙媳妇倒没什么脾气，"下次你过来，提前告诉李管家想吃什么，免得等做完了，你不爱吃的话就浪费了。"

来往交谈了几句，盛穗大约摸清了周老爷子嘴硬心软的脾性。他三句不忘数落周时予，时而又训一句林夕，都是因为两位后辈鲜少来拜访他。林夕工作缠身情有可原，周时予则摆明了是态度有问题。

盛穗敏锐地察觉到，周时予回到周家后，虽仍旧如往日那般温和细语，却总给人提防与紧绷之感，甚至连那份温文尔雅中，都隐隐带着几分攻击性。

席间，男人在周老爷子的训话中默默地给盛穗剥虾。她几次委婉地表明她可以自己来，对方表示没必要再弄脏她的手。

周老爷子见此倒没什么反应，反而对面的林夕眼神逐渐古怪起来。

她几次欲言又止。

后来连盛穗都察觉出了异样，在女人又一次投来目光时，忍不住抬眸与之对视。

周时予笑着淡淡地说道："请问林小姐也需要人帮忙剥虾吗？"

风情万种的女人表情一僵。她别过视线给周熠夹菜喂饭，始终不和周时予对视。

"哪里，还不是看周总和周太太感情好，我羡慕你们，就多看了两眼。"

一顿午餐吃得有惊无险。

饭后，周老爷子起身，喊周时予去书房跟他谈话。

等到关门声响起，林夕便提出想和盛穗去后院散步消食。

盛穗看出对方有话要说，便将周熠交给管家照顾后，跟她一起从长廊走去屋外。

两个人边走边聊周熠在学校里的情况。

说起上次儿子失手推人的事，林夕话锋一转："上次小熠出事，我正在山里拍戏，手机没信号，错过了盛老师的电话，不好意思啊。"

"没关系，"盛穗猜对方不单是为了道谢，便将话题引向核心人物，"我和周时予多亏那次才认识，是我该谢谢你才对。"

果然，林夕听完神色越发复杂。她纠结许久，才下定决心般问盛穗："周健斌有严重的暴力倾向这件事，你知道吗？"

看来周健斌就是周时予口中的"罪魁祸首"。

盛穗点头，沉默片刻后，轻声问道："你是想问周时予有没有打过我，对吗？"

她看得出，林夕对周时予有显而易见的防备，或者更准确地说，是惧怕。

男人哪怕无意中靠近，林夕都会下意识地护住周熠，更别提众人在饭桌边时，她坐在周时予对面，却连跟他对视都做不到。

这是受过暴力伤害后，身体产生的自我保护机制。

盛穗停下脚步看向林夕，轻柔却坚定地说："谢谢您的提醒，但他没有这样对我。"

林夕没想到眼前的女人看似柔柔弱弱，说话却如此直接，自己反倒有些无措。

"我没这个意思,就是周时予有时给我的感觉,和他的父亲太像……"

"但周时予不是他父亲。"

盛穗鲜少打断别人说话,但林夕本意为善的话听来实在刺耳。

"毫无根据的判定,对他来说很不公平。"

林夕望着盛穗,被她说服后笑了笑,主动道歉:"你说得对,可能是我今天看到他系着皮带,自己就有些神经兮兮的。"

不顾周老爷子的再三挽留,周时予从书房出来后,就提出要带盛穗离开。

男人甚至懒得找借口,直白地表示不愿和其他人同在一个屋檐下。

直到两个人上车时,盛穗还在苦想下午和林夕的对话。

多数人不愿将过去的伤疤翻开给别人看,盛穗如此,林夕也是如此。

女人的目的只是善意地提醒,没必要向初次见面的陌生人袒露过往,盛穗则更不会打探他人的隐私。

她在意的,是林夕随口提起的"皮带",放在当时的话题里,明显是曾让林夕遭受暴力的用具。

周时予说过,他从来不用皮带。

高频出现的关键词让答案呼之欲出,可男人昨晚收下礼物时的温和笑容,甚至不忘用调情来表达喜爱,让盛穗始终无法确定。

她总不能开门见山地问,你的父亲是不是用皮带打过你。

盛穗如此想着,在回程的路上,不由得偷偷往周时予腰上的皮带多瞄了几眼。

直到车稳稳地驶进独立的停车位里,安静一路的周时予才解开安全带,转头看她。

"穗穗,你已经盯着那里看了很久了。"男人一语道破盛穗自以为掩饰得很好的偷窥。

他笑吟吟地说:"请问周太太是对我的生理构造有任何疑问吗?"

盛穗由衷地佩服周时予,他总能用最优雅斯文的姿态,说出最暧昧不清的语句,且字字都能让她乱了阵脚。

她几次想认真地宽慰对方,都被周时予无比精准地避开,再反过来倒打一耙。有时她甚至分不清,周时予是在旁敲侧击让她不要多事,还是男人真的不在意。

就好比现在,她急于想弄清自己送皮带是不是错了,却支吾了半天才试探道:"我们刚结婚不久,大概我还不够了解你。如果我有什么地方做错了,你可以直接告诉我。"

闻言,周时予眯着眼沉吟片刻,在盛穗殷切的眼神中,挑眉问道:"你想多了解我吗?"

盛穗连忙点头。

"好。"

地下车库里灯光昏暗。

半晌,盛穗听见衣料与车座的摩擦声响起,是旁边的周时予随意扯了一下领口。

主导权的天平再次向男人倾斜。

密闭昏暗的空间内,哪怕周时予不言不语,只是深情地望着自己,盛穗都能清晰地感受到心中的躁动。

盛穗还不服输,最后一次尝试着开口:"我……"

"长夜漫漫,穗穗想从哪里开始了解呢?"

"车里、家里、窗边,还是露台?"周时予就是有这样的本事,分明是顺着盛穗的意思,却能轻易将话题带偏。他不紧不慢地将她拉入陷阱里,还不忘卖乖:"你知道的,我对你向来言听计从。"

第六章
宝宝，我都看见了

　　平心而论，盛穗不喜欢周时予遇事避而不谈的态度，而无奈之处在于，她似乎更加无法抵抗男人来势汹汹的攻势。

　　两个人唇齿纠缠，难舍难分。盛穗因缺氧而大脑一片空白时，周时予退后寸许。他的薄唇晕染上艳红，为男人增添了几分不同于往日的妖娆。

　　沉吟半晌，他低声说道："原来口红是这个味道。"

　　当周时予再度落吻，盛穗已然忘记了原本的讨论，乖顺地搂住男人的脖颈。

　　两个人搭乘独立的电梯回家。周时予打开房门，不等灯亮，就将怀中的女人抱上玄关处的矮柜，用宽阔的肩背与笔直的长腿将盛穗圈在他的掌控之中。

　　盛穗的视线被涌上的泪意模糊了，她隔着水雾，望着男人漆黑的双眼。他的目光温柔而深沉，相比她的情动难抑，他的眼中更多的是眷恋与疼惜。男人目不转睛地望着她，像是不愿错过她任何细小的神态的变化。

　　盛穗的指尖碰到了男人的腰带，他呼吸骤停，瞬间绷紧腰间的肌肉。

下一秒,盛穗的手腕被紧紧地攥住。

周时予第一次用了力气,让盛穗感觉到疼痛。

"乖,不弄。"男人在她耳边低语,"我抱你去洗澡。"

周时予不等盛穗回应,便搂着她的细腰,将她打横抱起,稳稳地朝浴室走去。

等周时予将热水放好,又送来睡衣时,坐在浴缸旁的盛穗忍不住拽了一下男人的衣袖。她脖子通红,毫无说服力地为自己辩解道:"我平时很矜持的。"

周时予爱怜地揉了揉她的发顶:"先洗澡,水要凉了。"

浴室里水声响起,周时予面色如常地走去衣帽间。

冷汗浸湿了他的后背,他的心脏剧烈地跳动着,像是要撞破胸腔。

仿佛系在腰间的腰带勒紧的是他的喉咙,哪怕他一整天都在深呼吸,肺部仍像报废的机器一般,不断地反馈给大脑那份致命的窒息感。

脚上传来毛茸茸的触感,周时予低头见平安在蹭他的脚踝,于是蹲下身抚摸它的后背。

"平安,我该怎么办?"男人镜片后的眉眼仍旧温和,他声音低沉,宛若在自言自语,"我好像吓到她了。"

盛穗洗澡通常要半个小时,周时予粗略地算过时间,从衣帽间里拿出换洗的衣物,走去健身房旁边的另一间浴室。

周时予进屋先将淋浴头的热水打开,很快,浴室里氤氲着茫茫的白雾,宛如秘境一般。

他将掌心放到冰冷的镜面上,擦了几下,热雾中出现一张面无表情的脸。

他摘去了金丝框眼镜,眸中的温文尔雅荡然无存,凌厉的五官使这张脸只剩下不近人情的冷漠。

周时予的视线下移,他平静地看着胸膛上,以及从肩膀向后背蜿蜒而去的狰狞的疤痕。

他是瘢痕体质,身体便是储存过往的最好的容器。胸前的疤痕是他十六岁患支气管囊肿时,做开胸手术留下的痕迹;余下的印记,则拜自称是他的父亲的男人所赐。

周时予自小记忆力就超乎常人。即便十数年过去,他仍能一字不落地重复那个男人的咒骂,而且清楚地记得男人在某年某月某日鞭打他的次数。

行为残暴、言语污秽、逻辑混乱,男人俨然是无法控制自我、随时都会失控的疯子。

"不听话是吧,那就把他关起来,关一晚上就好了。"

周时予的脑海中反复上演那时的场景,他抬手碰了一下肩上因时间久远,已不再凸起的疤痕。

没有疼痛,甚至几乎没有触感。

周时予没有和盛穗说起皮带的故事,因为他不愿看她露出自责的表情,更因为他忘不了刻骨铭心的痛苦。他没有勇气撕开结痂,将伤口翻开给她看。

麻木,是周时予与生俱来的天赋。

他摘下手表,端详着左手腕上密密麻麻的伤痕。他将表放在置物架上,余光看见镜子里被雾气模糊的脸。

无法否认,他几乎"完美"地继承了那个男人的一切——丰厚的财富、出众的样貌,以及一颗不受控制、随时随地会爆炸的大脑。

热水沿着周时予肩背上的疤痕滑落,他闭上眼睛,回想在车里时盛穗的表情,意识到她已经起疑了。

转移话题不是长久之计。

她需要一个情绪稳定、性情温和的正常人,作为长久的婚姻伴侣。

没有哪个正常人会畏惧皮带。

没关系,他以后也不会再害怕。

人类大脑拥有世间最精密复杂的构造,还能使用药物、电击等各种手段,进行诊治与操控,甚至连足够强烈的心理暗示,都能够控制思维,改变认知。

也就是说,只要愿意,人可以主观欺骗自己的大脑,操控自我的情绪,甚至扭转对事物的认知。

水声渐止,周时予擦去身上的水滴。他重新走回洗漱台前,依次将手表与眼镜戴好,看着镜子里那个温和的自己。

偶尔,他也会认同那个男人最常挂在嘴边的话:"不听话是吧,那就把他关起来,关一晚上就好了。"

大脑不听话，没关系，他只要把它关起来，关一晚上就好了。

这没什么难的。

盛穗擦着湿漉漉的头发，从卧房的浴室里走出来，见周时予又在厨房里忙碌。

男人同样刚洗过澡，他的发梢滴下水珠，渗入浅灰色的家居服里。

灶台上的小锅里正煮着银耳、枸杞、红枣，远远便能闻见淡淡的香气。

听见她的脚步声，周时予关掉火，用漏勺捞出含有糖分的红枣和枸杞，将剩下的银耳汤倒入杯子里。

热气袅袅飘升，却不见男人的眼镜起雾。

盛穗在餐桌边坐下，还沉浸在刚才的尴尬中。她轻轻咳了一声，开启话题："你的眼睛是近视吗？"

她偶尔见到周时予睡前没戴眼镜，靠在床头处理工作，他的视力似乎并未受到影响。

周时予往杯中加入奶粉，确认杯子不烫手后，放到盛穗的手边："镜片可以给我提供掩饰情绪的心理安慰。"

男人朝她微微一笑："生意场上，情绪外露，很容易被人抓住弱点。"

盛穗似懂非懂地点了点头，喝了一口丈夫每天换着花样为她准备的睡前饮品，舌尖上满是浓郁的奶香。

她慢腾腾地喝完，抬手将杯子递过去。

周时予忽地说道："今晚你先睡吧，我在书房处理一些工作。"

"好。"盛穗点头表示理解他的忙碌，轻声叮嘱，"我给你留门，你也早点儿休息。"

女人刚洗过澡，眼尾漾着点点淡红的模样看得人心软。

周时予将杯子洗净，擦干手后揉了揉盛穗的发顶，柔声说："你一个人睡怕黑的话，就打电话给我。"

盛穗不满对方拿自己当小孩儿一样看待，轻声反驳："我都多大了，怎么会怕黑？！"

"那就是我以己度人了。"和她说话时，周时予总会习惯性地俯身和她平视，"是我会怕黑，晚上去找你睡觉，可以吗？"

盛穗搬来的当晚两个人就在同一个被窝里睡觉了,她觉得这个问题有些莫名奇妙。

即便如此,她还是歪着头认真地思考了几秒,提出方案:"明天是周日,我不上班,你一个人害怕的话,我可以在旁边陪着你工作。"

话音一落,她看见男人的眼底有太多情绪在翻涌。有一瞬,她甚至认为自己是早被他盯准的羔羊。

周时予最终只是勾唇一笑,送盛穗回房躺下。他替她掖好被角后,谢绝了她的好意:"快睡吧,我不舍得拖累你。"

盛穗当晚睡得并不太好。

许是因为睡前男人随口的一句打趣,又或许是同居后自己第一次独自睡觉,她躺在柔软的大床上,难得地失眠了。

鼻间不再有熟悉的木质冷香,她在被窝里蜷着身体,没人帮她焐的手脚微微发凉。

习惯是件太恐怖的事,盛穗平时不觉得,只有跳出舒适圈才自知。

睡前护肤时,她无意中见到周时予似乎拿着什么东西,走进了那间专门用于办公、不让她和田阿姨进去的书房里。

这是盛穗第一次见男人走进那间书房里。他进去后并未开灯,里面漆黑一团。

只身走进去的周时予,仿佛踏入了无尽的黑暗中。

盛穗觉得自己的胡思乱想太过荒唐。她毫无睡意,辗转反侧,几次想起身,又怕打扰周时予工作,最后决定给男人发消息询问方不方便过去。

周时予应当真的很忙——收到消息从来都会立刻回复的人,在盛穗昏昏睡去前,并没有回复一个字。

第二日清晨,盛穗被一阵菜香唤醒。

睡眠质量不佳,导致她起床艰难。她深吸一口气睁开眼睛,看着被子里下摆卷起的上衣。

平时周时予怕盛穗着凉,晚上会抱着她睡觉,不让衣服掀起来。今天她衣服下摆都快卷到胸口了,身边也没有男人昨晚留宿过的痕迹。

周时予一夜未眠。

盛穗熬夜一次，需要三天才能缓过来。意识到丈夫通宵工作还不忘做早饭，她瞬间睡意全无，匆忙地起床，披上衣服走了出去。

周时予换了一件长款的居家服，正低头认真地处理案板上的鲜虾，料理台上摆满了各种食材。

男人没听见脚步声。盛穗正想喊人，却从侧面看见男人的眼睑泛着乌青，嘴唇发白。他的前额和后颈上密布着薄薄的一层汗珠，整个人像是坠入冰河后，刚被人打捞上岸。甚至连他平时利落下刀的手，此刻都在不停地颤抖。

他怎么会出这么多汗？

盛穗不禁皱眉，担忧地问道："你还好吗？"

周时予手上的动作猛然顿住，他放下刀转过头，像往常一样笑着说"早安"。

男人温和地向她道歉："我到天亮才忙完工作，刚做了半个小时的无氧运动，今天可能要晚点儿吃早饭了。"

周时予转身，将早已备好的温水倒进玻璃杯里。他声音有些沙哑："喝点儿温水吧，可以促进血液循环。"

盛穗半信半疑地接过玻璃杯。

周时予说他是因为运动才出的汗，为什么她此时站在男人身边，却感受不到丝毫的热气？

刚才盛穗接过水杯，和他的指尖相触时，只感受到一片冰凉。

"以后别熬夜了。"盛穗对周时予从不爱惜身体的行为表达不悦，放下水杯后，又连忙去关火，"你先去睡觉，早饭我会看着弄的。"

说完，她意识到自己的语气太严肃，又换了种说法："正好我也没睡醒，今天是周末，我们可以睡个懒觉，十点再起来吃饭，好吗？"

"好。"周时予向来顺着盛穗，闻言答应后，又低声呼唤她的小名，"穗穗。"

盛穗有些担心地问："嗯？你不舒服吗？"

"没有，"周时予望着她写满担忧的双眸，低声说道，"我就是想告诉你，我好像学会用皮带了。"

他耗费整晚的时间其实没做什么，不过是把自己关在未开灯的房间里，反锁上门，可笑地一遍遍学习如何跟一条皮带和平共处，以及一次次欺骗如同定时炸弹般的大脑，机械地重复默念：这只是一根皮带而已，不会再给自己造成伤害。

这没什么难的，只是他格外地想她。

话题转移得过于突兀，盛穗愣了几秒，迟钝地意识到男人是在回应她昨晚关于皮带的问题。

"以前没人教过我皮带的用法，所以我需要一点儿时间来学习。"

熟悉的大手小心翼翼地拉住盛穗的手腕，却十分冰冷，她暗暗心惊。

周时予捧着盛穗昨晚被攥痛的手腕，用还在颤抖的拇指摩挲着她的皮肤，温柔地说："我很喜欢你的礼物，你也没做错任何事。所以，你不要自责。"

睡着的周时予比盛穗想象中的还要柔和。

卧室内只剩下两道悠长的呼吸。盛穗轻手轻脚地拉好遮光窗帘，挡住刺眼的光线，转身去看床上安然睡去的男人。

这是她第一次仔细地打量没戴眼镜的周时予。

男人的五官如雕塑一般，本来极具攻击性的样貌，却随着他轻轻颤动的睫毛，变得温柔沉静起来。

直到平安从外面进来，歪着头细声细气地叫了一声，盛穗才回过神来。她已经盯着周时予太久了。

盛穗担心将人吵醒，抱起黏人的小猫从卧室离开。她轻手轻脚地关上门，在平安的头顶上亲了亲，说："早。"

厨房的料理台上摆满了各种食材，盛穗以自身的厨艺水平，自然看不出周时予原本要做什么。她不想浪费食材，便拍了张照片，发送给自己的大厨朋友——肖茗请教。

打工人肖茗周末也要居家办公，收到消息后立刻回复："哟，你那贤惠的老公又早起做饭啦？"

"SS：没有，他在休息。我能用图片里的食材做些什么呢？"

"肖茗：你准备的食材，都够做四五道菜了。宝啊，咱别贪心，先做一个蒜蓉奶油虾吧。"

"SS：好。"

盛穗也不相信自己的厨艺水平，于是打去视频电话，向肖茗请教。

"你老公的条件还挺好的，看装修就知道这房子不便宜。"肖茗指导盛穗时，不忘观察她身后的背景。

肖茗见闺密低头专注地切着虾，不由得感叹道："我还是第一次见你认真地做饭，你居然是为了你老公做的！"

盛穗将炒出虾油的虾头用长筷捞出，热油时而跳上她的手背。她无心思考，心里的话便脱口而出："我不想让他太辛苦。"

听她话里话外都是对老公的心疼，肖茗口中"啧啧"有声，八卦地追问："虽然这个问题很莫名其妙，但我真的好奇，你不会爱上你老公了吧？"

盛穗没听清，抬头问道："你说什么？"

女人目光澄澈，让人一眼就能看出她心中所想。

肖茗看得直摇头："算了，不管和谁结婚，你都会这么贴心的，当我没问。"

盛穗手忙脚乱，一个半小时后，终于做好了蒜蓉奶油虾和白灼菜心。她见时间还早，就先用保鲜膜把菜盖好，拿着保温杯返回卧室。

周时予仍在熟睡。他侧着身朝向她平日躺下的位置，伸出一只手臂呈拥抱状，像是下意识地想搂着她。

他那件被汗浸湿的衣衫放在椅子上，盛穗拿起衣服，发现那条皮带被压在最下面。

皮带做工精良，皮质柔软，唯有一处穿孔的位置能看出压痕，像是被反反复复地扣过。

盛穗突然想起了周时予睡前特意强调，他学会了使用皮带时的神态。

她抿了抿唇，将男人的衣服拿去洗衣间，又默默地走到衣帽间里，将皮带塞到她不常穿的衣服的最下面。

盛穗多半猜到了皮带背后的故事，清楚周时予这么做是不想让她愧疚，但……

她更不愿意让对方难受。

盛穗蹲在地上，抱着双膝默默地想：她下次该送怎样的礼物才好？

盛穗不是勇往直前的性格，做事时而瞻前顾后，但周时予给过她太多的包容与体谅，她自觉如果她再畏畏缩缩，便是对男人用心良苦的亵渎。

两个人相识的时间太短，结婚又过于仓促，对彼此的性格与过往不够了解也实属正常。

盛穗自我宽慰了一番，深吸了一口气放松心情，起身回到了卧室。

周时予睡醒后，将床头柜上的眼镜戴上坐了起来。他脸色明显好转，只是嘴唇仍略微发白。

见盛穗走进来，男人嘴角含笑，温和地问道："你上午都做什么了？"

"我随便弄了点儿吃的，不过不太成功。"盛穗走到床边的梳妆台前，给周时予倒了一小杯温水，问道，"你要不要先喝点儿水？"

男人的目光扫过盛穗身旁的椅子。她不想让他注意到皮带不见了，便默不作声地挪了半步，用身体挡住椅子，丝毫不觉得自己此举有"此地无银三百两"的嫌疑。

"我等一下再喝水，"周时予收回目光，朝妻子张开双臂，"你先过来让我抱抱。"

"哦。"

盛穗放下水杯乖乖地过去，刚一靠近就被男人拉入怀中。顷刻间，她的鼻间满是周时予身上独有的木质冷香。

男人只是静静地抱着她，并未有下一步的动作，像是长途远行的旅人终于寻到了歇脚之地，便不想再动身。

盛穗任由他抱了一会儿，抬手轻拍男人的后背，问道："周时予，你还好吗？"

"我没事，"今天的周时予十分黏人，将头埋在盛穗的颈间后，用坚实的手臂环住她盈盈一握的细腰，柔声说道，"就是醒来突然很想你。"

盛穗的厨艺的确堪忧。

蒜蓉奶油虾的虾仁粘在一起，虾肉因为火候掌握得不精而发焦发苦，就连最简单的白灼菜心，都因为酱料放多了而味道过咸。

桌上唯一能吃的，是周时予提前炖好的玉米胡萝卜排骨汤。

"要不我们点外卖吧，这太难吃了。"盛穗尝了两口自己做的菜后果断地放弃。

她想将难以入口的两道菜端走，嘀咕道："平时看你做饭，我还以为很容易呢。"

周时予抢过盘子不许她丢掉，夹起一串焦煳的虾仁。

他见盛穗欲言又止的模样，唇边泛起淡淡的笑意："味觉是很主观的感受，你觉得难吃，我却觉得味道很好，可能是我们口味不同。"

在诡辩这方面，盛穗永远不是周时予的对手。

她试图举证反驳："可是这个虾都煳了。"

"煳得恰到好处，"周时予用手托着下巴，慢条斯理地应对，"锅巴就是这样的。"

盛穗刚想说这哪里是锅巴，又转念一想：如果自己这样说的话，男人肯定会说这是她自创的菜式，很有新意。

她心里不服，憋着劲儿思考，发顶忽地被人揉了揉。

"评价一道菜的好坏，相比于味道，我更注重对方想传达的心意。"周时予将险些被盛穗丢掉的菜全部倒进他的餐盘里，继续温和地说，"我喜欢菜本身的味道，也能感受到你想照顾我的心情。如果你把这两道菜丢掉，我会觉得很可惜。"

男人盛了满满一碗醇香浓郁的排骨汤递过去，和盛穗对视一眼，微微一笑，请求道："所以，让我吃完你做的菜，可以吗？"

盛穗看见周时予这副模样，简直没有任何抵御能力。

男人低头吃菜的表情诚恳到近乎虔诚，要不是盛穗刚才尝过，就真的相信自己厨艺高超了。

她下定决心要精进厨艺。

她低着头默默地喝汤，忽地想起周时予平时做饭时的专注，以及他刚才说的话里所谓"对方想传达的心意"，不由得好奇地问道："那你每天做饭的时候都在想什么呢？"

周时予夹菜的手微微一顿，他沉吟片刻，笑了起来："我大概在想，如果你能喜欢我做的菜就好了。"

男人起身从冰箱里拿出杧果，切下一半放在食物秤上。

"那天你和别人相亲，我看见你面前摆了一份菠萝包，你几次想拿，最后却没行动。我当时在想,你会不会其实很想吃,只是因为客观条件,不得不放弃。"

周时予刀工精湛,杧果眨眼间就被他片成了薄片。

"结婚后,我总希望能弥补这份遗憾,哪怕我能做的不多,也好过无动于衷。"

男人拿起杧果薄片,一片片地卷起来,同时不忘整理边缘。很快,一朵由杧果肉卷成的玫瑰花,静静地立在瓷盘中。

在盛穗惊诧的目光中,周时予洗净手,将瓷盘放到她的面前,轻声说:"不知道我这样做是不是自作多情,因为我并不清楚你是否真的需要这些。但这世上我曾见过的所有美好,我都希望你能一份不落地体验到。"

哪怕只是再普通不过的一份甜品。

因为丈夫的一句话,盛穗觉得窗外的春光都明媚了起来。

她低头看着用杧果做的玫瑰花,眼角有些红:"周时予,如果我能早点儿遇到你就好了。"

她很少去想无意义的过往,最近却越发频繁地想:如果自己能早点儿遇到这个人该多好。

周时予总是不忍心让她难过,在过往那些黑暗的日子里,如果有这个人陪伴她,她便不会那样难受。

周时予将盛穗从座位上抱起来,稳稳地托着她在他的腿上坐下,说:"现在也不晚。"

他搂着她,将手臂挡在她的背后,不让她撞到餐桌。在盛穗自然而然地环住他的脖颈时,他的眼底满是温柔的爱意。

周时予依次吻过盛穗的前额、鼻梁、双唇,他的声音有些沙哑:"穗穗,只要你想,我总会是你的。"

突然,电话铃声响起。周时予按下挂断键,手机又锲而不舍地振动起来。

盛穗将头歪在男人的肩膀上,轻声说:"先接电话吧,可能是工作上重要的事。"

周时予拿起手机,看着屏幕上的"邱斯"二字,面无表情地接通电话:"说。"

"说什么？老许搬新家，你忘了咱们约好今晚要在他家的后院里烧烤庆祝了吗？"邱斯"噼里啪啦"地说完，突然有了新主意，"你把你老婆也带上呗。大伙好奇得都疯了，想看看你老婆到底是不是仙女。"

男人一口一个"老婆"，说得无比顺嘴。

周时予听得直皱眉，按下静音键，征求盛穗的意愿："同事乔迁，约好今晚一起庆祝，有上次你见过的人，你要去吗？"

盛穗还没正式谢谢邱斯等人上次帮她，搂着丈夫的脖子说："我都可以，你想去吗？"

"我有点儿想去。"周时予看着她莹润的双眸，笑道，"我想告诉所有人，我有周太太了。"

庆祝乔迁之喜的是许卓——他也是协助周时予创办成禾的核心成员之一。盛穗那次相亲在餐厅里见过他，只是没有打招呼。

许卓的新家在距离市中心有一段距离的富人区，是一栋两层的小别墅。

别墅面积不大，但胜在屋后的草坪宽阔，一层的几间屋子都通向后院的草坪。

前来庆贺的同事有二十几个人，盛穗和周时予最后到场。两个人刚进屋，众人就一通起哄。

盛穗不难看出，周时予在下属中虽有威望，却并非高高在上。他保持着恰到好处的亲和与疏远，现身团建活动既不会破坏气氛，也不会过分参与其中。因此成禾的员工八卦地向她询问两个人的感情，却不敢对她调侃半句。

众人分头行动，买完烧烤的食材和用具，临近傍晚，开始吆喝着在后院的草坪上搭起烧烤架，又搬来座椅和几箱酒。

盛穗坐在折叠椅上，看着不远处喧闹的人群，时而接过周时予递来的烧烤，眼底有浅浅的笑意。她虽不擅长融入人群中，但很喜欢这样欢快热闹的场景。

邱斯、许卓等人见不得他们独处，于是搬来凳子，在周时予的身边坐下。

"新婚快乐，兄弟。"邱斯将啤酒递给周时予，"我可不是吝啬祝福，实在是你们俩结婚太快了。"

"确实快,起初大家都不相信。"戴着眼镜的许卓跟着笑了起来,"没想到,你居然是我们之中第一个结婚的。"

一时,祝福声此起彼伏。

周时予偏过头低声征求盛穗的意见:"我可以喝吗?"

盛穗被他问得耳尖发红,赶忙点头。

"这酸臭的恋爱味道。"邱斯见两个人亲昵地咬耳朵,一脸嫌弃。他不再和某位"老婆奴"说话,凑过去冲盛穗神秘兮兮地说道:"我和你说,周时予这小子心眼儿多着呢。那天在餐厅里吃饭,他一直盯着你们那桌,我看得清清楚楚。"邱斯酒量不佳,又喝了不少,说起话来舌头有些打卷,"凭借我对周时予多年的了解,搞不好这小子早就喜欢你了。"

"我做证!"许卓也是人精,闻言不断点头,故作深沉地分析道,"那天我们周总看盛老师的眼神,可是一点儿都不清白。"

除了盛穗,在场几乎没人相信周时予会如此草率匆忙地和人结婚,于是便由副总邱斯、许卓带头,编出了周时予苦恋盛穗数年的情节。一时间,各种离奇故事层出不穷。

盛穗连连摆手澄清,无奈在酒精的刺激下,几个人越说越上头,她再解释也没用。最后,周时予似笑非笑地盯着他们,不发一言,几个人才闭上嘴悻悻地离开了。

"要起身走走消消食吗?"周时予站起身朝盛穗伸出手,"如果他们的话让你感到尴尬,我向你道歉。"

"我没关系,"盛穗清楚他们只是开玩笑,况且调侃的都是周时予,便握着男人的手起身,"只要你不介意就好。"

想起那些故事,她就觉得离谱儿,无奈地摇头:"我们只是高中在同一个学校而已,他们就说你从那时起就暗恋我,大家的想象力未免过于丰富了。"

晚风拂过,吹动男人额前的碎发。

周时予用后背替盛穗挡着风,温和地说:"这种故事,没人会当真的。"他笑了笑,"我以为,你会很排斥别人说我喜欢你。"

两个人牵着手朝远离人群的角落走去。

盛穗闻言,脚步微微一顿:"我不会这样想。与其说是排斥,我想我是对'喜欢'这个词缺乏实感。"

与周时予相识后，盛穗总能向他坦诚地表达自己的想法和情感，这次也不例外。

"我对婚姻的期待是长久与稳定，并不想要恋爱。我记得结婚前你也这样说过。"她朝周时予盈盈一笑，"我想，我们的确很适合结婚。"

这一刻，周时予体会到了什么叫作"搬起石头砸自己的脚"。

盛穗说得没错，因为合适而结婚的话，的确出自他本人之口。

起初他也是这样想的，以为成为她的伴侣，可以名正言顺地留她在身边已是奢望，再无心贪求更多。可偏偏欲壑难填是人之本性，贪念向来永无止境。

他长叹一声，抬手将盛穗拥入怀中，低声问："现在呢？你现在有实感了吗？"

盛穗任由男人抱住，躲在他的怀里，用脸轻轻蹭着他的胸膛，闷声说道："有的。"

周时予的身上总是温暖的，而人都有向阳而生的本能，她也不例外地想要依靠他。

"那你喜欢这个拥抱吗？"

男人说话时，盛穗能感受到他胸膛的微微震动，伴着他沉稳而响亮的心跳声。

"或者换个说法，不是喜欢我，你喜欢现在的生活吗？"

"喜欢。"盛穗犹豫了片刻，从男人的怀中抬起头，修改并回答了男人的问题，"我喜欢现在的生活，也喜欢和你在一起生活。"

盛穗仔细地想过，现在的生活如果没有周时予，根本不可能成立。

她的口吻异常郑重严肃，却全然没意识到自己此时的模样，活像一只在洞口探头张望的小鼹鼠。

周时予的眼底一片温柔，他忍不住俯身在她的额头上落下一吻："这样就够了。"

他负责爱盛穗，而她只需要喜欢他用爱构造的生活，如此便够了。

"这样就够了吗？"这次提问的人反而变成了盛穗。

她恋恋不舍地从他温暖的怀抱中退出来一些，想将男人看得更清楚。

"我们是夫妻,我没有什么能为你做的吗?"

周时予静静地望着她,她的眼中满是对他不设防的信任与依赖。他忽地感叹自己何其幸运,能爱上盛穗这样的爱人。

在她澄澈如水的目光中,他轻声说了一句:"如果可以的话,你也喜欢我一些吧。"

她无须爱他,只要能喜欢他一些,就可以了。

男人声音小到让人听不清后半句,话刚说出口便消散在风中。

如果可以的话……

四目相对,盛穗茫然地望着周时予深情的双眼,目光最终停在他几欲落吻的薄唇上。

是她想的那样吗?

身后隐隐传来人群的嬉戏声,盛穗迟迟不见男人下一步的动作。

她抬手攀着周时予的肩膀,踮起脚,主动在男人的唇角上落下蜻蜓点水般的一吻。她试探道:"你刚才说的'如果可以',是这个意思吗?"

盛穗的吻不沾染分毫情欲,即便如此,周时予的心底仍有邪念在蠢蠢欲动。

他长臂一伸,搂着盛穗的细腰,将嘴唇压在她通红的耳垂上,说:"其实我刚才说的是,如果可以的话,叫一声'老公'给我听。"

盛穗意识到她又被调戏了,心想:这人还是一如既往地坏心眼儿。

她直言道:"你怎么总欺负人?"

她的眼角被晚风吹得有些泛红,瞪着周时予时,她不仅毫无威慑力,反而有几分不自知的明丽与妩媚。

"欺负人的确是我不对,"周时予眼底的笑意更深了,他对那些混蛋话更是信手拈来,"所以,请周太太一定记得再'欺负'回来。"

盛穗暂时拒绝和周时予说话,转身想走,却发现自己的右手还被男人握在掌心里。她轻轻挣动,手却被握得更紧。周时予牵着她,不紧不慢地朝人群走去。

盛穗远远看见人们齐刷刷地朝他们两个人的方向看来,眼中充满浓浓的八卦意味。

"没想到周总谈恋爱,啊呸,是结婚了,居然这么甜蜜,'单身狗'

好羡慕啊。"

"亲亲、抱抱、牵手手,好像电视剧里的唯美情节啊。"

"他们看上去真的好般配。"

在周围人的窃窃私语中,喝上头的邱斯杀出重围。他拿着一部手机,单枪匹马地杀到周时予的面前。

邱斯上前径直勾住周时予的脖子,举着手机让男人看:"兄弟,给你看个好东西。"

周时予连眼皮都懒得抬,正欲将碍事的手挪开,余光便看见手机屏幕上有两个人。那两个人正在月光下紧紧相拥着对视,时间仿佛按下了暂停键,两个人的眼中仅剩彼此。

"这样的照片我可拍了不少。"邱斯扬扬自得地炫耀着手中的好货,吹嘘道,"怎么样?兄弟没骗你吧!"

周时予抬眼看着邱斯,说:"发给我。"

邱斯摆起架子:"冲你刚才那态度,我得考虑一下。"

"一张照片一万块钱。"周时予拂去肩上的手,谈判的口吻让局势瞬间扭转,"给你三秒钟时间考虑,逾期不候。"

"我卖!卖卖卖!"邱斯立刻答应,"我拍了十五张照片,给你打个折,你给我十二万就行了,毕竟咱们是兄弟嘛。"

"找陈秘书给你打钱。"周时予清楚邱斯并不差钱,见他故意逗趣,便勾唇一笑,"我们先回去了。"

盛穗晚上十点还要打长效胰岛素。

两个人在众人的起哄声中回到车内。

周时予背靠座椅,手持黑色手机,垂眸看着邱斯发来的照片。他用骨节分明的手在屏幕上滑动着,仔细地从中挑选了一张后,设置为手机屏保。

他正要拿出白色手机也修改设置,就见盛穗一脸疑惑地看着他。

周时予放下手机,笑着问道:"你觉得我乱花钱了?"

盛穗连忙摇头,清楚他挣的钱想怎么花都是他的自由。她只是有一点儿不懂,自己明明在这里,想要她的照片随时都能拍,为什么他要花大价钱去买别人随手抓拍的照片呢?

大概是她不懂艺术吧,盛穗在心里想。

周时予温和地解释道:"这是我们除了结婚证件照的第一张合照。"

男人发动汽车,笑容更加灿烂:"可能只要是关于我们的照片,我都想珍存吧。"

学校在每年四月下旬时,都要举办一场由师生共同完成的文化节演出。

往年盛穗只负责她带的康复班,而今年情况特殊,隔壁聋生班的教师人手不够,只能从康复班中挑选有经验、有资历的教师,请他们空闲时帮忙。

盛穗就是被拜托的人选之一。

分出精力不难,难的是她不懂和聋哑学生打交道,更不会手语,需要从头学习。

好在聋生班的老师有准备,提前录好了最常用的部分手语,让盛穗等老师能尽快和聋哑学生交流。

午休时,盛穗坐在教室后排,拿出丈夫准备的午餐。她打开笔记本电脑,准备边吃饭边学手语。

这时,放在桌面上的手机振动起来,是周时予打来的电话。

男人那边背景声音嘈杂,像是刚忙完公事。

"你还在忙吗?"

"我在午休,和学生们在一起。"盛穗戴上蓝牙耳机回答道。

她打开饭盒,看见日式肥牛盖饭、香煎脆皮豆腐和紫菜虾滑汤,眼前一亮:"这么丰盛。"

自从周时予坚持给她带饭开始,午餐吃什么便成了拆盲盒游戏,每日充满惊喜。

周时予像是料到了她的反应,笑了一声:"你喜欢就好。"

盛穗的唇齿间满是肥牛的鲜嫩汁水,她被口中的美味唤起了几分良知,想起询问对方:"你中午吃什么?"

"等下有饭局,或许是海鲜。"周时予语气温和平淡,自然地聊着琐碎的日常,"家里的冰箱快空了,晚上我们要不要去逛超市?"

盛穗最喜欢漫无目的地在超市里闲逛,果断地答应道:"好啊。"

两个人有一搭没一搭地聊着天,盛穗要留意学生,还要分神和周时予说话，连齐悦从后门进来了都没有察觉。

"哇，这午饭也太精致了，难怪你不去食堂。"齐悦脱下外套放在椅背上，眼珠一转，"这是谁送的爱心午餐？"

盛穗过去总不愿被人打探私人感情，现在被问起倒有几分害羞。

想到电话那头的男人在听自己的回答，盛穗握紧筷子，轻声说道："是我老公做的。"

果然，她话音一落，就听耳边响起一道笑声，烫得她耳朵泛红。

"哇，我现在不站在王老师那边了，显然你老公更贴心。"齐悦没注意到盛穗的蓝牙耳机，凑过来继续八卦道，"他刚才在食堂里还问我，你是不是真的结婚了。"

耳机里不再有声响，盛穗闻言皱眉说道："我上次说得很清楚，我结婚了。"

"他不信呗，还猜这是你编出来拒绝他的理由。"齐悦撇着嘴，耸了耸肩，垂眸看了一眼盛穗没戴戒指的手，意有所指地说，"况且，大家确实看不出你结婚了，我天天和你在一起，得知消息时都被吓了一跳。"

盛穗无奈，心想：谁会为了拒绝别人而谎称已婚呢。

齐悦继续说道："这次文化节，王老师也要帮忙。他再不信的话，你就当面跟他说清楚算了。"

齐悦说完便离开教室，去拿下午上课用的教具。

盛穗见手机通话还未结束，轻声试探道："你还在吗？"

"在。"

电话那边的背景声音安静了许多，偶尔有一声汽车鸣笛，随后便听到周时予低声说："穗穗在学校里似乎很受欢迎。"

"没有。"

盛穗心想：论受欢迎程度，周时予更胜一筹。

她只当他是在开玩笑。

"我们吃过晚饭后再去超市？"

"好。"周时予显然不想停止调侃，慢条斯理地说道，"不过我发现一件事，好像除了在我这里，你在别人面前叫'老公'都很顺口。"

"你又胡说。"反驳的话脱口而出后，盛穗才意识到自己的语气堪比调情。

周时予又笑了。

盛穗感叹，他们相识不过半个月，却再也没有了初见时的局促和生疏，日常对话用"打情骂俏"来形容都不为过。

这似乎和她预想的相敬如宾的婚后生活不大相同，她却并不讨厌。

下班回家后，盛穗先将买的新鲜水果送给田阿姨，然后放下包去窗台前照料那盆姬金鱼草。

虽然网上说姬金鱼草并不难养，但据周时予说他养过的全死了，盛穗不敢掉以轻心。

她抱着育苗盆到餐厅拍照，就见田阿姨正在躬身擦拭冰箱的内胆。

盛穗见田阿姨盯着半空的冰箱欲言又止，以为女人不好弯腰，便起身想帮忙。

"要不我来吧？"

"不用。"田阿姨摆了摆手，忍不住感慨，"我就是觉得，人结婚后果然不同。"

对上盛穗不解的目光，鬓角灰白的女人笑了起来，几道皱纹出现在她饱经风霜的面庞上。

"你来之前，冰箱里总是满的，我把买好的菜放进去，一周过去也不见少一丁点儿。"田阿姨指着冰箱，回忆道，"当时我就劝周先生，年轻人除了工作也该有些生活，但这话他也不听，幸好现在你来了。"

说者无意，听者有心。女人一边念叨一边收拾，盛穗却再也没了弄花、聊天的心思，满脑子都是田阿姨说的周时予原先并不做饭的话。

"田阿姨，您知道周时予平时喜欢什么吗？"盛穗抬起头，脸上漾起红晕，自觉身为周时予的妻子问这个问题太不称职。

田阿姨见盛穗的双眸澄澈明亮，忽地想起十年前的盛穗也是如此模样，顿时心里充满爱怜，说道："傻孩子，你们都结为夫妻了，你说他最喜欢什么？夫妻之间的事，还用阿姨再明说吗？"

盛穗不大理解地眨了眨眼，忽然感觉有一团绒球在蹭她的脚踝。她低头见是平安，就弯腰将它抱了起来。

平安被周时予养得毛发锃亮。盛穗习惯性地挠着平安的肚皮，目光扫过它曾经有过、现在却再也找不到的一对雄风，她的大脑中错开的神经纤维忽地对接上了,一切豁然贯通。

夫妻之间的事……

她和周时予至今还未进行到最后一步。

想起她上次的主动无疾而终,过往的尴尬又浮现在她的心头。盛穗抱着平安坐在客厅的沙发上,开始冥思苦想。

周时予向来主动进攻,看起来并不抗拒而且非常享受,偏偏她第一次主动就败兴而归,想来原因只有一个——她的技术太拙劣。

可别说与异性亲密地互动了,盛穗过去连恋爱都没谈过,甚至连心动都没有过。没人教她,她更不可能提先预习。这可怎么办呢?

盛穗一时忘记了难为情,开始纠结起来。

晚饭后,盛穗和周时予去逛经贸广场上的超市。

盛穗在挑新鲜蔬果时,发顶忽地被人揉了一下。

"有心事吗?吃晚饭的时候你就在发愣。"

盛穗头顶的光线被人挡住,周时予正俯身看着她。他望着盛穗正在震动的衣兜,提醒道:"你的手机响很久了。"

"哦,好的。"

盛穗回过神,拿出手机,看到屏幕上王老师的名字后愣了一下。

她接起电话:"您好?"

"我刚拿到分配名单,我们两个都要去 A 组。"王老师非常健谈,白天听人说盛穗不会手语,便在电话里直接说要帮她,"自学手语进度比较慢,你不熟悉的话,我可以教你。"

盛穗就站在周时予的旁边,接电话没避开他。电话里的邀请自然一字不落地传入男人的耳朵里,他不动声色地挑了挑眉。

盛穗态度客气且疏离地拒绝王老师后,王老师又不死心地询问:"那天我听齐悦说你最近结婚了,怎么没听你提起过?"

盛穗的眉头皱了一下,她显然不愿再聊:"嗯,我的确结婚了。"

"穗穗,"周时予低声喊她,伸手从面前的货架上拿起一颗花菜,"帮我挑一下菜。"

"哦,好的。"

盛穗和电话那端的人无话可说,正要搪塞着挂断电话,就听周时予似乎随口一问:"你在和同事聊天吗?"

猝不及防地被男人打岔，盛穗朝眼前的人点了点头，心中隐隐不安。

果然，下一秒，就见周时予温和地笑了笑。他夸赞道："果然教师们都很负责。"

男人用骨节分明的手拨开花菜发黄的叶子，不疾不徐地说："我以为这个时间，大家都在享受下班后的私人生活。"

电话里的呼吸声骤停，盛穗怔怔地望向丈夫。

周时予再度缓缓开口，说的话一字不落地传进话筒里："替我向那位老师问好。"

男人温文尔雅，宛若翩翩有礼的绅士："我向来最佩服全身心投入教育事业、大公无私的教师。"

王老师直接挂断了电话，没再多废话一句。

"嘟"声响起，盛穗没想到对方会先挂断电话。她垂眸看了一眼黑了的手机屏幕，越发觉得周时予的话看似是在夸人，实际字字讥讽，招招致命。

直到挑完蔬果，跟在周时予身后的盛穗才似懂非懂地轻轻拽了一下男人的衣袖。

周时予放慢脚步，回身看她。

"王老师以前对我有些好感，"盛穗在心里猜测着丈夫行为异常的原因，郑重地说道，"但我们没有交往过，我也不会背叛我们的婚姻……"

话音未落，她的发顶又被搓揉了几下，她的眼底倒映着周时予无奈的笑容。

"我当然相信你。"

盛穗闻言松了一口气，心中反而更加不解。她询问道："那你刚才为什么不高兴？"

周时予看见女人的双眸中盛满疑惑，心中了然她是真的不懂，这世上有种难以自控的忌妒心，通俗易懂的名字叫作"吃醋"。

这份占有欲始于心动，不同于其他情感，具有强烈的唯一性和排他性，会在明知对方忠诚的情况下，时而从骨缝中钻出，让人做出蠢事。

盛穗不懂，是因为她敬他、珍惜他，但与此同时，还因为她并不爱他。

"我没有不高兴。"周时予心如明镜,看了一眼她的十指,笑着转换话题,"我只是在想,我们要不要买枚钻戒,以后你就不用逢人便解释自己已婚了。"

"不用浪费钱。"盛穗摇了摇头,专注地看着货架。钻戒在她的印象中,只是热恋的情侣证明彼此的爱情坚贞热烈的代表物,对她来说毫无意义。

"我在学校里戴戒指也不好,容易划伤学生。"

两个人边聊边走,盛穗终于找到了周时予随口提过他喜欢喝的酸奶。她连忙拿起酸奶转身,眼底发亮地问他:"你是不是喜欢喝这个?"

周时予见她俨然将婚戒的事抛诸脑后,镜片后的黑眸黯淡了几分。他柔声说道:"嗯,喜欢。"

他该收起贪心,不能再勉强她了。

两个人在超市里逛了一个多小时,最终去收银区排队。他们推着车,跟着浩浩荡荡的人群缓慢地向前移动。

前面还剩两三个人时,盛穗看向收银台旁边的独立货架,上面摆满了各种小商品,其中以糖果、口香糖和巧克力居多。

经过收银台左侧的货架时,她的视线猛然在摆放整齐的计生用品上停住。

这是她以前从未关注过的用品。

她用余光小心翼翼地瞥着,耳边忽地响起工作人员礼貌的声音:"您好,需要结账的话,麻烦将东西放上来。"

"哦哦,好的。"盛穗回过神来。她做贼心虚地用余光偷偷打量着周时予,心中某个荒诞的念头在疯狂地滋长。

"穗穗,我去那边接个工作上的电话。"

盛穗的头顶传来熟悉的声音。她抬眼看见周时予指着不远处,冲她示意道:"用我的卡结账就好。"

语毕,他便转身迈着长腿离开了。

购买的物品被盛穗一件件地放上传送带,扫条形码的机器"嘀"声不断。眼见收银员拿起最后一件商品,盛穗大约是失去了理智,看都不看,就从货架上拿起一个扁扁的盒子,像是拿着一块烫手山芋,一下将其丢在了传送带上。

相比她的自乱阵脚,收银员平静地拿起计生用品,扫过码后,将商品挨个儿放进塑料袋里。

做贼心虚不是假话,盛穗大可以将盒子揣进衣兜里,结果因为她全程光顾着看不远处的周时予,生怕男人突然转身回来,便忘了将盒子藏起来。

等收银员将所有的商品装进袋子里后,男人才挂断电话,迈开长腿朝她走来。

他若无其事地拎起两个硕大的购物袋,其中一个袋子的底部便装着那盒计生用品。

超市外的晚风吹醒了盛穗。在去停车场的路上,她跟在周时予的身后,逐渐意识到了自己刚才的行为有多荒唐。羞耻和后悔瞬间袭来,盛穗用力地咬着嘴里的软肉,大脑前所未有地飞速运转。

终于,当周时予打开后备箱,要将东西放进去时,她出声说道:"你先上车吧,这个袋子不好放,我整理一下。"

她想:这个理由烂透了。

只见周时予轻松地将购物袋提起,放进宽敞的后备箱里,随即便转身垂眼看她,他的眼底有几分温和却狡黠的笑意。

此时,用"斯文败类"形容这个男人再合适不过。

他将薄唇压在她的耳边,暧昧地低语道:"宝宝,我都看见了。"

欺瞒周时予的下场非常惨烈。

这个道理,是盛穗身体力行后得出的唯一结论。

昏暗的卧房内,盛穗被周时予圈在怀中。

她脑袋发晕,后背紧贴着男人滚热的胸膛,清晰地感受着男人胸口的起伏。

周时予拨开她披散的青丝,唇瓣落在她的后颈上。男人仿佛会摄人心魂的法术,盛穗的耳边响起蛊惑的笑声,她心跳如雷。

盛穗迷迷糊糊间,几次怀疑自己下一秒就要晕过去了。

当盛穗被周时予温柔地抱进浴缸里时,她走失的理智终于找回了几分。

盛穗的碎发粘在额头上,她顾不上羞耻,忽地抬头看向周时予,哑声问道:"在超市里结账时,是不是根本就没人给你打电话?"

不然他怎么能正好在她付款后就挂断了电话,她偷偷拿的东西又正好被他看见?!

周时予爱怜地替她整理着凌乱的碎发,说:"我看你盯着货架,以为你不方便,所有才找借口离开的。"

男人想亲盛穗,她却偏头躲开。他手上动作微微一顿,低声说道:"我不是故意骗你的。"

这话逻辑上说得通,但盛穗想到自己暗地里的纠结、掩饰,都被周时予一眼识破,这种被人看透的感觉,实在谈不上愉悦。

当一个人事事挑不出错处,一言一行都称你的心意,唯一的解释只有对方的段位远高于你的,不过是身处高位的对方愿意放低姿态,洞悉并满足你在物质、精神上的需求。

对盛穗而言,周时予就是这般的存在。

她其实早就隐隐察觉到了,只是先前感觉并不强烈,婚后两个人相处渐久,这种感觉才如沉底的气泡般一点儿一点儿地上升,接连浮现到水面上。

她珍惜也感谢周时予为她所做的一切,所以想尽可能地回报对方,向他敞开心扉,去学她以往做不到的坦诚。

的确,她的行为在情事上愚笨稚嫩,可她坦率得问心无愧。

相比之下,直觉告诉盛穗,周时予始终对她有所隐瞒,哪怕她奋力地拨开重重迷雾,却只会发现后面还隐藏着迷宫。

盛穗的心情没来由地低落下去。她坐在浴缸里,低着头轻声说:"你去换衣服吧,不要着凉感冒了。"

周时予垂眸看了她许久,最终俯身在她的发顶上落下虔诚的一吻。

"好,有事喊我。"

盛穗一言不发地洗完澡,换上周时予放在置物架上的保暖睡衣,擦着湿漉漉的头发走了出去。

她刚推开卧室门,就听见客厅里传来平安撕心裂肺的叫声。

黏人的猫咪平日很少闹脾气,今天这是怎么了?

盛穗加快脚步走向客厅,就见周时予抱着小猫坐在沙发上。他右手拿着特制的指甲剪,左手为猫咪顺着毛,尽力安抚小猫的情绪。

平安的爪子十分锋利,盛穗和它玩耍时,牛仔裤都被划开了两道口子。

一道愤愤的猫叫声响起,平安敏捷地从周时予的怀中跳了出来,头也不回地跑到盛穗的身后。

沙发上的男人微不可察地轻叹了一声,起身走过来,无奈地笑道:"平安一直不喜欢剪指甲。"

"你的手怎么了?"

男人右手的食指被平安的爪子挠出一道伤口,滚出殷红的血珠。

盛穗看得眼皮直跳,连忙将毛巾随手放下,急匆匆地问:"家里的医药箱呢?"

上次周时予帮她处理伤口时用过医药箱,她一时想不起来放在哪里了。

"在靠墙的柜子里第三层。"周时予一如既往地镇定,目光落在她的粉色绒毛拖鞋上,温和地提醒道,"慢点儿走路,家里的瓷砖地滑。"

盛穗迅速地找到医药箱,取出医用酒精、棉签和纱布。她顾不上刚才的不愉快,低着头,手脚麻利地给周时予止血、包扎。

好在周时予手上的伤口只是皮外伤,而且平安在一个月前打过狂犬疫苗,她只需要按常规处理伤口即可。

周时予手上的痛微乎其微,他安静地任由盛穗处理自己的伤口,专注地看着她。

一时间,满室安静。

直到包扎结束,男人才开口柔声询问道:"你还在生气吗?"

"我没生气。"

盛穗想:她真是没出息,被周时予的一句话就哄好了。

她轻声说:"只是我的小动作被你发现了,我觉得很丢脸。"

她对面的男人长臂一伸,将她温柔地拥入怀中,似是无奈般长叹一声:"穗穗,你也太好说话了。"

周时予怀里的人刚洗过澡,她身上甜美的清香被热气蒸腾后显得越发浓郁。他安静地将人抱了一会儿,感觉一双纤细的手抚上他的后背,一下一下轻轻地拍着。

从男人胸口的位置,传来盛穗关切的询问声。

"你的手还疼吗？"

"不疼了。"

各怀心事的两个人紧紧地相拥。周时予用右手抱着盛穗，看着自己的左手，忽地觉得表带下那数十条划痕在隐隐发痒。

通过皮带的事，周时予一眼看出了盛穗对他的过往的好奇，而且希望他能直率地向她坦白。

她的这些情绪与愿望，全然在周时予的计划之外。他过去以为，只要他编织的世界足够岁月静好，盛穗就不会分神考虑这些。

某些下劣的念头在周时予的脑海中滋生，织出漫天大网：如果惹她心疼可以博取关注……如果坦诚地揭开伤疤可以让她心安……如果这些是盛穗想要的……他想：他或许可以做到。

因为林夕和盛穗上次见面时留过联系方式，周三上午，难得休假的林夕联系盛穗，问盛穗下午是否得空。

班里有任课教师和齐悦看管着，盛穗可以放心地出来。她和林夕约在学校的一间独立的办公室里见面。

关门落锁后，盛穗倒了一杯热水递了过去。她看着五官出众的林夕，再次感叹林夕本人比荧屏上看起来还要精致。

"谢谢。"林夕接过水杯，也不扭捏，开门见山直言道，"我这次来，主要是想当面为我上次说的话而向你道歉。我的确不该在没有任何依据的情况下，随意对一个人的品质下负面的定论。

"当时时间紧迫，我说话没有过脑子。"

林夕停顿片刻，对上盛穗的目光："我不仅诬蔑了别人，也同样质疑了盛老师的眼光。"

"我知道您是好意。"盛穗摆手示意自己已不再介怀，轻声说，"我知道这个问题有些冒昧，但还是想问您，您上次说的周健斌，也就是周时予的父亲，是会用皮带施加暴力吗？"

盛穗之所以这样问，是因为林夕这些年始终活跃在荧屏上，从不关注娱乐圈的盛穗都常常看到她的作品，却从未听说过林夕已婚、受伤，或者状态不好的新闻。

"艺人当然要时刻保持光鲜亮丽，惨兮兮的模样不会有人心疼的。"

林夕低头喝了一口水,"而且,像周健斌这样的聪明人当然不会打在手臂、腿、脖子等易暴露的位置。"

盛穗忽然想到了自己的父亲。

"那您想过离开那个男人吗?"

"人和人之间的情感关系是很复杂的,如果周健斌只是一个单纯的施暴者,或许我当年能更容易抽身。"

盛穗发现,林夕谈起曾经用暴力对待她的男人,她语气中除了恐惧、憎恨与后怕,时而还会浮现出一丝眷恋。

"我知道说了之后你肯定要骂我蠢,"明艳美丽的女人朝盛穗自嘲地一笑,"但在大部分时间里,周健斌对我很不错,前期还给了我很多资源,为我铺路。总而言之,他为我做尽了浪漫之事。"

"到后来我发现,比起周健斌的暴力,我更害怕他的喜怒无常。他上一秒还在温柔地诉说爱意,下一秒要么对我拳脚相加,要么想尽办法要自杀。"

谈起尘封许久的往事,林夕身体轻轻地颤抖着:"有时候,我会觉得他是个疯子,连打人这件事,都是他本人无法控制的。"

盛穗开始后悔向林夕提问了,这无疑是在揭人伤疤。她正想劝林夕不必再说,却反被女人抢先一步,堵住了话头。

"你可能好奇,我为什么看到周时予时会本能地感到害怕。实际上我们交集很少,他对周熠也算不薄。"

这些难言之隐在林夕的心里憋了太久,盛穗的提问让她终于找到了发泄口。

"他和周健斌长得太像了,笑起来时简直和周健斌一模一样。看到他时,我总觉得自己是在面对那个死去的疯子。"

盛穗明白,女人陷在过去,无法逃离。她柔声劝道:"周时予不是他的父亲,不会伤害你。"

"对,他们不同。"林夕深吸了一口气,专业演员的素养让她的表情瞬间恢复了常态,"所以我要为那天的言行,向你郑重地道歉。"

她站了起来,欠身低声说:"我认识周健斌时,周时予已经去国外读书了,我听说他从小就是非常优秀的人。"

这点盛穗再清楚不过。她笑了起来:"是的,他一直很优秀。"

林夕的身份特殊,不适合长时间出现在学校里。她全副武装地离开校园,上了保姆车,远远地等着接周熠放学。
　　盛穗目送女人高挑的背影消失,脑海中盘旋着林夕方才说的话。
　　她想:只与周健斌相处了几年的林夕至今都没有摆脱他的暴力带来的阴影,自己却想要周时予毫无保留地坦白,这对自己的丈夫来说是否太难做到了?

　　坐地铁时,盛穗望向川流不息的人群,自省她近日被周时予惯出了骄纵的脾气,不仅不知满足,反倒贪得无厌起来。
　　昨晚睡觉,丈夫抱她时都小心翼翼的,像是生怕惹她不高兴。
　　算了,晚上她要把话说开,至少该清楚地告诉对方,以后会给予对方足够的尊重,而不是全凭她的心情做事。
　　念及此处,盛穗终于卸下了心中的大石。她加快脚步,打算在丈夫回家前,准备好水果迎接他。
　　盛穗推开门走到玄关,却不见平安凑上来。她放下钥匙,正要去餐厅喝水时,隐隐听得有水声从浴室里传来。
　　她看见椅背上的西装外套,意识到周时予已经回来了。
　　这时,餐桌上的黑色手机振动起来,屏幕上跳出一串陌生的号码。
　　她记得周时予有两部手机,白色的那部用来和她联络,应当是他在私下的生活里使用的,那么桌上的黑色手机,应该就是他在工作时用的。
　　盛穗以前从没见过周时予将手机随便地放在桌上,见手机振动个不停,只好拿起来。她边走向卧室,边提高音量说道:"周时予,你的手机响了!"
　　说来也奇怪,周时予平日做饭时都能听见盛穗的脚步声响,她今天连着喊了他几次都没得到答复。
　　眼看电话就要挂断,她只能抬手敲了敲卧室的门,推门而入时大声说道:"你的手机响了,需要我帮忙……"
　　话音未落,浴室里的水声恰好停止,洗过澡的男人从浴室里走了出来。
　　周时予赤裸着上身,只在腰间系了一条浴巾。他的身材比盛穗预想的要精壮许多。平日周时予穿着衣服,盛穗只是单纯地觉得他肩宽腰窄,现在却能看清他身上流畅的肌肉线条。滚圆的水珠随着他的呼吸起伏,顺着他的腹部滑落,没入白色的浴巾里……

盛穗此时却没心情欣赏周时予完美的身材,甚至忘记了手上的手机,愣在原地。

她望着眼前所见,一时无言。

从前胸到后背,自肩膀蜿蜒至脊骨,周时予雪白的皮肤上随处可见狰狞的疤痕。

她从未见过如此骇人的身体!

第七章
Better late than never

与震惊的盛穗相比,周时予则显得格外镇定。

男人的视线落在她掌心里的黑色手机上。他将手中的毛巾搭在肩膀上遮住疤痕,走过去轻声问道:"需要我先穿上衣服吗?"

盛穗飞快地将目光移开,将手机递过去,说:"刚才你的手机响了,我想给你送过来。"

话音一落,她手上一空,周时予拿走了手机。

盛穗的眼神不知该往何处安放,她总觉得直视男人的伤疤或刻意躲避都是冒犯。

这时,她听到头顶上响起了男人温和的声音:"我刚才在洗澡,没听见你喊我。"

"嗯,没事的。"盛穗的脑子里都是下午林夕说过的话,她声音沙哑地问道,"你身上的疤是被那个人打的吗?"

这个问题脱口而出后,盛穗追悔莫及。她分明在回家的路上想好了不再过多探究的,自己并不是好奇的性格,却偏偏屡次在周时予这里越界。

"嗯,我是瘢痕体质,所以留下了这些印记。"男人语调平和,宛若在诉说他人的故事。

周时予俯下身来，平视着盛穗。他揉了揉她的发顶，这个姿势使他自肩膀蜿蜒至后背的可怖的疤痕，一览无余。

他温柔地笑着说："是不是吓到你了？"

四目相对，盛穗在周时予的眼中看到了自己脸上的悲痛。她将双手悄然握紧，说道："周时予，其实不想笑的话，也可以不笑的。"

男人完美无瑕的笑容有一瞬的僵硬。

直到现在，盛穗仍看不透男人笑意里的真假。

她努力不让自己去看那些近在咫尺的伤疤，说："我知道你消化负面情绪的能力很强，或许你可能真的觉得没事，但我会觉得难过。"

她抬手轻触周时予胸前的疤痕，男人的肌肉瞬间绷紧，被热水冲洗过的皮肤微微发烫。

"这是我十六岁时做手术留下的。"周时予声音有些嘶哑，"我当时在医院里住了一段时间。"

盛穗的指尖一顿，她抬头轻声说："好巧，我就是在那年患上 1 型糖尿病的。"

目睹了男人身上的伤疤，盛穗心绪复杂。她感到心痛的同时，又隐隐生出几分找到了同伴的卑劣的安全感。

周时予身上的伤疤让盛穗意识到，无可挑剔的丈夫也有不为人知的一面，不再只是她自己一个人拥有狼狈的过往。

盛穗知晓维持长久稳定的关系，必定需要双方相互扶持，相互提供价值。而她，始终也在想自己能为周时予做些什么。因为发自心底珍重这段来之不易的婚姻，她不愿永远处于被动的位置。

周时予是太过完美的结婚对象，完美到盛穗每日清晨见他做饭、午时打开餐盒、睡前喝新饮品时，都会感受到如泡沫般虚幻的美好，从而生出想要对方也稍许依赖她一些的想法。

在盛穗过往二十六年的人生里，她习惯于随波逐流，这还是她第一次如此强烈地认识到：如若想要得到，原地止步总归是不行的。

"结婚前你说过，在你这里，我可以做一个'坏孩子'。"在两道压抑的呼吸声中，盛穗听见她不算悦耳的声音响起，"周时予，在我这里，你也不需要永远坚强。"

话音一落，盛穗的腰被一双坚实的手臂环住。下一秒，她就被稳稳地抱到了旁边的梳妆台上。

男人用湿热的额头抵着她的前额，握住她贴在他心口处的右手，声音低沉地问道："你看到这些伤疤不害怕吗？"

盛穗反握住男人的手，牵引着对方掀起自己的衣摆，露出雪白平坦的小腹。

她患病十三年，小腹上的皮肤每日都要被针刺上四次，即便针头再细，针孔仍清晰可见，上面时而还会有肿块和瘀青。

盛穗握着男人稍显粗砺的手，抚过她被针头亲吻过上万次的肌肤。她忽地觉得，两个人袒露伤口的模样有种苦中作乐的意味。

她将头靠在男人的肩膀上，侧脸贴着他右肩上的陈年伤疤，沉默了片刻，反问道："那你看到我身上有伤，会不会害怕，会不会觉得难看？"

"我不害怕，但是会心疼。"

男人向来都将情绪掩饰得滴水不漏，这是盛穗第一次听到他的声音有些颤抖。

他俯下身来，近乎执拗地一次又一次吻在那些密密麻麻的针孔上，动作轻柔到近乎虔诚。

"盛穗，"周时予的薄唇留恋地触碰着她的小腹，他呢喃道，"如果你不用经历这些就好了。"

没人能完全感同身受，但总会有不同程度的共情。

盛穗抬手抱住丈夫，学着他的模样，轻轻亲吻他肩头上的伤疤，坦言道："我昨天的确不高兴，因为我觉得你对我隐瞒了很多事。"

周时予直起身，将盛穗的衣摆放下，以防她着凉："嗯，都是我的错。"

"我今天在回家的路上就检讨过了，不能要求得太多。"盛穗像是树懒一般挂在周时予的身上，"刚才看见你的伤口，我觉得很心疼。"

盛穗说完自己如同过山车一般的心理变化，觉得有些矫情，悄然涨红了脸："听上去感觉我好善变。"

"没关系，我爱听。"周时予又恢复了温和的模样，伸出大手抚过她瘦削的后背，低声说道，"还有，穗穗身上的针孔不难看，穗穗哪里都很美。"

安抚的话经由男人之口说出，总能莫名其妙地变成调情。盛穗原本沉浸在自责中，下一秒，就被周时予似有若无的挑逗撩拨得心脏"怦怦"乱跳。

一室旖旎。

盛穗被男人抱去清洗。

周时予抱她时，她顾不上男人身上的疤痕，偏过头，在他的肩膀上狠狠地咬了一口，单单是为了报复他刚才不懂得怜香惜玉。

"我现在后悔下午做自我检讨了。"

"都是我的错。"周时予承认错误永远最快。

他用被子将盛穗像包粽子似的裹好，伸出手轻轻地拍着被面："你要是还有力气的话，可以再咬我两口。"

说完，他将肩膀挪到盛穗的面前，眼底清楚明白地写着"请君品尝"四个大字。

盛穗决定不再让他得逞。她忽略男人肩膀上新添的浅浅的牙印，看着那些疤痕，忍不住心软了。她掀开被子的一角，若无其事地暗示道："被子里好凉。"

这借口实在拙劣，但没关系，周时予能懂就可以了。

熟悉的木质冷香钻进被窝里，周时予搂着盛穗，吻了一下她的额头："睡吧。"

盛穗抬手抱住他，疲惫感席卷而来，她的声音有些含糊不清："以后会好起来的，不要难过。"

周时予将下巴抵在盛穗柔软的发顶上，黑眸中的温热一点儿一点儿地消散。

难过吗？

他似乎在许久之前就不再分神去憎恨那个男人了。

周时予在年幼、手无缚鸡之力时，或许憎恨过。后来年岁渐长，他知道那个自称是他父亲的男人，不过是个无法控制大脑、被情绪绑架的疯子，对男人反而多了几分怜悯。

他二十三岁那年，男人发生了车祸。

周时予站在太平间里，作为男人的家属，被医院要求确认亡者的身份。那是他第一次，也是最后一次居高临下地看着全身破烂不堪的男人。

周时予忽地觉得:这个男人也不过是个可怜虫而已,药物救不了男人发狂的大脑,与其痛苦一生,横生意外死去反而是种解脱。

收到殡仪馆送来的骨灰那天,周时予独自待在空荡荡的卧室里。他静静地望着木盒里那小小的一堆骨灰,似乎能闻到一点儿烧焦的味道,以及那个男人身上特殊的气味。

自那天起,周时予自童年时积攒的憎恨与埋怨便再也无处安放,最后都如男人被烧毁的肉身,仅剩下灰,只消清风吹过,便会消散。

没人会去恨一个死人,因为这样做不会有分毫的收益。作为商人,周时予再清楚不过其中的道理。

等到怀中的人彻底安稳地睡着,男人才轻手轻脚地从被窝里起身。他弯腰捡起地上散落的衣物,拿去洗衣间清洗。

周时予返回浴室,从洗漱台的置物架上拿起白色手机。他将手机解锁后,删除掉最后一通打给黑色手机的通话记录,再从卡槽中取出电话卡,用力地掰断。

清脆的声音响起,周时予将电话卡碎片用卫生纸包住,丢进脚边的垃圾桶里。他提着垃圾袋离开卧室,丢到走廊里专门放垃圾的位置,才折返回浴室。

他换上新的垃圾袋,将洗漱台上零散的杂物丢进去,静静地看着同方才几乎一般无二的垃圾桶。

他早承诺过,只要是盛穗想要、想知道的,他都会毫无保留地赠予、告知,不过是以他的方式,以确保她不会逃离、疏远他,而是会更心疼、爱怜他的方式。

他洗净手从浴室里出来,看着床上安然入睡的盛穗。女人的呼吸声悠长平缓,她白嫩的脸颊透着粉红。她搬过来后,身上长了些肉,不再像初次拥抱时那般,瘦到身上的骨头都有些硌人。

窗外天色渐晚,周时予在床边俯下身来。他抬手将盛穗脸上的碎发拢到耳后,温声细语地说道:"晚饭吃黄豆炖猪蹄、蒜泥油麦菜和蛤蜊酿肉,再喝一点儿红枣燕窝羹补身体,好不好?"

睡梦中的人没听见他说话,闻到他身上的气味便凑了过来。她用柔软细腻的脸蛋儿轻轻蹭了两下他的掌心,姿态尽显亲昵。

周时予目不转睛地望着盛穗恬静的睡颜，一如每晚等她睡去后那般。

他想：如果此刻他的面前有一面镜子，那他眼底的贪恋、执着，以及平时隐藏得极佳的疯狂，都会显露无疑。

周时予偶尔会希望盛穗能睡得再久一些，因为只有在她睡着时，他才能如现在这般肆无忌惮地看着她，才能任由占有欲作祟、滋长，才能确定至少此时的她，只属于他一个人。

痛。

盛穗的身体像是被人肢解后又重新组装起来，她身上的各种零件哪怕归至原位，都不再是原本的模样，仿佛动一下就会再次散架。

"还难受吗？"

推门声响起，罪魁祸首出现在门口，男人的语气温柔如水。

相比狼狈的盛穗，周时予穿着柔软的灰色针织衫，笔挺的鼻梁上架着金丝框眼镜，镜腿上的细链轻轻晃动着，将"衣冠楚楚"四个字描述得淋漓尽致。

盛穗想起面前矜贵儒雅的男人在不久前是如何折磨她的，气呼呼地看过去，想骂人又不知该如何开口。

毕竟周时予巧舌如簧——他甚至不必多说，只需要反问一句"你不喜欢吗"，就能让盛穗哑口无言。

周时予看着盛穗气鼓鼓的模样，心生爱怜，走过去将她拦腰抱起。

盛穗抬手环住男人的脖子，态度不自觉地软化下来。她转念一想，自己不能被糖衣炮弹蒙蔽，于是将头埋进对方的怀中，严肃地警告道："就算你现在态度好，我也不会立刻原谅你。"

周时予笑了起来，在盛穗的发顶上亲了一下，将她稳稳地放在餐厅的椅子上："好，那我等下再跟你道歉，先吃饭吧。"

桌上摆满了热气腾腾的饭菜，盛穗胃里不争气的馋虫让她赶快拿起筷子。

黄豆、猪脚炖煮得软烂筋道，葱绿的油麦菜上洒着细碎的蒜末与鲜红的小米椒，肥美的蛤蜊浸泡在浓稠的奶白色汤中。

周时予打开一个小炖盅，里面是特地为盛穗熬的红枣燕窝羹，香甜的气味悠悠地飘散。

周时予见盛穗的脸上有睡觉时压出的浅浅的印记,温柔地笑道:"时间匆忙,燕窝炖的时间不够长,你先凑合吃。"

盛穗低头看着炖盅里如果冻那般透明的燕窝丝,心想:男人大概对"凑合"有所误解。

这时,她的手机振动起来。她看清上面显示的名字后微微一愣,是许言泽打来的电话。

自从和母亲吵架后,盛穗再没和家里联系。

新家庭的顺心如意、学校工作的充实,让她不再对从母亲那里分得一点儿可笑的怜爱翘首以盼。

没想到再和原生家庭扯上关系,竟然是陌生的弟弟来主动找她。

"周五下午五点,我放学之后,我们找个地方见一面吧。"少年压低了声音,显然打电话是违反了学校的规定,"我今年想考少年班,有些问题想问你。"

少年班?全然陌生的词语,让盛穗不由得皱眉。

她放下筷子,问道:"这件事,你和家长、老师说过吗?"

上次家长会后,盛穗对这个弟弟的学习情况有了一定的了解。他学习成绩优异,名列前茅,唯独语文成绩不好,光是古诗词填空题就白丢了十几分。可不管老师怎么劝,他死活都不肯背书。

许言泽一意孤行的个性,盛穗过去也有所耳闻。她想不通,离高考分明还有一年的准备时间,哪怕他按原计划走竞赛保送的道路,都有极大的可能进清北这种名校,为什么突然说要去局限性大、风险又高的少年班呢?

尽管盛穗和许言泽并不熟,但再怎么说两个人也是姐弟,加之许言泽和她之间并没有矛盾,她还是想再多问两句。

少年却不愿和她多谈,说了几句模棱两可的话后,直接报了一个地址,又丢下一句"到时候我等你",便突兀地挂断了电话。

她看着黑了的手机屏幕发愣,就听对面的周时予说:"我记得你好像说过,许言泽和你没有血缘关系。"

盛穗点头。

"报考少年班的手续非常复杂,至少需要提前半年的时间报名参加初审。上次你参加家长会时没听班主任提起，那么许言泽应该是绕过学校直接报名的。"周时予不紧不慢地说道。

男人唇边泛起淡淡的笑意，说的话一针见血："他瞒过家长和老师，单独和你联系，倒是最信任你这个姐姐。"

盛穗也察觉到了不对劲，含糊其词道："可能是小孩儿青春期叛逆，想早点儿进入大学，摆脱家长和老师的管教吧。"

周时予自然地换了一个话题："你周五去见他的话，到时我顺路来接你。我上次跟你提过的那家居酒屋就在咖啡馆的对面，我们在那里吃过晚饭后，可以去旁边的公园里散步，或者去附近的书城里看看有没有你需要的教具绘本。"

盛穗这周一直在学校、家里两头跑，原本定好周五要去逛街，也因为好友肖茗要加班而取消了。听到周时予的提议，她欣然点头，说道："好，正好出去走走。"

她的话音刚落，她就听对面的男人低声笑了笑。

许是因为他们刚刚亲热过，盛穗再看周时予，总觉得对方似乎和过去有些不同了。

男人用左手撑住下巴，原本漫不经意的动作，由他做出却莫名其妙地染上了几分慵懒和性感。他衣服上的衣扣不似在外面时系到最上方，领口恣意地敞开着，若是再仔细些看，还能隐隐看见肩头上的牙印。

盛穗心里奇怪：当时她分明是真心实意地咬人，现在不管如何看都觉得是在暧昧地调情。

她浑然不知自己此刻热烈的眼神被男人尽收眼底。

"不是出去走走。"

男人温润的声音拉回盛穗飘远的思绪。她抬头望着周时予，被男人微微一笑的模样晃了心神。

"乖宝，这是约会。"

因为继父许叙反感和盛穗有来往，盛穗还是第一次和许言泽私下见面。

那晚，少年在电话里说得很模糊，只说语文是他的弱项，希望盛穗能帮忙。

盛穗听得一头雾水。

先不说许言泽完全可以在校补习，再说盛穗已经毕业多年，早就将语文的高考内容忘得一干二净了。况且他只是不会古诗词默写，这种死记硬背的事情，哪里用得着她教？

可少年态度强硬，盛穗无奈，只能按时赴约。

傍晚五点，车水马龙，街上满是行色匆匆的路人。人们虽然步履匆匆，唇边却洋溢着笑意，大抵是在期盼即将到来的周末。

盛穗推门走进咖啡馆里，一眼便看见了在窗边坐着的瘦瘦高高的男生，他的校服衣领不羁地敞开着。

此时恰逢放学时刻，不少经过的女学生朝许言泽投来倾慕的目光。她们窃窃私语，藏不住雀跃的青春心事。

男生对此熟视无睹。

许言泽见盛穗在他的对面坐下，目光落在她系着红绳的手腕上。他嫌弃地挑了挑眉，问道："上次我送你的手链呢？"

盛穗根本没打开那份贵重的礼物，淡淡地回道："在家里。"

"家里？哪个家里？"许言泽郁郁地靠着椅子，烦躁地说，"你真和上次在医院里的那个男的结婚了？你喜欢他？"

盛穗不喜欢被这样盘问，委婉地拒绝了服务员的点单邀请后，直言道："给你补习语文的事情，我有心无力。"她微微一顿，继续说，"报考少年班的事，你应该和父母、老师商量。"

"我自己的前途、未来，和别人有什么关系？"叛逆的少年连连冷笑，身体前倾，"而且，我很不喜欢你总把我当小孩儿看待。"

许言泽的身高早就超过了一米八，他坐着时比盛穗高出一截，浑身散发着青涩的稚气，带着初生牛犊不怕虎的莽撞。

"我没有把你当小孩儿。"

盛穗头痛地想：现在叛逆的青少年实在令人捉摸不透。

她说："我只是作为一个二十七岁的成年人，在和不到十六岁的弟弟正常沟通。"

如许言泽所说，他的人生与其他人无关，那么作为外人的盛穗自然更无权给他任何建议，也无法为他的人生负责。

双方僵持不下时，盛穗手边的手机振动了一下。她低头一看，是周时予发来的消息。

"周:我马上到。"

盛穗刚想回复,对面的许言泽突然换了话题:"你们吵架那次,妈哭了很久。后来她问了我好几次,她是不是对你很差,所以你才会随便找个人结婚。"

盛穗微微一愣,没想过母亲在她不知晓的时候,居然还会自我检讨。

"这件事我会自己去说的。"她从主观上抗拒别人插手自己的私事,便想起身离开,"我送你回去。"

"所以呢?"许言泽抬头,执拗地看着她,"你这么着急结婚,是为了逃离家里?"

盛穗就算脾气再好,也有些不耐烦了:"这些事和你没有关系……"

话还未说完,她余光里便出现了一道熟悉的身影。

推门而入的男人鹤立鸡群,吸引了所有人的目光。他迈着长腿,目不斜视地走来,站在盛穗的旁边:"看来你们已经交涉完毕了。"

如上次一样,男人俨然将盛穗对面的许言泽当成了空气。

周时予朝盛穗笑了笑,说道:"预订的晚餐时间在七点,我们先去附近逛逛吗?"

屡次被人无视的许言泽脸色十分阴沉,用力地拍了一下桌面,冷冷地问道:"你是谁?"

盛穗皱了皱眉,刚要出声,就见周时予居高临下地看着许言泽,微微一笑:"我是谁并不重要。"

男人的语气温雅有礼,和许言泽有天壤之别。

"你只需要记住,我是她的丈夫就够了。"

许言泽"噌"的一下站了起来:"你!"

"许言泽,别再闹了!"盛穗第一次在大庭广众下叫弟弟的全名。

她当着许言泽的面,拿出手机给于雪梅打电话,发现对方通话占线后又发送了一条短信。

两分钟内,她便利落地安排好了一切。出于安全考虑,她提出要送许言泽回家。

许言泽起初甩脸子拒绝了,盛穗刚想劝他,旁边的周时予就轻飘飘地说了一句"也好,省得送他耽误我们约会",他便梗着脖子改口答应了。

咖啡馆距离许家很近,只要穿过几条小巷就能到了,如果开车过去反而找不到位置停车,于是三个人选择步行。

于雪梅收到盛穗的短信,早早地便候在楼下。

不过半个月,盛穗再看见母亲,只觉恍如隔世。她看见女人关切的目光始终落在许泽言的身上,心里再无波澜。

她曾经紧紧地拉住不肯放手的纽带,现在似乎变得无足轻重。并非是求而不得之后的被迫释然,而是她主动放手后,发现不过如此的豁然开朗。

相比心情微妙的盛穗,于雪梅则十分窘迫。

再看见盛穗和周时予,向来强势的女人居然有几分局促,嘴上却仍不服软:"我还以为你结婚以后,就再也不联系你妈了呢。"

"你是我的母亲,我不会这样对你。"

盛穗想起在海滩上的那晚,于雪梅在电话里对周时予撕心裂肺地喊叫。她下意识地挡在男人面前,严肃地说道:"前提是,你会给我的丈夫足够的尊重。"

于雪梅习惯了女儿的顺从,冷不防地被她当面驳斥,高声喝道:"你才结婚几天,了解对方是什么人吗,胳膊肘子就迫不及待地向外拐了?!我是你妈,这个世界上谁都有可能害你,但我不会!我不让你随随便便地结婚,难道不是为了你好?!"

"我没有随便结婚,我的丈夫也没有。"

盛穗的耳边是母亲的说教声,她却在心里想:人作为感性动物,在情感上会不可避免地偏心。就像是于雪梅在她和许言泽之间做出了抉择一样,她的情感天平在母亲和丈夫之间,早已悄无声息地倒向了周时予那边。

她平静地望着发怒的母亲,淡淡地说:"我不会强求你祝福我,但希望你不要先入为主地认定我的婚姻会失败,更不要毫无凭据就怀疑我们结婚的动机。"

她停顿了一下,最终还是决定要说:"我的丈夫没有责任,也不应该接受你对他的人格的贬低。"

周时予全程安静地站在盛穗的身后。他将女人所有的表情、动作，甚至因情绪激动而胸口加快的起伏，都分毫不差地收进眼底。

盛穗柔软细腻的性格，时而让他忧心。

不知是否由于盛穗小时候总是挨打，但凡遇事时，她的第一反应总是希望通过顺从与笑容来规避，尽可能地减少冲突。为此，她会下意识地忍下心中的不快，宁可满足对方的无理要求，也尽量避免争端，甚至还会在事后进行自我检讨。

周时予相信：盛穗在许多事上选择妥协，并非是因为她看不懂身边或主观或无意的恶意，只是成长经历没让她学会如何同恶意、伤害共存。于是，规避和忍让反而成为她最熟悉的自我保护机制。

说句时下流行的话，在周时予看来，盛穗有些讨好型人格。

而现在的她竟然选择主动站在她的母亲面前，为他挺身而出，并且用温和却足够坚定的语气告知对方，需要给她的丈夫一份尊重。

周时予望着身高矮他半个头，始终护在他面前的盛穗，如何能不动容？

直到和于雪梅不欢而散，交战一番的英雄才转过身来。纤瘦高挑的女人仰着头站在周时予的面前，因为刚刚的争吵，她的眼尾泛起一点儿红晕。

周时予向她伸出手，笑道："步行去餐厅需要十五分钟，我们现在过去？"

盛穗看着男人笑吟吟的模样，实在不懂，哪有人被骂后还能如此愉悦的。

她乖乖地把手放到他的掌心里，不解地问道："你为什么笑？"

"因为能和你结婚。"

傍晚微凉的风拂过面庞，周时予牵住盛穗的手放进衣兜里。他看着前方郁郁葱葱的青绿，黑眸中满是柔情。

"更因为，我的太太在很认真地爱护我。"

两个人牵着手，不紧不慢地逆着人流前行。

盛穗从前不喜欢逆行，觉得会被迎面而来的人潮推搡，会被每个路过的人扫视。这些不适，好像因为她身旁另一个人的存在，而尽数消散。

今天广场上应当是有庆贺的活动，悠扬的音乐随风飘来，宽阔的场地内，有不少孩童和年轻的情侣在尽情地玩耍、舞蹈。

盛穗看着嬉闹的人群，心底隐隐生出几分羡慕。她轻声说道："其实今天我能说出那些话，不是因为勇敢，而是因为有你在我身后。"

她身旁的男人脚步微微一顿。

盛穗随之停下脚步，侧过身，朝男人嫣然一笑："我知道你会保护我，所以很多事情便不再害怕。"

橙红色的余晖洒落在她姣好的面庞上，周时予望着她莹润的双眼。

女人眼底含笑，一字一板，清晰地告诉他："周时予，我是不是没告诉你，你是我二十七年的人生里，第一次真正拥有的底气和安全感。"

周时予心跳如雷，仿佛心脏下一秒就要自胸膛炸开。

他想吻她，可哪怕深吻，也不能够平息唯有他一个人知晓的惊涛骇浪。

掀起惊涛骇浪的女人，对此却毫无察觉。她再次看向喧闹的广场，澄澈的眼底倒映着笑逐颜开的人群。

周时予压下翻涌的心绪，柔声问道："想去吗？"

盛穗没听清，回头看他："嗯？"

周时予牵起她的右手，低头在她的手背上落下一吻。他想起自己曾打听过，盛穗在大学里最常看的电影中的一句台词，淡淡地笑道："Can I take you to the dance（我能与你共舞一曲吗）？"

这部电影名叫《爱你，罗茜》，在国内从未流行过，不过没关系，她一定能听懂。

果然，话音落下，盛穗眼底闪过一丝惊愕，随即便漾出灵动而鲜活的笑意。

她点点头，踮起脚，将唇凑到周时予的耳边，在欢快悦耳的曲调声中，轻声给予答复："Better late than never（迟来总比没有好）。"

盛穗不会跳舞，好在广场上同她一样笨拙而乐在其中的人比比皆是，人们不追求曼妙的舞姿，只为了欢悦而舞蹈。

人们素不相识，却愿意和陌生人分享快乐。盛穗被欢快的气氛感染。她被对面挺拔的男人搂着腰，舞步青涩，唇边笑意不断。

周时予是个完美的舞伴，盛穗被男人耐心地引导着。她虽然跳得不好,但也没有显得太狼狈。

十几分钟后,盛穗有些累了,将头靠在周时予宽厚的肩膀上,轻声感叹道:"你怎么什么都会?!"

通常在公共场合里,盛穗不适应太过亲昵的举动,但是在欢乐的人群中,她的大脑已忘记顾虑其他。

周时予怀中的女人微微喘息着,鼻息的热意滚落在他的颈侧。他轻轻拍着她的后背,说:"累了就靠着我休息一会儿,等下我们再去吃饭。"

盛穗习惯了周时予的贴心照顾,窝在他温暖的怀里,闻着他身上的冷木幽香,好奇地问道:"你是因为要应付社交场合才学的跳舞吗?"

她隐隐觉得周时予不像是会喜欢跳舞的人。

"因为跳舞之后,很适合接吻。"男人低声说道。

盛穗感到身上一凉,就见周时予后退半步,低下头来,将薄唇印在她的嘴角上。

"就像现在这样,我可以在人群中,光明正大地吻你。"

盛穗的气息被封堵,她被男人托着后脑勺儿亲到犯晕。

再睁开眼,她见周时予正含笑望着自己。男人目光柔和,像是在欣赏她沉溺时的模样。

想到他的情话信手拈来,亲吻也是轻车熟路,盛穗有个问题在心里憋了很久,于是抬头问道:"周时予,你以前谈过几个女朋友啊?"

她刚说完,就意识到破坏了气氛,低头挠了挠鼻子,又清了清嗓子:"我就是随便问问。"

预订的晚餐时间将近,周时予牵着她的手,两个人往人群外慢慢走。

"我没谈过女朋友,"他故意捏了一下盛穗的手,笑道,"老婆倒是有一个。"

以男人的条件,快三十岁了,还没谈过女朋友,盛穗认定这是他说来哄她的谎话。她嘟囔:"哦?你以前对别人无动于衷,但和我才见了两次面,就问我想不想结婚?"

这话哪里说得通?

"是的,"男人大言不惭地承认,"我之前是在等待和你结婚的机会。"

周时予脚步微微一顿，余光见盛穗的两腮微微鼓起，他的黑眸中浮现一丝笑意，慢条斯理地说道："我似乎闻到了一股醋味。"

盛穗见自己被调侃，张口就要反驳，就听周时予继续说道："相亲那天，你问我为什么要结婚，我说了三个理由。"

盛穗点头，脑海中浮现出那晚周时予条理清晰地说出两个人适配的理由。

男人十分温柔，无比认真地说道："其实真正的答案，只有最后一条。"

"我始终不明白，您选择我的理由。"

"你是我唯一想过要与之结婚的人。"

盛穗的心脏剧烈地跳动起来，这前所未有的悸动，让她猝不及防，只觉脑中空白一片。

周时予抬手揉了揉她的脑袋，温和地问道："你怎么在发呆？"

"没事。"盛穗怕被戳破心事，慌忙地转移视线，看见不远处卖气球的小商贩，便胡乱找了个借口，"我刚才看到一个漂亮的气球，被小孩儿买走了。"

"气球？"

周时予也没想到她会说起气球，便转身看过去。男人眯起双眼，先是看向小贩手里形状各不相同的气球，又看向买走气球的小孩儿。

小孩儿白嫩的胳膊上系着一根塑料绳，绳子的另一端连着一个猫咪形状的气球，气球在空中随风飘荡。

盛穗不知道周时予在想什么，正想扯他的衣袖，却见男人迈着长腿朝小孩儿的方向走去。

见到陌生人前来，孩子和年轻的母亲都愣了一下。

周时予先是和年轻的母亲简单地交谈了几句，等她点头后，才半蹲在小男孩儿的面前，温和地笑着。

四周嘈杂，盛穗听不见他们交谈的内容。最后只见在年轻的母亲连连的推拒中，周时予取下领带夹放在男孩儿的掌心上，跟他说了几句话。

脸上还带着些婴儿肥的男孩儿握着领带夹连连点头，眨巴了两下乌黑的大眼睛，朝盛穗小跑而来。

"姐姐，那个哥哥让我把气球送给你。"

梳着锅盖头的男孩儿费了半天劲，才解开手腕上的塑料绳。他用亮晶晶的眼睛看着她，说："哥哥说，他的太太很喜欢我的气球，问我愿不愿意送给你。"

他握着塑料绳，将气球递过来："姐姐，祝你和哥哥新婚快乐。"

盛穗抬眼，看周时予正专注地望着她。他双手插兜，目光温柔。橙红色的余晖在他的身后绽开，勾勒出他修长挺拔的身形。

原来她每句不经意的话，都被男人放在了心上。

她忽地感觉眼睛有些发热。

"谢谢你，"盛穗蹲下身揉了揉男孩儿的脑袋，笑道，"我很喜欢。"

男孩儿闻言欢呼雀跃，把气球递给盛穗，蹦蹦跳跳地跑了回去。他拉住母亲的手，不忘回头与盛穗、周时予告别。

等男人走到身边，盛穗轻声说："刚才我只是随口一说。"

她猜到周时予得到气球的方法大概是用领带夹作为礼物交换。那个领带夹她见过，价格至少五位数，却被男人随手送了出去。

为她做到这种程度，真的没必要。

周时予接过气球仔细地打量，最终为盛穗系在她衣袖的盘扣上。他笑着低声问她："那你喜欢这个气球吗？"

盛穗抬头，见气球在晚风中摇摆，模样像极了家里的平安。她嫣然一笑："喜欢。"

"那就好。"

盛穗闻言收回视线，双眼恰好撞进周时予望向她的目光里。他的目光那么专注、温柔。

周时予自然地牵住盛穗的手："只要你喜欢，就值得。"

盛穗乖乖地被周时予牵着走，她的心"怦怦"直跳，胸腔里宛如藏着一只不安分的小兔子。她的大脑中忽地蹦出了两个字——犯规。

周时予总和她说这样的话，实在是犯规。

周时予挑的居酒屋是邱斯大力推荐的，据说开店已有三十年之久，店铺规模不大，生意却十分好，要提前至少一周才能确保订到座位。

两个人掀起褪色的深蓝色布帘，走进光线昏暗的室内。

墙面铺着深棕色的木板，上面凹凸不平，不少承重柱上还刻着密密麻麻的小字。

食客们围坐在长方形的铁板旁边，通常情况下要和陌生人同桌而坐。若想独处就在角落里闷头吃喝；若想找人攀谈，旁边就是倾诉对象。

据说这是老板用心良苦，希望前来的食客不仅能吃好、喝好，最好再交个新朋友。

大厅内有三张长桌，盛穗和周时予选择坐在靠墙的那桌，很快就有身穿日式和风工作服的服务员走上前来。

高壮青年的脖子上和脸上都是汗，他将汗巾随意地挂在肩膀上，一双眼睛又黑又亮。他声音洪亮地问两位新客要吃什么，同时不忘热情地推荐菜式。

点菜前，周时予翻开菜单，大概扫了一眼主食栏，询问道："你们这里的主食一份是多少克？"

盛穗闻言一愣，放在桌下的手就要去拉男人的衣袖。

青年笑道："这点我不大清楚，但我们可以给您调整。"

周时予平静地说："好"。

他将甜点和主食定好量后，又事无巨细地询问一切可能含有碳水化合物的菜品。

盛穗坐立不安。因为自己的病，她最怕成为别人的负担，或者给他人带来麻烦。她有时宁可自己吃点儿苦头，也要装出合群的模样。

好在青年从头至尾都没表现出不耐烦，反而更详细地介绍起来，盛穗才逐渐放松紧绷的神经。

两个人各自点过菜后，青年重新读了一遍确认是否正确。离开前，他贴心地询问道："两位来居酒屋，不打算喝点儿酒吗？"

周时予合上菜单："不用，谢谢……"

"想喝就喝吧。"想起那次庆祝周时予同事乔迁的聚会，盛穗轻声打断他，"难得来一次，我不介意的。"

周时予见她认真的模样，最后点了一杯青梅酒。

酒水和毛豆最先上桌，玻璃杯中的冰块浮在液体的表面，周时予凑近后便能嗅到清甜的酒香。

他拿起酒杯,将薄唇贴在杯口,举杯饮酒时,喉结缓缓滚动着。射灯映照着男人棱角分明的侧脸,再简单不过的动作,却好像电影里逐帧播放的长镜头。

糖尿病人要谨慎饮酒,盛穗从前滴酒不沾。看着周时予喝酒的模样,她有些蠢蠢欲动,轻声问道:"我可以尝一口吗?"

见周时予没答应,她立刻保证道:"我就尝一小口,试试味道。"

语毕,盛穗又无辜地朝他眨眼。等到男人心软松口后,她才弯眉笑着拿过玻璃杯,遵守诺言,浅尝了一口。

陌生的刺激性味道停在盛穗的舌尖上,最初的苦涩过后,有股淡淡的青梅香在唇齿间弥漫开来,久久不散。人的品味各不相同,她还是无法理解酒的魅力所在。

旁边的男人抬起手,用修长的食指揩去她唇边的酒液。昏黄的灯光下,周时予眼底的温情被映出了几分蛊惑的味道。

男人忽地勾唇一笑,说道:"穗穗,你最近好像越来越喜欢撒娇了。"

盛穗被说得耳尖发热。她见其他的菜还没上,就要去剥毛豆,结果手里的盘子被人抢走了。

"我来吧,你别弄脏手。"

周时予捏着毛豆的外壳,挤压一下,就见两颗青色的圆豆掉落到瓷盘中。

"你这两天手语学得怎么样?"

"不太好。"盛穗托着腮叹息,"时间短,要背的内容太多,我总觉得连基础都没学扎实。"

"或许是努力的方向不对。"周时予将剥好的毛豆推到她的面前,拿起湿巾擦手,"语言的学习方法总有共通之处,就像英语的词根、词缀。你可以去问问手语老师,是否有相似的归纳总结。"

聪明人做事,果然是先找方法再行动。

盛穗听周时予提出解决的方法,突然意识到,她在婚后好像逐渐忘记了面前的男人,其实是很厉害的人。

高中时期,他的成绩令人望尘莫及,后来他从常春藤大学毕业,创业后一路畅通无阻,创造了业内的奇迹……周时予传奇般的人生,实在让人歆羡。

而这样优秀的人,是她的丈夫。

盛穗大脑中毫无征兆地跳出这个认知后,唇角不由得向上扬了扬。

周时予问她在笑什么。

"我突然觉得你很厉害,"她想了想,笑着说,"好像不管多么难的问题,只要交给你,总能迎刃而解。"

两个人点的炸鱼来了,盛穗侧着身让服务员上菜,同时好奇地问道:"你曾经有过做不到的事情吗?"

"很多。最初我并不想学金融,而是想去做医药研究,"周时予用筷子挑起鱼肚子上没刺的肉,夹到盛穗的碗里,"后来意识到个人能力渺小,就换了一条路去做风投,去资助有能力的人做研究。"

盛穗想起成禾最初投资的都是针对研究糖尿病的医药公司,继续追问道:"你为什么想做医药研究?"

周时予思考片刻,笑了一下:"我没什么远大的理想,只是希望自己或研究成果能被人需要。"

这个答案,盛穗倒是很能理解。

"我选择从事特殊教育也是这样,不是想拯救谁,而是希望别人需要自己。"面对周时予的耐心倾听,盛穗忽地想起以前,"有人很早之前和我说过,我可能是小的时候缺爱,所以便走向了另一个极端,迫不及待地想把自己的关心和爱都奉献出去。"

她坦诚地说道:"这样想来,我当特教老师算是出于私欲,并没有那么高尚。"

周时予却不这样认为:"但你做的事情帮助了许多人,这样就够了。而且,大多数人一生都在寻找热爱的事,"男人微微一顿,继续说道,"不管出于什么理由,你既然找到了,就该紧紧地抓住。"

闻言,盛穗睁大了眼睛:"那个人当初也是这样对我说的。"

说起来,她的从业选择历程也有几分神奇。

盛穗大学学的专业并不是特殊教育,她是在大一的寒假时参加了某次志愿者活动,才首次了解这个领域。后来她产生兴趣后,一直参加相关活动,心里便萌生出毕业后从事相关职业的念头。

那年,学校为了响应国家的号召,建立了青年心理互助小组。盛穗来到魔都后，难以融入繁华的都市，又对母亲有了新的家庭而忽视了她感到耿耿于怀，内心郁闷。她在公告栏看见互助小组的宣传单后，没有丝毫犹豫便加入了。

新建立的组织架构十分松散，学校也没有重视。负责人只是随机将六个人分成一组，以线上交流的形式帮助大家敞开心扉，后来又应付差事般请专家做了几次演讲，发现效果不佳后便没再继续。

聊天群很快便沉寂了下来。一个月后，群主提出要解散互助群。

盛穗以为事情要就此结束时，群里鲜少发言的"Z"突然找她私聊，表明他不想结束，问她是否还愿意继续跟他聊天。

当时盛穗以为对方的消息是群发的，就没有拒绝，断断续续地和他聊天。一段时间后，她居然发现两个人十分投机，再简单不过的日常都能聊上半天。

他们很默契地从未问过对方的身份信息，甚至不知道对方是男是女。大学余下的三年里，两个人无话不谈，甚至在面临就业选择时，盛穗发现自己下意识的反应都是询问"Z"的意见。

她担心自己选择特教行业的决定太过草率，错误的选择会导致人生的失败，而"Z"那时回复的话，时隔多年她仍记得分毫不差。

"大多数人终其一生都在寻找所爱，不管出于什么理由，你既然有幸找到了，就该拼命抓住。"

"要不是这句话，我可能还是会和以前一样，选择随大流，从事一份还不错，但不喜欢的工作。"

盛穗还是第一次和别人谈起"Z"的事，连她最好的朋友肖茗都不知道他的存在，她却能自然而然地和周时予说起。

"很可惜，后来他说要去国外治病，就再没回复过我。"

和"Z"失联，盛穗多年后仍觉遗憾。她垂眸叹息道："也不知道他的病有没有好，我发的邮件他有没有看过，他现在过得怎么样。"

盛穗独自絮叨了半天，才想起周时予已经很久没说话了。她有点儿不好意思，说："我好久没想起这个人了，所以才说了这么多废话。"

"再给他发一封邮件吧，"沉默许久的周时予忽地出声，"说不定这一次，他会回复你的。"

盛穗有些怀疑："可是我们很多年没联系过了，或许他早换了联系方式。"

"那也没关系。"周时予靠着座椅,温柔地低声说道,"你可以告诉他那些年的聊天对你意义重大,告诉他你现在过得好不好,告诉他你从未忘记他。我想,他一定会很高兴看到这些的。"

盛穗从来不是乐观派,遇事态度悲观,前几年给"Z"发的消息都石沉大海,便认定了两个人失联为最终结局。即使现在被周时予鼓舞,她对此仍持怀疑态度。

"如果'Z'是觉得我的话太多呢?我再打扰他不是更不好嘛。"

"不会的,"周时予笑着说,"能陪你聊那么久的人,怎么会突然对你不耐烦?"

男人轻轻晃动着玻璃酒杯,提出另一种假设:"或许'Z'是胆小鬼,失联很久后不知道该怎么面对你——或许他是在等你再主动一次。"

盛穗被说得有几分心动,一方面觉得再发一次邮件无伤大雅,另一方面又觉得"Z"和周时予说的相差甚远。

"'Z'不像是优柔寡断的性格,"她抿唇笑道,"在我的印象里,'Z'更符合知心大姐姐的形象。"

周时予手上的动作顿住,脸上完美的笑容一僵,他问:"知心姐姐?'Z'的网聊主页上不是写了性别是男吗?"

"当时很多人不注意这些吧,也有女生不想被骚扰就把性别写成男性。"盛穗忽地觉得不对劲,问道,"你怎么知道'Z'的主页上写了男性?我刚才说过吗?"

"嗯,你说了。"周时予垂下眼帘,遮挡住眼中的情绪,"你说对方的资料显示是男性,但你们没问过对方的身份和性别。"

"是这样啊。"盛穗想不起来刚才说过这话,但也不过分纠结,"我们的确没问过对方的身份和性别,但因为很多细节,我一直以为'Z'是女生。"

让盛穗印象深刻的是,她有次小腹隐隐作痛,只想睡觉,"Z"的第一反应就是提醒她早些休息,如果生理期太难受的话,就去学校的医务室。

生理期的事,盛穗从没对"Z"说过,"Z"大概是从她每个月这几天都不舒服的情况,推断得出的结论。

男生不会有这种下意识的反应,盛穗从此认定"Z"是女生。

听完她的分析,周时予忽地摇头笑了笑。

盛穗不解,问他在笑什么。

"没事,"男人仰头将杯中的青梅酒一饮而尽,语气中难得有几分无可奈何,"我就是突然觉得,有时候知道得太多,不见得是好事。"

盛穗听得一头雾水。

她借着"Z"的故事提到当年的大学生活,说了半天才想起周时予,不由得好奇他的留学生活:"国外的大学和国内的大学差别大吗?"

别说留学了,盛穗二十七年都没出国玩过。她读书时没钱去,工作后要么没时间,要么有时间但找不到同去的伙伴,想去旅游的计划便一直搁置。

"和国内的大学差不多。"周时予将当年的求学生活一笔带过,转移话题,"你想出国的话,可以等到学校放假了,我们一起去,正好当作结婚度蜜月。"

盛穗倒是想出去转转,但没想过用结婚做由头:"不用那么隆重,当随意旅游就好。"

周时予沉吟了片刻,朝她笑了笑:"婚戒、婚礼、蜜月旅行,你都不要。穗穗,"男人用右手摸着下巴,金丝框眼镜上的细链轻轻晃动着,笑容也带上了几分莫测的神秘感,"你对我们的婚姻,没有任何期待吗?"

盛穗仔细地想了想,自己的确没有更多的期待,现在的生活她已经非常满意了。

"现在已经很好了。"

"可我觉得还不够。"周时予在生活上处处顺着盛穗的心意,第一次和她意见相左,"我这辈子只结婚一次,不想就这样草草了事。"

男人缓慢地向她靠近,他的瞳孔就像黑洞般深不可测。

"我想为你戴上戒指,想在你喜欢的地方,在天气晴朗时,看着你身穿婚纱向我走来,"充满烟火气息的小酒馆里,男人以温润的声音勾描着愿景,"也想在牧师问起时,听见你对我说那句'我愿意'。这是我自十六岁时便有的愿望。"

周时予最终停在她寸许之外,低声问道:"所以,周太太愿不愿意行行好，满足一下我的虚荣心？"

男人意味深长地盯着她的唇瓣，勾唇一笑。

盛穗的心尖一颤，她眼神闪躲，下意识地抿了抿嘴唇。

见她慌乱的模样，周时予眼中笑意更深。他问道："你以为我要亲你吗？"

不可控制的热意从盛穗的脸上烧过，她无法反驳。

男人如斯文败类一般，慢条斯理地继续问道："那我现在补一个？"

"不用了！"

盛穗终于回过神来，匆忙地偏过头，就见对面有两位外国姑娘兴奋地望着自己。

两个人对上她的目光，其中胆大的一位主动问道："Are you guys dating（你们是在约会吗）？"

盛穗英语听力倒是不错，但口语谈不上流利。

旁边的周时予坐直后微微一笑，以示礼貌："She's my wife（她是我的妻子）。"

两位姑娘闻言更加激动，感叹声不绝："You guys are so sweet（两位看上去十分恩爱）！"

周时予的英语说得十分地道，他道谢后重新看向盛穗，低声翻译道："她们夸你长得好看。"

"我听得懂英语。"盛穗心想自己好歹也是名牌大学毕业的，没好气地瞪了周时予一眼，反驳道，"人家是说我们甜蜜。"

"嗯，"周时予见盛穗毫无防备地掉进自己挖的陷阱里，忍不住低头亲在她的唇上，"你更甜一点儿。"

饭后，两个人准备走着去几条街外的书城，顺便消消食。

人刚吃饱容易懒散，盛穗提出歇五分钟再走。等周时予去结账时，盛穗看到自己的手机屏幕亮起，弹出了好姐妹肖茗发来的消息。

"肖茗：评论区里说的是你和你的神秘老公吧？火眼金睛如我，一眼就看出来了。"

随后，肖茗发过来一个视频链接，还有一张用红笔圈出角落的截图。

盛穗点开链接。视频拍的是她和周时予晚餐前去过的广场，那里在举办音乐节活动,四周架起的机器在拍领舞,以及随着音乐舞蹈的人群。她和周时予只在视频里作为背景出现了短短几秒,却意外地引起广泛的讨论。

"视频里的女生好漂亮啊,抱着她的是她男朋友吧,感觉他们好甜蜜啊!"

"谁懂啊?虽然全程都没拍到男生的脸,但看他低头的角度就知道,他肯定一直在看那个女生!"

"救命啊,我已经能想到男生的表情有多温柔了!"

"我是来看搞笑视频的,大晚上的,为什么要让我看到这么甜蜜的画面?!这下主办方知道怎么提高热度了吗?快把压箱底的好东西拿出来!"

盛穗看着评论不住地感叹:群众的观察力果然很强!

"在笑什么?"

周时予充满磁性的声音响起。

盛穗将手机推过去,唇边泛起不自知的笑意:"有官方号拍了广场上跳舞的视频,角落里有我们。"

视频略长,盛穗想直接点开截图给周时予看,没想到肖茗此时发来两条消息。

"肖茗:穗宝,你上次说是因为合适才和你老公结婚的,但我怎么觉得,你还挺黏你老公的啊,看你紧紧地把人抱住不舍得放手的样儿,啧啧啧。"

"肖茗:我看你老公的背影,这腰、这腿,我们穗宝的眼光真好啊。"

盛穗双颊通红,刚要收回手机,下一秒就被周时予抓住手腕。

周时予盯着屏幕,不疾不徐地低声说道:"我们回家吧。"

直接回家?

盛穗不解地问:"不是还要去书城吗?"

"不急,明天我让人把书城里的每种绘本都送一本到家里,随便你挑。"周时予俯身,将嘴唇凑到盛穗的耳边,低沉的声音让人隐隐生出几分不安,"我们先回家,我问你几个问题。"

很快,盛穗的直觉就得到了验证。

向来耐性极佳的周时予，这次却一反常态地不等代驾过来，便将车丢在了咖啡馆的附近，直接打车回家。

盛穗偷偷打量男人，见他神色平静，便松了口气，自我安慰事态可控。结果进屋后还没开灯，周时予就吻了过来。

盛穗在慌乱中不忘试图劝说："平安还在客厅里。"

"这个时间，它肯定在睡觉。"周时予温柔地抚摩着她的秀发，低声哄道，"你实在担心的话，等下可以小声些，不要把它吵醒。"

盛穗想说重点怎么会是这个，刚开口就被封住唇瓣，夺去了呼吸。

等再回神时，她混沌的大脑终于想起了周时予回家的目的，她红着脸问："你到底想问什么问题？你能……能不能快点儿问完？"

最终，大发善心的周时予抱着她在沙发上坐好。昏暗无灯的客厅里，镜片后的黑眸越发明亮。

"穗穗，喜欢吗？你喜欢我吗？"

"喜欢。"

泪水模糊了盛穗的视线，她的理智一度出走，别说是"喜欢"二字，后来周时予让她说什么，她都乖乖地听话。

盛穗再没有力气反抗。

第八章
也曾嗅青梅

周六上午,咖啡馆的角落里,肖茗激动地说个不停。

盛穗无心倾听,屡次分神。她想到昨晚,一抹红晕爬上了脸颊。

对面的肖茗好奇地问她:"我刚才说的话你听到没?你的脸怎么红成这样?"

"我昨晚没睡好。"盛穗收回飘远的思绪,看向对面,"你刚才说,你们公司马上要和成禾签合同了。"

"那都是我五分钟之前说的事了。"肖茗半是不满,半是无奈地"啧"了一声。她顶着硕大的黑眼圈,低头喝了一口冰美式咖啡,苦得直皱眉头。

"我刚才说的是,我昨晚收到了成禾的聘用邀请。"说着,女人凑过来,神秘兮兮地压低了声音,"你敢相信吗?周时予的秘书居然直接联系我,说愿意出三倍的工资挖我过去,日后的绩效还另算。"

盛穗想到昨晚肖茗发的微信,无奈地摇了摇头。

肖茗继续说道:"我当时太心动了,问了一下原因,结果对方居然说是因为上次我介绍的菜很讨周太太的喜欢,周时予认为工作之余有其他出色爱好的人,能力必然出众。"

肖茗又喝了一大口冰咖啡,长出了一口气:"居然还有这种聘用理由？！"

盛穗思来想去，觉得不能再隐瞒下去了，便握住肖茗的手，郑重地说道："我有件事要和你说。"

看盛穗表情严肃，肖茗一头雾水，正要点头，余光就看见有个男人推门而入。她眼皮一跳，慌忙地反握住盛穗的手，低下头说："你的事等会儿再说，快看十点钟方向，小心点儿，别被人发现。"

盛穗学着肖茗的模样把头低下来，谨慎地抬眼看去，就见身穿灰色衬衫的周时予站在咖啡馆门口。

男人身形挺拔，臂弯里挂着盛穗的外套。暖春的阳光透过玻璃落下来，他的周身跃动着光点。

两个人的目光在空中相遇，沐浴在阳光下的周时予微微一笑。

盛穗被眼前如画般的场景迷住，正在发愣，袖子被肖茗猛地扯了两下。

闺密连珠炮似的飞快地说道："我知道周时予长得还行，但你也不用这样盯着他吧！"

见男人迈开长腿要走过来，盛穗忍不住问道："你为什么要躲着他？"

"当然是怕尴尬啊。"肖茗知道盛穗工作的环境相对单纯，便耐心地解释道，"我刚拒绝了人家秘书的聘用邀请，现在就遇上了周时予，要是处理不好，影响了我们公司跟成禾的合作怎么办？"

盛穗冲周时予偷偷摇了摇头，示意他先别过来。她又问道："你不想去成禾吗？"

"也不是不想，是我没法答应。"肖茗见周时予背对着她们坐在远处，松了一口气，坐直后回道，"我们公司虽说规模小，却是我们一点一滴打拼起来的。现在全公司的钱全部投在我手里的项目上，我一个人跑了，如果影响后续的合作，团队的十几个人，甚至全公司几十号人的饭碗就都没了着落！我哪能这样做人？

"我现在就是不希望有任何意外。"

肖茗烦躁地抓了抓头发："都怪他给得太多了，不然我也不会纠结……不说我了，"肖茗重新看向盛穗，问道，"你刚才要说什么？"

盛穗静静地望着明显憔悴了许多的肖茗，笑了笑："没什么，我就是想说我的丈夫来找我了，我没办法逗留太久。"

再等等吧，现在说她和周时予结婚了，只会让肖茗操心的事变得更多。

"我真想敲你的脑袋！"肖茗忍不住翻了个白眼，"周六大好的睡觉时光，你知道我下了多大的决心才从床上爬起来的吗？"

"我知道你辛苦。"盛穗爱怜地摸了摸肖茗的脑袋，将从家里带来的装满各种花茶的布袋递过去，"我把每种花茶的功效都写好了，你平时别喝太多咖啡，偶尔也换换口味。"

肖茗扒开袋子一看，各种配料的茶包都用密封袋装着，袋子上还贴着便条，上面密密麻麻地写满了备注。她假装要哭似的耸了耸鼻子，说："刚才的话我收回，宝贝，我爱你。"

盛穗见肖茗的眼皮都要睁不开了，便温和地劝她回家补觉。

"我知道你是着急见你老公。"

离开咖啡馆前，肖茗在收银台前又买了一杯咖啡准备带走。她歪着头打趣盛穗："话说，你昨晚不回我消息，在忙什么？"女人用手指挑起盛穗的下巴，挑眉问道，"你们在广场上秀完恩爱，回家之后又继续了？"

周时予就坐在离收银台不远的圆桌旁，盛穗总觉得他能听见她们的对话。

盛穗耳尖发烫，催促肖茗动作快些："你的咖啡好了，快去拿。"

"呦，还害羞上了，我以前从没见过你这样啊，盛穗同学。"

盛穗艰难地送走了眼前的这尊大佛，又回到咖啡馆。她推开门，就看见周时予还坐在刚才的位子上。他姿势不变，面前放着一杯咖啡。

如杂志封面一般的画面，唯一突兀的，是放在男人腿上的她的外套。

"你过来是有工作要处理吗？"盛穗在男人的对面坐下。

从早晨起来，周时予就电话不断。早饭后，他一直在书房里开视频会议，此时出来应该也是有事要忙。

"天气冷，我想给你送件衣服。"周时予请服务生上了一杯热牛奶，将浅灰色的风衣递给盛穗，"还有两件事，我需要询问一下你的意见。"

说着，男人拿出黑色手机，推到盛穗的面前，手机屏幕上是陈秘书昨晚发来的媒体邀约。

因为两个人的拥抱导致昨天广场跳舞的视频走红，主办方在查询其他拍摄角度的画面时，意外地发现主人公之一竟然是周时予，于是当晚就联系了成禾的公关团队。

因为某些原因，周时予本人今早才看到团队发来的消息。

"主办方手里有拍到了我正脸的视频，询问是否能发出去。"周时予娓娓道来，"公关团队分析过网友的评论，统计了数据后给出的建议是，如果要对社会公开我们结婚的消息，现在或许是最佳时机。

"最重要的还是你的想法……"

男人微微一顿："如果你不想出现在大众的视野里，昨天的视频会被立刻删除。"

盛穗看完陈秘书给周时予发的那条长长的分析，思考了几秒，垂眸轻声说道："删掉吧。"

昨晚视频刚火起来时，她以为网友看了只会一笑而过，没想过还会有后续。

盛穗第一次意识到，她和周时予的婚姻还要面对公众。

不过想想也是，她知道各个行业的顶尖人物，所有的经历都会被人详细地记录，婚姻情况自然也不例外。

周时予现在将公开与否的选择权交给她，前提一定是他并不反对公开，否则视频也不会留存到现在。

盛穗深吸了一口气，抬头看向对面的男人："我不想对社会公开我们的关系，可以吗？"

哪怕都是祝福，她也不想让自己的照片或信息传遍网络，更不想被人评头论足。

盛穗经历过一次，说什么都不愿再经历第二次了。

时间追溯到盛穗十四岁那年的冬天，1型糖尿病在不知何种情况下被诱发，她接连几天一直昏昏沉沉的。

母亲远嫁，父亲白天在工地，晚上忙着和工友喝酒，盛穗没人照顾又实在难受，后来只能跟学校请假去了医院。她还没来得及挂号就晕倒在了医院的大厅里。

所幸有好心的医生将盛穗抱起送去抢救，她捡回一条命的同时，也花掉了将近五位数的治疗费用，这让本就贫寒的家庭雪上加霜。

父亲没读过书，一听她小小年纪就得了糖尿病，便不听解释，咬定是医生骗人。他看盛穗身上没伤就要强行带她回家，被救了她的好心医生拦住后便发怒动手，抓起吊瓶砸伤了另一位精英医生的右手。

事情就此升级为医闹。

围观的群众纷纷拍照，即便被再三阻拦，视频还是被人发布到网络上。盛穗和她父亲的脸被千万人翻来覆去地看，他们的每个表情、每句话，都被人仔细地研究。

盛穗刚出院的那周，当地的电视台和十几家媒体找上门来采访她，用最温柔的语气一遍遍地告诉她：请大胆地揭露你父亲的恶劣行为，我们一定会还你公道。

她诚惶诚恐地接受了采访，最后，她说的每句话，都被添油加醋后发布到网络上。

那时，网上的舆论向她一边倒，更不遗余力地向她的父亲丢去世上最恶毒的诅咒和辱骂。

可不知为何，盛穗每每看着那些评论，总觉得恶意同时也反噬到了自己身上，轻而易举地将她吞没。

她的父亲是个暴力的混蛋……

可与此同时，他也的的确确是这世上唯一还要她的亲人了。

所有人都大声喊着要她唾弃暴行，学会奋起反抗，其中更有好心人给予她各种资助。可那时的盛穗作为十四岁的未成年人，连购买一支救命的胰岛素都需要父亲的陪同。

盛穗不会处理恶意，连面对铺天盖地的友善和激励，都只会感到不知所措。

那段时间，附近的邻居对他们指指点点，工地不堪舆论的压力将父亲辞退，父女俩只能狼狈地搬走，过着颠沛流离的生活。

之后的日子也并没有变好，父亲几次被人认出，当街遭人唾弃，找新工作又屡屡被拒，各种流言蜚语接踵而至。

至于盛穗，挨打的情况照旧。

资助她的基金会定期派人前来慰问，她都笑着回答父亲没有再打过她一次。为了不再被好心的医生用怜悯的眼神观望，她在整个青春期都盘算着如何少吃碳水化合物,这样就可以少买胰岛素。一次性的针头用完后,她会再用酒精棉片擦拭,这样就能反复使用。

人言如山,无论善恶,都压得盛穗喘不过气来。

即便现在,她也很少上网,从没在任何社交软件,哪怕是微信上发布过个人照片。

事发突然,盛穗自知现在无法多作解释,却不想再冒任何风险。

"对不起,"在清楚对方愿望的情况下,盛穗觉得她单方面的决定有些残忍,"但我确实做不到。"

"相关视频在半个小时内会被删除干净,你不用担心。"周时予没有多问,在手机上打了几个字后,抬手揉了揉她的发顶,"我们结婚的事也不会对网络公开,我们并没有义务向网友解释。"

男人捏了捏盛穗的脸蛋儿,在她的耳边低声说:"不用道歉,穗穗可以在别的地方补偿我。"

沉重的气氛消失得无影无踪,盛穗别过脸,问道:"你不是说有两件事吗?另一件事是什么?"

周时予收回作恶的手:"京北有个项目出了些状况,需要我明天出差去处理。我有点儿不放心,"男人偏着头看她,金丝框眼镜的细链落到了他的脸上,"周太太自己一个人在家可以吗?"

这还是两个人婚后第一次要分开。

盛穗抿了抿唇,问道:"要去多久啊?"

"最快要一周,久的话,一两个月也有可能。"周时予没给出确切的答案,仔细地观察盛穗的表情,"比较棘手的是那里位置偏僻,信号不好的话,我们可能没办法保持联络。"

一两个月啊,他们还随时都有可能联系不上……

回家的路上,盛穗的大脑被周时予出差的事完全占据,她看着车窗外倒退的景色,随口问了个问题:"你们出差去几个人啊?"

"加上我,一共三个。"

"我记得成禾做的都是新兴产业,怎么这次是和度假村开发相关的产业呢?"

"这两年政策好,邱斯提出想试水,不过大概率以后不会再做了。"

"既然不会再做,一定要你本人去吗?"

直到两个人到家，盛穗还在自言自语："再说，那里信号不好，安全问题能保证吗？"

周时予忽地停住了脚步，转过身看着盛穗，笑着说道："穗穗要是实在舍不得我，我就不去了。"

"我没这个意思，"盛穗别开视线拒不承认，绕过男人，走去餐厅倒水喝，"就是确认一下。"

她嘴上说着不在意，午饭后看周时予在厨房里忙碌个不停，心里还是好奇。于是，她抱着电脑凑过去，问他在做什么。

"我不知道要离开多久，"周时予低头切着翠绿的包菜，"随便做点儿吃的留在家里，到时候你热一下就能吃了。"

"哦，好的。"

男人将切好的菜丝放在盆中浸泡，再打开满满当当的冰箱，有条不紊地拿出各种食材。

盛穗看着这一幕，真切地感受到了两个人即将分开一段时间。

周时予说要搭明早的班机，天不亮就得离开家，大概率没法和她一起吃早餐了。

不仅如此，很可能在接下来的一两个月里，盛穗都要独自生活在空荡荡的高级公寓里，每天起床后孤零零地面对身旁的空气。

盛穗心情有些低落，出神地望着周时予。

男人将从冰箱里拿出来的东西放下，转身走过来。他将手撑在玻璃桌面上，俯身吻了一下她的嘴角："你早上不是还说要给'Z'写邮件吗？"

"我马上就写。"盛穗含糊地应着，抬起头欣然地接受了这个吻。

周时予从衣帽间里找出一只三十二寸的空箱子，当着盛穗的面开始收拾行李。

他随口问道："我应该准备几套换洗的衣服？"

盛穗答道："六七套应该足够了，不够的话，我也可以把衣服寄过去。"

"好，我多带几套。"周时予不动声色地勾起嘴角，"那边条件不大好，快递或许发不过去。"

通信不好，快递也收不到……盛穗起初只是对两个人的分离有些不适应,现在却担心起丈夫往后一个月的生活质量。

她抬起头,不由得担心地说道:"要不我帮你一起收拾吧,你看还需要带些什么?"

"还需要些什么?"

周时予迈着长腿走了过来。他眼底含笑,若有所思地沉吟了片刻,最终俯身盯着盛穗的双眸,说:"如果我只需要周太太的话,可以带上穗穗一起吗?"

自搬进来后,盛穗还是第一次独自一人面对过分空旷的房子。

门外不再传来诱人的菜香,也不再有人推门进来,吻着她的额头,柔声问她昨晚睡得如何。

盛穗潜意识里不肯承认心里的寂寥与失落,自我安慰道:周时予不过是出差了而已,过几天就会回家的。

都说婚后独处的时间难得,她应该好好享受才对。

如此想着,盛穗唇边扯出一点儿笑意。她起身下床打针,换好衣服后走去厨房,准备吃早餐。

以前十几年她都是自己一个人过来的,没道理现在不可以……

盛穗打开冰箱门,看着一冰箱的真空食品袋和便当盒,思维有一瞬的停滞。

她拿起第一层最外面的方盒,盒子上贴着一张便条,上面写着一行苍劲有力的黑字——

"周日早主食:肉松烤肠粢饭团;碳水化合物:35克。"

她又挨个儿去翻第一层的其他盒子和食品袋,发现周时予已经按时间排好了顺序,从左至右是她每日的早餐。

冰箱第二、三、四层则是他备好的午餐和晚餐,外加切好的水果,各自标注好了名称与碳水化合物含量。

今天到下星期二的食物放在冷藏柜里,下周四到下周六的则放在冷冻柜里。

周时予昨晚几乎没睡的事,盛穗是知道的。

男人收拾好行李后,温和地让盛穗先睡,随后便转身离开卧室,再次去厨房忙碌。

盛穗尝试过陪他熬夜，奈何意志不坚定，很快便昏昏沉沉地睡去。

她一觉睡到天亮，不清楚周时予昨晚在厨房里到底忙到了多晚，连男人是什么时候离开的都不知道。

盛穗惊叹于男人对她周全的照顾。在看见桌上的便条后，她便再也无法否认心底越发强烈的思念。

"我不在家的时间，好好吃饭——Z。"

盛穗见过周时予常用的那根黑金钢笔，这还是她第一次认真地看他用钢笔写出来的字迹。她不由得打量了许久，目光最终停留在落款处的"Z"上。

熟悉的"Z"，只是这次是周时予的自称简写。

这时，同样没吃早饭的平安翘着尾巴走了过来。它亲昵地蹭着盛穗的脚踝，讨好地叫了一声又一声。

盛穗弯下腰，笑着将毛茸茸的一团抱起。

将一人一猫的饭都弄好后，她拿起桌上的手机给周时予发消息。

"盛穗：安全落地后告诉我一声。"

算算时间，周时予此时应该还在飞机上，自然不可能立刻回复消息。

一个人闷头吃饭自然省时，盛穗吃完饭后洗净碗，离开了厨房。她抱着电脑和新绘本来到客厅，着手准备下周的课程教案。

她新选的绘本名字叫《饺子和汤圆》，内容主要是介绍汤圆和饺子的特点和区别。

为了让学生更好地理解内容，盛穗会提前准备好教具。她准备了饺子和汤圆的贴纸，等上课时，会让学生将贴纸分别贴在对应的方框中。

现代儿童绘本的精美程度，时常让盛穗感叹。她窝在沙发里津津有味地读着绘本。看到教具最后设计的问题，是让学生分辨"脱掉衣服"的汤圆和饺子的内馅分别长什么样，她忍不住笑了起来。

下午，她不想出门，正抱着平安纠结是在客厅里看书，还是去书房里晒太阳，旁边的手机忽地振动起来。

她低头一看，见屏幕上显示着"肖茗"二字，无意识地轻叹了一声，接起电话："找我有什么事吗？"

"你这是什么话？我没事就不能找你啦？"肖茗问，她的说话声伴随着一声汽车鸣笛。

正在开车的肖茗不满地"啧"了一声:"还有,你这个失落的语气是怎么回事?不欢迎我?"

半天过去了,终于有人跟盛穗说话了。她笑了笑:"怎么会?"

"我猜你也不敢。"肖茗哼哼了两声,切入正题,"我正式从我哥那里搬出来啦!昨天我太困,忘了和你说了。怎么样?晚上来我的新家撮一顿?"

搬家的事肖茗之前提过一嘴,盛穗以为肖茗还在找房子,没想到转眼都搬完了。

盛穗想着周时予不在家,她一个人独自在家也无聊,便痛快地答应道:"那我过去顺便帮你打扫卫生。"

"那我赚大发了!"肖茗做事一贯风风火火,听盛穗答应过来便说,"我正好开着我哥的车,你给个地址,我现在去接你。"

盛情难却,盛穗说出小区的地址。

肖茗惊呼道:"好家伙!你那老公不是一般的有钱人啊,竟然买得起那么贵的房子,这一平方米的价格都好高啊!"

"哦,对了,既然你都要来我家里吃晚饭了,干脆住一晚得了,我们都多久没好好聊过天了。你老公不会不同意吧?"

盛穗听肖茗絮叨完,回答道:"他出差了,但家里有猫,我不放心让它自己过夜。"

"可惜我对猫毛过敏。"肖茗重重地叹了一口气,"我大概二十分钟后到,你准备一下。"

"好。"

肖茗的提议的确令人心动,无奈盛穗不放心平安自己在家。她在猫饭盆里放好充足的粮食和水后,又确认监控录像正常运行,便换好衣服提前出门。

开车前往肖茗的新家的路上,肖茗大概意识到闺密的丈夫身份特殊,只和盛穗讲自己找房的艰辛过程,并不打探其他事。

盛穗知道,肖茗只是看上去大大咧咧,实际做事最有分寸。

让两个人熟络起来的契机是在高一的某次课间。

周围的男生打闹着,撞到了盛穗的书桌。包着针头和试纸的纸团从盛穗的书包里掉了出来，恰好滚到肖茗的脚边。

盛穗怕对方害怕，连忙带肖茗去走廊的尽头解释。肖茗的表情从起初的担忧转为平静，最后，她咧嘴笑了一下，跟盛穗说，以后如果需要任何帮忙，可以随时找她。

她没有过多的关怀和怜悯，而是将盛穗当正常人一样对待，这无疑是对盛穗最大的善意。

"我和你说，这次我特意找的带大卧室的房子，花重金买了大床，我们两个人睡在上面都没问题。"

在肖茗兴奋的唠叨声中，两个人到家了。

盛穗站在客厅里环顾四周，欣慰地看着这里的环境好过两个人以前合租的出租屋，打心里为肖茗感到开心。

"先喝杯茶。"肖茗端上一杯温热的菊花茶，俨然一副主人的模样热心地款待着盛穗，"我昨晚还做了牛奶冻，放的代糖，我拿来给你试试味道。"

盛穗笑着说："谢谢。"

午后的暖阳透过落地窗照在盛穗的身上，暖烘烘的，好不舒服。她不由得惬意地眯起眼睛，刚想去窗边看看小区的绿化，衣兜里的手机便振动起来，这次是周时予打来的电话。

"我刚下飞机，等人接机后就去酒店。"

盛穗敏锐地察觉到周时予今天的声调微微上扬，语速也比平时快了一些。

"有专车来接我，大概一两个小时后能到酒店。"

"嗯，好。"盛穗听对方说已经安全降落，住的至少是酒店，终于放下心来，"你昨晚是不是没怎么睡？不着急的话你就先回酒店休息一下，不然身体吃不消。"

想起男人上次熬夜后，连嘴唇都微微发白，盛穗又忍不住补充道："你不要只顾着赚钱，钱又不会趁你睡觉的时候跑掉。"

话音一落，盛穗便听听筒里响起了周时予的笑声："好，我听你的。"

周时予事无巨细地问起她的生活："你昨晚睡得怎么样，早、午饭有好好吃吗？我在冰箱里放了些吃的。"

"我看到了，"想起满冰箱的食物，盛穗心底一片柔软，"谢谢你，我很喜欢。"

"你喜欢就好。储物柜的第二层还有配好的冲剂，左边是助眠的，右边是补气血的，你晚上睡前记得泡一杯；冰箱冷冻柜的最下面，还有以前没吃完的藜麦包子和烧卖，吃腻了米饭的时候，你也可以拿出来热一下……"

盛穗还是第一次听周时予一口气说了这么多话，他连叮嘱她多吃水果、饭后记得运动这些琐碎的事都嘱咐了一遍。

想着两个人对彼此近乎"儿行千里，母担忧"的操心，盛穗眼底的笑意更甚。她耐心地等周时予交代完，乖顺地答应了。

盛穗习惯了对方向来做得多话却很少，难得见男人如此健谈，便说："周时予，你今天好像心情很好。"

大概是对方信号不好，盛穗的话音一落，电话那头忽然安静下来。

"还好。"周时予沉默了片刻，才出声回复道。

他的声音又恢复了往日盛穗所熟悉的低沉柔和，只是听起来不大自然，他问："你刚才说要在朋友家里吃晚饭，带上药了吗？"

经过上次在医院里陪许言泽的经历，盛穗现在只要出门，都会随身携带长、短效胰岛素笔。

"带了，但我应该不会留宿。我不放心平安自己在家。"

"你想玩的话就留下吧。"周时予提出解决方案，"陈秘书会去家里接平安，你的事优先。"

本就不想独自过夜的盛穗立刻被说服了："那我需要把钥匙给他吗？"

"没关系，他有家里的钥匙。"

周时予说话时，盛穗听到电话那头响起一道熟悉的声音："周时予，你愣着干吗呢？我喊你好几次了！哟！你用的是白色手机，那我知道你是在跟谁打电话了。"

那道声音由远及近，声音的主人自我介绍道："盛老师，我是梁栩柏，就是上次在花店里送你姬金鱼草的那个。"

"梁先生，您好。"

"听周时予说，你把花照顾得很好。"

人来人往的机场里，梁栩柏亲昵地勾住周时予的脖子，引来不少人的目光。男人却视若无睹地继续冲着手机讲话:"希望下次见面时,我能有幸看到花开。"

"一定会的。"盛穗的脸上带着淡淡的笑意,她随口问道,"梁先生也去那里出差吗?我以为您还要忙花店的生意。"

梁栩柏闻言挑了挑眉,佯装无奈地叹气:"想买花的人最近不出门,花店开着也没意思。"

梁栩柏眯起桃花眼看向旁边的周时予,将他上上下下仔细地打量了一遍,意味不明地笑了起来:"盛老师放心,周时予不在家的这段时间,我会帮你把他照顾好的。"

男人的视线最终停在周时予被手表紧紧包裹的左手手腕上,他又懒懒地补充了一句:"全须全尾的那种。"

周时予闻言抬眼,镜片后的黑眸里倒映着梁栩柏此时笑吟吟的模样。

"那就先谢谢梁先生了。"

盛穗显然没听懂梁栩柏的话中之意,听肖茗又在催她去吃东西,便草草结束了通话。

梁栩柏盯着周时予手里的白色手机,轻佻地打了个响指。

男人笑容十分欠打,他说的话却一针见血:"我没猜错的话,你这个白色的手机,是专门用来联系盛老师的吧?"

两个人走的是贵宾专用通道,早有专人提前取了行李,恭敬地等候着送两个人去酒店。

周时予头也不回地向前走去,冷冷地丢下一句:"梁栩柏,别多事。"

"如果你刚才在飞机上手没抖的话,这话可能还有那么点儿说服力。"梁栩柏仍旧是对万事不感兴趣的懒散模样,双手插兜,漫不经心地冷笑道,"你的病是复发了,还是有复发的倾向?"

周时予没再理梁栩柏,和他一同坐上去往酒店的车。

周时予给陈秘书打去电话,告知他晚上把平安接到他家去。

"好的。"陈秘书一如既往地应道,沉默了几秒,再说话时,他的语气里带着几分小心翼翼,"周总,按照您和周老先生的约定,这周您需要每天三次向我报平安。"

周时予余光里的梁栩柏模样倦懒，就像浑身没有骨头似的窝在车座上。

他收回目光，一夜没休息的大脑兴奋不已。他看着自己的左手，已经没有轻颤的躯体化症状了。

"知道了。"他淡淡地说道，"接下来的一周，让田阿姨每天上午去我家里一次，如果冰箱里的饭菜快吃完了，让她按照我发的食谱再做一份。"

"好的，您放心。"

接待贵宾的专车上设置了隔音挡板，司机并不能听见后排的谈话内容。

一时间，车里只剩下两道呼吸声。

周时予取下金丝框眼镜，抬手轻轻捏了一下鼻梁，克制着主观意识不要去享受此刻大脑皮层的兴奋感。

显而易见，单凭几句话，盛穗便已经察觉到了异常。

他闭上眼睛，声音有些沙哑："是老爷子让你来的？"

"回国后，你每年四月份都往这里逃，我从陈秘书那里随便套了两句话，就知道你坐这班飞机。"梁栩柏连眼皮都没抬，伸了个懒腰，把头一歪，"你要是打算擅自加药的话，我劝你还是尽早跟她坦白吧，你的手要是一直这么抖下去，自己想想能瞒她多久。"

过去，周时予如定时炸弹般的大脑每到初春季节都要爆炸，周老爷子目睹了两次血腥现场后成功应激。

此后，每年四月份的前半个月，他要求周时予天天报平安。连周时予出国，他都要派陈秘书一路随行。别的都无所谓，他唯一的要求就是确保周时予还活着。

对周老爷子这种自我安慰式的监督法，周时予向来懒得管。

周时予这次出差，也的确是要处理京北度假村的项目，然后再如同往年一般，在酒店里待一段时间。

白色手机在衣兜里振动了一下，周时予解锁后，点开唯一的对话框，看着盛穗发来的消息。

"盛穗：肖茗新做的牛奶冻味道很好，她说制作过程很简单，我学会后，等你回来做给你吃。"

随后，她又发来一张照片。

一枚枚圆滚滚的牛奶冻放在浅绿色的瓷盘上，盘子的边缘倒映着拍照人的半边身体，身材玲珑有致。

关于盛穗身材苗条、该长肉的地方偏偏一点儿不瘦这件事，周时予再清楚不过。尤其近来他在饮食上花了些心思，盛穗圆润了不少。

周时予又点了一下屏幕，退出放大的图片，他的太阳穴突兀地跳动起来。他闭上眼，自嘲地笑了笑。

顶着一个随时要失控的大脑，他这时甚至难以分清，现在是疾病即将发作的预兆，还是心底深处对她的渴望难以遏制。

"我看你的状态不像是在抑郁期，行为也可控。"梁栩柏再次开口，他的语气难得地少了几分吊儿郎当。

周时予面无表情地抬眼看着他。

那人靠着车门，双手抱胸，目光锐利地盯着周时予："说说吧，是什么让你觉得又要失控了？头痛、精神恍惚、心跳加快，还是并非药物导致的手抖？"

周时予回忆起过去几日自己的种种行为，哑声说道："是欲望增加。"

这句话如雷一般在后座炸开，之后便是长达十秒的沉默。

最终，梁栩柏不动声色地挑了挑眉，说道："这个嘛……对你来说倒是情有可原。"

男人懒洋洋地打了个哈欠，漫不经心地说："你说，如果我从冲动性、冒险性、判断能力和扩张性来分析你现在的状态，你是不是就不让我从你的嘴里套话了？"

见周时予合着眼懒得答话，梁栩柏也不介意。他反倒津津有味地盯着周时予，用手缓缓地摩挲着下巴，慢条斯理地说道："对了，有必要澄清一下，我说的'情有可原'，指的是周总作为处男，终于能享乐一次，在一段时间内念念不忘，实属合情合理。"

说完，梁栩柏又打了个响指："不过呢，如果是因为某些原因而导致效果不尽人意，我还是可以帮忙的。"

周时予睁开眼，面无表情地说："梁栩柏，你最近套话的能力变弱了很多。"

"谁说我要套话了？"梁栩柏也不恼，脸上的笑容不变，"你看，你这不是有其他的身体反应嘛。"

话题就此谈崩。

梁栩柏也不再废话，窝在后座上拿出手机，调取花店里的监控录像。他直接找到昨天下午三点的记录，饶有兴致地开始欣赏起来。

下午三点整，玻璃门被准时推开，纤瘦的女人小心翼翼地走了进来，浑身散发着局促感。

女人进入花店后，下意识地看向窗边的迷迭香，捧起一束抱在怀中。她站在原地犹豫了许久，又拢了一下鬓角的碎发，才下定决心般深吸了一口气，走去收银台。

紧接着，梁栩柏在监控录像里看到了笑吟吟的自己。

结账时，他有意朝女人凑近。下一秒，就见女人背在身后的双手突然间攥成了拳头，他隔着屏幕都能感受到她的害羞。

梁栩柏满意地点点头，又不厌其烦地重复播放着。他慢悠悠地说："果然，追人的最好手段是被追，周总十三年的失败经验给了我很多启发。"

他拍了拍周时予的肩膀，语重心长地说道："等我下次结婚，第一个请你喝喜酒。你带上盛老师一起来。"

周时予看着落在自己肩膀上的手，勾起嘴角冷笑："不必，你的心意我领了，祝你这次不会再被拒婚。"

"被拒婚怎么了？"梁栩柏将视频里收银台两侧的男女截图，随手设置成手机壁纸，"这都什么年代了，你还搞歧视这一套呢？！"

他的指腹在女人的身影上轻轻抚过，眼底的温情转瞬即逝，随后他又恢复了吊儿郎当的态度："反正都是和同一个人，我乐在其中。"

一旁的周时予开始合眼假寐。

余下的途中，两个人一路无言。

一个小时后，专车稳稳地停在酒店门口。酒店经理带领员工在门口列队欢迎，他们点头哈腰地问好后，将人一路送到顶层的总统套房。

套间里厨房、书房等一应俱全，周时予放下外套倒了杯水。他喝了一口水润了润喉咙，走去客厅的落地窗边，俯瞰一年不见的京北。

前几年当地大力扶持旅游业，以促进文化经济交流，成禾便将目光放在了度假村的修建上。

现在三年过去了，度假村即将竣工。周时予这次来，的确是来处理相关事宜的，并不算是对盛穗撒谎。

会议室就在走廊的另一端，相关人士聚集一堂后正式召开会议。会议结束时天色已晚，连最后一丝余晖都自天边坠落。

仔细算来，周时予已有整整三十六个小时没睡觉了，他的大脑依旧兴奋不已，好像不会停歇的永动机，能时刻高效地运转。

他对情绪高低起伏的情况已司空见惯，当药物无法控制大脑时，提前计划好总是最优的选择。

转眼间，时间来到晚上九点。周时予将各部门递上来的方案逐一打回，桌面上的黑、白两部手机分别跳出一条消息。

"邱斯：兄弟，你差不多歇会儿吧！从昨晚起，你知道你连着毙掉了多少个方案吗？就算你是铁打的，也得让其他人睡一觉吧！"

周时予随意瞥了一眼黑色手机的屏幕，转而拿起白色手机，解锁后开始阅读信息。

"盛穗：你还在忙吗？今晚要不要早点儿休息？"

随后，她又发来一张自制的平安表情包。平安正摊开肚皮，冲着镜头眨眼撒娇。

亢奋的大脑自动在他耳边播放起女人的声音。

周时予清楚地记得，刚开始和盛穗交流那会儿，她说话时最后的尾音总是渐渐弱下去，十分客气拘谨。结婚后，两个人相处得久了，盛穗在生活中开始有了各种语调。不管是平时无意识的撒娇，还是气呼呼的时候提高音量，都是她在剥开过往伤痕累累的外壳，一点一滴地向他展露着原本最鲜活的模样。

他想见她，想吻她。

敲门声突然响起，打断了周时予泛滥的思绪。他皱起眉头，将手机放到桌面上，发出一声脆响，而后起身走去玄关处开门。

穿着一身运动装的梁栩柏站在门外。

"反正你也睡不着，"男人懒懒地倚着门板，将周时予从上到下打量了一遍，"走，出去跑步吧，消耗一下周总多余的精力。"

梁栩柏见周时予默不作声地盯着自己，无所谓地耸了耸肩："不去也可以，周老板日夜操劳，身体虚嘛，我可以理解。"

酒店附近不远处就是体育公园，红色的塑胶跑道环绕在篮球场和运动器材的周围，一圈跑下来有一公里。

两个人跑了五圈，随后放慢脚步，离开跑道，沿着江边慢慢散步。

梁栩柏在草坪上的自动售货机前停下了脚步，抬手按下购买键，斜眼看向双手插兜的周时予。他见男人无动于衷，不满地"啧"了一声："愣着干什么？我现在要保持贫穷的人设，你赶紧付钱。"

周时予瞥了他一眼，拿出手机扫码付款。

梁栩柏从取货口拿出一听啤酒，慢悠悠地说道："你刚才第一眼就在看啤酒，怎么？你最近开始喝酒了？看吧，我说过根本不用套话，你的身体只要有反应，我自然就能知道答案。我再跟你多废话一句，虽然你吃的药不需要忌口，但酒精、咖啡、茶叶这些刺激性食物，能碰多少你心里清楚。"

两个人再次陷入沉默中。

梁栩柏奸计得逞，笑着坐在紧挨着售货机的长椅上。他拉开易拉罐上的金属拉环，跷起二郎腿，优哉游哉地看起了手机。

周时予站在路灯下看手机。他几次点开对话框，打了几个字又删掉，脑海中不断循环着盛穗白天说的那句"你今天好像心情很好"。

这无疑是个危险的信号。

这时，周时予的耳边突然响起女人甜腻的叫声，中间夹杂着男人的嘶吼，一阵高过一阵，尽显人类最原始的渴望。

周时予低头，看梁栩柏正歪在长椅上看视频。

见周时予看过来，男人将手机举起来说道："听说这部片子拍得不错，你来欣赏一下，有性冲动吗？"

周时予的太阳穴跳动了两下，他移开视线，冷冷地丢过去三个字："你有病？"

"你这不是认知挺正常的嘛。"梁栩柏关上手机，站起身朝江边走去，脸上的笑意收敛了些，"情绪、欲望并没有好坏之分，适当的焦虑、抑郁、失落以及躁动，都是生而为人必然要体验的感受，关键在于是否适度。"

男人将手撑在栏杆上,身体前倾,目视前方不见边际的波涛。

"只要你和你身边的人接纳,哪怕只有你自己能坦然接受,所有的情绪就都不是问题,也不需要去解决。"梁栩柏转身看向周时予,后背倚着冰冷的栏杆,难得正经了一回,"所以,盛穗能接受你的情绪和欲望吗?还有,你是要让她自己来做选择,还是打算永远擅自为她做出'她不能接受'的选择?你很清楚她有知情权,也知道这种隐瞒的行为对她而言并不公平。"

梁栩柏正经不过三秒,说完又打起了哈欠,抬起手就要去勾周时予的肩膀:"再说了,最差的结果不就是离婚嘛。离婚了再结啊,"男人骄傲地指了指自己,俨然以为自己是优秀代表,"你学学我。"

"离我远点儿。"周时予冷漠地拒绝了男人的勾肩搭背,决绝地说道,"真晦气。"

回到酒店,周时予换下运动服去浴室洗澡。他明显地感觉到当身体足够疲惫时,哪怕精神依旧活跃,疲累感也能唤起几分睡意。

或许他今晚能够睡着。

周时予打开热水,将皮肤冲洗到发烫。十五分钟后,他擦着湿漉漉的头发出来,走去衣帽间。

他从柜子上拿起手提包,内胆最里侧有一个巴掌大小的长方形药盒,由挡板分隔出十五个小格子,每个方格里都有五片药。那些药片形状各异,单从形态看,分辨不出究竟是药,还是保健品。

晚上十一点半,周时予机械地喝水服药,几年如一日。

他将药盒放到手提包里,视线在几米外的床榻上停顿了几秒,迈开长腿走到床边坐下。

他关掉壁灯,房间里昏暗下来,只有一盏床头灯发出微弱的光亮。

周时予仍觉得刺眼,侧身刚要关灯,余光就见白色手机的屏幕亮了起来。这次不是通信消息,而是一封来自盛穗的邮件——写给过去的"Z"的邮件。

多年未登陆的邮箱里,除了一封未读邮件,剩下的十三封已读邮件都是来自盛穗单方面的问候。

盛穗发来的邮件篇幅不长,措辞比当年要客气许多。

亲爱的 Z：

见信如晤。

我上次给你发邮件还是在大学时，转眼几年过去了，不知道你近来过得如何？

那年你说出国治病，后来我再没能联系上你，但我心里一直记挂，想念当年的时光。最近有人给我建议，让我最后再试一次，或许会有别样的惊喜。

我再次叨扰，是想问你这些年过得怎样。你当时说要治病，现在身体好些了吗？生活是否安定了下来？

很感谢你当年说的话，因为你的话，我才能坚定地选择喜欢的职业。我的工作虽疲劳费心，却使我收获良多。至于原生家庭带来的困扰，也因为我已拥有了新的家庭，而不再对我有更多影响。

我在邮件结尾才想起和你说，半个月前我选择了结婚。我的丈夫是远超我的预期的优秀伴侣，彻底改变了我曾经对婚姻的悲观看法。

如果他愿意，我想，我们会陪伴彼此共度余下的人生。

哦，对了，也是他鼓励我给你写信，叫我不要留下任何遗憾的。

虽然我自知希望渺茫，但还是期待能收到你的回信，也衷心地希望你这些年过得幸福。

祝你万事顺遂，身体健康！

此致。

愿你一切都好的 S.

周时予从头至尾将邮件读了两遍，视线久久地停留在那句承诺上。

她说，如果他也愿意，他们会陪伴彼此共度余下的人生。

周时予的心中情绪翻涌，将他难得攒出来的疲倦一扫而空。

他点击邮件的回复键，正欲打字，手机屏幕上又跳出两条消息提示。

"SS：我还是回家啦，就不必麻烦陈秘书跑一趟了。"

"SS：他和我说你这两天可能会很忙，你现在还不能休息吗？"

此时已是晚上十一点半,早超过了盛穗平时睡觉的时间,周时予不知道她失眠的原因,毫不犹豫地拨通电话。

"周时予,你还在忙吗?"

听筒里响起女人柔和的声音,周时予的烦躁消散了大半,他觉得自己像是被捂住口鼻的人,终于得以呼吸新鲜的空气。

"不忙,我正准备睡觉。"周时予闭着眼睛靠在床头,视觉系统关闭后,他的听觉更加敏锐。他问盛穗:"你怎么没在朋友家留宿?"

"我可能有些认床,也实在不放心平安,所以还是回家了。"

此时,盛穗独自躺在宽阔的大床上叹了口气。她翻了个身,说道:"我刚才给'Z'发了邮件,现在有些睡不着。"

周时予温柔地询问道:"你怎么会突然失眠呢?没有喝助眠的牛奶吗?"

"喝了。"盛穗斜着身子,将额头抵在男人平时用的枕头上,闻到些许淡淡的木质冷香。

不必跟周时予面对面,盛穗心中突然涌出一些坦陈的勇气。她将脸贴在手机上,轻声说道:"可能是因为你不在家,我一时不太适应,所以睡不着。"

她习惯了每晚有沉甸甸的手搂在自己的腰上,习惯了自己冰冷的手脚被人焐暖,习惯了半夜睡得蒙蒙眬眬时有人吻上自己的嘴唇。当三者突然同时消失,哪怕盛穗可以在主观上欺骗自己对这些并不在意,身体却诚实地出现了戒断反应。

盛穗蜷在被子里,迷迷糊糊地问道:"你什么时候回家呢?"

男人沉默了几秒,回道:"尽快。"

盛穗对这个答案并不满意:"尽快是什么时候?"

白天她只敢在心里盘算的那些小心思,在黑夜时分纷纷跑了出来。

盛穗不想再七弯八拐,心里的话脱口而出:"周五是清明节,学校放假,我查过了,周四晚上就有去京北的航班。周时予,我不喜欢一个人在家。让我去找你,好不好?"

周三午休时,外出办事的肖茗顺路来找盛穗,把自己妈妈寄来的青团送给她。

学生们在教室里午睡，班里有两位老师看护着，盛穗忙里偷闲地去校门口接肖茗。

"你们学校的活动做得不错，我来的路上，看到好多漂亮的标语和横幅。"在去教师办公室的路上，肖茗感慨道，"和你认识这么久，我还是第一次真正了解自闭症的相关知识。"

四月二日是世界自闭症关注日，每年的今天，学校都会在各处挂上宣传条幅，放在最显眼的位置，供人阅读。

"如果能扩大宣传范围就更好了，"两个人在办公室坐下，盛穗给肖茗倒了一杯热水，"来这里的人大多了解相关知识，挂条幅的实际作用并不大。"

"也是。"肖茗叹了口气，不过分纠结这个问题，"话说清明节假期马上要到了，你要不要跟我一起去公园踏青？我家附近的公园里，现在天天有小孩儿在放风筝。"

盛穗犹豫不决地说："再等等看吧。"

"怎么了？"肖茗一眼就看出盛穗不对劲。

盛穗想着周时予离开前说想带她一起出差，那晚便在电话里主动提出清明节放假去陪他。她本以为周时予会欣然答应，结果直到自己睡着，他都没有答复。盛穗第二天醒来再问，得到的却是委婉的拒绝。

那晚邀请她时，周时予目光灿若明星，甚至在他下飞机后两个人打电话时，男人的语气听上去都比平时要愉悦高昂许多。虽说和他平时沉稳温和的状态有些不同，但盛穗心想愉悦总不会是坏事。况且，周时予的成熟程度远超同龄人，他若活跃些反倒更符合他的年龄。

盛穗不知男人为何现在却不希望她过去了。

交往中，盛穗总倾向于做被动的一方，难得主动一次，却被婉拒了。

念及此处，盛穗哭笑不得。她向对面的社交达人请教："其实我想在清明节去外地找……找我老公，但又怕打扰到他工作。"

"我一猜就是。"肖茗早就看出了盛穗的迟疑，感叹她重色轻友，"你要去干吗？让你老公陪你四处玩，还是让他给你做饭？"

"当然不是。"盛穗摇头否认。不善表达思念的她此时耳尖有些发热："我就是……就是有点儿想他。"

太阳洒下温暖的光束，盛穗白里透粉的脸上带着温和的笑意，唇边的酒窝若隐若现，浑身散发出岁月静好的恬静安然。

肖茗闻言，口中"啧啧"有声："陷入恋爱中的女人果然不同，每句话都带着酸臭味。"

盛穗不认为自己是在秀恩爱，辩解道："你以前出差的时候，我也会想你，也会过去找你玩啊。"

"这倒也是。"肖茗对此无法反驳，便说回刚才的话题，"你能怎么打扰他？自家老婆不远万里地跑过去陪他，正常人高兴还来不及吧？再说了，没有人不喜欢惊喜，说不定你老公心里早就想让你过去了，只是嘴硬罢了。"

肖茗这话显然很符合逻辑，盛穗若有所思地点了点头。

这时，肖茗的手机振动起来。她接完电话后，就急匆匆地要走。

"我跟你说，"肖茗边走边骂，"成禾全公司上下都是变态的工作狂，尤其是那个周时予！"

直到上出租车前，肖茗还在愤愤地说："昨晚我们团队十几个人，熬夜到凌晨三点半，交了最后一稿，那人不到四点发来一封邮件又给毙掉了，要求我们重做！这家伙都不用睡觉的吗？！"

盛穗闻言，微微一愣。

周时予凌晨四点还没睡……可他昨晚十一点半给她打电话时，分明说马上就要休息了。

关于周时予高强度的工作，自婚后同居起，盛穗鲜少有真切的感受。

对于她而言，更直观的或许是那天清晨在厨房里，见到的丈夫因为熬夜而苍白的脸。

因为自身患有糖尿病，盛穗比任何人都清楚身体健康的重要性。她对周时予不够爱惜身体的行为，表示非常不满。

去看看他吧，就算自己能做的很少，也总比无动于衷要强。

要是打扰到对方工作，她就花钱去住另外的房间好了。

周时予总不会对她生气的。

再者，万一真像肖茗说的那样，周时予其实想让她过去，只是没有坦白明说呢。

盛穗越发觉得闺密说的"没有人不喜欢惊喜"非常有道理，下定决心要去京北。

她当晚订了机票后，给陈秘书打去电话，麻烦他抽空来一趟，把平安接走。

陈秘书对盛穗的来电表示意外，同时说他随时都可以过去接平安，看她什么时间方便。

挂电话前，向来稳重可靠的男人激动地说："周总非常在乎盛老师。如果见到您去，他一定会很高兴的。"

这话的意思是她的出现不会影响男人的工作。

盛穗笑了笑："那这几天就麻烦陈秘书照顾平安了。"

"请您放心。"

盛穗订的是周四下午四点的航班，登机前十五分钟，她给周时予打去电话。

节假日将近，候机大厅里人来人往。盛穗选了一处相对安静的地方："我今晚要加班，可能要晚一点儿才能联系你。"

盛穗从小便不会扯谎。她担心自己这边声音嘈杂会露馅，心里的喜悦也不敢表露出来，只好低着头，握紧行李箱的拉杆。

周时予沉默了几秒，并没有起疑，只是关切地说："好，你下班路上注意安全，到家后给我打电话。"

盛穗听出男人的声音比昨晚要沙哑许多，问道："你昨晚没休息好吗？"

"不是，"周时予说话的语调轻快了一些，他说，"只是我今天开会时说话太多了。"

"哦，好的。"

这几天两个人打电话一打就是两三个小时，盛穗习惯性地以为周时予会问起她白天的生活，结果等了半天也不见对方开口。

眼看要到登机时间了，她不想让男人听见广播，便随意说了两句就挂断了电话。

去往京北要飞行近三个小时，盛穗有些晕机，一直昏昏沉沉地睡着。

中途发放餐食时，空姐好心地叫醒盛穗，问她想喝什么饮料，想要牛肉饭还是鸡肉饭。

盛穗想到如果要吃饭的话还要先去打针,便只要了一杯水。

很快,她的耳边传来拆包装盒的声音,飞机上的乘客们都在享用着餐食。

盛穗默默地喝了一口水,心中的兴奋淡了几分。

她被确诊患有1型糖尿病十三年,早已学会运用"你只是身体里缺少某种元素""只要按时打针、作息健康,你就能和正常人一样""现代人谁还不生个病"等话术宽慰自己,只会在偶尔一瞬间,感觉到自己与正常人格格不入。

诱发这种情绪的往往是琐碎的事,就比如现在,当看到身边的人能随意吃喝,而自己连吃口水果都要提前十五分钟打针时,她还是会有些失落。

她难免会想:这世上健康的人那么多,为什么不能多自己一个呢?

好在这种情绪持续的时间很短,后半段航程,盛穗依旧在睡梦中度过,直到飞机平稳地降落。

陈秘书提前给盛穗发了酒店的地址。

盛穗坐在出租车里,望着车窗外飞快地倒退的城市景色。她发现京北并不像周时予描述的那般落后,这里虽赶不上车水马龙的魔都,至少也有二三线城市的繁华。

出租车在酒店门前停下,盛穗谢过好心帮她搬行李的司机后,走进大厅里。她准备直接搭乘电梯上去,却被告知去顶层需要特定的电梯卡。

她想给周时予打电话,身后突然响起一道慵懒的声音:"盛老师?"

梁栩柏抱着速写画本站在盛穗的身后。

四月时节,他也不怕冷,上身只穿了一件浅灰色的衬衫,正笑吟吟地看着盛穗。

"你是来找周时予查岗的吗?"

"不是,学校放假我就过来了。"

盛穗记得对方在电话里说会帮自己照顾周时予,便笑着和他打了招呼。她的目光落在男人手里的画本上,她开口询问道:"梁先生打算出去写生?"

"我没事做,出来画点儿人物速写。"梁栩柏将画本翻开,见盛穗感兴趣地凑过来,便偷偷观察她的反应,"捕捉人物的行为细节,对心理医生的工作有很大的帮助。"

盛穗闻言一愣。她以为梁栩柏只是花店老板,没想到他居然还是心理医生。

纸面上画着酒店里往来的旅客和工作人员,线条简约,寥寥几笔,男人就将人物的面部表情、神态,以及肢体动作,描摹得栩栩如生。

"好厉害!"盛穗由衷地赞叹梁栩柏的画技。

她觉得梁栩柏和自己印象中心理医生的形象相差甚远,好奇地问道:"您是心理医生的话,平时还能守在花店里吗?"

"所以我把诊疗室设在花店里。"梁栩柏笑眯眯地看着她,优哉游哉地说,"不过春季四月是各类精神疾病复发的高峰期,我怕病人一口气全找上门来,只能提前逃到这里。"

盛穗扯了下嘴角:"梁先生很会开玩笑。"

梁栩柏也不辩解,微微一笑:"听说盛老师从事特教行业,有个问题我好奇了很久,今天想请教一下。"

"您说。"

"从某种程度上来说,我们面对的群体都是被社会定义的'非正常人',我的工作是帮助患者减缓或消除病态的症状;盛老师则是帮助学生建立认知,让他们尽可能地和世界重新接轨。但我最近发现,有一部分群体,本身属于所谓'正常人',他们却因为和患者有恋人、配偶、血亲等亲密关系,也会感到痛苦与无助。"梁栩柏微微一顿,眼底的笑意淡了一些,"这些人不会和患者沟通相处,也无法缓解患者的病痛,所以只能在日复一日的陪伴与折磨里,越陷越深。"

梁栩柏打了个响指,将问题重新丢给盛穗:"作为特教老师,周太太也见过有类似情况的学生家长吧。你观察过他们是如何坚持下去的吗?"

尽管注意到梁栩柏突然转换了对她的称呼,但盛穗只顾着回答问题,并没有多想。

"人如果只想着苦难,的确是没办法坚持下去的。"她沉吟片刻,仔细地斟酌着字句,"至少在我所了解的范围里,梁先生说的苦难,并不是生活的全部。"

盛穗带过的学生里,有的孩子会整日不说话,有的孩子会无理由地不停尖叫,有的孩子会排泄在裤子里,甚至有的孩子会动手伤人。

但与此同时,这些孩子也会慢腾腾地向她问好,会凑过来把脸贴在她的手背上,更会远远地朝她跑来,只为扑进她的怀里。

痛苦的确存在,可无法否认的是,幸福同时也伴随左右。

"很遗憾,我没有和学生家长聊过这些伤痛。"盛穗摇了摇头,表示爱莫能助。

她踌躇许久,还是说出了自己浅显的看法:"但在我看来,如果不把坚持单单看成一种行为,而是在感情等诸多因素的影响下,人们权衡利弊后做出的选择,或许梁先生的问题能得到更好的答案。"

"坚持不是一种行为,而是人们权衡利弊后做出的选择……"梁栩柏眯起桃花眼,"喃喃"说道。

他饶有兴致地看着盛穗:"痛苦没办法让人坚持,但是幸福可以。"

盛穗知道对方理解了自己的意思,笑了起来:"有些痛苦,或许是为了将来的幸福而做出的选择。"

梁栩柏赞赏地拍了拍手:"幸好盛老师不是心理医生,不然我的饭碗就要被抢了。"

"这不是我悟出来的,"盛穗看向左手腕上的手链,温和地说道,"刚才的话,是周时予教给我的。"

他说:"没有人的原生家庭是完美的,没有家的话,那就自己建一个。"

他说:"没有人结婚是为了学会如何独立。"

他说:"能被你需要,也是件很幸福的事情。"

"我对亲密关系的认知大多来自我的丈夫,梁先生以后可以多和他聊聊。"

五分钟过去了,周时予还没回复盛穗的信息。

盛穗抬头看向梁栩柏,问道:"您能带我上顶层吗?周时予可能在忙工作,没看到我发的消息。"

"当然,"梁栩柏闻言笑了笑,"荣幸至极。"

两个人出了电梯,走到走廊尽头的房间门口。盛穗刚要抬手敲门,身旁的梁栩柏便从兜里掏出房卡。

"盛老师应该有所察觉，这家伙有时候不太惜命。"在盛穗疑惑的目光中，梁栩柏耐心地解释道，"为了防止他猝死在里面，我留了一张他的房卡。"

他将房卡塞给了盛穗，如释重负地呼出一口气："既然你来了，我就把人交给你了。"

说完，男人双手插兜，扬起唇角，懒懒地哼着小调，很快便消失在走廊的拐角处。

盛穗站在房门前，将房卡插入卡槽后，悄悄推开门。

和预想中灯光明亮的酒店房间截然不同，盛穗眼前一片漆黑。客厅的落地窗被遮光帘死死地封住，不许外面世界的半点儿光线侵入，像是以房门为分水岭，门外是明亮的人间，向里一步就是无尽的深渊。

盛穗站在原地愣了愣，忽地有些不知所措。

梁栩柏说周时予连轴转了好几天，今天才能睡觉，可他在卧房里睡觉，需要把客厅的遮光帘都拉上吗？

盛穗有些心绪不宁，将行李放在玄关处。她在客厅里站了几秒，适应黑暗后走向卧房，小心翼翼地推开门。

卧室里同样非常昏暗，好在还有亮起的电脑屏幕作为光源，让盛穗得以看清此时床上睡着的男人。

算起来，她有五天没见到周时予了。

男人对她的闯入毫无察觉。他紧闭双眼，皱着眉头，似乎睡得并不踏实。

盛穗想：周时予这几天都在熬夜，难怪不想让她过来。

她轻手轻脚地上前，半跪在柔软的地毯上，抬手想替男人抚平皱起的眉头。

肌肤相碰的那一刹，昏睡的人忽然身体紧绷，睁开双眼。

大抵是因为过度劳累，周时予平时在黑暗中都十分明亮的双眼，现在却连聚焦都有些迟缓。

盛穗想到平时男人的温文尔雅、游刃有余，现在见到他连睡眠都不安稳，轻轻一碰就立刻惊醒，她的心中涌起一阵酸楚。

男人握住盛穗的手，他的手冷到令人心惊。

几秒后,盛穗听见周时予哑声问道:"是真的?"

盛穗忽地想起,她在医院里撞见发高烧的周时予时,男人的第一反应也是询问眼前的她是不是真的。

他这样问的原因,是以前出现过假的她吗?

"是真的。"她看着丈夫,心中的疑问脱口而出,"周时予,我们以前见过吗?"

第九章

我爱的人，最喜欢春天

"周时予，我们以前见过吗？"

寂静的卧室里，女人温和轻柔的询问尤为突兀。

周时予这次终于听清了盛穗的问话，看着眼前脸上写满担忧的人，努力运转迟钝的大脑。

周时予尖锐的耳鸣声"嗡嗡"作响，他的心脏剧烈地跳动着，仿佛要冲破胸腔。

周时予的大脑如同年久失修的机器，只剩下一堆废铜烂铁，等待不知多久后的腐烂分解。

他只依稀记得她不久前在电话里说，今晚还要加班。

周时予确定眼前的爱人不是幻象，松开她的手，哑声回答道："见过的，可能你不记得了。"

他想：症状只是暂时的，一两天就会过去。自己不要吓到她。

后背上的冷汗浸透了衣衫，周时予往后退了退。看见盛穗半跪在床边，他抬手掀起被子："地上凉，来我这里。"

"窸窣"声响起，他疲累得睁不开眼。几秒后，他感觉到床榻微微下陷，随后鼻间泛起点点山茶花香。

"周时予，你身上好凉。"盛穗不安分地扭动着，将掌心贴在他的额头上,语气中满是担忧,"你是哪里不舒服,还是工作上的事不顺心?"

没有哪里不舒服,工作也没有不顺心。

只是如过山车般的情绪波动来得毫无征兆,他上一秒还兴高采烈,下一秒就会跌入抑郁的谷底,想要维持情绪稳定只能依靠药物。

名为"双相情感障碍"的精神疾病,周时予是在十九岁那年的夏季第一次听说。

在此之前,他以为自己的这种状态只是单纯的抑郁,或是更轻微的阶段性情绪低落。直到医生告诉他,他的双相情感障碍大概率来自那个男人的遗传,之前的抑郁症是误诊,他需要住院长期治疗。

转眼间,十年过去了。

"没事,我只是有点儿累而已。"周时予将头靠在盛穗的颈间,动用所剩不多的精力回复道,"你离得远一点儿,我身上凉。"

他想问她怎么跑来这里,路上累不累,今天有没有好好吃饭。

他想听她说话。

他想抱抱她。

周时予几次想要将盛穗抱入怀中,又因为自己身上实在太凉,最终还是放弃了。

别吓到她,他得表现得正常一点儿,实在没办法成为正常人,就尽力伪装成正常人的模样吧。

柔软温热的身体贴了过来,盛穗伸手抱住周时予,姿势有些生疏笨拙。

她轻声说:"累了就睡一会儿吧。"

因为姿势不对,同样清瘦的两个人身上的骨头相互硌着,都有些难受。

周时予没动,盛穗也没动。

两个人就以这样别扭而亲密的姿态,身体紧紧地相贴。

偌大的卧房内,一时寂静下来。

周时予清楚高敏感性格的盛穗早就察觉到了异样,于是便强撑着等待她的追问。

盛穗只是抬手轻拍他的后背,笑着说:"我第一次去你家里睡觉的那晚,你就是这样哄我的。"

周时予已记不起那晚的细节。他感觉女人的衣摆卷了起来,犹豫了几秒,担心她着凉,还是伸出冰冷的手帮她把衣摆拉了下来。

温暖的人,连衣角都是暖的。

周时予的身体像是本能地眷恋这份温热,他顺势将人搂入怀中。

两个人的呼吸难分彼此。

良久,周时予声音嘶哑地问道:"那晚你睡得好吗?"

盛穗将头埋进周时予的怀中,用脸蹭着对方的胸膛,低声说道:"开始我是有些睡不着,因为我没在男人的家里留宿过,但你身上好暖和,后来不知不觉我就一觉睡到了天亮。"

周时予的情绪不好。

就像盛穗会因为飞机餐而心情低落,每个人都有因为小事而难过的时候。

盛穗虽然心疼周时予没休息好,却不认为他突然的心情低落是大事。

既然他不想说,那她默默地陪伴他就好了。

她认为夫妻之间相互扶持,从来不是一个人单方面地付出或迁就,而是不够完美的两个人,愿意为彼此磨平棱角,照顾对方的感受。

过去总是周时予在照顾她。

男人的怀抱比平时要凉,但没关系,两个人只要有一个温柔的拥抱就足够了。

"周时予,冷的时候也不要推开我呀。"盛穗将男人抱得更紧,温和却坚定地说,"我身上很热,可以给你暖暖。"

盛穗腰上的手臂一点点地收紧,有一瞬,她觉得平日坚不可摧的周时予,现在好像是惊涛骇浪中不通水性的落水者,只要抓住哪怕如她一般的枯木,便会迫不及待地抱住,恨不能将她嵌进身体里。

"盛穗。"

周时予沙哑的声音响起。

盛穗感觉对方微凉的双唇覆上她的嘴角。他的吻带着几分小心翼翼,如蜻蜓点水般一触即分,像是怕惊扰到她。

周时予的声音中压抑着太多晦涩难懂的情感,他说:"我好想你。"

盛穗再次醒来时，时间正好是晚上十点。

她感觉有人在温柔地轻拍着自己的后背。她迷迷糊糊地睁开了眼，对上男人的目光。

卧室的顶灯洒下暖黄色的光束，周时予脸上的疲态十分明显，他一双黑眸比平时黯淡许多，好在他的脸色并不像上次熬夜后那样惨白。

见盛穗醒来，男人伸手拨开她脸上的碎发，柔声问道："你晚上打针了吗？"

"还没。"

盛穗昨晚兴奋到凌晨才睡着，今天忙碌了一上午，下午又马不停蹄地赶往机场。她舟车劳顿地到了酒店，躺到床上后困意就席卷而来。

要不是周时予提醒，她大概会明早再补打长效胰岛素。

她不好意思地摸了摸鼻尖。

身旁的男人散发出潮热的气息，盛穗看见他的皮肤有些发红，随口问道："你刚才洗澡去了？"

"嗯。"身上不再冰冷的人抱了抱她，沉默了几秒，再次询问道，"你晚上打针了吗？"

她不是才回答过吗？他怎么又问？

盛穗以为周时予刚才没听见她说的话，便重复道："还没打，我现在去。"

"好。"

盛穗起身下床，找到手提包，拿着胰岛素笔和血糖仪走进浴室里。她刚推开门就震惊了，周时予洗澡时到底用了多烫的水？怎么室温这么高？

盛穗带着疑惑打完针。她从浴室出来，发现周时予不在卧房里，走到外面才发现在他在餐厅的长桌前坐着。他的面前摆着一个盛满各类坚果的精美瓷盘，还有一杯温热的牛奶。

连轴转的工作让周时予的反应明显迟缓了很多，直到盛穗走近喊他，男人才回过神来。

"吃点儿东西垫垫肚子。"周时予将瓷盘和玻璃杯推到盛穗的面前，然后把手垂到桌子下面，"空腹睡觉的话，胃会难受的。"

时间太晚了，盛穗没胃口再吃晚饭。她听话地拿起坚果放进嘴里，忽地想起什么，问道："你不吃饭吗？"

周时予惜字如金地说："吃过了。"

"哦，好的。"

两个人面对面地沉默着，盛穗体谅对方心情不好，却也的确想不到新的话题。

她端起杯子喝牛奶时，桌上的手机振动了一下，是梁栩柏发来的消息。

两个人上楼前交换过微信号，盛穗将手机解锁。

"梁栩柏：听说京北塔驼峰的景色是一绝，明天还有清明节的踏青活动，盛老师带上周时予一起出来呗。"

盛穗点开梁栩柏发来的风景图后有些心动，想着周时予心情低落，出去晒晒太阳对他也有好处。

"梁先生邀请我们去爬山。"她放下手机，征求周时予的意见，"难得出来一趟，你想出去看看吗？"

周时予将女人期待的表情尽收眼底，听着耳边的嗡鸣声，看了一眼桌下不再发抖的左手。他笑了笑，温和地答应道："去吧。"

决定出门后，盛穗给梁栩柏发去肯定的答复。她简单地填饱肚子后起身收拾行李，准备洗漱好便上床睡觉，为明天的出游养足精神。

其间，周时予沉默地靠着床头，腿上放着平板电脑，一直保持着这个姿势。屏幕映出的荧光反射到他的镜片上，让人看不见男人的眼睛。

半个小时后，盛穗吹干头发从浴室里出来。她掀开被子躺下，问道："还在忙吗？要不要早点儿休息？"

说着，她抬手轻轻扯了一下男人的衣袖。她的手背不小心碰到了周时予的手腕，触感冰冷，她的指尖本能地瑟缩了一下。

周时予盯着电脑屏幕的目光下移，在她缩回的指尖上停顿了两秒。他放下平板电脑，关灯后侧着身躺下。

他不再像刚才那样在被子里抱着盛穗，隔着厚厚的一层被子，抬手轻拍她的后背。

房间再度昏暗下来，盛穗几次想开口，却想不到该怎么解释。

周时予大概猜到她在胡思乱想，过了半晌，低沉的声音响起："睡吧，明天出去好好玩。"

盛穗闻言，乖乖地闭上了眼睛。

"晚安。"

"嗯，晚安。"

盛穗睡得并不踏实，睡梦中觉得身边的床榻几次下陷，像是有人反复地躺下又起身。

后来，她被吵醒，挣扎着撑开眼皮。她发现身侧的人不见了，反而从隔壁的衣帽间里传来"窸窣"的声响。

床头的电子时钟显示现在的时间是凌晨一点半，盛穗不甚清醒地抬眼朝声源处望去，就见周时予站在衣帽间的门口，背对着卧室。

他头顶上的微型射灯是屋里唯一的光源，只见男人微微仰头，左手掌心贴着唇瓣，随后将右手玻璃杯中的水一饮而尽。

这是再明显不过的吃药动作。

盛穗婚后从未见过周时予吃药，家里连保健品都找不到一瓶，她的大脑有一瞬的空白。

周时予吃的是药，还是保健品？

他是从出差才开始吃的，还是之前一直在服用？

他在她睡着时吃药是意外巧合，还是有意隐瞒不想让她知道？

一时间，纷乱的思绪占据了盛穗的大脑。

脚步声响起，盛穗以为周时予要回到床上，赶紧闭上双眼。

男人却走进了浴室里，轻声关上门，很快便响起淋浴的水声。

周时予又在洗澡。

盛穗几次想起身去衣帽间一探究竟，最后深吸一口气忍住了。她想：今晚还是让男人好好休息吧，明天她再找个时间问清楚。

十五分钟后，浴室门被人打开，脚步声渐近，床面再度微微下陷。

带着怕被发现的紧张，盛穗连呼吸都放轻了。

在黑暗中，周时予又一次在她的身边躺下。

未等男人抱过来，盛穗就清晰地感受到了他身上的潮热。和往日令人心安的温暖不同，周时予此时皮肤上的温热是用热水冲出来的，维持不了太久，就会再次恢复冰冷。

周时予这次不再隔着被子，直接将她抱住。他的动作极尽温柔，像是对待价值连城的珍宝。男人将下巴轻轻地抵在她的发顶上，低声说了一句话。

盛穗忽地明白了周时予为什么起初没有直接抱她,为什么半夜反反复复地下床洗澡,又为什么一定要用热水烫身体。

在本该无人知晓时,周时予"喃喃"自语地给出了答案:"如果身上不冷,可不可以一直抱着你?"

一夜平安无事。

浴室内一片氤氲,滚热的水将周时予的皮肤烫得微微发红。

周时予耳边的嗡鸣声微乎其微,他低头看向左手,没有看到因为药物副作用或者病症本身导致的颤抖。

症状在缓解,他的病应该没有复发。

周时予的目光从手腕内侧的数十条疤痕上移开,他关闭淋浴,拿起置物架上的毛巾擦干身体,逐渐恢复的听觉捕捉到门外微弱的声音。

他戴上眼镜,在腰上围了一条浴巾,走出浴室。

盛穗正好从床上下来,闻声抬头看去。看到他赤裸着上身,她飞快地移开视线,耳尖泛起一点儿淡红。

盛穗清了清嗓子,说:"早。"

"早。"

随着感官的恢复,周时予的大脑开始缓慢地运转起来。

两个人问好后,一时无言。

周时予看到盛穗一副欲言又止的模样,回忆起自己昨晚吃药时卧室里传来的"窸窣"声,便随手拿起桌上的一瓶水,走去衣帽间。

衣帽间的面积不大,门边贴墙摆放的柜子上放着一个手提包。

察觉到身后的目光,周时予将手伸进手提包内胆的最里层,拿出一个透明的药盒,将形状各异的五粒药倒进掌心里。

几秒后,盛穗迟疑的询问声响起——

"你在吃药吗?"

"是保健品,"周时予转身平静地看着女人走过来,摊开掌心逐一解释道,"B族维生素、维生素C、鱼油、钙镁片和叶酸。"

"你居然要吃这么多保健品!"盛穗感叹后长舒了一口气,说话的声调轻快了些,"我怎么以前没见你吃过呢?"

周时予耐心地等她观察清楚后,才将药片服下。他思考了几秒,温和地说道:"我平时吃药的时间在早上,那时候你还在睡觉。"

"我还担心你生病了。"盛穗不好意思地摸了摸鼻尖,"你今天好点儿了吗?"

女人仰起头望着周时予,模样娇憨,笑盈盈的,脸上还有睡觉时压出的印痕。

周时予看得出她是真的关心自己,抬手轻轻揉了揉她的头发:"已经没事了。"

盛穗听男人的声音终于不再沙哑,任由他将自己的头发揉乱。

她刚睡醒没想太多,卸下心中的担忧,便顺势将男人抱住,说话的语气就像是在撒娇:"你别总熬夜了,身体会吃不消的。"

"好,听你的。"见她现在已经会无意识地向自己撒娇了,周时予眼底浮现出一丝不自知的柔和,"只是,我现在可能要先穿衣服。"

一个小时后,两个人下楼,远远就见梁栩柏坐在酒店大厅的沙发上。

男人戴着一顶黑色的贝雷帽,将略长的头发在脑后扎成小辫,穿着一身宽松的纯黑色衣裤,肩上挎着相机。

见到盛穗身后的周时予,梁栩柏意外地挑了挑眉,就像没骨头似的窝在沙发里,说道:"哟,周总居然出门了。"

盛穗笑着和梁栩柏打招呼,随后转身走去前台,交涉与客房相关的问题。

"爱情的力量果然强大!"梁栩柏起身伸了个懒腰,凑过去慢悠悠地说,"怎么样?妙手回春如我,给你的新药效果不错吧?"

周时予淡淡地瞥了他一眼,声音中夹杂着几分寒意:"梁栩柏,这是最后一次,别再利用她。"

"治病的事,怎么能叫利用呢?!"

梁栩柏"啧"了一声,从兜里拿出车钥匙,漫不经心地在手中把玩着。一双桃花眼直直地对上周时予的黑眸,他说:"我不这么做,你能出门吗?"

梁栩柏见盛穗跟前台工作人员沟通完毕,扔下一句"你真无聊",就丢下周时予,笑眯眯地朝她走去。

"我弄了一台观光车,盛老师喊上某人一起试试?"

"那就麻烦梁先生了。"

盛穗原以为周时予的朋友们非富即贵,出行不是开超跑,就是专车接送,而梁栩柏不知从哪里搞来了一辆三轮敞篷代步车,不光阳光直晒,还全方位漏风。

五分钟后,盛穗看着两个大男人坐在狭窄的车里,不由得笑出声来。

梁栩柏一个人霸占前排的驾驶座还好,难为周时予还要和她挤在后面。周时予的一双长腿无处安放,他像极了被人绑架上车,场面无比滑稽。

她清了清嗓子,抬手拽了一下周时予的衣袖,大度地说道:"你可以往我这边来一点儿。"

盛穗见男人的膝盖顶在前排的车座上,光是看看都觉得痛。她伸手帮周时予揉了揉,掩饰不住眼底狡黠的笑意:"需要我帮忙……"

话音未落,盛穗的腰忽地被坚实有力的手臂环住。男人稍一用力,便把她抱到了自己的腿上。她猝不及防地跌进周时予的怀抱里,双手自然地环住男人的脖子,目光对上镜片后的黑眸。

盛穗不由得愣了愣,没反应过来现在的情况。

"不用帮忙。"

周时予的语气不似平时那般温柔,压迫感席卷而来,成熟男性的气场让人不自觉地臣服。

"这样就有位置了。"

周时予低沉的声音伴着温热的呼吸滚落到盛穗的耳边,盛穗一时听得耳热。她别开视线,轻声说:"放我下来,梁先生还在呢。"

前排的梁栩柏适时地出声:"没事没事。"他调试好相机,举起镜头对着两个人拍了一张照片,"等你们抱够了再喊我,或者我去溜达一圈再回来也行。"

盛穗不可能让周时予继续抱着自己,手忙脚乱地从男人的腿上下来。

等三轮敞篷车晃晃悠悠地驶上车道,她才又去拽周时予的衣袖,压低声音问道:"你怎么又在外面这样?"

周时予垂眸,将她脸颊微红的模样收进眼底,"虚心"地请教道:"嗯?我怎么样了?"

他的明知故问成功地引起了盛穗更多的不满。女人毫无震慑力地瞪了他一眼,抿了抿唇,想不出该如何回击。她轻哼了一声,扭头去看风景,只是唇边不自知的笑意,出卖了她此刻的好心情。

周时予望着盛穗嫣然一笑的模样,忽地觉得,就这样一直下去,似乎也不错。

因为节假日门票限时免费,通往景点的道路上车辆川流不息,山峰下人头攒动,连石子路两边的店铺里都人满为患。

一路爬上去耗时太久,三个人决定只爬到半山腰,再乘坐缆车欣赏沿途风景到顶峰。

登山前,梁栩柏跟两个人约在顶峰见面后就不见了。盛穗正在找人时,身旁的周时予忽地在她的面前蹲下。

"梁栩柏喜欢独行,不用找他。"

盛穗低头,见周时予正在为她系松开的鞋带。

在周围人群的嘈杂声中,他沉声说道:"山上人多,你跟紧我。"

周时予起身后,又从衣兜里拿出一颗彩色透明纸包装的糖果。他将糖递给盛穗,说:"运动前补充糖分,可预防血糖骤降而导致的头晕。"

周时予发烧那天,在医院里也给过她这样的糖。

她说:"啊,你和我说过这个糖,你以前的病友给你送过。"

她拆开包装,将糖含在嘴里,感受丝丝清甜在舌尖上弥漫。她声音含糊地问道:"那他的病后来好了吗?"

"没有,"周时予闻言沉默了几秒,随后抬手揉了揉她的发顶,"但我相信,总有一天会好的。"

盛穗点头,表示赞同。

医疗科技飞速发展,她的1型糖尿病在十年前还被称为无法战胜的终身疾病,最近Vertex(福泰制药)的干细胞疗法都快进入临床使用了,更不必说对各种癌症的攻克研究也逐年有好消息传来。

塔驼峰空气清新,微风拂过时,人们还能闻到空气中春天独有的味道。

他们慢悠悠地沿着山路向上走,看着漫山遍野的翠绿,以及从叶片的缝隙中钻进来的阳光,心情都不自觉地变好了。

两个人爬到半山腰后去搭乘缆车,周时予牵住盛穗的右手,放进他的衣兜里。他们坐在车厢里,看着窗外的郁郁葱葱。

盛穗眺望着百年老树枝杈上的新叶,忍不住说道:"出生前,家里人请大师给我起名字,最后用的'穗'字,因为代表稻穗的秋天是丰收的季节,他说这是大吉的字。但在所有的季节里,我最喜欢春天。我生病的时候是在冬天,那段时间我觉得特别难熬。"盛穗偏着头看向周时予和他身后大片的蓝天白云,以及生机勃勃的绿意,轻声说道,"但春天是不一样的,无论是刚播种的种子,还是百年老树的枝杈,都有发芽的机会。"

春光会平等地爱怜所有人,在世间播种希望。

"所以,哪怕知道你可能不想出门,我还是想和你一起来。"盛穗抬起手,看阳光从指缝中流过,弯眉笑了笑,"周时予,我希望你也能看到这份春光。"

周时予静静地望着侃侃而谈的盛穗。

为了踏青游玩,她今天特意化了淡妆,精致的五官更显立体,吹弹可破的皮肤在明媚的春光中越发白皙透亮。

此刻的盛穗沐浴在春光中,肩头跃动着金灿灿的光点,笑容鲜活而明媚。

周时予有一瞬间的恍惚,仿佛又回到了十三年前的那个冬天。

原本毫无交集的他们,意外地住进了同一家医院里。

那时十六岁的周时予被告知患上了支气管囊肿,因囊肿的位置不好要做开胸手术;而盛穗被确诊患有1型糖尿病,她父亲伤人的事,闹得医院里尽人皆知。

被父亲家暴,是周时予自小最熟悉的事情。

他不由得对上了当地新闻的女孩儿多留意了几分,记住了她的脸。他在医闹事件的几日后撞见父女二人时,一眼便认出了盛穗。

那时她只有十四岁,比现在瘦弱许多,身上的蓝白色病号服宽大得像是一个麻袋。她在走廊里费力地推着输液架,却还在讨好地朝身旁的男人微笑着说话。

或许是在卖力迎合的盛穗身上看到了自己过去的影子,在男人不耐烦地大声驳斥、抬起胳膊欲打人时，从未多管闲事的周时予拿出手机，拍照声在走廊里清晰地响起。

那时，同样是病秧子的他坐在轮椅上。周老爷子派来的律师倒很有威慑力，几句话便将男人震慑住，吵嚷声很快惊动了医护人员。

一时间，成年人之间争吵不休。周时予嫌吵，想推轮椅离开，却被推着输液架的小姑娘拽住了衣角。

时至今日，周时予仍记得那天，盛穗将彩色透明纸包装的糖果交给他时的神情。

十四岁的盛穗病中的笑容同样天真烂漫，她眉眼弯弯地和他道谢，又无比郑重地将糖放到他的掌心上。

她说她不能吃糖。

她说要把这颗糖送给他。

她说希望他的身体快快好起来。

周时予听说过，她得了终身无法治愈的 1 型糖尿病。那几日，护士们谈到盛穗，背地里都在感慨她年纪还这样小，往后一辈子都要靠打针吃药活着。

女孩儿却毫不吝啬地祝福他，希望他身体健康。

周时予将那颗糖放在床头没有吃，偶尔瞥见时，就会想起那个祝愿他健康的女孩儿。他也有几次问起她的情况，得知她已经出院了。

他天生记忆力好，一直记得她的名字，记得她的青涩，也记得那天她塞给他糖果时，唇边浅浅的，却十分惹眼的一对酒窝。

与此相反的是，盛穗向来记不住他的名字。

那天她匆匆忙忙地来到医院，给曾经帮过她的人送从寺庙里求来的平安袋，最后才来到他的病房。

那时的他并不知道，别人平安袋里的护身符上都写了名字，唯独他的没有。

他错愕地看着盛穗敲门进来，她着急忙慌地放下平安袋就要离开。

他们只有一面之缘，周时予看得出，只是顺路来感谢他的盛穗在单独和他相处时，神情有多局促。

他不想惊扰到她，于是在接过平安袋后，只是礼貌温和地说了句"谢谢"。

"哥哥，希望你能快点儿好起来。"

还是同样的话。

周时予沉默地目送女孩儿离开病房，就见她走到门边时脚步一顿，似是想到了什么。

最后，女孩儿转过身，在两人即将开启长达十三年的分离前，笑着同周时予说了最后一句话："冬天会马上过去，等出院以后，你一定记得多看看春光。"

后来很长一段时间，周时予时常会想起那年的对话。他发现盛穗统共和他说过三句话，其中两句都是希望他身体健康。

大概，这是她能想到的最好的祝福。

"周时予？"

熟悉的声音拉回周时予飘远的思绪。他回过神，对上盛穗探寻的目光，就听她好奇地又问了一次："你呢？你最喜欢什么季节？"

或许是他从未真正离开过她……

周时予深深地望着女人，总觉得她和十三年前相差无几。他温和地说："我最喜欢春天。"

她连笑起来都和当年的神态一样，眼底闪烁着光点，唇边的酒窝让人移不开眼。

"你也最喜欢春天？为什么啊？"

周时予知道她反感把情爱挂在嘴边，平日会刻意避开相关词语。他经常自我安慰地想：像现在这般相敬如宾地过下去，已经很好了。

或许因为运转迟缓的大脑失去了理智，又或许是因为有些话在心里实在藏匿了太久，总有纸包不住火的一日，他不想再说违心的话。

"没什么特别的理由，"周时予看着盛穗，微微一笑，随即望向缆车外的明媚春光，"因为我爱的人，最喜欢春天。"

在盛穗的印象中，周时予从未用过个人情感如此强烈的形容词。从二人相识的那天起，男人的形象始终都是温柔又极度理性的。

他现在却清晰直白地表明了喜欢春天的理由，是因为他爱的人喜欢春天，他因此爱屋及乌。

那你爱的人，会是我吗？

盛穗的脑海里突然跳出这句问话，连她都要嘲笑自己。她都快三十岁了，怎么还像十八九岁的青涩少女一样，满脑子装着风花雪月？

她干巴巴地"哦"了一声，专注于安抚胸腔里越发不安分的"小兔子"，也压下了心底的那点儿隐隐的期盼。

最后，两个人到达顶峰，随着川流不息的人群挪步到山顶的峭壁边，很多人都在排队等着去和山崖最靠外的碑石合照。

塔驼峰并非是单独的一座山峰，而是由三座连绵的山峰共同组成的，山脉底部有岩洞相接，山峰之间窄长的缝隙形成"一线天"的景观。

因为地形陡峭，不适合普通游客攀登，其中的两座山峰难以修建索道，只有盛穗他们所在的这座坡度较为缓和的山峰对外开放。

盛穗有些恐高。远远地看着别人沿着山崖走路，她心里打怵，眼睛却又忍不住想看更高处的风景。

周时予察觉到她的迟疑，放慢脚步，回头询问道："还要往前去吗？"

"再往前一点点吧。"盛穗不好意思承认她跃跃欲试，又担心会掉下去。

"想去就去。"见身后不断有人快步前行，周时予掌心用力，将女人往自己的怀中拉，温和地说，"我拉着你，不会有事的。"

最终，恐惧战胜了好奇，盛穗放弃了去山崖边和碑石合照。她在人群外围晃了晃，拍的照片里景色和人物参半。

见她踮着脚努力地向上举着手机的样子，周时予眼底柔和一片。他站在盛穗的身后，挡住来往的人群，伸手拿过她的手机，问道："你想拍哪里？"

"我想拍森林和天空，要是能把那几片云也拍进来就好了。"盛穗用手指在屏幕上比画着照片的构图。

她见周时予毫不犹豫地要朝山崖走去，连忙拽了一下他的袖子，说道："你不恐高吧？要不然在这里拍也可以，反正你个子高。"

"最坏的结果也就是失足掉下去。"周时予把盛穗带到人少的树下，低头调整了一下手机的亮度，"这座山峰坡度不高，人摔下去的话大概率也会掉到树上，很难摔死的。"

见她一脸震惊的样子，他不由得勾唇一笑："这样想，是不是就没那么可怕了？"

盛穗翻了个白眼："谢谢你的安慰，简直一点儿用都没有。"

盛穗站在树下，看周时予迈着长腿朝山崖走去。越靠近山崖的边缘，人越少，当男人几乎贴着围栏拍照时，他的身边再也没有旁人。

午时，山顶太阳正烈。阳光落在男人挺拔的背上，他的背影就像镀上了一层薄金般璀璨夺目。

盛穗心惊胆战地看着他。

"不用担心，这小子以前把极限运动当家常便饭。"盛穗的身后响起一道慵懒的声音，梁栩柏不知从哪里冒出来了。

他拎着相机，笑眯眯地跟盛穗打招呼："这人跳伞、蹦极都玩过，这点儿高度，对他来说就像过家家，盛老师别担心。对了，"男人打了个响指，"我给你们俩拍了点儿照片，看看吗？"

说着，他将手里的相机递给盛穗："按圆圈键就可以看下一张了，你随便看。"

"谢谢。"

两个人的抓拍照夹杂在众多的风景照中，大多是在爬山的途中拍的，盛穗没想到爬山时梁栩柏一直在两个人身边。她翻看照片时，忽地发现一件事。

镜头下，不同于四处张望的她，周时予一直在低头看着她，他的神情专注柔和。

每张照片都是如此，毫无例外，仿佛在男人身处的世界里，只剩下了她一个人。

"看来盛老师也发现了。"

梁栩柏就像身上没骨头似的靠着树干，若有所思地说道，"我见过成百上千的患者，其中不乏各界精英人士，这些人的眼神、表情以及肢体动作，都在无时无刻地向外传达着信息，比如喜欢、反感、生气，或者更复杂的情绪。坦诚地说，周时予是我见过的最难捉摸的那个。"

"只要他想，不论是生气、愤怒，还是沮丧，他的表情都是微笑着的。"

梁栩柏双手插兜，朝相机扬了扬下巴："但你也看到了，照片上的这家伙笑得就像是在满地捡钱一样。"

盛穗被男人的比喻逗乐了："没想到梁先生会和我说这些。"

梁栩柏明显是好意，但她一时摸不清，对方突然给她分析周时予的性格的意义所在。

"果然心理医生最容易遭人讨厌，"梁栩柏闻言耸了耸肩，一眼看透了盛穗的想法，"这年头撮合别人都要被防备，世风日下啊。"

"我不是这个意思……"

"是也没关系。"梁栩柏见某人拍完照片往回走，打断了盛穗的辩驳。

他要回相机后，又丢下一句话，语气不再似平时那般漫不经心，难得正经了一回。

他说："盛老师可以再仔细地想想，你所了解的周时予，像是单单因为合适，就毫不犹豫地选择婚姻的人吗？"

"你们在聊什么？"周时予的声音突兀地打断了两个人的对话，他走回盛穗身边，将手机递过来："我按你说的角度和亮度，各拍了几张。"

随后，他看向梁栩柏。他唇边的弧度依旧，只是莫名其妙地让人觉得有一股压迫感。

"你老婆说我拍的照片好看。"看着某人护鸡崽似的姿态，梁栩柏忍不住"啧"了一声，不耐烦朝周时予伸出一只手，"邱斯跟我说给你们俩拍合照要记得收费，你想着回头让陈秘书给我打钱。"

说完，男人又挎上了相机，哼着悠扬的小调转身离开了。

"我拍的照片可以吗？"

盛穗看着梁栩柏的背影，耳边回荡着他跟她说的最后一句话。听见周时予问她，她连忙抬头说："挺好看的。"

周时予看了她几秒，抬手揉了揉她的头发，语气里有几分无奈："你还没看呢。"

盛穗走神儿被抓了现行，心虚地主动握住男人的右手。她清了清嗓子，开始胡扯："我这是相信你的技术。"

离开碑石打卡点，三个人一同前往塔驼峰名声在外的山庙。这里的山庙建于明代，据说庙里供奉的山神像一直保护着周围的居民。

久而久之，全国各地的游客也会特地来此许愿，希望求得山神的保佑。

和绝大多数人一样,盛穗不算信徒,但遇到寺庙也会前去虔诚地参拜。

她上香拜过山神后,看周时予和梁栩柏两个人还在参拜,便打过招呼,独自先到庙宇的旁院去看据说是山神化身的百年老树。

这棵老树足有几人粗,枝杈横生,遍布新芽的枝条上挂满了祈福带,身体健康、事业有成、财源广进、姻缘美满……应有尽有。

祈福的红带被整齐地放置在树旁的长桌上,由专门的僧人负责发放。他耐心地交代游客写好姓名,再代为挂在老树上。

"请问您是要求姻缘美满吗?"盛穗站在桌前选择时,走来的僧人笑着询问道,"我看您盯着这条祈福带很久了,想来一定很有眼缘。"

盛穗其实最想求身体健康,听老僧人这样一说,觉得自己拒绝的话又不太吉利。她轻声试探道:"请问除了求姻缘美满,我能再求一个身体健康的祈福带吗?"

"当然可以,"僧人将两条祈福带和笔交给她,"请您在空白处写下姓名。"

"好,谢谢您。"盛穗笑着道谢。

她先在求姻缘美满的祈福带上写下了自己的名字。在求身体健康的祈福带上下笔前,她手握笔杆,停顿了两秒,脑海中闪过昨晚凌晨时分,周时予为了抱她,几次去洗热水澡的画面。

她最终还是在求身体健康的祈福带上写下了周时予的名字。反正她没那么健康也活得不错,一个家里,总得有一个身体好的人吧?

她从小没有宏远的志向,觉得钱财够用就好。

既然如此,她只需要祈祷日后的婚姻生活美满就好了。

盛穗被自己的心理活动逗得直笑。她将写好的祈福带交给了僧人,双手合十,站到一旁等待。

此时,周时予和梁栩柏两个人走了过来。

身材挺拔的两个人在人群中显得鹤立鸡群。他们交谈了两句,各自要了一条祈福的红带。

梁栩柏大手一挥,落下"杏秋"两字。他拿起祈福带,满意地欣赏着自己龙飞凤舞的字迹。他用余光看见周时予手里求平安健康的红带上，赫然写着"盛穗"二字，笔迹苍劲有力。

"哟，我们俩还挺心有灵犀的。"梁栩柏揶揄道，"没想到啊，你还信宿命论呢。"

周时予平静地将红带交给了老僧，双手合十，俯身鞠躬，表情虔诚而郑重。

他时而觉得人性矛盾。

按理说，他是不信命的人，否则他在患上双相情感障碍、病情反复发作的那几年，就该沉沦，就该在屡屡失败后，再也不要出现在盛穗的面前。

那些时候，他的确从未向命运屈服过，并且坚信事在人为。他认为只要失败的次数够多，总能找到正确的方法。

而在某些时刻，周时予又希望这世上真的存在神明。

如若神明真的存在，就能保佑他的女孩儿不再被病痛所累，就能保佑她一直健康快乐下去。

每当这时，他又会成为这世上最虔敬、忠实的信徒。

祈福后，三个人在顶峰逛了一会儿。他们见日头越发刺眼，便乘坐缆车下山，搭车返回了酒店。

哪怕节假日，周时予也不得休息。今日出门前，他特意关掉了工作用的黑色手机。回酒店后，他打开手机，各种消息和未接电话记录同时跳到了屏幕上。

厨房里，周时予正在低着头回复工作邮件，余光看见盛穗将外卖员送来的一袋子食材搬上料理台。他起身走过去，问道："需要帮忙吗？"

"不用不用。"盛穗连忙摆手，催促他先去办公，"不是说五分钟后要开视频会议吗？你怎么还坐在这里？"

说着，她就将周时予往卧室推："你开完会就睡会儿，等下我弄好了叫你。"

"那你小心点儿。"

周时予拿她没办法，抱着电脑半推半就地关上了卧室的房门，没多久就从里面隐隐传出对话声。

厨房里终于只剩下盛穗自己了。她颇有干劲地将披散的头发梳成高马尾，撸起袖子，从袋子里依次拿出杧果、牛奶、代糖等食材。

盛穗上次在微信里承诺过要给周时予做牛奶冻，原本打算昨天就做的，只是到酒店后就累得睡着了。

她拿出小锅，倒入牛奶、白凉粉和少许代糖，再倒入切好的杧果块。她将这些食材搅拌均匀后放进模具里，最后放到冰箱里冷藏。

盛穗感觉一份牛奶冻无法展示自己飞速进步的厨艺，于是又做了草莓、哈密瓜和抹茶口味的。她出了一身汗，不知道的，还以为她折腾一个多小时，准备了多么复杂精美的甜品呢。

卧室那边没有声音了，盛穗怕打扰周时予工作就没进去。她靠着料理台拿起手机，看着梁栩柏发来的十几张照片——全都是她和周时予的合照。

"你所了解的周时予，像是单单因为合适，就毫不犹豫地选择婚姻的人吗？"

盛穗再看这组照片时，心态和最初大有不同。哪怕她对周时予说的"合适所以结婚"的理论深信不疑，当回忆起梁栩柏说的那句话，以及周时予在缆车上脱口而出的爱语，她的心中还是不免有些动摇。

所以，她可以理解为周时予和她结婚不仅仅是出于合适，而是在此之前就对她有好感吗？

她觉得大脑里冒出来的这个念头荒诞无比，却迟迟不能压下上扬的嘴角。

盛穗拿着手机，仔仔细细地将每张照片都保存到了相册里，又点开朋友圈。

她迅速地从相册里选出八张周时予拍的风景图，抿了抿唇，又挑出一张自拍到她和周时予侧脸的合照，欲盖弥彰地放在最后。

盛穗的指尖停在绿色的发送键上，她犹豫了几秒，最后又将两个人的合照放在九张图片的中央，按下发送键。

她平时极少看朋友的动态，刚才发布的是她的第一条朋友圈。

评论区里反响热烈，除了肖茗和关系好的同事，连几年不联系的大学同学都纷纷在下面评论。

"肖茗：可以啊，宝贝，你才结婚几天，秀恩爱都这么熟练了！"

"齐悦：哇，这是盛穗老师的老公吧，光看侧脸就知道很帅！"

"梁栩柏：@周时予，看吧，我就说你老婆喜欢，快点儿叫你的秘书给我打钱！"

五分钟后，盛穗刷新朋友圈，看到多了三十几条评论。她看着密密麻麻的祝福语，忽地理解了为什么新婚夫妇为了得到众人的祝福，愿意费时费力地举办婚礼。

她原以为，结婚只是两个人过日子，却没想过，原来被人祝福会感到如此幸福。又或许，因为和她结婚的人是周时予，所以她才愿意分享，才会在收到他人的美好祝愿时，愿意一条条地回复。

她的胸腔突然被莫名其妙的情绪填满，她想找人倾诉此时的愉悦。

盛穗放下手机，走向卧室。她轻手轻脚地推门进去，刚想问问周时予何时结束工作，就看见书桌边的男人正坐在椅子上闭眼小憩。

大概是因为她将周时予推回卧室前，千叮咛万嘱咐过让他不许出来，要等她做好"惊喜"来叫他，他才没有出来。

男人回酒店后就洗了澡，此时微垂着头，蓬松的黑发微微遮住了他的眉眼。他毫无防备的安睡模样，莫名其妙地让人觉出几分别样的乖顺。

盛穗的心底一片柔软。

她拿起床上的薄毯，悄声走到男人的身边，小心翼翼地为他盖好毯子。

鼻间微苦的木质幽香令人留恋，她感受着男人温热的呼吸，眼神不自觉地落在周时予的薄唇上。

他的唇瓣微微张开，似是在无声地邀请她。

盛穗偷偷吻上了男人的双唇，如雷的心跳声震得她的鼓膜隐隐作痛。她哪怕捂着心口，都无法阻挡胸腔里要跳出来的那只"小兔子"。

她和周时予接吻的次数数都数不过来，刚才的吻只有她单方面参与，却比以往的任何一次都让她不知所措。

盛穗的耳朵如被火烧过一般滚烫，意识到自己的行为后，她用手撑住桌面就要匆匆地往后退。

她的手臂被温柔却不容拒绝的力道握住，下一秒，她整个人便跌入一个坚实的怀抱里。

盛穗抬起头，看见一双满含笑意的眼睛。她突然意识到，两个人之间的关系，在这一刻已经悄无声息地发生了改变。

"跑什么？我又不会吃了你。"男人声音里带着几分刚睡醒的性感与沙哑。

此时他说的每个字，落在盛穗的耳边，都等同于蓄意勾引。

不知是周时予的话有歧义，还是盛穗做贼心虚，她的脸颊一片通红。

"你的脸怎么这么红？"男人不像平时故意调侃她那般，低沉的声音中增添了几分压迫感。

盛穗感受着男人说话时胸腔的震动，终于想起了她来卧室的目的。

"我刚才发了条朋友圈，你……你给我点个赞。"她调整措辞，不忘回头强调道，"这是我发的第一条朋友圈。"

周时予见她表情郑重，拿起手机。他搂着盛穗，在她的眼皮子底下点开朋友圈，找到了她刚发的图片，依照她的指示点赞。

周时予早就看过了梁栩柏发来的这些照片，此时又一一点开看了一遍。他将头枕在盛穗瘦削的肩膀上："下次发朋友圈前告诉我，我想成为你的朋友圈里第一个点赞的人。"

盛穗佯装矜持，嘴唇的弧度却出卖了她的雀跃："我为了这种小事喊你，你会不会觉得麻烦？"

"不会，"周时予看着她狡黠的表情，眼里浮现出一抹柔和，"与你有关的，都是头等大事。"

"知道啦。"

尽管盛穗听男人说过很多次情话，现在听到心跳还是会错乱一拍。她见周时予脸上的疲态依旧，轻声问道："你的工作一直都这么忙吗？"

平时在家里，除了吃饭，他基本都是在工作，连周末都不放假。

"我大部分时间确实比较忙，"男人搂着盛穗的腰向上抬了抬，以防她滑下去，"过节没好好陪你，抱歉。"

"我就是觉得你很辛苦。"盛穗被周时予蓬松的头发蹭得脖子痒痒的，忍不住抬手揉了一下他的头发，感叹道，"我要是能帮你分担一些就好了！"

女人叹了口气，说话时尾音拖长，听得人心软。

周时予低下头任由她揉着自己的头发："等手上的项目结束，我会逐渐退出公司的管理层,之后不会再这么忙了。"

这么大的公司怎么可能说不管就不管,盛穗没把他的话放在心上:"牛奶冻还没好,你要再睡会儿吗?"

"好。"周时予沉声答道,将人抱得更紧,"周太太要一起吗?"

盛穗从前没想过,现在才发现自己其实很喜欢被他用力地抱着。她不用回头去看,都知道对方的表情。

能时刻知道自己被对方珍重,至少对盛穗来说,是非常重要的感受。

盛穗想着牛奶冻在冰箱里多放一会儿也无所谓,便点了点头。

下一刻,她就被周时予轻车熟路地抱上了床。

盛穗担心周时予又会因为手冷而不敢靠近自己,于是率先侧过身将他抱住了。她用纤细的手臂费力地搂住男人的腰,小声说道:"其实昨夜我没有睡着,还听见你去洗澡了。"

"嗯,"周时予合着眼低声应答,"我不该吵醒你的。"

"你明知道我不是这个意思。"盛穗抬头看着他,心想眼前这人实在是太清楚怎么惹她心疼了,自己恨不得用手去捏他的嘴巴,"我想说的是,周时予,你以后能不能也依赖我一些?

"我虽然赚的钱没你多,学识和阅历也跟你没办法比……"

盛穗越说声音越小,莫名其妙地觉得自己像是在自我检讨,一头扎进男人怀里:"但我是你的妻子。"

夫妻之间,理应要相互扶持的。

周时予沉默了几秒,柔声说道:"不仅是妻子。首先,你是我的爱人,"男人耐心教导她,"穗穗,先后顺序很重要。"

这两天,周时予的情话说得越发露骨。盛穗迟钝地眨了眨眼,心脏"怦怦"直跳。

环在她腰上的手臂逐渐收紧,她顺从地仰起头,迎上周时予落在她唇上的吻。男人温柔而强势地撬开她的双唇,一点儿一点儿地汲取着养分。

盛穗在昏昏沉沉中,听到周时予说:"下次想接吻的时候,你不需要小心翼翼。我和你结婚,就是为了有朝一日,能够光明正大地吻你。"

成禾一刻都离不开周时予，周五、周六两天，光是视频会议，男人就参加了三十几场，盛穗暗暗咋舌。

两个人最终决定，乘坐周日最早的那班飞机回魔都。

陈秘书早早地就在机场等候了。他见两个人从贵宾通道出来，连忙快步迎上去，吩咐身后的人接过行李。

盛穗以为两位男士见面就得聊工作，刚要避开，就见陈秘书恭敬地朝她鞠了一躬。

男人甚至忽略了盛穗旁边的老板，对她说道："这两天辛苦盛老师了。"

盛穗心说她才是被照顾的那位，连忙摆手否认："不辛苦，不辛苦。"

周时予则似笑非笑地看着身边的秘书，淡淡地说："你现在倒是找了个好靠山。"

陈秘书负责开车，盛穗和周时予坐在车的后排，窗外的春景飞速地倒退。

等陈秘书汇报完这几日的工作进度，周时予看向身旁低头看手机的盛穗："我需要先回一趟公司。"

知道盛穗不愿对外公开他们的关系，周时予征求她的意见："你是回家，还是有其他想去的地方？"

"可以先送我去原来的出租房吗？"盛穗犹豫再三，放下手机，皱着眉说道，"我爸爸可能在那里等我。"

近几年，除了每月月初固定打生活费，父女俩之间从未有过其他的交流。

今天上午盛穗坐飞机时，却收到了来自盛田的三通电话。

男人见盛穗没有接电话，最后只能给她发消息："爸爸坐下午去魔都的飞机，想直接去你住的地方找你。"

盛穗已经搬家了，总不可能把盛田丢在之前住的小区里。

盛穗和周时予讲过自己小时候被家暴的事。她提起要去找盛田，担心周时予反对，连说话的语速都有意放缓。

男人闻言并未质疑，只是贴心地询问她："需要我一起去吗？"

盛穗摇头，让他放宽心："不用，没关系的。"

自从盛穗上大学后,盛田大概自知无法掌控女儿的生活,便再没有对她拳打脚踢。前几年盛穗参加工作后,已经需要她赡养的盛田别说发脾气动手了,跟她说话的态度用低眉顺眼来形容都不为过。

当年男人回家开门的声音,都能让盛穗瑟瑟发抖。在岁月的蹉跎下,他早已变得不足为惧。

"好,那你结束后给我打电话。"周时予向来尊重盛穗的选择,抬手捏了一下她软软的脸蛋儿,"晚饭我做得丰盛些,这两天你好像瘦了。"

陈秘书就在前排开车,盛穗捉住周时予的手,拒绝他不分场合的调情,用眼神向他示意前面有人。

她想:周时予的状态大概已经恢复如常了,前两天他连话都很少说,现在又开始变着法子戏弄她了。

半个小时后,车在小区外停下。

盛穗目送低调奢华的轿车驶离视野后,转身走进小区里。

她远远地看见楼下站着一个身形佝偻的男人,那人身穿廉价的墨绿色军大衣,手里拎着一个黑色的大袋子。

盛穗知道她的父亲是个不折不扣的败类。

男人酗酒,婚内出轨,无故使用暴力,年轻时仗着一身蛮力,经常把于雪梅和盛穗打得鼻青脸肿。

她眼前的男人背影佝偻。因为他过去几十年在工地上劳作,腰椎和肺部已脆弱不堪。四年前,他又因酗酒而导致胃部大出血,险些死掉。自那之后,他便滴酒不沾了。

如果要用一个词来形容人到晚年的盛田,"萎靡不振"应该是最恰当的答案。

盛穗看着男人的背影有一丝恍惚。她难以想象如此颓靡的人,曾经让自己在整个青春时代都活在担惊受怕中。

她曾经许诺过,再也不管男人的死活,也发誓过要甩手走人。

可当四年前男人胃部大出血,医院打电话要她来签病危通知书时,她急匆匆地乘坐时间最近的航班返乡,得知男人在被抢救了几个小时后得以生还,她的第一反应竟然是松了一口气。

好像在生死面前,过往的那些怨恨都难以与之比较。

盛穗骗不了自己——她希望被她叫作父亲的男人活着。

男人死里逃生后醒来,得知是盛穗帮忙垫付的医药费,第一反应便是从病床上爬下来。他声泪俱下地跪在盛穗的脚边,哀求曾被他打骂过的女儿不要舍弃他。

从那时起,盛穗就悲哀地意识到:她做不到眼睁睁地看着父亲去死。

也是从那时起,她终于懂得了一个道理:不是坏人随着年纪的增长而变成了好人,而是当坏人老去后,因为作孽太多而导致身边无依无靠,终于感受到了恐惧。他们害怕老无所依,于是拼命地讨好补救。

听见由远及近的脚步声,盛田立刻转身看去。他看见盛穗后,混浊的眼睛突然亮了起来。

"穗穗,我给你打了几次电话,你都没接。我怕你正在忙,就擅自先过来了。"男人将手里的黑口袋递过去,满是褶皱的脸上挤出了一个笑容,"爸爸给你腌了几盒卤菜,都是你小时候最爱吃的……"

"你找我有什么事?"盛穗冷冷地打断他的话。

她用余光扫了一眼袋子,见每盒卤菜都用保鲜膜小心地包好了。

盛穗深吸了一口气,说道:"我已经不住在这里了,你下次不要再过来了。"

"啊?你不住在这里了?对不起啊,爸爸不知道……"盛田的手尴尬地举在空中,他局促不安地说,"前段时间我在老家看病,医生说我得了强直性脊柱炎,已经有明显的胸椎病变了。医生建议我再来大城市的三甲医院看看,大概率要做什么胸腰椎截骨手术。"

每说几个字,男人就小心翼翼地抬头看盛穗一眼,生怕哪个字惹她不快:"正好我好久没见你了,就想着来看看你……"

"走吧,打车去医院。"盛穗再次打断男人的话,语气冰冷地说道。

她很少对人恶语相向,但是实在做不到对眼前的人心平气和。

她说:"你来找我,又带着这些东西,不就是想让我带你看病,替你出手术费吗?"

盛田闻言,脸上青一阵白一阵的。他嗫嚅着,难以辩驳半句。

最终,男人灰溜溜地跟在盛穗的身后,走出了小区。

他拉开车门,弯下腰坐进出租车的后排。他那被病痛折磨的背脊仿佛一截枯木,只消一阵大风刮过,便会应声断裂。

出租车内,父女俩一前一后地坐着,一句话都不说。司机感觉氛围尴尬,不得不打开收音机播放音乐。

车内的音响传出悠扬的乐声,盛穗扭头看向窗外的风景,以此平息心绪。

这时,她手里的手机振动起来,是周时予打来的电话。

光是看见熟悉的人名,盛穗发现自己烦躁不安的心绪就被抚平了大半。她接起电话,就听电话那头的男人温和地说道:"我忙完了,你现在在哪里?"

盛穗昨晚发朋友圈公开了和周时予的照片,并没有刻意向盛田隐瞒。

"我在去医院的路上,陪我爸爸去看病,不知道现在还能不能挂到号。"

"没事,我来解决。"

周时予问了他们要去哪家医院,以及盛田的病况。挂电话前,他低声告诉她:"暴力带来的所有后果应该由他来承担,你别苛责自己,好吗?"

"知道了。"

周时予的人脉关系十分可靠。从盛穗挂了电话,到父女俩在医院门口下车,不过十分钟,盛穗还没走进门诊大厅里,就有一位年轻的医生迎了上来。

医生恭敬地问道:"请问您是盛小姐吗?"

"是。"

"侯主任今天不坐诊,正在做手术,不能马上赶来。他吩咐我带您二位上三楼,先做一下最基本的检查。"

"好,谢谢你。"

盛田哪里受过这样的优待,不费吹灰之力便有主任医师专门问诊,甚至还有专人将他们一路送上楼。

既然有人陪伴,盛穗就没有跟着去检查室。她故意忽略了盛田频频回头时向她投来的无助的目光。

节假日来看病的人只多不少,春季又是各类疾病的高峰期,候诊区内乌泱泱地坐满了人,吵嚷声听得人心烦。

盛穗在走廊里靠墙站着，无所事事地低着头看向鞋面，目光不由得落在脚边盛田特意带来的黑色袋子上。

袋子敞开着，露出了里面透明的盒子。盛穗一眼扫过去，发现盒子里都是她小时候最爱吃的卤菜。

盛田居然知道这些。

她的脑子里像是有两个小人正在打架，一个在为男人的用心准备而心软，另一个反驳说这只是盛田要利用她而耍的小伎俩。

"盛穗。"

熟悉的声音在盛穗的头顶响起。眼前的光线一暗，她抬起头，看见周时予站在自己的面前。

周时予平静地询问道："人还在里面做检查吗？"

盛穗点了点头："刚进去十分钟。"

"侯主任在这方面很有经验，他的临床手术在业界也很有权威，你不用太担心。"周时予向来不刨根儿问底儿，只专注于解决问题。

"你知道的，他以前对我很不好。"

周时予的存在即是一针强有力的镇定剂。当周围刺鼻的消毒水味被身旁的微苦木香替代时，盛穗轻声说道："如果我因为他现在的一点儿小恩小惠而觉得感动，是不是就相当于背叛了过去的自己？"

周时予瞥了一眼地上的黑口袋，沉吟了片刻，低声说道："我没想那么多，只是希望此时此刻的你能高兴些就好。"

盛穗看着他："如果他只是为了钱，而不是因为对我愧疚想弥补我，才用心做这些的呢？"

"那就给他钱，"周时予轻描淡写地说，"至少钱在我们家，是最不值钱的东西。"

男人面无表情地说完这句嚣张无比的话，盛穗终于露出了笑容。

她笑着反问道："钱都不值钱，那在你眼里，到底还有什么是值钱的啊？"

"很多，"周时予抬手揉了揉她有些凌乱的头发，温和地说，"就比如你刚才的笑容，在我看来就无比珍贵。"

从昨天起，盛穗就隐约意识到了自己对周时予的感情，有些话便不再遮掩，只是讲起来还不大熟练。她压低声音说道："其实我很早就想

255

说了，周时予，你知不知道你有时候说的话真的很犯规。"

走廊里人来人往，大家各自忙碌着，无人注意两个人在聊什么。

只见周时予微微挑眉，慢条斯理地反问道："既然我犯规了，那周太太想怎么罚我？又要在哪里罚我呢？在家里，去车上，还是在医院里找个隐蔽的地方？"

矜贵儒雅的男人如绅士般做出洗耳恭听的模样，随后微微一笑："本人求之不得。"

盛田的情况比盛穗预想的还要糟糕。

常年的重工劳作，生活作息不规律，再加上酒精多年的"滋养"，使男人的身体千疮百孔。

老家的医生建议他来魔都求医，十分合情合理。

前胸与肋间疼痛、胸廓扩张受限、肺功能障碍……盛田目前的状况，早已不能通过简单的牵引治疗或正骨复位来解决，唯一的办法就是手术治疗，住院刻不容缓。

医生给盛田看病诊断时，周时予在走廊里处理公司的事务，盛穗也不想让他陪同。

侯主任的年纪在五十岁上下，他刚下手术台，眯起眼对着光亮看了一会儿检查报告后，嘴里说个不停。

盛穗听不懂医学专业名词，全程听得心不在焉，只是看到父亲越发难看的脸色，听到不时出现的"摘除""成功率""风险"等词语，也知道情况不容乐观。

盛田听完沉默了许久，战战兢兢地抬头看了盛穗一眼。他搓动着双手，问道："能问一下主任，这个费用大概有多少吗？"

"算上手术和住院，我大概算算啊。"侯主任报了一个数字，看盛田脸色灰白，便好心地安抚他，"费用的确不低，但你不还有个女儿吗？"

语毕，他又看向盛穗："你这女儿，一看就是个面善孝顺的。"

刚才是院长亲自将他喊过来的，盛穗能有这层关系，不管家庭条件如何，想来一定非常在乎她父亲的身体。

"是，这孩子从小就懂事。"听到女儿被夸，盛田笑得脸上挤满了皱纹。他惭愧地叹了一口气，说道："是我这个做父亲的混蛋，以前总打她。"

"哪有教育孩子不打骂的,这叫望子成龙。"侯主任没把盛田的话放在心上,笑呵呵地说,"我前天还揍了我家的臭小子呢,他成天逃课不学好,我把他的屁股蛋子都给打出花咯。"

"侯主任打孩子的时候也用酒瓶子吗?"

两位父亲交流心得的和睦场景实在刺眼,盛穗在长袖下的双手攥成了拳头。她忍不住插嘴问道:"您也会在半夜回家后,把孩子从床上拖到地上,随便抓起酒瓶子来打他吗?"

偌大的诊疗室内一片死寂,只剩下盛穗的嘲笑声——

"如果不是,那您的孩子比我幸运。"

的确,现在说这些已再无任何意义。

她单方面的发泄,只能让所有人都尴尬。她改变不了当年发生过的任何事,甚至无法唤醒身为人父的盛田哪怕多一分的愧疚。

可她没法眼睁睁地看着亲生父亲去死。她会因为男人在问诊时的哀号而难过,甚至在男人给予她小恩小惠,或者依赖、夸赞她时,感觉幼年时期缺乏的父爱终于得到了弥补。

复杂的情绪不得疏通,表现出来的便是言语攻击。

"尽快安排住院,一切按照最优待遇。"

气氛尴尬时,推门声响起,周时予迈着长腿走了进来。

他在她的面前停下,转过身看向侯主任,微微点头:"手术的事,还请侯主任费心。"

侯主任眼珠一转,瞬间恍然大悟。他笑呵呵地说:"小事,小事。"

盛穗以她的视角,只看得见周时予的后背,以及瑟缩的盛田。

周时予微微一笑,说道:"好久不见,盛先生。"

半个小时后,盛田在 VIP 病房顺利地入住,医护人员开始为手术做准备,盛穗在护士站填写住院资料。

一时间,病房内只剩下两位男士。

周时予坐在病床边,握着一把水果刀,慢条斯理地给苹果去皮。

他的手法熟练又果断,被削掉的果皮上几乎看不到果肉。他的指腹隔着薄薄的一层果皮压在刀刃上,旁观者看了都忍不住担心他的手指会被割伤。

在"沙沙"声中，靠在床头的盛田忍不住抬起头，再次看向对面的周时予。他知道自己能迅速住院，显然是靠面前的这个男人。

"我好像在盛穗发的朋友圈里见过您，请问您和我的女儿是什么关系？"盛田犹豫了一下，小心地试探道，"还有，您刚才说'好久不见'，我们以前见过吗？"

"盛穗是我的爱人。"周时予停下手上的动作，笑着抬起眼帘，语气柔和地说，"盛先生可能记性不好。"

他故意停顿了一下，继续不疾不徐地说道："哦，对了，我是该称呼你为盛田，还是盛齐呢？"

话音一落，盛田眼底的好奇与感激，瞬间转换成错愕与惊恐。

"盛齐"这个名字上次被人提起，还是在十几年前。

因为医闹事件，他的个人信息在网络上被人扒得底儿朝天。他的姓名、工作单位，甚至家庭住址，都被人查了出来。

那段时间，盛田不管是打开手机，还是踏出家门，谩骂与诅咒都会铺天盖地般袭来，将他的精神击垮。

哪怕他后来改名、搬家，仍旧难以抵挡流言蜚语，只能在辱骂和窃窃私语中苟活。

即便这几年病痛缠身，盛田都觉得远好于胆战心惊的那几年。

那段黑暗的往事他从不敢回想，现在却被眼前疑似是女儿丈夫的男人如此轻描淡写地提了起来。

年轻的男人笑容温和，风度翩翩，盛田却觉得寒意遍布全身。

盛田颤声问道："你怎么知道这些？是盛穗和你说的？"

周时予闻言挑了挑眉，将刀尖指向盛田。他勾唇一笑，饶有兴致地打量着双手发抖的盛田。

"别害怕，我会给你最好的救治。"他又低头削起了苹果，语气温和地说，"不仅如此，我还会派人送你回去，专门看护你，直到你死的那天。"

周时予说到"死"字时，他手中的果皮突然断裂，同他温和的声音一起向地面砸去。

"作为交换，我只是想看看盛先生害怕的样子，不过分吧？"周时予看了一眼掉落的果皮，"盛先生当年的'英勇'视频，我到现在还会反复回味。"

盛田的后背早已被冷汗浸湿。

通过短短几句话,他就认定对面的年轻男人是个笑里藏刀的疯子。他哆哆嗦嗦地说道:"这是我和我女儿的事情!你到底想干什么?你非要弄死我吗?!"

"怎么会呢?我希望盛先生能'好好'活着。"

周时予要盛田清醒而恐惧地活着。盛田当年给盛穗留下的阴影,大可以用往后几十年的生命,慢慢偿还。

"住院手续都办好了。"推门声响起,盛穗拿着各种单据走进病房里。

她见周时予居然在削苹果,皱眉看向床上的盛田,说道:"医生说明天先做全身检查,然后再定手术方案。"

盛田还沉浸在惊恐中,见到盛穗仿佛遇到了救星:"穗穗啊,爸爸不想住在这里了,我们换家医院吧。"

"不想住在这里?"盛穗觉得莫名其妙,不耐烦地说道,"你究竟想……"

话音未落,周时予手中的水果刀忽地一偏,锋利的刀刃划过他左手的拇指,皮肤上赫然出现一道半寸长的伤口。

伤口很浅,并没有出血,却足以引起盛穗的注意。

她眼皮一跳,蹙眉叮嘱道:"没事吧?你小心点儿。"

"没事。"周时予朝她一笑,望向盛田,贴心地询问道:"盛先生,要吃苹果吗?"

说着,他转动刀柄,将刀尖直直地插进苹果里。

"我手上不方便,就不切块了。"周时予举起插着苹果的水果刀,笑着递给发抖的盛田。

十分钟后,盛穗在盛田乞求的目光中,和周时予并肩离开了病房。

去往停车场的路上,盛穗纠结了半天也没想通,问道:"你为什么要给他削苹果?"

不只是削苹果,还有帮盛田找最有经验的医生,安排最好的病房,他分明没必要做到这种程度。

"因为我做这些事,不会有心理负担。"周时予牵住她的手放进自己的衣兜里，温和地说，"如果救或不救都让你有负担，我至少可以帮你承担救的那一半负担。"

察觉到盛穗直勾勾地望着自己，周时予笑着低头看向她，抬手将她鬓角处的碎发拢到耳后："记得不要委屈你自己。"

"周时予。"

"嗯？"

两个人快到停车场时，盛穗远远地看见一个卖棉花糖的小贩。她忽地想起了什么，轻声说道："小时候有段时间，我沉迷于看云，总觉得外面卖的棉花糖和天上的云是一样的味道。我家街对面就有卖棉花糖的，我看别的小朋友都吃，就天天缠着我爸给我买。后来我得了糖尿病不能再吃，他便再也没给我买过。

"以前我一直觉得，棉花糖是世界上最好吃的东西……"盛穗也说不清自己提起这段陈年旧事的理由。

她现在看着周时予就止不住地傻乐："但我最近发现，世上比棉花糖好吃的东西还有很多，只是我以前没遇见过。"

周时予见她笑容娇憨，柔声问道："比如呢？"

"比如啊——"盛穗故意拖长音卖关子，佯装思考了一下才继续说道，"比起棉花糖，你给我做过的每一道菜，我都要更喜欢。"

她停顿了一下，一副欲言又止的模样，最后点了点头，表示肯定。

周时予有些疑惑："看你这样子，似乎还有话没说。"

盛穗却不再多透露半个字，只把心事悄悄说给和煦的春风。

比起棉花糖，你给我做过的每一道菜，我都要更喜欢。

比起喜欢你，却要少上许多。

第十章
春光乍泄时,爱意随风起

盛穗意识到自己喜欢上了周时予后,生活发生了翻天覆地的变化。

在过去的二十六年中,她从未对任何人动过心,连暧昧都不曾有。她甚至一度以为自己不可能爱上任何人,也坦然地接受了自己的人生缺少"爱情"这件非必需品。

她对别人的善意都会感到诚惶诚恐,意识到自己无法回报时,就会拒绝别人的给予和靠近。

所以,她决定和周时予结婚的原因是因为两个人合适,且能各取所需。

现在她第一次发觉自己因为他人而心动,而这个人又恰好是她的丈夫。虽然逻辑听起来比较好笑,但她依旧感到欣喜。

在盛穗过去的印象里,爱情这种东西的不确定性太强,但周时予给了她足够的安全感,让她忘记了担忧。

比如周一清晨醒来,她最先感受到的,是男人落在她腰间的手臂。

周时予抱她的姿势,从来不是随意地将手搭在她的腰间。哪怕在睡梦中,男人都会将坚实有力的手臂紧紧地贴住她,给她不舍得放开的珍重感。

为了让丈夫好好休息,盛穗昨晚跟周时予说了几次今天不要早起做饭，才难得看见了他清晨时的睡颜。

没有了眼镜的遮挡，男人的五官显得越发凌厉，哪怕他闭着眼也自带威严。

晨曦透过纱窗柔柔地倾泻下来，金色的光点跳跃着，落在周时予的肩头。

他的呼吸悠长平稳。

两个人距离极近，盛穗看着男人毫无瑕疵的脸，在心中感叹造物主不公。

"在看什么？"

周时予沙哑的声音响起。周时予薄唇微动，并没有睁眼。

盛穗心想：这人怎么闭着眼都知道自己在看他？

她将视线移开，感觉他放在自己腰上的胳膊突然收紧。

男人将头放在她的肩上。下一秒，盛穗的锁骨传来轻微的刺痛。

"怎么不说话？"

"周时予，你别咬我。"盛穗抬手轻推男人的肩膀，小声说道，"疼。"

周时予捉住盛穗的手，往他的后背摸去。

盛穗的指腹触到好几条崭新的划痕，显然出自她之手。

她的脑海中浮现出昨晚的场景，她不禁耳根发烫。她耳边又传来男人戏谑的反问："就允许周太太抓我，我咬你一口都不行吗？"

盛穗回忆起她昨晚找几日没见的平安玩，结果在地毯上没坐多久，就被某人以地上凉的理由抱进怀中。后来不知怎的，他又提起了在医院里谈过的"惩罚问题"。

盛穗本就抵挡不住周时予的诱惑，萌生情愫后，对他就更加百依百顺了。

盛穗抬眸，恰好撞进男人充满爱意的目光里。

恶向胆边生，她刚睡醒，难免有些莽撞。盛穗模仿着周时予的模样，凑过去，在男人的锁骨上不轻不重地啃了一口。

她满意地看着浅浅的牙印，学会了男人的无赖，胡话张口就来："夫妻没有隔夜仇，你刚才是在恶意报复我。"

周时予挑了挑眉，站起身后又将盛穗抱了起来："你可真是睚眦必报。"

"错，"盛穗靠在男人的怀中，将头枕在丈夫宽阔的肩膀上，纠正道，"这叫作人总要学会成长。"

"那我倒希望你一直是小孩儿。"周时予闻言笑出声来，亲了亲盛穗的脸蛋儿，柔声询问道，"是你自己去衣帽间，还是我帮你把衣服拿过来？"

和以往不同，今日出门前，当周时予又一次习惯性地问起盛穗是否需要他送时，她没再以不顺路为由拒绝。

她在玄关处思考了几秒，抬头问道："会耽误你上班吗？"

"不会。"周时予见她的双眸亮晶晶的，勾唇一笑，"我是老板，不需要打卡。"

盛穗想起自己上周因为快迟到了，不得不在地铁站里狂奔，将目光默默地从微笑着的周时予的脸上移开，面无表情地"哦"了一声。

周时予自然将她的表情尽收眼底，脸上的笑意更浓了。

快下车前，盛穗才想起交代重要的事情："对了，昨天侯主任叫我今天去医院听手术的方案讲解，我晚上可能要迟些回家。"

从昨天住院起，盛田就频频给盛穗打电话，话里话外都是要走，却说不清理由。

盛穗打听过，侯主任的专业能力在魔都数一数二。他是看在周时予的面子上，才肯挤出时间为盛田诊治的。盛田却要出院，这种行为用无理取闹来形容都不过分。

盛穗再无耐心听盛田诉苦，索性不再接他的电话，打算今天去医院查看情况。

"好，需要我去接的话就打电话给我。"周时予停下车，看盛穗低头要解安全带，不紧不慢地说，"周太太是不是忘了什么？"

盛穗正要解开锁扣，闻言抬头问道："什么？"

"穗穗不会是打算坐霸王车吧？"周时予将左手搭在方向盘上，看向她的嘴唇，意有所指地说，"温馨提示，这里不接受金钱交易。"

男人的目的昭然若揭。

盛穗用手扯着安全带，侧身凑过去，在他的唇上吻了一下。

"这样够不够？"

话音未落，周时予伸出手轻轻地托住她的后脑勺儿，轻车熟路地撬开她的双唇，夺取她的呼吸。最终后退时，他还意犹未尽地吻了一下她的嘴角。

盛穗气息不匀，控诉道："周时予，你这是坐地起价！"

周时予将她散落的碎发拢到耳后，他的笑容里有几分斯文败类的意味："这叫作'找零'。"

拜某人在盛穗的嘴角留下的咬痕所赐，她一整日收获了无数探寻的目光。

尤其是周末她才在朋友圈里发过照片，众人的八卦心理纷纷被激发，连平时不熟的同事见到她，都要主动问候两句。

甚至在下午的美工课上，还有学生特意跑来问："老师，你的嘴巴怎么破了？"

讲台上，美术老师正在授课。盛穗连忙让学生回去听讲。

最近这两年，学校一直在努力开展分层教学。也就是在同一堂课上，老师根据学生不同的能力和智力水平，开展不同级别的教学。

比如今天的美工课，为了教会学生识得各种水果，美术老师根据学生的不同学习能力，拟定了不同的学习目标。

能力最强的学生，需要独立将彩色小积木拼组成完整的水果模样；能力较为中等的学生，要独立或者半独立地将水果卡片粘贴到对应的模具上；而对于能力较弱的孩子，则由老师事先在模具上贴好水果卡片，再让学生找到一样的卡片粘贴到上面。

完成任务的学生可以得到薯片作为奖励，说是奖励，对于部分有交流障碍的学生而言，这也算是教学的一部分。

盛穗拿着薯片，将目光投向坐在后排的周熠。

正如她过去判断的那样，周熠最大的问题是交流障碍，不会主动与人沟通。男孩儿不看台上的老师，拿到积木后就自顾自地拼完，之后便一直低着头，一言不发。

他面前摆着一本摊开的册子，里面是盛穗特意为他准备的各种小卡片，摆在最上面的就是薯片卡片。

他只要将薯片卡片撕下来，走过去递给盛穗，表达"想要薯片"的需求，就算完成了一次辅助沟通。

可惜男孩儿迟迟未动。

最后，还是盛穗主动走到他的桌前，蹲下身反复询问，俊秀的男孩儿才有所反应。他缓慢地抬起头，直勾勾地盯了盛穗几秒，然后撕下薯片卡片，递了过去。

"周熠进步得还是挺快的，我记得刚见他时，他还是一个完全自我封闭的孩子。"

课间时，齐悦和盛穗坐在教室的后排闲聊。齐悦从包里拿出一支遮瑕笔，冲着盛穗的衣领努了努嘴，好心地说道："遮一下吧，还是能看见点儿印子。"

盛穗瞬间反应过来，将领口的带子系得更紧了一些，不好意思地轻声说道："谢谢。"

"看来，我们盛老师的新婚生活很滋润嘛。"齐悦笑嘻嘻地八卦着，忽地想起了什么，问道，"我看你老公的照片感觉很眼熟，他是明星吗？"

盛穗笑道："怎么可能？"

"我猜也不是，可他长得太帅了，看向你的眼神还很温柔。"齐悦羡慕地感慨道，"想当年我和我老公刚结婚，他左一个'心肝'、右一个'宝贝'地喊我，现在呢，呵呵，还不是和女同事暧昧不清。"

盛穗问她："会不会是其中有什么误会？"

"能有什么误会？"齐悦翻了个白眼，"从他莫名其妙地用两个手机开始，我就知道有鬼。后来我趁他半夜睡着后，用他的指纹解锁了新手机，果然看到了他和女同事暧昧的聊天记录。"

对于齐悦说的"没有人在看完对象的手机后还能笑出来"的理论，盛穗哭笑不得。她被迫听同事讲如何从老公手机中的购物软件、外卖软件中找到各种蛛丝马迹。

盛穗感叹齐悦堪比福尔摩斯的侦查力，忽地想到，周时予也有黑、白两部手机。

他的手机一部用于工作，另一部用于私人。她几乎从没见过周时予当着她的面使用白色手机，哪怕是联系梁栩柏这样的朋友，男人用的也是黑色手机。

不过她并没有多想，只是疑惑了一下，便迅速地将其抛之脑后。

盛穗忙碌而充实地上完了下午的课。放学后，她直接打车去盛田所在的医院。

盛穗经过长长的走廊,推开VIP病房的房门。看到站在门口的人高马大的护工,她有些诧异。

"盛小姐,您好,"自称是护工的男人朝盛穗微微点头,低声示意道,"周总不放心盛先生一个人在这里,让我负责看护他,有需要就立刻通知医生。"

"好,谢谢你。"

盛穗有些感动。

她昨晚只是不经意间提了一嘴对无人陪护父亲的担忧,没想到周时予今天就直接派了护工专门在病房里守着。

不必整日面对盛田,也不必再担心他的情况,盛穗不由得松了一口气。

她和盛田之间早已无话可说。

父亲在睡觉,盛穗见他的眼睛深深地凹陷下去,心中五味杂陈。

和侯主任简单地聊了治疗方案后,盛穗认定专业的事该交由专业人士去处理,表示自己没有任何异议。

经历过昨天的不愉快后,侯主任仍旧笑呵呵地和盛穗聊天,她则尴尬得只想离开。她确认了盛田目前的状况比较稳定后,连病房都没回就打车回家了。

出租车驶进小区里时,时间正好是六点整,余晖将半边天际烧成了金红色。

盛穗推门走到玄关处,看见了周时予在厨房里忙碌的身影。

晚饭是雷打不动的两荤两素一汤。饱餐一顿后,身体也跟着疲乏起来,盛穗洗好碗后便走向客厅,懒洋洋地靠在沙发上不想动。

周时予则在客厅里陪着她,坐在她的对面处理工作。他有时会拿起桌上的黑色手机接电话,他的声音沉稳温和,又不失威严。

就像平时大多数的夜晚那样,两个人在同一空间里,各自办公或闲暇娱乐。

盛穗整理好明天上课用的教具,抱起在脚边蹭着她的平安。她用手机给小猫拍了几张照片,随后熟练地制作成表情包,又觉得独自欣赏还不够,于是转发给旁边的周时予。

手机的提示音响起,盛穗闻声抬头看去,就见还在开视频会议的周时予从衣兜里拿出白色手机。

男人看了半晌,勾唇一笑,和盛穗四目相对:"我收藏了。"

"周时予!我在这边说得嗓子都要冒烟了,你居然在和老婆秀恩爱!"邱斯的声音立刻从电脑里响起,他吼道,"老子命令你,现在立刻想出解决方案,以安慰我受伤的心灵!"

周时予的腿上放着电脑,他将白色手机随意地放在沙发上。

"化繁为简,只看最主要的三项影响因素,重新调整算法即可。"男人用骨节分明的手敲击着键盘,慢条斯理地说道,"如果你做事有窃听本领的十分之一敏锐,便不会被一套陈旧的算法难到大呼小叫。"

盛穗听他这么说,心里"咯噔"一下。果不其然,下一秒,"单身狗"邱斯气急败坏的怒吼声再度响起。

周时予挑了挑眉,抱着电脑起身,看向盛穗:"某人太聒噪,我先去书房了。"

盛穗总觉得哪里不对劲,小心翼翼地问道:"你现在开静音了没?"

"为什么要开静音?"周时予微微一笑,"我只是在和我的太太说话。"

在另外三个人的唾弃声和谴责声中,周时予迈开长腿走去书房。他面无表情的样子,像是真的无意引起众怒,倘若男人转身时,唇角没有那一抹可疑的弧度的话。

不知怎的,盛穗见到向来老成的人露出幼稚的神情,却感到有些欣慰。

目送男人离开,盛穗收回视线,就见不安分的平安正躺在对面的沙发上。

猫咪摊开肚皮,白胖的爪子划拉着,周时予随手放在沙发边缘的白色手机就要被它推落在地上。

盛穗立刻起身制止:"平安!"

她手疾眼快地抢过手机,长舒了一口气。她将手机放到茶几的中央,看见周时予的手机屏幕竟然没上锁。

大概是因为时间太短还没有自动上锁,雪白的屏幕上赫然显示着备忘录里,周时予刚才复制粘贴的表情包。

这一刻，盛穗不得不承认，自己好奇心胜过了尊重他人隐私的行为准则。她忍不住低头看了一眼位于表情包上方的那几行加黑加粗的字。

不过寥寥几句话，盛穗却翻来覆去地读了好几遍。

那几行字是这样写的：

结婚第 35 日：她开始和我分享日常趣事，这是否代表着，她或许已经开始喜欢上我了呢？

结婚第 31 日：我心情低落，体温较低。她来京北找我，我担心打扰她睡觉。我们约定明天一起去登山。

盛穗很清楚，偷窥他人日记是非常不道德且不尊重对方隐私的行为，只是她的手指不受控制地在手机上持续向下滑动。她一目十行地阅读着，将文字精准地嵌入脑海中。

结婚第 29 日：我心情亢奋，想吻她。
…………
结婚第 22 日：我们在广场跳舞的视频引发热议，她说不希望对社会公开我们的关系，也不想要婚礼和婚戒。

结婚第 21 日：结婚后，她第一次在自己的母亲面前维护我，说我是她第一次真正拥有的底气和安全感。
…………
结婚第 1 日：我们结婚了。我彻夜未眠，担心无法照顾好她，在网上购买了梳妆台，不知道她是否愿意搬进来。

每日的记录不止一条，事无巨细，比起想要表达任何感情，这更像是他害怕遗忘而记录的流水账。

她担心周时予随时回来，无暇将备忘录逐一看完，直接滑动到最上面，也就是记录的第一条。

盛穗看清内容后，睫毛猛地颤了颤。

她给我打电话，第一次称呼我为'周先生'。我想再见到她，想同她说话,哪怕只是一句"好久不见"。

盛穗的大脑一时处理不了太多信息,一个念头无比清晰地跳了出来:周时予喜欢她,但不知从什么时候开始的。

那日梁栩柏问她的话,以及她结婚后同样疑惑了很久的问题,似乎一下子有了答案。

周时予为什么会突然结婚?他又为什么会毫不犹豫地选择她?

因为他喜欢她。

与此同时,更多的问题也随之而来:周时予喜欢她有多久了?他是从高中时就喜欢她了吗?如果这份隐秘的感情始于高中,原因是什么?周时予又为什么从未找过她?

书房里隐隐传来说话声,盛穗不敢再多看。她连忙将备忘录调整到初始状态,按下锁屏键,然后将手机放到原先的位置,再抱着平安坐到对面的沙发上。

下一秒,结束工作的男人从书房里走了出来。

盛穗低着头,假装在给平安拍照。她心中五味杂陈,成串的疑团滚到嘴边,却又卡在嗓子眼儿里,如鲠在喉。她有些不确定,如周时予一般骄傲的人,隐藏许久的心事,是否愿意被她以这种方式拆穿。

"穗穗。"

纷乱的思绪被男人打乱,盛穗抬头对上男人的目光。

周时予问道:"要喝些杏仁露吗?"

他笑意依旧,语气温和,显然心情很不错。

盛穗却觉得周时予有些陌生。她看着这个以"合适"为由跟她结婚的丈夫,不由得恍惚起来。

她心里有些发酸,张口说道:"哦,好的,谢谢。"

周时予见盛穗发愣,便揉了揉她的发顶,去拿刚才遗忘在沙发上的白色手机。

周时予拿起手机,动作一顿。手机屏幕上出现一道崭新的痕迹,不难看出是手指在上面滑动时留下的,而他最后在手机上留下的指痕,被这道痕迹遮住了。

黑色的屏幕倒映着他此时的模样,镜片将他眼底的情绪遮掩得很好。

周时予不动声色地收起手机。走向厨房时,他似乎听到身后的人松了一口气。

他将杏仁、百合、山药,以及提前泡发的银耳按比例称好重量,然后将它们放进破壁机里,再倒入清水,启动机器。

嗡鸣声中,周时予低着头,看着食材一点儿一点儿地被打成泥状。

他写备忘录,是为了防止记忆丢失。

抑郁是双相情感障碍发作的必经之路。在他上大学的那几年,药物无法控制他的情绪时,无抽搐电休克治疗就成了为数不多的救命方法。

他切身体验过,觉得并没有那么骇人听闻。只是在头部戴上装有电极片的橡皮套,配合吸氧,被注入麻醉剂后,不过短短几秒,人就会失去意识,甚至感觉不到多少疼痛。

对于周时予而言,唯一的副作用,大概就是过度的电击治疗后,他的部分记忆随机丧失了。

吃过亏后,周时予养成了随手记录与两个人相关的事情的习惯。

在盛穗打那通电话之前,他们的交集几乎为零,才导致他现在近乎报复似的流水账。

备忘录里只是干巴巴地记录着两个人的日常,并未提过他的病,或者任何过往。哪怕盛穗逐条看过,最多也只能看出他爱她而已。

这件事终于被发现了啊。

不知为何,周时予在这一刻,突然有种卸下重担的感觉。

喜欢她这件事,他独自一人小心翼翼地藏了十三年。他期盼这份爱慕能窥见天光,却又担心他太沉重的爱会将她吓跑。

她是他捂在心口的珍宝。

周时予另一侧的衣兜震动了一下,他拿出黑色手机,屏幕上显示着陈秘书刚刚发来的消息。

"陈秘书:周总,造雾机和灯光已经购置好,放在城西的别墅里了。"

破壁机停止转动,周时予回了个"好"字,然后收起手机,将做好的杏仁露倒进杯子里。

他摸了摸杯壁,确认温度不太烫,端起瓷杯朝盛穗走去。

"什么？你着急忙慌地把我喊来，居然是为了给你和你老公买结婚戒指？"

周二下午五点整，商业中心街一家环境雅致的咖啡馆内，因为盛穗的一通电话而赶来的肖茗听完此行的目的，惊讶得差点儿喷出一口咖啡。

她瞪大眼睛，问道："你们俩当初结婚时没买结婚戒指吗？"

盛穗递给她一张纸，摇了摇头："没有。"

"婚纱照呢？婚礼呢？"肖茗声音越来越大，"别告诉我，你们俩什么结婚仪式都没有，就只领了个结婚证！"

"嗯，是这样的。"

肖茗的话让盛穗越发惭愧。

在盛穗的印象中，周时予不止一次和她提起过婚礼和婚戒，都被她或委婉、或直接地拒绝了。

昨晚，她罕见地失眠了，满脑子都是那日在昏暗吵嚷的居酒屋里，周时予凑过身来，用半调情、半认真的语调在她的耳畔低声描绘着两个人婚礼的场景。

他说："这是我自十六岁时便有的愿望。"

彼时，盛穗不理解丈夫话中的深意，甚至一度觉得执着于浪漫形式的周时予和平时理智的形象相差甚远。

盛穗现在想来，只有满心的愧疚，尤其在意外得知周时予可能从很早以前就喜欢她后。

盛穗为自己的喜欢得到了回应而雀跃，同时也对周时予的隐瞒有几分不知所措，而且对自己并未及时察觉而无意伤害了他，感到愧疚。

这种感觉，或许大概就是，我不清楚你为什么喜欢我，喜欢我哪里，又是从什么时候喜欢我的，可仅仅是知道你喜欢我这件事，就让我感到万分欣喜。

"我觉得我亏欠了他很多，"盛穗一时不知该如何形容，缓缓说道，"但除了买婚戒，好像没有其他我能立刻做的事情。"

肖茗看到盛穗满脸笑意，被激出了一身鸡皮疙瘩。她感慨道："看你这副样子，之前还说不喜欢你老公呢。"

"我喜欢他。"盛穗第一次在别人面前承认心事。

她握紧咖啡杯，嘴角随着逐渐减弱的音量而不断上扬："我想让他也知道。"

周时予对这份喜欢有难言之隐，没关系，她很乐意做那个主动表达喜爱的人。

"你老公到底是何方神圣啊？"肖茗看着以往对婚姻悲观、现在几乎判若两人的盛穗，忍不住说道，"从你发照片的那天起，我就一直抓心挠肝地想问你，可憋死我了。"

盛穗俏皮地笑着说："等我送了戒指，再告诉你。"

说是买戒指，两个人今天只能先看样式，男方具体的指环尺码，还要等盛穗回家量过周时予的无名指才知道。

盛穗工作了几年，没有贷款，也不追求时尚和奢侈品，因此存款数额虽谈不上相当可观，却也能购买中上乘的婚戒。

柜姐在得知盛穗要给自己和丈夫买婚戒后，推荐了几款流行的款式，笑着祝福道："您的先生知道您的心意后，一定会非常感动的。"

"谢谢。"

最后，姐妹俩将整条商业街的婚戒店铺全部逛了一遍，盛穗将看中的三四款对戒都拍了照。

盛穗正准备和肖茗讨论，该如何神不知鬼不觉地弄到周时予无名指的尺寸时，衣兜里的手机忽然振动了一下，是周时予发来的消息。

"Z：我已到家，你还在忙吗？"

她提前找了个借口说今天学校有事，因此男人并没有贸然打来电话。

盛穗打字回复道："快结束了，我正准备回家。"

"Z：需要我来接你吗？"

"SS：不用，我打车回去。"

"Z：好，上车后告诉我，注意安全。"

随后，男人发来一张昨晚盛穗分享过的平安表情包，底下还有她当时配上的"你过来呀"四个字。

柔和的晚风拂面而过，盛穗看着图片里的平安正在冲她抛媚眼，一时忍俊不禁。

天色渐暗，盛穗在搭乘出租车回家的路上，有一搭没一搭地和周时予发着消息。再抬头时，她发现窗外是熟悉的体育公园，草坪上有很多带着孩子玩耍的父母。

她上次搭车经过这里，还是结婚前。那时，她从母亲家离开，面对催婚只觉心生悲凉，原生家庭这座大山将她压得喘不过气来。

而现在的盛穗看着不远处玩耍的一家三口，趁出租车停下的空当，拿出了手机。她将窗外的温馨场景以及美丽的余晖一同拍下，发送给周时予。

"SS：今日的夕阳，请查收。"

等待回复时，盛穗随意往上翻了翻聊天记录，发现两个人最近的聊天内容都是些再琐碎不过的日常。

从周时予每日给她准备的午餐，到平安的各种各样的表情包，再到随手拍的金红色落日、天边的云朵，甚至是路边的野花……

就是这些琐事，以及彼此事事有回应的态度，组成了两个人现在的婚后生活。

手机振动了一下，盛穗低头看着周时予发来的照片。

同一个橙红色的夕阳，同一片深蓝色的天际，只是拍摄角度不同，供身处两地的两个人同时欣赏。

这是自然赠予他们的浪漫。

盛穗正要点击保存图片，屏幕上又跳出两行字。

"Z：快件已送达，签收人是'周时予的爱妻'。"

"Z：还请周太太速速归家，您的先生正翘首以盼。"

关于盛穗今日晚归的事，周时予并未表现出任何异常。

因为昨晚偷看了男人的备忘录，盛穗再面对他时，难免有些心虚。

回家的路上，她一直在祈祷周时予不要起疑心。现在对方没多问一句，她又忍不住怀疑，因为平时不论她何时到家，周时予总会问她白天过得如何。

他今天没问，是因为已经发现异常了，还是她太多心了？

她明天中午要去珠宝店订戒指，今晚要怎么测量周时予无名指的尺寸？

"工作很辛苦吗？"

周时予温和的声音打断盛穗纷乱的思绪。她抬起头，见周时予将做好的饭菜端上桌。

"你回家后一直在走神儿。"

今晚的菜是孜然排骨、蚝油鱿鱼花和清炒莴笋片，再搭配上西红柿紫菜蛋饺汤，五颜六色的饭菜摆在桌上，让人看了就食欲大增。

盛穗往日都是满心欢喜地直接开动，今天看着满桌爱吃的菜，又扭头看向料理台边正在给葡萄去皮的周时予，忽地意识到：以前她所有的称心如意，原来都事出有因，她自以为的机缘巧合，不过是别人的费尽心思。

盛穗等周时予坐下吃饭，旁敲侧击道："我中午在食堂里吃饭，对面的老师也是三中的，好像和你是同届的同学。"

她报上了女老师的名字，假装随口问道："她说她也是尖子班的，你还记得她吗？"

"不记得了。"周时予不假思索地回答道。他见盛穗的嘴角沾了几滴排骨的酱汁，便拿起纸巾帮她擦净。

"哦。"试图回忆过去的话题就此被打断，盛穗不知道怎么往下接，只得讪讪地说道，"你上次说你的记性很好。"

他连她某次考试的排名都记得清清楚楚，却连高中同学的名字都不记得。

周时予将她吃瘪的表情尽收眼底，勾唇一笑："好记性该留给值得珍重的人。"

话音刚落，就见前一秒还失落地耷拉着眼皮的盛穗倏地抬起了眼帘。如果人类也有尾巴的话，此时她身后的那条尾巴一定会"唰"的一下竖起来。

盛穗用筷子戳了两下米饭，沉吟几秒，谨慎地询问："那你在高中的时候，留意过我吗？"

她果然不适合套话。还没等周时予回复，她就觉得自己自作多情式的提问太过尴尬，两颊浮现出可疑的酡红。

"偶尔。"面对盛穗探寻的目光，周时予用筷子将排骨上的骨头剔下来，再将肉夹进盛穗的碗里。

他面不改色地说道:"做课间操时,你站在班级里的第一排;课间,你喜欢趴在桌子上睡觉;中午,你总是一个人去食堂吃饭。"

下午陈秘书通知他,与成禾新合作的芯片公司的负责人,也就是盛穗的朋友——肖茗突然告假外出了。不出意外的话,这应该和盛穗今天恰巧"加班"有关。

一味地隐瞒已经没有意义了,而且有些话、有些事,周时予也不想再独自守下去。

"每次年级体测,你的体前屈总是不及格,因为你腰太硬弯不下去,从不能把测试杆推到及格线。"

还有,盛穗明明可以申请免考,却不想让别人知道她生病了。她每次跑八百米前为了预防出现低血糖的情况,都要偷偷躲起来吃巧克力。等跑完后,她再独自气喘吁吁地回班里拿血糖检测仪,而后直奔洗手间。

其他测试完的学生,要么成群结队地去学校的超市里买饮料和零食,要么去操场上踢球。

从被确诊的那天开始,在其他人眼里再简单不过的高中生活,对盛穗而言,便成了一种奢望。

那时,周时予远远地看她整日形单影只,看她时刻都在试图掩饰生病,看她竭尽全力想要融入其他人。

"体育老师说你的柔韧性太差,"周时予垂下眼帘,忽地想到了什么,轻声笑了笑,"现在我倒是看不出来了。"

"周时予!"盛穗脸上一红,"你都是怎么知道这些的?"

"多逃课,总能见到一些。"周时予轻描淡写地说出他在高中无人敢管的事实,忽然换了个话题,"明天下班后,你要和我去城西那边看房子吗?你要是喜欢那里的话,我们就搬家。"

盛穗清楚男人不想再聊这个话题,便不想强人所难:"你不喜欢这里吗?为什么要换房子?"

"这里离你的学校太远,你早上挤地铁太辛苦了。"周时予言简意赅地说道,"城西那边有不少员工居住,到时候你可以直接坐公司的班车去上班。"

盛穗愣了一下:"可我不是你们公司的员工。"

"的确,"周时予见她的头顶翘起一缕头发,抬手为她整理好,温和地说道,"但你是公司的老板娘。"

饭后,周时予要主动洗碗,盛穗争抢不过,只能围着男人转。她找了半天自己能干的活儿,最后只能帮人系围裙。

眼下要处理的事情太多,她满脑子都是如何确定戒指的尺寸。

珠宝店的柜姐贴心地教了她一个办法,就是将白纸裁成指甲宽的细长条,在手指上缠绕一圈,所得的长度就是无名指的周长。

方法不难,而问题在于,盛穗要如何在隐瞒周时予的情况下,完成这项艰巨的任务。

要不,她等他睡着了再说?

"穗穗,"她的头顶传来周时予无奈的声音,他说,"你这样抱着我,我没办法洗碗了。"

盛穗这才发现,她因为太过出神,此刻正像树懒一般紧紧地抱着周时予,手里还抓着黑色围裙的两根带子。

盛穗眼皮一跳,脑子里忽地闪过某个少儿不宜的念头。

她用指尖轻轻掠过周时予的衬衫,隔着昂贵的衣料,感受着男人逐渐绷紧的腰腹肌肉。

男人的反应无疑是莫大的鼓励,盛穗没想过她居然能撩拨动周时予,不由得想要再接再厉。

下一秒,盛穗的手腕被人捉住。周时予转过身,极具威慑力的黑影压了下来,瞬间将盛穗笼罩其中。

"乖宝,"周时予的一双黑眸深不见底,他声音沙哑地说,"我可以把你现在的行为理解成某种邀请吗?"

盛穗不自觉地屏息,狂跳的心脏几欲蹦出胸腔。

事已至此,她不可能再装作听不懂。想起还未完成的艰难任务,她咬着牙点了点头,抬头迎了上去:"可以。"

盛穗都快把自己的大腿给掐青了,才没在沾上枕头的瞬间立刻昏睡过去。

哪怕在最困的时候,她也死死地握住周时予的右手,警示自己还有要务在身。

耳边的呼吸声缓慢悠长,和她上次在京北酒店里听到的完全不同。

这是盛穗第一次见周时予睡得这样安稳,连她翻身去找事先放在枕头下的细纸条时,他都没有任何醒来的征兆。

太主动的下场,就是现在她的手里只是拿着纸片都在发抖。

盛穗哭笑不得,宛如患上帕金森一般双手抖个不停。当她颤巍巍地将纸条环上周时予右手的无名指时,忽然有些恍惚,她要向周时予求婚了。

她要看着他的眼睛,清楚地说她喜欢他,再问他愿不愿意和她结婚。

陈秘书没想到,盛穗会在这个节骨眼儿上打来电话。

这时,周时予正在城西的别墅里做最后的准备工作。他确认大厅内的门窗已关闭,排气扇被封死,加湿器、烟雾机和灯光也都调整到了实验计算后得出的数值。

看着手机屏幕上赫然显示的"盛小姐"三个大字,站在门边的陈秘书向周时予出声示意。他离开大厅,走去卫生间,锁上门后接起电话。

以盛穗的性格,一定是有关周时予的要紧事,她才会略过男人,直接联系他。

也就是说,这件事她大概率不希望周时予知道。

"盛小姐。"

"陈秘书,您好,非常抱歉现在打扰您。"

下午一点整,在略显嘈杂的背景音下,盛穗的语速听着比平时要快上许多,她像是憋了满肚子的话,不吐不快。

"我记得周时予以前说过,他所有的房子都会给你配备一把钥匙。"

"是的。"

"那么,陈秘书应该也有城西房子的钥匙吧?"电话里,盛穗小心翼翼地询问道,"我要是去现在的家里准备的话,肯定会被周时予发现。我可不可以下午提前去城西的房子一趟?"

"哦,我忘了和你说了——"盛穗说到一半才想起来,她还没把最重磅的消息告诉陈秘书:"我打算今天向周时予求婚。"

向来成熟稳重的陈秘书,在听见盛穗的计划时,难得一见地露出了吃惊的神情。

"抱歉，盛小姐，我没有城西房子的钥匙。"陈秘书想起周时予这两日的精心准备，委婉地表示自己爱莫能助，"但我想，只要是您求婚，不管怎样，周总都会非常高兴的。"

"这样啊……"

光听声音，陈秘书就知道盛穗此时非常失望。

"没关系的，打扰陈秘书了，您快忙吧。"

"好的。"陈秘书微微一顿，笑了笑，"提前祝二位新婚快乐。"

"谢谢。"

陈秘书挂断了电话，离开卫生间。再回到大厅时，他见周时予正按下手中的按钮，最后一次检验效果。

陈秘书走上前向他微微鞠躬，主动汇报道："刚才我家里人打电话，说我的女儿在幼儿园里大哭，非吵着要回家。"

周时予目视前方，不疑有他："你先回去吧，下午给你放假。"

陈秘书低头不语。

周时予扭头看向他，淡淡地说道："你留下的意义不大。况且，四五岁的孩子最需要家长的陪伴。"

陈秘书静静地望着眼前这个年岁比自己要小上许多的男人。

他原本是周老先生安插在周时予身边的人。

九年前，一手将他带大的祖母病危。他找遍了国内名医，却收效甚微。

那时，周时予在国外住院，听闻消息后，毫不犹豫地动用所有关系，不惜花千万重金派了一支医疗团队回国，成功地将命悬一线的老人抢救了回来。

从此之后，陈秘书便死心塌地为周时予所用，自觉地斩断了私下和周老爷子的所有联系。

"谢谢您。"陈秘书真诚地鞠了一躬。

他离开前忍不住说道："您今天的准备，盛小姐一定会喜欢的。"

谈起盛穗，周时予不再如往常那般无动于衷。他看着眼前的场景，勾起唇角笑了笑："那就借你吉言。"

陈秘书离开后，周时予独自在大厅内调试了一次又一次。他不时地点开手机，一是检查房间的湿度数值，二是在等盛穗到来的电话。

昨晚她几次强调不用周时予去接她，他拗不过就给她发了地址，又和别墅区的安保提前说好，见到她就自动放行。

春季白日变长，此时已经快到下午五点了，窗外仍旧很亮。周时予终于等来了盛穗的电话。

"周时予，司机师傅说快到别墅门口了。"

盛穗的声音较往日明显更加轻快。

周时予被她的情绪感染，笑道："好，我现在出来接你。"

女人早晨出门时还是素颜，现在却化着淡妆。她特意将头发盘了起来，露出一截纤细白嫩的天鹅颈。

她不像是随意过来看房的，更像是为了接下来的某个重要仪式，事先做了精心的装扮。

周时予颇有几分意外，打量着他美丽动人的爱人。

"下午学校里有领导来视察，所以我才化了妆。"盛穗眼神乱飘，不自觉地伸出右手捂着拎包，生硬地转移话题，"我们现在去看房子？"

周时予的目光在她不自然的右手上一扫而过，他伸手去牵她的左手："好，我带你去。"

别墅比盛穗想象的还要大上许多。

整整三层，每层都有几百平方米的面积，冗长的走廊让人感觉走不到尽头。里面的装修是古典奢华的巴洛克宫廷风，给人一种可远观欣赏，却不能住人的错乱感。

盛穗的心里装着大事，人虽然跟着周时予在别墅里参观，满心想的却都是到底该怎么把她中午特意去买的对戒拿出来。

价格五位数的情侣对戒，对周时予而言眨眼就能得到，却是盛穗二十七年以来购买过的最昂贵的商品。

因为她急于付诸行动，该有的仪式只能搁置在一边，就连她下午灵机一动，想在城西的别墅里稍作准备的计划，也因为陈秘书没有钥匙而泡汤。

所以，拎包里的这块"烫手山芋"，她到底该什么时候拿出来？

"穗穗。"

盛穗思绪万千时，走在前面的周时予放慢了脚步。他将左手搭在门把手上，回头看着她，说道："这是最后一个房间了。"

刚才的房间大多是相同的格调，盛穗以为最后一间也差不多，便心不在焉地应道："嗯，好……"

话音未落，男人按下了门把手。

大厅里的落地窗被厚实的酒红色窗帘严丝合缝地盖着。

不同于盛穗刚才参观过的任何一个房间，她被男人牵着走进来时明显地感觉到，这里要比外面潮湿寒冷得多。

她一时忘记了自己的首要任务，疑惑地看向身边的周时予。

男人的左手中不知何时出现了一个小型的遥控器，他按了一下最上方的按钮，就见墙面的顶端喷出了细密的水汽。

紧接着，墙上一个黑漆漆的圆头机器，喷涌出朦胧的烟雾。

在暖黄色灯光的映照下，烟雾与水汽相互碰撞、附着、抱团，最终在空中呈现出大团的云雾，久久不散。

这是云的模样！

云团缭绕，悬浮于空中，如仙境般美轮美奂。

盛穗呆愣愣地望着眼前只在梦里见过的大片云雾，一时难以置信。她居然还能以这样的方式，见到小时候痴迷许久的云朵。

"那天离开医院时，你说因为喜欢云，所以一直想吃街对面推车里卖的棉花糖。所以我想过，要不要给你买很多很多的棉花糖，作为补偿。"周时予富有磁性的嗓音响起。

盛穗抬眸，跌入他温柔如水的目光里。

男人笑了笑，说道："可我的心里总有个声音在说'不好'。

"盛穗，从我认识你的那天起，我就知道你其实活得很辛苦。所以在很多事情上，我希望你任性一些、自私一些，不要将就着过活。"

周时予深深地吸了一口气，望着眼眶绯红的盛穗，笑着抬手揉了揉她柔软的发顶："我自知能给你的很少，因而以前选择做个胆小鬼，不敢贸然靠近，担心这份心意……"

话音未落，沉默许久的盛穗像是突然下定了决心。她踮起脚，将双手搭在周时予的肩膀上，急匆匆地用亲吻来打断他未说完的话。

"这次你让让我，"她带着些惹人怜惜的哭腔说，"那四个字让我先说，好不好？"

周时予环住盛穗的腰,抬手轻拍她纤瘦的背脊,温柔地安抚道:"好。"

直到现在,盛穗还未从眼前震撼的场景和周时予突如其来的自我剖白中缓过来。但她此刻有更重要的事,必须立刻完成。

盛穗从男人的怀中退出来,笨拙地从包里拿出她买好的对戒:"周时予,我喜欢你。"

在周时予的注视下,盛穗颤抖着双手将戒指盒打开,汹涌的泪花模糊了她的双眼。她说:"我不想再像过去所说的那般,因为合适,所以和你一起生活,而是基于我喜欢你这样浅薄的理由,和你在一起。你要不要考虑一下,和我结婚?"

不论是告白,还是求婚,盛穗都是第一次体验。

"我不是最理想的结婚对象,赚钱能力不算太强,阅历同样浅薄,就连家务事都不是很会做,但我很好相处,即便有些迟钝和执拗,想通后很快就会改正。"

盛穗的表白是临时起意,整段话没打过腹稿,她却说得异常顺畅,急匆匆的语气像是怕被人抢话。

"我昨天说要加班是撒谎了,其实是去珠宝店挑对戒了。"她想起当时全程一脸蒙的自己,笑了笑,"结果进店后我才知道,买婚戒不仅要事先测量手指的尺寸,想买定制款更要提前半年预订。"

周时予望着情绪未定的女人,突然想起昨晚她异常的举动,镜片后的黑眸盛满了温柔。

他用手拂去盛穗眼角的湿意,低声说道:"谢谢你,我很感动。"

盛穗吸了吸鼻子,抬头朝男人露出比哭还难看的笑脸。她有些蛮横地说:"定制款的戒指需要等的时间太久,我等不了,于是就买的现货,你不许嫌弃!"

她将打开的戒指盒向前递了递,里面静静地躺着两枚镶钻的对戒。戒面上有一个圆圈,圈中带有一条横杠。

"柜姐告诉我,这款戒指是螺丝钉的设计,代表着锁住爱情,"盛穗给周时予解释着,又补充道,"但我更希望这代表减法。"

周时予的脸上难得出现不解的神情,他问:"减法?"

"以前我总在问你跟我结婚的理由,哪怕你给了答案,我又继续去找与之匹配的具体表现。"盛穗终于整理好情绪，深吸了一口气，"所以，我想减去其他因素，希望我们选择结婚的理由，就只是出于喜欢。

"周时予，我喜欢你，因而萌生出想和你结婚的念头。"

盛穗将脸轻轻贴在周时予温热的掌心上，重复先前的问话："仅仅基于这样浅薄的理由，你要不要考虑和我结婚？"

这是个答案毋庸置疑的问题。

缺乏安全感的人最会给人安全感，比起听见周时予的肯定答复，盛穗更希望男人知道她的态度。她不想让他再多费神去猜。

"穗穗，出于喜欢的选择从来都不浅薄。"

周时予以指为笔，抚过盛穗的五官，从盛满星光的眼，到挺翘的鼻，最后停在那双湿润柔软的唇上。

"把心交给另一个人，是这世间最可怕、最危险、最令人困惑的事情，这意味着，你就此将话语权全权交给了对方。"

"那你呢？"盛穗定定地望着周时予，薄唇擦过男人的指尖，"你这样理性的人，也会明知如此而冒险吗？"

"当然。"周时予沉声笑了笑，从戒指盒中拿出较小的那只，"对你心动这件事，从来不是我能控制的，但我沉溺于其中，甘之如饴。"

男人托起盛穗的右手，郑重而虔诚地为她戴上戒指。

他亲吻着盛穗的手背，温和地说道："盛穗，我很爱你。"

戒指的尺寸比盛穗想象的还要合适。她看着两个人无名指上的两枚戒指，在心里再度赞叹自己昨晚惊人的毅力。

为了达到最佳的视觉效果，大厅内除制造云朵的喷雾器、加湿器和射灯外，再无一物。

盛穗想再多看几眼缭绕的云雾，一时不舍得离开这里。她今天站了一天，腿又酸又麻，刚想靠墙休息一会儿，就被周时予打横抱起。

他不想让盛穗着凉，便自己靠着墙坐在地上，把她放在自己的腿上。

烟雾器持续运行，形态各异的云团形成后又消散。

盛穗目不转睛地观看着整个过程，靠着周时予的胸膛说道："我到现在都不敢相信，这究竟是怎么做到的？"

"运用基础的物理知识，"周时予将头靠在她的肩膀上，摩挲着她右手无名指上的戒指，"只要计算好房间的温度、湿度，保证房间不通风，就能达到想要的效果。"

男人从衣兜里拿出手机,将镜头对准两个人十指相扣的右手,按下快门。

盛穗被拍照声吸引,低头看向周时予的白色手机。

他点开朋友圈,在刚拍的照片中挑选着,迟迟不点右上角的绿色发送键。

"我要发朋友圈了。"男人低声在她耳边说话,暧昧的气息贴着她的耳朵,"这是我的第一条朋友圈。"

盛穗愣了愣,而后恍然大悟地拿出手机。她打开朋友圈后,向周时予比出"OK"的手势,示意她已经严阵以待。

周时予的朋友圈消息跳出界面的那一刻,她不出意料地成为第一个点赞的人。盛穗就像打赢胜仗一般和男人击掌,后知后觉地发现两个年龄加起来过了半百的成年人,究竟有多无聊。

盛穗笑出声来,扭头看着周时予:"周时予,我有时候觉得你真的好幼稚。"

上次她发朋友圈后就发现了,看上去无比稳重可靠的某人,在某些毫无意义的小事上锱铢必较,像极了争谁得的小红花最多的幼儿园小孩儿。

"智者不入爱河,"周时予对情话信手拈来,"在喜欢的人面前幼稚,我认为是值得称赞的美德,周太太该多夸夸我才对。"

见男人语气轻松,盛穗终于问出了最好奇的问题:"我可以问问,你到底是什么时候喜欢我的吗?是高中时吗?"

"我高中时对你的确不怀好意,"周时予垂下眼帘,避开她的注视,"至于是什么时候开始喜欢你的,我也不清楚。

"如果非要问的话……"

男人沉吟了片刻,忽地勾唇一笑:"大概比你想的还要久远些。"

盛穗想问,他既然喜欢她,为什么从来没找过她。她转念一想,自己在高中时忙着读书,还担心得糖尿病的事被人发现,有几次被男生告白后,都毫不犹豫地拒绝了对方。

因为外形条件好,盛穗从不缺追求者。她一直单身,归根结底是因为拒绝向别人打开心房。

毋庸置疑,哪怕周时予在高中时期向盛穗表露心迹,结果只会同样败北。

盛穗忽地想起两个人的某次对话,难以置信地说道:"所以你上次说，你高考的第一志愿选择魔都大学，是因为想和一个人做同学……"

"高中时，我不想打扰你读书，当时觉得先去探探路也不错。"周时予谈起往事，表情总是一贯的平静。

他温和地说："我读完大学第一年后，家里就帮我办理了退学手续，强行将我送去了国外。"

周时予见盛穗一副自责的模样，抬手捏了捏她柔软的脸蛋儿，安慰道："人的一生总要经历一些遗憾。况且，你应该为我感到高兴。"

盛穗不解："为什么？"

"世上大多数人穷尽一生都难寻所爱，而我是天赐的幸运儿。"周时予用目光描绘着她此时的模样，在她的眉心落下一吻，"佳偶天成，我只需要修习该如何爱你，幸福便触手可及。"

最后，两个人还是放弃了搬去别墅的念头。

虽然城西的别墅的确离学校近，还有盛穗念念不忘的云团制造机，但无奈别墅的面积实在太大，她觉得她在相当长的一段时间内，只会把那里当作参观的景点，而不是日常生活的居所。

更重要的是，她和周时予现在住的房子里有两个人许多的回忆。她骨子里是念旧的人，一旦认定了选择的人和物，不到万不得已，不舍得再换。

好在搬家只是周时予哄骗盛穗过去的理由，男人对那栋别墅没有执念，见她不愿意，自然尊重她的意见。

晚上睡觉前，盛穗看见周时予拿起床头柜上的白色手机。她懒洋洋地歪在床上，目光追随着男人，直到他的背影消失在浴室的门后。

他这个时候拿白色手机，是要记录什么吗？

盛穗的视线落在右手无名指的戒指上，她从枕头下拿出手机。

她和周时予使用的都是苹果手机，用户之间发送照片或信息非常便利。

她点开备忘录，抿了抿唇，开始快速地打字，确认无误后发送。她锁上手机，看着屏幕上自己翘起的唇角。

盛穗的手机振动了一下，显示发送成功。

她再次点亮屏幕，轻声念出备忘录的内容："结婚第37日：今天的盛穗决定求婚，因为明天的她会更喜欢周时予。"

寻春光

桃吱吱吱 著

下 册

青岛出版集团 | 青岛出版社

第十一章
别丢下我

那一晚,周时予做了个冗长难醒的梦。

说是梦境也不准确,更像是人死之前,将过往的人生如走马观花一般,一幕幕快速地在脑海里重演。

不同于大多数伴随祝福而降临的新生儿,周时予是在诅咒与谩骂中来到这人世间的弃婴。

时至今日,他都不愿承认那个会把他关进地下室的所谓的"绅士"是他的父亲。

弱肉强食,是这个世界教给周时予的第一个道理。男人会打女人,还会打小孩儿,而被打的人只能微笑,因为眼泪会让霸凌者得到更多的快感。

书上说笑容代表喜悦,周时予却清楚这说法不对。

人不论是在悲伤、痛苦,抑或是在一心迈向死亡时,只要大脑发出指令控制肌肉,笑容就是再简单不过的生理反应,最后变成习惯和本能。

在他最后一次被关进地下室前,耳边传来男人歇斯底里的污言秽语。当他醒来时,他已经做完了手术,律师在病房里宣布他以后将由周老爷子,也就是那个男人的父亲全权抚养。

寒冷的冬日里，他四肢冰冷。哪怕将病房里的空调调到最高温度，他吸进肺里的每一口空气都是凉的，带着如铁锈一般的血腥味。

女孩儿在这时推开门闯了进来。她浑身散发着暖意，似乎太阳隔窗洒进来的光点都围绕着她在跳动。

她只是路过，不知道他的姓名，甚至连她去庙里求来送给所有人的平安袋里，只有他的没写名字。

周时予那时不懂何为喜欢，只是惊诧女孩儿还会寻回来。枕边放着她送的水果糖，他望着她走到自己的病床边。

女孩儿伸出骨瘦如柴的手，握住他冰冷的手掌，塞过来一个墨绿色的布艺平安袋。

这是周时予第一次知道，原来人类的皮肤触感是温暖的。

他被女孩儿唤的"哥哥"两个字迷了神志，忘记了告诉她自己的姓名。他目不转睛地望着女孩儿在阳光下近乎透明的脸，甚至能看到她脸上细小的绒毛。

"哥哥，希望你能快点儿好起来。"

女孩儿弯眉笑起来，唇边浅浅的梨涡十分惹眼。她充满希望地说："冬天会马上过去，等出院以后，你一定记得多看看春光。"

与盛穗初见的场景让周时予印象深刻，以至往后每次与她重逢的画面，在他的脑海中都变得模糊不清，只剩下零碎的片段。

周时予十七岁时被误诊患上了抑郁症；十八岁时，他不顾众人的反对选择报考魔都大学；十九岁那年的酷暑，他迫不及待地想追上盛穗，却在她回眸时狼狈地仓皇而逃。

退学后，他去国外住院治疗。不知是不是电击治疗有副作用，他的记忆像是被抠去了一块的拼图，永远拼不全。

周时予用"Z"的身份和她勉强保持联系，再回国已经是两年后。

他满怀期待地走进猫咪咖啡馆，却被猫毛呛得无法呼吸，过敏反应严重。

三个月后，周时予的双相情感障碍复发，他终于接受了事实。

他和大学同窗共同创立了"成禾"，取了她姓名中两个字的各一半。

他脑子一热，便选择了投资医药行业。他并没想过会盈利赚钱，只是天真地觉得哪怕没机会与她再见，能为她做些什么也好。

眨眼便是几年过去，他的病情反反复复，药物更是换了十几种，副作用层出不穷，普通人触手可及的生活对他来说却是一种奢望。

当失望与落败成为常态时，在某个春天的上午，周时予接到了一通电话。

时隔多年，当年青涩懵懂的女孩儿已然成为教书育人的人民教师。听筒内温婉的语调熟悉又陌生，反复贯穿了过去与现在。

"周熠的家长您好，我是孩子的班主任——盛穗，请问您方便来学校面谈吗？"

"周先生，我们试一试吧。"

"周先生，我们结婚吧。"

"周时予，你是我二十七年的人生里，第一次真正拥有的底气和安全感。"

"周时予，你以后能不能也依赖我一些？"

"周时予，我喜欢你。你要不要考虑一下，和我结婚？"

"周时予？"

无数声音在周时予的脑海中交织，耳边突然响起一道轻声的呼唤，催促他赶快醒来。

周时予睁开眼，对上盛穗关切的目光。

见他不说话，女人轻轻地拍着他的后背，她的怀抱一如既往地温暖。

"你一直在发抖，是做噩梦了吗？"

她的掌心在周时予的背脊上摩挲着，抚过他身上狰狞的疤痕。

人刚醒来时格外脆弱，周时予将头埋进盛穗的肩窝，低低地"嗯"了一声。他不再如过去一样隐瞒，说道："我梦到了小时候的事情。"

话音一落，两个人便陷入了沉默。

周时予回过神，意识到不该和她倾诉这些，正要勾唇笑笑岔开话题，盛穗的双手忽地攀上了他的肩膀。

"我不太会安慰人。"盛穗在他的嘴角落下一吻，讨好般地轻啄着，"这样会让你的心情好一些吗？"

乌黑的青丝散落在枕边，衬得女人的肤色越发白皙，其中几缕发丝落在了周时予的颈上。

"会。"周时予难抵诱惑,托着盛穗的后脑勺儿,封住她的双唇,"还请周太太以后多心疼我一些吧。"

自从京北之旅后,盛穗不许周时予天不亮就醒。她坚持同男人一起在早上六点起床,也不让他变着花样地做每顿早餐。

"随便吃点儿就可以了,"盛穗刷牙时,站在洗漱台前振振有词道,"我最近胖了好多,衣服都要扣不上了。"

具体是哪些衣服扣不上,周时予再清楚不过。他抬手将她散落的头发拢到耳后,温声说道:"穗穗,那里长大不是变胖。"

盛穗没想到自己的话还能被这样曲解,抬头看向镜子里分明在笑的男人,不客气地踩了他一脚。

即便她的嘴里满是泡沫,也无法阻止她吐槽。

"当初结婚前,我怎么没发现你这么不正经啊。"

"嗯,刚认识时总要装一装的,"周时予顺势将盛穗搂到怀里,低下头在她的发顶落下一吻,"否则我怎么将你骗到手。"

爱凑热闹的平安及时赶到,盛穗不想让它目睹"家暴现场",只能被周时予搂在怀里,任他揉了半天也没有反抗。

男人去厨房准备早餐。

盛穗打针时,忽地想起在京北见过周时予服用保健品,回家后却再也没见他吃过,家里甚至连药瓶都见不到一个。

于是她去给平安喂饭时,经过厨房就顺嘴问了一句:"你今早吃药了吗?"

过了几秒,她的身后才传来周时予的应答——

"我忘记了,等下再去吃。"

"你上次说,你是在吃维生素B、维生素C、钙镁片、叶酸和鱼油吗?"

盛穗给平安喂过早饭后,走到餐厅坐下。她拿出手机查看邮件,随口说道:"我上次体检,医生叫我补充各类维生素,但我总是忘记吃。"

她想了一下,抬头看向周时予:"要不我们以后一起吃吧?这样不容易忘记。"

"好。"周时予转过身,将刚出锅的鸡蛋薄饼端上桌。

盛穗抱着手机皱起眉头。

他瞥了一眼,淡淡地说道:"先吃饭吧。"

她的邮箱里未读邮件的数量仍是 0，也就是"Z"还没有给她回复。

盛穗放下手机，轻叹一声。即使她早预料到会是如此，还是难免失落，只能自我宽慰道：这么多年不联系了，"Z"把她忘了也是正常的，谁会痴傻到一直守着邮箱，就单单为了等她发消息呢。

除了两个当事人，最为盛穗求婚操心的非肖茗女士莫属。

肖茗怕盛穗在电话里说不清，甚至下午提前一小时翘班，也要当面听她说求婚时的情景。

"我不管，今晚必须是闺密之夜，你陪我去逛街吃饭。"

放学后，肖茗在教师办公室里连声催促盛穗收拾东西："你自己好好想想，你结婚以后，我们多久才出来玩一次。"

盛穗记得肖茗提起过，她所在的公司和成禾的签约就在今天，于是问道："签约还顺利吗？"

"当然，不然我能翘班嘛。"完成重担的肖茗骄傲地挑了挑眉，显摆道，"我厉害吧，拿下业界大牛对姐来说不在话下。"

"我就知道你肯定可以的。"

"必须的。"

两人走在学校空旷的走廊上，肖茗要去拉盛穗的手。她注意到盛穗的无名指上的钻戒，惊讶地"咦"了一声："你怎么也戴这个戒指？"

她虽然陪盛穗逛过珠宝店，但昨天一直忙着签约收尾的关键工作，直到今天上午才知道盛穗已经求完婚了，所以根本不知道盛穗最后买了哪款钻戒。

直到两人坐上去商业街的出租车，肖茗还抓着盛穗的手反复摆弄。

女人左看右看，眉头皱得都能夹死一只苍蝇了。她"喃喃"自语道："我不可能看错啊，就是这一款。"

盛穗不解地问："怎么了？"

"真是见鬼了，周时予今天签合同的时候也戴着这款戒指。"肖茗一脸不可思议的表情，说话不经大脑，"我当时还觉得他小气。他这么有钱，怎么戴这么掉档次的戒指？"

盛穗不服气地反驳道："这一对戒指要将近五万块钱呢，怎么就掉档次了？"

"这对我们工薪阶层来说肯定是高级货,但周时予是资本家啊,他一分钟赚的钱都能买十几个钻戒了,居然买这么便宜的戒指。还有,今天我经过茶水间,听见成禾的副总邱斯在讲八卦。"肖茗神秘兮兮地凑过来,跟盛穗小声说,"他说周时予今天逢人就展示他的新钻戒呢。"

女人直起身,模仿邱斯嫌弃的语气,重复了一遍他的原话:"你们是没见周时予那嘚瑟样儿,结个婚了不起啊!"

盛穗忍着笑意望向窗外,默默地拿出手机给周时予发消息。

SS:"你今天是不是在公司里秀恩爱了?似乎风评不太好。"

见对方没回复,盛穗便放下手机,试图点拨蒙在鼓里的肖茗。她说:"有没有一种可能,周时予的戒指是他的妻子送的呢?"

"啥?女方送戒指?"肖茗听完直翻白眼,"盛穗同学,你以为人人都是你啊!"

盛穗想着肖茗所在的公司和成禾的合约已经签订了,便大大方方地承认道:"如果我就是那个送周时予戒指的人呢?"

"宝贝,你莫不是疯了?"肖茗嗤笑一声,爱怜地摸着盛穗的脑袋,"你老公不是对你很好吗?你干吗想不开要去当周时予的老婆啊?"

女人用手做了个抹脖子的动作,说道:"据我了解,这位可是著名的活阎王。他笑里藏刀,杀人不见血。"

盛穗的手机振动了一下,是周时予发来的消息。

Z:"错不在我,是周太太送的戒指太耀眼,不被人注意到的难度相当大。"

Z:"你们大概几点结束?我去接你。"

盛穗想起肖茗对自己的丈夫身份的好奇,便抬头询问女人的意见:"他今晚有空,你想见见他吗?"

"你这不是废话嘛,直接喊他过来吃饭吧。"一听盛穗的神秘老公要来,肖茗立刻精神抖擞,"让姐们儿看看,究竟是谁抢走了我家穗穗。"

盛穗心想:我告知过男人的身份,你偏不信。

她低头笑了笑,给周时予发去餐厅的具体位置。

SS:"你晚上还有工作要忙吗?要不要来一起吃晚饭?"

消息一发送,周时予就打来了电话。听筒里响起男人温和、有磁性的声音——

290

"如果你们只打算吃晚饭,也可以来家里,在外面吃饭不好控制碳水化合物的摄入量。"

对盛穗而言,自然是家里的菜最好吃。她放下手机,再次问对面目光炯炯的肖茗:"你想去我家吃晚饭吗?"

"可以吗?第一次见面,按理说不该这么麻烦的,"作为尝过盛穗老公厨艺的吃货,肖茗拍马屁的话张口就来,"都怪盛穗天天给我看她老公做的爱心午餐,夸她的老公有多优秀体贴。"

一心只想吃饭的肖茗催促一脸惊诧的盛穗打开免提,说道:"我要是不信,她立刻就和我翻脸,非说她的老公是天下第一棒。"

见闺密为一顿晚餐如此拼命,盛穗哭笑不得。

电话那头的男人低低笑了一声:"是吗?穗穗从没和我说过这些。"

周时予问道:"不知道肖小姐有没有忌口?龙虾、三文鱼等海鲜以及法式鹅肝,都能吃吗?"

"能吃能吃,我什么都能吃。"

肖茗哪儿能听不出男人的弦外之音。她本就是自来熟的性格,瞬间被一顿饭收买了,直接和对方称兄道弟起来:"兄弟,我和你说,我们家穗穗以前从没正眼看过任何男人,自从结婚以后,她成天把你挂在嘴边。

"还有,清明节她去找你,那可是提前几天就计划好了的。她出发前连穿什么衣服,都要打十个电话问我。当时我正忙着伺候活阎王甲方,差点儿没被她烦死。

"哦对了,还有,前天她打电话十万火急地叫我出来,就是为了挑求婚钻戒,拉我把整条商业街来回逛了三四遍。我是特意翘班逃出来的,想着请她吃顿饭,她倒好,给老公发了个信息就把我给丢下了。"

开始,盛穗还频频阻止肖茗,结果发现肖茗说的每句话都伤敌为零,自损一千。

最后,盛穗用怜爱的目光看向卖力讨好"大厨"的好姐妹。她拍了拍肖茗的肩膀,长叹道:"等到合同签完再告诉你真相,是我最近做的最正确的一件事。"

"你神神道道地说什么呢?"肖茗忙里偷闲地看了盛穗一眼,又和电话另一端的男人聊了两句。

忽然，她随口问道："对了，我还不知道你的名字呢，怎么称呼啊？"

听筒里沉寂了片刻。

盛穗立刻配合地将手机的音量调到最大。

"鄙人姓周，名时予。"周时予温和有礼的声音响起，他不疾不徐地说，"如果肖小姐还有印象的话，我们今天上午才见过。"

肖茗脸上的笑容瞬间消失。

男人又予她迎头一击："虽然我本人并不喜欢'活阎王'的称呼，但作为肖小姐一见如故的'好兄弟'，如果你不害怕的话，以后也可以这样称呼我。"

如果说接电话时的肖茗可谓动若脱兔，那么挂断电话后的她便只能用呆若木鸡来形容了。

"你说，我现在以死谢罪还有意义吗？"

两人从出租车上下来，不远处就是金融中心寸土寸金的高级公寓。

肖茗站在萧瑟的晚风中，一脸绝望地看向盛穗："你怎么不在我满嘴跑火车时就地掐死我啊？！"

"没关系，反正合同都签完了。"盛穗忍住笑意，拍了拍肖茗的肩膀，"而且周时予没有你说的那么可怕。"

"没那么可怕？"

肖茗回想起一周前自己被推翻了十几个策划案后的崩溃情形，只想骂脏话。

她考虑到自己的小命即将不保，人之将死，其言也善，最终"呵呵"笑了两声，对盛穗说："他仅仅是对你好吧？"

不过盛穗的话倒是在理，反正合同都签了，周时予总不可能因为这点儿事毁约。

正式登门拜访前，肖茗没忘记在附近的百货商场买一套昂贵的护肤品。

"比起讨好男主人，显然讨好女主人更节省成本，"付钱时，肖茗强颜欢笑道，"我可真是个小机灵鬼。"

盛穗看着闺密视死如归的表情，哭笑不得。她劝了几次后收效甚微，只能反复保证周时予的脾气很好。

半小时后,盛穗领着肖茗推开家门。在玄关处换鞋时,她就听见了厨房里隐隐传来做饭的声音。

盛穗瞥见挂钥匙的猫咪摆件,猛然想起肖茗对猫毛过敏。她忙出声叫肖茗先别进来,等自己把猫咪先抱进卧室。

"平安已经在卧室里了。"

肖茗喊了一声"周总"。

盛穗回过头,就见周时予走了过来。他拿着石臼和木杵,石臼里绿油油的,不知是什么食材。

"我把窗户打开了一会儿,让扫地机器人刚吸过地上的猫毛。"

和肖茗的战战兢兢形成鲜明对比的,是男人一如既往地让人挑不出错处的体贴,他彬彬有礼地说:"穗说,你只要不抱猫就不会过敏,所以我只是简单地清理了一下。"

"啊,不用不用,我过敏没那么严重。"

肖茗连连摆手,心里泛起淡淡的感动,心想可能真的是她以前小肚鸡肠了,对方可能真的是好人。

她说:"实在是麻烦周总了。"

"不麻烦,"周时予如绅士般微微一笑,旧事重提,"毕竟我和肖小姐是'好兄弟'嘛。"

肖茗心想:狗男人!这厮绝对是个披着羊皮的狼!

梁子就此结下,肖茗也懒得再假客气,于是便在心里继续暗戳戳地骂着周时予。

等看清周时予准备的晚餐时,她不争气地咽了一口口水。

低脂低糖的贝果经过烘烤后变得酥脆无比,配上新鲜的牛油果和烟熏的深海三文鱼,上面淋着荷兰酱和鱼子酱;金黄酥脆的日式天妇罗整齐地摆在生菜叶上,仿佛还能听见裹上面粉的大虾掉进热油时发出的"刺啦"声;还有日式豆乳荞麦凉面、法式普罗旺斯番茄酿肉、芙蓉鲜蔬肉丸汤、红枣苹果银耳羹,色香味俱全。随便一道菜,放到高级餐厅都能作为招牌。

肖茗被满满的一桌菜吸引住,一时忘记了骂人。她转头看见高瘦的男人站在电饭锅前,轻车熟路地拿出食物秤后开始盛饭。

肖茗和盛穗合租了几年,知道盛穗要控制碳水化合物的摄入量,便疯狂地用胳膊肘去戳身边好姐妹的手臂，问道："周时予不会是在帮你计算碳水化合物含量吧？"

盛穗对此习以为常，点了点头。见肖茗瞪得眼珠子都要掉下来了，她不解地问道："怎么了？"

"没事，"肖茗被眼前的一幕刺激到了，深深地感叹道，"成禾的人是真的误会你老公了。他戴戒指就是秀恩爱了？那是他们还没见着别的。"

两人的对话一字不落地传进周时予的耳朵。

男人转身将碗筷和切成块的水果放在餐桌上。见肖茗非要拉着盛穗坐在一起，他笑了笑："听说因为我结婚的事，公司里有些人对我颇有怨言。"

话音一落，他似笑非笑地看了一眼坐在对面的肖茗。

"可不是嘛。"肖茗看着桌上她的拿手好菜——番茄酿肉，忽地想起老狐狸之前还向她"请教"厨艺，顿时恶向胆边生。

"你逢人就秀恩爱肯定招人烦啊，"她夹起一块天妇罗，丢进嘴里嚼得"嘎巴"响，大大咧咧地说道，"的确得改一改。"

"为什么要改？消除怨言的方法很简单，"周时予不动声色地笑了笑，"请那些人离开就可以了。"

"周总，我错了。"肖茗虽然认了错，却不断地往嘴里塞肉，根本看不出她有任何诚意。

盛穗看着肖茗又勇又怂，还格外能吃的模样，脸上的笑意更浓了。

她和肖茗做了多年的朋友，清楚肖茗的性格最是爱憎分明。

大学时，同校的一个富二代男生对盛穗死缠烂打。等他又一次到女生宿舍楼下蹲守时，肖茗直接将一盆热水淋了下去。那天女寝楼下，男生的哀嚎久久回荡。

肖茗虽然现在面上同周时予拌嘴，实际上已经认可了男人作为盛穗丈夫的身份。

吃饱喝足后，肖茗不好意思直接拍拍屁股走人，不顾盛穗的阻拦，坚持要跟着收拾，整理完才拉着盛穗一起出门遛弯消食。

盛穗知道肖茗有话不便在家里说，便去和周时予说了一声。

"早点儿回来。"卧室门半掩着，坐在躺椅上的周时予将盛穗拉到他的腿上,慢条斯理地帮她系好衣摆上的蝴蝶结,将薄唇贴在她的耳侧,"我在家里给你放好热水。"

男人不轻不重地咬了一下她的耳朵,说:"毕竟送走客人后,我就该好好'招待'周太太了。"

他语气暧昧,这句话的暗示性太强。

盛穗回头瞪了不怀好意的人一眼,捂着耳朵起身就走。

晚八点的金融中心热闹非凡,街上车水马龙,经过的白领各自步履匆匆。

"到现在,我都觉得自己像是在做梦。"肖茗挽住盛穗的手臂,再次感叹道,"你居然和周时予结婚了!那可是周时予啊!"

"嗯。"盛穗也有相同的心路历程,理解肖茗此时的心情。

她垂眸看向右手无名指上的戒指,轻声说:"我很幸运。"

两人一同朝方便打车的街边走去,准备给肖茗打车。

盛穗从衣兜里拿出手机,正要点开打车软件,突然发现邮箱图标上不知何时出现了一个红色的数字"1"。

她愣了一下。

上班后,她在工作中很少收到邮件,日常交流时更是用不到。

难道是"Z"给她回信了?

盛穗屏息良久,点开图标,在看清未读邮件的来信人署名为"Z"时,她的心跳乱了两拍。

"Z"发来的邮件内容很多,洋洋洒洒几百字,盛穗来不及仔细看。

她正一目十行地阅读时,就听被晾在一边的肖茗没好气地说道:"就算是你老公写的情书,你也不用急着现在看吧?"

"嗯?"盛穗抬起头,疑惑地问,"你怎么会以为是他?"

"我可没看内容啊,就是不小心瞥见了发件人。"肖茗自己用软件叫了车,耸了耸肩,"我记得你的微信上给你老公的备注就是大写的'Z'。"

周时予原本的微信名是"周",他上次去京北前给盛穗留了一张便条,上面的自称写的是"Z",从那之后,盛穗便将他的微信备注改了。

"这个'Z'是我上大学的时候认识的。"

盛穗用几句话跟肖茗简单地说了一下当年学校互助小组的事情，忽地想起刚才的邮件里几次出现了"妻子"的字眼。

她不禁感叹道："我一直以为'Z'是女生，不过现在看来，他很可能是名男性。"

"那你想知道他是男是女吗？"肖茗没想到一封邮件还关乎八九年前的友谊，沉思了片刻，说道，"我和当年的学生会会长还有联系，可以帮你问问互助小组的名单。不过涉及隐私，时间也过去了太久，我也不知道能不能打听到。"

说不好奇是谎话，尤其是盛穗在得知当年的"知心姐姐"很可能是一名男性后，心中的好奇便越发强烈。

盛穗正在犹豫时，就见一辆打着双闪灯的轿车驶来，便提醒肖茗去看车牌号。

"再说吧，可能问了也没有结果。"她将人送上车后，不忘叮嘱道，"到家记得给我打电话。"

"知道啦，你也快回去吧，外面冷。"

送走肖茗后，盛穗加快脚步往家走去，想尽快回家再看一遍"Z"发来的邮件。

经过一家药店时，她放慢了脚步折返回来，推门走了进去。

此时药店里还有五六个人在选购药品，盛穗耐心地等待医师过来后，询问道："请问你这里有维生素B、维生素C、钙镁片、鱼油和叶酸吗？"

她又说出另外三种保健品，是她上次体检时医生推荐糖尿病患者服用的。

吃药向来三天打鱼两天晒网的盛穗，昨天在听见周时予说忘记吃药时，深表理解。她想：或许两人相互督促，能有一加一大于二的效果。

"您说的这些我们店里都有，不过需要您挑选一下要哪种品牌的。"

女医师给盛穗推荐了三四款，似乎想起了什么，细心地问道："哦对了，您是怀孕了还是正在备孕啊？"

盛穗一时没反应过来："啊？"

"适量的叶酸可以预防孕妇贫血、高血压，降低胎儿畸形的概率，还能促进胎儿发育。很多女性在备孕期和孕期都会服用叶酸，不过一定要谨遵医嘱。"女医师见盛穗仍旧一脸茫然，了然地笑了，"这些药，您不是给自己买的吧？"

"不全是，"盛穗因对方的问题而更加疑惑了，一时竟然有些难以启齿，"不瞒您说，叶酸是我买给我丈夫的。"

"男性在备孕期间也可以吃叶酸。"女医师的女儿和盛穗差不多年纪，闻言，她看向盛穗的目光里多了几分怜爱，"看来你的丈夫想当爸爸了。"

周时予是想和她要个小孩儿吗？

在此之前，盛穗从未考虑过生育的问题。

毋庸置疑，身为教师的她喜欢小孩儿，原生家庭的变故也从没让她想过放弃成为母亲的权利。每日看到学生们放学时，在校门口奔跑着向母亲的怀里扑去，她心中总会生出一些羡慕。

因为自小缺爱，盛穗是个希望被人需要的人。

可备孕是两个人的事，为什么周时予从没和她谈过这些？

他是因为他们刚结婚不久，不想给她压力吗？

难怪男人过去吃保健品都要背着她，家里连个药瓶子都找不到。

最后，盛穗还是空着手回家了。

一是她没想到光是维生素就有那么多牌子，更不要提鱼油和钙镁片那些了，她怕自己买的和周时予买的品质相差太多；二是既然已经知道了周时予瞒着她吃叶酸是为了备孕，她直接戳破似乎并不太好。

"在想什么？"

盛穗有些心不在焉，耳垂传来轻微的刺痛感。

男人从背后抱着她，低沉的声音在卧室内回荡："新婚不过一月有余，周太太这么快就厌倦为夫了？"

盛穗回头看向他："别瞎说。"

周时予笑了一声。

她想了想，委婉地问道："周时予，你想当爸爸吗？"

话音一落，盛穗在周时予深不见底的黑眸中看到了太多难以理解的情感，有惊奇，有困惑，也有一丝黯然。

忽然，她感觉头有些晕，后背出了一层冷汗，指尖抖动了起来。

这种感觉并不陌生，盛穗抬手去推周时予的肩膀，说："周时予，我好像低血糖发作了。"

对于身体无法供给足够的胰岛素，只能通过打针维持血糖平衡的 1 型糖尿病患者而言，低血糖发作，有时是比血糖飙升更严重的问题。

不是每次的碳水化合物量都能计算得完全准确，以前盛穗也偶尔算错过，还有过不明原因导致的低血糖突发情况。最严重时，她眼前发白，站都站不稳，所以养成了随身带糖的习惯。

她已经有很长一段时间没经历过了，今晚低血糖发作可能是晚餐的水果她只吃了一半导致的。

盛穗让周时予从她的包里翻出巴掌大的黑色小包，她的指尖还在发抖。她熟练地拿出测试笔，在小拇指侧面神经少的地方扎下去。

她捏着小拇指挤出血珠，滴在试纸上，静静地等了五秒。

只听见"嘀"的一声，屏幕上的数字低于正常值，盛穗的确是低血糖发作了。

头重脚轻的感觉还在，盛穗却对此习以为常。她抬头看向沉默了许久的周时予："帮我拿一下包里的糖，可以吗？"

盛穗吃过糖之后，力气慢慢恢复。她见男人仍旧一言不发，便主动靠过去抱住他，用脸轻轻地蹭着他的肩膀："一会儿就好了，正常人也会突发低血糖的。"

周时予抬手揉了揉她的发顶，问道："你以前也会这样吗？"

"偶尔会。"盛穗低头看着自己还在发抖的指尖，"不知道为什么，我以前打完长效胰岛素也突发过低血糖，不过只要等一会儿就好了。"

周时予沉默了片刻，问道："穗穗，要不要试一试动态血糖仪？"

动态血糖仪十几年前就在国外的市场上投放了，国内引入的时间并不长。

简单来说，就是在人的腹部安装一个拇指大小的蓝牙监测器，可以随时监测人体的血糖值，以免出现血糖过高或者过低的情况。

上次体检时，医生就向盛穗推荐过，但使用进口的血糖仪每月要花大几千元，还要在肚子上安监测器，盛穗总感觉有种异物感，于是这件事便搁置了。

盛穗心里仍旧有些抗拒，也知道周时予是为她好，便含糊地说道："等我下次去问问医生再说吧。"

患者只要及时补充糖分，低血糖的症状在二十分钟内就会消失。

盛穗见男人的手机屏幕频频亮起，轻声催促他先去忙工作。

周时予去书房打视频电话，盛穗则窝在卧室的躺椅上看"Z"发来的邮件。

盛穗再看，仍旧感叹邮件篇幅之长、字数之多。"Z"先是表达了过去未曾及时回复她的歉意，又对盛穗美满的婚姻现状表达了祝福，最后在结尾处才告知了他也结婚了的喜讯。

"Z"的行文风格是十年如一日的温良平和，他在邮件的结尾写道："无须挂念，生活已远超出我过去所期待的最美好的场景，愿我们都能和此生所爱幸福安稳地相伴一生。"

盛穗望着最后一句，想起"Z"以前提过他出国治病的事，她的眼眶有些发热，有种苦尽甘来的感觉。

盛穗心中感慨万千时，手机振动了一下。她退出邮件，点开肖茗发来的消息。

肖茗："当初和你聊天的那个人，名字就叫'Z'，没有别的昵称？"

"嗯，大写的字母'Z'。"盛穗打字回复道，"你怎么突然问起这个？"

肖茗："你不是好奇那人是男是女嘛，正好今晚我和老王，就是我们那届的学生会会长在聊市场行情，我就随口问了他一句。"

肖茗："你说的互助小组活动他知道，因为是响应号召办的活动，学校让他亲自负责，他的邮箱里还留着当年完整的人员名单呢，但是没找到你说的'Z'啊，你确定他一开始就是叫这个名字？"

没找到"Z"？

盛穗没想到故事会如此展开，直接拨通电话，希望对方再次确认："名单里能看到组别吗？或许'Z'换过名字。"

"你等等啊，老王说帮你找找。"听筒里传来"噼里啪啦"的打字声，肖茗解释道，"哦，有件事要告诉你，老王说为了保证隐私，名单只录入了学生的年纪、学院、性别和联系方式，并没有写真实的姓名。"

"好的。"

盛穗说了她当年的网名后，那边很快搜索出除了她以外的剩下四名组员。盛穗对他们的网名都有印象。

也就是说，至少从名单上来看，她当年所参加的小组里并没有过"Z"的存在。

"等一下，"盛穗突然觉得哪里不对劲，"你能帮我问一下，其他组的人数都是多少吗？"

"我问了，好像所有的小组都是五个人，不过最后有两个小组貌似是因为人数不够了，所以才各是四个……"肖茗终于反应了过来，"人都不够分的，你们组没道理有六个人啊，那这个'Z'是从哪里来的啊？！"

这也是盛穗此刻最想问的。

或许因为昵称相同，又或许是因为肖茗无心之下说的那句"你老公写的情书"，盛穗想起了什么，下意识地抬头向外看去。

卧室的门完全敞开着，她从自身的角度恰好能看见对面的书房。

盛穗搬来的第一天，周时予就明确表示过那间书房是用于办公的，她不便进入。

可男人居家办公都是在另一间书房里，或是在餐厅、客厅。哪怕开视频会议，他都没有避开过盛穗。

只有她送皮带后，男人才踏入了那间书房。她还记得，周时予在那间书房里通宵未眠，第二日脸色苍白，后背都是冷汗，整个人就像是刚从水中打捞上来。

盛穗又想起她抵达京北的那日，昏暗的酒店房间里，床上躺着精神萎靡的男人。

毫无关联的两个"Z"，就像是原本互不干扰的两条平行线。当盛穗将两者放在广阔的时间长河里，忽地发现他们的许多地方竟然能够意外重合。

之前盛穗就惊叹过周时予说的话和当年"Z"说的话一字不差。

周时予不知名的原因退学后，被家里人强行送出国去；"Z"失联前，也曾因病而被迫出国治疗。

而且，两人同样都是新婚不久，夫妻恩爱，生活美满。

最重要的是，盛穗能鼓起勇气给多年杳无音信的"Z"发邮件，是因为周时予的那句"告诉他你从未忘记他"。

· 300 ·

盛穗当时听完便丢在脑后，此时才迟钝地察觉出言者之深意。

脚步声响起，盛穗回过神来，就见周时予迈着长腿朝她走来，手里端着一杯安神的热牛奶。

她看着眼前神情温和的丈夫，在婚后第一次意识到：男人对她隐瞒的秘密，似乎比她想象的还要复杂、沉重。

第二日下班后，盛穗直接坐上了去梁栩柏的花店的计程车。

她去找这个男人，仅仅是因为梁栩柏出现在京北的时间很微妙。

盛穗至今还记得他说是为了"躲避病人"而去京北游玩的——她总隐隐觉得或许还有别的原因。

满室清香的花店内，顾客络绎不绝。不少年轻女孩儿在排队时偷偷拿出手机拍照。

收银台里，正在包扎花束的男人十分惹眼。他将及肩的长发在脑后随意扎成一个小辫，简约单调的白衬衫难以遮掩他的好身材，衬衫的领口敞开着，露出里面笔直的锁骨。

盛穗提前和周时予说过下班后会来花店，因此并不着急，静静地坐在靠窗的圆桌边，看着窗外来往的行人。

"盛老师可是稀客，来找我是有什么事吗？"

熟悉的声音在盛穗的身后响起，盛穗扭头看去，就见刚才还有不少顾客的花店里，现在只剩下了她和梁栩柏两个人。梁栩柏将玻璃门关好，挂上"歇业"的木牌，笑着走向她。

"梁先生送的姬金鱼草最近长势不好，几处叶片枯黄，似乎有长歪的趋势。"盛穗将出门前随手拍的照片递了过去。面对心理医生，她难免有些紧张："周时予对此没有经验，所以我来请教梁先生。"

梁栩柏在圆桌旁坐下，慢条斯理地给两人各倒了一杯玫瑰花茶。他向盛穗做了一个"请"的手势，问道："所以，盛老师想问我关于周时予的什么事情呢？"

盛穗没想到对方会直接摊牌，不由得愣了一下："梁先生比我想象的还要直白。"

"我的心理诊疗一般按照分钟收费。"梁栩柏慵懒地靠在椅背上，望向对面的高楼，不知在看哪一户。他忽地勾唇笑了一下："不是所有人都像周时予一样有钱的,贴心如我,说话更喜欢直击要害。

"哦对了,盛老师可以放心,我们的对话内容不会有第三个人知道。"

梁栩柏打了个响指,跷起二郎腿:"心理医生的嘴巴都很严,乱讲不该说的话会破坏保密协议,医生要赔很多钱的。"

虽不懂这怎么涉及保密协议了,不过盛穗想嘴严总归是好事。

她本以为梁栩柏至少会好奇她的用意,可男人过于坦诚的配合,反而让她提前准备的说辞无处可用。

"上次在京北时,你在酒店房间的门口说,担心周时予猝死在里面。"盛穗端起花茶,放到唇边抿了一口,"我能问问,梁先生为什么会有这样的忧虑?"

"人活着只有一条路可走,死的方法却有千百种。"梁栩柏耸了耸肩,不甚在意地说道,"我是精神科医生,各种离奇的自杀方法都见过,自然会谨慎一些。"

盛穗敏锐地注意到,男人用的是"自杀"的字眼。她不由得皱了下眉:"上次您给我看照片时,让我再想想周时予突然结婚的原因,您似乎在暗示些什么。"她看看右手的无名指,继续问道,"所以您很早就知道周时予留意过我吗?"

"第一,周时予在大学毕业后才和我认识,不存在盛老师说的'很早';第二,周时予没有亲口和我说过他对你的感觉;第三,相信盛小姐也看出来了,我在和你玩文字游戏。"

"但我并没有说谎。"

梁栩柏坐直后,盯着盛穗,说道:"所以我建议盛小姐再多动动脑筋,好好想一想。"

"我的心理诊疗一般按照分钟收费。"

"不是所有人都像周时予一样有钱的。"

"死的方法却有千百种。我是精神科医生,各种离奇的自杀方法都见过。"

"心理医生的嘴巴都很严,乱讲不该说的话会破坏保密协议,医生要赔很多钱的。"

花香萦绕的温馨小室内,盛穗望着满面笑容的梁栩柏,平生第一次痛恨自己愚笨。

男人直白地告诉她，这是一场文字游戏，可盛穗根本没办法理解梁栩柏说的每句话的意思，更别提领悟其中的奥义了。

但梁栩柏使用的那些字眼——"死的方法却有千百种""自杀""保密协议"，每一个都让盛穗本能地感到危险。

她仿佛是一只守在海边不通水性的旱鸭子，面前是一望无际的大海。海水腥咸，她痴痴地眺望着大海中央的那座孤岛，唯一的一座塔台上驻守着她的爱人。

他们像是限时情侣，白天，周时予渡海来到岸边同她亲密无间；月明星稀时，男人将她哄睡后又要独自回去，将满身的秘密藏于盛穗永远无法抵达的孤岛。

一切看起来那样美好……

直到盛穗在某个失眠的夜晚突然惊醒，顺着海滩上男人留下的脚印，行至海边，孤身听着海风无力的凄鸣。

可以乘船来往于岸边与孤岛之间的梁栩柏，将半根船桨丢给她，并笑着告诉她：我这船严禁载客，现在我把工具给你了，你要想去孤岛，只能自力更生。

"很遗憾，我一向不太擅长玩游戏。"盛穗看了一眼墙上的钟表，快到她和周时予约定的时间了。

她垂眸轻声问道："我的最后一个问题是，周时予是梁先生的顾客吗？"

"现在很多年轻人都会定期寻求心理咨询。"梁栩柏歪着头，望向落地窗外低调奢华的黑色轿车，"温馨提示，有熟人要来了哟……"

"梁先生。"他的话被女人出声打断。

梁栩柏挑了挑眉，转过头，就见对面的盛穗平静地看着他。

四目相对，女人柔柔一笑："我刚才可没问您，周时予是花店的顾客，还是心理医生的顾客。"

年轻医生的脸上罕见地露出意外的表情，他仰头大笑，肩膀直抖，像是觉得很有意思。

花店的玻璃门被推开前，梁栩柏再次看向盛穗，他的眼里多了几分赞许。他说："盛老师，我上次就说过，你很适合当心理医生。"

"你们在聊什么?"

伴着清脆的风铃声,周时予在春光中推门而入。他的目光精准地落在盛穗的身上,他迈着长腿走近,亲昵地揉了揉她的头发。

盛穗抬起头,拿起手机给周时予看:"我早上和你说过的,家里的姬金鱼草叶片发黄了,所以我来向梁先生请教。"

"周时予,你怎么回事?你好歹也养死过七八盆了,居然连一点儿失败经验都总结不出来!"梁栩柏嫌弃地"啧"了一声,站起身,变戏法似的从身后木架的夹层中拿出两个小瓶,"这是花卉营养液,使用方法都写在瓶身上。"

他看向身旁全程只顾着看老婆的某人,没好气地说道:"兄弟,别看了,过来结账!"

周时予跟着梁栩柏走去收银台,目光追随着在花卉中游逛的盛穗,耳边传来聒噪的说话声——

"不管什么花落到你的手里,都是不到半个月就死。"梁栩柏用手指敲着收银机的屏幕,"你老婆可比你厉害多了。"

周时予随手将黑卡递过去,想到盛穗每日清晨醒来后第一件事就是去看花,勾唇淡淡一笑:"是吗?"

"兄弟,我劝你清醒点儿。"梁栩柏看某人这副样子,心里感慨世风日下,最后好心地补充道,"别小看任何女人,尤其是陷入爱河的女人。"

"你上次说的话很灵验,'Z'昨天给我写了回信。"

离开花店上车后,盛穗见余晖有些刺眼,便抬手给驾驶座上的男人打开遮光板。她轻声说道:"你上次说的是对的,'Z'真的是男生。"

周时予记得很清楚,他当时只问过为什么盛穗觉得"Z"是女生,并没有说"Z"是男生。但此时,他并没有纠结细节。

女人笑了笑,唇边的酒窝若隐若现:"更巧合的是,'Z'和我一样,也是新婚不久。"

"那很好。"周时予对于"Z"的话题兴致缺缺,察觉到盛穗直勾勾地看着他,问道,"怎么了?"

"没什么,"盛穗摇了摇头,弯眉笑了笑,"就是突然觉得,你今天和以前不太一样。"

十字路口的红灯亮起,汽车缓缓停下。

周时予勾唇一笑,伸出右手轻轻挠着盛穗的下巴,像是平日里逗猫咪时那样。

男人的声音依旧低沉温柔,他佯装逼问:"哪里不一样,嗯?"

没人会在一朝一夕间性情大变,盛穗也说不出他到底哪里不同了。

她避开对方的目光,视线自然地落在周时予搭在方向盘的左手上。

他的五指根根修长,凸起的关节有些泛白,手背上极富力量感的青筋一直蜿蜒到手腕上。

盛穗的目光最终停在周时予左手的手腕上,那里被定制加宽的表带环住。

表带紧贴着他的皮肤,不,用"贴"字还不够确切——一条冰冷的铂金表带如镣铐般紧箍在男人的手腕上,她再仔细些,甚至能看见表带微微陷进他的皮肉。

在盛穗的记忆里,周时予始终手表不离身,表带的使用频率甚至高于他鼻梁上的金边眼镜。家里衣帽间的展柜里,更是陈列着数十条表带,材质、设计各不相同,唯一不变的是表带罕见的宽度。

盛穗从没见过谁的表带这样宽厚,也没见过谁将表带系得这样紧。

那一刻,在她处处疑心的催化下,周时予手腕上的仿佛不再是表带,而是用来遮掩伤口的遮羞布,抑或是坚韧到足以高挂、用于自缢的白绫。

"你在看什么?"

男人的声音拉回盛穗飘远的思绪。她不动声色地收回目光,心跳却乱了半拍。

"没什么。"她望着男人镜片后漆黑的双眼,微笑着说。

盛穗觉得,她今晚有些殷勤得过头了。

周时予做饭时,她全程围着他转。吃完饭后,男人负责洗碗,盛穗时不时地凑过去,一次次帮他将并未滑落的袖子挽起来,嘴里还一直念叨着:"小心袖子,不要沾到水,湿衣服贴在胳膊上会不舒服。"

周时予被她折腾得没法再干活。他将手擦净,将盛穗抱起来,稳稳地放在洁净的料理台上。

他将双手撑在料理台上，把盛穗圈在他的臂弯里，慢条斯理地说道："我发现周太太最近似乎格外主动。"

盛穗别有所图，不禁反问道："你有意见？"

周时予的眉头皱起后又舒展开，他笑了笑："不敢。"

被周时予打横抱起后，盛穗直勾勾地盯着男人，忽地伸手去摘周时予的眼镜。

周时予停住脚步，任由她将眼镜摘去，低声问道："你不喜欢我戴眼镜吗？"

盛穗小声说："我想和你离得近一些。"

爱人落在他脸上的吻极尽温柔，自前额向下，依次吻过他的眉眼、鼻梁、唇瓣……

残存的理智告诉周时予，异常的盛穗一定别有用意，他此时该做些什么，或是至少该阻止些什么，可他最后只是将盛穗搂紧，在她的耳边低语道："睡吧。"

盛穗不喜欢周时予默不作声地独自扛起所有的事，只将光鲜亮丽的一面展现给她。

她想要一份平等的情感关系，想要一个也会脆弱、却足够信任她也愿意依赖她的爱人。

坦诚很难，往往要揭开早已结痂的陈年伤疤，但盛穗曾尝试过，知道这并非不能办到。

盛穗听着身旁的男人安稳悠长的呼吸声，只觉得从某种程度上，她的目的达到了。

她轻手轻脚地拉开被子。

用纸条缠绕手指的难度与解开表带的难度相比，完全不在同一量级。

行动时，盛穗不仅手在抖、心尖在抖，连牙关都在轻轻地打战。

好在日常觉浅的人，今晚睡得格外沉。她开始没看清表带的锁扣，指尖直接抠在了男人的手腕上，也没见他醒来。

不知过了多久，只听锁扣发出"啪"的一声脆响，盛穗终于解开了表带。

她皱起眉头，在黑暗的被面下艰难地辨认藏在表带下的秘密。

三十秒、一分钟、三分钟过去了，盛穗仍然一动不动。

理智一遍遍地警告她，周时予可能随时会醒来，绝不能再傻愣着发呆了，身体却好像已经报废的机器，根本动弹不得。

她实在是不清楚，仅仅方寸大的手腕内侧，究竟被周时予割开过多少次，才会留下那样多、那样狰狞、那样可怖的疤痕。

满室寂静。

当盛穗手法生疏地解开周时予的腕表时，他闭着眼，听见她急促的呼吸，忽地有些后悔。

他不该让她看到这些的。

他不该被她今晚的巧舌如簧骗过去的。

他不该如此自私，只因为心里的那几声呼喊、那几分微不足道的苦痛折磨，就让她的后半生都背负重担的。

前方的黑暗看不见尽头，周时予感觉被子下面触着他手腕的指尖正在颤抖。他破碎的大脑里响起两道声音——

"周时予，你这样会吓到她的。"

"救救我。"

"周时予，没人会和一个疯子生活下去的。"

"别丢下我。"

"周时予，如果这次再失败，你就真的一无所有了。"

"救救我，别丢下我，求你了。"

女人的手指柔软温热，抚在丑陋的疤痕上。

周时予对这种触感再熟悉不过，每次两人接吻时，盛穗总喜欢将双手环在他的脖颈上，用指尖抚过他肩背上的旧伤。

在高中时的那几年，他曾试图将所有疤痕集中在同一处，再自欺欺人地安慰自己：如果两人以后见面，他可以说是意外划伤的而蒙混过关。

后来"意外"的次数如上瘾一般越来越多，周时予也意识到自己想光明正大地站在她面前简直就是奢望，于是开始接受大脑的脱缰，也接受了每次从天堂、地狱游逛后，再回到人间时，手腕上那些新添的"抽象画作"。

为了"画"得更具美感，在出国生活的那几年里，他痴迷于艺术与作画。

所以,他现在该如何向爱人解释,顺理成章地推给单纯的抑郁吗?

这并不算说谎。

所谓"双相情感障碍",本就是躁狂和抑郁两种相反且极端的情绪,毫无征兆且不可控制地随时发作。

躁狂时,人的情绪高昂;抑郁时,如坠无尽深渊。前一秒,人还在兴奋地侃侃而谈,下一秒就会毫无理由地痛哭流涕。

情绪在数秒之间转化,人也成为彻头彻尾的疯子,日复一日地困死在癫狂与绝望之中。

思绪混沌时,周时予听见浴室里传来一道压抑的哭声。

那声音闷闷的,不难听出里面的人是用手紧捂着唇瓣,尽力不让门外的人听见。

周时予在黑暗中沉默地倾听着。

若问世上哪种声音最有力量,定然是盛穗此刻隐忍的啜泣。

理智告诉周时予,盛穗应当早就察觉到了端倪,纸包不住火,哪怕他有幸逃过今晚,真相被揭开也只是时间问题。

疼惜和愧疚如巨浪一般瞬间将他吞噬,他再也听不见心底生出的呼救。

摆在他面前的只有两条路——继续撒谎欺骗,或者拖累着她向下坠去。

可他无论选哪个,似乎都是死路一条。

不知过了多久,浴室的门被人轻轻打开,盛穗终于从浴室里走了出来。

周时予罕见地感受到几分惧意——面对死亡都泰然自若的人,竟然害怕见到爱人的眼泪和她眸中的怜悯、痛苦。他不敢睁开双眼。

微弱的脚步声响起,很快,床面微微下陷,盛穗在他的身边躺下。

她抱住周时予时,他还能感觉到她脸上未干的泪意。

盛穗纤瘦的肩膀在轻轻颤抖,周时予不禁想到了在狂风暴雨中羽翅被打湿的蝴蝶。

女人温软的身体紧紧地贴在他的胸膛上,她小心翼翼地避开他疤痕累累的左手。

308

周时予比盛穗高出近二十公分,女人在他的怀中显得娇小无比。

她忽地抬起手,轻拍他的后背,带着哭腔说道:"没事了,以后都会没事的,我会对你很好的……"

周时予不知盛穗是否在自言自语。他将头埋进她的肩窝,鼻尖处传来令他心安的淡淡香味,过了良久,困意终于一点儿一点儿地袭来。

他难得安稳地睡去,在梦里又回到了十九岁那年的盛夏。

那时的周时予还未被确诊患有双相情感障碍。现在想来,那天他突然发疯般一刻也不能等地非要见到盛穗,其实是典型的双相躁狂症发作。

周时予记得他当时打听到盛穗被魔都大学录取了,想到两人能再做校友,想到他终于能无所顾忌地站在她的面前,十九岁的少年欣喜若狂,胸腔几乎要被雀跃胀破。

酷暑难耐,他早已忘记自己那天究竟是几点开始在学校门口等候的,只记得正午时分,扎着高马尾的女生拿着魔都大学的录取通知书,独自从校门里走了出来。

她穿着一袭白裙,裙摆过膝,露出一截藕白的小腿,头上的高马尾随着她轻快的步伐轻轻摇摆着。

烈日将四周万物烘烤得扭曲模糊,周时予默默地跟在盛穗的身后,满心满眼只剩下她俏丽的倩影。

只要再耐心地等上十几分钟,等她走进常去的烧烤店,等她在角落里坐下,他就可以假装碰巧遇到她,和她拼桌,再佯装随意地问起高考放榜的事。

一切听起来水到渠成。

他第一句话该说什么?他该用怎样的表情、语气同她打招呼?他该如何藏好满溢的喜爱?

女孩儿将目光投向左前方的烧烤店,周时予觉得自己的脚步轻盈得好似要飞起来一般。

他从未这般急不可耐,期盼她能快一些,再快一些。

只是意外从来不等人。

仅仅三秒钟的时间,万里晴空再也见不到一丝阳光,他的世界突然乌云压顶。厚重的雾霭挤压着他的胸腔,铺天盖地的绝望和麻木席卷而来。

他感觉自己像是被人从千米的高空随手丢了下去,又像是被腾起的惊天巨浪吞噬,心悸、眩晕、乏力等典型的躯体化症状接踵而至。

不该是这样的。

周时予无法呼吸,他的喉咙发不出任何声音,心中的话最终化作支离破碎的无声呐喊。

不该是这样的。

这一天,他等了三年之久。

他今天特意装扮得体来赴约,不该是这样的。

想想办法。

想想办法。

想想办法。

他的余光瞥见左手边的杂货铺,门外零零散散地摆着各类水果,有西瓜、鸭梨、猕猴桃、香蕉……

对,香蕉,就是香蕉。

医生说过的,香蕉可以改善患者抑郁的心情。

向来意气风发的翩翩少年,眼中再也没有心仪的女孩儿的身影,只剩下那筐焦黄而干瘪的香蕉。香蕉外皮上黑漆漆的圆点,像是下一秒就会变成无底的黑洞,将他吸进去。

过熟的香蕉经过太阳的暴晒,果肉已经软烂,手感宛若烂泥,让人联想到横死荒野的腐臭烂肉,能欣赏它们的,只有遭人嫌恶的"嗡嗡"蝇虫。

周时予的耳边响起嗡鸣声,他机械地往嘴里塞着香蕉,双手的指缝中塞满黏腻的黄色果泥。

在那之后的记忆便是短暂的空白,比起记忆丢失,周时予更倾向于大脑根本从未储存过这段画面。

他仅剩不多的理智都被用来发号施令,驱动着僵硬的双手,不断地往嘴里塞着香蕉。

最终结束这一切的,是杂货铺的老板。

"你这小子到底想干什么?你是神经病吧?!"

老板开店二十九年,从未见过在光天化日下,不给钱就直接上手抢东西吃的人。他拎起周时予的衣领就往外丢，嘴里骂骂咧咧道："要不是刚才拿通知书的小姑娘帮你付了钱，老子就直接抽你了！"

耳鸣声持续不断，青年在混沌中迟钝地抬起头，捕捉到了店主说的那句"拿通知书的小姑娘"。

四周不知何时围过来一群看热闹的人。

店主不耐烦地挥舞着手里的蒲扇，粗声粗气地说道："看什么看！还有你，拍什么拍！没看见都付过钱了吗？！不买东西，就别在老子这里瞎凑热闹！"

在那个对于精神疾病谈之色变的年代，大多数人一生见不到一个被医学确诊的精神疾病患者——也就是人人惧而远之却喜欢在茶余饭后谈起的所谓的"疯子"。

今日难得撞见一个，人们纷纷举起手机，好记录下这难得的一幕。没有手机的人也决计不能错过好戏，瞪大眼睛，好好观赏"疯子"尽心尽力的表演，好当作日后的绝佳谈资。

作为在场唯一的演员，周时予被丢掷在老街上，茫然地望着眼前仿佛永无尽头的街道。

在人群中，他一眼便锁定了走向街头的女孩儿。

女孩儿右手拿着录取通知书，背影纤瘦高挑，长发柔顺乌黑，身上的白裙是天地间仅剩的色彩。

行至烧烤店时，女孩儿的脚步停顿了一下，她抬头看了一眼店门上方的金属牌匾。

大抵是刚才的助人为乐让她捉襟见肘，女孩儿犹豫片刻，直接走向十字路口。

周时予明了，在女孩儿的视角里，她同他素不相识，帮他解围全然出自善意。而不上前打扰，是她能给予他的最后一份体面。

忽地，周时予听得身后有一声喜悦的呼喊，自他的胸膛穿过。

"盛穗！"

走到十字路口的女孩儿脚步一顿。

周时予眼睁睁地望着女孩儿转过身来。冷汗浸湿了他的后背，他一时无处可逃。

隔着行色匆匆的路人，他们四目相对。

终于，周时予在盛穗的眼中看到了狼狈不堪的自己。

周末不必定闹钟早起，是个难得的休息日。

盛穗直到凌晨三四点才昏昏沉沉地睡去，等睡醒时，时间已过了上午九点半。

她昨晚反反复复地做着同一个梦。

梦里是她第一次接触到特殊教育的社区活动，活动结束后，负责人让他们填写调查问卷。

其中有个问题令她印象深刻：你为什么会参加特殊教育的社区活动？请列举至少一个理由。

盛穗写下一句话："因为世上存在一群人，以前，现在，甚至以后，都在时刻被所有人遗忘，所以社会上需要一些人，记住他们的存在。"

她自知这个理由有些冠冕堂皇，而真正的理由，是因为盛穗也属于"非正常人"，才想在哪怕都是孩童的同伴中寻求一丝归属感。

自从十四岁被确诊患有 1 型糖尿病后，盛穗就清楚地意识到：当人被打上"糖尿病""自闭症""抑郁症"等终身难摘的标签时，从某种程度上来说，就已经被社会或抛弃或边缘化了。

所以，她只能竭尽所能地融入正常人的世界，在每次吃饭前偷偷躲进洗手间，小心翼翼地暴露一时片刻，再若无其事地回到现实世界。

显然清晨不适合思考，盛穗的脑袋里仍旧是一片混沌，她起身后，才后知后觉地发现身边少了个人。

迟钝的神经瞬间绷紧，她掀开被子就要下床寻人。

"周时予……"

话音未落，盛穗的余光瞥见床头柜上放着一张纸，她拿起来，看着纸上苍劲有力的笔迹——

"我白天临时有急事要处理，早、午饭在冰箱里，晚上若赶不及，田阿姨会来家里做饭。勿念。——愿你一直都好的 Z。"

看着落款的称呼，盛穗心脏猛然收紧。她一时分不清这是周时予的自称，还是男人突如其来的坦诚相告。

她倾向于后者，因为周时予没在留言中提醒她，让她醒来后给他发信息或打电话。

他甚至没有提归期。

盛穗惴惴不安地下床。她感觉眼睛还有些肿，刻意不让自己回想昨晚的所见，打算先去厨房看一眼。

踏出房门的那刻，盛穗看见卧室对面永远紧闭的那间书房的房门此时正半开着。

自从盛穗搬进来，就被告知这间书房用于重要的工作，不得随意进入，现在房门却毫无防备地敞开着。

盛穗眼尖地发现，书房外的地上有一撮无比眼熟的白色毛絮。

她蹲下后用手指捏起来，发现果然是平安的毛。难不成平安趁着周时予没关紧房门，就钻了进去？

"平安？"

盛穗试探着喊了几声，没见到猫咪跑过来，反而听见书房里传来"窸窸窣窣"的声音。

她担心平安在书房里捣乱，心里一紧，不再犹豫，起身推开房门。

下一秒，她就被眼前的书房惊呆了。

这间书房没有窗户，墙面被刻意刷成了如暗夜一般的纯黑色，头顶昏黄的吊灯是唯一的光源。屋内只有最朴素的木质桌椅以及贴墙而立的书柜。桌面上不见办公文件，随意摆放着各种画笔、颜料。

而让盛穗在门外犹豫着迟迟不敢进去的，是书柜里摆放着的十几个大小高低各不同的药瓶，那些瓶子零零散散地摆在玻璃隔板后面。

盛穗一时间忘记了捣乱的猫咪，只觉得眼前的药瓶仿佛有魔力一般，不断引诱着她向书柜走去。

在指尖即将触到瓶身前，盛穗的动作停顿了一下，她忽地意识到：在看清瓶身上文字的那一刻，她和周时予的关系必然要再次发生改变。

她还记得，对于这段婚姻，最初只求能安稳长久。周时予无疑做得很好，让人挑不出错处，是她执意要打破两人现有的宁静，那么后果自然也要她来承担。

药瓶上的文字密密麻麻的，再加上房间里的光线不好，盛穗看得十分艰难。

直到与书房连通的小房间里传来一声令人无法忽视的猫叫，盛穗才想起来进入书房所为何事。

她慌忙放下手中的药瓶,大脑中塞满了瓶身上的说明文字,再也无法处理任何信息。她机械地走向旁边的小房间,惊愕地看着眼前的巨幅画作。

油画里,她是唯一的主人公,站在熟悉的老街旧巷里,她的身侧是各类小商铺。

盛穗将目光落在画中她右手拿着的红色通知书上,明白了画中的场景是她十七岁那年高考后的盛夏。

那日分明烈日当头,画作中却乌云密布,周围人的脸都是扭曲的。

画中的她穿着白色的纱裙,整幅画都是令人窒息的灰黑色调,只有她是唯一的光亮。

令盛穗震惊的并非画中诡异的场景,而是画中她的眼里俨然有一个再熟悉不过的青年的身影。

盛穗一眼就认出来了,那是青年模样的周时予,也是脸上写满了惊恐与绝望的周时予。

第十二章
我想回家,也好想你

盛穗还是第一次这样仔细地看自己的脸,或是说,看周时予眼中的她的模样。

整幅画都专注于描摹她的面孔:瘦削的脸上未施粉黛,白皙的皮肤上透着点点淡红。

盛穗的五官谈不上有多立体,却不乏东方美人独有的柔润韵味。她薄唇微弯,鼻头挺翘,明亮清澈的眼眸中水波氤氲,远看像是眼中盛满了星河。

而这一回,盛穗在她的眼中见到了扭曲的人生百态。

她站在街头的十字路口,回头张望,眼底映着不见尽头的坑洼老街、匆匆路过的行人以及那道鹤立鸡群的身影。

这是盛穗第一次知道十九岁的周时予是何模样。

他穿着白衫黑裤,肩宽腰窄,长腿笔直,如若不去看他此时脸上惊惶的表情,定是令人最想要亲近的类型。

在她琥珀般的眼眸中,青年一脸惊恐,仿佛眼前有一只嗜血的猛兽,下一秒就要扑上前来,一口咬断他的脖子。

昏暗的房间里,盛穗望着画中的青年,心里隐隐抗拒着,并不想将他和"周时予"三个字画上等号。

尘封的记忆如潮水般涌来。

盛穗回学校拿录取通知书那日，欣喜于终于能摆脱父亲。在归家的路上，她打算去田阿姨的烧烤店犒劳自己一番。

离店门还有几米远时，她被身后传来的吵嚷声吸引了注意力，回过头就看见人群将一个青年层层包围起来。

时间久远，盛穗已记不清其中的细节，唯一的印象是青年正狼吞虎咽地往嘴里塞着香蕉，拼命地张着嘴，就像溺水的人在不断地扑腾。

盛穗想起自己得了糖尿病酮症酸中毒时，独自跑去医院那天，也是这样深深地弓着腰，眼前发白，如老狗一般大口大口地喘着气。

神志是不清醒的，身体是不受控的，那样状态下的人甚至连对死亡的认知都变得模糊。他们在他人眼里的丑态，不过是身体仅剩的求生本能。

怯懦如她——或许是因为眼前的场景自己太过熟悉，又或许是因为旁人嘴里喃喃不断的"疯子""精神病"，盛穗到最后也没敢去看青年的脸。

最终，她只是把兜里剩下的钱全部塞给了老板，小声央求男人不要动手打人，然后便转身落荒而逃。

原来那个人是周时予。

他为什么会去老街？他是去找她的吗？他是要告诉她，他们又有幸成为校友了吗？之后他又去了哪里？他是因为这件事才退学出国的吗？

十年过去了，盛穗站在眼前处处扭曲的巨型画作前，几次抬起手想触碰十九岁的周时予，最终还是放下了。

如果当时她不那么胆小懦弱，遇事只会逃走就好了；如果当时她走上前，牵他的手，带他回家就好了；如果当时她没有回头就好了，起码现在还能自欺欺人地自我安慰一句"不知者无罪"。

盛穗的心中泛起苦涩的涟漪，她看向用头不断地蹭着画架的平安，走过去蹲下身。

她借着头顶昏黄的灯光，依稀看见了画架的支脚上有被水打湿的印迹，无奈地笑了笑。

将猫薄荷泡在水里，再将画架的支脚打湿，好让平安寻着味道闯进来，顺理成章地引诱她进去。

她早该想到的,像周时予这样严谨缜密的人,怎么可能会粗心到连书房的门都忘记关。

所以,昨晚她偷偷地解他的表带时,想来男人始终是醒着的。

盛穗不知该如何形容自己此时的心情。

如她所愿,周时予将所有的真相与伤疤都揭开任由她看,甚至还贴心地留给她充足的时间来思考和抉择。

盛穗抱起了平安。离开书房前,她看向门外的光亮,有种恍如隔世的感觉。

墙上钟表的分针才走过了两个数字,仅仅过去了十分钟,她却觉得时间宛若走过了十年。

盛穗打过针,走去厨房热饭。在等待的时间里,她拿出手机与纸笔,用手机查询后,在纸上一笔一画地写道——

草酸艾司西酞普兰片:治疗抑郁障碍。
盐酸舍曲林片:治疗抑郁症。
德巴金(又名丙戊酸钠缓释片):治疗癫痫、躁狂症。
拉莫三嗪:治疗癫痫、痉挛,抗躁狂。
…………

十几种药物,要么是抗抑郁的,要么是抗躁狂的,像是把服用者当成皮球,在两个截然相反的极端情绪里踢来踢去。

盛穗过去想不通的许多事,如乱糟糟的毛线球一般,现在露出了线头——她忽然有了头绪。

比如男人两次不知缘由的脸色苍白,再比如梁栩柏不合时宜地出现在京北,似乎一切都有迹可循。

搜索"阿普唑仑片"时,盛穗滑动着手机屏幕,在搜索引擎的相关推荐下,看到了名为"双相情感障碍用药"的联想。

双相情感障碍,又被称为躁郁症,是一种既有躁狂发作或者轻躁狂发作,又有抑郁发作的常见精神障碍。

躁狂发作时,患者往往兴奋多话、精力充沛;抑郁发作时,患者常表现出愉快感丧失、言语减少、容易疲劳迟钝等症状。

情绪低落或者高涨会反复、交替、不规则地呈现，严重时，患者会出现幻觉、妄想等精神病症状。

双相情感障碍的自杀率高居所有精神疾病之首，是正常人群自杀率的 10 ~ 30 倍；与此同时，双相情感障碍的复发率高达 70%。极端些可以理解为：患者需要终身服药，且随时都要面临复发的风险。

直到下了出租车，盛穗脑海中还盘旋着那些文字和数据。

如果说昨晚的那些伤痕让她心痛，那么今天看到的一切则让她茫然失措。

作为患有慢性疾病的糖尿病患者，盛穗在看见那十几种药时，第一反应不是震惊，而是深深的疑惑。

人类的身体，真的能承受这么多药物吗？

答案无从得知，但那些瓶罐至少清清楚楚地告诉她：周时予并不是单纯患有抑郁症，而是躁狂与抑郁交替发作的双相情感障碍。

这种疾病，盛穗闻所未闻。

周六午时，盛穗走在到处是人的长街上。清脆的风铃声响起，她推门而入。

满室清香的花店里，梁栩柏优哉游哉地坐在靠窗的圆桌旁，扬起笑脸跟她打招呼："好巧，我刚泡了茉莉花茶，盛老师要不要喝一些？"

花店内再无他人，盛穗这才看见门上挂着歇业的木牌。

"不用了，谢谢。"她温声谢绝道。

圆桌上除了茶壶、茶杯外，还摆放着一个老旧褪色的日记本、一张光碟和一个文件夹。

她沉默了几秒，轻声问道："他早就知道我会来找你，对不对？"

"周时予是我见过的最难搞的病人。"梁栩柏给盛穗斟了一杯茶，将茶杯推过去，懒洋洋地说，"这家伙久病成医，比医生还清楚该怎么治疗。现在你脸上的表情，和我第一次被他猜中要给他换什么药的时候简直一模一样。"

梁栩柏果然是周时予的心理医生。难怪他也去了京北，还随身带着周时予房间的门卡。

盛穗在男人的对面坐下，捧起茶杯，掌心传来的温热抚平了她纷乱的心绪:"所以,他患有双相情感障碍,对不对?"

"准确来说,是双相情感障碍II型,以抑郁发作为主,躁狂情况较轻。"梁栩柏谈起专业知识时非常正经,说完后又变回了懒散的模样。

"看来盛老师来之前做了些功课。"男人用手指敲着桌面,吊着风情万种的桃花眼发问,"怎么样,害怕吗?"

盛穗没有回答这个问题,看着漂浮在茶杯里的茉莉花瓣,轻声问道:"我还能做些什么呢?"

"做你自己就可以了,"梁栩柏活动了一下脖子,"治病是医生该做的事。"

"好。"盛穗的大脑彻底罢工,她生硬地答应后,便沉默起来。

许久后,她才听见自己干涩的声音响起:"所以,周时予是因为当年在老街上见到我,才导致他病情发作,在大一时退学的吗?"

直面这些对她来说还是太难,盛穗每说出一个字都感觉嗓子又干又痛:"还有,他之后在国外的那几年都是在治病吗?"

"他在大一时退学是因为自杀倾向和幻视症状严重,当时国内的双相治疗技术不够成熟,所以才选择去国外技术更先进的精神病医院治疗。"梁栩柏将桌上的文件夹和黑色日记本推过去,做了一个"请"的手势,"这是我给周时予治疗前我的助理整理的资料,你可以看看。"

盛穗听男人说周时予"幻视症状严重",打开文件夹,从密密麻麻的文字中找到了"过敏史"一栏,看到上面清清楚楚地写着"猫毛"二字。

难怪周时予有两次见到她时的第一反应是轻碰她的衣袖,不确定地问她是不是真的。

难怪她提起室友对猫毛过敏时,男人能将脱敏的方法倒背如流。

这世上哪有那么多巧合。

资料分析里有太多专业词语,盛穗看得云里雾里。她唯一能看明白的,只剩下个人病史和病程记录里的短短几行记录:

> 十七岁,患者目睹母亲在浴室自杀,首次出现自杀行为,被初步诊断为抑郁症。
>
> 十九岁,患者躁狂与抑郁交替发作,心跳过速、耳鸣、眩晕

等躯体化症状加剧，出现持续性的幻视与幻听；自杀行为严重，首次表现出攻击性；进行经颅磁刺激、电休克治疗。

二十岁，患者频繁更换药物，副作用明显；继续电休克治疗，出现短暂性失忆；后续治疗后，明显好转。

盛穗的目光停在"攻击性"上，她无法相信周时予那般温文有礼的人居然会动手伤人。

她听到对面传来梁栩柏慢悠悠的解释："自从确诊以来，周时予只有过一次暴力行为，而且我认为他那次动手其实情有可原。"

盛穗抬头，茫然地问道："所以，原因是什么？"

"主治医生认为，你是周时予幻想出来的虚拟人物，并不真实存在。因为你是假的，连带他的那份喜欢自然也成了无稽之谈。"梁栩柏端起茶杯，轻叹一声，"那段时间，他的幻觉出现得太频繁，哪怕清醒的时候，他也拿不出你们认识的证据。

"当时除了他自己，没人能证明你们见过面。"

男人望向窗外，似是有些不忍当面向盛穗说出事实："后来他做的电休克治疗次数太多，大脑中关于你的部分记忆丢失了。某次心理诊疗时，主治医生又一次提起你是虚构的人物，才导致了周时予之后的暴力行为。"

有些话，梁栩柏没有对盛穗说。

其实他见过周时予动手的监控录像，高瘦的青年不顾周围人的劝阻，拼命地把医生抵在墙上。周时予双眼猩红，从始至终并没有落下拳头，只是死死拎着医生的衣领，逼着他承认一句话——她不是假的。

直至今日，这五个字仍深深地刻在梁栩柏的脑海中。他坚信周时予当时的情绪，比起愤怒，更多的是深深的无助、绝望和乞求。

当最先进的医学证明他是精神病人时，当他自己都分不清眼前见到的、耳边听见的究竟是真是假时，当所有人都告诉他他念念不忘的人其实根本不存在时，周时予根本拿不出任何证据反驳。

因为两人本就毫无交集。

他按部就班地接受治疗，在铺天盖地的副作用下，最先丢掉的是仅剩不多的和盛穗有关的记忆。

"后来周时予不再信任任何人,沉默地完成了后续的治疗,用微笑骗过了医生和诊断机器。所有人都以为他的情况好转了,于是允许他出院。"梁栩柏将桌上的日记本推给了盛穗。说起这些,连他都感觉到疲累:"周时予担心记忆再次丢失,所以出院后一直有随时记录的习惯。"

男人忽地想起了什么,勾唇笑了笑:"这小子太擅长骗人和伪装,我也是拿到日记本后才知道他的疾病根本没有一星半点儿的好转。"

巴掌大的黑色日记本,封皮有些褪色,一看就知道有些年头了。从侧面看,最下面的纸页边缘有些弯折,像是在水中浸泡过,上面还有一些黑褐色的污渍。

> 第33天:我醒时天没亮,没吃早饭,上午读书,吃午饭,下午去实验室,晚上参加社团活动。凌晨三点,我仍未入睡。她今日没有发来消息。
>
> 第128天:凌晨四点半,她发来消息,说起对跨专业就业的忧虑。我和她聊天。
>
> 第138天:她发来风景图,右下角有她的背影。我想不起她的模样,彻夜未眠。

盛穗一目十行地阅读着。很快她就发现,这本日记无论是语气还是格式,简直和周时予的手机备忘录一模一样。比起抒发情绪、害怕再次丢失记忆的男人,只是在机械化地记录。

> 第181天:我很兴奋,没有吃饭,没有睡觉。
>
> 第183天:她来到公寓,和我说话,给我讲学校的趣事。是假的!假的!假的!

盛穗快翻到日记本的末尾时,发现纸上开始出现深褐色的污渍,遮住了部分字迹。与此同时,原本苍劲有力的字迹突然变幻莫测起来,时而向上倾斜,时而扭七歪八,像是抖动不停的苍蝇腿。

盛穗瞬间反应过来,这是周时予在手抖时写下的,而纸上深褐色的污渍,应该是早已干涸的血迹。

第 188 天：我出现了耳鸣、手抖的症状，心脏要跳出来了。
第 190 天：我想做正常人，想她。
我□正常人□她。

最后一行字被血迹遮盖了大半，盛穗盯着本子反复阅读，最终还是无法理解那句话是什么意思。

那一瞬，她似乎体验到了溺亡的窒息感。她张着嘴巴，空气却无论如何都无法进入她的肺腔。

"后来周时予第三次双相情感障碍发作，主动来找我寻求治疗。"

梁栩柏倦懒的声音将盛穗从"深海"中捞起。她如死里逃生般大口喘着气，就听对方继续说道："双相情感障碍复发的概率很高，且多次复发后，彻底痊愈的概率非常小，只能终身依靠药物，尽量维持情绪的稳定。

"但从那次起，哪怕数据显示他的自杀倾向再高，他也没有再付诸行动。"

男人语气一顿，望着盛穗绯红的双眼："他是我从医以来见过的求生欲最低却最配合治疗的病人，甚至他有时过于积极，会让我感到害怕。直到那天我将问题抛给他，为什么明明不想活下去，还一定要治病。"

沉默良久，盛穗听见她颤抖的声音响起："为什么？"

"他告诉我，有人曾告诉他，春天快到了，让他一定要记得去看一看春光。"梁栩柏微微偏过头，朝花店的后门看去，"所以，他虽然从未想过要活下去，却拼命想成为一个正常人。哪怕只是伪装出来的，他也想在春光烂漫时再见你一面。"

"她已经走了。"

烈日当空，街边再也寻不到女人纤瘦的身影，梁栩柏被刺眼的光晃得眯起眼睛。

他收回视线，转头看向花店的后门，长叹一声："出来吧。"

满室寂静，只剩下时钟走动的声音。

"嘀嗒……嘀嗒……嘀嗒……"

梁栩柏收起吊儿郎当的神情，起身大步朝后门走去。他嗅到一丝淡淡的烟味，不由得低声骂了一句。

花店的后面有一个庭院，梁栩柏偶尔会在露天庭院里抽烟。

在梁栩柏的印象里，周时予从不抽烟，因为患有双相情感障碍，酒精和其他刺激性的物品他也几乎不碰。

平日不沾烟酒的男人，此时正倚着灰白色的外墙。他微驼着背，额前的碎发遮住了眉眼，身上单薄的白衫被过堂风吹得微微鼓起，浑身散发出几分颓靡。

白雾在风中飘散，男人的左手夹着一根短烟。猩红贴着他的指缝忽明忽暗，仿佛下一秒就要烧到他的皮肤。

梁栩柏看到周时予左手上的表带不见了，数十条狰狞的疤痕从他的皮肤上凸起……

梁栩柏将滚到嘴边的话又吞回了嗓子眼儿。

几年前，他曾问过周时予为什么不去做皮肤重建治疗，而是执意用表带将疤痕遮起来。

"手腕处的皮肤裸露在外，会让我有一种自己在裸奔的感觉。"

这是周时予当时的答案。

此刻，男人却任由手腕裸露在外，就像他决定把最狼狈不堪的一面完完全全地暴露给盛穗一样。

梁栩柏原先让周时予对盛穗坦诚，也只是想让他把真实的病情如实相告。

梁栩柏没想过，周时予会直接把过去的那些烂肉腐骨从身体里翻出来，以近乎残忍的方式直白清楚地展示给盛穗看。

他甚至不留给盛穗任何想象和美化的空间，一本日记、一幅画作就足以毁掉她尝试过的所有补救。

"你就不怕她被吓跑？"

话刚出口，梁栩柏就觉得这问题太残忍。过了半晌，他扯了一下唇角："不过这倒很符合你的性格，你要么完全不做，要么一次性做绝。"

"我没有其他办法。"

烟头的火星被风卷起，周时予的手腕隐隐有丝丝痛感，他静静地看着转瞬即逝的光点，被烟草熏过的嗓音有些沙哑："我要么继续骗她，要么拖累她。"

他抬起手腕，看着指缝中夹着的烟头，忽地有些好奇，不知将滚烫的烟头在手腕上摁下去，自己会有怎样的感受。

"不管我选择哪个，都是死路一条。"

过了半晌，周时予看向欲言又止的梁栩柏，说道："所以我选择相信她。"

在进退皆为死巷的人生长路上，盛穗是从天而降的一条生路。

周时予想放手一搏，去赌一个结局，赌她是他的绝处逢生。

梁栩柏挑了挑眉，果断地上前拿走周时予手里的烟头，将它丢掉。

他像浑身没骨头似的靠着墙，懒懒地说："你就没想过循序渐进地让她慢慢接受？"

"接受什么，和疯子一起生活吗？"周时予看着右手无名指上的钻戒，"她要的已经很少了。"

"那你希望另一半是什么样的人呢？"

"性格温和、情绪稳定，能聊得来就可以。"

周时予清楚地记得那晚她说的每个字。

那是盛穗第一次坐在他的车里，如薄纱一般的月光洒落在她姣好的面庞上。那是周时予梦里都不曾见过的容颜，甚至舍不得眨眼。

她说的是，她想和一个正常人生活，只是一个正常人。

再简单不过的要求，甚至随便是谁都可以，却独独排除了周时予。

病情反反复复地发作，直截了当地告诉他：他注定无法成为正常人。

周时予直起身，将头靠在墙上，忽地笑了笑："这世上这么多正常人，为什么不能多我一个？"

"这就要看你怎么定义正常人了。是个人都难免有点儿心理问题，这么算的话，所有人都是潜在的疯子。"梁栩柏双手抱胸，打了个大大的哈欠，"再说了，当正常人有什么难的？只要跳出别人的定义，谁都是正常人。"

大话谁都会说，可无补于事。

周时予并非怨天尤人的性格，决定将选择权交给盛穗后，便没有再废话。

衣兜里的黑色手机振动了一下,周时予低下头,看着陈秘书发来的消息——

"刘医生打电话说最新的一批动态血糖仪已经送到了,使用前需要进行教学,想问一下盛小姐那边什么时候方便。"

她什么时候方便?

周时予也不知道。

他望着屏幕上那些小小的黑字,觉得它们下一秒就要从手机里跳出来了。他按下锁屏键,心里突然生出几分悔意。

他应该晚几天再和她说的,至少要让她先试试动态血糖仪。否则她下次突发低血糖时,没人在她身边该怎么办?

周时予恍然意识到,结婚不过一个多月,他已经习惯了和盛穗共处的日子,太多事情被他当作理所当然,比如可以随时给她打电话、随时在她身边、随时拥抱她、亲吻她。

在蜜罐里享乐了太久,周时予得意到忘记了:卸去伪装的本真的他,其实连对她好的资格都不应拥有。

盛穗沿着海岸线独自走了很久。

浅黄色的海沙又细又软,盛穗一脚踩下去,半只脚便会陷进去。

海岸线东边是不见尽头的商业街,餐厅、酒吧、特色服装店等,一应俱全。放眼望去,满是热闹的人群。

西边则礁石成群,没有人去。

成年人更爱在沙滩上晒日光浴,孩子们则不被允许与尖石为伴,以免受伤。

盛穗盯着刺眼的阳光,在分岔口张望了片刻。

她很清楚,过去的盛穗一定会随大流地选择东边,哪怕西边的风景更符合她的心意,因为随波逐流不一定对,却一定比逆流更轻松。

现在的盛穗却选择了人迹罕至的西边——每一步踩下去,脚都会被尖石扎痛的礁石区。

原因很简单:周时予曾带她来过这里。

因为仓促结婚的事,盛穗和母亲爆发争吵,丈夫带她来海边散心。在母亲又一次打电话来责怪她时，他不问缘由，无条件地站在了她这边。

盛穗仍记得当时的场景。周时予望着海天交接处，在月色铺满人间时，温声告诉她："你看，两个人一起承担，总比你独自背负要轻松许多。"

那晚，是盛穗第一次主动亲吻周时予。

现在回想起来，大抵当时她就已经心动了，却不自知。

人群的喧嚷嬉闹逐渐消失在身后，这次没有周时予在前面牵着她，盛穗每一步都走得小心翼翼，生怕别人剐蹭到她手里的光碟。

这张光碟是她临走前，梁栩柏在花店门口递给她的。

"这里面是周时予住院病发时的部分监控录像，因为年份比较久远，只有这张光碟作为记录。"

不必多说，这也是周时予默许的，甚至是他让梁栩柏这么做的。因为上次见面时，梁栩柏说得很清楚，心理医生不得随意吐露病人的隐私。

盛穗走累了。她找不到上次歇脚的地方，便随意找了一处礁石倚着。

她细细打量着手里明显已有些年头的光碟。

她打开透明的盒子，光碟上写着周时予的姓名和一串数字，那串数字应该是他住院的日期。

如果是在看到书房里的那幅画之前，甚至是在看到日记本之前，盛穗都会毫不犹豫地选择观看光碟里面的内容。她会沿街寻找最近的音像店，进去找一台机器，插入光碟，再目不转睛地盯着屏幕。

可她现在心生怯意。

人是世界上最能情感互通的生物，却也没法完全感同身受。

在看日记前，盛穗对双相情感障碍的了解少得可怜。

哪怕她在去花店的路上，反复在手机上看到了那些令人心惊胆战的数字和描述，心里仍旧存有一丝侥幸。她认为哪怕是患有这个疾病，周时予都该是不同的。

可当翻开那本陈旧且沾着深褐色血迹的日记本，看了上面的文字，她就喘不过气来了。

周时予的爱太沉重、太有分量，盛穗既没办法坦然接受他的感情，也做不到对男人的痛苦视而不见。

当一个人将生命的重量都压在你的身上，哪怕你只是远离半步，都等同于往对方的身上捅刀子。

盛穗只是一个再平凡不过的普通人。

她会害怕，会胆怯，也会犹豫、懦弱。她在并不幸福的原生家庭和劣势的身体条件下，比大多数人有更多的顾虑，也更需要长久和稳定。

所以，周时予早已给了她选择。

男人早晨留下的字条上只字未提归期，意图昭然若揭——如果盛穗要走，他不会强求她留下。

不知怎的，盛穗忽地生出许多不满，其中有对周时予武断地掌控一切的委屈，有对她曾经胆小怯懦的愤怒以及对现实不公的无能为力。

各种情绪杂糅到一处，盛穗在冲动之下，拿出光碟放在掌心。只听"啪"的一声，光碟被她硬生生地掰成了两截。

使用蛮力的下场就是她的手指被划破了。

血珠争先恐后地从伤口涌出来，砸在已成两半的光碟上，恰好将"周时予"三个字遮住。

紧接着，盛穗就在模糊的视野中，见到自己豆大的泪珠滚落而下，又将那血色冲刷，露出"周时予"三个字的原本模样。

盛穗后知后觉地反应过来，原来她正蹲在地上哭泣。

盛穗说不清这些汹涌的泪滴是为了她自己，还是为了周时予过去遭受的不幸，又或是两者都有。

她只是觉得很难过。

她用随身携带的创可贴包扎好伤口，手机突然收到田阿姨的消息："小穗啊，晚上还回来吃饭吗？周先生上次出差前，花了一整天时间教会了我好多菜。你想吃什么，阿姨给你做。"

对，还有田阿姨。

不仅是平安，田阿姨也是周时予找回来的。

泪眼婆娑的盛穗摁下一串电话号码，眼泪几次砸在手机上。她用袖子擦去泪水，终于成功地打通了电话。

一如既往，男人立刻接起电话，安静地等待着盛穗先开口。

男人呼吸压抑，宛如罪人在等待最后的宣判结果。

"我早上九点半才醒，你留在厨房里的饭菜我都吃了，但是我没有刷碗。

"我中午去花店找了梁栩柏，穿的衣服是上次逛街时你送给我的奶绿色长裙。

"后来我又坐公交车去你带我逛过的海边，外面好热，我没带胰岛素笔，所以不敢吃饭，只能一个人乱走，还把东西弄坏了。"

梁栩柏说，她什么都不用做，只要像往常一样做她自己就可以了。

盛穗拼命地翻找记忆，回想她平时打电话时都会和周时予说些什么。她思来想去，发现自己好像说的都是一些无用的废话。

说到最后，盛穗哭了起来，一句话磕磕绊绊地要说上半天。

直到盛穗的腿快失去知觉了，她才想起手机那头的人从始至终都没有搭过话。

"周时予，"她吸着鼻子，齉声齉气地问，"你还在听吗？"

"我在，盛穗。"婚后，周时予很少直呼她的全名，声音里的温柔与宠溺不加遮掩，"只要你想，我会一直都在。"

男人的声音在盛穗的耳边久久不散。毫无缘由的，她在听到周时予的声音时，一整日飘浮不定的心脏似乎重新归位。

她隐隐意识到，即便揭开他所有的创伤与疤痕，哪怕见过他所有的不堪，周时予是她的安全感来源这件事，如寒风中笔挺的松柏一般，屹立不倒。

不知不觉中，最烈的日头已经悄然落了下去，余晖伴着金红的晚霞爬上天际。

盛穗站起身，将碎裂的光碟装进盒子。她用袖子擦去眼泪，冲着听筒那端叫道："周时予！"

"嗯，我在。"

此时此刻，她不再去想任何问题，只遵循自己当下的想法。

她轻声说道："我想回家，也好想你。"

我好想你，很想很想。

盛穗依旧害怕，依旧无助，也依旧茫然无措，只是思念占据了上风。

时至今日，迟钝的她终于明白，原来人类产生情感的先决条件是存在载体。因为有寄托情感的载体，她的喜欢、她的思念，甚至她的惶然与愤怒，才存在意义。

周时予是她的牵一发而动全身，是她的万千辗转纠结，更是她的思念不如相见。

盛穗像是认命了一般，深吸了一口气，轻声重复道："周时予，我很想你。"

大抵是她平日好听的话说得太少，听筒里的男人陷入了沉默。

漫长的沉默过去，盛穗的背后和听筒里传来两道重合的声音——

"穗穗，回头。"

盛穗愣了一下，转过身，看见周时予就站在几步外，海风吹动着男人宽松的白衫。

男人不知是何时到来的，橙红色的光束勾勒着他宽阔的肩膀，柔顺的黑发染上了点点碎金。他神态温和，让人想到从天而降的神祇。

这才是她所熟悉的周时予：温柔强大、宠辱不惊，还带着几分令人难以捉摸的神秘莫测。而不是日记本里那个落笔颤抖不止、敏感脆弱，仿佛一片枯叶就能将其轻易压垮的青年。

周时予脱胎换骨的原因，盛穗无从找寻。

她更害怕知道这些年他都经历了哪些不为人知的困苦。

成熟的男人和青涩的青年，这强烈的反差，让盛穗的大脑和眼睛开始打架。

四目相对，她定定地望着周时予如雕塑般精雕细琢的五官，想到了橱窗里价格昂贵的精美的娃娃。

娃娃拥有无可挑剔的精致容貌，身着昂贵华丽的礼服，内里却是满身疮痍。

她撕开娃娃自肩背蜿蜒向下的疤痕，受潮发霉的棉花便会争先恐后地露出来，最后只剩下左边胸腔里仍旧在微弱跳动的一块腐肉——那是娃娃唯一鲜活的心脏。

"你是什么时候来的？"盛穗朝周时予走过去，将拿着光碟的右手藏在背后，"你一直都在这里吗？"

见她走过来，周时予才温声说道："嗯，我一直都在。"

毕竟看着她的背影等待，向来是周时予最擅长做的事。

盛穗抬起头直勾勾地望着男人，似是在极力寻找什么。她没话找话道："你在哪里？我怎么没看到你？"

"我站得很远，不想打扰你。"周时予垂下眼帘，向她伸出手，仿佛无事发生一般柔声询问道，"穗穗，要不要和我回家？"

盛穗望着男人无可挑剔的笑容，想学着他的模样扬起唇角，结果不出意外地失败了。

"对不起，"她移开视线，不再去看镜片后那双含笑的黑眸，"周时予，我好像真的做不到。"

气氛突然凝固，男人的手悬在半空。

盛穗害怕再看到周时予此时脸上的笑容，望着海边的潮起潮落，低声说道："我可能不是个合格的爱人。我没办法给你最好的支持和帮助，没办法铿锵有力地说出我对你的过去毫不介怀，也没办法立刻接受所有的真相。所有的道理我都懂，我该说些漂亮话或者该装出若无其事的样子。"她声音很小，顷刻间便消散在腥咸的海风中，"可我试了一下午，还是不行。"

盛穗抬起头，露出比哭还难看的笑容。她眼底的悲伤像是一把尖刀，直直地刺进周时予的胸口。这把刀比过往划开他手腕的任意一把，都要锋利千万倍。

女人在夕阳将要坠落时轻轻摇头，呼唤他的姓名："周时予，对于你经历过的一切，我做不到熟视无睹。"

日记是她自己非要看的，怪不得别人，她也没有任何理由坐视不管。

刚止住的泪意再度涌上盛穗的眼眶，她看着表情平和的男人，觉得不可思议。

她从来没见过如周时予一般的人，在伤痕累累的情况下还能笑得出来，还能若无其事地站在她的面前，哪怕身负巨大的伤痛，还在担心这份苦痛是否会惊扰到她。

怎么会有这样的人？！

周时予深深地望着盛穗，这一次，连镜片都遮掩不住他眸中的忧伤。

男人的手悬在空中,最终还是放下了。他笑了笑,迷茫地问道:"那现在该怎么办呢?"

"现在就是我很难过,也很愤怒!"盛穗痛恨此时还在对周时予恶语相向的自己,藏在背后的双手指尖发白,"周时予,我觉得很委屈。"

男人脸上完美的微笑终于出现了一丝裂纹,他声音嘶哑地说道:"我知道……"

"你不知道!"盛穗不自觉地提高声调,粗鲁地打断男人的话。两行泪珠从她的脸上滚滚而下,重重地砸到她的脚边。

"周时予,没有任何人是为了习惯痛苦才来到这个世界上的!"盛穗一激动,越发语无伦次,"你不要成为这样的人,不要习惯这些伤痛!你不应该承受这些的!凭什么是你?"

话音未落,周时予俯身将盛穗抱在怀中。

"我知道的。"男人轻轻地揉着盛穗的后脑勺儿,一下又一下地抚慰着她。

他将脸埋在她的肩窝里,滚热的呼吸落在她的颈侧:"你心疼我,我都知道的。"

"我……"

"没事的,"周时予宛如在安抚夜里被雷声惊醒的孩童,一遍遍地告诉盛穗,"所有的不幸,总有一天都会过去的。"

盛穗正在想怎么是自己反被周时予安慰时,就听见他笑了笑,说道:"你或许不相信,其实我现在很高兴。我以为你会被吓跑,以为一切会重演,以为我会像以前那样再次把你弄丢。"

感受着对方胸腔的震动,盛穗听见男人嘶哑的声音传来——

"盛穗,其实我也会害怕的。害怕看见你知道我是精神病人后的反应,所以我做了胆小鬼,越想靠近,就越要躲得更远一些。"

男人说话时语气平静,手上却逐渐用了力气。

盛穗恍惚间觉得周时予像是要把她揉进他的身体里。她抬手抱住了他,掌心隔着衣料触碰到男人清瘦的背脊,情不自禁地联想到精致华贵的娃娃后背上的裂口。

每跌跌撞撞地向她走近一步,娃娃身体里的棉花便会一团接一团地掉出来,带着深褐色的血迹。

盛穗不通针线，不会缝合裂口，但或许可以把落在地上的棉花捡起来，趁着春光正好时，放在阳光下，晒去霉菌，再重新为娃娃塞回去。

她很愚钝，但只要她想，总归有能做的事情，不是吗？

"周时予。"

"嗯。"

盛穗在凸起的礁石上踮起脚尖，想让周时予更舒服些，不需要再弯腰。

"你知道的，我是个很胆小的人。小时候就算被父亲打，我也不敢哭，更不敢找人帮忙；后来母亲对我不好，我也不敢发脾气，总想着再忍一忍就会好的。但我刚才敢和你吵架，也敢冲你发脾气了。"

盛穗还没说完，就害臊得满脸通红。她把头往周时予的怀里扎，小声地自圆其说道："这说明，我结婚后，胆子大了不少。"

周时予的身体抖了一下。

盛穗用额头撞了一下周时予的胸口："你先别笑。"

"好，我不笑。"周时予应道，可他的嗓音里带着点点未散的笑意。

他将盛穗往怀里搂了搂，贪婪地汲取着她温软的气息："你慢慢说，我的时间都是你的。"

"虽然二十七岁的人说这些很奇怪，"盛穗轻轻推开男人，后退半步，结束了这个拥抱，"但我想变得再勇敢一些。"

她眼眶泛红，落日忍不住亲吻她的面颊，别有几分惊鸿一瞥的艳丽。

周时予目不转睛地看着她，虚搂着她盈盈一握的细腰，柔韧的触感似乎激起微弱的电流，传遍他的全身。

两人各怀心事时，盛穗深吸了一口气。她终于下定决心，不再甘心被周时予以保护的姿态抱在怀中，再次踮起脚尖。

尖锐的礁石扎在她的脚尖上，传来阵阵刺痛。盛穗抬起一双纤弱的手臂，环住男人的脖颈。

她重心不稳，身体晃了一下，下一秒便被一双坚实有力的手臂托住。远远望去，像是她扑到了周时予的怀中。

原来像她这样胆小怯懦的人也可以做到。

盛穗此时不知该高兴还是该难过，踮着脚尖站在礁石上，几乎寸步难行，痛感令她无法忽视。但有些话，她一定要立刻告诉他。

"周时予。"盛穗费力而笨拙地抱着爱人，即使脚上再痛也不想结束这个拥抱。

她将薄唇贴在他的耳边，一字一板地认真说道："以后再拥抱时，不再是只有你为我弯腰，我也同样可以为你踮脚。"

第十三章
嗔痴贪念欲

离开海滩前,周时予看向拥抱时从盛穗的手中掉落的光碟。他轻轻拍了拍盛穗的后背:"要带它回去吗?"

长久的拥抱结束,盛穗的脚掌着地,舒缓的感觉让她长出一口气。

被她小心翼翼地保护了一路的光碟,现在不仅成了两半,连盒子上都爬满了细长的裂纹,像极了其中记录的周时予满是泥泞与伤疤的过去。

"丢掉吧。"良久,盛穗听见她这样回答道。

她蹲下捡起光碟,自言自语般低声说道:"我不想通过这种方式了解你。"

她深吸一口气,正欲起身时,温热有力的手臂从她的腿弯穿过,周时予将她打横抱起。

盛穗手里抓着光碟,不方便环住男人的脖子,不由得往周时予的怀里缩了一下。

见她下意识地依赖自己,周时予勾唇笑了一下,托着她的腰的手向上掂了掂:"你看,这样我们谁都不必弯腰或踮脚了。穗穗,我会找到让彼此都舒服的拥抱姿势。"男人轻轻吻了一下她的额头,一触即分,"你只要再多分给我一些耐心就好。"

"好。"盛穗向来对周时予最有信心,也知道她才是他唯一的短板。

她将光盘丢进垃圾桶,默默地将头埋进男人的胸膛。听着白色衬衫下沉稳有力的心跳声,她轻声说道:"对不起啊,要是我再强大些就好了。"

她要是强大到能够保护他就好了。

周时予稳稳地抱着她沿着海岸线散步,身侧的落日坠入海天分界线。岁月静好,他觉得胸腔要被满溢的幸福胀破了。

他们在昼夜交接时接吻相拥——

或许他们就会日夜相伴,到生命的尽头。

周时予踩着脚下尖锐的礁石,想到怀里的爱人刚才踮脚抱他时所承受的疼痛,不免心疼起来:"穗穗,不要道歉。"

你永远不会知道,对我而言,你意味着什么。

很快,两人回到车上。

盛穗拉开副驾驶的车门,发现座位之间的卡槽里有一个长方形的黑盒,那是便携式胰岛素冷藏盒。

她对这个东西再熟悉不过。未开封的胰岛素对温度有特殊要求,需要储存在2~8摄氏度的恒温空间里。

从前盛穗与人合租时,都把胰岛素放在冰箱里冷藏;结婚后她搬到周时予家,就放在他事先买好的小冰箱里。

她拿出冷藏盒打开,果然看见被冰袋包裹着的胰岛素笔、针头、酒精棉片以及血糖仪和试纸。

她出门走得急,没有带包,自然也忘记了带胰岛素,所以直到下午也不敢吃饭。

可这件事她分明是刚才在电话里才说的,周时予又是怎么提前知道的?

余光瞥见盒子上的一根猫毛,她恍然大悟。

家里养猫,自然处处都是摄像头。

这也就意味着,从她起床,到被平安"骗"去书房,再到恍恍惚惚地吃完早饭,甚至于后来匆忙出门而没带放药的背包,男人都在监控录像里看得一清二楚。

至于最后怎么找到她,他只需要找个人全程跟在她身后,再打一个电话就能得到答案。

周时予实在是太聪明的人。

"翻你的包不太礼貌,我就从家里拿了新的。"单手开车的周时予出声说道。

盛穗注意到,男人没戴表的左手搭在车门上,扶手恰好盖住了他手腕上的疤痕。他目视前方,说道:"你饿了的话,可以让田阿姨提前准备晚饭,不饿的话就等我们回家了再做。"

"别麻烦田阿姨了。"

盛穗忽地意识到在面对生病的爱人时,和周时予相比,她十分浅薄。

盛穗自嘲地摇了摇头,明白了上学时老师老生常谈的一句话——最可怕的不是聪明的人,也不是刻苦的人,而是那些本就天资聪慧的人比你还努力千百倍。

带着几分愧疚以及自小对"笨鸟先飞"理论的深信不疑,盛穗回家后,就坐在客厅的沙发上查询双相情感障碍的相关资料和书籍。

读书时,她就是老师最喜欢的那类学生:成绩不算顶尖,却一直优异,从不偏科,还乖巧省心,即使下发的练习题再基础,她都会听话地再做一遍。

此时此刻,盛穗几乎是拿出备战高考的态度,利用网络找出书单和几篇论文后,行动力极高地立刻列出阅读计划表。

她看得太投入,以至周时予喊了她几次都没听见。周时予不得不过来喊她,盛穗依然毫无察觉。

镜片映出屏幕上的内容,周时予的目光在长长的书单上扫过,他温声说道:"穗穗,打针吃饭了。"

"嗯?好的。"

两人十分默契地在饭桌上对白天的事闭口不谈。

冰箱里备好的午餐没吃,不好浪费,周时予晚上新添了一荤、一素、一汤。

周时予给盛穗舀汤时询问道:"上次说的动态血糖仪,明天要不要去医院看看?"

盛穗的确还有别的事要问医生,想了想,点头答应下来:"好。"

· 336 ·

周时予错把她的犹豫当成了害怕，柔声安抚："市面上的几款动态血糖仪我都试过了，最后选定了这一款，佩戴过程中基本没有痛感，防水性和蓝牙稳定性也不错。"

盛穗听男人流利地说出使用感受，瞬间睁大双眼："你试过？什么时候？"

周时予熟练地将蒜香排骨剔骨，将肉夹进盛穗的碗里。他语气十分自然，像是在说日常小事："嗯，市面上出的新款我都会试试。"

见爱人表情惊讶，周时予抬手在她的发顶上揉了揉："放心，如果痛的话，我不会忍心让你去试的。"

盛穗沉默了。

周时予根本不是糖尿病患者，却在他们没结婚前，在她并不认识他之前，把她没考虑过使用的仪器替她试了个遍，甚至连他创业后投资的第一个项目，都是关于糖尿病的药品和器械的研究。

盛穗放下筷子，哑声问道："你还做过些什么是我不知道的呢？"

从平安到田阿姨，从"Z"到成禾，再从小巷画作到日记本……周时予究竟还瞒了她多少事？

"大概还有一些，"周时予的答案模棱两可，他说，"可能我也不记得了。"

他为什么会不记得？

是不是梁栩柏说的电击疗法夺取了男人的部分记忆？

"穗穗，我这些年都有在好好吃药，认真接受治疗，双相情感障碍痊愈的概率很小，却并非不可控。"周时予低头在她的脸上落下一吻，"所以，别害怕我，但也不要可怜我，好不好？"

周时予这次没有骗盛穗，安装电子血糖仪的过程的确一点儿都不疼。

诊疗室里，盛穗掀开左侧的衣摆。她用酒精棉片擦拭过腹部的皮肤后，撕开一次性器械的包装，拿出一个塑料仪器。

护士温柔地道："对，现在扯掉背胶，拉断圆钮上的塑料环，再按下圆钮就可以了。"

盛穗闻言照做。只听"咔"的一声脆响，她感觉有东西刺进了自己的腹部,一阵如蚊虫叮咬般的微弱刺痛感后,便再也没有任何感觉,整个过程不超过半分钟。

只是她没找好位置,正好刺进了毛细血管,拔出手柄时,血从凹槽处漫了出来。

护士忙回头去拿酒精棉片。

"不用,我这里有。"盛穗先一步将手里备好的酒精棉片覆在凹槽上。

她侧过身,挡住身后男人的视线,等血止住后才转过身,像无事发生过一般抬头朝护士微微一笑。

"怎么了?"周时予走上前询问,"还顺利吗?"

"嗯,没事,马上就好。"

盛穗将带血的棉片握在掌心里,面不改色地拿起和凹槽形状匹配的蓝牙接收器,按了进去,再拿出手机点开软件,进行最后的匹配。

"还要等两个小时才能显示。"完成所有操作后,她抬头望向周时予,轻声问道,"我们是在这里等,还是去超市买东西?"

"再等等吧,第一次还是谨慎一点儿比较好。"周时予抬手轻轻揉了揉她的发顶。

"好。"盛穗点了点头。

除了安装电子血糖仪、去看望父亲之外,她这次来医院还有一件很重要的事情想问医生。

护士离开后,周时予接到了一通电话,随后表示他需要现在出去一趟。

盛穗正拼命想该怎么把人支开,闻言不由得松了一口气:"你先去忙,我自己可以的。"

"好,我尽快回来。"

值得庆幸的是,比周时予先回来的是盛穗的主治医生。她姓刘,是个慈眉善目的中年女人,年龄在五十岁左右。

刘副主任见盛穗肯听自己的意见佩戴电子血糖仪,欣慰地笑道:"你开始可能会不习惯身上多了个东西,但过几天就会好的。你佩戴的这款敏感度很高,每五分钟就会自动测试一次血糖值,可以很大程度地避免出现低血糖的情况。"

用衣服盖上仪器便和正常人没什么区别，最多也只是夏天不方便穿露腰的短上衣，盛穗能接受这些。

她不过多纠结，还有件要紧事得趁周时予不在场时问一声。于是在刘医生进行基本的问诊前，她先一步打断对方的话头："刘医生，我可以先问您一个问题吗？"

诊疗室房门大开，外面经常有人经过，也不知道谁会在什么时候从外面进来。

盛穗时不时地看向门口。

刘医生贴心地主动起身，把门关紧。她的女儿和盛穗的年纪差不多，所以她对盛穗总有对待小辈的耐心和包容。

"别紧张，你有什么事想问我？"

盛穗的脑子里一直想着周时予每天吃叶酸的事情，她查过，叶酸对男性的生殖健康非常重要，也是许多人在备孕时会吃的保健品。

所以，周时予是想和她有个孩子，还是只单纯地想要强身健体？答案目前无从得知，这件事却无意间提醒了盛穗过去从未考虑过的事情。

"我在不久前结婚了。"她深吸了一口气，不由得庆幸对面的医生同样是女性，让这个问题没那么难以启齿，"请问医生，我患有1型糖尿病，还能够怀孕吗？"

"身体没有其他问题的话，1型糖尿病患者是可以生孩子的。

"虽然1型糖尿病有一定的遗传概率，但和2型糖尿病的家族聚集性和遗传倾向不同。1型糖尿病更多是由自身免疫和感染导致的，遗传概率很低。

"所以，你不要有太重的心理负担，但一定要遵医嘱，控制好血糖水平，怀孕期间定期来医院检查。"

后来刘医生又嘱咐了盛穗很多，尤其是关于电子血糖仪的使用方法和注意事项，可惜盛穗大多左耳朵进，右耳朵出。

"好的，非常感谢刘医生。"

盛穗离开诊疗室，关门时，看见金属门框上映出自己扬起的唇角，她的心里有一丝侥幸。

其实细想起来有些可笑，在这个女性独立意识逐渐觉醒、越来越多的女孩儿有勇气和经济实力来拒绝生育的时代，她却要小心翼翼地询问医生：以她的身体状况，可不可以拥有一个小孩儿。

盛穗几年前有过一次相亲失败的经历，男方在得知她患病后，当场就以不利于生育后代的理由拒绝和她再见面。

肖茗得知后，立刻痛骂了男方一顿。她在卧室里抱着盛穗安慰道："不能生孩子多好啊，我巴不得自己天生就不能生小孩儿呢，省得我家里人天天催，你不用经历生小孩儿的痛，我还羡慕你呢。"

盛穗当时只是笑了笑，心里再清楚不过，只有健康的人才能说出这番话。

事实不是这样的。

想不想要孩子和是否有能力生育，是截然不同的两件事。

她尊重更欣赏有勇气拒绝生育的女性，却也浅薄地认为：真正的女性自由，不在于最终的选择是什么，而在于是否拥有自主选择权。

有人不愿生育，可这个社会上也有部分女性和她一样，在了解生育要付出的代价后，仅仅是出于喜爱，希望能拥有一个小孩儿。

盛穗很喜欢孩子，这也是她成为教师的原因之一。

不幸的原生家庭没有磨灭她的母性，和婚姻、伴侣无关，她只是喜爱孩童圆嘟嘟的小脸。坐出租车经过公园时，她见到年轻的夫妇带着孩子玩耍的画面，心中总会涌起一阵羡慕。

盛穗意识到周时予服用叶酸，或许是想和她共同哺育下一代时，她的第一反应是：如果宝宝的模样像周时予，该有多好看。

她扬起的唇角久久没有落下。

盛穗在门外没见到周时予，便一边往走廊的尽头走，一边拿出手机准备打电话。

按下拨通键前，盛穗隐约听见走廊的尽头传来说话的声音。

"除了以前的那些，这次研讨会上，几个新增项目也很值得关注，比如'人齿龈间充质干细胞治疗1型糖尿病临床研究''人脐带间充质干细胞注射液治疗糖尿病足创面的前瞻性、随机、对照临床研究'和'脐带间充质干细胞移植治疗糖尿病周围神经病变的临床研究'，等等。"

"好，后续派专人跟进，等调研分析报告出来……穗穗？"

盛穗知道倒映在瓷砖地面上的影子将她暴露了。

男人回头看向她，询问道："那边还顺利吗？"

盛穗点头，向周时予对面的一头银发的老者问好："您好。"

"周太太好。"老者和蔼地一笑，对周时予说："我还有事，就不打扰周总了，回头再聊。"

"好，您慢走。"

目送老者离开，两人一起朝医院的大厅走去。

周时予主动牵起盛穗的手，捏了捏她的指尖："医生怎么说？"

"还是那些话，注意多运动、作息规律之类的。"盛穗想起丈夫和老者的对话，好奇地问道，"刚才那位老人是在做糖尿病治疗的相关研究吗？"

作为患者，盛穗经常看到关于彻底治愈1型糖尿病的研究新闻，也大概知道干细胞移植是目前进展最快、受关注度最高的方式。

十几年过去了，她已经接受了靠注射胰岛素生活的日子，也从没想过自己的病能被治愈。毕竟眼前的日子还算过得去，她觉得奢求太多反而会失望。

当意识到周时予反而是那个不肯放弃的人时，她心里五味杂陈。

"是，刘晨医生在业界很有权威。"周时予停下脚步，看向盛穗，"1型糖尿病患者的数量比你想象中的要多许多，如果有突破性的技术，这将会是巨大的商机。

"我是商人，无利不起早。"

他抬手捏了捏女人柔软的脸蛋儿，温声说道："你就不要再心疼资本家，不要乱自责了，知道吗？"

盛穗被他这通看似很有逻辑的歪理逗笑了，抬头看着周时予："那么，请问周大商人和我结婚的收益是什么呢？"

周时予沉思了片刻，将双唇凑近盛穗的耳边，小声说道："好处大概是，周太太会让我生出很多欲望？"

盛穗知道某人又要不正经了，无奈地摇了摇头，被周时予牵着去住院部看望盛田。

两天后父亲就要动手术了，距离盛穗上次来，已过去快半个月的时间了。

起初，盛田还会每天给她发消息。后来意识到曾经对他言听计从、被打也一声不吭的女儿不再心软，盛田才终于停止了对她的骚扰。

周时予给盛田安排的单人病房在四楼，两人行至护士站时，便看见了出来透气的盛田。

强直性脊柱炎的一再病变，让曾经孔武有力、凭打人展现男子气概的男人，现在不得不坐在轮椅上。他满脸堆着讨好的笑，摆出鬼脸逗面前的小姑娘玩。

小女孩儿来看望刚做完心脏手术的奶奶，见有人陪她玩，就围着盛田团团转，任奶奶怎么劝都没用。

"这孩子平时都让我们给惯坏了。"女孩儿的奶奶和盛田年纪相仿，无奈地道着歉。

"再乖的小孩儿也要淘气几年，"盛田笑得脸上堆满了皱纹，"我家女儿这么大的时候更闹腾，等再大点儿就听话懂事了。"

"你家孩子多大啦？"

"刚满二十七，都是大姑娘喽。"

"我看给你安排的是高级病房，你家孩子真是又厉害又孝顺，你真有福气啊。"

"是，孩子能有出息，我这当爹的就满足了。"

盛穗远远地听着男人不停地夸她，一时不知他是单纯地拿她当吹嘘的谈资，还是他真的知道愧疚、悔改了。

周时予轻轻揉了揉她的发顶："你不想过去的话，我们就回家。"

"其实有时候，我觉得我是典型的记吃不记打。"

盛穗站在原地没动，平静地望着盛田和小女孩儿玩耍，觉得这个温馨的画面有些讽刺。

"每当我下定决心，说再也不要管他的死活，我已经仁至义尽了，脑子里就会有另一个声音响起——"她抬头看向周时予，轻声说道，"只要我还有父母，人生便尚有来处，如果连父母都不要了，余生就仅剩归途。"

盛田此时突然发现了盛穗，变得局促不安起来，用粗糙的双手反复搓着衣袖。他主动推着轮椅过来，又不敢靠太近："怎么突然来医院了？我在这里挺好的，你不用担心……"

"我是来医院看病的。"盛穗冷冷地打断他，"我也是病人。"

"哦，对对对，"盛田忙不迭地点头，瞥了一眼面无表情的周时予，脸上的肉哆嗦了一下,"怎么样,医生说还能治好吗?"

"治不好了。"面对父亲,盛穗像是一只浑身带刺的刺猬,"虽然你从没陪我看过病,但我以为你至少知道这个。"

负责盛田的护士此时路过,自然地和盛穗谈起两日后的手术。

周时予没有跟上去,双手插兜,冷漠地看向乖巧地跟在盛穗身边的盛田。盛田的神态间全是对盛穗的依赖。

周时予和盛穗完全不同。

关于父母,她谈起来处和归途,那是因为她对双亲、对这个世界还有期待。

周时予对这个世界向来无所期盼。

他反而不解:为什么在这个各行各业都需要从业许可资格的世间,偏偏为人父母毫无门槛。尤其是男性,他们甚至不必如女性那般付出怀胎十月的辛苦,便能得到一个孩子。

不只是酒鬼盛田可以,就连那个男人都可以。

在明知患病、明知遗传率高的情况下,那个男人非要生出和他一样阴晴不定的疯子,甚至生了周时予一个还不满足,还要让周熠成为第二个失败的"试验品"。

或许那个男人到死都想不通,像他这样的人,是不配有下一代的。

"周时予,你还好吗?"

充满担忧的声音拉回了周时予飘远的思绪,他感觉有一双温热的小手拉住自己,低头就见盛穗正关切地望着他。

"我那边已经忙完了,你的手好凉。"女人蹙起眉头,将他的两只手放到唇边哈气,轻声说,"今天降温好厉害,你是不是穿得太少了?要不我们先回车里吧。"

周时予顺从地答应道:"好。"

去露天停车场的路上,周时予被盛穗牵着往前走,两人十指相扣。

正午的阳光倾洒在盛穗的肩头,她的长发随春风微微摆动。周时予忽地觉得,其实说他对这个世界并无期待,或许并不准确。

人还想活着,是因为还存在欲望,是因为还想从这个世界上再得到些什么。

周时予自知并非四大皆空。

盛穗便是他的欲望，是他的贪嗔痴念，是他经年累月的求而不得和辗转反侧，也是他愿意活下去，再见一见明日春色满园的唯一理由。

四月末，劳动节假期来临之前，学校筹备已久的文化节如期举办。

盛穗所在的特殊学校分为康复班和聋生班，康复班的学生是有智力障碍、自闭症、多动症的孩子；聋生班则顾名思义，是为听力有障碍的学生特别设立的。

文化节的节目包括但不限于歌舞表演、舞台剧、乐器演奏等，盛穗不必亲自上台，主要负责在台下指挥以及给本班的学生拍照、录像。

与大部分同龄的孩子相比，她的学生的行为要稚嫩许多，但小孩儿脸上的笑容都一样灿烂。

表演期间，一个患有智力障碍的孩子发现了盛穗举起的镜头，索性连舞都不跳了，站在原地冲她咧着嘴乐，直到音乐结束还不肯下台。

盛穗最后只好半无奈、半宠溺地将孩子抱走，结果下台就被班里的学生们围住，挨个儿要亲亲和抱抱。

这些被社会遗忘的孩子，与盛穗更亲近。

盛穗将他们挨个儿哄过一遍后，看向独自站在后台角落里的周熠。

长相俊秀的男孩儿直勾勾地盯着前方，怀里抱着熟悉的娃娃，就连刚才在舞台上表演时也不肯把娃娃放下。

男孩儿的长相和周时予有七八分相似，盛穗难免对他更疼惜一些。她走过去蹲下身子，主动抱了抱他，抬手擦去他额头上的汗："熠熠，可以告诉老师，娃娃是谁送给你的吗？"

她重复问了三遍，周熠才慢吞吞地说道："哥哥。"

哥哥？娃娃是周时予给的？

说来奇怪，当初周时予给出的结婚理由有一半是关于周熠的，盛穗婚后却从未听男人主动提起过弟弟。就连那次去周家，周时予也和这位同父异母的弟弟没有任何交流。

很快就到了午饭时间，班里有两名教师在场，忙碌了一上午的盛穗回到办公室。她将上午拍摄的照片、视频发给家长后，接到了周时予的视频电话。

"吃过午饭了吗？现在还在忙吗？"男人身后是办公室里的大片落

地窗,背景声音听着有些嘈杂,"劳动节假期去野营的事,你考虑得怎么样了?"

周时予话音刚落,就见邱斯的脸出现在屏幕的右下角。他笑眯眯地说道:"盛老师,来玩啊,多难得的机会。

"要是盛老师能带个女性朋友来,跟大家认识一下就更好了。"

邱斯期待地搓了搓手。

周时予闻言微微皱眉,嫌弃地说:"邱斯,收起你猥琐的表情。"

"我哪里猥琐了?"邱斯回过头,不满地翻了个白眼,"怎么,成禾的高层里只允许你找对象,我们就得单身呗?只许你天天戴着戒指到处晃,我们'单身狗'就只能眼巴巴地看着呗?只许你品尝爱情的甜,我们就只能吃'狗粮'呗?"

废话太多的下场,就是邱斯被周时予从办公室里"请"了出去。

关于劳动节野营,周时予昨晚就和盛穗说过,地点在魔都城外的一处山清水秀之地。

听说此行主要是去看桃花,许久没出远门的盛穗欣然答应。周时予今天的询问,不过是向她确认放假的时间。

阳光透过落地窗倾泻下来,坐在黑色皮椅上的周时予浑身暖洋洋的,他的发丝上跳跃着金色的光点。

盛穗偷偷按下截屏键,轻咳了一声作为掩饰:"话说肖茗提了几次想和我一起出去玩,如果你们不介意,我问她要不要来。"

"肖茗?"周时予念了一遍,挑了挑眉,沉声说道,"好,你问吧。"

屏幕里的女人闻言笑了笑,调整了一下手机的摆放位置。

周时予恰好看见了她桌上摆放的物品。桌上有一本书,只露出半个封面,书名在镜头下一清二楚——《双相情感障碍:你和你家人需要知道的》。

周时予对这本书再熟悉不过。作为患者,他几年前就拜读过,而且最近时常在家里见到盛穗在读这本书,或者说,用"偷偷摸摸地看"来形容会更加准确。

像是生怕伤害他的自尊心,不仅是这一本,只要是有关他的病情的书,盛穗在家里一律只看电子版。她晚上看电子书时,会远远地坐在对面的沙发上,周时予一旦过去,她会立刻把手机倒扣在腿上。

原来实体书被她藏在学校。

"我发给你的视频你看了吗？周熠最近进步得好快，两个月不到，就已经可以和同学一起登台演出了……"

盛穗兴奋地说着今天文化节的盛况，见对面的男人久久没开口，垂眸看向屏幕，发现了桌上的书。

她忙抬手调整镜头的角度，若无其事地说道："刚才林夕给我打电话了，我听她的声音好像刚才哭过。"

对于有特殊儿童的家庭，有太多类似林夕这样的家长，家长们往往比患者本人还要痛苦。他们不奢求孩子出人头地，孩子只要有进步，哪怕只是主动和人沟通，哪怕只是登上舞台站完全程，家长都会热泪盈眶。

念及此处，盛穗不由得轻叹道："除了聋哑儿童，许多特殊儿童的病症无法被治愈，他们的家人可能更辛苦。"

"嗯。"

周时予似乎对周熠的事情兴致缺缺，换了个话题简单聊了几句后，就被敲门进来的陈秘书请去主持会议。

因为师生数量有限，所以文化节的表演并不多，恰逢劳动节前夕，学校不到四点就给全体师生放假了。

盛穗到家时，墙上的时钟还没到五点。她回来就直奔卧室收拾去野营用的物品，其间几次经过了那间藏着画作、房门依旧紧闭的书房。

说起来，盛穗得知男人患有双相情感障碍也有几天了。她清楚周时予要每天按时服药，却从没见男人吃过，甚至没再见过周时予进入那间昏暗的书房。

除了她像躲猫猫似的在家里偷偷看电子书外，周时予得病，好像对这个家并没有产生丝毫改变。

他不说病情发作的征兆和处理方式，她也不敢问平时要多注意些什么。书上反复说"家人要支持理解"的话太过空泛，盛穗看了书，却依旧不知道该怎么办。

生活照旧，周时予的病更像是家里公开的禁忌，谈不得，碰不得，两人都默契地闭口不提。

盛穗现在明白了，男人告诉她真相，仅仅是因为她想知道，所以他才答疑解惑，而并不是要她帮他解决问题。

因为得知男人生病的事，盛穗这几天都没睡好。

睡前，周时予帮她按摩头皮。也不知他是从哪里学的按摩手法，按起来竟然有模有样的。

盛穗舒服得眯起眼睛，余光看见床边放着一个摊开的小行李箱。

她好奇地问道："这个箱子是干吗用的？"

"放药。"周时予手上的动作不停，他耐心地解释道，"我们出门两天一夜，要带上备用的胰岛素和冷藏盒，我还拿了备用的试纸和针头，还有低血糖突发时使用的急救针，为了保险起见，应该再带上血氧仪和血压计。"

盛穗原本只打算带几个胰岛素笔，还有针头和酒精棉片，闻言暗自感叹周时予的细心与周全。她问道："那你的药呢？要不也放在这里好了。"

盛穗头顶的手倏地一顿，周时予沉默了几秒，说道："不用，分开放就可以。"

男人的答案一出口，盛穗的心里便涌出一股不被信任的感觉。周时予的意思大概就是：我可以自己处理一切，不用麻烦你，所以你也不要插手。

盛穗的追问到了嘴边又被咽了回去，她万般纠结，肚子却"咕噜"叫了两声，清晰地表达着诉求。

周时予低头看着她，笑道："你饿了？想吃点儿什么？烤鱿鱼、小龙虾、烤牛肉，还是蔬菜烧烤？"

盛穗光听菜名就开始吞咽口水。

"我都可以。"她总不能说自己都想吃，于是矜持地说了一句，"你看哪个最好吃，我们就吃哪个。"

男人"啧"了一声，嘴角噙着一丝坏笑。他直视着盛穗的双眼，慢条斯理地说道："如果我说，我觉得你最好吃呢？"

盛穗满脸通红，抓起手边的枕头，毫不犹豫地直接砸向某人。

"周时予，你吃点儿好的吧你！"

由于前一天的"夜宵"吃到太晚，某对夫妇第二天"成功"晚起两个小时。

在盛穗的屡次催促下,周时予放弃了做复杂的早餐。两人紧赶慢赶,出门还是迟了一个小时。

于是乎,搭顺风车去野营的肖茗也被迫迟到了。她上车后,不住感叹着世风日下。

盛穗不好意思地笑着说:"要不我陪你坐后排吧?"

周时予闻言挑了挑眉,从后视镜里打量着肖茗。

肖茗和某人在镜子里对视了一眼,忙摆手拒绝道:"别,我怕被暗杀。"

她看着盛穗的毛衣领口下隐隐可见的红印,摇了摇头,语重心长地说:"我的宝,你要不要考虑一下用点儿遮瑕或者把领子拉高一点儿?"

在盛穗慌忙地整理衣领,又从包里找遮瑕笔时,汽车发动,驶上平直的柏油马路。

窗外的景色飞快地倒退,盛穗昨晚只睡了四五个小时,现在困得眼皮直打架,这时,就听周时予说:"人事部提出了新的聘用条件,肖小姐似乎没答应,是觉得条件不好吗?"

盛穗清醒了几分,意识到周时予的话是对后排的肖茗说的。

"好啊,五倍的工资还不够好吗?我打着灯笼都找不到第二家。"肖茗望向窗外,满不在乎地说,"但我并不怎么想去。"

周时予闻言也不意外,见阳光直射盛穗的脸,便抬手替她打开遮光板,淡淡说道:"我可以问问理由吗?"

"还能有什么理由?我明知道自己不配拿这么高的工资,肯定不敢去啊。"

肖茗性格直爽,向来有话直说,而且公司与成禾的合同已经签了,她说话就更无法无天了。

"万一你目的不纯,想让我帮你瞒着盛穗做坏事,我又是个见钱眼开的,真答应你了怎么办?"

盛穗听完,不由得笑出声来,回头看着肖茗:"那你可以偷偷告诉我,然后再多敲诈他几笔。"

"傻孩子,"肖茗凑上前,爱怜地揉了揉她的脑袋,"你不会真的以为,我们俩一块儿玩心眼儿就能斗过他吧?"

盛穗一时竟想不出话来反驳。别说她和肖茗了，就是十个她们凑一起，也算计不过周时予。

盛穗回头重新坐好，就收到了肖茗的微信。

肖茗："八卦一下，你老公平常对你也这样吗？"

盛穗不解地问："哪样？"

肖茗："有点儿难说，他总是一副高高在上、施舍别人的模样，显得特别欠揍。他做的每件事都让人对他感恩戴德，实际上别人却一直被他牵着鼻子走。"

"施舍"这个词，难免让盛穗感到不舒服。她却难以反驳，只得回道："他的行为不算是施舍吧？"

肖茗敏锐地捕捉到了重点。

肖茗："宝贝，你没有否认我说的后半句话，让姐姐我很担心啊。"

肖茗："你做老好人也不是一天两天了，不要告诉我，这段婚姻里，你一点儿主导权都没有。"

婚后的生活太称心如意，盛穗乍一看见"主导权"三个字，忽地愣了愣。她迟疑了片刻，缓慢地打字问道："感情不是相互的吗？为什么要掌控对方？"

她虽然在言语上反驳，心里却隐隐赞同肖茗的话。

从两人初见，到温柔而强势地提出结婚，从几次隐瞒秘密不得不坦白真相，再到现在真相大白后两人之间微妙的平衡，无论怎样看，周时予都是这段关系的彻底主导者。

也就是说，当盛穗在这段感情里始终保持真诚坦率时，她想了解周时予多少，只取决于男人想让她知道多少。

就连盛穗得知周时予患有双相情感障碍——从她发现他手腕上的疤痕，到发现书房里的画作，还有梁栩柏给她的日记本，这一切都是在周时予的默许甚至是引导下完成的。

周时予爱她、敬她、珍惜她，这些都是不争的事实。

可与此同时，这段关系的发展和走向，两人始终不对等的位置，也完完全全是由周时予一人决定的，他从未问过盛穗的意见。

盛穗的思绪飘远时，手机再次振动起来，她低头查看消息。

肖茗："谁让你掌控了？"

肖茗："我的意思是,哪怕你再喜欢对方,也不要在感情里委屈自己,千万别因为喜欢一个人就忽略自己的感受。简单来说,再微小的不爽都要大声说出来,听见没?"

盛穗刚要回复,就听耳边传来周时予的低声询问——

"在聊什么?"

"女生的事你懂什么!"肖茗知道盛穗不会撒谎,抢先一步回答道。

她立刻转移话题,说:"对了,穗宝昨天说你们公司还有其他人一起去露营,都有谁啊?"

很快,肖茗就得到了问题的答案。

层峦叠嶂,鸟语花香,成禾的人早将溪边的整片营地租了下来。盛穗三人到达时,两个男人正在合力搭建帐篷,一个女生正在折叠桌旁准备食材。

在场除了女生是陌生的面孔外,那两个男生盛穗都认识,是邱斯和许卓。

就见许卓走到女生旁边,随后女生抬起头,甜甜地笑着,主动亲吻了男人的嘴角。

周时予前去打招呼,盛穗则被肖茗一把拽住。肖茗一脸震惊地问道:"你老公和邱斯居然不是死对头?!"

盛穗面露疑色。

"邱斯是跟我们公司合作的总负责人,成天说周时予的八卦。"肖茗感慨连连,"这人成天真心实意地吐槽你老公秀恩爱,我们都以为俩人关系不好呢。"

盛穗想起邱斯电话里的嘱托,笑道:"他可能是想谈恋爱了。"

肖茗看邱斯围着周时予团团转,嫌弃地冷笑一声:"我在公司里看见他就感觉他不太聪明,没想到私下里更蠢。"

"你老婆可真会找朋友。"与此同时,邱斯也注意到了肖茗。他瞪着周时予,皮笑肉不笑地说:"还有,你小子早就知道了,是吧?"

关于肖茗和邱斯在工作上不合的事,周时予略有耳闻。他挑了挑眉,算是默认了。

除了许卓的女朋友苏莹莹外,在场的都是熟人,互相打过招呼后就各自分组，准备野营需要的物品。

许卓刚谈恋爱，只想和女朋友黏在一起，提议道："我和莹莹去弄些生火的柴和木炭，你们负责弄帐篷和食材吧。"

周时予和盛穗两人的行李多，自然负责搭帐篷。于是弄食材的任务，就顺理成章地留给了肖、邱二人。

肖茗无语地看着两对情侣走远，哼了一声："谁懂啊，我真的很讨厌配平文学。"

邱斯颇为认同地点头："没想到，我们两个也有意见相同的一天。"

肖茗不是很想理他，忍住翻白眼的冲动，试图将手边沉甸甸的箱子放到高处："有没有一种可能，配平文学里我最讨厌的部分就是你呢？"

"彼此彼此。"

邱斯见她细胳膊细腿的，便帮她将箱子提上去。他见肖茗又弯腰要去搬烧烤架，不由得"啧"了一声："瞧你那副小身板，非得弄这些是吧？！你就不能去穿肉吗？"

他从肖茗的手里接过架子，听对方长出了一口气，咧嘴乐了："搬不动还非要逞强！到时候你砸到脚，又得像上次那样，哭得像三峡大坝决堤了似的。"

被提起往日痛处，肖茗阴恻恻地举起手里的菜刀："你再废话，信不信我直接把你剁了，正好晚上烤了吃！"

"你倒是表里如一。"邱斯听她放狠话，不仅不生气，反倒觉得好笑，"不管在公司，还是私下里，你骂我倒是越来越顺口了。"

"废话，周时予我都敢当面说他。"肖茗看邱斯笑了，觉得莫名其妙，"再说了，凭什么我下班了还要供着你，你是我爹吗？"

邱斯挑了挑眉，没再跟她拌嘴。

明日赏桃花。日落西山，夜幕降临时，众人开始生火烧炭。在"噼里啪啦"的火星跳跃声中，很快便有肉香阵阵袭来。

六人坐在小溪边谈天说地，嘴里吃个不停，耳边满是虫鸣与"潺潺"流水声，时不时地响起几句拌嘴，又被大笑声盖过。

林间春夜寒凉，盛穗披着毯子坐在折叠椅上，双手捧着周时予特意为她泡好的热茶。

她正聚精会神地听苏莹莹说起跟许卓初见时的事，忽然听到一阵

"窸窣"声。

盛穗侧头看去,见周时予起身,头也不回地走进了帐篷。他高瘦的背影,几乎与无尽的黑夜融为一体。

几秒后,盛穗也起身跟了过去。

外面四人的动静太大,又是放声高歌,又是大笑不断,恰好完美地遮住了盛穗的脚步声。

她轻手轻脚地走近,从帐篷敞开的缝隙中,看见周时予正在仰头喝水。

男人面前的小方桌上放着一个长方形的盒子,盛穗能看清盒子被分成许多小方格,每个方格里,有五片形状不同的药片。

盛穗想起上次在京北时,看见周时予在吃药,对方还骗她说那是保健品。

书上说,双相情感障碍患者最好每日定时服药。现在才晚上七点,平日这时周时予都在家里做饭,盛穗根本没见过他吃药。

所以,男人平时究竟吃不吃药?吃药的话,他又是在什么时间?

盛穗被问题困扰得抓心挠肝。

帐篷里的人似乎有所察觉,抬起头,目光精准地落在她的身上。

周时予发现盛穗来了也不慌张,将药盒收好,若无其事地走上前,温声说道:"你怎么突然过来了,是觉得冷吗?"

说完,他便抬手给盛穗拢了拢她肩上的毛毯。

如果是前几日,盛穗一定会装作什么都没看到。或许是受到了肖茗的影响,她今天偏偏要刨根儿问底儿。

"还好。"她摇了摇头,注意到桌面上的药盒不见了,"你刚才是在吃药吗?"

周时予手上的动作一顿,他淡淡地说道:"嗯,要不要再给你换个厚一点儿的毯子?"

"不用换。"

艰难拉扯的对话,让盛穗十分难受。她深吸了一口气,抬头盯着男人的双眼,百折不挠地继续发问:"周时予,你每天都是几点服药?为什么我在家里从来没见你吃过药?"

意识到再也无法逃避,周时予轻叹了一声。他抬手揉了揉盛穗的发顶，语气中有几分无奈："我们难得出来一次，一定要现在说这些吗？"

盛穗坚持道："我不明白，对你来说，这是个很难回答的问题吗？"

她同样是病人，每天一日三餐和睡前都要打针。虽然周时予不会主动提起，但盛穗从未对这些讳莫如深。

"穗穗，其实双相情感障碍不发作的时候，我可以做到看上去和正常人没有两样的。"

足足十秒过去，周时予才重新开口，他的语速较平常慢了许多，显然经过深思熟虑："你不需要太紧张，也不需要把本该休息的时间花费在了解我的病情上，那样只会让我时时刻刻都觉得自己是个疯子。"

男人俯身亲了亲她的额头，低声说道："你行行好，不要再谈这件事了，可以吗？"

"可我不喜欢这样。"

鼻间满是发涩的冷木幽香，盛穗觉得自己的舌尖仿佛也尝到了丝丝苦味。

"周时予，我是个很笨的人。我不想每天醒来第一件事，就是去猜你还有没有别的事情瞒着我。"

她后退了一步，攥紧拳头，指尖将掌心掐得微微发痛。

这是婚后她第一次和丈夫起正面冲突，她悲伤地说："我非常在乎你，但我不想再这样下去了，你能明白我的意思吗？"

第十四章
亲爱的周先生

盛穗害怕争吵。

小时候,每当她被母亲塞进衣柜,耳朵隔着柜门、房门,甚至厚厚的墙壁,都能清晰地听见父母的争吵时,就会紧闭双眼开始数数。

每次数不到一百,父母就会互相辱骂起来。

起初两人还势均力敌,直到饭碗或者茶杯的摔碎声响起,事态便会升级为父亲对母亲单方面的殴打。

充斥着暴力的成长环境,难以启齿的身体状况,让盛穗自小养出讨好和顺从的自我保护机制。不仅是在职场的人际交往上,甚至是在这场婚姻中,反抗和表达自我感受,都鲜少出现在她的选择中。

她就像是被圈养的象,从小被铁链绑住后肢,哪怕长成庞然大物,抬起脚就能轻松地扯断细链,也想不起反抗。

她也不清楚自己今晚是哪里来的勇气,能和周时予对峙。

但可以确定的是,盛穗将"我不喜欢"四个字清晰地说出口时,忽地意识到:有些话、有些事,需要主动表达和争取,才能得到想要的结果,光等着对方给予是不可取的。

两人没有再进一步争辩,不算宽敞的帐篷顿时陷入沉默。

一分钟后,周时予终于开口说道:"我没想过刻意隐瞒,只是觉得说出来会徒增两人痛苦的事，没必要日日强调。穗穗，我不想让你背负那么多。"男人望着盛穗的双眼，态度依旧顽固，"你能陪在我身边，对我而言就是最好的药了。"

盛穗这一刻觉得，她和周时予好像两头朝向相反的老倔牛，被拴在同一根绳上，背对着彼此，铆足劲儿地往前冲。

"你……"

话音未落，她就听见身后传来脚步声。邱斯掀帘走了进来，身后跟着其余的三人。

"你们俩躲在这儿这么久干吗呢？你们是不是在偷偷摸摸地做什么见不得人的事情……哎！你掐我干吗？！"邱斯痛得大喊一声。

偷偷在他身后下手的肖茗走上前，指了指外面："我们吃得太多撑着了，打算玩会儿桌游，你们俩来不来？"

现场气氛有些凝固，盛穗见好就收，弯眉笑了一下："可以啊。"

周时予淡淡地"嗯"了一声，算是答应了。

平时关系越好的人，闹起别扭来就越冷淡。玩游戏时，平日如连体婴般的两人坐得远远的，连眼神交流都很少。

六人玩的游戏名叫《德国心脏病》，玩家需根据扑克牌的花色和对应数量，来决定是否去拍放在中心的按铃。

简而言之，这是个拼反应力和手速的比赛。

盛穗整晚心不在焉。在某次拍按铃碰到周时予的手背时，她觉得对方的手一片冰凉，便很快输光了手里所有的牌。

依照规则，输家要选择真心话或者大冒险的惩罚。

正当其他人拍手起哄时，沉默许久的周时予忽然出声说道："时间不早了，先休息吧。"

周时予平日面带笑意的脸都让人忌惮三分，现在面无表情的他更是不怒自威。男人淡淡的一句话，让其余几人纷纷闭嘴，连呼吸都有意放轻。

盛穗望着桌上的按铃，轻声问道："真心话和大冒险，分别都是什么？"

邱斯的目光在相对而坐的两人的脸上不停流转，眼珠滴溜儿乱转，他随后打了个响指："真心话简单，就是坦白你们俩今晚吵架的原因。

355

至于大冒险嘛，"男人故意顿了顿，脸上的笑容有几分欠打，"也不难，盛老师亲我们周总一口……哎！你怎么又掐我？！"

肖茗的白眼快翻上天了，她说："不会说话就闭嘴，行吗？"

"你没看出我这是好心嘛！"

在两人不停拌嘴时，盛穗走到了周时予面前，在男人的注视中俯身落下一吻。

一温一冷两对唇瓣严丝合缝地相贴，一触即分。

盛穗的动作干脆利落，在众人反应过来时，她已经回到了座位上。那样子仿佛不是在亲吻爱人，而是将嘴唇随便贴在一块皮肉上。

女人微笑着说："我选大冒险。"

话都说到这份儿上了，看来他们俩的矛盾不是众人能解决的。

晚上分帐篷睡觉时，原定是两对小情侣睡双人帐篷，盛穗却临时改口，表示宁可挤一挤，也想和肖茗睡同一个帐篷。另一对情侣照旧，被剩下的邱斯和周时予就自动成为一组。

"哎，我说，你到底做了什么伤天害理的事？盛穗脾气那么好的人，都能被你弄生气啊。"邱斯把行李搬进帐篷，见周时予抱着手机，好心地说，"我刚才看见她自己在外面洗漱，你想道歉就快去。"

微信对话框里整晚都没有消息，周时予闻言起身离开帐篷。

漆黑的夜色中，他一眼便看见几米外的水桶旁，正弯腰接水洗脸的盛穗。

听见他走近的脚步声，女人动作一顿，一言不发地继续将清水拍在脸上。

"换个帐篷睡吧，我们这边暖和些。"

周时予见她有几缕发丝被沾湿，抬手替她拢到了耳后，又提起对话框里未得到答复的问话："穗穗，晚上打针了吗？"

"没关系，你和邱斯睡大帐篷吧，我和肖茗两个女生睡单人帐篷，不挤，也不冷。"

盛穗没有避开他亲近的动作，也没有再顽固不化地提起他吃药的事情。同样，她也对自己打针的事绝口不提。

对话结束，盛穗洗完脸微微颔首，柔声同他说了句"晚安"，转身朝小帐篷走去。

周时予安静地望着她果断离去的背影,忽地想起两人初见时,盛穗就是刚才的模样,疏离而客气。

盛穗满脑子都是睡前周时予同她说话时的神态、语气。

许是夜风让人产生了错觉,她居然从周时予的短短两句话里听出几分讨好和央求。

身侧传来肖茗平稳的呼吸声,盛穗打开枕边的手机,反反复复地看着周时予发来的微信。

Z:"晚餐的酱汁里加了不少糖,现在你的血糖还好吗?"

Z:"别忘记十点打针。"

Z:"我在你们的帐篷里放了几条毛毯,记得盖好,不要着凉。"

Z:"晚安,好梦。"

几句话翻来覆去地看,盛穗几乎彻夜未眠。

等她迷迷糊糊地睁开眼时,晨曦自帐篷的缝隙钻了进来,带着几分湿漉漉的寒意。

她脑袋昏昏沉沉的,窝在睡袋里也很难受。

盛穗决定起床,去帐篷外面呼吸一些新鲜空气。

林间清晨的气温比想象中要低,盛穗在帐篷外深深地吸了一口气。冷空气侵入肺腔,她忍不住轻咳了两声。

怕咳嗽和脚步声吵醒其他人,她特意走去较远的小溪边,打算在昨晚吃饭的折叠椅上坐着休息一会儿,顺便欣赏一下早间的湖景。

谁知清晨泥土松软,盛穗不留神踩到了一根树枝,只听脚下传来清脆的断裂声,她的鞋底陷入湿软的土地,脚踝跟着崴了一下。

重心顿时偏移,她连忙抬手去扶身边粗壮的树干,结果祸不单行,等她反应过来时,右手的掌心已被粗糙的树皮蹭破了,鲜血直流。

盛穗暗叹自己笨手笨脚的。她走到堆放着杂物、工具的木桌旁,很快在上面找到了临时医药箱。

手心的伤口很浅,用清水和医用酒精清洗即可,只是面积较大。盛穗上过红药水后,决定用药箱里仅有的纱布将右手掌包起来。

因为左手不常用,她上药和包扎时的动作略显笨拙。一分钟后,盛穗看着她熊爪似的右手,无奈地摇头笑了一下。

她正想着这样会不会太夸张,耳边传来脚步声。

盛穗抬头，就见周时予站在几米外，目光精准地落在她举起的右手上。

"手怎么了？"男人眉头倏地紧皱，说话间迈着长腿走了过来。他扫了一眼她身旁的烧烤架，声音中有几分罕见的急切："怎么弄的？"

盛穗想：周时予大概误以为她的手是被金属架子割破的，担心自己得破伤风才会这么急切。

"没事。"她将右手背到身后，抿了抿唇。

"但你的手还在出血，都从纱布里渗出来了。"周时予俯身逼迫盛穗同他对视，漆黑的双眼直直地盯着她，"让我看一眼，我不会弄痛你的，我保证。"

盛穗依旧无动于衷。

男人将眉头皱得更紧了，声音中满是不容拒绝的压迫感："我只是想看一下你的伤口，这也不可以吗？"

对于眼前的场景，盛穗觉得很熟悉，同昨晚在帐篷中相比，只不过是两人的身份对调了一下。

她并不解释纱布上的血红色来自药水，回想昨晚周时予的搪塞，含糊其词道："你不用担心，伤口我已经处理好了，你做你想做的事情就可以了。"

气氛瞬间凝固，她避开对方的视线，狠了狠心，直接挪用周时予昨晚同她说过的原话："我们难得出来一次，一定要现在说这些……"

话音未落，忍耐到极限的男人不再废话，直接弯腰将她打横抱起，冷着脸朝远处停着的车走去。

盛穗知道身体上的反抗毫无意义，便垂着眼，任由周时予将自己抱到车门边。

她的后腰抵在坚硬的车门上，凉意隔着衣料从背脊钻进骨缝。她右手仍死死地背在身后，无声地表达着抗议。

从男人急促的呼吸声中，盛穗能清晰地感受到周时予处于临界点的怒意。

"是被金属物品划伤的吗？"周时予将她困在怀中，强势的冷木幽香铺天盖地。男人用前额抵着她的额头，声音沙哑地说道："如果是，我现在带你去医院。"

盛穗快被他炙热的呼吸灼伤皮肤，耳边却回荡着昨晚男人不坦诚的说辞。她梗着脖子，闭着眼侧过头："我没想过刻意隐瞒……"

下一秒，盛穗的唇被人狠狠咬住，席卷而来的刺痛感瞬间盖过右手的擦伤。

不容拒绝的亲吻来势汹汹，带有几分警告惩戒、几分恼羞成怒和几分走投无路的意味。

这是盛穗的印象中，周时予第一次在她面前情绪彻彻底底地失控。

蛰伏在男人骨子里的野兽被唤醒，盛穗被紧紧地压在车门上，身体与车门不留一丝缝隙。更因为周时予的不断逼近与索取，她到最后连呼吸都十分困难。

她紧攥着衣袖不肯示弱，在逐渐加剧的窒息感中，感知着男人此时无言的委屈和深刻的痛苦，最后竟为他终于能有片刻的感同身受，而荒谬地生出几分满足与快感。

不知过了多久，周时予终于肯放过她，薄唇向后退去半寸，就见盛穗的头无力地歪在他的肩膀上，大口喘息着。

"我每天都会吃药，没有固定的时间，通常会等你睡着再去吃，药的名字我会整理好发给你。"

神思恍惚间，盛穗听到从头顶传来了周时予嘶哑且疲惫的声音——

"穗穗，你可以对我发脾气，可以骂我，甚至可以动手。"

男人轻颤着深吸了一口气，不知该拿她如何是好，只能将她抱得更紧。

似是乞求般，周时予在她的耳边开口低声说："只是别这样对我。"

"我的手真的没事，不是被金属架子划破的，只是我不小心蹭到树皮上，擦破皮了而已。你看到的血，其实是红药水。"盛穗将坦白的话说得飞快，只觉得再慢一秒，她就会被自责的海浪淹没。

"刚才让你担心是我的错，"她抬手抱住了周时予，安抚地轻拍他的后背，该说的话也没忘记，"可是周时予，你以前就是这样对我的，我甚至不敢多问，每天从早晨醒来就只能靠猜，到睡前也不清楚你到底好不好。"

一阵长久的沉默过去。

周时予将头埋进她温热的肩窝，闷闷的声音从她的肩膀处传出来：

"对不起。"

盛穗的嘴角还在隐隐作痛,她听着来之不易的三个字,觉得对方的声音委屈巴巴的,无可奈何地笑了一下:"怎么像是我在欺负你一样。"

话音一落,她又感觉到耳朵一痛。

周时予咬住她的耳朵,低声说:"就是你在欺负我。"

浅尝辄止显然无法满足男人的报复心,男人用利齿咬过盛穗脆弱的耳骨后,又寸寸向下,啃噬过她的耳垂、颈侧。

"你仗着我拿你没办法,便在我的世界里为所欲为。"最后,周时予紧紧地搂着她,薄唇停在盛穗笔直的锁骨上,仿佛自言自语一般说道,"盛穗,其实你一直都知道,我总是会对你妥协的。"

世上再机关算尽的人,一旦遇到软肋,也只剩下束手无策。

盛穗之于周时予,便是软肋般的存在。

胆量不会凭空而来,盛穗潜意识里一定知道这些,也清楚周时予总归拿她没办法,才有底气以自身来要挟他,轻松拿捏对方。

在这段关系里,从来无法抽身的只有周时予一人。即便男人再费尽心机引导,只要盛穗表现出半点儿退却或疏离,结局注定是他缴械投降。

盛穗隐约听懂了男人的一些话中意。她思考了几秒,将下巴垫在周时予的发顶上,轻声问道:"你刚才是真的被吓到了吗?"

"破伤风会引起肌肉痉挛,情况严重的还有可能死亡。"男人语毕,在盛穗的锁骨上咬了一口,直到她轻吸了一口凉气才停下。他反问道:"你觉得呢?"

"我知道了。"盛穗"喃喃"道。

她侧身躲开周时予的怀抱。见男人蹙着眉缓慢站直,她将双手搭在周时予宽阔的肩上,踮起脚尖飞速地在男人的薄唇上落下一吻。

"那这样呢?"盛穗明亮澄澈的眼中满是周时予的身影,她眉眼弯弯地问道,"这样会让你好一些吗?"

爱人猝不及防地对自己献吻,周时予先是愣了一下,下一秒便将掌心贴到盛穗的腰上。

男人危险地眯起眼睛,反问道:"先打一巴掌,再给个甜枣?"

"那是打压他人的用法,"盛穗摇头否认,"我的本意不是这个。"

男人不安分的双手在盛穗的腰上摩挲。她顾不得这些，定定地看着周时予："周时予，我不想和你吵架。但我发现，即便感情再好、再相爱的人一起生活，也一定会有矛盾产生。"

盛穗将手指插入男人的发间，喟叹道："既然无法避免，我便想有没有办法，可以把伤害降到最小。"

"嗯。"见四下无人，离营地也有段距离，周时予心不在焉地应了一声，骨节分明的手捏住盛穗的腰窝。

男人微微用力，慢条斯理地说："所以，你的办法，就是故意惹我心疼。"

盛穗自知理亏，可不管怎么说，都是周时予隐瞒她在先。

"不是，"她被人捏住弱点，低头弓着腰，呼吸频率加快，话也说得断断续续，"我只是想告诉你，我和你吵架不是想惹你生气，是因为我很在乎你。"

男人闻言，手上动作一顿。

盛穗的小腿有些发软，她没听到周时予的应答，以为对方没听见，便顺势靠在他的身上，轻声道："周时予。"

"嗯。"

"我和你吵架不是想让你难过，也不是为了离开你，是为了让我们彼此都能更舒服地相处。"

见周时予迟迟不开口，盛穗的脑海里又浮现出老倔牛的形象，她知道男人现下并不高兴。

于是她索性搂着男人的脖子，如猫咪一般用脸轻蹭男人的肩窝，乖巧地服软："周时予，我快要站不住了。"

周时予果然拿她没半点儿办法，话音一落，便将盛穗抱进车的后排，稳稳放下。

她半躺在宽敞的后排座位上，后背靠在另一侧车门上。周时予弯腰进来，在她的身侧坐下，将盛穗的双腿放在他的腿上。他一言不发地捏住她受伤的右手，看着隐隐渗出的红色，小心地拆开层层纱布。

掌心大面积的擦伤，再加上乱涂的药水，视觉效果的确极具冲击力。

周时予确认盛穗的伤口消过毒后，打开前排座位中间的方形储物盖,变戏法似的从里面拿出一个急救箱,重新给盛穗包扎。

男人手法娴熟,过了半晌,盛穗听见周时予沉稳平静的声音响起——

"还疼不疼?"

"不疼。"盛穗坐直身体,摇了摇头。

她好奇这人怎么在车里也放急救包,便随口说道:"你在车里也放急救箱啊。"

"我有次双相情感障碍抑郁发作,在车里割腕被陈秘书发现了。"周时予平波无澜的声音响起,他说,"在那之后,他就会确保这里有个急救箱。"

盛穗一时语塞。

周时予抬头看她,淡淡地说道:"我不知道,这是不是你想要的坦白。"

割腕自杀、吞药洗胃……各种惊心动魄的病态词语,写满他过去二十九年的人生。

如果要他全无保留地坦诚,这些也将充斥在两人将来的日常对话中。

盛穗的沉默在意料之中。

没切身经历之前,嘴唇一张一合地保证,声带发出"我可以承受"五个字,总是再简单不过的。

周时予最初想过的,也只是她得知真相后,佯装不知情地留在他的身边。

不再重提话题,他放下盛穗已包扎好的右手,又去捏她刚才发软的小腿。他问道:"你怎么会突然小腿发软,是因为昨晚着凉了吗?"

"我是被你刚才亲得腿发软。"盛穗不擅长说情话,脸颊泛起点点红晕。

她久久地望着搁置在一旁的小药箱,忽地开口说道:"那这个箱子,除了承载过你割腕的回忆外,现在也救过我了。"

感觉到周时予的动作停顿了一下,盛穗继续说道:"如果能替你分担一些不好的回忆,那我今天受伤也是好事……"

话还没说完,盛穗就被修长有力的手指捏住了下巴。

周时予再度咬了一口她的双唇,而后抬起她的下颌,语气中满是不悦。

"盛穗,"男人罕见地喊着她的全名,漆黑的双眸深不可测,"你是不是一定要让我生气发疯给你看?"

周时予向来不舍得跟盛穗说半句重话,平时恨不能把她护在手心。就连见她打针偶尔出血,他都会皱眉许久。

可从昨晚她逼迫自己坦诚,到现在她居然为受伤感到庆幸,周时予觉得他没发病的大脑都要被盛穗气疯了。

他翻身直接将人压在后排座位上,居高临下地俯视着盛穗的青丝如绽放的花朵般散开。她澄澈的瞳孔里清楚地映着他此时发怒的模样,却没有丝毫的害怕或嫌恶。

呼吸交缠的封闭空间里,盛穗轻唤他的姓名:"周时予,我可能起得太早脑袋不清楚……"女人抬起温暖柔软的手,细细地抚过他的脸庞,"看到你现在的模样,我其实有些高兴。"

高兴?

周时予眉间轻蹙,眼底闪过一丝意外。

"我以前总奇怪,你怎么从来没有一点儿负面情绪。"盛穗耐心地抚平他皱起的眉头,环住他的脖子,"你看,就算我欺负你,你也生气了,最后也不会发生什么。

"你记性那么好,怎么总忘记我们已经有家了啊?"

盛穗微微抬头,将薄唇停在周时予的耳侧,亲昵地说道:"我舍不得丢下你离开的。"

她说她不会走。

短短的一句话,瞬间抚平了周时予躁动的情绪,他最终搂着盛穗侧着身躺下。

"今天的事,下不为例。"周时予扯过副驾驶座位上的毛毯,裹在盛穗身上,"陪我睡会儿。"

他昨晚整夜没合眼,总担心夜间寒冷她会着凉,几次给她发消息也没有回复,早晨听见她的咳嗽声,便立刻换衣服跟了出去。

先前最是乖顺的爱人,现在却变了。盛穗闻言思考了两秒,谨慎地发言:"可以,但前提是你不对我隐瞒。"

良久，周时予无奈又宠溺的声音在车里响起——

"知道了。"

男人闭上眼，在盛穗的眉心落下一吻。

他终究没忍住，低声骂道："小没良心的。"

这件事顺利翻篇儿后，六人第二日愉快地去欣赏山林中的桃花。

平日里忙着工作，难得出门游山玩水，恰好这里人又不多，三个女生见漫山遍野桃花烂漫，并不着急登顶，走几步就停下来拍照。

连盛穗这种平日很少自拍、每次出游都负责帮别人拍照的，也架不住肖茗和苏莹莹的热情劝说，接连给自己拍了十几张照片。

一时间，山间充斥着女生轻快悦耳的谈笑声，伴在鸟语花香间，久久不散。

在场的男士除了邱斯，都有女朋友。三人不紧不慢地走在前面，一步三回头。

一心只想登顶的邱斯看了一眼近在眼前却更远在天边的山头，发愁道："照这个速度，我们天黑前能到山顶吗？"

"兄弟，你说有没有这么一种可能，"许卓怜爱地拍了拍邱斯的肩膀，嘲笑道，"我和老周呢，来这儿是为了陪对象的，只有你这个'单身狗'，才在乎能不能爬上去。"

周时予闻言挑了挑眉，像煞有介事地点点头，一针见血地点评道："精辟。"

"你们两个就嘚瑟吧！"邱斯气得掐住许卓的脖子，还不忘吐槽周时予恩将仇报，"早知道这样，昨晚老子就不告诉你盛老师在外头了！"

"那帮男的真是聒噪！"肖茗平时会录下 Vlog（视频日志）发在网络上，因为邱斯吵吵嚷嚷的打闹声，不得不几次中止摄像。她言语间满是嫌弃："也不知道你们两位美女有多想不开，非要谈恋爱。"

盛穗笑而不语。

性格更活泼的苏莹莹则笑嘻嘻地说道："你自己也试试，不就知道啦？"

"我？我才不要呢！"肖茗潇洒地一甩头发，坚定地说道，"姐一个人也能活得很好，才不要尝爱情的苦！"

肖茗语毕，又特意看了盛穗一眼，意有所指："你看，昨天她和老公闹别扭，整晚一直翻来覆去的，都没睡好，也不知道心疼自己。"

盛穗知道闺密这是在关心自己，便笑了笑，轻声说："我昨天和他吵了一架，现在已经没事了。"

"你性格这么软，居然还能吵架？"连苏莹莹都好奇，"周时予到底做了什么伤天害理的事情啊？"

"他没做错什么。"盛穗自然不会提起周时予生病的事情，思考了一下措辞，想起某人清晨的控诉后，她脸上的笑意更浓了，"非要说的话，大概是我想单方面欺负他却没得逞，然后跟他吵了一架，最终达到目的了。"

肖茗和苏莹莹齐刷刷地抬起头，看了一眼扭打在一处的许卓和邱斯，又看向在一边看热闹的周时予，再回头看向笑容单纯的盛穗……两人不由得打了个寒战。

看不出来，盛穗居然这么腹黑。

几人慢悠悠地爬上山，到山顶后又磨蹭了好一阵才打道回府，再回到溪边的营地时，天色已晚。

盘山公路难免崎岖难走，开车赶夜路更加危险。确定食物、饮用水和必备品都充足后，六人简单商议，决定再留宿一晚，明早吃过饭再回去。

昨晚吃的是烧烤，三位男士为了能换个口味尝鲜，向附近的居民借了渔具就下湖捕鱼去了；女士则搭起小灶，用带来的小铁锅和菜，像模像样地炒了好几道菜。

吃饱喝足后，夜生活才真正开始。

刚吃过饭，许卓就和苏莹莹钻进了帐篷里，再没出来过。

盛穗也被肖茗拉走，借着皎白月色，在溪边、林间和帐篷里拍了好些照片。盛穗直到要打针时才得以脱身，起身从帐篷里走了出去。她心里挂念着周时予晚上吃药的事情。

昨晚盛穗没回男人的消息，周时予今天便候在帐篷外不远处，在灯下看手机。

他听见脚步声，抬头见是盛穗，便起身走了过来，低声问道："你打针了吗？"

"还没，去车上吧。"盛穗冲着远处的车扬起下巴，停顿了几秒，问道，"你带药了吗？"

男人沉默着不说话。

盛穗索性停下脚步，轻声说道："我们以后一起好不好？每天我打针的时候，你就吃药。"

气氛再次凝固。

盛穗抬手拽了一下男人的衣袖："这次我不欺负你。答应我吧，可以吗？"

皎洁的月光笼罩着盛穗的脸庞，宛若为她披上了一层浅银色的头纱。

周时予看着她，毋庸置疑，她是他最美的新娘。

可周时予现在突然摸不清，盛穗究竟要做到怎样的程度。她为何要在他本就不见分毫光明的内里冲出一条路？

和神经病共情只会更痛苦，他希望盛穗能知难而退。

他谨慎地回复道："明天回家再说吧。"

假期结束后第二日，盛穗下午没课，于是请假去医院探望盛田。

盛田做完手术已经几天了，在此期间，看护每日都给盛穗发信息，告诉她盛田的恢复情况。

目前看来，他除了失眠觉少外，一切正常。

去住院部要路过门诊大厅。经过挂号处时，盛穗望着排队的长龙，脚步一顿，抬头看向显示屏。

上面红色的大字十分刺眼，清楚地写着精神科目前还有普通医师在问诊，没有专家号了。

盛穗最后没有去排队挂号，掉转方向，去了精神科所在的医院四楼。

不同于其他楼层的嘈杂，她才靠近候诊区，就明显察觉到了压抑的气氛。

和盛穗想象中不同，精神科的候诊区里，最多的是十三岁到十六岁的初中生，他们大部分是由家长带着过来的。

盛穗经过最近的一间诊室，听见门里传来家长的声音——

"家里不愁吃不愁穿的，孩子只是上个学而已，这么小的年纪，怎么就得抑郁症了？

"医生，你说我们哪里逼他了？只是让他读书认真点儿而已。别人家的孩子不都是这么过来的吗？

"吃了药多久能好啊？孩子马上要参加体育中考了，抑郁症又不像别的病，也申请不了免考。现在他每天只想在家里躺着，几十分就这么白白地丢掉，眼看着他连高中都要考不上了。"

急切的追问接连响起，时而掺杂着医生的耐心解释，却唯独听不见身为患者的小孩儿说一句话。

后来，盛穗逃也似的离开了精神科门诊。

来到住院部，盛穗看着因各种身体疾病入院的患者，忽地意识到：精神疾病并不像出血、骨折，或是盛田那样的脊柱病变，有明确的特征。很多精神疾病患者的身体器官一切正常，只是在认知、思维、情感等方面出现了障碍，他们的外表看着和常人全然相同，内里却痛苦不堪。

与此同时，精神疾病因为症状难以描述，也同样难以被社会理解与接受。就像盛穗刚刚看到的陪孩子前来看病的家长，大多不把精神疾病当回事。

盛穗想：或许这也是周时予始终抗拒和她谈起病情的原因。

她推门走进病房，病床上的盛田正在打电话。

"房子产权的事，就麻烦贾律师了。"

见盛穗进来，不再年轻的男人先是一愣，满是皱纹的脸上随即堆起讨好的笑容："盛穗来啦，快坐快坐。"

盛穗看了一眼空荡荡的床头柜，显然在她来之前，没有任何人来探望过盛田。她平静地问道："你找律师做什么？"

"也没什么，就是老家的房子最近要拆迁了，听说能分到些钱。"盛田小心翼翼地看着她的脸色，有问必答，"只不过房本上也写了你妈的名字，所以我要问一下律师，看这些钱怎么分。"

盛穗心中了然。

房子是父母两人共同出资购买的，房产证上自然写的是两人的名字。

于雪梅当年拼了命地要离开盛田，分居时间一到就立刻申请离婚。她连财产分割的事都没提，便一走了之，因为财产实在少得可怜。

而那套房子作为两人唯一的共同财产，这些年也从未被人想起过。直到现在面临高额拆迁款，盛田才想起房本上还有于雪梅的名字。

盛穗冷冷地看着男人，认为他肯定是想独吞这笔钱。

盛田战战兢兢地看着她，紧张地搓了搓手："我想说服你妈，把这笔拆迁款都给你。"

见盛穗满脸漠然的样子，盛田自知他对女儿来说再无信任可言。

他不顾伤口，从病床上艰难地坐了起来，急匆匆地说道："我这次上手术台前就在想，我这辈子最对不起的人就是你，还死皮赖脸地求你给我养老，你恨我也是应该的。

"所以我就想，我要是死了，我能拿到的拆迁款就都给你。"

盛田底气不足，语速越来越快："你妈可不一定会把钱留给你！你妈当年头也不回地丢下你，比我还不是个东西！她在外面还养了别人家的种，保不齐她的那份，你一个子儿都拿不到，所以爸才立马去找律师商量……"

不论盛田如何费尽口舌，盛穗一概不接话茬。她在盛田彻底闭嘴后，冷静地反问道："我有工作，能养活自己，为什么要你们的钱？"

她语气一顿，继续说道："如果拆迁款很多的话，你尽快把手术费和住院费还给周时予，这些钱都是他垫付的。"

盛田被她噎得说不出话。

盛穗自然和这个自私自利的爹无话可说，来医院也只是确认他还好好活着。现在看他都能算计别人了，盛穗再没什么好担心的，于是起身就要走。

"等……等一下！"

盛穗的手腕猛地被人抓住，她不耐烦地回过头。

盛田开口前左顾右盼，确认病房里没有第三个人，才低声说道："女儿，算爸爸求求你了，你能不能请那个人别再派人每天跟着我了，行吗？"

盛穗看清盛田眼底的恐惧，皱着眉说道："那个人是护工，否则你以为是谁在照顾你？"

"什么护工！你根本不知道那人每天都做了些什么！"

盛田想起他每次半夜惊醒时，都有人站在他的床边盯着他看，又想到初次见面时周时予说的话，他的肩膀又开始发抖。

"爸爸以前的确是混蛋，在医院里闹事，还打你，但你能不能行行好，别让那个人派人盯着我了，也帮我求求他，千万别把视频发出去。"盛田过于激动，眼里充满了血丝，语无伦次地说道，"因为你生病的事，我十几年都抬不起头做人，出门就被人指指点点。现在那件事好不容易被人忘掉了，视频要是再被发出去，我不如死了算了……"

突兀的推门声打断了盛田的话，周时予派来监视盛田的护工走了进来。

男人与普通的护工相比的确魁梧太多。他走上前，礼貌地微笑着："盛小姐，您好。"

盛穗向他颔首问候："你好。"

不知盛田这些天经历了些什么，护工进来后，他再不敢多废话一句。盛穗看着他血色全无、担惊受怕又不敢言语的模样，不由得想到自己小时候每晚见到父亲回家时的场景。

他的表情与眼神，和那时的自己简直一模一样。

盛穗和护工聊了几句盛田的恢复情况，没再理会病床上的男人，转身离开了病房。

她的脑子里反复回放着盛田拽住她的手腕时说的话——周时予的手里有一份视频。

能让盛田如此恐惧的，只能是当年他在医院里闹事的视频。

当时，盛田拒绝支付盛穗的抢救费用、治疗费和住院费。他不仅将在重症室里的盛穗像破娃娃一样拖了出来，还在醉醺醺的状态下，抓起身边患者的吊瓶，将赶来救助的医生砸伤。

因为他的行径太过恶劣，这件事被当地媒体大肆宣传。盛田为此失业，被迫搬家。可不管到哪里，他都会被人频频认出，遭到辱骂。

直到近几年，盛田因为病痛而极速衰老，又换了名字，这才逐渐被人忘记。

相比之下，盛穗作为受害人，身份信息则被保护得很好。她后来升入高中，因为盛田从来不给她开家长会，连班主任都对这段旧事毫不知情，更不必说其他的老师、同学了。

盛穗很确定，她从没和周时予提起过父亲医闹的这段旧事。

所以，如果真按照周时予以前所说，他是在高中时期对她暗生情愫的，那他是怎么知道这段往事的，又是怎么拿到当时的视频的？

夕阳渐落，盛穗从医院走廊里穿过，某些荒谬的念头浮现在她的脑海中：是周时予特意调查过她，还是他们初次相遇的时间其实远早于高中？

盛穗下午去了医院精神科的事，最先知道的人是许言泽。

饭后，周时予在厨房里洗碗。

盛穗抱起平安去浴室洗澡。剪指甲时，平安暴躁无比。洗澡时，它却异常乖巧。它不仅全程配合，还在盛穗给它搓洗肚皮时，舒服得闭上了眼，打起呼噜。

洗漱台上的手机振动了一下，盛穗将洗干净的猫咪用厚厚的毛巾包好，从浴缸中抱出来。她拿起手机一看，是异父异母的弟弟发来了信息。

许言泽："你生病了？我有朋友下午去医院了，说看见你在四楼的精神科。"

随后，他发来一张图片，图像虽然有些模糊，但不难辨认出是盛穗。

盛穗不由得皱起眉头。许言泽的同学为什么会知道她的长相？

不知道现在的男孩儿是否都缺乏边界感，盛穗觉得许言泽有些越界。

鉴于对方本意不坏，她还是生疏而不失礼貌地回复道："我没生病，你好好读书，不要操心其他的事情。"

男孩儿立刻回复："啰唆，今天月考出成绩了，以我的年级排名去×大少年班，绝对没有问题。"

许言泽上次说要考少年班的事，不是闹着玩的？

盛穗察觉到不对，继续打字回复道："你真的打算报考少年班？你爸答应了？"

许言泽："不然呢？你以为我在和你开玩笑吗？"

盛穗在心中感叹：这个少年果真有魄力又难管。

她放下手机不再回复，低头擦着平安身上的水珠。

擦着擦着，她忽地想起下午盛田在病床上谈起的拆迁款分配的事。

房产证上有两人的姓名，按理说拆迁款应当两人平分。

依盛田所言，如果他出了意外而丧命，在立下明确遗嘱的情况下，他的遗产——主要是那笔拆迁款，将全权由盛穗继承。

可如果情况出事的人是于雪梅的话，因为她组建了新的家庭，情况将完全不同。在没有遗嘱的情况下，于雪梅的现任配偶以及法律意义上的儿子许言泽，都将和盛穗一起分割那笔拆迁款。

为了保证那笔拆迁款能全部给盛穗，盛田在得知消息后，第一时间便咨询了律师，甚至毫不犹豫地立下遗嘱。

虽然说盛田这么做，从逻辑上来说没有任何问题，可盛穗作为他的女儿再清楚不过，凭盛田的眼界和人脉，怎么可能知道找律师，还知道立遗嘱。一定是有人对他旁敲侧击过，甚至还给他提供了具体的途径。

盛穗抱着猫走向客厅的烘干箱，看见正坐在高脚椅上看电脑的周时予，心中顿时有了猜测。

从医院回家的路上，盛穗试着在网上用不同的关键词搜索，都找不到当年的视频。

当年惊动一方的事，不可能在网络上查不到，一定是被人特意清除了。

除了周时予外，盛穗再想不到第二个人有如此的能力和决心，连十三年前的事都不放过。

如果是过去的盛穗，大概率会迂回地向周时予询问，而后被他看穿意图，再轻而易举地被他带偏。

她感到有些无奈，笑着摇了摇头。

她蹲在烘干机前，将猫放了进去，然后起身走向周时予。

靠近周时予时，盛穗抬手想摘去男人脸上的金边眼镜，却被周时予一把抱住，坐到他的腿上。

盛穗的后背贴着周时予坚实的胸膛，鼻间满是男人独有的冷木幽香，就听男人在她的耳边低声问道："说吧，今天又想做什么？"

滚热的气息袭来，盛穗觉得耳朵发痒。她看了一眼冰箱，问道：

"回来的路上，我特意排了半小时的队买了提拉米苏，你要不要尝尝？"

周时予擅长制作甜品，盛穗先前还自作多情地以为他是为了她才学的，后来发现男人似乎对甜食有些偏好。

"无事献殷勤，"周时予显然很难被糊弄，抱着她轻轻晃了晃，眯起眼睛说道，"有些人，似乎目的不纯。"

"明天上课要用油画颜料，我回来忘记买了。"盛穗转过身搂住男人的脖子，唇边露出浅浅的酒窝，"没有的话，我可能会被教导主任骂。"

她亲了亲周时予的唇角："所以，周先生可以让我去书房借走一些颜料吗？"

哪间书房里有油画颜料以及特殊学校是否会开展成本高、难度高的油画教学，两人都心知肚明。

这个谎，盛穗扯得实在不算高明。

周时予清楚她在扯谎，盛穗也知道男人清楚她动机不纯。

她一定要名正言顺地走进那间书房。

起初盛穗心里还打怵，事实却再次证明：只要不顺着对方的思路，要周时予妥协并不难。

两人无声地对峙了几秒后，周时予看着盛穗一脸期待的模样，最终无奈又宠溺地笑了笑。

他将盛穗放下来，抬手揉了揉她的发顶："嗯，去吧。"

紧闭的房门被重新开启。以门为分界线，屋外是暖黄色的灯光，踏入屋内半步便会跌入一片漆黑。

宽敞的房间里，始终弥漫着一股诡异糜烂的气息。

周时予面无表情地站在门外，眼底的温情退去。直到盛穗的身影全部没入黑暗，他才跟了上去。

相比抗拒的周时予，盛穗则神色如常地走进房间。她打开灯，平静地经过那幅被盖上了白布的画作，径直走向散落在角落里的油画颜料。

借着头顶的一丝灯光，她蹲下认真地挑选了几个颜料，抬头问道："我可以要这六支吗？"

周时予压下心头的不舒服，看向女人未穿鞋袜的一双脚。他轻叹一声，把自己的鞋脱了下来。

他在盛穗的面前蹲下，环住女人细细的脚踝，指尖贪婪地感受着她的温热。他声音沙哑地说道:"你怎么不穿鞋就过来了?抬脚。"

"周时予,"盛穗忽地轻唤他的姓名,终于表明来意,"我可以把你的药都拿出去吗?我们到外面有光的地方吃药,好吗?"

正在周时予沉默时,爱凑热闹的平安颠颠地跑了过来。

小猫咪好奇地望着两人,细细的胡须随着呼吸抖动,琥珀似的眼珠滴溜儿乱转。它歪着头思考片刻,慎重地将小爪子拍在盛穗的脚背上,叫了一声:"喵。"

"你看,平安也支持我。"

盛穗心想:平时没白喂它零食。

她再看向周时予时,振振有词道:"家里就三个成员,两票对一票,周先生要少数服从多数。"

悦耳的笑声仿佛有魔力般,冲淡了周时予踏入此间的不适感。

眼前的女人纤细清瘦,他单手就能握住她的一对脚踝。而就是这样瘦小的盛穗,却让周时予近来一次又一次地忍不住产生卸下重担、就此依赖她的冲动。

周时予为盛穗穿上拖鞋,看着自己的拖鞋在她的脚上整整长出一截,忽地勾唇笑了笑。

他抬起头,把盛穗散落的一缕发丝拢到耳后,柔声问道:"你就是为了这个在外面排了半小时的队买蛋糕?"

"也不全是,"盛穗凑近了些,伸手去碰周时予微凉的脸颊,她怀中的颜料掉了一地,"当时我想,如果你以后的生活也能再甜一些就好了。"

话音一落,一道认输的喟叹在房间里响起。

平安被吓得跳开了。

两人唇齿相依时,连周时予都在惊叹,他从未想过有朝一日在这见不得人的房间里,能将盛穗拥入怀中。

直到后背撞上巨大的画架,周时予才恢复理智。他将盛穗搂在怀里,以免油画掉下来砸到爱人。

盛穗从他的怀里钻出来,眼底满是狡黠的笑意:"时间过去这么久你都没拒绝,出去吃药的事,我就当你答应了。"

她得逞后,下一秒便欢欢喜喜地站起身。

周时予不知想到了什么,笑了一声,无奈地摇了摇头。

盛穗回头，好奇地问道："你在笑什么？"

"没什么，我突然想到了一句话。"他靠着画架，衣领敞开，露出大片雪白的肌肤，颇有几分妖娆的意味。

盛穗移开停在周时予胸膛上的目光，清了清嗓子，继续问道："你想到什么了？"

周时予微微抬起头，故作正经道："大郎，该起来吃药了。"

盛穗起了一身鸡皮疙瘩，见周时予的眼底不再只有成熟与沉稳，增添了几分明快与鲜活，她的唇角止不住地上扬。

在这间两人几日前还避而不谈的房间里，她嘴上嫌弃道："周时予，结婚之前我怎么没发现，你真的好幼稚。"

"晚了，"男人不甘示弱地说道，"现在周太太得嫁鸡随鸡、嫁狗随狗了。"

"看来，我只能勉为其难地接受了。"盛穗脸上的笑意更浓了，她弯下腰，将手伸过去，要亲手将周时予从黑暗中拉起来，"所以，亲爱的周先生，我们现在可以出去吃药了吗？"

第十五章
深刻而渴盼地爱慕她,直到生命的最后一刻

周时予书柜上的药品种类很多,林林总总加起来有十四五种。

经过这段时间看书、查资料,盛穗知道精神类药物的副作用极大。

她正在沉思时,身后传来熟悉的声音——

"只拿最左边的五瓶就可以了。"

周时予将散落在高处的药瓶拿走,平静地解释道:"这些都是空瓶子。我最开始想记录自己服用过多少种药物,后来数量太多,就都随意丢在柜子里了。"

盛穗闻言点了点头,对此表示理解:"我以前也喜欢把用完的胰岛素笔收集起来,想看我到底能用多少。"

她垂眸笑了一下,继续说道:"直到有一天我突然意识到,我一辈子都要靠胰岛素的,算这个有什么意义。"

话音刚落,盛穗的后脑勺儿便被一只大手揉了揉。她回头对上男人的目光,就听周时予温声说道:"科技进步得很快,你的病会被治好的。"

"嗯。"盛穗对治愈并不抱希望。

她离开前意外注意到书柜底层的最左边,立着一个黑漆漆的保险柜。

盛穗只是瞥了一眼，便拿着药和颜料向书房门口走去。

短短几步路，从漫天昏暗变为一片光明。

看着温暖的鹅黄色灯光铺满家里的每个角落，盛穗平生第一次觉得触手可及的光亮弥足珍贵。

卧室里，盛穗在梳妆台前注射长效胰岛素，周时予则坐在床边吃药。

一时间，锡纸的碎裂声和撕开酒精棉片包装的"窸窣"声同时响起。

男人将药瓶放在床头柜上，随后倒出药片，喝水服下。

盛穗拔出插进腹部皮肉的针头，再将一次性器械和酒精棉片用纸包好，起身丢掉。

她回来时，目光落在梳妆台上的几支油画颜料上，问道："你很喜欢黑色吗？"

周时予闻声看向她。

"虽然这是你买的房子，但我总觉得那间书房的设计风格和家里的其他地方格格不入。"盛穗坐到梳妆台前，瞥见镜子里的她唇角被咬破了，继续问道，"你考虑过把那间书房的装修换成同一色系吗？"

周时予听爱人若无其事地谈起他的病态行径，低头拉开床头柜，找出护唇软膏。他淡淡地说道："我也说不上喜不喜欢黑色，只是在不想见光的时候会去那间书房。"

说好听些是不想见光；说难听些，就是他在抑郁发作时会躲起来，模拟自己幼年时被关进地下室的情景，才能获得安全感。

周时予看着软膏的使用方法，不愿谈起这些沉重的话题。

"所以，你并不喜欢黑色。"盛穗似乎没察觉到他的抵触，抬手碰了碰唇角的伤口，倒吸了一口凉气，"开始我还以为那是你特意设计的风格呢。"

"特意设计的风格？"周时予有时很佩服盛穗天马行空的想法。

他起身走到她的身边，拧开软膏的盖子："什么风格会把整个屋子都涂黑？抬头。"

周时予用两根手指固定住盛穗的下巴，俯身为她涂好药膏，动作温柔而细致。

盛穗仰头望着周时予深不见底的黑眸，知道他又在纠结他的病情。

她看看眼前的人又钻牛角尖，反驳道："网上能找到很多全黑的房间设计，非要说风格的话，这或许是病娇风？"

她顿了顿，想到了更关键的问题："你知道什么是病娇风吗？"

话音刚落，她的下巴就被人捏了一下。

"你的老公是年近三十，不是年近三百。"

周时予看着盛穗一脸窃笑的模样，她的头顶上翘起的碎发活像是狐狸的两只耳朵。

他不由得嘴角上扬："说起病娇，你们小姑娘最喜欢在网上评论'纸片人真香'，可要是真在现实里遇到，就立刻头也不回地跑了。"

男人说完，挑了挑眉，等待盛穗的回应。

盛穗保持着抬头的姿势，沉吟片刻，起身说道："你们小姑娘……"四目相对，她歪了一下头，"周先生好像很了解小姑娘。"

女人目光澄澈，定定地望过来时，里面仍有几分涉世未深的单纯，其中的灵动与鲜活，让周时予想起十三年前冒冒失失地闯进他病房的女孩儿。

周时予因个子高出盛穗一截，坐在梳妆台的边沿才能和她平视。

"我不记得你以前这么伶牙俐齿。"他伸手将人搂过来，圈在他的双腿之间，又抬手捏了一下盛穗的脸蛋儿，"我现在快要说不过你了，真想把你的嘴巴堵上。"

盛穗不服，鼓着腮帮子小声抗议道："你现在不是天天用嘴堵我的嘴嘛。"

周时予将人松开，不动声色地转移话题："我以为你买蛋糕回来，是为了问盛田找律师的事是否和我有关的。"

说着，男人起身拉着盛穗一同离开卧室。

他走到餐厅拉开冰箱，拿出盛穗买的提拉米苏，放在餐桌上。

"你不想说的话，我怎么问也得不到答案。"

比起盛田找律师的事，盛穗其实更关心周时予手里的医闹视频。

她在他的对面坐下，双手托腮问道："不过我很好奇，你是怎么说服他找律师，甚至还让他立遗嘱的？"她语气一顿，轻声说道，"毕竟他看上去似乎很怕你。"

"所以要利用好他的恐惧。"谈起盛田,周时予语气冷淡,面无表情地说,"人在孤立无援时最需要朋友。盛田没有主见,更缺乏学识,随便找几个人安插在他身边,想让他听话,是件很容易的事。"

盛穗想到下午在医院里,护士还特意说起过,盛田和几位病友的家属关系密切,不由得沉默了。

这样想来,盛田能想到去要于雪梅的那份拆迁款以及立遗嘱把钱全给她,很可能都是眼前这个男人的主意。

肖茗说的没错,十个她加起来和周时予比心眼儿,也比不过。

周时予先给蛋糕拍照,又在白色手机上打字,最后才拿起银叉。

盛穗知道男人又在写备忘录,不由得暗自庆幸自己是被周时予呵护疼爱,而不是被他耍弄的那一个。

周五午休时,盛穗意外地接到了梁栩柏的电话,对方问她是否方便出来。

男人身穿浅咖色的薄毛衣,手拿纸袋站在校门外。见盛穗快步走来,他笑着朝她招手。

"麻烦盛老师了。"梁栩柏没有客套地寒暄,直接将手里的袋子递了过去,开门见山地说道,"我办事路过,顺便来送个东西。"

盛穗看清袋子里熟悉的黑色日记本,愣了一下:"这个可以给我吗?"

"心理医生只是不能'擅自'透露、公开病人的隐私。"梁栩柏的话点到为止,他微微一笑,"这个日记我拿着也没用,周时予也没交代过后续如何处理,我正好来这边,就麻烦盛老师想想办法吧。"

上次在花店里情况紧急,日记本里的内容盛穗都是挑着看的。她很清楚,梁栩柏大可以将日记本直接交给周时予,他这样做,无非是给她重新看这本笔记的机会。

她感激地向梁栩柏道谢:"麻烦梁医生了。"

"没事。"梁栩柏漫不经心地应道。

他双手插兜,打量着她:"我猜盛老师还有其他问题。"

周时予的朋友果然都是人精,盛穗无奈地笑了笑。

"周时予和您说过,他第一次见我是在几年前吗?"

她这几日一直在想：周时予是如何拿到令盛田闻风丧胆的视频的？

直到昨晚睡觉前，她才突然想起来，周时予曾亲口和她说过，他十三年前曾因做开胸手术而住院。

也是在这一年，盛穗被确诊患有1型糖尿病而住院，盛田挑起医闹事件。

那年的盛穗被糟糕的身体状况和舆论重担压得喘不过气来，自身难保。如果她那时和周时予见过面，自然早就忘得一干二净了。

H市并非一线城市，综合性的大医院也不过两三家，再加上时间线能够重合……某个念头在盛穗的心里疯长——

周时予和她很可能相识于十三年前，只不过，她将他忘得一干二净。

然而面对盛穗热切的目光，梁栩柏又开始卖关子了。他耸了耸肩，不紧不慢地说道："上次见面时，我似乎和盛老师说过周时予积极求医的原因。

"为什么明明不想活下去，还一定要治病。

"他告诉我，有人曾告诉他，春天快到了，让他一定要记得去看一看春光。"

这样重要的对话，盛穗自然记得一清二楚，不由得说道："这句话是我对他说过……"

盛穗的话戛然而止。

不对。

顺序不对。

四季中，盛穗最爱春天。是以在京北那日，她和周时予同乘缆车时，她曾兴奋不已地对男人说道："周时予，我也希望你能看到这份春光。"

但梁栩柏和周时予的对话，显然远早于这趟旅程。

也就是说，在高中之前，更年幼的盛穗曾经对周时予说过意义相同的话。

她随口而出的一句话，却被周时予一字一板地奉若珍宝般刻在心头，整整十三年。

可他今年才不过二十九岁啊。

盛穗站在春日暖阳下。正午的阳光刺得她几乎睁不开眼，她却觉得手脚冰凉，周身的血液都要凝固了。

"既然盛老师已经想到了，我可以再和你说一件趣事。"

慵懒的声音拉回盛穗的思绪。她动作僵硬地抬起头，就听梁栩柏继续说道："你知道他为什么会把这个日记本一直交给我保管吗？"

盛穗摇头，这也是她始终疑惑的。

以周时予缜密的行事作风，即便为了治病，他也不会将日记本这样私密的物品主动上交。

"成禾赚得第一桶金时，周时予就提出要立遗嘱。

"但法律上要求，遗嘱人必须具备完全的民事行为能力，否则遗嘱无效。显然，精神病患者，至少在发病期间的精神病患者，所立的遗嘱是没有任何法律效力的。"

梁栩柏看着眼前纤瘦的女人，她的眼中没有上次的惶恐与震惊。他勾唇一笑，说道："于是周时予找到我做见证人，同时要我证明他在立遗嘱的时候是正处于病情间歇期的完全民事行为能力人。"

不知过去了多久，盛穗才听见她干哑的声音响起："这和日记本有什么关系呢？"

"一来，遗嘱仅有手写的一份，这本日记上记录了遗嘱的存放地点，还有周时予立遗嘱时处于病情间歇期的证明，所以日记由我来保管。"梁栩柏收起神色间的散漫，认真地望着盛穗的眼眸，轻声说道，"二来，周时予曾和我说，他希望我能看完，并保留这本日记。如果真的有一天，他来不及同你赴约就不告而别，起码这世间还有一个人记得并相信，周时予曾深刻而渴盼地爱慕过盛穗很久，直到他生命消散的最后一刻。"

盛穗怀疑梁栩柏说的"路过"是别有用心。

她只是一个普通人，接受伴侣患有严重的精神疾病并不容易。而每当她刚鼓起勇气，咬着牙想拉起深陷黑暗的周时予、试图将事情美化时，梁栩柏就会适时地出现，打破她的幻想。

盛穗从前想：精神疾病又不是绝症，只要坚持吃药就医，总会有被治愈的那一天。

梁栩柏却用事实直白地反驳她：成功不是绝对的。

自律如周时予，哪怕求医多年，双相情感障碍仍旧反复发作，甚至在法律上都难以证明其"完全民事行为能力人"的身份。

当盛穗认为她的感情能撑起这份婚姻时，梁栩柏却把周时予如山一般刻骨铭心的爱置于她的肩头，压得她喘不过气来。

盛穗有些后悔刚才跟梁栩柏说了感谢的话。

"我想，我还不太明白梁医生的用意。"她苦笑一声，手里的纸袋仿佛有千斤重，"所以，你需要我怎样配合治疗呢？"

"治疗是医生该做的事，我过来只是想告诉你，周时予一定会刻意隐瞒和美化事实。那家伙肯定不愿让你操心，说事情一定会解决的。"梁栩柏耸了耸肩，"但事实是，像周时予这种双相情感障碍多次发作的情况，彻底痊愈的可能性很小，药物只能帮他维持情绪的稳定，减少发作的次数。

"多次发作的患者大多需要终身服药，精神类药物也大多有副作用。你作为伴侣，不仅需要时刻留意他的身心状况，也要承担相当一部分来自社会的成见和误解。你选择和双相情感障碍患者相伴一生，就注定以后很难过上像普通人那样结婚生子的生活。"

盛穗沉默地听着，梁栩柏的言语字字如刀，戳破了她艰难构建出的美好的蓝图。

刚结婚时，她还调侃过，来之不易的家里，至少还有一个健康的人。

后来得知周时予患病，盛穗每每看到书里写的患者被治愈，都会极力安抚自己。总有能被彻底治愈、回归正常生活的人，那是不是也可以再多周时予一个？

"我一直以为心理医生说话都很委婉。"良久，盛穗无奈地笑道，"梁医生和我说这些，就不怕我接受不了，反而因此逃跑吗？"

"恰恰相反，我认为盛老师能够承受，且有必要知道真正的事实，才决定坦白。不过，我的确有私心。"拥有桃花眼的男人笑起来自带风流韵味，"在我认识的所有人中，周时予是唯一比我还爱撞南墙的。他时而会让我想到自己，所以我希望他能有个好结局。"

苦难最能催人成长。盛穗再次翻开陈旧染血的日记本，心态较上次大有进步。她不再惶然无措，细细地翻过每一页，甚至能从字里行间分辨出落笔人当时的心态。

她发现周时予情绪稳定时，笔记苍劲有力，横平竖直。

相比之下，在躁狂期时，他的字迹潦草狂乱，越来越斜，篇幅显著增长，他常常下笔就是洋洋洒洒的几百字。

而处于抑郁期时，他每篇日记只有一两句话，字迹歪七扭八，时而还有大团墨汁晕染在纸上。大概是因为他思维卡顿、情绪麻木，无法再继续落笔。

这本流水账式的日记，上面记录的内容可谓事无巨细，且大多和盛穗有关。

只有盛穗一人的教师办公室内，她看着其中一页，久久不曾翻页。

> 耳边时常传来她唤我姓名的声音，有些模糊，不甚清晰。我看向阳台上的纱帘，被微风吹得微微鼓起，暴露了此时躲在帘后的她，光影落在她如藕般白嫩的小腿上。我起身拉开纱帘，只见一场空，不过是光影重叠的一场骗局。
>
> 我强迫自己在床上躺下，闭上眼，又听见她在不停地哭，好像一只孱弱的幼鸟。原来是我将她的腿咬得满是青紫，她痛得哭了。
>
> 耳边又传来她的声音，我听不清她"嗡嗡"地在说些什么，分不清究竟是不是梦。我想再咬一口白莲藕，于是重新回到床边。
>
> 房间里哪里都是她，却又哪里都找不到她。

通篇都是"她"的日记，晦涩的文字让盛穗读得颇为艰难。她讶异于现在心平气和的自己，因为仅仅在半个月前，她看着同一本日记，翻页时手还会抖。

很快，她找到了梁栩柏谈起的所谓"遗嘱的存放地点"。

> 我去找梁复诊，同时完成见证。遗嘱放在保险柜的下层，保险柜密码是她的生日——0314。

盛穗瞬间想起家里那间密闭的书房，就在书柜底层的最左边，立着一个保险柜。

盛穗一时看不完日记本里的内容，又不方便将其带回家，便将日记本放在办公桌的抽屉里，再谨慎地用钥匙将抽屉锁好。

她压下立马冲回家开保险柜的冲动，收好钥匙，拿上教具准备去上课。

临近放学时，盛穗收到周熠的妈妈——林夕的信息。

林夕："今天我去接周熠，只能将车停在学校马路的对面。我不方便下车，可以麻烦盛老师帮我把孩子送过来吗？"

盛穗回了句："好。"

于是四点半放学时，盛穗特意在门口送走了其他学生，又找借口让齐悦先回教学楼，才亲自带着周熠走向学校马路对面的蓝色汽车。

直到盛穗走近，戴着墨镜的林夕才按下车窗。她弯起红唇跟盛穗打招呼："难得剧组休息，我就自己来接熠熠。"

说完，她东张西望了一阵，确认周围没人才松了口气，笑着请盛穗上车："抱歉，我的职业病犯了。盛老师，需要我顺路捎你一程吗？"

"不用了，谢谢。"盛穗礼貌地道谢，见女人始终警惕的样子，忍不住问道，"我记得林小姐是实力派演员，不是流量明星，结婚生子的事也要向公众隐瞒吗？"

林夕愣了一下，随后摘下墨镜，无奈地笑了笑："如果熠熠没有得自闭症的话，我的确是不会隐瞒的。"

盛穗心中了然。

对于普通人而言，承认孩子有发育障碍已经足够艰难了，而林夕作为公众人物，一言一行都会被大众当作谈资，向公众坦诚的难度只会成倍增加。

离开前，林夕对盛穗说道："我可能不是个合格的母亲，比起担心熠熠的病情，我更害怕周围人的指指点点。"

不知为何，盛穗听了这话，莫名其妙地想起梁栩柏中午说的话——

"你作为伴侣，也要承担相当一部分来自社会的成见和误解。"

"我就知道那个女人不肯乖乖把钱交出来！她以前就见钱眼开！没想到这么多年过去了，她还是那个样子！"

半小时后，本该回家的盛穗却出现在医院的病房里。她面无表情地看着盛田躺在病床上，嘴里不住地骂骂咧咧。

她送走林夕后接到了护工的电话，说盛田在昨晚和今天下午去卫生间打了两个电话，随后就大发雷霆，非嚷嚷着要离开医院。

护工只能把人扣下，在医院护士的强烈建议下，打了一通电话，把盛穗喊来了。

病床上的男人不敢对给他养老的女儿态度不好，骂起前妻来倒是丝毫不嘴软。盛穗不由得想起十几年前的盛田就是这样，满嘴污言秽语。

大概周时予也想不到，盛田会愚蠢到已经把事情交由律师全权处理了，还要打草惊蛇，在电话里威胁于雪梅把拆迁款全部留给盛穗，否则就要于雪梅全家好看。

盛穗猜盛田大概是趁自己不注意，偷偷看过她的手机，才拿到了于雪梅的号码。但是，她现在没空追究这些。

"护士和我说，你的伤口本来就恢复得慢，下午还差点儿裂开，再严重的话有可能感染。"等盛田骂完，盛穗面无表情地站在床边，冷冷地说道，"如果你不想活命，开始就不应该浪费钱。"

在女儿面前，生性欺软怕硬的盛田一脸尿样："你该好好听听，那个疯婆娘在电话里是怎么说的。她不仅一分钱不掏，还追着骂我不要脸。她就是个活脱脱的疯子、该死的精神病！"

盛穗的太阳穴"突突"直跳，她咬着后槽牙问道："精神病怎么了？你以为你是什么好人？！"

盛田还从未被女儿劈头盖脸地骂过，一时不知该作何反应，只能呆呆地躺着。

盛穗像是被踩了尾巴的猫，浑身的毛"噌"的一下竖了起来，甚至没注意到身后的病房门被人推开了。

"别在这里惺惺作态，如果你真为我着想，把欠的钱还上后，滚得越远越好！"

"怎么回事？"

熟悉的声音在盛穗的身后响起，盛穗回头，见周时予走了进来，他聘请的护工正朝男人恭敬地鞠躬。

周时予的到来让气氛瞬间肃静下来。一肚子话的盛田顶着一张惨白的脸,闭上了双眼。盛穗摇了摇头,没再发泄不满的情绪,和周时予一起离开了病房。

"盛田私下里找我妈,非要让她把她的那份拆迁款拿出来,两人在电话里吵起来了,事情就是这样。"盛穗知道护工肯定也将这件事告知了周时予,所以只简单说明了来龙去脉。

"没事,我会处理的。"周时予抬手揉了揉她的发顶,声音温和依旧,"那你呢?你刚才为什么生气?"

以盛穗这样的性格,不会仅仅因为盛田骂人或试图偷跑,就对他说"滚"这样的重话。

盛穗闻言几度张嘴,话到嘴边又说不出来了。

因为盛田说精神病该死。

正在沉默时,振动的手机打破了尴尬。盛穗看着屏幕上母亲的名字,不由得心力交瘁,长叹了一口气。

果不其然,电话接通的瞬间,听筒里就传来于雪梅气急败坏的怒骂声——

"我就该让你看看你爸的那副嘴脸!他哪里来的脸,敢跟我要钱,还说是为了你?!我以前给他寄过多少钱,他拿出过一分用在你的身上吗?!我和他说,他要是真觉得愧疚,就先把他的那份拆迁款给你,休想再从我这里骗走一分钱!"

一个盛田就够让盛穗烦躁的了,再来一个于雪梅,她彻底失去了所有的耐心。

"我不当传话人,有话你自己去说。"盛穗对母亲不再唯唯诺诺,一句话噎了过去,"原来你也知道盛田当年不会给我花一分钱。"

听筒那端的于雪梅瞬间哑口无言。

盛穗说:"没事我就挂电话了。"

"等一下!"于雪梅立刻高声阻止。

她确认盛穗没挂断电话后反而沉默了几秒,忽地降低音量问道:"那天我看许言泽的手机,无意间看到他手机的相册里有你去精神科的照片,怎么回事?"

四周声音嘈杂,盛穗不确定身旁的周时予听没听见于雪梅的话。她含糊其词道:"你看错了。"

"什么看错了!照片拍得清清楚楚,你都快贴到诊室的门上了!"听到盛穗狡辩,母亲立刻拔高音调,"你到底怎么回事,为什么突然撒谎?你得了精神病?"

于雪梅的质问让盛穗越发烦躁,她不耐烦地丢下一句"没有,你想多了",便直接挂断了电话。

盛穗在心里暗自祈祷:千万别让身旁的男人听见于雪梅刚才说的话。

她抬头看见周时予正专注地看着手机,正要松一口气,却见到他皱了一下眉头。

是什么事让周时予都感到棘手?

她轻声问道:"怎么了?是公司有什么事情吗?"

周时予表情严肃地向盛穗解释道:"林夕下午去接周熠时被媒体拍到了。"

六点正值下班高峰,从医院回家的路上格外拥堵,汽车如老驴拉磨般在柏油路上走走停停,十五分钟的车程被无限拉长。

盛穗看着微博的热搜榜。

下午四点半,林夕来学校接周熠;五点十五分,"林夕的孩子疑似特殊儿童"的词条便空降到热搜榜第一的位置;六点整,词条后出现了一个大大的"爆"字。

整件事发酵仅仅用了一个半小时。

转发近百万的爆料视频里,镜头跟随林夕的车在学校对面的街边停下。此时贴着防窥膜的车窗紧闭着,看不清车里的人。

随后,盛穗出现在镜头里。所幸她全程只露出半张脸,加之拍摄距离太远,并不能看清她的样貌。

她牵着周熠走向林夕的车,蹲下摸了摸男孩儿的脑袋。她打开后座的车门,将周熠抱上儿童座椅。

与此同时,驾驶座上的林夕将车窗打开。即便她戴着墨镜,也难掩**出众的气质。**

视频的背景音里,狗仔阴阳怪气地说道:"林姐平时不是走霸气酷姐的人设嘛,怎么几次来接孩子都偷偷摸摸的啊?"

"几次"两字被特意强调,摆明狗仔已经不是第一次拍到林夕来学校接孩子了,这次拍到绝不是巧合。

"这小孩儿明显不正常,走路姿势也奇怪,大人跟他说话时,他都没反应,不是有智力障碍就是有自闭症。"

"估计是有自闭症,智力障碍儿童是能跟人沟通的。"

"特殊学校的学生是怎么个特殊法儿啊?学生是残疾人,还是大脑发育有问题?"

"演艺圈果然乱七八糟的,林夕长得就像个狐狸精,私生活不知道有多乱呢,果然生的小孩儿有问题,遭报应了吧。"

"我劝各位网友嘴上积德,媒体为了流量连良心都不要了,小孩儿和老师的脸都不给打马赛克吗?"

"我不懂有些人在心疼什么,林夕一年赚的钱你几辈子都赚不来,她儿子没跟着享福吗?打马赛克干什么?"

对此事件,舆论风向也呈现出极端分化:有人嘲讽林夕表面风光,背地里私生活乱才生出个怪胎;有人怒斥无良媒体没底线,利用小孩儿炒作;问特殊学校是什么地方的也大有人在。

不管如何,周熠是"特殊儿童"的标签,给这次的爆料赚足了噱头。

盛穗皱着眉逐一翻看评论,总觉得有一种熟悉的感觉。

她身旁的周时予温声问道:"在想什么?"

男人替她拢好她鬓角的碎发:"成禾的公关团队和技术部已经去处理了,视频一小时内会在全网下架,现在就看林夕选择坦白还是隐瞒。"

盛穗抬头问道:"都这样了,她还能怎么隐瞒?"

"她可以说是亲戚家的孩子,她去学校是被邀请参加活动。"周时予平静地说,"爆料人强调还有其他视频,无非是要林夕高价去买,涉及钱的都是小问题。"

盛穗还是不放心:"那你怎么在医院里愁眉不展的?"

"视频里出现了你的脸。"周时予目视前方,"你说过,不想出现在公众视野里。"

这句话连盛穗自己都忘记了,没想到这会成为成禾的公关介入的原因。

"如果承认周熠是自闭儿童，林夕会受到什么影响？"她有些心不在焉，"资源降级，还是她会丢掉代言？"

"有资本愿意捧她就不会出现这些情况，只是她的身上会一直带着'自闭症患儿的母亲'的标签。"男人淡淡地说，"当人们不了解一个群体时，贴标签就是最快识别的方法。林夕作为患者的家属，必须承受这些。"

盛穗终于明白了她刚才的熟悉感究竟从何而来。

在她所经历的人生里，每每谈及"自闭症""智力障碍""1型糖尿病""精神疾病"等极少数人才会讨论的话题时，比起当事人或是专业人士出来科普，更多的是一知半解的人出来形容概括。

因为毫无负担，更因为不曾感同身受，乐于发言的半吊子们形容少数群体的最好办法就是想当然地贴标签。

与此同时，在少数群体中，部分当事人没有能力发声；相当一部分人难以克服病耻感，做不到反对主流舆论；就连勇敢地站出来辩驳的寥寥少数，他们的声音也会瞬间被淹没在鼎沸的人声中。

久而久之，这些标签逐渐演变成刻板印象，自然而然地被贬低、扭曲，再一度成为攻击他人的语言武器。

所以，才会有类似"林夕私生活混乱，才生出不健全的孩子"的言论；才会有盛穗被相亲对象歧视，认为她患上1型糖尿病是因为不自爱；才会有周时予被精神疾病折磨时，在医院精神科里的那个青少年被抑郁打压到无法起床时，出现孩子母亲不断追问"小孩儿怎么可能抑郁"，出现盛田谩骂"该死的精神病"，出现于雪梅看到女儿去了精神科就如临大敌。

人们总爱说自己也有所谓的心理疾病，或是"太较真"，或是"讨好型人格"，抑或是"太爱操心"，可当周遭人真正患有心理疾病时，他们又会表现出刻薄的一面。

事实是，少数群体很难将遇到的处境放心大胆地拿出来，放在阳光下坦然分享。

标签衍生的侮辱意味、根深蒂固的刻板印象以及无知者的听信传播，让少数群体的病耻感日渐强烈。于是他们只能努力扮演成正常人的模样，拼尽全力想要融入大众主流社会。

盛穗转头望向窗外，眼中是车水马龙、行人匆匆，耳边却响起下午告别时，林夕曾对她说的话——

"比起担心熠熠的病情，我更害怕周围人的指指点点。"

人微言轻，是这世间最致命的谎言。

人言可畏，才是遮羞布下的事实真相。

盛穗脑海中的各种思绪乱作一团。她的目光随着落日的光影移动，自然地停在开车的男人身上。盛穗看着他搭在方向盘上的左手，以及哪怕向她坦诚病情后，仍旧时刻用特制的铂金表带死死遮住的手腕。

她忽地明白了为什么周时予在双相情感障碍三年不曾发作、各方面都无须她分担的情况下，仍固执地不愿提及病情。

让周时予这样的人都敬而远之的，究竟是什么？

是来自社会主流对少数群体的不自知的审判，是来自身边每个人不经意的言语羞辱和异样的目光。

因为他十九岁那年在老街病发时体会过，因为他切身尝过在烈日下被人指指点点、喊为异类的滋味。

林夕事件发酵的同时，显然还有另一件事吵扰着盛穗。

听说视频涉及周家的私事，多年不闻窗外事的周老爷子都亲自出马了，周时予走去书房和公关团队开视频会议。

盛穗则去浴室洗澡，好去除在医院沾染上的病菌和刺鼻的消毒水气味。

她用热水冲刷掉身上的疲惫，擦着湿漉漉的头发从浴室走出来。她打开卧室的门窗透气，放在梳妆台上的手机突然振动起来。

盛穗看着屏幕上显示着"于雪梅"三个字的来电以及之前的六通未接电话，不由得目光一沉。

盛穗按下了接通键。还没等她开口，于雪梅急不可耐的声音就从听筒里传来——

"你给我解释一下，你半个月前买的那本《双相情感障碍：你和你家人需要知道的》以及乱七八糟的和精神病有关的书，是怎么回事？！盛穗，你老实交代，究竟是你有问题，还是那个人有精神病？！"

面对母亲音调越来越高的质问，盛穗反而冷静下来，说道："我不明白你在说什么。"

"好，你不承认是吧！"于雪梅气急败坏地大口粗着喘气，"你自己看手机，看看我说的都是什么！"

母亲发来五六张截图，内容都来自盛穗的淘宝淘友圈。盛穗现在才知道，淘宝和微信有异曲同工之妙，微信能看到好友的朋友圈，而淘宝则能看到好友的淘友圈。

淘友圈是默认开启且自动分享的，其中有好友的购买记录，才能让于雪梅轻松查到盛穗近期购买的书籍。

盛穗对购物软件的研究很少，甚至想不起来母亲是何时加她为淘宝好友的。

她想起于雪梅翻看她的私人购买记录，再结合于雪梅查看弟弟许言泽的手机相册，不禁为对方的掌控欲作呕。

可笑的是，于雪梅将她从小抛弃，之后又对她做了那么多过分的事，直到今日，盛穗才真正对这个母亲感到失望和厌恶。她不再像以往那样，只想讨要几分廉价的母爱。

盛穗很清楚，原生家庭在她的情感上砸出的深渊巨坑，后来究竟是谁小心翼翼地用爱给她填补好的。

"截图我看完了，我只是买了几本书而已，"她干脆利落地删除好友、关闭淘友圈，"不需要向你或者任何人交代。"

"你现在是在用什么语气和你妈说话！"尖声驳斥后，于雪梅似乎意识到不再任打任骂的女儿难以被她的话威胁，她的语气软了下来，"妈妈这是担心你啊，你怎么可能好端端地得了精神病呢，所以，是不是那个人有问题？穗穗，你知不知道这件事有多危险？"

"嫁错人要付出多大的代价，你妈我还不能证明吗？还有，如果那个人的病让别人知道了，你知不知道别人会怎么看你？别人会说你跟一个精神病结婚了！还是你打算一辈子躲躲藏藏地过日子？"

于雪梅的音调又不自觉地升高。

盛穗背对着门，坐在梳妆台边整理挎包，充耳不闻。

直到于雪梅激动得呼吸急促时，盛穗才淡淡地说道："所以，这些和你有什么关系呢？这是我的婚姻，好坏都不需要你来承担，你为什么这么激动？"

"为什么？因为我是你妈！我才是真心实意对你好的人！"面对女儿的无动于衷，于雪梅此时的歇斯底里显得格外失态，"这个世界上谁都可能害你，只有你妈不会！"

"但你在我得病差点儿死掉的时候，从没来看过我一回，甚至没打过一通电话；你在明知道父亲不会在我的身上多花半分钱的情况下，把钱直接打给了他，自以为补偿了我，好心安理得地去过你的幸福生活。"

盛穗摸到包里办公室抽屉的钥匙，终于想起被她忘在脑后的日记本以及有可能存放在书房保险柜里的遗嘱。

"你这是什么意思？你明明知道我那时候没办法，再不走就只能被打死，但他不可能对你下狠手……"

"我从来没怪过你丢下我，因为我知道，在成为母亲之前，你要先是你自己。"盛穗将钥匙和包收好，拿起梳妆台上的胰岛素笔，"可在我没有生存能力时，你都可以不管我的死活而离开，为什么在我成年独立后，你却突然开始关心起我的婚姻问题？"

她安装好一次性针头，低头看着针尖扎进皮肉，问道："你是真的担心我，还是觉得不管是我，还是我的伴侣有精神问题，别人的指指点点会让你感到丢脸？"

电话那头的人瞬间哑口无言。

盛穗"呵"了一声，笑道："你看，你甚至骗不了自己。"

以前盛穗不懂为什么母亲在她小的时候丢下她，又在她成年后对她展示出亲近的态度以及令人窒息的控制欲。她现在明白了，母亲前后矛盾的行为，无非是为了"面子"两个字而已。

于雪梅当年拉不下面子求现任丈夫收留年幼病弱的盛穗，现在则觉得被女儿驳斥丢了面子，更接受不了女儿的婚姻可能让她颜面尽失，背后遭人非议。

人活一张脸，树活一层皮。不论是林夕还是于雪梅，她们现在所恐惧和愤怒的，早就不是疾病本身，而是来自周围人和整个社会随时可能戳脊梁骨的指指点点。

过去的盛穗也同样如此。因为害怕被人嘲笑或关心，她宁可把被父亲殴打的事实吞下肚，也不肯吐露半个字，怕被人当作饭后茶余的谈资。

可盛穗同样意识到,哪怕用尽全力去维护所谓的脸面,也不会真的幸福。

她小心翼翼地保全于雪梅的面子,曾经活似一只哈巴狗,围绕在母亲身边,就为了那点儿冰冷的残羹剩饭。

于雪梅在听筒里自顾自地念叨起来,车轱辘话反复说个不停。

盛穗不愿再多费口舌,挂断了电话。

身后传来平安的叫声,她回头看去,却见周时予此时正站在门边,端着她平时用的浅绿色马克杯。

盛穗猜男人大概又特意为她做了助眠滋补的睡前饮品。她不知道他是什么时候过来的,刚才的对话他又听见了多少……

于是她主动说道:"刚才我妈打电话过来了。她可能知道你生病的事情了,但我没有承认。"

"嗯,"周时予没追问其中的细节,站在门边,沉沉地应了一声,"我听见你们在吵架。"

"是她单方面在和我吵,"盛穗抬头静静地看着丈夫,"她说,如果被人知道我和精神疾病患者结婚,会被人指指点点;就算没人知道,也要一辈子小心翼翼地躲藏。"

这是他们第一次开诚布公地谈这个话题,盛穗从凝固的气氛中察觉到男人情绪紧绷。

时钟的"嘀嗒"声震耳欲聋。

良久,周时予嘶哑的声音响起,他问:"所以呢,你是怎样想的?"

实话实说,盛穗其实没太多想法。

正如她同于雪梅所说的那般,这是她和周时予的婚姻,不需要任何人负责,又为什么要给外人一个所谓的交代?

"我没什么想法。"她坦言自己脑中空空,"我只知道结婚的人是我们两个。"

一时找不到合适的形容词,她慎重地思考了几秒后,平生第一次选择爆粗口:"至于其他人,都去他妈的。"

周时予长了一张具有欺骗性的脸,包括盛穗在内的所有人都不禁对他生出崇拜之心。他们只想躲藏在周时予撑起的保护伞下,寻求庇护,认为周时予总是无坚不摧的。

久而久之，再没人会想：如果是周时予感到疲累，如果是周时予遇到难以承受的苦痛，又该是谁来哄哄他，为他舔舐伤口。

"穗穗，你最近总是这样看我。"沙哑的声音把盛穗拉回到现实世界，男人说，"就像现在这样，你的眼神总是很悲伤。"

盛穗轻声说道："你是不是在我的眼里看见了自己，所以才觉得悲伤？周时予，其实你也会委屈，会害怕，对不对？"

盛穗并不是生来就如此懂事，周时予同样是从孩童长成，怎么会生来就无坚不摧？

他在外人面前所展现出的坚韧与包容，不过都是由肩背上的道道鞭痕以及手腕上的重叠刀疤堆砌而成的。

盛穗的心脏如被针扎过一般，她艰难地抬起头，吻上周时予温热的双唇。她说："周时予，如果我能早点儿遇到你就好了。"

盛穗记得很清楚，同样的话，她之前便一字不落地对丈夫说过。

那时，她被过去的苦难困住，总忍不住想：如果眼前的人能早些陪伴她该多好，那些暗不见光的日子就不会如此难熬。

她再清楚不过，周时予总是舍不得她受半分委屈的。

这番话在今天也同样适用，不过两人的身份调换了。

如果她能再早些遇到周时予该多好，如果这十三年她没有错过该多好，至少她能陪在他的身边。

哪怕如今晚这般，她只是嘴上逞强，也好过让周时予独自承受那些昏天黑地的过往。

念及此处，盛穗又痛恨起先前软弱无能的自己。

铺天盖地的痛席卷而来，令人窒息，盛穗的眼中泛起泪花。

周时予总是舍不得她受半分委屈。

"我不委屈。"男人走过来，温柔地吻着她湿润的眼角，嘶哑的声音中掺杂着几分急切，"穗穗别哭，我会心疼的。"

盛穗早已不再是过去那个乖巧听话的孩子，现在都敢和于雪梅对峙、吵架了。

周时予不想让她哭，她就偏偏要掉眼泪。

她将头枕在男人宽阔的肩膀上，掉落的泪水滑过他伤痕累累的后背。她控诉道:"我刚才和你说了那么多话,你怎么都不理我?"

周时予抱着她,沉沉说道:"其实这些年,我常常去寺庙祈福、许愿。我一次次向神明祈求,希望这个世界对我的女孩儿好一些,再好一些。"

他轻拍着盛穗纤瘦的后背,深吸了一口气,无奈地说道:"你倒好,总想要自讨苦吃。"

周时予从前总觉得盛穗迟钝,久久未曾察觉他深切的爱意。现在,他却希望她不要太聪慧敏锐。

社会是座无形的牢笼,身处其中便不可能独善其身,周时予已经能很好地以正常人的身份融入其中。

其实只要盛穗不再深究,来自四面八方的言语和目光就会被一扇家门拦在门外,盛穗却执意要推门出去。

自此,她眼中的人群就不再只是匆匆路过,她要时刻去想,旁人是否在用异样的眼神注视着她的爱人。

不懂和装作不懂,是全然不同的。分明有更轻松的过活方式,她却选择了最难的那种。

周时予不想让她背负重担。

"这些都是我自愿的。"盛穗吸了吸鼻子,瓮声瓮气地说道,"你不高兴吗?"

"我当然高兴,也很感激。"周时予亲眼见证了爱人的飞速成长,心中感慨万分。

他抬手将盛穗鬓角处的碎发拢到耳后,温声说道:"我只是觉得,成长的过程太痛苦了。如果可以,盛穗,我希望你可以只做自己,可以一直做那个无忧无虑的小女孩儿。"

他希望她永远眼中有光,永远唇边带笑。

一如十三年前在医院的那日,她惊鸿一瞥,自此,他便万劫不复。

"可我不想这样。"盛穗用轻柔的声音坚定地反驳道。

周时予愣住了。

盛穗抬起头看着周时予,她的眼眶微红,眸中写满坚定不移:"我宁可痛苦地清醒着,也不要活在自欺欺人的美好里。"

她想起自己今晚说的那句脏话,自己都感到惊讶。

在盛穗的自我认知里，她一直都是柔弱的，甚至是懦弱的。劣势的身体条件、压抑的原生家庭，让盛穗遇事后总会妥协。婚后她又被周时予保护得太好，想要什么都不必费吹灰之力，爱人总让她唾手可得。

最近发生的桩桩件件，让盛穗恍然大悟：当你真正想得到什么，靠躲避退让或是靠别人赠予，都是不可取的。

她在第一次看到周时予的日记时便意识到：她不可能，更不要永远生活在周时予打造的象牙塔里。

她想要什么，就要直面荆棘与痛苦，去拼了命地争取，即使头破血流也无妨，总好过无动于衷。

谁说她不能挡在周时予的身前？又是谁规定她不能是那个在倾盆大雨时为周时予撑伞的人？

盛穗定定地望着周时予："如果你要我一直做十三年前的那个小女孩儿，就永远都不可能完整地拥有我。"

这是她第一次主动提及两人真正的初见时刻。

周时予的心口隐隐作痛。

盛穗的确不是家养的温驯猫咪，而是可遇不可求的白狐。

他思量了片刻，仍旧不肯退让："没关系，无论如何，盛穗都会拥有全心全意的周时予。"

"我就没见过你这么倔的人。"盛穗恨恨地在他的唇角咬了一口，"周时予，有时候你真的很会惹人生气。"

四目相对，男人望着她幽怨的眼神，忽地笑了笑。

盛穗的眼底又涌上了泪意，她问道："你又在笑什么？"

"没什么。"周时予抬手细细抚过她的侧脸，眸中满是欣慰、疼惜。他说："我只是很高兴，我的女孩儿真的有在好好长大。"

两个小时后，盛穗缓缓地睁开眼，小心翼翼地从床上坐了起来。

男人的呼吸声平稳悠长，即便如此，盛穗也无法判断出周时予是否真的睡着了。

她穿好拖鞋，轻手轻脚地走出卧室，对面即是禁地一般的书房。

周时予明确说过，以后她可以随意进去。

盛穗将右手搭在门把手上,迟迟不动,仍旧对这间书房心有余悸。

她深吸了一口气,掌心向下用力,正准备迈步走进黑暗,入目之处却是一片温暖的色调。原本漆黑的墙面,如今都被她最喜爱的鹅黄色墙纸铺满。

这间书房对于周时予的意义,她再清楚不过。

男人痛恨这间展露他的病态的书房,可与此同时,这间书房又是他病发时赖以生存的唯一避难所。

是啊,她怎么又忘记了,周时予总是舍不得她受半点儿委屈的。

她的每句话,话里的每个字,都被周时予小心翼翼地放在了心上。无论时隔多久,再拿出来,字字都带着男人心头的滚烫。

盛穗突然望而却步,在门前久久徘徊。

她过来是想试试日记本上的密码,是否能打开书房里的保险柜。

她迫切地想知道,在梁栩柏提到的那份遗嘱上,她的爱人在与她重逢前、在与世界告别前说的话,究竟是什么。

然而此时此刻,面对周时予为她做出的巨大妥协,盛穗却开始迟疑。她是否真的要瞒着对方,去窥探他或许不愿分享的心事。

犹豫再三,盛穗缓慢地踏出一步。她走进书房,看向书柜最下面的那层。

她在心里默念:自己只是过来看看,并不是现在就要打开保险柜。

盛穗看清保险柜后,先是一愣,随后无奈地摇了摇头——无须她输入密码,保险柜早已被周时予打开了。

也对,将日记本交给盛穗这样的大事,想来是梁栩柏的主意,但他也一定会征得周时予的准许。

而以周时予走一步、想百步的性格,他怎么可能想不到,她在看到日记本上关于遗嘱的提示内容后,会作何反应。

他料到她必然会好奇地前来,更算到她定然会纠结犹豫。贴心如周时予,向来对盛穗有求必应,甚至不用她开口提及。

她想要什么,他总会第一时间将其捧来,以最体面的方式轻轻地放在她的手心。

面对如此周全的爱人,盛穗有些哭笑不得。

事已至此,她再也没什么好纠结的。

盛穗走到保险柜前蹲下，屏住呼吸，拉开已解锁的柜门。

她原本以为自己要在价值连城的物品中艰难地翻找遗嘱，可当看清其中的物件后，再一次愣住了。

保险柜里的东西很少，一只手就能数过来，只有四件物品——

一本用相框镶起来的结婚证，一个存放在透明塑封袋里的老旧平安袋，一本巴勃罗·聂鲁达的诗集《二十首情诗和一首绝望的歌》，以及盛穗此行所找寻的遗嘱。

第十六章
爱意盛放，再无凋零

鹅黄色调的书房温馨典雅。

如果静下心细细去闻，还能嗅到空气中飘浮着淡淡的山茶花香。

四周寂静，盛穗半跪在敞开的保险柜前，小腿隐隐发麻。

她还没从震惊中彻底缓过神来，看着面前的四样物品，一时竟不知该先看哪个。

保险柜中的结婚证被镶在特制的透明玻璃框中。盛穗也有一个一模一样的结婚证，被她藏在行李箱里，和众多证件放在一起。

结婚证的旁边是同样被小心翼翼地保存的老旧平安袋，看着这个刺绣几乎被磨平的平安袋，盛穗尘封了十数年的记忆被重新开启——

那年，她被确诊患有1型糖尿病。住院期间，很多人向她伸出援手，她才能短暂地逃离父亲的魔爪，侥幸活了下来。

出院后，她无以为报，只能写下当时给予她帮助的那些人的姓名。她在某个周末去附近的寺庙里为那些人祈福，并给他们每人送上一个平安袋。

当时帮过她的人太多，其中绝大多数人的姓名她早已记不清了。

盛穗怎么都没想到，周时予也是曾对她伸出援手的众人之一。

在周时予的用心保护下，盛穗免费得来的平安袋变成了无价之宝。

她低头苦笑。每每感受到周时予以年为单位的爱意，她都觉得自己的肩上仿佛有千斤重担。

盛穗深吸了一口气，看向静静地躺在保险柜正中央的遗嘱。

她坐了下来，伸手拿出那一叠纸。最上面的五张纸是打印好的文件，压在最下面的是一封手写信，上面的字迹苍劲有力，盛穗一眼就认出了那是周时予的笔迹。

文件里清晰地罗列了周时予的巨额财产及分配方案，她的姓名反复地出现其中。盛穗一目十行地匆匆看过去，最后一页文件写明：她的丈夫每年将十位数的资金，分批拨给国内、国外二十几间专门研究攻克 1 型糖尿病的研究所。

脐带间充质干细胞移植治疗糖尿病周围神经病变的临床研究、人齿龈间充质干细胞治疗 1 型糖尿病临床研究……

盛穗的背脊一点儿一点儿地被冗长繁杂的项目名称压垮，她压下眼中的泪意，脑海中浮现出那日在医院走廊的尽头周时予和老者的对话。

十三年来，她从未想过自己的病能被治愈。周时予在无人知晓处爱了她十三年，却从未放弃过哪怕一丁点儿希望。

就连他建立成禾的初衷，都是为了投资攻克 1 型糖尿病的研究。

成与禾，取自"盛穗"两字的各一半。

世上怎么会有如她一样迟钝的人？

窒息感席卷而来，盛穗深深地低下头。视野被冲出眼眶的泪意模糊，她甚至没有勇气去读周时予留给她的那封手写信。

她不能再哭了。

不论怎样看，她都是唯一的既得利益者，是最没有资格落泪的人。

盛穗指尖轻颤，小心地将文件放回原位，拿起膝上的手写信。

这封信是用牛皮纸写成的，纸面粗砺，上面的墨色因为年份久远，已然有些淡了。

致盛穗：

见字如晤，展信舒颜。

我想，当你收到这封信时，比起讶异，你更多的感受会是莫名其妙。如果以下文字会惊扰到你原本平静安稳的生活，请允许我先在此道歉。

毕竟于你而言,这封信来自一位素不相识的陌生人。你未曾闻其音,也不曾见其面。

事实上,我们的初见,是在你十四岁那年的凛冽寒冬。

在医院的走廊上,我坐着轮椅撞见你的父亲行径粗暴,许是因为我也有过相同的童年经历,便出声阻止了你的父亲。

事后,你推着输液架,主动向我走来,笑着递给我一颗水果糖。那颗糖我存放了许久,始终不舍得吃,直到夏季天气炎热,糖果在彩色的包装纸中化了。在那之后我常想:或许老天爷从最开始就暗示过,我经年的妄念会不得而终。

后来你出院了,给曾经给予过你善意的人都送了一个平安袋。你还特意来到我的病房里,祝我早日康复。

那天不知是因为被你叫的那声"哥哥"而心神恍惚,还是恼你独独忘记在我的平安袋里写上姓名,我一句话也没说,便傻愣愣地放你离开了。

就这样,我错失了在你的心里留下姓名的唯一机会。

在那之后,我在无人欣赏的舞台上自导自演。

十七岁那年,我转学来到你所在的高中,在每个暮色沉沉的晚自习后,远远地目送你安全到家。

十八岁那年,听闻你想去魔都大学念书,填高考志愿时我写下了相同的校名,在脑海中不停地幻想能无所顾忌地走向你的场景。

十九岁那年,我读大一,得知你即将成为我的校友。在你拿录取通知书那日,我不顾一切,排除万难也想见你一面,却在离你十数米远时,大脑里深埋的炸弹突然爆裂。

我被人认作疯子,病情发作的视频被人发布到网络上。我被确诊为患有双相情感障碍,无奈退学,不得不去国外治病。

二十、二十一岁那两年,有一半的时间我都在精神病院接受治疗。难得清醒的时候,我打听到你在魔都过得并不好,于是想办法加入了你参加的互助小组,以"Z"的身份同你保持联络。

二十二岁,我大学毕业。那年我的病情反复发作,电击治疗救回了我的性命，却让我忘记了自己以"Z"的身份同你相处的太多细节。我看着你的邮件，不知该如何回复。

于是我在出院的第三日搭乘飞机回到魔都，寻到你打工的猫咪咖啡馆，想进去看你一眼，却被猫毛引发严重的过敏反应，只能再一次就医。

二十三岁，你生日那天，也就是我写下这封信的半个月前，我得知你在职业上的选择，欣慰于你的勇敢，更意识到，我或许不该再打扰你近在咫尺的美好生活。

我的贸然出现以及这份过于沉重的感情，终有一日会让你变得不幸。

以上便是我庸碌无为的一生。

我用尽半生爱慕一人，却至死都不能堂堂正正地站在她的面前。

相信你能看出我存了私心，我既希望你不要因为冒失的来信而倍感负担，又不甘心自己如风一般从你的人生吹过后便消散无踪。

可笑至极，我这样的人，仍期盼能在你的心里，留有只属于我的立锥之地。

遗嘱里有我为你留下的一笔钱款，数目并不算多，但能保证你这一生衣食无忧，可以让你有足够的底气去完成任何愿望，支撑你过上以往所欠缺的理想生活。

剩下的钱，恕我决定投资于攻克1型糖尿病的研究。

直至今日，我仍坚定不移地相信：科技在飞速发展，终有一日，你会被治愈，以健康的体魄回到人群中，无忧无虑地幸福过活。

到那时，如果你愿意的话，请带上一束我最喜爱的姬金鱼草到我的墓前，让我能够好好地见你一面。

见你过得好，我的幽魂便能放心地离开这世间，安然消散。

患病后，我逐渐丢掉了许多人类的情感，但有时也会感到喜悦、兴奋、激动。不过我难以分辨这究竟是我的真实感受，还是又一次的躁狂发作。

久而久之，我也曾怀疑是否真的爱慕你。

究竟什么样的感情才能算作爱呢？

没有答案。

我只是很想在你最喜爱的春光下，再见你一面。

哪怕只是笑着说句"好久不见"，便再无遗憾。

你或许不信，生活中我并不是话多之人。许是知道这是仅有的能同你说话的机会，我才提笔难停吧。

我们就此道别吧。

盛穗，再见。

再也不见。

你往后的人生还很长，实在不必为此停留，匆匆看过这封信，就请忘记我吧。

只是不要忘记有位陌生人，曾在无人知晓处，默默无闻地爱慕过你很多年。

愿你往后的人生，平安顺遂，喜乐安康。

此致

      终于想起告知姓名的周时予

盛穗死死地咬住嘴唇，直到能尝出一丝血腥味。

她最后还是没忍住，失声痛哭起来，泪水打湿了纸面。

"愿你往后的人生，平安顺遂，喜乐安康。"

她二十七岁的生日那天，高烧不退的周时予守在电话前，一定要第一个给她送上生日祝福。那时，他说过一样的话。

盛穗看向她手腕上的红线手链，不敢去想爱人将其赠予她时的心情。

她想用衣袖擦去纸上的泪痕，掉落的泪水却越来越多，落款处的墨迹都要被晕开了。

盛穗不敢再看，仓皇地将信塞回保险柜，笨手笨脚地碰掉了旁边的书籍。厚厚的《二十首情诗和一首绝望的歌》摔到地上，夹藏在书里的照片掉了出来。

盛穗低头捡起照片。

边角泛黄的相片取景于盛穗再熟悉不过的医院。

病房里，清瘦的男生靠在床头，看向女孩儿的眼神极尽温柔。

女孩儿笑着守在男生的床边，她的一只手里握着平安袋，另一只手要去牵男生骨瘦如柴的左手。她眉眼弯弯，似在说话，唇边的酒窝若隐若现。

大概是被女孩儿的情绪所感染，男孩儿也不由得弯起嘴角。

暖阳慷慨地倾泻下来，两人的身上闪耀着如碎金般的光点。在那个凛冽难熬的寒冬，因为拥有彼此，哪怕只是片刻，受尽苦难的两个孩子都感觉到了温暖。

盛穗认出来了，那是十四岁的她和十六岁的周时予，他们正在镜头下无忧无虑地笑着。

她抬手抚上男孩儿的脸庞，有人轻轻地为她披上外套，鼻尖处传来令人心安的木质冷香。

不必回头去看，她再清楚不过，身后是时刻守候着她的爱人。

"对不起啊，是我记性不好。"盛穗努力压下眼中的泪意。

良久，她转过身，向哪怕过去了十三年，目光仍旧温柔不变的周时予举起相片，轻声说道："这些我都不记得了。"

"没关系。"已等候许久的周时予将外套为她拢好，吻去她眼角处的泪水，缓缓说道，"未来很长，我可以慢慢说给你听。"

关于他，也关于她。

关于"我们"的每一件事，他都替她记得。

周末接连两日，只要盛穗闭眼睡去，就会反复不断地做相同的梦。

她梦到那年寒冬，在医院的病房里，自己收回将要迈出门框的那只脚，回头一字一板地问道："请问，我可以知道你的名字吗？"

她梦到十五岁那年，每个月明星稀的晚上，她放学回家后，在楼下停住脚步，转身认真地向远处一路跟在自己身后的少年鞠躬道谢。

随后，盛穗又梦到十六岁的她言之凿凿，要报考魔都大学。

十七岁时，她在拿到录取通知书那日，兴冲冲地奔向在校门口等候许久的青年，扑入他的怀中。

她甚至还梦见自己二十岁在咖啡店打工时，会趁老板不注意，隔着落地窗，向站在店外一下午、只为等她下班的爱人偷偷招手。

梦中的场景总是不切实际的美好，盛穗一度不愿醒来。

周一清晨，被闹钟吵醒的盛穗不满地皱着眉。

她想将脸深深地埋进枕头，却感觉自己的脸正贴在薄薄的肌肉上，触感极好。她不自觉地蹭了两下。

下一刻，沙哑的笑声响起，伴着几分幽幽的木质冷香，唤醒了盛穗身体里的瞌睡虫。她挣扎着撑开眼皮，入目便是男人的胸膛。

盛穗知道她的睡相不好，以前每每早上醒来，睡衣的下摆都会卷至胸口。

婚后，周时予怕她着凉，每晚都搂着她的腰入睡。于是他便很快成为受害人，醒来时常衣衫不整、衣领凌乱。

即便如此，这还是周时予头一回醒来发现盛穗的脸埋在自己的胸前。

四目相对，盛穗尴尬地打了个招呼："早。"

手写信的后劲儿太足，这两日，盛穗的眼睛活像失修的水龙头。她哭得声音沙哑，眼皮也有些红肿。

"早。"周时予在她的眼角落下一吻，温声问道，"昨晚我听见你又哭又笑的，你梦到什么了？"

盛穗沉思片刻，精练地总结道："梦到我和十年前的你谈恋爱。"

"嗯，然后呢？"周时予伸出不安分的大手，轻轻地摩挲着她的后背，勾唇一笑，"所以，你笑是因为看上了年轻时的我，哭是因为不想醒来面对年老色衰的丈夫吗？"

这简直是胡搅蛮缠。

盛穗抬起头，不可思议地问道："这个醋你都要吃？"

"容貌是择偶的重要条件之一。"男人起身下床，有理有据地反驳道，"十年前的周时予爱你并不输现在，而且比现在要年轻得多，我自然会担心。"

他在床边俯下身来，淡淡地说："如果我比不上过去的自己，被你抛弃了，怎么办？"

"不会的，"盛穗握住男人戴着手表的左手，眸中写满认真，"梦里的盛穗会喜欢不论过去、现在还是将来每个时刻的周时予。

"但我不一样——"

她顿了一下,嫣然一笑:"我永远都最喜爱眼前的你。"

搭乘地铁去学校的路上,盛穗在人潮拥挤的车厢内,又忍不住拿起手机,查看林夕事件的最新发展。

一切都和周时予预判的一样,爆料视频在上周五当晚全网下架,为钱而来的狗仔也没再发任何新视频,甚至删除了自己的微博。

然而这并不代表大众对林夕事件的关注度就此降低。

事实是,由于坊间一直有传闻,说林夕曾给某位商业大鳄做地下情人,多年不得名分,所以公众才异常关注突然冒出来的特殊儿童周熠。

对此,林夕并没有任何回应。

盛穗不关心坊间八卦,只是看到网民对自己学生的各样揣测,心里难免窝着一团怒火。

她不善于隐藏心事,不仅同事齐悦看出她心情不佳,就连班上的两三位学生都在上课时纷纷跑过来抱她。

"穗穗老师,你是哭了吗?"

"穗穗老师,不要哭,不要哭。"

经学生提醒,盛穗立刻自我反省,实在不该将私人感情带入工作中。她笑了笑,柔声地向学生解释她只是没睡好,并没有哭。

今天的教学内容是让学生习得 1 到 10 的数字,与相应的汉字对应上。

教学方法依旧是分层教学,齐悦负责能力较弱的学生,让他们通过辅助工具找到数字积木;盛穗则负责引导能力较高的学生,让他们独立地将数字积木放在正确的汉字贴纸旁。

周熠是第一个完成任务的学生。

抱着老旧娃娃的清隽男孩儿在座位上一言不发,始终低着头。直到盛穗在他的桌前停下脚步,他才缓慢地抬起头。

自闭症儿童的一大特征便是有社交障碍,对身边的人、事、物表现得漠不关心。因此见到周熠主动和自己对视,盛穗难免感到有些惊喜。

她笑着弯下腰,想借机和周熠多说些话:"熠熠,这个积木是你自己放好的吗?你真的很棒……"

话音未落，就见周熠毫无征兆地伸出手，不甚温柔地去摸盛穗的脸。

男孩儿的手直冲盛穗的眼睛而来，她心口一跳，正要躲开，却见周熠碰了碰她的眼角。

自闭症儿童可能会有攻击和破坏的行为。在齐悦的惊呼声中，盛穗硬生生地压着背脊没有躲开。

男孩儿反复地摸着她的眼角，漆黑的眼睛直勾勾地看着她。

周熠在为盛穗擦拭眼泪。

看懂男孩儿动作的那一刻，盛穗眼角一酸。她忍不住蹲下身来，紧紧地将男孩儿抱在怀里。

虽然语言发育障碍让周熠无法表达他的心中所想，但盛穗可以肯定的是：周熠以及其他的自闭症儿童，甚至所有的特殊儿童，同这世上其他的孩童一样，都是遗落在人间的天使。

见盛穗兴致不高，午休时，几位关系亲近的老师特意拜托其他人帮忙看着学生，提出要带盛穗去校外吃顿好的，转换心情。

盛情难却，盛穗半推半就地答应了，却没想到她刚出校门，就有三四个早早蹲守在校门口外的娱乐记者围了上来。

为了博人眼球上头条，几人举着录音笔和摄像机，毫无底线地发问：

"你是爆料视频里把学生交给林夕的老师吧？你的学生和林夕是母子关系吗？他们母子的关系怎么样？"

"你们这所特殊学校都招收什么样的学生？林夕的孩子具体属于哪一类？"

"你的学生平时一直都不理人吗？他到底是患有自闭症还是智力障碍？"

铺天盖地的问话和无处可逃的镜头，让盛穗不由得想到那年的医闹事件。

那段时间，不论她走到哪里，都会跳出几位"好心人"，让她再叙述一遍父亲对她的恶行以及医闹事件的具体细节。

当时她年纪太小，即使心里抗拒也不懂得拒绝。她每每接受一次采访，几日后就会在网络媒体或是当地新闻里，看到被打了马赛克的自己出现。她说过的话，大多是经由剪辑后东拼西凑的。

所以她再清楚不过，今天只要她在镜头前说错半个字，甚至但凡她开口，眼前的媒体就一定能将视频剪辑成他们想要的或是网民喜闻乐见的样子。

林夕至今不曾发声，盛穗现在无论回答任何问题，都只会将这对母子再次推上风口浪尖。

她不该说话的。

她该像林夕一样沉默下去，等到恶意揣度的人失去耐心，等到负面的声音渐渐消失，这件事就可以翻篇儿了。

就像盛穗不会向说她得病是因为不自爱的相亲对象解释一样，林夕也没有对周熠的特殊情况做出任何解释。

因为被舆论不断地审判，远比短暂的诬蔑和误解要沉重得多。

虽然无可奈何，但这的确是少数群体在直面主流社会的审判时能做出的唯一选择。无论审判的结果正确与否，大多数人只能选择默默承受。

可从来如此，便是对的吗？

本就患有疾病的人，还要额外承受社会强加给他们的病耻感，这种被默认的社会现象存在至今，便一定是对的吗？

"请问，"盛穗平静地望着率先提问的男人，"你问这些问题，是把我的学生当作什么了？是博人眼球的工具、被人怜悯的可怜虫，还是网民茶余饭后的谈资？"

面对盛穗的突然发难，周围人愣了愣。

被她针对的男人先是脸一红，随即大声说："什么工具、可怜虫和谈资，我可没这么说！"男人连连冷笑，"我看是你看不起你的学生，觉得他们低人一等，才会因为几个问题就大惊小怪的吧？！"

"是你们这些人先把话题引向负面，再恶意引导我作答的。我只是想告诉你，这种行为非常恶心。"盛穗面无表情地盯着其中的一个镜头，冷冰冰地说道，"希望你不要在某天成为弱势群体时，后悔你刚才为了流量而不惜利用未成年人的举动。"

说完，她拿出手机，拨通保安室的电话，平静地说："刚才的对话我已经录音了，我的同事也拍了视频做证。"她望向男人，看清了他眼里的心虚，"我不是公众人物，我的学生同样不是。如果你们以任何方式恶意剪辑今天的对话或是诱导我的学生接受采访，侵犯他们的隐私权，我会立刻对你们进行法律层面的追责。我说到做到。"

这样就够了。

作为再平凡不过的普通人，盛穗很清楚，她能做的太少了。但她想：只要每个如我一般的普通人，能在旁人对弱势群体表露出恶意的揣测时，清楚直白地告诉对方，他们的行为是错误的，就已经足够了。

最终校方的处理方式是给盛穗放假，让她下午回家，免得再有其他的媒体找上门来。

普通人不比明星，尤其是特殊学校的家长和学生都不愿被过度地针对、关注，哪怕领导再认同盛穗的话，出于对大局的考虑，也只能让她先避一避风头。

盛穗对此没有异议。

只不过本该忙碌的下午突然放假，盛穗一时有些无事可做。

正午时分，万里晴空。她沐浴在春光中，打车去了同事们原本打算带她去的拉面店。

店里生意不错，她打过胰岛素后回到座位上，几次想给周时予打电话，最后还是将手机放到桌上。

她仔细想了想，这实在不是值得拿出来特意说的事情。

饭后，她漫无目的地沿街随意逛着，打算走到下一个公交车站就坐车回家，却在路过一家两层楼高的文身店时停住了脚。

从外部的装潢就能看出这家文身店气派非凡，店面刷着纯黑色的漆，风格十分朋克，最左边的落地窗上贴着许多作品的照片。

盛穗从出生至今一直乖巧，"文身"这样代表叛逆和异类的字眼，从未在她的人生中出现过。

此时此刻，她却突然有了兴趣。

她拿出手机查询刺青的原理，网上给出的解释是"利用专业的文身针穿透皮肤的真皮层，再将色料植入到皮肤的真皮层下，以此达到文身的效果"。

原来这世上还有一门艺术是以伤口作为基础，再加以创作的。

盛穗看向洁白无瑕的左手腕，突然无比心动。她没有丝毫犹豫，抬脚走向店门口。

推门进店前,她衣兜里的手机振动起来,是周时予打来的电话。

电话接通后,两人都没有开口,像是在等对方率先打破沉默。

盛穗想:周时予肯定知道今天中午采访的事情了。

她不由得小声说道:"周时予,我中午做了一件以前从来不敢做的事情。我难得勇敢了一次,"她弯起唇角,难掩语气中的轻快,"你要不要夸夸我?"

话音一落,听筒里便传来一道笑声,随后她就听周时予温声夸赞道:"嗯,我们穗宝一直都很勇敢。"

盛穗闻言,脸上的笑意更甚,第一次主动向男人讨要礼物:"那我可以要个奖励吗?"

周时予不假思索地回答道:"当然。"

盛穗再次低头,看向她此时仍光洁无瑕的左手腕,一字一板地说道:"我想要一只手表,和你手上戴的那只一样就好。"

"我们这儿有成品图可供参考,当然,如果你带了照片或者有自己的设计想法,通常情况下,我们也是可以做的。"

"好,谢谢。"

盛穗在一楼接待大厅的沙发上坐下,接过圆脸女生递来的平板电脑。

和她的预想不同的是,连平板电脑的外壳都是朋克风的文身店,成品图的类型倒是五花八门,赛博朋克风、小清新风、简笔画等,应有尽有。

盛穗颇为意外,因为在她的印象里,文身代表着满背和花臂。

"你是第一次文身吧?"圆脸女生长相甜美,剃了个酷酷的阴阳头。她大大咧咧地说道:"现在的文身什么样的都有,想要什么都能做。"

说着,她指着自己脖子上的一大片彼岸花,示意道:"我以前做过手术,在这儿来了一刀,现在完全看不出来了吧?"

盛穗仔细地盯着女孩儿的脖子上盛放的花朵看了一会儿,点头表示认可。她轻声问道:"你刚才说,可以直接拿照片做图,是吗?"

"对,不过要额外收手工费,而且你得先把图片给敖哥看一眼,他说可以就能做。"

"好。"

工作日的下午,文身店里冷冷清清的。盛穗跟在女孩儿的身后,走去一楼最靠里的隔间。

她掀帘进去,入目便是一张躺椅,旁边的架子上摆满了各式用具。角落里坐着一个发型微乱的男人,年龄在三十五岁左右。

圆脸女生笑眯眯地说道:"敖哥,这个姐姐是第一次来文身,你记得温柔点儿。"

"啰唆。"沙哑的声音响起,贺敖正在低头画图。他头也不抬地伸出手,言简意赅道:"照片。"

盛穗想要的图样并不复杂,男人随意瞥了一眼,问道:"文在哪儿?"

"左手腕内侧。"

贺敖闻言放下笔,抬头看向盛穗,他的眼神如苍鹰般锐利:"手腕内侧的皮肤非常薄,容易晕色,同时很难做遮盖。"

圆脸女生也温馨提示道:"这是过来人的经验之谈,手腕内侧和脖子都是文身最痛的部位,你第一次尝试的话,我比较推荐文在手臂外侧或者后背上。"

面对两人的劝阻,盛穗看向光洁的手腕,自言自语道:"原来手腕受伤是最痛的啊。"

她从来不知道这些。

"没关系,就文在我的左手腕内侧吧。"盛穗抬起头,笑着回应道。

她将目光落在贺敖未画完的草稿图上,问道:"请问可以再加上图纸上的效果吗?"

贺敖未画完的是一幅落日海景图,因为是草稿,上面处处都是杂乱无章、断续破碎的横线。

贺敖皱眉问道:"为什么?"

经过盛穗十分钟的恳切游说,贺敖最终答应了她的请求,从照片和草稿中各摘取了部分图案。

签了承诺书后,盛穗在工作室外的座椅上坐下,安静地看着圆脸女生为自己清洁手腕。女生将图案打印在薄纸上,贴在她的手腕内侧,再用特制笔初次勾勒。

女生给盛穗涂上药膏后揭开薄纸，再用特制笔进行二次勾画后，忍不住问道："你真的要文成这样吗？"

盛穗点头。

盛穗对针头再熟悉不过了，认为被扎的不管是腹部还是手腕，并不会有太大的区别。可当看清文身笔上的整排细针时，她后背泛起了一片鸡皮疙瘩。

贺敖说："先割线，然后打雾上色，你要是实在疼的话，可以哭。"

盛穗沉默了几秒，轻声说道："没事。"

"我的意思是，你需要放松，"男人用沙哑的声音道，"紧张只会更疼。"

盛穗闻声低头看去，就见她手腕内侧的青筋根根暴起，仿佛下一秒就要崩开。

没事的。

再痛也会结束的。

嗡鸣声源源不断，每一声都精准地钻进盛穗的耳朵，仿佛被细针反复刺入的不是她的手腕，而是她脆弱不堪的耳膜。

她的身体持续发麻，除了左手腕能清晰地感知到疼痛外，身体的其他部位好像都失去了知觉。

割线时的疼痛，盛穗还是能够忍耐的。

一整排高频率振动的针头，在她的手腕上推进推出，刺进她最敏感脆弱的皮肤。就像平日她打针时没选对位置，扎在了神经上而引起的痛感一样。

或许和耐药性相同，人对疼痛也会适应。

正当盛穗乐观地安慰自己也没有多痛时，沉默了许久的贺敖忽地告诉她："要准备打雾上色了。"

下一秒，剧烈的疼痛就如巨浪般席卷而来，瞬间将盛穗吞没。

她这才明白，原来有些痛是永远无法适应的。

她的身体开始不受控制地发抖，泪水就要落下。盛穗不想在外人面前落泪，便用右手使劲儿掐着自己的大腿，不许眼泪掉落。

不减反增的疼痛累积着，随着脉搏的每次跳动，将痛感清晰地反馈给大脑。在绝对的疼痛面前,连时间都失去了意义。

盛穗的脑袋开始阵阵发晕,她仰头看向天花板,忽地想起周时予的手腕上那数不清的疤痕。

她又恍恍惚惚地想:用刀片割破血管和用针头刺进手腕,会是相同的感觉吗?

周时予绝望地反复割开手腕时,也会像她现在这样痛吗?

如果也是这样痛,他为什么要一次又一次地这样对待自己呢?

盛穗想:周时予在那些年里,独自背负过什么,又如何熬过每一个不见天日的黑夜,我大概永远也无法感同身受。

因为她和周时予是完全不同的。她是有选择的,只要她现在起身离开,疼痛就会立刻消失。周时予却从来没有选择——不管怎样,他都很痛。

念及此处,盛穗又忍不住要落泪了。

盛穗文在手腕上的图案面积很小,只是上色部分较为复杂。她不得不硬生生地挺过三个半小时,才能从座椅上起身。

算下来,现在和平时的下班时间竟相差无几。

这时,店里已有五六个人在排队等着文身了。盛穗在收银台结账时,圆脸女孩儿由衷地佩服道:"你第一次文身,还是文在手腕上,居然一声没吭,厉害啊,姐姐。"

盛穗看向左手腕上的保护贴,薄膜下是大片胀红的皮肤。她轻声说道:"可能是觉得自己没资格吧。"

中午通话时,盛穗没主动提及媒体采访和下午放假的事,周时予自然体贴地没多过问,只留下一句"有需要就随时找我",便留给盛穗充足的私人空间。

和平时一样,盛穗搭乘同一班地铁回家。她察觉到以往从未有过的目光,今日如影随形般落在她的身上。

盛穗的肤色很白,她今天穿了件短袖的雪纺衬衫,不曾特意遮盖手腕上的刺青,将它全然暴露在空气和周围陌生人的注视中。

她坐扶梯时,左边的男人看了她几眼,是在看她手腕上的刺青吗?

她走进拥挤的车厢时,身侧年轻的母亲瞥了她一眼,而后匆匆弯腰和五六岁的儿子耳语,是在警告儿子,刺青是不学好的行为,千万不要

412

效仿吗?

她主动让座时,连连道谢的银发老人突然眼神闪躲,避开了她的视线。他是在感叹她表面看着乖巧,却不懂"身体发肤,受之父母,不敢毁伤"的道理吗?

还是,这一切都只是她的猜想?

盛穗不得而知。

她只知道,她从前坐地铁回家时,脑子里从未有过像今天这样繁多的思虑。

她只知道,周时予就是在如此的环境中,独自撑了十几年。

手腕上传来的疼痛令人感到无比疲惫,盛穗到家换上干净的衣服,躺在床上,脑袋沾上枕头后就昏昏睡去。

再次醒来时,盛穗感觉有人温柔地拥着她,鼻尖处传来令人心安的冷木幽香。

半梦半醒时,盛穗就听周时予低沉的声音在她的耳边响起:"你下午很忙吗?感觉你好像很累,我喊了你几次,你都没醒。"

盛穗感受着男人说话时胸腔的震动,有些黏人地闭着眼睛往周时予的怀里钻:"还好,就是困。"

"辛苦了。"周时予在她的额头上落下一吻,低声哄道,"你想再睡一会儿,还是现在起来吃饭?"

说完,他抬起手轻拍她的后背,手臂恰好蹭到了盛穗的左手腕。

刺痛扎走了所有的困意,盛穗猛地倒吸了一口凉气。

"怎么了,哪里不舒服?"

卧室里并未开灯,即便如此,周时予低头后,还是一眼就看见了盛穗左手腕上的刺青。

良久,周时予沙哑的声音响起——

"这是什么?"

"是文身。"

男人长久的沉默、紧绷的情绪,让盛穗想起那晚她发现周时予手腕上的割痕时,自己也是同样的反应。

手腕隐隐作痛,她抬起左手,对着手腕轻轻吹气,试图将大片的红肿吹散。

她扯动嘴角的肌肉，笑着将手腕递给周时予看："下午学校给我放假，我路过一家文身店，便突然很想文身。"

她牵着周时予的左手，在周时予的注视下，小心地解开男人腕上的手表。数十条纵横的陈旧疤痕，登时暴露在空气中。

盛穗看了看自己手腕上的图案，轻声说道："你看，我文的是你最喜欢的姬金鱼草，是不是很好看？"

她手腕上的刺青图案并不复杂，同壮观的花臂和满背文身相比，简直不值一提。

不过是一朵绽放的姬金鱼草，在风中摇曳生姿。

不过是在姬金鱼草间，添了数十条长短不一的横线。

也不过是在手腕内侧，文上这些纵横交错的线条，会让人联想到精神扭曲后的自伤行为。

见周时予迟迟不肯开口，气氛好似凝固，盛穗也并不泄气，再接再厉道："你看，以后我们就是一样的了……"

"为什么要和我一样？"周时予突然出声打断她的话。

男人猛地抬手，想捉住盛穗悬在空中的左手，又在碰到她伤口的前一秒生生地刹住动作。

"盛穗，我不明白，"周时予第一次压着怒意同盛穗说话，"你为什么要和我一样？"

他拼了命地想让她好，恨不能将世界上所有的美好都捧到她的面前。

为什么？

为什么盛穗一定要转身跳进他深陷的这片泥潭？

周时予不明白。

"因为你已经向我走了九十九步。"

今晚两人仿佛对换了身份，稳重可靠的周时予罕见地情绪失控，盛穗反而无比冷静。

"如果人与人之间的距离是以百步计算的，剩下的最后一步，我希望是我向你走去。"

她轻轻地握住周时予的左手，将指腹小心翼翼地搭在爱人累累的疤痕上。

这是她第一次触碰这些陈年伤痕,第一次感受它们是如何起伏的,也是第一次知道周时予在情绪激动时,指尖会不受控制地颤抖。

"其实我今天在看到手腕上的文身时,心中的高兴无法描述。它的存在让我意识到,伤口原来并不仅仅代表伤害和痛苦,也能结出最美丽的花朵。"

盛穗亲吻男人的嘴角,和他十指相扣。

她说:"我保证,你的旧伤不会永远是痛苦的。周时予,你再相信我一次,好不好?"

话音刚落,盛穗便被周时予紧紧地搂进怀中。男人用了力气,盛穗甚至感到几分疼痛。

周时予将头埋进她的颈肩,闷闷的声音响起:"疼不疼?"

"只有一点点。"

就像周时予过去无数次安慰难过的她时那样,盛穗抬手轻拍他的后背。隔着一层衬衫衣料,她仍旧能清晰地感受到男人背脊上的伤痕,从肩膀一直蜿蜒到尾椎。

她不禁心中酸涩:"周时予,我曾经听人说过一句话——每个人都是遗落在世间的折翼的天使。"盛穗忍着手腕上的疼痛,尽力将爱人抱紧,"当我们紧紧拥抱时,就会拥有一对翅膀。"

感觉到怀中的人呼吸一顿,盛穗振作地深吸了一口气,在周时予的耳边一字一板地说道:"所以,不要害怕,盛穗永远不会丢下周时予。"

良久,盛穗的颈间传来点点湿意。

周时予哭了。

那个在她心中无坚不摧的男人,深爱她到难以自拔的爱人,与她终身相伴的丈夫,此时正在她的怀中无声地哭泣。

滚烫的泪水顺着盛穗的锁骨滑落,几乎要将她灼伤。

盛穗知道,他不是为了过去遭受的苦难而委屈得落泪,也不是为了终将迎来美好的新生活喜极而泣,是一个自十六岁便众叛亲离、独自负重前行的男孩儿,在知道自己活着到达安全的彼岸,再也不会遭人丢弃,而落下了滚热的泪滴。

在进退皆是死巷的人生路上,盛穗是周时予绝处逢生的那条路。

"周时予。"长久的沉默过去,这次仍旧是盛穗率先开口,"你知道我为什么想要在手腕上文姬金鱼草吗?"

周时予紧紧地抱着她,恨不能将她揉进自己的身体,他沙哑的嗓音中带着一点儿鼻音:"为什么?"

"因为你说你最爱姬金鱼草,过去却从来没有养活过一枝。"

盛穗在昏暗中缓缓地抬起左手,看向手腕上寓意是"请察觉我的爱意"的花朵。她笑了笑,轻声说道:"而我这一枝会永远为你盛放,再无凋零。"

第十七章
时予哥哥

盛穗手腕上的姬金鱼草的确十分漂亮。

嫩绿的枝干竖直向上，米白色的花苞缀着星星点点的粉，簇拥着枝干，在柔和温煦的风中摇曳生姿。

穿插其间的线条长短不一，看似潦草，非但没有破坏整体的美感，反而增添了几分凌乱且残破的凄美。

简单不过的图案，被赋予动态后美艳异常。

盛穗此时依偎在爱人温暖的怀抱中，抬手细细端详，轻声感叹道："好漂亮。"

这朵从破碎中生出的姬金鱼草，美到让盛穗觉得下午的疼痛都是值得的。

她如此想着，额头上落下温柔的一吻。盛穗抬头，直直望向周时予漆黑的双眼。

男人一眼就看破了她的小心思："下次不许这样了。"

盛穗抿了抿唇，语气幽怨地说道："你也对文身有刻板印象，觉得有文身的都不是好人吗？"

"没有。"

周时予将手表放在床头柜上，终于不再忌讳手腕上的伤疤。他用左手小心地托住盛穗的手臂，像哄孩子那般轻轻地晃了晃，仿佛想为她晃去伤痛。

"你不要为了证明什么或者一时好奇，就冲动伤害自己。"语毕，他又伸手刮了一下盛穗的鼻尖。

盛穗像小猫似的耸了耸鼻子，不服气地看向十分钟前还将头埋在她的肩窝落泪的人："还不是因为你这个人太冥顽不灵。"她伸出左手去捏周时予的脸，"你每次嘴上都说没事，实际上比谁都缺乏安全感。"

只有做到不留余地的程度，才能让周时予不再患得患失。

周时予避开了盛穗的手腕，反握住她的手，眯起眼睛问道："不知道周太太说的人是谁呢？"

"谁和梦里十年前的自己吃醋，我说的就是谁。"盛穗被人威胁也不怕，唇边的笑意反而更深，一双眼睛明亮无比，"周时予，我怎么以前没发现，原来你这么小心眼儿。"

女人四散的青丝，将她本就白皙的肤色衬得宛若雪瓷，越发妖艳勾人。

周时予深深地望着盛穗澄澈的眼瞳，她的眼中宛若盛满星河，那份曾令他怦然心动的鲜活与灵动分毫不减。

"周太太说得对，"男人隔着透明的保护贴，将薄唇轻轻贴在盛穗的文身上，欣然接受了她对自己的评价，"我的心眼儿确实小，所以只用来惦念你一人就好了。"

文身后不宜吃海鲜，周时予先前准备做的花蛤，最后都进了平安的肚子。

男人做菜时，见盛穗眼巴巴地看过来，他笑着问道："你想吃什么？今晚时间来不及了，你先随意吃点儿，等明天我再做些好的。"

盛穗中午肉吃多了，歪着头想了想："要不就吃荷兰豆炒藕片吧。"

"好。"

周时予做饭一如既往地高效利落，盛穗在客厅里拍平安吃饭的视频的工夫，他就把饭做好了。

晚餐依旧是丰盛的两荤两素一汤——番茄土豆炖牛腩、柠檬蒜香鸡翅、香椿炒鸡蛋、木耳肉丸紫菜汤以及女主人点名要的荷兰豆炒藕片，可谓色香味俱全。

盛穗率先夹起面前的荷兰豆，咀嚼了两下，忽地想起了什么："我们第一次出去吃饭的时候，好像也吃了这道菜。

"那家餐厅的菜真的很好吃，尤其是最后的鲫鱼汤。"

回想起当时的美味，她忍不住赞叹道："而且我们的运气很好，肖茗告诉我，她所在的公司和成禾签合同的庆功宴也是在那里办的，店家却非说没有这道菜……"近日越发机敏的盛穗顿了一下，看着对面笑而不语的周时予，狐疑道，"那天的菜不会是你做的吧？"

堂堂风投大鳄居然跑去给人做饭，盛穗觉得太荒唐了。

"嗯，我只是随便做了一点儿。"

周时予在家里已经不戴眼镜了。他给盛穗舀了一碗汤，露出手腕上的条条疤痕。

他说："我当时想看看你喜欢吃什么口味的菜。"

盛穗回忆起那盘被剔骨去刺的鲫鱼，对周时予定义的"随便"不敢苟同。

她好奇地问道："那天吃饭前，你就算到了我会答应和你结婚，所以才特意给我做饭的吗？"

"我没算到。"周时予沉思了几秒后答复道。

男人用右手撑着脸，柔和的目光落在低头吃饭的爱人身上。过了半晌，他低声说道："我只是把每次重逢都当成最后一次见面而已。"

所以他才想把一切都做到最好，同时又不想让自己过分的殷勤惊扰到她。

自结婚以来，这是两人最坦诚相待，也是最心平气和的一次交谈。

机会难得，盛穗不想放过。

饭后，周时予要去洗碗时，她抬手拽住男人的衣袖："你就没有什么想要问我的吗？"

周时予在旁边的椅子上坐下，搂住盛穗的细腰，让她坐在自己的腿上。

男人伸出左手把玩着盛穗的手指，扎眼的刺青和疤痕重叠在一起。

时间在"嘀嗒"声中过去，盛穗逐渐走神时，身后的人终于开口。

周时予缓慢地问："知道所有真相之后，你感觉有负担吗？"

"说实话，我最开始的确有些不知所措。"盛穗的后背贴着周时予的前胸，她见男人手上的动作一顿，反握住对方的大掌，坦言道，"我总觉得自己不值得你如此深情。"

话音一落，她笑了笑，没多给爱人一秒胡思乱想的时间，直接补充道："但我很快就找到了解决的方法。"

听盛穗的语气中带着几分藏不住的骄傲，周时予低低笑了一声："什么方法？"

"其实很简单的，我只要努力让自己配得上你就好了。"盛穗转过头，对上周时予的双眸。

她抬手环住男人的脖颈，轻声说道："从前周时予有多爱盛穗，往后盛穗就会多爱周时予。"

林夕的电话是在周二早晨七点打来的。

"盛老师，我知道接下来的请求对你而言可能很过分。"女人沙哑的声音隔着听筒传来，她说，"但我现在的确别无他法，只能请你帮忙。"

周时予在厨房里准备早餐，林夕却绕过他来找盛穗。不出意外的话，应当是林夕预料到男人一定会拒绝她的请求。

面对学生的母亲，盛穗忍不住有些心软："我可能有心无力，您先说说是什么事吧。"

怕周时予突然过来，盛穗特意去了浴室。她将浴室门关紧，听着林夕的诉求。

经过将近四天的时间，林夕做出了向大众如实坦白的决定。她想开新闻发布会向公众告知：周熠是她的亲生儿子，且患有自闭症。

盛穗感到有些意外，又觉得在情理之中。

她感到意外是因为林夕犹豫的时间太久，错过了最佳的公关时机，比起开发布会澄清，不如就此顺势让事情的热度淡下去。

她觉得在情理之中的理由则更加简单直白——林夕是一位母亲。

"因为周熠患有自闭症，我作为母亲一直感到非常愧疚，时常会心惊胆战地想，是不是我哪里做得不好，才导致厄运降临在我的孩子身上。

"即便如此，我还是为了自己所谓的面子，害怕别人知道他与众不同，从来没带周熠在公共场合出现过。我从没像其他的母亲那样，带他去公园玩耍，带他去逛超市，甚至不敢光明正大地送他上下学。"

林夕的声音带着哭腔，盛穗听着心里很不是滋味。

"可这一次，我不想让他成为没有名分的野孩子。"女人深吸了一口气，声音颤抖着说道，"我想告诉所有人，哪怕周熠有自闭症，也是我的孩子。"

"我知道了。"

艺人在公众面前揭开伤疤、亲口承认这些有多难，可想而知。

盛穗坐在浴缸边，过了半晌，轻声问道："那你需要我做些什么呢？"

"你什么都不需要做！"林夕没想到盛穗如此好说话，立刻收起哭腔解释道，"盛老师还记得昨天中午的媒体采访吗？那个视频，我们这边也弄到了一份。中午开新闻发布会的时候，我的工作室会将准备好的热搜投放，第一个就是昨天的视频，目的是让公众不要先入为主地对自闭儿童发表猎奇发言。视频没有经过任何剪辑，而且你的脸和声音都会经过特殊处理，如果你不放心的话，我等下可以先把视频发给你看看。我知道盛老师不缺钱，但为了补偿把你推入公众舆论所造成的损失，我这边可以提供一百万元的补偿金，聊表心意。"

面对女人恳切的要求，盛穗沉默良久，缓缓开口说道："你不用给我钱。如果视频没有经过剪辑的话，我可以答应你。"

"真……真的吗？"林夕感到难以置信，回神后立马连连道谢，"我……我真的不知道该怎么感谢你，说实话，我以为你会一口拒绝我。"

"没关系，我是周熠的老师，这是我应该做的。"盛穗脸上露出了微笑，"您一直没有放弃周熠，我很高兴。"

看到学生并未因为特殊病症被母亲抛弃，没有走上和她相同的路，盛穗由衷地感到高兴。

林夕却再次为难地说道："那，周时予那边……"

"没事，我会去说的。"盛穗安抚对方后挂断了电话。

她握着手机，看向紧闭的浴室门，无奈地苦笑了一声。

她应该可以说服周时予吧？

出发前，男人在衣帽间里挑手表。盛穗走过去，先是讨好地投怀送抱，然后才慢吞吞地将刚才的事说了出来。

"不行，"周时予的拒绝比盛穗想象的还要决绝，他说，"林夕的目的不像你想的那么单纯。"

周时予拿出工作用的黑色手机，要给陈秘书打电话。他向盛穗解释道："她不是担心网民的发言，只是想利用你，将自己置于舆论高地，从而扭转自身的风评。这样的话，公众再因为周熠有自闭症这一点而攻击、嘲笑林夕，就等同于在伤害弱势群体。"

盛穗抬手拉住男人的手臂，试图阻止他打电话："所以这样我就不能帮她了吗？"

她再清楚不过，昨天的媒体视频到现在都没泄露出去，是因为周时予为她做好了所有善后工作。她现在选择站出来，无疑是亲手打破男人辛苦创造的风平浪静。

"不是为了林夕，也不只是为了周熠，如果我说的话能让更多的人意识到，某些言论和行为是对少数群体的伤害，我希望我的声音能被听见。"盛穗轻柔却坚定的声音响起，她看向周时予，认真说道，"如果有些事情，总需要有人来做才能被看见，如果有些声音，总需要有人来说才能被听见，那个人，可不可以是我呢？"

面对她坚决的态度，周时予再度陷入沉默。

过了半响，他抬手揉了揉盛穗的发顶，无奈地长叹一声："穗穗，我知道你并不想出现在大众的视野里，把这件事交给我来处理，可以吗？"

"周时予，我不可能这一辈子都躲在你的身后。"盛穗摇头拒绝道。

她思考片刻，突然转换话题："我是不是没和你说过，我的命其实是被医院里两位好心的医生救下来的？当时我晕倒在门诊大厅，一位女医生背着我爬了好几层楼，急得把鞋都跑丢了，才把我及时地送进了抢救室；而当我的父亲要强行把我从重症室带走的时候，保护我的男医生被我的父亲用吊瓶砸伤了手臂，差点儿没办法再拿起手术刀。

"人是没办法独立存活的，虽然这个世界上总会有莫名其妙的恶意，但不能就此否认，还有很多来自陌生人的善意。"

盛穗静静地望着周时予，坦诚地表露她的私心："我选择帮忙，是希望如果有一天我们遇到相同的困境，也会有好心人将心比心，对我们伸出援助之手。"

周时予皱紧的眉头缓缓地松开了，他无奈地说："我现在真的越来越说不过你了。"

盛穗勾着周时予的脖子，踮起脚尖，将唇瓣凑到他的耳边说道："如果当时没有好心人救我，我可能没办法活着见到你。"

她微微一顿，一字一顿地说道："时予哥哥。"

时予哥哥，这个显然不适用于年近三十的成年人的称呼，包含了太多蓄意的暗示。

周时予手疾眼快地搂住盛穗的细腰。他清晰地意识到，盛穗早已不是婚前那个青涩的爱人了。

彼时的爱人柔和温软，周时予每每看向她纤瘦的身影，就不自觉地生出无限怜爱，唯恐吹过的凉风都会伤害她本不健壮的身体。

可如今他怀里的人，似乎哪里有些不一样了。

曾经的善良细腻不变，她逐日向周时予展露着他只能仰视的品行：足以独当一面的强大、暴风雪压不垮的坚韧以及化苦难为希望的通透。

她不再甘愿做在他怀中寻求庇护的孱弱少女，偏偏要站在他的身前，仅凭一副纤瘦的身躯，竭尽所能地护佑心上人。

"我上班要迟到了。"

轻柔的声音拉回周时予的思绪。

盛穗在他的怀中挣了挣，两瓣湿软的薄唇开开合合，故意慢吞吞地无声念出四个字。

她的口型再明显不过。

久违的胜负欲被激发起来，周时予将女人一寸一寸地压在玻璃展柜上。

他微微眯起双眼，不再温柔的声音听起来颇有几分压迫感："我没听见，你再说一遍。"

可惜他的恐吓效果不佳，女人瞥了一眼护在自己腰上的大手，耸了耸肩，施施然道："没听见就算了。"

周时予闻言几乎要被气笑，贴在盛穗腰上的右手不安分地往下，停在她的尾椎骨下方，在那粒小痣上不轻不重地捏了一下。

婚后日子渐长，周时予慢慢尝到了夫妻之间独有的好处：不论是拌嘴吵架，又或是现下说不过对方，因为太过了解对方身上的每一寸肌肤，他总能精准地寻到对方最为脆弱的位置，好让战局瞬间扭转。

果然下一秒，他怀里嘴硬的人膝盖一软。周时予慢条斯理地继续刚才的话题："我记得现在似乎是周太太有求于我……"

话音未落，他就见盛穗扯住了他的衣袖。她面对攻势迎难而上，主动吻上周时予的薄唇。

"这是给胜之不武的周时予的谢礼。"盛穗亲完，忽地想起了什么，谨慎地补充道，"如果还有多的，也不用找零了。"

周时予心中了然，这句话是盛穗针对他上次送她上班时，在车里索要"车费"，又借"找零"亲回去的回应。

最后，盛穗歪着头问道："现在周先生可以放开我了吗？"

女人一口一个"先生"，语气再也不像当初那般敬而远之，反倒别有几分暧昧缱绻。

周时予轻轻拍了一下怀中人挺翘的臀，又低头在她的耳骨上咬了一口，决意将混蛋进行到底："一个吻就想把周某人打发，周太太也实在太过敷衍了。"

不可否认，文身的出现的确给盛穗的生活带来了不便。

如何掩盖位置明显的文身，是最核心的问题。

姬金鱼草图案只有很小的一块，盛穗昨晚量过，周时予特制的表带足以遮盖她手腕上的文身。

只是这两天伤口处还在隐隐作痛，不能用表带紧箍。盛穗最后只能用医用纱布将手腕层层包住，再用衣袖盖住。

即便如此，惹眼的白纱布还是引来许多关注，老师们纷纷跑来询问盛穗的手腕怎么了。

盛穗一一解释后，抱着教具去教室上课。

周熠今天没来学校上课，其中原因，只有盛穗和学校的高层领导知道。

早晨校领导特意喊她过去，强调以后对外发言一定要小心谨慎，否则全校师生都要受到牵连。

盛穗迟疑了片刻，不知道自己答应林夕的请求究竟是对是错。

她还是冲动了。她从没考虑过，如果因为她的视频，这所学校的其他学生受到过度的关注，事情该如何收场。

台下的学生们正在认真地完成教学任务。

盛穗站在讲台上，心中五味杂陈。想到即将到来的舆论风暴，她看着长袖下面露出的半截纱布，轻轻地叹了一口气。

和林夕早晨时所说的一样，新闻发布会的相关词条空降到热搜榜第一的位置，"不要再利用特殊儿童博取流量"的词条悄然紧随其后。

盛穗点开排行第二的热搜词条，在视频里听见声音被处理过的她，正在怒斥媒体利用特殊儿童博眼球的行为。

发视频的人自称是学校的教师，看不得同事和学生再被骚扰，在评论里写道："这是被堵在校门口的同事与狗仔的对话，我劝某些人别再吃人血馒头，小心报应。"

果然，舆论的风向变得可控，评论区里的留言一改前态。

"真是够了，林夕是演员又不是流量明星。她结婚、生小孩儿，需要向谁交代啊？我看有些人真是吃多了盐操闲心。"

"林夕怎样我不管，小孩儿和老师都是普通人，媒体这么折腾人家，还让不让别人正常上学了？"

"支持老师维权，这些媒体根本不管别人死活，是得有个人治治他们。"

不过也有少数质疑的声音，说刚出现林夕发布会的热搜词条，这边就放出视频，很难不让人怀疑是事先安排好的。

也有一部分人猜测盛穗亲自将周熠送到林夕的车上，在视频里还帮林夕说话，搞不好是她私下收了钱。

评论足有上万条，盛穗见事情向林夕所希望的方向发展，便退出微博，也没有看新闻发布会，直接去食堂吃饭了。

"盛老师，今天怎么没见你带老公做的爱心午餐啊？"

盛穗刚走进食堂，身后就响起齐悦的声音。她回头看见几位关系还算亲密的同事,笑着跟他们打招呼。

齐悦对面的女老师夸道:"盛老师,你还不知道吧,你这次可是帮了学校大忙呢。"

见盛穗疑惑,女老师忙拿出手机,给盛穗看一条转发量数万的微博。

> 祁夏璟:"当今社会,青少年的身心健康问题并未得到应有的重视。其中,身患特殊病症、遭受精神疾病折磨的青少年的数量逐年增多,相关科普却依旧匮乏,妖魔化的言论依旧泛滥。经多方商议,魔都第一人民医院将协同多方展开相关工作,以网络讲座和纪录片等方式加以宣传。愿所有人都能正确对待青少年的身心健康问题,也希望天下所有的孩子都能快乐自由地成长。"

这条微博一经发布,医院立刻转载并评论。

"正确对待青少年的身心健康问题"的词条冲上热搜榜,排在林夕的新闻发布会之后,热度超过了盛穗的视频。

"盛老师可能不知道,这个祁医生在网上很有名的。我来的路上正好听见教导主任在打电话,好像说第一医院想要以我们学校为主题,专门拍摄几期纪录片呢!"女老师兴奋地说道。

情绪被感染的齐悦也接话道:"学校不是一直发愁如何宣传吗?上次文化节和世界自闭症日的宣传只有家长来看,要是能和大医院合作,那就太好了!"

"可不是嘛,多亏了盛老师。"

同事们你一言我一语地聊个不停,盛穗却满脑子都是同事刚才给她看的微博。她低头匆匆扒了两口米饭,就随意找了个借口回教室了。

学生们还在午睡,盛穗向坐在讲台上的看班老师点头致谢。她走到后排坐下,拿出手机,点开热搜榜排名第二的词条。

她没有看错。

发微博的人就是祁夏璟——那位当年好心救她,却被父亲用吊瓶砸伤了手的医生。

盛穗发现,她的视频被发布到网络上七分钟后,祁夏璟便发了这条

426

微博，连医院都在五分钟后转载了祁夏璟的微博。

哪里会有这样的巧合？

盛穗的脑海里瞬间冒出周时予的名字。她和看班老师打过招呼后，拿着手机去教室门外打电话。

周时予那边似乎有人，背景音里有明显的对话声。

盛穗问道："你现在方便说话吗？"

"方便。"

脚步声和关门声先后响起，周时予温和的声音自听筒传来，"你说。"

盛穗沉默了几秒，清了清嗓子，说道："是你帮忙让祁夏璟医生发微博的吗？"

女人刻意压低音量，不难听出她声音中的紧张与期待。

周时予想到早晨自己被耍得团团转，站在落地窗边望着外面的高楼大厦，不疾不徐地说道："或许周太太还记得，早上咱们还有旧账没算完。"

周时予自知他并非生性温柔有礼的绅士，先前是因为疼惜爱人而收敛脾性，最近盛穗飞速成长，反被压制的人被激起了骨子里的几分顽劣。

盛穗可怜兮兮地服软："那你想怎么算？"

"简单。"周时予没再被自家的小狐狸糊弄，慢悠悠地说，"晚上你喊声'哥哥'，我就告诉你。"

面对爱人的沉默，小胜一局的周时予不禁勾唇一笑。

这时，敲门声响起，陈秘书来提醒周时予，马上到约定的采访时间了。

挂电话前，周时予没忘记征求盛穗的意见："等一下我要接受个人专访，我手上戴着婚戒，如果你担心媒体会提问，我可以现在摘掉。"

盛穗以前不止一次和他提过，不想出现在公众的视野里。

周时予尊重她的一切决定和选择。

"没关系，如果被问起的话，你直接说就好了。"盛穗这次不再在意，反而自我宽慰道，"上次在爆料的视频里，我的侧脸都被拍到了，好像也没什么感觉。"

女人一顿,又柔声补充道:"况且,因为我的个人原因,让你不得不隐瞒婚姻状况,似乎对你不大公平。"

盛穗的懂事体贴很难不叫人心疼,周时予望向窗外的眼中浮现出几分温柔。过了半响,他轻启薄唇说道:"宝宝,就算是这样,早上的旧账也不能一笔勾销。"

盛穗气急败坏地挂断了电话。

周时予笑了两声,将手机放进兜里。他迈着长腿走出办公室,脸色恢复了往常的无波无澜。

特来采访的几人正在隔壁的会议室里和邱斯畅快地聊天。见周时予推门进来,几人赶忙起身问候:"周总百忙之中愿意抽出时间接受专访,实在是我们的荣幸啊。"

镜片后的黑眸扫过精心布置的采访场景,周时予温声回答:"我不忙,只是太太刚才打来电话,所以我才来迟了一些。"

不同于邱斯的一脸嫌弃,负责采访的记者表情十分惊讶。

他好奇地问道:"恭喜恭喜,您是什么时候结婚的?"

"今年三月十四日,那天也是我太太的生日。"周时予将双手放在桌上,特意露出自己右手无名指上的婚戒。见对方果然看过来,他微微一笑:"如果你很好奇我和我爱人的故事,我本人并不介意你在接下来的采访中提问。"

周时予的主动配合,让在场的几位采访人员纷纷面露讶异。

不谈成禾近几年在金融领域掀起的风浪,光是其核心团队是以周时予为首的年轻人,这本身就足以成为新闻爆点。

只是周时予平时太过低调神秘,如非必要,从不出现在公众镜头里,更是连采访都一概拒之。

今天上午,他却主动派人联系,答应了"创业青年访谈录"一个月前的邀约,并且将采访时间定在中午。

面对天降的大饼,采访团队深感不可思议,在两个小时内迅速敲定采访稿后,便火急火燎地赶到成禾。

采访记者小李工作了几年,也采访过不少大小名人和娱乐圈的一线小生。他现在局促地坐在与自己年纪相仿的男人对面,不由得感叹,眼前的这位风投圈大鳄,不论是气度,还是相貌,都远超他所见过的艺人。

采访这位既温和又疏冷的业界传奇，小李关注点却在男人右手无名指的戒指上。

无他，只因这枚戒指的存在感实在太强。

周时予没有业界精英的架子，随意地坐着。他思考问题时，目光总是向下看去。

小李凭借多年采访培养出的眼力，敏锐地察觉到，男人每每垂眸，都是在看无名指的戒指，无一例外。就好像没了手上的戒指，男人就无法思考一样。

小李只敢在心里嘀咕，他的脸上挂着专业的笑容，问起事先准备的最关键的问题："听说第一人民医院举办关于青少年身心健康问题的一系列活动，成禾会全力支持。我可以问问周时予先生，贵司作为风投公司，为何会鼎力支持这个项目吗？"

这个问题本不在采访稿里，是成禾的联系人在电话里指定要他们问的。

也许这才是周时予答应采访的真正目的。

男人闻言沉吟片刻，抬眸微微一笑："成禾成立初期时，投资的项目大多围绕 1 型糖尿病的相关研究。数据显示 1 型糖尿病多发于二十岁之前的青少年，我们却几乎听不到关于相关话题的讨论，就好像这部分孩子早已被社会遗忘了。

"类似的情形不仅仅发生在 1 型糖尿病患者的身上。一直以来，身心健康问题始终困扰着无数青少年，这些问题却很难被人们正确地认识，也很少会有专业人士认真讨论，以致真正受困的青少年难寻渠道来了解病情，反而因为与周围人格格不入，因为社会长久以来对特定疾病的刻板印象，病耻感不断增加。

"不久之前，连我也遵循着这条社会默认的准则。但最近有人告诉我，这样是不对的。那些在身体、精神上受到病痛折磨的孩子，本就无辜受难，更不应该因此受到社会和周围人的指指点点。"

周时予望着无名指上朴素简单的戒指，眼中流露出真心实意的温柔。他说："她告诉我，正是因为我们足够幸运地长大成人，就更不能忘记那些孩子遭受的不公对待，如果有些事总要有人来做，她愿意成为第一个发声的人。"

连邱斯和陈秘书都没料到话题会如此展开,周时予话音一落,全屋的人陷入沉默。

最后,还是小李打破了宁静。他想到男人在采访前说的那句话,试探地问道:"能说出这番话的人真的很了不起。能否冒昧问一下,说这番话的人,是周先生的太太吗?"

"是。"周时予抬起眼帘,脸上带着和煦的笑意,"我的太太是个很了不起的人——她远比我言语所能形容的还要优秀、勇敢。"

能让周时予有如此高的评价,小李更加好奇:"周先生的太太一定同样出色。不过,她又是为什么会想到要为青少年发声的呢?"

"她是一名特殊教育老师。"周时予温声纠正对方的措辞,"而且,她出色,是因为她本就优秀,并非因为她是我的太太。"

盛穗可以是他此生唯一的爱人,也可以是他疼爱、珍重的太太,却唯独不能仅仅是"周太太"。

周时予不愿磨灭盛穗身上的万丈光芒。

男人虽然是在纠正小李的话,但由于语气温柔,反而让小李没有了最开始的敬畏。他笑着送上衷心的祝福:"看来两位的感情一定很好,不知道周先生愿不愿意和我们透露一下,两位平时是如何相处的呢?"

"如何相处?"周时予轻抿薄唇,用骨节分明的手在桌面上一下一下地点着,似是觉得这个问题颇有意思。

他倏地勾唇一笑:"她负责理想,而我负责做拥护理想的爱人。"

医院发声后,公众的关注点从最初的"林夕新闻发布会"到"正视特殊儿童",最后上升到了"关注青少年的身心健康问题"。

下午两点整,成禾官方账号转发了祁夏璟的微博,表示全力支持。与此同时,坐拥百万粉丝的博主"创业青年访谈录"发布文字预告,号称在明日发布的采访中,周时予将谈及相关问题。

医院、成禾、周时予的出现,让林夕事件不再是单纯的娱乐新闻,转而变成了一场关于社会问题的严肃讨论。

盛穗发现关于她的视频评论中,看好戏或是探究她身份的人越来越少。

她心里很清楚,祁夏璟的发声、成禾的出现、周时予的采访,都是周时予所做的努力。

只不过还有件事是盛穗先前完全没想到的——在学校的老师之间,开始流传林夕背后的神秘商业巨鳄就是周时予。

"难怪上次周时予来给周熠开家长会,这次又第一时间为林夕挺身而出。"课间休息时,在别处听了一下午八卦的齐悦来和盛穗分享,振振有词道,"上次我就说了周时予是周熠的爸爸嘛,两人长得那么像,简直是一个模子里刻出来的。"

盛穗听完哭笑不得,为丈夫正名:"你想多了,他们是亲兄弟。况且周时予年纪没到三十,周熠都七岁多了,他们怎么可能是父子?"

"所以林夕才这么多年都不承认啊。"齐悦言之凿凿,有理有据地反驳道,"如果像你所说,他们真的是兄弟俩,周时予为什么要帮林夕啊?他平时从来不出现在公众视野的,现在居然愿意接受一个网红的采访。"

盛穗一时竟无言以对。

齐悦见她无话可说,再次凑到她的耳边爆料:"还有,我刚才听隔壁班的老师说,周时予等下要来我们学校呢,领导高层现在都在准备接待他。"

盛穗倒是不知道这个。于是等齐悦和另一位老师上台授课时,她回到办公室,拿出手机给周时予发微信。

SS:"你等下要来学校吗?"

几秒后,对话框上面显示"对方正在输入"。

Z:"嗯,刚刚商定好的,你要跟我一起回家吗?"

提出两人关系对外保密的人是盛穗,可当她看着对话框里男人的提问,心里竟莫名其妙有些不爽——他都来学校了,怎么还问她要不要一起回去?

盛穗抿了抿唇,打字回复道:"现在老师们都说,林夕是你的秘密情人。"

消息一发送,盛穗就后悔了。正当她想撤回时,周时予先她一步打来了电话。

她接起电话，就听男人悦耳的笑声传来，声声滚烫。

"穗穗，"周时予温和的声音中带着几分调侃的意味，他说，"我好像闻到了醋味。"

"才没有。"盛穗心虚地辩解道，"我刚才看网上也有人好奇你和林夕的关系，这样也没关系吗？"

周时予不再如以往那般贴心，慢悠悠地说道："盛老师不介意的话，就没关系。"

这话盛穗简直没法接。她有些下不来台，鼓了鼓腮帮子，放学的预备铃声正好响起。她匆匆挂断电话，赶回教室组织学生放学。

好在工作时足够投入，盛穗很快便忘记了刚才的尴尬。她让学生们在教室前面的空地上站成一排，又给学生们穿好外套，以防着凉。

准备送学生们下楼时，盛穗听见齐悦在身后喊自己的名字。她顺着声音回头看去，却发现门外站着教导主任以及满脸笑容的周时予。

男人身上笔挺的黑西装还是盛穗今早挑的，连领带都是她亲手给他系的。她在大庭广众之下细细打量着他，别有几分莫名其妙的刺激感。

教导主任招手让盛穗和齐悦过去，让另一位老师负责组织学生放学。

"周总，合作拍宣传片的事，校领导嘱咐我一定要再三感谢您。"教导主任脸上堆着笑，连连朝周时予点头哈腰，又向盛穗和齐悦使了个眼色。

齐悦很上道地跟着鞠躬问好："周总您好……"

齐悦话音未落，男人的声音响起——

"盛老师，"周时予主动朝盛穗伸出了手，右手无名指上的婚戒闪闪发光，"好久不见。"

四目相对，盛穗再听周时予说起这四个字，神情有些恍惚。

见她微微发愣，对面的教导主任就像眼皮抽筋了似的冲她疯狂眨眼。

盛穗收回思绪，握住了周时予的手："周先生好。"

盛穗的婚戒也戴在右手的无名指上，两人握手时，一对情侣款戒指无比惹眼。

盛穗能听清身旁齐悦的抽气声。

敏锐如周时予,不可能无所察觉。他并不松手结束这个礼节性的问好,反而慢条斯理地微微一笑,意有所指地说道:"盛老师的婚戒很漂亮。"

这一回,盛穗甚至听见了对面教导主任的抽气声。

男人的态度模棱两可,他好似什么都没说,又好似什么都说了。

盛穗看清了周时予眼中的揶揄,暗暗捏了一下男人的右手,面上若无其事地笑着问道:"周总特意来这边,是想看一下周熠的学习环境吗?"

周时予见她回击,脸上笑意更甚。他无视周围人的目光,淡淡地说道:"一切都听盛老师的安排。"

很好,气氛变得更加尴尬了。

最后还是教导主任主动打圆场,让盛穗单独带周时予在学校里参观。

平时整日板着脸的人,嘴角抽搐着,说话时重重咬着"单独"二字。盛穗看着有些想笑。

学生们已离开校园,还没下班的老师时不时地从两人的身边经过。盛穗同周时予走在学校的长廊上,竟体会到了青春期不曾感受过的在学校里背着老师偷偷谈恋爱的刺激感。

两人顺着走廊往前走,快到尽头时,盛穗见四周没人,压低声音问:"你刚才干吗突然那样?"

话音一落,她感觉右手的小拇指被人勾住。她停下脚步,就对上了周时予的目光。

"为了及时消除谣言。"男人俯身凑过来。

担心周围有人经过的盛穗心脏猛然一跳,耳边落下蛊惑的声音——"现在就看盛老师愿不愿意给我一个名分了。"

两人此刻站在走廊的尽头,盛穗的身后是监控死角的安全通道。

望着周时予眼底的挑衅与勾引,盛穗用力将人拉进安全通道,同时踮起脚尖在男人的薄唇上轻咬了一口。

因为心脏跳动得太快,盛穗有些气息不稳。她红着脸,不服气地说道:"我看应该先咬你一口。"

哪有像他这样在学校乱来的。

"也可以。"

同样是在安全通道里,周时予却不再如一个月前那般温文尔雅。

面对面红耳赤的盛穗,隐藏在男人骨子里的劣根性被激发。

他将唇瓣停在盛穗绯红的耳朵旁,一字一板地补充道:"别说咬人了,如果盛老师想的话,乱性都可以。"

第十八章
花开半夏，爱意永垂不朽

晚上洗完澡后，盛穗换上舒适的棉质睡衣。她吹干头发，察觉到周时予有些沉默。

她坐在床头打过针后，看着男人将酒精棉片和一次性针头丢掉，等他再回来时，主动将人抱住。

"你还好吗？"

盛穗知道躁郁症患者就算不发病，情绪也会时有波动，于是耐心地搂着男人的肩膀轻晃，问道："要不要躺下休息一会儿？"

"没事。"

周时予坐在床边，吻了一下妻子光洁的额头。他借着床头的灯光看着她的模样，她几乎和十三年前一样。

他抬手捏了捏盛穗柔软的脸蛋儿，勾唇笑了笑："我只是感觉时间过得很快。"

在将近三十年的岁月里，近乎一半的时间，他都在学习如何爱一个人。

这种感觉实在很奇妙。

仿佛在周时予的生命里，除了爱盛穗，再也找寻不到其他意义。

"这样似乎也不错，毕竟幸福总是在弹指之间，只有苦难才会让人觉得永无尽头。"盛穗显然会错了意,歪了歪头,笑着安慰道,"我们还有很长久的以后,所以,没什么好害怕的。"

周时予的缄默被爱人当作一时的脆弱。他一言不发,乐见盛穗用细瘦的手臂将他圈住,用戴着婚戒的右手轻拍他的后背,就像在哄孩童一般。

过了半晌,周时予闭上眼,呢喃着她的姓名:"盛穗。"

他鲜少以全称呼唤爱人,因此耳边响起的应答声略有些讶异。

"嗯?"

周时予像是上了瘾一般,又念了一次爱人的姓名:"盛穗。"

"我在,怎么啦?"

周时予笑了笑:"我就是突然觉得,你的名字取得很好。"

盛穗——盛满的金黄麦穗。

金秋时随处可见的谷物,以其顽强的生命力与奉献精神,哺育了无数濒死的苦难人。

周时予想:我何其幸运,今生能遇到如盛穗这般的良人佳偶。

拜访祁夏璟一家人的日子定在周六下午。

得知当年背着她爬楼跑进抢救室的女医生已和祁夏璟结为夫妻,且两人现在就定居在魔都,盛穗感到不可思议。

当时她年纪太小,生病时又自顾不暇,根本没看出任何蛛丝马迹。

夫妻俩住在别墅内,距离周时予家大约有半小时的车程。

汽车行驶在平直的马路上,盛穗一脸震惊:"你当时住院的时候,就知道黎医生和祁医生是情侣吗?"

"准确来说,那时的祁夏璟还在单相思。"周时予笑道,"说起来有些复杂,黎医生负责照看我,后来也是由她好心牵线,祁夏璟才答应做我的主刀医生。"

原来还有这样一层关系,盛穗似懂非懂地点了点头。

那次她发病,如果说只能感谢一个人的话,那个人无疑是黎冬医生。

黎冬医生不仅为盛穗垫付了医药费,甚至还亲自为她找寻可靠的儿童救助基金,却从未要她做过任何事。

只可惜，黎冬只有工作日在医院，而平时盛穗又要上学。

盛穗终于等到放假能去医院特意感谢她时，却被告之黎冬早已离开了这座城市。

兜兜转转十三年过去，盛穗竟然还能再见到救命恩人，甚至还能见到对方现在也过得很好。

感恩之余，盛穗只觉得人生简直太圆满了。

祁夏璟所在的别墅被绿林环绕，每栋别墅之间的距离都很远，私密性极好。

来接盛穗和周时予的人是黎冬。

盛穗远远看清女人的模样时，有一瞬感觉时间还停留在十三年前——除了气质越发沉静温和，岁月并未在五官精致的女人身上留下痕迹。

瞧见两人后，黎冬主动向这边走来，停在稍显局促的盛穗面前，温声说道："外面太阳晒，进来家里说话吧。"

盛穗觉得自己又变回了十三年前的小女孩儿。

她匆忙要搭话时，身边的周时予先一步握住她的右手，礼貌地颔首："那就打扰黎医生了。"

三人顺着别墅外的碎石子路走进客厅，先前在二楼打电话的祁夏璟忙完公事走了下来，他的臂弯里挂着一件薄薄的米色外衫。

男人走近后，将外衫披在妻子的肩膀上，忽视了盛穗两人："这两天风大，还是再穿一件吧。"

黎冬看丈夫旁若无人地照顾自己，不禁失笑。她轻轻拍了拍祁夏璟的手背，轻声说："盛穗和小周来了。"

盛穗忙向两位救命恩人鞠躬道谢："后来我去过医院想谢谢你们，听说你们都辞职了，就一直都没找到机会感谢两位。"

盛穗的眼眶红了一圈，她在心里反复告诫自己不要落泪，还是忍不住哽咽道："当年，真的很谢谢你们……"

盛穗慌忙调整情绪。她对面的女人抬手轻轻揉了揉她的发顶，一如十三年前那般温柔。

"没关系的，我也是刚知道你和小周结为夫妻了。"黎冬身上散发着母性的光辉，迅速抚平盛穗激荡的心绪，"见到你们现在过得很好，我们也非常高兴。"

"你不用愧疚。"搂着黎冬的祁夏璟对盛穗说道。

男人五官周正,说话时总有种漫不经心的随性。

"阿黎那年能迅速来魔都就职,是周时予从中牵的线,你们夫妻两人没必要向我们道谢。"

盛穗闻言愣了一下,望向身旁沉默许久的丈夫。

"黎医生本就优秀,"周时予淡淡地说道,"我只是帮忙问了一句而已。"

几人纷纷落座。寒暄两句后,黎冬起身去拿茶水点心,祁夏璟则找借口非要跟着她一起去厨房。

盛穗回头看了一眼厨房里亲昵的夫妻俩,拽了拽周时予的衣袖。她压低声音问道:"我感觉你跟黎医生、祁医生都很熟悉,这些年你们一直有联系吗?"

周时予见盛穗紧绷的情绪终于有所放松,握住她的右手,和她十指相扣:"嗯,我和祁夏璟有生意上的往来。"男人顿了顿,补充道,"而且,他是为数不多知道我们曾经认识的人。在你的问题上,他也开导过我许多。"

谈及十三年前,盛穗不免又有些自责。

周时予低声说:"不过现在想想,我当时和他讨教经验是十分错误的决定。"

盛穗茫然地眨着眼,不解道:"为什么?"

周时予叹了一口气,补充道:"因为我很久之后才知道,他当年被黎医生甩了十年之久。"

盛穗是在见到孩子们之后,才知道黎冬和祁夏璟竟然生了一对双胞胎。

哥哥黎清和随母姓,五官长相和祁夏璟像是从一个模子里刻出来的;妹妹祁初霁则随父姓,在她弯眉笑起来时,简直就是黎冬的缩小版。

"今天家里有客人呀。"

未见其人先闻其声,盛穗正在客厅同祁夏璟、黎冬夫妻俩聊天时,就听脆生生的声音传来。

盛穗回头，就见如洋娃娃般精致的女孩儿从后院跑来，她随意地脱掉小白鞋，笑着扑进母亲怀中。

女孩儿身形修长挺拔，年纪十二三岁，很有几分亭亭玉立的模样。

面对家里的陌生客人，祁初霁毫不怯场，大大方方地打招呼："哥哥、姐姐好。"

女孩儿的目光扫过盛穗，她轻轻地"哇"了一声，赞叹道："姐姐，你长得好漂亮。"

盛穗被女孩儿落落大方的明媚所感染，笑着道谢："你也很漂亮，身上的奶绿色裙子非常适合你。"

少女正愁无人欣赏她新换的长裙，闻言笑得眯起漂亮的圆眼。她抱着黎冬的脖子撒娇，直白地表露自己对盛穗的喜欢："妈妈，我喜欢这个姐姐，以后多请她来我们家玩好不好？"

"那你要问问盛穗姐姐愿不愿意。"黎冬被自小宠到大的女儿逗笑，回头看向将妹妹甩在一旁的白鞋摆好，再拿着粉色拖鞋走来的儿子黎清和，介绍道："这是哥哥——黎清和。"

盛穗看向少年老成、身高不输她的黎清和，语气谨慎了些："你好。"

"你好。"少年声音清冽，礼貌性地微微颔首，看向黎冬怀中的妹妹："初霁，不要光着脚在家里走路，会生病的。"

说着，他在祁初霁面前蹲下，将手中舒适的粉色拖鞋放在女孩儿的脚旁，温和地哄道："抬脚。"

"天气太热啦，穿鞋不舒服嘛。"初霁噘着嘴小声嘟囔着。最后，她还是听话地伸出脚让哥哥帮忙穿鞋，抬腿时露出了长裙下的一截纤细小腿，同雪藕一般白嫩。

哥哥沉稳、妹妹活泼，兄妹俩虽然性格截然相反，但因为从小成长在有爱的家庭里，相处起来十分融洽。

盛穗静静地看着眼前的一家四口，十分羡慕。

可能因为没有过和睦的原生家庭，也可能因为她真的很喜欢小孩儿，在对她和周时予的二人世界非常满意的情况下，盛穗控制不住地开始幻想：如果家里再添一个新成员，这个家会不会更幸福些？

有些想法一旦萌生，就如海藻般疯狂生长。

黎冬看出了盛穗对孩子的喜爱。在初霁笑眯眯地撒娇换来盛穗的满口答应时,她无奈地笑了笑,叫盛穗别太溺爱初霁。

盛穗的所有表情被周时予尽收眼底。

临别前,祁夏璟从玄关处拿出一个小巧的黑色U盘。

"你和周时予的事情我知道一些。你们住院时,医院拍摄了一部纪录片,当时考虑到各种因素,成片里没有你们的影像,但底片我这里留了一份。"面无表情的男人瞥了周时予一眼,将东西递给盛穗,"这里是你和周时予被剪辑掉的影像,我留着没用,你们自己处理吧。"

"好的。"盛穗最大的遗憾,就是对她与周时予十三年前的初见全无印象。她听出祁夏璟是要弥补她当年的遗憾,向他鞠了一躬,毕恭毕敬地接过U盘,感谢道:"谢谢您,我会好好保存的。"

祁夏璟淡淡地"嗯"了一声。

旁边的周时予扫了一眼U盘,过了半响,若有所思地说:"我似乎问过不止一次,你都说没有当时的底片。"

"你那是问吗?你分明是想贿赂我。"祁夏璟搂着黎冬,勾唇冷冷一笑,"保护病人的隐私是医生的基本职业道德,望你知晓。还有——

祁夏璟一顿,继续说道:"你小子刚才在客厅说了什么,别以为我没听见。"

气氛一度尴尬到极点。

"你指的是,你被黎医生甩了十年的事情吗?"周时予微微一笑,云淡风轻地说,"我只是陈述事实而已。"

"谁告诉你这是事实?"祁夏璟冷笑连连,浑身散发着压迫感,"是九年十个月零七天。"

"原来如此。"周时予笑着点头,赞许道,"竟然没到十年,不愧是祁副院长,实在优秀。"

"我当然比不过周总了,"祁夏璟漫不经意的话却字字诛心,他说,"十三年间让盛老师连你是谁都不知道,从根源上断绝被甩的一切可能,实在高明。"

正在两个男人对峙时,初霁的询问声响起,她问:"哥哥,爸爸是要和帅气哥哥打架吗?"

"帅气哥哥?"

"哎呀,黎清和,你好小气,帅气哥哥就是盛穗姐姐的老公嘛。你说,爸爸和盛穗姐姐的老公为什么会吵起来?"

"不懂,"黎清和清冷的声音响起,他说,"大概是男人莫名其妙的胜负欲作祟。"

最后,黎冬笑着将盛穗和周时予送到门外。

"路上小心,"面容姣好的女人温柔地笑着,"照顾不周,欢迎有空再来玩。"

盛穗系好安全带,小心地收好 U 盘,仍旧觉得不可思议。

她抬头看向正在倒车的周时予,好奇道:"我还是第一次见到,有人能在吵架上和你不分伯仲,真的好神奇。"

周时予淡淡地回道:"我只是尊老而已。"

"看不太出来啊,"盛穗见他佯装淡定,唇边笑意更甚,挑起眉梢,故意跟他唱反调,"万一是祁医生爱幼呢?"

周时予闻言慢条斯理地回过头,看着笑意盈盈的盛穗,微微眯起眼睛:"周太太似乎胳膊肘向外拐得有些过于明显了。"

"怎么会,我肯定要向着周先生的。"盛穗唇角扬起的弧度迟迟不落,回想起离别前两个孩子在玄关处的对话,她笑了一声,"黎医生家的双胞胎感情一看就很好,原来在健康的原生家庭长大的孩子是这个样子的。"

听到她语气中不加掩饰的艳羡,周时予没搭话,只"嗯"了一声后便随意问起晚餐吃什么,自然地转移了话题。

晚饭后,趁周时予去书房忙公司的事时,盛穗走回卧室正准备看 U 盘里的视频,便接到肖茗打来的电话。

"宝子,快去看微博,你老公上热搜了!"

盛穗一头雾水:"什么热搜?"

"就是一个百万博主发了你老公的采访,你老公现在成为当代男性的范本了。"

盛穗点开微博热搜,第一眼就看到了"周时予,拥护理想的爱人"。

这句话是从采访中挑出来的。视频经过剪辑后,时间只有十分钟左右,盛穗便将整个视频放慢看了一遍。

镜头下的周时予，像是笑着游离在世间的旁观者，笑容和煦，儒雅有礼，却也疏离冷淡。

采访前半段，大多是男人讲述几年前的创业经历，直到快结尾时，他话题一转，有意提起这几日由林夕引起的一系列热议话题。

被问起为何会鼎力支持医院开展的活动，周时予答复是因为他的太太——也就是盛穗。

盛穗窝在卧室的躺椅中，将手机架在怀里暖乎乎的平安身上。

"能否冒昧问一下，说这番话的人，是周先生的太太吗？"

"是。我的太太是个很了不起的人——她远比我言语所能形容的还要优秀、勇敢。"

"不知道周先生愿不愿意和我们透露一下，两位平时是如何相处的呢？"

"她负责理想，而我负责做拥护理想的爱人。"

盛穗早已习惯了周时予脸不红心不跳地说情话，没仔细看满屏幕密密麻麻的弹幕，注意力都在男人时刻看向戒指的目光上。

显然，记者也注意到了周时予频频看戒指的动作。采访快结束时，他半开玩笑地说道："您的无名指上戴的是婚戒吧？"

"嗯，是我太太送的。"

这次，周时予终于舍得抬头看向了镜头。他看向屏幕时眼底带笑，盛穗的心脏跳快了半拍，有一瞬她错以为是在和他对视。

就在盛穗出神时，视频里的男人淡淡地说道："我很喜欢。"

"就一个十分钟的采访，周时予就差把'他超爱你'写在脸上了。他平常在公司里秀恩爱还不够，还非得在播给全世界人民看的采访里再秀一次吗？"

电话里，肖茗的语气十分嫌弃，盛穗都能想象到好友翻白眼的模样。

她想起下午两个男人间的争辩，有模有样地效仿道："哪里秀恩爱了？这不是在陈述事实嘛。"

"盛穗！你这才结婚多久，怎么就被带坏成这样了！周老狗！把我的乖宝宝还回来！"

"在笑什么？"

低沉的声音从话筒中传来，肖茗一听是周时予的声音，干脆利落地挂断了电话。

"在和肖茗打电话。"

男人走来在盛穗身边坐下，自然地将她抱在怀里。

她将头靠在他的肩膀上，边给他看采访视频边说："她说，我要彻底被你带坏了。"

"情理之中，"周时予随意地扫了一眼手机屏幕，托起盛穗文有刺青的左手腕仔细打量，"一个被窝里睡不出两种人。"

盛穗想想也是，便伸手拿过身侧插着U盘的电脑，轻声问他："我现在想看祁医生给的底片，要不要一起？"

"好。"

说来好笑又讽刺，别的夫妻或情侣想了解对方小时候的样子，基本是看父母给他们拍的照片或者录像；盛穗和周时予的童年非但没有这些，唯一的影像记录，居然是十几年前医院拍摄的纪录片。

如祁夏璟所说，U盘里的视频都是经过剪辑后作废的片段，内容十分琐碎。再加上她和周时予本就不是拍摄的主角，出镜也大多是在边边角角的位置。

盛穗被周时予抱在怀里，接连看了几个分别以黎冬和祁夏璟为主角的视频，角落里的周时予瘦得令人心惊。

十六岁的少年躺在病床上，人总是若有所思地望向窗外。他身形单薄如纸，宽大的蓝白条纹病号服下，宛如什么都没有一般。

盛穗看过几个视频后心中不忍，想起周时予已经许久没开口说话了，便按下暂停键，轻声说道："如果你介意的话，我等一个人的时候再看这些也可以。"

"没关系，你看吧。"周时予不再如以前那样试图遮掩过去的狼狈，低头把玩着她的左手，漫不经意地说道，"正好让你见一下十三年前的周时予，以免以后再梦到和他谈恋爱。"

盛穗听完哭笑不得，没想到这人还在斤斤计较地吃他自己的醋。

她放下电脑，抬头看看周时予，半开玩笑地说道："这位先生的忌妒心这么强，如果以后我生的小孩儿是长得很像你的男生，你不会也要和他争吧？"

443

关于小孩儿的话题，是两人婚后第一次被正式提起。

对此，盛穗其实没想太多。只是她今天见过黎冬一家四口后，难免心生向往，现在又恰好在看少年时期的周时予，便趁机随口一提。

而且，当得知 1 型糖尿病患者只要控制好血糖，完全可以抚育下一代后，她心里早已默认她或早或晚都要成为母亲。

只是没想到，话出口后，盛穗却迎来了长久的沉默，气氛瞬间凝固。

向来事事顺她心意的男人迟迟没有开口。他眉头轻皱，不知在思考些什么。

盛穗反握住周时予温暖干燥的左手，指尖正好停在男人手腕内侧的数十条疤痕上。

"周时予，"盛穗轻声唤着丈夫的名字，不知为何有些紧张，"我们以后还是会要小孩儿的，对吧？"

周时予一夜未眠。

耳畔传来妻子平稳悠长的呼吸声，鼻尖处传来令人眷恋不舍的淡淡体香，告知他眼前一切并非大脑的臆想。不同于听觉或是视觉，气味永远无法被凭空捏造。

凄清月色顺着纱帘倾泻下来，落在熟睡的爱人身上，让盛穗本就柔和的面容显得越发恬静。

婚后不知多少次，周时予就这样静静地躺在盛穗身边，深沉地望着爱人的模样，眼底浮现出全无保留的爱恋。

只有在夜深人静的黑暗里，他才能这般肆无忌惮地望着她，才不必担心受人打扰，更不必忧虑这份过于刻骨铭心的感情将她惊扰。

周时予以眼为笔，勾画出盛穗睡梦中带着笑意的脸庞。

她的唇瓣微微上扬，让人不由得想起，不久前她在描绘一家三口的美好场景时笑意盈盈的模样。

"上次求婚时，你说想去城西那边的房子住，我们可以等有宝宝后搬过去，可以在后院的空地装上秋千和滑梯。陪他的时候，我们也可以多晒晒太阳……

"你对小孩儿有什么期待吗？我希望他能健康快乐就好，当然，他如果长得像你就更好了，我还没见过你小时候的样子呢……"

盛穗的声音格外轻快。

周时予觉得自己的胸腔像是被充了气，正在不断地胀大。

快要无法呼吸时，他轻声下床，从书房的抽屉里拿了香烟和打火机，走到离主卧最远的阳台。

春末晚风微冷，幸而还能忍受，男人回身关上玻璃门，不让半点儿烟味进屋。他随意地靠在墙上，从兜里掏出烟盒。

"咔嗒"一声打破寂静，火光摇曳着点燃乳白色的香烟，白雾袅袅升起。只见得烟头在暗夜中忽明忽灭，嘴巴和鼻子尝出一些尼古丁与焦油的混合味道。

香烟的味道对周时予而言，不是上瘾者所钟爱的浓醇，也并不是厌恶者所嫌弃的刺鼻。

香烟之于他，就如同酒精一般无二，讨论喜爱或嫌弃从来没意义，因为总归都是碰不得的。

双相情感障碍患者，不仅忌烟酒，连辛辣生冷与油炸腌渍等刺激性食物都要少碰，高糖、高脂肪的食品同样需避免食用。

这类人情绪敏感多思，任何内外因素都有可能成为引爆大脑炸弹的导火索，哪怕仅仅是季节、气温和湿度的改变，都有可能诱发病症。

周时予在幼年时期，甚至不曾得知双相情感障碍的病名时，就对这些病症再熟悉不过。

因为那个男人——他生物学上的父亲，就是如此阴晴不定的人。

周时予见过那个男人发病时通过殴打他来发泄的野兽模样，就再清楚不过，这世上有一类人是不配拥有后代的。

双相情感障碍极高的遗传率，让他完美继承了那个男人的一切。在病情反复的那几年里，周时予对这句话越发深信不疑。

本该是意气风发的少年郎，当他的背脊紧贴在被血染红的冰冷地板上时，当洗胃后的呕吐物多到擦不净时，当自尊早就残破不堪时，周时予就再清楚不过，像他这样的人，是不配拥有后代的。

最煎熬的那几年，他从未归咎过任何人、事、物，唯独痛恨那个一定要将他带来人世间的男人。

而他和那个男人一样，都是不能成为父亲的人。

周时予自知,他没有心力再去爱一个生命,甚至连能否给予这个生命一个正常的大脑都无法保证。

成年人世界的残酷之处便在于,不是所有的结局都会完美无缺,也不是所期盼的经由努力都能解决。

盛穗只是想要一个小孩儿。

而周时予对此无能为力。

想起睡前爱人察觉到他情绪低落,小心翼翼地抬手抱住他,耐心地轻拍他的后背,周时予合上眼,薄唇压在烟蒂上,将呛人的白烟吸入肺腔。

她没有问缘由,只是轻声安抚道:"我知道小孩儿的话题很突兀,没关系啊,如果你不喜欢小孩儿,我们两个过二人世界也很好。盛穗爱的是周时予,而不是成为父亲的周时予。"

如果不是亲眼见过盛穗满眼期待的样子,周时予几乎要信以为真。而事实是,他能听清爱人强颜欢笑下的怅然若失。

即便被抱住,看不见爱人的脸,他也能想象盛穗那宝石般的双眼中无法遮掩的失落。

那一刻,周时予答应的话几乎滚到了嘴边。

"那就要一个孩子吧",说出这短短的一句话,对他而言是这世上最轻而易举的事情。

周时予要做的只不过是等待盛穗十月怀胎。他只需要轻轻松松地自我欺骗,仅此而已。

这个孩子有很大概率不会遗传双相情感障碍的基因;即便遗传了,良好的原生家庭也并不一定会诱导双相情感障碍发作;即便真的发作了,在科技如此发达的现代,攻克与治愈只是时间问题。

念及此处,周时予勾唇讽刺地一笑,几乎要被想象中的美好诱惑。

扪心自问,他对这个孩子没有任何感情,却也清楚地知道,这样是不对的。

不负责任、草率地予人生命,同杀人无异。

他难以入眠,不过是因为愧对盛穗。

周时予不清楚剥夺一名女性成为母亲的资格有多残忍。

他只是悲哀地意识到,盛穗这一生,似乎永远都在妥协。

她不得不妥协于父亲的暴力、母亲的不告而别,不得不妥协于纠缠终身的糖尿病,现在又因为他的自私与武断,不得不再次妥协,放弃成为母亲。

扪心自问,周时予对他们的孩子没有任何感情,也永远无法对盛穗为什么如此想要一个小孩儿感同身受。

可事实是,盛穗想要一个孩子。

于是他也发了疯地想要一个孩子。

但周时予再清楚不过,这样是不对的。

盛穗没想到还能在周时予身上闻到烟味。

怀抱温热如旧,似有若无的尼古丁味,夹杂在男人木质冷香中。

半梦半醒中,她第一反应还以为是饭菜烧煳了。

盛穗倏地抬起眼帘,眨了眨眼,对上周时予的注视。她刚刚醒来,声音有些沙哑:"你抽烟了?"

他甚至还换了睡衣,是昨晚没睡着,还是早就醒了?

"嗯,我昨晚失眠了。"

周时予低头吻在盛穗的额头上,见她嗅着了气味,以为她不喜欢便要起身。

"我现在去洗澡。"

他本该昨晚抽烟后洗澡的,怕吵醒她,就刷牙后只换了件衣服。

盛穗反手将人抱得更紧,头在周时予紧实的胸膛上蹭了蹭:"没事啊,挺好闻的。"

见周时予坚持要起身,她不愿怀里变空,再次抬头说道:"要是我有狐臭,你会不会和我离婚?"

面对爱人的强词夺理,周时予哭笑不得。他轻轻拍了一下盛穗的翘臀,低柔的声音中难掩宠溺:"别瞎说。"

男人语气虽无奈,脸上却不由得浮现几分笑意。

周末两日,已经足够八卦传播四散。

盛穗踏进学校大门后,门口的值班老师、收发室的保安大爷、路过的老师都频频回头。

她快走到教室门前时,教导主任主动和她打招呼:"那个,盛老师,你等一下。"

严肃的教导主任尴尬地咳嗽了两声,旁敲侧击道:"关于前几天,林女士和周总在学校的一些传言……"

"没关系的,"盛穗见主任紧张得满头大汗,于心不忍,好心地解释道,"周时予不会介意的。"

主任闻言长舒了一口气,拿出白手帕去擦自己光秃秃的脑门:"那就好,那就好。"

之后主任简单问了两句周熠的近况,又询问他和周时予是否是兄弟以及周熠和林夕之间的关系。盛穗不好说太多,只承认周熠和周时予的确是亲兄弟,别的一概闭口不谈。

好在主任只是关心学生的情况,见状也不再多问。他离开前嘱咐道:"不管怎样,学校聘用你的理由是你是一名教师,并不会因为其他的事而区别对待你。"

这也是盛穗最想要的,她笑了笑:"好的,谢谢主任。"

等到上第一节课的老师过来,盛穗便拎着包回到办公室。办公室里空无一人,她拿出手机想给林夕发信息,问问林夕和几日没来上学的周熠近况如何。

盛穗打了几个字,又不断删删减减。回忆起那天林夕哭着找她帮忙,她觉得自己实在不会安慰人,最终轻叹一声,放下手机。

她想了想,林夕也是个可怜人,自闭症儿童本就需要很多关爱和照顾,林夕不仅工作忙,还是单身一人。

念及此处,盛穗不由得开始憎怨一切困难的源头——那个在林夕口中时而对她温柔体贴,时而拳脚相加,还动不动就想尽办法要自杀的男人。

林夕描述的症状,让盛穗的思绪猛然一滞。

这不是双相情感障碍发作的典型表现吗?

前些日子读过的关于双相情感障碍的相关资料瞬间涌入盛穗的大脑。

盛穗想起昨晚周时予异常的沉默,垂下的长睫轻轻颤了颤。她再次拿起桌上的手机,深吸一口气,开始查询双相情感障碍的遗传概率。

"经数据显示，该疾病的遗传率高达近85%，血缘上关系越紧密，遗传给下一代的风险越高。"

"在一众精神疾病中，双相情感障碍的遗传概率尤其高，家属中患有该疾病，子女患病的风险相对于正常人来说会高10～30倍。"

"双相情感障碍具有非常明显的家族遗传倾向……"

网络上说法各异，只是不论说法怎样，结论都是唯一的——双相情感障碍会遗传，且概率远超于盛穗所想。

盛穗的手指有些轻颤，她删除搜索框里的内容，重新打字查询："双相情感障碍患者可以领养或收养孩子吗？"

跳出的第一条结果没有直接给出答案，而是明确列举了领养孩子的具体条件。

盛穗在震耳欲聋的心跳声中，不由自主地屏住呼吸，逐个字看过去。

> 根据《民法典》第一千零九十八条，收养人应当同时具备下列条件：
> （一）无子女或者只有一名子女；
> （二）有抚养、教育和保护被收养人的能力；
> （三）未患有在医学上认为不应当收养子女的疾病；
> （四）无不利于被收养人健康成长的违法犯罪记录；
> （五）年满三十周岁。"

过了半晌，盛穗意味不明地笑了笑。

未患有在医学上认为不应当收养子女的疾病。

而双相情感障碍，就属于这些疾病之一。

"请问，刚才的视频可以给我一份吗？"

"啊，这个……只看看是可以的，但纪录片的拍摄有规定，为了保护他人隐私，未经本人许可，摄影内容不能私自外传，所以复制一份的话，可能不太行……"

时间还早，家里只有提前下班的盛穗。

她盘腿坐在卧室的躺椅上，怀里抱着正在打瞌睡的平安，一动不动地盯着电脑屏幕上正播放的视频。

祁夏璟给她的 U 盘里视频数量虽多，可时长大多不超过三分钟，她现在正看的是仅有的一个七分钟的长视频。

不知为何，视频里并没有她亲手将平安袋送给周时予的画面，却拍摄到她离开后，周时予在病床上望着手中的赠礼出神。过了许久，他才抬头看向镜头，轻声询问摄影师，刚才的视频片段他能不能拷贝一份。

因为涉及他人隐私，周时予的请求被当场拒绝。

镜头里，盛穗看到十六岁的周时予神情黯然，那年他还未曾戴眼镜，黑眸里的怅然在镜头下一清二楚。

"如果镜头里没有女孩儿正脸的话，就谈不上侵犯隐私了吧？"

镜头外，一道温和沉稳的声音响起。

盛穗立刻辨别出那是黎冬的声音。

"我想，如果只是要一张仅有背影的照片，应该不违反规定。"

话音一落，就见周时予倏地抬头。

病房里沉寂了许久，最后，只听镜头外的男人长叹一声，他似是有些不忍，便答应了："那等下你选张图片，只要不露出正脸就好。"

"谢谢你。"

见到十六岁的周时予微微一笑，盛穗愣住了。

少年温和有礼的淡淡笑意中，是他仍未曾被现实磨灭的青涩以及对未来的期盼和憧憬。

她从未见过周时予露出这样的笑容。

"她似乎还不知道你的名字。"

黎冬的声音再次响起。

盛穗回过神，就见身形纤瘦的女人走近病床，抬头在看各种监控仪上的数据。

"嗯，"周时予侧过脸望向窗外，温声说道，"我忘记告诉她了。"

黎冬查看监控仪的表情难免有些严肃，盛穗却倍感亲切。

女人转身看着周时予，轻声问道："下次她再来医院，如果遇见，需要我帮忙转达吗？"

"谢谢，不劳烦黎医生了。"

周时予静静地眺望着窗外纷飞的枯叶。许久，他回头朝黎冬微微一笑，眼中满是对未来的美好期许。

"我会找到她的，就在来年她最喜爱的开春之际。"

视频到此结束，盛穗在漆黑的屏幕上看见了自己的脸，心中莫名其妙有些酸楚。

她关上电脑，放下猫咪，偏头看向窗边的夕阳，余晖在无垠的大地上洒落点点金粉。

"怎么在发呆？"

伴着令人心安的冷木香，男人富有磁性的声音响起。

盛穗转过头，就见周时予将金边眼镜和手表放在梳妆台上。他手中拿着一份文件，欲言又止。

男人平日回家第一件事，就是脱下西装换上常服，今天却直奔盛穗过来，显然有重要的事要和她商谈。

"我有点儿困。"盛穗的目光落在男人手里的文件上，她沉思片刻，主动开口道，"其实小孩儿的事……"

"穗穗。"男人用沙哑的声音打断了盛穗的话。

周时予在床边坐下。四目相对时，他第一次主动避开了盛穗的目光。

"昨天晚上你说的事，我慎重考虑过。

"很抱歉，我没办法给你一个小孩儿。

"双相情感障碍的遗传率很高，我从那个男人身上遗传来的病症，很可能会传给我们的下一代。"

周时予不知回忆起什么，眉头轻蹙，艰难地说："如果可以选择，我宁可不被带来这世间。"

盛穗怔怔地望着爱人的模样，忽地想起刚刚看过的视频里，十六岁的周时予脸上那充满憧憬的笑容。

"但我知道，就这样剥夺你成为母亲的资格，于你而言更不公平。"见盛穗沉默不语，周时予握着文件的左手紧了紧，愈合多年的伤疤隐隐作痛。他深吸了一口气，继续说道："所以，如果你能接受的话，我们就领养一个孩子。"

说着，周时予起身将手里的文件递过去，放在盛穗的手里。

盛穗没有立刻打开，定定地望着男人，轻声说道："我查过相关规定，我们不符合收养的标准。"

听她连这些都已查询过，周时予喉间发涩。他说："所以文件里是我们符合领养条件的十五个国家的相关资料，只是手续会更繁杂，需要更多时间而已。"男人一顿，继续说道，"还有，如果你愿意看的话，里面还有我们后院的设计图初稿。"

盛穗闻言，指尖轻颤。她笨拙地打开文件，略过所有申请资料，直接翻到最后几页——

后院绿意盎然，不难看出是她最爱的春光，棕色的木栅栏将院子围绕，其中最显眼的是一座滑梯和秋千——这是她昨晚和周时予谈起一家三口时随口说起的场景。

"如果你喜欢的话，可以再建一座凉亭和花坛，也可以建一个水池或喷泉，小孩儿在草坪上玩，我们就在这边晒太阳或者看书……"

盛穗低头安静地听着周时予为她具象化她曾经梦想中一家三口的样子。

她用手指触碰着画页，脑海中浮现十六岁少年期盼的神情。等周时予说完，她才再次抬头提问："周时予，你想要个小孩儿吗？"

"我不知道抚育一个生命需要担负多少责任，因为在我的成长经历中，父亲这个角色，让我感到憎恶与恐惧。"周时予不愿骗人，如实说道。

两道视线在空中相交，他沉声说道："但如果你很想要一个小孩儿，我愿意尽我所能，成为一个合格的父亲。"

良久，盛穗颤抖的声音响起，她问他："为什么呢？"

见爱人的眼底泛起晶莹的泪光，男人抬手轻轻揉了揉她的发顶，温声说道："因为我爱你，胜过世间万物。"

所以，纵有千万般阻挠艰险，他也不愿她留下半分遗憾。

滚热的泪水夺眶而出，盛穗合上文件，冲着爱人弯眉一笑："我也一样。"

她看着男人的眼睛，一字一板地认真说道："周时予，如果有孩子对你而言是负担，我们没有孩子也可以。"

不等周时予开口，盛穗先一步继续说道："你知道为什么我曾经很想要一个小孩儿吗？"

"你说。"

"因为童年的原生家庭让我觉得,我的人生有太大一块空缺。"

盛穗拉住周时予的左手,感觉他的手微微发凉,便把另一只手覆在男人的手背上。

"那时的我不相信婚姻可以填补这个空缺,所以为了弥补小时候的遗憾,生小孩儿就成了我的一种执念。

"但今天我意识到或许没办法有孩子的时候,我比想象中要冷静,甚至很快就接受了现实,觉得没有孩子也没什么。"

盛穗捏了捏周时予的手,声音中带着点儿哭腔:"我发现,我心中那片曾经寸草不生的荒土,因为你给予的无限春光,已然百花盛放。"

盛穗拿起腿上的文件,重新放回周时予怀中。她抬手抱住男人,在他的耳边轻声说:"和你相同,遇到你之前的我坚信不疑,我这辈子都不能以真心待人,因为我的父母从没有教过我应该如何去爱一个人。

"可事实并不是这样的。

"周时予,在这段婚姻里,我感受到超乎想象的爱意,也慢慢学会怎样交付爱意。更重要的是,我终于学会该如何爱自己。

"你比我聪明很多,我相信你一定也收获良多。"

男人默默地将头埋进盛穗的肩窝,搂紧她的同时,问道:"你做出这样的妥协,不会觉得可惜吗?"

"比起妥协,我更倾向于选择。"

盛穗突然想起京北之旅,梁栩柏在酒店大堂里问过她的那个问题——

"有一部分群体,本身属于所谓的'正常人',却因为和患者有恋人、配偶或血亲等亲密关系,他们也会感到痛苦与无助……你观察过他们是如何坚持下来的吗?"

盛穗当时的答案是:痛苦没办法让人坚持,但是幸福可以——同理,人可以选择幸福,有时候在别人看来是痛苦,或许是为了将来幸福而做出的选择。

"我认为我现在的选择,就和你选择了一名糖尿病患者作为爱人没什么区别。"

盛穗说了这么久,周时予也没有反驳,她不由得有些讶异。

"就算你一定要把这样的行为叫作妥协,那这些妥协或者说是我们各自的残缺不全,都是由对方用心填补的。这难道不更能证明我们彼此相爱吗?当然,如果你有一天真的想要小孩儿,这些文件也不会成为废纸,"盛穗抱着周时予轻晃,亲吻他的额头,"小孩儿只是这段婚姻的附属物,有没有都可以的。"

沉寂许久的周时予忽地沉声说道:"书上说不要物化小孩儿,要多共情,正视他们的一切情绪。"

盛穗没忍住笑出声来,看着男人的黑眸,问道:"你这又是在哪本书上看到的?别告诉我,周总不仅买了育儿书,还在上班时间偷偷看啊。"

凝固的气氛瞬间瓦解。

周时予听出爱人语中的调侃之意,微微抬起眉梢:"如果我说,我已经物色了几个育婴师,还报了准爸爸的技能培训班,周太太会不会更要笑话我?"

"不会。"盛穗压下心中的感动,没有过度渲染"成为父亲"的重要性,只是搂着人强调,"如果你能从这件事中得到快乐,就去做。

"如果不能,你的周太太也会一如既往地爱你。"

父亲康复出院那日,家里的姬金鱼草恰巧开了。

五月中下旬,正是春末初夏之际,人们纷纷脱下笨拙厚重的外衣,换上便于行动的薄衫。

熬过各种病症高发的春天,医院也不似一个月前那般忙碌。盛穗和周时予一同去往住院部的病房,走廊里只有寥寥几人。

盛田在这间病房里住了一个多月,进来时只拎了个黑色手提包,现在离开还是一样,连他穿的衣服都是来时的那件军大衣,与周围人格格不入。

盛田见盛穗先进来,先是眼前一亮,随即望见女儿身后的周时予,病瘦的身体又本能地蜷缩了一下。

男人的脸上挤出笑,不敢往盛穗身后再看,他说:"穗穗,辛苦你跑一趟。"

"我来医院有别的事,只是顺路过来看看你。"

454

面对担心无人养老的父亲的百般讨好,盛穗觉得男人脸上的笑容十分刺眼,却又无可奈何。

她对盛田的情感很复杂。

她痛恨父亲的暴力给她带来了童年阴影,又在听见医生说父亲术后恢复良好时,心里长舒了一口气。

父亲不再佝偻着腰背,小心翼翼地把盛穗拉到病床边。

他背对着门口的周时予,压低声音说道:"拆迁款的事,你妈给你说了没?"

盛穗闻言沉默了。

不知道盛田用了什么方法,几天前母亲特意打来电话,承诺她的那一半拆迁款会给盛穗。

女人语气冰冷地说:"我会如约把我的那一半拆迁款都给你,你去告诉那个畜生,如果他再缠着我,就法院见。

"还有,我在热搜上看见了周时予的采访。反正我说什么你现在都听不进去,也有可能是我错了。我们都各自冷静一下,再找个时间好好谈谈吧。"

盛穗想到卡里凭空出现的七位数字,过了半晌,低声说道:"你别再去骚扰我妈了,威胁别人是犯法的。"

"我可没威胁她,你妈还签了自愿赠予书,律师都在场。"家暴者谈起如何利用法律,不由得得意扬扬。

盛穗心里作呕。

"至于爸爸的那份,也迟早是你的,只不过,是每年给你一些。"

在盛田谈起这笔拆迁款如何分配时,盛穗望向不远处沉默的周时予。

立在门边的周时予察觉到她的目光,露出恰到好处的温和笑容。

"所以,拆迁款的事,是你安排的吗?"

盛田上午出院,中午就搭乘飞机回老家了,盛穗和周时予两人则直接从机场开车回家。

推门声响起,毛茸茸的平安跑了过来,轻轻蹭着盛穗的脚踝。盛穗弯下腰将猫咪抱进怀中,跟着周时予前后脚走进卧室里的衣帽间。

· 455 ·

"以我父亲的见识，他似乎想不到自愿赠予这么高级、周全的点子。"

"都是律师的功劳。"周时予不置可否，扯下领带放在一旁，温声说道，"那笔钱远不足以弥补他们过去对你的伤害，于雪梅心知肚明。那些是你应得的，你不需要愧疚。"

盛穗倚着门框，抿了抿唇："如果我说，我不是很想要她的钱，你会不会生气？"

"不会。"男人解开领口上的银扣，仰头的姿态，颇有几分斯文败类的味道，"要不要这笔钱，你有百分之百的话语权。"

周时予微微一笑，漫不经心地说道："而且，咱们家里最不缺的就是钱，你随心抉择就可以。"

盛穗失笑，感叹某人最近越发遮掩不住真性情。

换上家居服的周时予从衣帽间走出来，径直走向梳妆台，打开椅子上的公文包，拿出一份文件。

盛穗放下猫咪后走过去，看见文件上写着几个醒目的大字。

"S&Z 公益爱心资助计划项目申请书（初版）……"她"喃喃"地念着。

盛穗正在恍惚时，就听周时予淡淡地说道："经董事会商议，成禾决定资助四个省份的十三所福利院，承担所有孩子成年前的全部费用；除此之外，还将成立爱心基金会，资助各种为特殊儿童建立的公益项目。"

盛穗看着面前的文件，震惊到久久说不出话。

"S&Z"，是盛穗和周时予。

而四月十三日，是她的生日。

半晌，她听见自己的声音响起："你怎么突然想到做这些的？"

"那天说起童年的遗憾终于得到了弥补，你露出的笑容，让我感到幸福也难过。"男人说话时，轻轻揉了揉她的发顶。

盛穗抬眸，看着周时予眼底的淡淡笑意。

"我既欣慰于遗憾终究得以补偿，又心疼这份迟到的圆满，让你等待了长达十三年之久。"男人声音温润，眸中浮现几分疼惜。

盛穗的瞳孔映出男人的脸庞，下一秒，她被拉入一个温暖安心的怀抱。

周时予在她的耳边温存道:"所以我想,两个曾经不幸的孩子在一起,能不能做些什么,让同样正经历磨难的孩子拥有一个更好的童年。"

盛穗踮起脚尖,搂住周时予的脖子:"周时予,你好了不起。"

难以想象,曾经对世界了无期盼的人,现在竟愿意力所能及地去爱素不相识的陌生人。

"我没有你想的那么善良。"周时予将头埋进她的肩窝,"所有孩子都是相同的,如果手里有一百颗糖,都不会吝惜给别人几颗的。"

男人落在她腰间的手紧了紧,他继续说道:"而周时予在盛穗这里,得到的早已不止一百颗糖了。"

盛穗心中动容,余光看见窗边摆放的那盆姬金鱼草,不知何时,有一枝竟悄然绽放。

再小不过的一团淡黄色,藏匿于绿枝和奶白色花苞中,在春之尽头的时节,奋然向阳而生。

姬金鱼草的花语是"请察觉我的爱意"。

它播种于初春,终于在暖春的末尾时分开花结果。

盛穗正要开口告知爱人这个好消息时,就听周时予问她:"其中一家新建立的福利院为表感谢,愿意让我们取名,你有什么想法吗?"

盛穗目不转睛地望着阳光下的姬金鱼草,沉吟片刻,忽地弯眉一笑:"就叫'予春'吧。"

七月中旬时,盛穗趁着放假有时间,提出要和周时予回一趟老家,尤其要回高中看一看。

她找借口回去,说是要见一见老师和曾经帮过她的故人,实则是为了周时予七月十七日的生日。

周时予从未提过自己的生日,盛穗也隐约猜出了其中的原因。

和绝大多数孩童的降临不同,周时予诞生之日不曾得到过祝福和期待,往后又何来"庆祝"一说。

每年七月十七日不仅是男人的生日,更是住得偏远的学生回三中拿录取通知书的日子。

而十年前,在那条老街上,盛穗见到发病的周时予,也从此与爱人失之交臂。

多年过去，那天该是如何模样，在盛穗的心中早已模糊不清。

但她知道，周时予从未忘记过。

那可怖扭曲的夏日，仍在男人的心头萦绕——那乌云满布的天际、仿佛无底黑洞的地面、面目可憎的路人，以及她回眸望来时，眼底映着的满目惊恐的周时予。

再来到这条老街时，盛穗的用意周时予没有察觉。

比之当年，现在来学校拿通知书的学生寥寥无几。盛穗回忆着当年她走出校门的时间，意料之中地与老师们纷纷"错过"，她和周时予简单地在校园里逛了逛，就掐着时间离开了学校。

酷暑时分，天气燥热，烈阳在地面上烫出一波又一波的热浪，将行人吞噬。

盛穗的额头泛起细密的汗珠，她暗自庆幸今天是素颜出门，否则脸上的妆一定会花。

"中午很热，你想逛的话，我们先回酒店休息，等太阳落山再出门吧。"

周时予轻柔的声音在盛穗的耳边响起。

"没事，"她摇摇头，轻声说道，"马上就到家了。"

两人刚出校园大门，此时正牵着手，沿着绿荫下的斜坡石路向前走着。前面第三个十字路口左转，就是盛穗当年回家的必经之路——那条只有几十米长，却好似没有尽头的老街。

夏日蝉鸣在耳边萦绕，在即将转过第三个十字路口时，盛穗察觉到牵住她的手忽地紧了紧。

无言的紧张在两人之间弥漫。

盛穗反握住周时予的手，抬头说道："走过这条老街，笔直向前走就能回去了。"

她语气一变，轻声问："周时予，要和我一起回家吗？"

周时予闻言，垂眸看向盛穗。

四目相对时，盛穗看清了男人眼底的了然。聪明如周时予，怎么可能听不懂她话里的含义？

漫长的三秒钟过去，男人忽地笑了笑，轻启薄唇："好，我们回家。"

十多年过去，岁月更迭，老街却一如当年模样。

依旧是那条坐落着各样店铺的老街，依旧是那条铺满碎裂的石砖、砖缝中杂草丛生的老街，依旧人来人往，一如当年。

周时予的脚步越来越慢，他每走一步都倍感艰辛。

顺着男人僵滞的目光，盛穗一眼看见十几米外的杂货铺。

杂货铺门口摆放着各种时令水果，过熟的香蕉混杂其中，却无比惹眼。

周时予面无表情地停住脚步，盛穗却执意拉着他往前走。

盛穗不知道此刻满是市井烟火气的场景在周时予眼中是何模样，只是牵着爱人，又一次轻声说道："迈过去就好了。"

迈过这条一成不变的老街，他们就能回家了。

不，终归还是有许多不同的。

周时予一言不发地从杂货铺前走过时，盛穗心中如是想着。

她的爱人并没有脚步仓皇，而是沉着地迈过杂货铺前的每一块碎石砖，只是将盛穗的手握得很紧、很紧。

周围行人匆匆路过，脚步声、抱怨声、谈天说地声，声声不绝，盛穗却只听见两人携手将杂货铺甩在身后时，不约而同发出的一声轻叹。

"周时予，"经历过最难的一关，盛穗呼唤男人的姓名，终于毫无负担地笑了起来，"你闭上眼睛，默数十个数，我送你一个生日礼物。"

原来，她此行是为了给他送礼物。

他顺从地闭上眼睛，倒数十个数的时间里，脑海中浮现无数的过往碎片。

十……

那年酷暑，乌云密布。

只有她身上有碎金跳跃。

九……

那年脚下的断砖碎瓦，他一不留神便会陷进去，万劫不复。

只有她稳稳地站在对岸。

八……

那年他不断地往嘴里塞着香蕉，烂泥糊满口鼻。他无法呼吸，几欲窒息。

只有她穿过人群,将本该是伙食费的钱递给老板。

七……

那年他在人群中惶然不知所措,耳朵里灌满周围人说他是疯子的议论。他身体动不了,只能在心中大喊着"别回头"。

只是她还是回头了,脸上是他在梦中都不曾见过的盈盈笑意。

思绪与理智被回忆蚕食吞灭,浸泡在糖罐中太久的周时予,久违地感觉到窒息。

他以为结婚这么久,早就忘记了这条老街,早就忘记了当时狼狈的自己。

回忆不堪忍受,向来最是沉稳的周时予,此刻耐心尽失。他不管有没有数到一,便迫不及待地睁开双眼。

不见乌云与黑雾,脚下稳稳踩着坚硬的老旧砖石,四周行人径直从他身边路过,鲜少停留。

似乎一切都和当年不同。

不,终归还是有许多相同的。

阳光刺眼,周时予站在原地,眺望着老街尽头的十字路口。来往行人中,他一眼便看见了此生唯一的爱人。她沐浴在阳光下,此时正笑着同他说话,薄唇张开又闭合。

盛穗今日特意穿着纤薄的白色长裙,露出一截没有赘肉的藕白小腿,高高束起的马尾随着她的动作轻轻晃动。

凑巧的是,周时予今日穿着白衫黑裤,两人的打扮和十年前并无两样。

不论岁月催人或季节更迭,总有人会在将你困死的老街,予你一条向死而生的回家之路。

周时予微微眯起眼睛,终于看清盛穗的口型——周时予。

她在呼唤他的姓名,要他归家。

顷刻间,周时予忽地明白,原来那些曾经多年萦绕在他心中的狰狞可憎,因为盛穗的存在,全部化为现世安稳。

那条没有尽头的老街,因为盛穗的存在,于十年后终于有了终点。

于周时予而言,有盛穗在的地方就是家。

既然如此，不如让他们恰逢于故地，重新认识彼此吧。

念及此处，周时予微微一笑。自此，他世界中的乌云散去，终得阳光明媚。

远处的盛穗精准地捕捉到他的表情，脸上的笑意越发明快。

茫茫人潮中，她鼓起勇气大声呼喊他的姓名："周时予！"

盛穗张开双臂，沐浴在她予他的明媚阳光下，嫣然一笑："我一直在等你。

"所以，你要不要来抱抱我？"

第十九章
婚礼（一）：向你飞奔而来

在某个再平凡不过的周六清晨，盛穗被婴孩的哭声吵醒。

她睁开眼，就见身旁空落落的，而两步外的婴儿床边，站着瘦高挺拔的男人。

男人熟稔地将婴孩抱在怀中轻晃，大手一下下拍着女孩儿的后背。初秋的晨曦透过纱帘洒落，勾勒着男人此时专注的模样。

"小意怎么了？"盛穗眯着眼睛刚要起身，就见周时予抱着盛意转过身来。

"应该是饿了。"

女孩儿趴在父亲的胸膛上停止哭泣。

周时予抱着孩子走到床边，俯身吻在盛穗的唇角上。他温声细语道："才六点半，你再睡会儿，我去冲奶粉。"

盛穗仰着脸乖乖任由他亲，笑着答应："那我再赖床五分钟。"

"好。"周时予抱着宝宝从卧室离开。

盛穗抱着被子本想再赖一会儿床，却被从门缝溜进来的平安闹醒。

她和周时予结婚两年多了。平安八岁了，算是高龄老猫，身手却依旧矫健。它后腿一蹬就跳上了大床，优哉游哉地在枕边坐下，尾巴一下下扫过盛穗的脸庞。

睡意彻底消散，盛穗抱着猫咪，将头埋进它柔软的肚皮，听了好一会儿"咕噜"声才起床。

简单洗漱后，盛穗随意盘起头发走出去，正好看见周时予在厨房给盛意冲奶粉。

通过各种繁杂的手续，又经过大半年的等候，两人终于获得 X 国一位未婚先孕的华人单亲母亲的认可。见面几次后，她决定赋予盛穗和周时予领养的资格。

盛穗还记得第一次将盛意抱在怀里的感受。

当时缺乏照顾的女婴身形瘦小干瘪，发皱的小脸红彤彤的，在她母亲怀中哭闹不停，像是在抗议她被迫来到这世间。

"爸爸，喝奶奶！"

软糯的声音拉回盛穗的思绪。

盛意在儿童餐椅里晃动着小手，仰着肉嘟嘟的脸蛋儿，专注地看着在厨房中忙碌的周时予。她口中"咿咿呀呀"，像是在给爸爸加油。

"嗯，等一下。"

精细周全如周时予，严格遵循育婴师的教导，将温度计放进玻璃量杯测温。将热水按量倒入奶瓶后，他才打开奶粉罐，用勺子舀出定量奶粉，接着盖紧瓶盖，轻轻摇晃奶瓶，使奶粉溶解。

看着丈夫轻车熟路的动作，盛穗不由得想起她第一次给哭泣的盛意冲奶粉时，因为怕孩子饿，便着急忙慌地用力晃动奶瓶，加速奶粉溶解。

最后还是周时予拦住她，温声提醒说，奶瓶里有太多泡沫，宝宝喝了很容易胀气、打嗝。

自此以后，带孩子的重任，十有八九都由周时予承担。

"小意，你看爸爸在做什么呀？"

看着女儿红扑扑的小脸，盛穗弯腰亲了她一口。盛意"咯咯"地笑了起来，滚圆清澈的大眼睛里满是亲昵。

"早餐还要等一下。"

周时予将奶瓶倒转，感觉滴落在手腕上的奶液温度正常，才转身将奶瓶递给女儿。

男人看向盛穗时，黑眸里添了一份柔和："我以为你还要睡一会儿才起来。"

"平安刚才来卧室里了。"

见盛意正抱着奶瓶喝得不亦乐乎，欢快地晃着两条小短腿，盛穗心正一软时，就感觉温热的唇瓣压在她的嘴角上。

她忘记女儿在场，搂着周时予的脖子，顺势迎合这个吻。被短暂地剥夺呼吸后，她笑着看向周时予："辛苦周先生了。"

"这个称呼过于生疏，太没诚意了。"

周时予微微挑了挑眉，转过身去准备夫妻二人的早餐。盛穗便像树懒一般，从后面抱着他。

一家三口吃过早饭后，盛穗在儿童餐椅旁蹲下身来，用湿纸巾给盛意擦净嘴边的奶渍以及果泥残渣。周时予则用镊子将高温煮过的奶瓶、奶嘴、盖子等从锅里取出，放凉后再放进特制的奶瓶消毒柜。

他将两人的餐具直接放在水池里，等待田阿姨来清洗。

盛穗看着周时予忙来忙去，欲言又止。最后，她开口轻声说道："其实洗奶瓶的事，下次可以交给我或者田阿姨的。"

她有时会觉得，周时予对盛意有些过分紧张和小心翼翼了。

两人工作都忙，在经济条件允许的情况下，完全能负担月嫂和育婴师的费用。

即便如此，周时予也鲜少允许别人插手带孩子的事情，所有事他都亲力亲为。比如，连冲奶粉和洗奶瓶这种小事，他也不放心交给包括盛穗在内的任何人。

盛穗隐隐察觉出，他这份无微不至的照顾，或许不单单是出于爱意，而更像是担心养不活这个孩子。

尤其是宝宝刚回家的第一周，婴孩的身体本就羸弱，加上不适应环境，便成天哭闹。

于是周时予也陪着失眠了整整一周。

即便现在，盛穗有时晚上醒来，也常见到丈夫站在婴儿床边，深深地望着小床里熟睡的女儿，神情专注。

"我顺手就做了。"周时予没有妥协，关上消毒柜，上前拢好盛穗耳边的碎发，"等下去参加婚礼的衣服选好了吗？"

盛穗点头："选好了。"

464

一家三口周末早起,是要动身去参加许卓和苏莹莹的婚礼。上次野营时,盛穗就感觉两人会修成正果,果然二人不到一年就领证了,婚礼倒是办得晚些。

盛穗选了一件适合圣洁场合的白色长裙,收腰处有蕾丝点缀,将她美好的身材勾勒得淋漓尽致。

打量自己时,盛穗在镜子角落里看见了伫立在门边的周时予,他右手牵着等着换衣服的盛意。

盛穗转身,问道:"好不好看?"

盛意松开爸爸的手跑了过来,抱住盛穗的小腿。

周时予则上前为盛穗拉上拉链,低声说:"你怎样都好看。"

话音一落,他又搂着盛穗去亲她的嘴角。

男人将额头抵住她光滑的前额,开玩笑道:"就是见到你穿着这身去参加别人的婚礼,我有点儿羡慕。"

盛穗隐隐察觉到丈夫话里的怅惘,正要出声,就感觉脚边的盛意正不安分地拽着她的裙摆。

圆滚滚的小豆丁费力地仰起头,见爸爸妈妈低头看她,忽地咧嘴笑起来,抬手戳戳自己的小脸蛋儿。

盛意现在十六个月大,已经能用短句表达自己的情绪和需求。她嗓音清亮:"爸爸、妈妈,要抱抱,要亲亲。"

小豆丁朝盛穗张开双臂,盛穗把她抱起来亲了一口。她又眨巴着眼睛看向周时予,拽住男人的衣袖撒娇:"爸爸,亲亲。"

面对女儿,周时予总是温和的。他配合地俯身,落下蜻蜓点水般的一吻。

小姑娘嫌爸爸不用心,就拼命地把脸往周时予的嘴上按,圆滚滚的脸蛋儿都凹进去了一块。

盛穗见状,不由得笑了起来:"家里'亲吻狂魔'的称号可能要易主了。"

周时予闻言挑了挑眉,一手捂住女儿的眼睛,一手托着盛穗的后脑勺儿,偏头深深吻住盛穗。

唇齿缠绵过后,盛穗的舌根都发麻,她小声说:"别在小孩儿面前这样,再带坏她。"

"所以不给她看。"周时予沉声说道,"而且,我对周太太将称号易主的决定颇有微词。"

男人说话慢悠悠的,有点儿蛮不讲理:"你怎么能只看数量,而不顾质量呢?"

半小时后,一家三口终于动身出发,由陈秘书负责开车,去往婚礼现场。

周时予坐在后排处理工作。格外黏爸爸的盛意全程趴在他的怀里,用两只小手抓着男人的白衬衫,扭头听盛穗说话。

"小意知道我们要去干什么吗?"盛穗见女儿把丈夫的衬衫都要扯皱了,伸手握住盛意粉嘟嘟的肉手,柔声说道,"我们今天要去参加许叔叔和苏阿姨的婚礼。"

孩子年纪太小,一时难以理解"婚礼"的意思。盛意攥住盛穗的食指,在周时予的怀里换了个姿势,歪着头重复道:"婚礼?"

盛穗耐心地给她解释:"嗯,相互喜欢的人会结婚,就会举办婚礼。"

小盛意皱着小脸思考了一会儿,似乎在想"喜欢"是什么意思。

几秒后,她抬头先看了看周时予,又看了看盛穗,忽地眼睛一亮:"爸爸、妈妈,婚礼!"

车内有片刻的寂静。

盛穗和周时予至今都没举办婚礼。

他们结婚已两年有余,办婚礼这件事,刚结婚时周时予提过一次,后来随着时间的推移,盛穗早就淡忘了。

即便今天来参加婚礼,盛穗也没想过她和周时予的婚礼。

她抬眼看向周时予,发现男人放下了手里的平板电脑,正朝她这边望过来。

周时予出门便戴上了金边眼镜,镜片遮掩了他眼底的情绪。他沉默地看着盛穗,似是在等一个答案。

沉寂中,没得到答复的小盛意松开了盛穗的手,将自己温软的小脸贴在盛穗的掌心上。小豆丁滚圆的眼睛里像是包着两汪泪水,她可怜兮兮地问:"爸爸、妈妈,不婚礼吗?"

盛穗知道女儿不懂婚礼是什么，她问的是婚礼所代表的喜欢。

因为如此，盛穗才更不知道该如何回答。

在女儿泪眼汪汪的注视下，盛穗几次瞥向周时予，向他求助。某人意味深长地看着盛穗，就是不出声。

盛穗只能有些心虚地解释："不是所有相互喜欢的人都会举办婚礼的，因为有些人没那么喜欢婚礼。"

盛意听完"哦"了一声，似懂非懂地眨巴着眼睛，手脚并用地要从爸爸的怀中坐起来。

这一回，周时予倒是非常配合。他用大手托着女儿腋下，让小豆丁稳稳地坐在他的大腿上。

此时，父女俩仿佛形成了统一战线，由盛意打头阵，向盛穗发起第一轮进攻。

小豆丁穿着米黄色的绒裙，刚吃饱的肚子圆滚滚的，活像是年画里的娃娃，圆头圆脑的，娇憨可爱。

盛意坐在爸爸的腿上，眼里的眼泪还没收回去。她忧伤地撇着嘴，望着盛穗，脆生生地喊妈妈："妈妈不喜欢婚礼？"

正当盛穗不知如何回复时，盛意又倏地回头看向周时予。她抓住男人的衣摆，小心地扯了两下："爸爸不喜欢？"

"别看爸爸。"周时予慢条斯理地回答着女儿的问题，似是安抚般轻轻地拍了拍盛意的后背。

盛穗确定她看清了男人眼底的笑意。

随后，周时予不紧不慢地说道："爸爸喜欢婚礼，更喜欢和妈妈办婚礼。"

盛穗参加婚礼的次数屈指可数。

因为父母离婚，家里的亲戚不用她去走动；而学校里的同事结婚，疲于私下社交的她也只是送上了红包；唯有两三次她推托不掉，不得不去现场参加婚礼的，这两年也都相继离婚了。

久而久之，婚礼被盛穗认为是做给别人看的仪式之一。

而今天在许卓和苏莹莹的婚礼上，当见到台上的新人红着眼眶宣誓、互相交换戒指时，她忽地对婚礼有了新的认识。

467

女孩儿穿着一身雪白的婚纱，被许卓用力地揽进怀中，婆婆的泪意微微晕开妆容，她也全然不在意。

"妈妈……"

在满堂喜庆的乐音与祝福声中，盛穗感觉袖口被人轻轻拉了两下。她低头一看，女儿正皱着脸看她。

小姑娘不理解何为喜极而泣，单纯地以为哭泣是因为伤心。她见苏莹莹难掩泪意，便拉住盛穗的袖子，悲伤地眨巴着圆眼。

"没事的，姐姐哭是因为高兴。"盛穗看着女儿可怜兮兮的表情，将粉嫩的团子从儿童座椅中抱出来，轻声安慰着。

旁边的周时予正全神贯注地望着一对新人。他平时都不让别人抱女儿，现在却对盛意的轻声"咿呀"浑然不知。

盛穗怀里的女儿乖巧地趴在她的肩头上吸鼻子，圆圆的眼睛就像玻璃珠一般转动着，对周围的一切都很好奇。

盛穗静静地看着身侧的周时予——她的丈夫。

男人的侧脸宛若精雕细刻而成，在灯光下更显得棱角分明。

看着周时予目不转睛的模样，不知怎的，盛穗脑海里忽地跳出那年他说的那段话。

"我想为你戴上戒指，想在你喜欢的地方，在天气晴朗时，看着你身穿婚纱向我走来；也想在牧师问起时，听见你对我说那句'我愿意'。这是我自十六岁时便有的愿望。"

那时他们刚结婚不久，于居酒屋内吃饭，在周围的嘈杂声中，丈夫凑过来，开玩笑似的和盛穗说了这段话。

这段话不是没在她的心里漾起波纹，只是随着时间的流逝，盛穗几乎忘了丈夫对婚礼的那份期盼。

宣誓后，新郎新娘下台换上大红喜服，来给宾客敬酒。

两人走到盛穗这边时，她抱着女儿起身，祝福新人："新婚快乐，恭喜。"

话音一落，盛穗怀里的盛意费力地扭过身子，她看了看父母和新婚夫妇，挥动着两只胖胖的小手，随后"咯咯"笑了起来。

周时予看着女儿天真烂漫的笑脸，淡淡笑道："恭喜。"

"这次的婚礼，尤其是婚纱，真的多谢周总操心。"苏莹莹妆容精

· 468 ·

致，满脸笑意，轻轻地碰了一下许卓，提醒道："还不快谢谢周总。"

许卓抬手在周时予的肩上捶了一下："谢了，兄弟。"

周时予抬了抬眉梢，唇边笑容温润，算是接下了男人的这份感谢。

许卓搂着苏莹莹转身离开。

周时予目送意气风发的新人走远，正要去抱女儿时，却撞上盛穗好奇的目光。

周时予压下笑意，低声问："怎么这样看我？"

"没什么，"盛穗将女儿往上托了两下，越发觉得不对劲，"我就是有些不懂，你怎么会帮许卓操办婚礼？"

毕竟周时予看上去怎么都不像是了解婚礼布置的人。

"举手之劳。"周时予将女儿从盛穗的怀中接过来，闻到飘来的酒气，皱着眉说道，"等下就回去吧。"

饮酒场合不适合婴孩久待。

盛穗沉吟片刻，问道："这么早离场，会不会不太好？"

"没事。"周时予朝不远处的邱斯瞥了一眼，就见对方立刻贼兮兮地把头转了过去。他轻"呵"了一声："他们巴不得我早点儿走。"

老板还在，手下的人怎么能放开玩？

盛穗心想也是，便叫周时予先抱女儿回车上，自己去和苏莹莹、许卓打声招呼。

"好。"

周时予对此没有异议，弯腰将盛意放进婴儿车。他护着女儿后腰的手还没松开，就见向来乖顺的盛意小脸一皱，耸起鼻尖。

躺在婴儿车里的小姑娘五官皱巴在一处，四肢乱蹬，眼见就要哭起来。

盛穗见状正要哄，周时予则熟练地又将女儿抱起来，温声说道："没事，她就是撒娇让人抱而已。"

话音一落，男人用眼神示意陈秘书推走婴儿车。他再垂眸时，恰好撞见盛意小心翼翼地眯着眼看他。

典型的雷声大，雨点小。

周时予的脸上泛起丝丝笑意，他抬手整理了一下女儿卷起的衣摆。盛穗刚要离开，周时予怀里的粉嫩团子又开始不安分地挣动起来。

· 469 ·

"妈妈……"

女儿软糯的声音里带着哭腔,盛穗才走了两步又折返回来,犹豫着要不要抱着女儿去苏莹莹那边。

"她要你亲一口再走。"周时予再度淡淡地说道,语气里颇有几分无奈,"她倒是会撒娇,也不知和谁学的。"

盛穗快步上前,在女儿的额头上落下一吻。盛意果然不再哼唧,变脸似的"咯咯"笑了起来。

盛穗用食指蹭了蹭女儿软嫩的脸蛋儿,笑道:"爸爸简直是小意肚子里的蛔虫……"

话音未落,一道黑影压在她的唇角上。鼻尖处萦绕着熟悉的冷木香,盛穗长睫微颤,抬眼对上一双黑眸。

"谢谢周太太夸奖。"周时予见她愣怔,脸上的笑意更浓了,丝毫不觉得大庭广众之下行为亲密有何不妥,"去吧,我在车里等你。"

盛穗问过才知道,苏莹莹的婚纱设计师是周时予引荐的。

不仅如此,苏莹莹连婚庆策划公司也选的是周时予推荐的那家。

"Michael.J已经很多年不接受私人委托了,这次破例答应帮忙,完全是看在周总的面子上。"苏莹莹感激地握着盛穗的双手,"周总对婚礼这么有研究,估计是要给盛老师一个惊喜。"

在某人长期的坚持不懈下,成禾的全体员工——上到公司高层,下到保洁和保安,都知道平日不苟言笑的周总最是疼老婆。

至于如此恩爱的两人为何至今没办婚礼,众人也是猜测纷纷。

"这次婚礼,我几次感叹策划之精细,但是负责人和我讲'你是没看过周总的安排,那才叫一个浪漫呢'……"

盛穗晚上洗完澡,擦着湿漉漉的头发从浴室里出来时,还在想着苏莹莹说的话。

"那是妈妈的衣服,不能咬。"

低沉的声音打断盛穗的思绪。她放下毛巾看向声源处,就见周时予坐在床头,膝上放着平板电脑,他身边的盛意端正地坐着。

粉嫩的团子穿着棕色的连体绒衣,背对着盛穗。她头上新梳的发型,不知周时予是从哪里学来的。

父女俩忙着争夺的纤薄布料，是盛穗的白纱披肩。

一岁半的孩子，无论抓到什么都爱往嘴里塞。盛穗和周时予一样，以为女儿是要咬她的披肩，就见盛意将绣着蕾丝边的薄纱举过头顶，嘴里"咿咿呀呀"的。

盛穗被女儿蹬着短腿的样子逗笑，悄步走上前要去亲她的脸蛋儿，没想到盛意先转过了身来。见到妈妈，她立刻眼前一亮。

粉嫩的团子手脚并用地要站起来，急得不断"点头哈腰"，险些因重心不稳而跌倒。

盛穗连忙手疾眼快地扶住女儿："这是怎么啦？"

盛意高举着披肩，笨拙地放在盛穗的头上。

小姑娘随即喜笑颜开，挺着滚圆的小肚子，又转身扑进周时予的怀里，嘴里嘟囔着什么。

顶着披肩的盛穗哭笑不得，以为女儿是怕她着凉，特意给她披上披肩，便伸手要去拿掉。

谁知盛意看见反而着急起来，踩着柔软的床面又要起身，结果着急忙慌中身子一歪，一屁股坐在了周时予的肚子上。

"她是想让你打扮成新娘子的样子。"周时予将女儿从身上抱起来，托着女儿的腋下，让盛意稳稳当当地站好。

男人半倚着床头望向盛穗，漆黑的眼眸中盛满柔情："你穿婚纱的样子一定很漂亮。"

盛意点头如捣蒜一般，小肚子也跟着一抖一抖的。

"妈妈，漂亮！"盛意学着爸爸的语调，重复了几遍后，忽地又想到了什么，指了指盛穗头顶的白色披肩，噘起嘴巴说，"亲亲！"

这下连盛穗都后知后觉地明白了，盛意是看了白天的婚礼后念念不忘，回家还要爸爸、妈妈再演一遍。

她爱怜地揉了揉女儿的脑袋，正要低头去亲盛意，嘴巴却被一双小手挡住。

妈妈的吻堪比天大的诱惑，粉嫩的团子几次想收回伸出的手，最后还是立场坚定地说道："亲爸爸！"随后，她立刻更大声地补充道，"也亲意意！"

"好，那就先亲爸爸，再亲意意。"

· 471 ·

盛穗直起腰，正好看见周时予拿着手机将镜头对准她。四目相对，男人不紧不慢地收起手机，笑着欣赏她顶着披肩的滑稽模样。

半小时后，夫妻俩终于将女儿哄睡，如往常一般在被子下紧紧相拥。

盛穗忍不住问道："我以前怎么不知道，你还有记录别人窘态的坏习惯？"

周时予的手在她的腰上不安分地摩挲着，他压低声音说道："男人都是善变的。"

盛穗听出男人话里的调侃，握起拳头作势要捶人。

"我以前也不知道，周太太跟我结婚这么久了，还总想对我动手动脚的呢。"

女儿就在几步外的婴儿床上安睡，盛穗仰头长叹，就听男人在她的耳边低语道："第一次看你作新娘子的打扮，我怕以后再没机会见到，只能拍下来。"

盛穗怎么会听不出他话里的哀怨，低声说道："周时予，如果你想的话，我们也办一场婚礼吧。"

话音刚落，男人忽然屏住呼吸，随即将滚烫的唇贴上她的唇角。

他的心跳声震耳欲聋。

盛穗抬头看着他，小声问道："只是办婚礼而已，你这么激动吗？"

"嗯。"某人字字清晰地说，"毕竟这是穗穗有了小孩儿之后，第一次这么心疼我。"

周时予做事向来效率高。

还不等盛穗向苏莹莹请教婚礼的相关事宜，第二天晚饭后，周时予就将她叫去书房。

"婚纱设计是由我和 Michael.J 一同把控的，他是很有名的华裔设计师，三日后会将婚纱空运过来，你可以随时试穿。

"场地初步选在欧洲的布莱德岛，这座天然孤岛的中央有一座中世纪的教堂，我们可以乘船过去。

"这只是大概事宜，其他零碎的部分我都打印在这份文件里了，你没事的时候可以看看。"

暖黄色的灯光下，周时予抱着刚吃饱正在犯困的盛意，推给盛穗一摞纸。

"考虑到你的工作,婚礼时间暂定在国庆节长假。"男人贴心地说道,"这只是我的想法,如果你有其他想法,我会尽可能地配合你。"

第一次切身感受到丈夫的雷厉风行,盛穗缓慢地眨着眼,看着面前少说有三十页的纸:"好,我先看看。"

周时予见她发愣,笑了笑,抬手揉了揉她的发顶,忍不住吻了过去。

盛穗习惯性闭上眼仰头配合,再睁开眼时,正对上男人温柔的目光。

周时予托着她后脑勺儿的手向下轻轻揉捏着她的脖颈,他低声问道:"觉得太突然了?"

"倒也不是,"盛穗摇了摇头,"我就是觉得,别人家都是女方操办婚礼,我好像完全帮不上忙……"

话音戛然而止,盛穗将目光落在正用一双小手紧紧地捂住眼睛的盛意身上。

粉嫩的团子裹在小山羊套装的连体衣里,缩起脖子,见盛穗还不出声,便悄咪咪地将手指露出一条缝。

四目相对,盛穗被女儿偷偷摸摸的动作逗笑了,抬手摸了摸她的脸蛋儿:"意意在干吗?"

盛意抱住妈妈的手,"咯咯"笑起来:"亲亲,爸爸不给看。"

盛穗反应过来,原来是周时予每次当着孩子的面亲她时,总会捂住女儿的眼睛,才导致盛意下意识的动作。

想到过往的亲密之举都被孩子记在了心里,盛穗脸颊一热,瞥了周时予一眼,嗔怪道:"你看,现在怎么办?女儿都被你带坏了。"

"挺好的,"周时予微抬眉梢,将肚皮圆滚滚的团子放在书桌上,自如地应对道,"要从小教会她非礼勿视才行。"

小孩儿最爱模仿大人。盛意也听不懂,就跟着重复道:"非礼勿视!"

盛穗哭笑不得,揉着女儿的脑袋问周时予:"关于婚礼,你有想请的人吗?"

或许天生对浪漫比较迟钝,比起许多女孩儿幻想的圣洁的婚礼,盛穗更在乎她在这场婚礼上究竟要面对多少人际交往。

473

参加苏莹莹的婚礼那日，盛穗目睹了新娘子要亲自迎接一百多位来客，光亲戚都有三大桌的人，剩下的朋友和领导各占一半，关于座位的安排更是讲究众多。

盛穗光是想想都感觉心力交瘁。

关于糟糕的原生家庭，她和周时予难分伯仲。于雪梅打来电话就会吵架，盛田只惦记着养老费；周时予和周老爷子的关系虽说相对和缓，也只有逢年过节时才会联系。

至于朋友，盛穗想请的只有肖茗一个；周时予那边除了邱斯、许卓那些下属，也只剩一个心理医生。

念及此处，盛穗不由得苦恼地轻叹。她扶住在桌子上站起来正要朝周时予走去的盛意。

"婚礼是我们两个人的事，除了我们之外，任何人都无关紧要。"周时予轻车熟路地抱起团子，缓缓说道，"关于你说没帮上忙，穗穗，我希望这场婚礼对你而言，不是走过场的仪式，而是回忆起来就会感觉幸福的惊喜。"

敲定婚礼日期的当晚，周时予罕见地失眠了。

凌晨三点整，他的大脑皮层仍旧兴奋不已。周时予分别为盛穗和盛意盖好被子，来到连通卧室的阳台上。

初秋夜风寒凉。

月明星稀中，周时予将阳台上靠墙的躺椅挪开，好让他站在此处的位置上，能看见玻璃门后正在熟睡的母女两人。

盛意同他和盛穗都没有血缘关系，不知为何，周时予却总觉得婴儿床上那小小的人越来越像盛穗，就连她喜欢趴着睡的习惯都和盛穗一模一样。

周时予久久地望着婴儿床上恬静的婴孩，目光落在那些他亲自挑选的衣服、被子、娃娃上，心中感慨万千。

他和盛穗结婚了。

他们在共同养育着一个生命。

正是这个看似再羸弱不过的生命，赋予了他"父亲"的身份。

他周围的所有人，包括盛穗，都说他照顾小孩儿的模样是前所未有的细心、温柔。

扪心自问，周时予再清楚不过，他对盛穗心心念念盼来的孩子，实则谈不上有太多感情。

为人称赞的体贴，或许源于他无法给盛穗一个同两人有血缘关系的小孩儿的愧疚；或许源于他曾在原生家庭尝尽苦痛，如今不愿让另一个身世坎坷的无辜孩童再体会的自我救赎；又或许源于他逐渐对这个孩子在自己身边的习以为常。

人类的感情果然复杂。

三十而立的周时予悟出了这些，在躺椅上坐下，望着右手上的戒指，微微出神。

他和盛穗要举办婚礼了。

黑色的玻璃方桌倒映出男人唇角微勾的模样，周时予的脑海中浮现出刚结婚不久时盛穗赠予他戒指时的场景。

他一时陷入回忆，感觉胸腔微微发胀。

突兀的推门声打破了夜的寂静，随后，抽抽搭搭的声音响起。

盛穗站在玻璃门前，朦胧的月色映照着她姣好的面容。

她怀里抱着哭泣不止的盛意，说道："你不在的时候她突然哭了。"

见女儿哭得鼻尖泛红，盛穗疼惜不已。她甚至没问周时予怎么半夜在阳台上，急匆匆地说道："她没发烧，也不饿，问她哪里不舒服也不说，要不要去医院看看……"

"先别急。"周时予低声安抚道。

他皱着眉，从盛穗的怀中接过小脸通红的团子，先抱着盛意进卧室避风，才将额头轻轻贴在女儿的前额上。

盛意额头并不烫，不像是发烧了；她白天也没有咳嗽，更不像是感冒了；她上周才体检过，这两天吃睡都正常，睡前还在撒娇要听故事，实在不像是生病了。

思绪翻涌时，周时予就听身侧的爱人轻轻地"咦"了一声。他垂下眼帘，就见一双粉嘟嘟的小手正攥着他的衣袖。盛意仍旧抽抽搭搭的，倒是不掉眼泪了。

男人温和地问道："你怎么哭了？"

"爸爸……爸爸……"盛意耸着鼻尖，用力地朝周时予的怀里拱。

在新手父母的密切关注中，粉嫩的团子睁开哭红的双眼，先望望妈妈，又巴巴地看看爸爸，才放心地窝进周时予的怀中。

很快，盛意沉沉睡去，小手却仍旧紧紧地攥着周时予的衣袖。

盛穗见状想拽开女儿的手，就见男人轻轻地摇头，低声说："没事。"

一时间，卧室里只剩下三道呼吸声。

新手父母颇为紧张地盯着脸上还挂着几道泪痕的小豆丁，连呼吸都不自觉地放轻。毛毯里的盛意嘟囔了两声，习惯性地趴下时，才依依不舍地放开周时予的衣袖。

盛穗忙接过女儿，在怀中轻轻拍了几下，将她小心翼翼地放回到婴儿床上。

"小孩子的嗅觉比大人敏感得多，估计是意意不习惯没有爸爸的味道，才会突然哭的。"盛穗自顾自地解释着，回身去看周时予。

男人在透过薄纱的皎洁月色下打量着被抓皱的衣袖。

将盛意哄睡，新手父母再无睡意。盛穗特意在女儿的床边放了她和周时予的两件衣服，才端着一杯温水走去阳台。

"你怎么突然失眠了？"她将水杯放下，自然地和周时予挤在一张躺椅上。她靠在男人坚实的胸膛上，问道："因为婚礼的事情？"

"可能是。"周时予有些心不在焉，将头埋进女人温热的肩窝，如愿以偿地被熟悉的体香包围。

男人拥着爱人，目光再次不自觉地落在衣袖上，低声说道："我担心自己做不好，会留下新的遗憾。"

"怎么会？"盛穗同周时予十指相扣，侧过身环住男人的脖颈，"你一直做得很棒，不论是身为周先生，还是作为盛意的爸爸。"

她将男人皱巴巴的衣袖捋平，回想起刚才的插曲，不由得笑道："你难道不觉得，意意越来越像你了吗？"

周时予把玩着盛穗的手指："我倒是觉得她越来越像你。"

"那说明你和我一样爱她。"盛穗抬头看着周时予。

见周时予又一次在这个问题上沉默，盛穗也不意外。她懒懒地靠在他的胸膛上，继续说道："不过有一点，我们母女俩的确一样。"

一阵寒风袭过，周时予拉开外套裹住盛穗。

女人攀上来，将软唇贴在他的耳侧："我们都非你不可。"

周时予将盛穗稳稳地托住，抬手轻拍她的翘臀，叫她安分些："别乱动。"

"你知道吗？刚才意意哭闹个不停，你一来，她就抓着你的衣袖不放。我突然想起不知在哪儿看过的一句话——在这茫茫人海中，一定会有一个人只是因为你而存在的。"盛穗被包裹在外套里，声音闷闷的。她望着周时予漆黑的眼眸，说道："对你而言，意意或许就是这样的存在。"

虽然周时予的嘴上从不承认，但他对这个孩子倾注了多少耐心和关爱，盛穗再清楚不过。

除了爱情，人的一生还有其他太多的情感需求等待着被满足。

原生家庭给盛穗幼年时造成的苦痛，她在成年后终于释然。

周时予却没有。

盛穗永远也无法抚平周时予的那些伤口。她做不到的事情，或许盛意可以。

盛穗后悔没拍下男人刚才哄女儿的画面，压住上扬的嘴角，故意板着脸说道："不过，你当了女儿奴也不许忘了老婆，知道吗？"

面对爱人的耳提面命，周时予笑了。

结婚后，他终于将盛穗惯出了只有在两人独处时才会显露的骄纵。

"遵命。"周时予伸出食指刮了一下盛穗的鼻尖，起身正要将人抱回卧室睡觉，忽地想起了什么，"婚礼是我安排的，如果有你不喜欢的部分，可以直接否决。"

"唔……我的确有一个想法。"盛穗沉吟片刻，仰头看向周时予，"结婚那天，我可以只穿婚纱，不穿高跟鞋吗？我想换成布鞋或者运动鞋。"

她记得，周时予的愿望里，似乎没有想见她穿高跟鞋这一条。

"当然，"周时予知道盛穗平日就不穿高跟鞋，点了点头，低声说道，"高跟鞋累脚，换运动鞋吧。"

"累脚倒是次要的，主要是穿高跟鞋不方便活动。宣誓之前不是有个环节，是新娘朝新郎走过去吗？"

盛穗似是想到了什么画面，忽地弯眉笑出声来，轻柔的声音顷刻间消散在风中，却一字不落地嵌进周时予的心脏。

"我想，如果是向你而来，我一定会用跑的。"

第二十章
婚礼（二）：念念不忘，终有回响

十月初的斯洛文尼亚还不算寒冷。

黎明时分，晨光熹微，盛穗来到窗边拉开纱帘。她透过木纹精致的窗框，俯瞰远处的布莱德湖。

薄雾自湖面袅袅升起，犹如白纱缭绕，钟楼隐身在晚秋的橙红色树叶中。

这座由湖泊隔绝而成的岛屿，远看宛若人间仙境。

"好离谱儿，我又不是第一次参加别人的婚礼，伴娘都当了三次，怎么偏偏到你这里，我这么紧张。"

盛穗的身后传来肖茗焦虑的碎碎念。

盛穗回头正要宽慰她，就见好友快步上前，催促道："你别傻站着了，化妆师马上就到了，还不快去换衣服？"

早上六点半，周时予率先去往布莱德岛上的教堂，安排布置婚礼现场，而女主人公盛穗则和肖茗在酒店内准备。

看着闺密来回踱步的模样，盛穗笑问道："你怎么这么紧张？"

"我也不知道，感觉就像我要结婚似的。"肖茗也被自己逗笑了，胡乱地抓了一把头发。

她抓住盛穗的手，轻声说："虽然你们在一起很久了，但看到你办婚礼，又是另一种感觉，就好像我是真的见证了你的幸福。"

气氛突然煽情起来，盛穗见肖茗的眼圈都红了，轻叹一声，将她抱住。

儿时的玩伴趴在盛穗的肩头，哽咽道："你要一直幸福，听到了吗？"

"知道啦。"盛穗垂下轻颤的眼睫，乖乖作答，"谢谢你，一直陪着我。"

"我们两个好肉麻，不知道的还以为咱们在演电视剧呢。"

"是啊。"

十五分钟后，拎着小巧的化妆箱的年轻女生推门走了进来。

"盛小姐状态真好，骨相和皮肤比我平时见的一线女明星还要好。"

化妆师二十七岁，性格自来熟，十分健谈。她手上动作飞快，嘴上更不闲着："宝，平时你都怎么护肤啊？"

"别问了，她平时就是补水、防晒，连抗衰老和去皱的产品都不用。"肖茗边疯狂拍照，边感慨着老天的不公，"同样是三十岁，怎么有的人成天被叫阿姨，有的人还像个大学生啊。"

盛穗被夸得笑出声来，就听见桌上的手机振动了两下，是周时予发来的信息。

Z："肖茗和我说，你今天格外好看。"

Z："穗穗，我很期待你穿上我为你设计的婚纱，不知会是什么模样？"

盛穗抬起头，就见肖茗正在偷偷地看她。她嘴角上扬，低头回复道："我好像有点儿紧张。"

对话框显示"对方正在输入"，很快，新的消息跳出界面——

Z："我也是。"

盛穗想到昨晚她发现丈夫不在身边，看见他开着灯，在书桌上奋笔疾书，不由得调侃道："所以你才半夜三更地爬起来，偷偷写婚礼的发言稿？"

Z："是的。"

Z："这都被你发现了。"

周时予又发来一个和他本人气质完全不符的猫咪表情包。

盛穗又笑着问了两句盛意的情况，一放下手机，就对上面前的两人意味深长的目光。

肖茗一脸嫌弃地"啧"了两声："这爱情的酸臭味。"

化妆师颇有感触，赞同地深深点头，附和道："可不是嘛。"

布莱德岛四面环湖，是一座独立于城市的天然孤岛，岛中有座教堂，想上岛只能搭船过去。

考虑到婚纱重量等问题，盛穗化过妆后便动身，准备上岛后再换婚纱。

小船在湖面上摇曳，盛穗远远看着孤岛在眼前不断放大，胸腔里藏匿的小兔子越发活跃。

布莱德岛占地面积很小，骑行绕岛一周只需要一个半小时左右，唯一的景观点——岛中的教堂，伫立于仙境的最高点，被层层尽染的树林包裹。

"天呐，照片上的台阶看着一般，没想到实际看上去这么壮观。"

小船停泊在岛边，盛穗听着肖茗的感叹，眼前是不见尽头的通天石阶。

盛穗之前看过关于这里的台阶和钟楼的相关资料，昨晚在酒店的长廊上远眺时，热心的老板娘还对她说过一则传闻。

据说只要情侣携手走过这九十九级石阶，再敲响教堂内的大钟，他们的爱情就能受到庇佑，情意可以天长地久。

不过，她此时关注的并不是台阶本身，而是台阶扶手上一束束的姬金鱼草。

淡粉色的花瓣随风而动，花海由下而上地铺展，引得上岛的路人纷纷好奇地观望。

四周的围栏、指路的告示牌、半山腰砖瓦建筑的窗台上……所有可见之处，都有生机勃勃的姬金鱼草。

不仅如此，台阶前空旷的平地上，有六七个孩童手中拎着花篮，花篮里也是一束束的姬金鱼草鲜嫩的花枝。

八九岁的孩子们笑容烂漫，逢人便大步跑向前，将篮子里的花拿出一束，递给来自世界各地的旅人，嘴里不知在说什么，只见双方眉眼弯弯。

微风拂过面庞，盛穗看着手舞足蹈的孩子们将花一束又一束地送出去，眼底浮现柔和。

"请等等！"

正当肖茗和化妆师催促着她去换装时，盛穗就听身后传来稚嫩清脆的呼唤声。

她回过头，就见一个男孩儿向她大步跑来，离她两三步远时停下脚步。

男孩儿扶了扶贝雷帽，小大人般绅士地朝盛穗鞠躬行礼，随后从花篮中取出一捧花。

不同于其他旅客的一小束花，盛穗手里的花足足有几十朵。

他露出洁白的牙齿，用流利的英文说："有位先生拜托我，如果见到他心爱之人，一定要替他将这束花送给那位小姐。"

不知何时，广场上发花的孩子们都聚了过来，瞪着一双双清澈的大眼睛定定地看着盛穗，满目都是欣喜欢悦。还有两个调皮的孩子见她收下花，吹起悠长响亮的口哨。

空地上，台阶上，陌生的路人们闻声回眸。几秒后，只见人们高高举起手里的花束，大声喊道："新婚快乐！"

"恭喜！"

"新婚快乐！"

一时间，这座孤岛上的祝福声响彻云霄，不绝于耳。

淡淡的花香萦绕鼻间，盛穗低头，望着怀中盛放的姬金鱼草，眼眶忽地湿润起来。

她记起了姬金鱼草的花语——请察觉我的爱意。

说来矫情，哪怕结婚已有两年之久，盛穗回想起爱人曾经不见天光的爱意，回想起那些年伴着他的失落与绝望，一次又一次地栽种后死亡的姬金鱼草，还是会难过。

时光流逝不复返，他们那些阴错阳差的擦肩而过，总是太难用日后的幸福去弥补。

她替周时予感到遗憾。

而这份遗憾，或许要在今天，在他将其深埋心底多年之后得到弥补。他也终于能够向全世界表白，那份不为人知却早已盈溢而出的感情。

头顶传来幽幽的钟声，盛穗回过神来，揉了揉男孩儿的脑袋，用英语回答道："谢谢你。"

孩子们欢呼雀跃，完成主要任务后又忙着给来往的登岛人送花，乐此不疲。

盛穗绕道而行，没有攀爬台阶，走另一条路去往提前约好的地方换装。

造型师早就在换装室里等候，见她们过来，便和化妆师去取婚纱。盛穗独自坐在空旷无人的迎宾室里，透过窗户目视远方。

在婚礼的安排上，她和周时予达成了某种不言说的默契——比起繁杂的步骤、反复排练的仪式，他们或许在期待着什么不同。

于是乎，盛穗至今并不完全清楚婚礼的具体安排，而周时予即便亲手设计了婚纱，也从未见过盛穗身穿白纱的模样。

放在桌上的手机再次振动起来，这次周时予直接打来电话。

背景音有些嘈杂，盛穗隐隐听见了邱斯和梁栩柏的声音。

大喜之日，周时予温润的声音里明显带着笑意，他说："刚才有人告诉我，你很喜欢我送的花。"

"嗯，喜欢。"盛穗脸上漾起笑容。

她注意到门外走廊响起的脚步声，在人进来前，转过身轻声说："我喜欢花，更喜欢送花的人。"

听筒里响起宠溺的笑声，震得盛穗的耳朵有些发痒，电话那头的人问她："你现在在做什么？"

"我已经化好妆了，在等着穿婚纱……"

"马上就能见着了，就这么点儿工夫还非得卿卿我我的吗？"

肖茗的吐槽声适时响起。

盛穗握着手机回眸一笑，就见造型师和三名工作人员小心地将披着婚纱的模型搬进屋里。他们的身后跟着肖茗，而肖茗手里牵着的，是早上就被周时予带在身边的盛意。

父母举办婚礼的日子，做女儿的自然也盛装打扮。盛意穿着小洋裙配黑皮鞋，乖巧而不失活泼。

见到盛穗，粉嫩团子将眼睛一下睁大。她立刻松开肖茗的手，边喊"妈妈"边朝盛穗跑去。

盛穗被女儿来回倒腾小短腿的样子逗笑，将小豆丁拦腰抱起，左手中还握着手机。

谁知道小家伙被抱起来就不安分了，扭动着身子低下头，不知道在找什么。

"别乱动，这样妈妈会摔倒的。"盛穗耐心地劝道，看向掌心里的手机，"妈妈在和爸爸打电话，意意乖的话，爸爸也会知道的。"

母女俩四目相对。盛意不听话，又要去拿手机。她哼哼唧唧地撇着嘴，眼里好像含着泪，一副可怜兮兮的模样。

盛穗拿她没办法，哭笑不得地将手机递过去。

一岁半的孩子哪里会用手机，只知道长方体的那边是爸爸。她高高地举起手机，喊道："爸爸！爸爸！"

盛意喊完，又歪头看看妈妈，看完又低头喊"爸爸"。如此三个来回后，她终于憋出一句话："妈妈好看！爸爸亲亲！亲亲！"

盛穗想起爱人从来不放心别人带孩子，今天却任由肖茗牵走盛意。她微微眯起双眼，想到另一种可能："某位周先生该不会是特意让意意过来的吧？"

"是，我派她先来'打探军情'。"男人坦然地承认，慢条斯理地说，"毕竟知己知彼，才能战无不胜。"

肖茗再次催促盛穗换装，盛穗准备挂断电话："那么，等会儿见。"

"好，等会儿见。"

或许是心理作用，盛穗竟从他的声音中听出了几分紧张。

"穗穗，"男人呢喃着她的小名，随后停顿片刻，似是自言自语般说道，"不要着急，我会一直等你。"

浑厚的钟声再度响起，盛穗正好换完婚纱。

悠长的钟声里隐约夹杂着人们说话的声音，盛穗好奇地朝窗外望去。

就像周时予所说的那样，这场婚礼只关乎他们两人，于是他们并没有兴师动众，最终只请了肖茗、邱斯、梁栩柏等不到十人。

盛穗不清楚周时予的具体安排，这里距离教堂和钟楼很近，透过窗户只能见到层层橙红色的树叶，但确实能听见外面人声不断。

时间接近正午，大概是前来小岛参观的游客更多了吧。

盛穗深呼吸，平复有些紧张的心绪，看向镜子里盛装打扮的自己。

造型师将盛穗头顶的钻石冠冕固定住，确保无论如何它都不会掉落。她几次想叮嘱盛穗小心些，最后却没有开口。

她在时尚圈多年，本也有些地位，但高价聘请她来帮忙的男人来头不小。男人嘱咐过她，不要提这套婚纱和配饰价值多少。

盛穗对这些并不太关心，否则也不会任由粉嫩团子时不时地去抠婚纱裙摆处的碎钻。

有钱人的世界，她不懂。女人决定闭嘴，俯身去整理盛穗的裙摆。

当下最著名的设计师 Michael.J 设计的婚纱果然不一般，女人默默想着。不过她还听说，那个来头不小的男人似乎也参与了设计。

"你觉得这样可以吗？"

一道声音拉回女人的思绪。她抬头对上盛穗温和的目光，就见盛穗笑了笑："说来你可能不信，我有点儿紧张。"

洁白无瑕的头纱似瀑布一般垂落，拖尾礼服的蕾丝透视设计不仅显得婚纱轻薄灵动，更衬得盛穗的身材前凸后翘。

"这有什么不信的！我朋友结婚十几年了才补办婚礼，都紧张得不行，这说明很重视嘛！"

女人的宽慰很有说服力，盛穗再次深吸一口气，提起裙摆，准备从迎宾室离开。她要去往教堂，还需要经过一段长长的走廊和一片空地。

盛穗离开房间前，年轻的化妆师最后确认道："盛小姐，你确定要穿着这双帆布鞋参加婚礼吗？真的不用换一双适配的高跟鞋吗？"

盛穗低头望着脚上尤为突兀的帆布鞋——这双鞋太过陈旧，连边角都有些泛黄。她摇了摇头，微笑着说："不用换，我确定要穿这双。"

小时候为了省钱，父亲总给她买大半码或一码的鞋子。盛穗脚上的这双帆布鞋，陪伴她度过了高中三年最艰苦的日子，意义非凡。这么多年过去了，她也不舍得将它扔掉。

周时予那天在老街上寻她时，她脚上穿的也是这一双鞋。

这件事，盛穗从未和周时予说过。

而她要在十分钟后，穿着这双曾一步步远离他的帆布鞋，不顾身上繁重的婚纱，向爱人奔跑过去。

盛穗从未想到，曾经对婚礼不屑一顾的她会如此紧张，甚至想不起来自己是怎样来到教堂门前的。

教堂的大门开启，盛穗看着肃穆的教堂内，被姬金鱼草装点的排排长椅上，那一张张陌生却又熟悉的面孔。

说他们陌生是因为这些人盛穗都不认识，说他们熟悉则是因为这些人的手中都有一束盛放的淡粉色的姬金鱼草。

原来，每一束花不仅仅是新婚的贺礼，更是前来参加婚礼的邀请。

刚刚在台阶前发放花束的孩子们此时站在第一排长椅前，兴奋不已地朝盛穗招手。

乐声舒缓动人，在看清教堂正中央那个身形笔挺的男人时，盛穗忽地鼻头一酸，险些落泪。

她想：我此生何其有幸，能遇到如此疼惜我的爱人。

盛穗深吸一口气，压下眼中的泪意。在来自世界各地的旅人的祝福声与欢呼声中，她提起裙摆，不顾庄严，朝教堂的正中央跑去。

她想：我应当是世界上最心急如焚的新娘子吧，连一刻都不能再等待。

周时予曾无数次设想过盛穗身穿婚纱的模样——

女人会站在他目光所及的最远处，逆光而立。她的腰肢盈盈一握，修身的纯白婚纱勾勒出她美好的身材，婚纱长长的拖尾铺在地面上散开。她缓缓地向他走来，一颦一笑都婉丽动人。

当盛穗提起裙摆向他奔来时，周时予的脑海有一瞬间的空白。

乐声悠扬，本该是庄重而圣洁的场合，她却好像一只精灵闯了进来。

盛穗头上的冠冕随着她的动作轻轻晃动，精心打理过的发型有些凌乱。她的脚上穿着尤为显眼的帆布鞋，连边角都泛起陈旧的淡黄色。

周时予一眼就认出了爱人脚上的帆布鞋，他曾在那条寻不到尽头的老街上见过。

十数年光阴流逝，那年的场景仍历历在目。那时，他眼睁睁地看着盛穗的背影消失在人潮里，他的双腿好像灌了铅，一步都不能动。

如今，盛穗穿着那双连周时予都快忘记的帆布鞋，不顾一切地向他奔跑而来。

周时予不敢再看，别过头，深吸了一口气。

盛穗从未见过周时予哭泣。即便是那次她在手腕上文身，男人也只是趴在她的肩上默默落泪。

"周时予。"穿婚纱果然不适合跑动，盛穗微微喘息着。

"周时予，"再开口，盛穗声音颤抖得厉害，"我答应过你的……"

她泪眼婆娑，深深地吸气，努力扯出一个笑容："如果是向你而来，我一定会用跑的。"

男人深深地望着她，眼眶微微发红。

"嗯。"周时予的嗓音沙哑得厉害，他像是在自言自语，"穗穗，我在这里等了你很久。"

男人的胸腔深深地起伏，他说："谢谢你能来。"

无论从哪种角度来说，这都是一场称得上"离经叛道"的婚礼——没有伴娘、伴郎不说，宾客是随意请来的陌生人，就连新娘的登场方式都很特别。

或许唯一按部就班的仪式，就是在神像下宣读婚礼誓词。

年迈的银发牧师悠悠地念着誓词："婚姻是爱情和相互信任的升华。它不仅需要双方一生一世地相爱，更需要一生一世地相互信赖……"

周时予静静地看着爱人，脑海中闪现出他们共同度过的时光。

盛穗的心绪久久不能平静，她顶着有些凌乱的发型，听完牧师的大段发言。

牧师庄重的声音再度响起——

"今天，周时予先生、盛穗女士将在这里，向大家庄严宣告他们对爱情的承诺。"

话音一落，全场安静下来，所有人的目光齐齐投向周时予。哪怕在场的大部分人语言不通，也都默契地等待着周时予的誓词。

盛穗静静地望着周时予。

黑色的西装让男人本就挺拔的身形更加修长，他特意修饰过发型，五官精致。

"我执意要办这场婚礼，除了想弥补以前的遗憾，其实另有私心。"

良久，男人沙哑的声音响起。

周时予慢慢将语调恢复了平稳："穗穗，我们在一起两年多了，或者说，在我喜欢你的十五年里，有些话，我始终找不到机会说与你听。"

他一顿，勾唇笑了笑："所以，今天可以多给我一些耐心，让我说完吗？

"在遇到你之前，我是对时间的快慢，甚至生命的长短都没有概念的人。我们在一起后，我却觉得时间突然快得令人害怕。

"你可能永远不会知道，你对于我而言意味着什么。或许连我自己也无法用贫瘠的言语形容，盛穗之于周时予的分量有多重。'盛穗'不仅仅是简单的两个字，不仅仅是我藏匿在心底的情感；还是照进我病房的第一缕春光，是那年在老街上替我修补自尊的补丁；更是我在每个难眠的深夜里，心底仅剩的那一份期盼明日晨曦的来源。

"如果必须要选一个词来形容你，我想我会选择'期待'。"

话音一落，晶莹的泪滴滑过女人柔软的面庞。

周时予抬手用指腹拂去盛穗脸上的泪水，继续说道："盛穗，你承载着我对这个世界所有的期待。"

周时予将昨夜写好的誓词稿忘得一干二净，说出了这些年难以启齿的心事："在很长的一段时间里，我深感上天不公，怨天尤人，直到你再次出现在我的生命里。我曾无数次扪心自问，如果重逢的代价，是承受那些永无尽头的苦难和病痛，我还愿不愿意再来一次。"

盛穗泣不成声，问出她早已知晓答案的问题："那么，你愿不愿意再遇见盛穗一次？"

透过被泪水模糊的视线，她看见周时予如往日一般，眼中盛满温柔的爱意。

"周时予求之不得。"男人清晰地说道。

"盛穗，"周时予今天格外喜爱唤她的大名，"我一个人孤零零地在这世上行走了很久很久，每日睁眼就是新的颠沛流离。

"但现在不一样了，以后我不再是孤身一人。"

男人握住盛穗的手笑了起来，轻声说道："盛穗，我有家了。"

几秒过去，台下响起雷鸣般的掌声。

盛穗开口问道："你凌晨三点还没睡，是在写这些吗？"

"不是，"周时予坦然承认道，"我刚才看到你，就把写好的誓词给忘了。"

盛穗被逗笑了，用指尖挠着男人的掌心："那剩下的话，等回去你再重新给我说一次，好不好？"

周时予笑着点头："好。"

意识到该自己发言了，盛穗顿了顿，问道："现在轮到我了，是吗？"

周时予用力攥了一下她的手，安抚道："别紧张。"

"你这句话似乎没什么说服力。"盛穗叫道，"周时予。"

"我在。"

"可以再认真地看看我吗？"

盛穗想起她此刻或许发型凌乱，绝不是影视剧里文静唯美的新娘形象，忽地有些后悔刚才跑得太快，太不顾形象。

算了，老夫老妻的还计较形象做什么，盛穗在心里自我安慰道。

她红着脸，踮起脚尖在男人的薄唇上落下一吻。

熟悉而令人安心的冷木香将她包裹其中，无声地安抚着她紧张的心绪。

"我希望你能记住我现在的模样。"

台下爆发出热烈的喝彩声。

盛穗在欢呼声中后退半步，朝周时予嫣然一笑："因为，下一刻的我会比刚才更爱你。"

婚礼结束，来自五湖四海的宾客留下美好的祝福后纷纷离席，肖茗和其他人到外面游园观景。

盛穗脱去礼服，换上轻便的常服，将头靠在周时予的肩膀上。

教堂里撤去了装饰的花枝，再度恢复了往日的肃穆。盛穗和周时予静静地坐在最前排的长椅上，婴儿车里传来女儿熟睡的呼吸声。

"你好，冒昧打扰了。"

身后忽地传来一道温和的声音，盛穗坐直后回过头，就见一位面容清秀的女人站在自己的身后。

女人的皮肤是健康的小麦色，一看她就时常待在户外。她露出和煦温暖的笑容,盛穗只看了一眼就忍不住想跟她亲近。

比起外貌,更吸引盛穗注意的是女人的装备:她的脖子上挂着专业相机,肩上却背着琴盒。

"我可能有些唐突,"面对盛穗疑惑的目光,女人笑着说明来意,"刚才我有幸参加婚礼,便拍了些照片,想作为礼物送给二位。"

说着,女人打开相机,给盛穗展示她刚才拍的照片。

盛穗看完,心中无比感慨。

这场婚礼对周时予意义重大,男人自然也高价聘请了专业的团队全程拍摄、记录。

刚才盛穗也看了一些照片,虽说对成品很满意,却远不及眼前的女士所拍的照片。

女人只给她展示了三张照片。

一是她提起裙摆向周时予飞奔而去时,她的发丝在光点中飞扬舞动;二是周时予侧头偏过脸时,他的眼眶微微泛红;三是盛穗踮脚吻住男人的唇瓣时,周时予下意识地环住她的腰。

比起拍摄团队精准、全面的记录,盛穗看得出,眼前的女人在按下快门时,一定倾注了许多个人情感。

"谢谢,"她微微鞠躬表示感谢,礼貌地询问,"请问,您手上的照片可以发给我一份吗?"

"当然。"女人笑着答应。

她开启蓝牙功能将照片传给盛穗后,再次看着屏幕里亲吻的两人,低声说道:"你们看上去真的很幸福。"

女人的话里有几分落寞。她抬起头,笑着询问道:"如果我把照片发布在我的微博账号上,两位会不会介意?"

盛穗看过她的微博账号才知道,面前的女人名叫苗茶,是一名年轻有为的纪录片导演。她的处女座《无尽夏》一举荣获最佳长篇纪录片,她其他的作品也将最佳编导等各类文艺专题片大奖斩获囊中。甚至连她的微博粉丝,都以千万为计量单位。

考虑到周时予身份特殊,再加上自己不想引人注目,盛穗只能狠心拒绝道:"抱歉,我们不想暴露在公众视野里。"

"没事,我可以理解,"苗茶摇了摇头,"不管怎样,还是祝二位新婚快乐。"

盛穗报以诚挚的微笑："谢谢。"

盛穗在他国遇到老乡倍感亲切，自然地问起苗茶来这里是工作还是旅游。

谈话间，她再次看向苗茶肩上略显陈旧的小提琴盒，不由得好奇道："苗老师还会拉小提琴吗？好厉害。"

"我不会，是我的一位……故人。"苗茶脸上的笑容突然凝固，随即她又恢复如常，"他曾经拜托我，让我代替他，去看看这世界到底是什么模样。"

苗茶垂下眼帘，掩饰眼底一闪而过的怅然。她将肩上的琴盒扶了扶，抬起头笑着向两人告别："我要去别的地方走走啦，很高兴能参加你们的婚礼。"

"好，也谢谢你能来。"

盛穗目送女人纤瘦的身影消失在教堂的门外，看向沉默许久的周时予，轻声问道："我刚才是不是说错话了？"

"大概每个人都有不为人知的心事吧。"男人轻轻揉了揉她的发顶，沉声宽慰道，"君子之交淡如水，萍水相逢已经很好了。"

"也是。"盛穗并不过分纠结，见周时予起身去推婴儿车，问道，"你要出去吗？"

"嗯，出去走走，"周时予低头看了一眼车里熟睡的粉嫩团子，温柔地说道，"顺便让梁栩柏帮忙照顾一会儿意意。"

周时予居然舍得让别人照看女儿？

盛穗的小心思瞬间被看破，不等她出声，鼻尖便被修长的手指轻轻地刮了一下。

"梁栩柏的爱人最近在备孕，他这半年都在学习怎么带孩子。"周时予俯身望着她的双眼，意有所指道，"今天我们结婚，也该过过二人世界了。"

想到两人这一年多都是围着女儿转，忽略了彼此，盛穗有几分愧疚。她仰着小脸点头答应道："你想去哪里？我陪你一起。"

她讨好的模样太过明显。

周时予见状挑起眉梢，反问道："哪里都可以？"

"当然，"盛穗的心口微微发痒，她凑过去说道，"盛穗会陪周时予很久很久，会陪他去任何他想去的地方……"

话音未落，男人倏地将盛穗打横抱起。

"哎……"盛穗轻呼出声，用双手环住男人的脖子。

"我听这里的孩子说，新郎抱着新娘子走完通向教堂的九十九级台阶，就会相爱一生，永不分离。"男人在盛穗的耳畔低声哄道，"我们要不要试一试？"

盛穗被周时予的语气逗乐，有意调侃他："你还说你以前不信命数那些……"

盛穗的唇瓣被一个温柔却不容拒绝的吻封住。

"我也说了，那是以前。"周时予将盛穗抱紧了些，笑着低声说，"直到有一天，我收到了上天馈赠的珍宝。那时候我便想，或许这世上真的有神灵在庇佑我吧。"

番外一
青葱岁月年少时（高中篇）

中午十一点四十分整，电铃声响彻教学楼。

伴随着各班响起的"老师再见"，教室的门"唰"的一下被蓄势待发的学生们推开。闷坐在教室里一上午的祖国花朵们，纷纷化身饿鬼，拔腿朝食堂飞奔而去。

"喂，周时予，你要是再不快点儿，到时候连口汤都不剩了！"邱斯跑到门边才发现好兄弟没跟上，"啧"了一声，回头看向坐在最后排的高瘦男生，"你今天又不去食堂了？"

"嗯，不去。"周时予头也不抬，淡淡地应了一声。他瞥了一眼腕上的手表，见分针缓慢地滑向数字"10"，开始不紧不慢地收拾书本。

还有四分钟，她就会离开教室了。

"你怎么又不吃饭？唉，算了，我管不了你。我得啃我的鸡腿去了。"邱斯嘴里念叨着，离开了教室。

等手表上的分针走到"10"的位置，周时予起身离开座位。

四月正值春意盎然之际，明媚的阳光将长廊里男生的影子映得分外修长。

作为省重点高中，三中的建筑设计别具风格。三栋教学楼平行排列，空中有一道长廊将三栋楼连接起来，便于来往。

周时予读高二,他所在的这栋楼夹在中间,左侧的楼里是高三的学生,右侧则是高一的学生。

右侧的长廊里偶尔有学生经过,周时予漫无目的地在长廊上徘徊着,只为等待那抹熟悉的身影出现。

当手表上的分针滑过数字"11"时,扎着高马尾的女孩儿终于出现了。

因为纤瘦,女生身上本就宽松的校服显得过分松垮,衣摆在风中微微摆动。

周时予脚步微顿,目光停在那抹身影上,眼底泛起一丝难得的温和。

女生独自一人从教室里走出来,抱着一个用粗布包裹的方形盒子。她头也不回地朝楼下走去,浑然不知在她的斜后方不远处,有双藏匿在镜片后的黑眸,正目不转睛地望着她。

周时予没有因为她的离开而惊慌或是改变路线。他平静地望着女生离开,随后下楼。

他知道她要去哪里。

能和盛穗在三中重逢,周时予并不意外。那年冬天住院时,他从护士的嘴里听过许多关于她的消息,早就知道她品学兼优。

后来他借由学生会干事之便,知道了她会被分在哪个班级。

那时的他或许还分辨不清自己对盛穗的感情究竟是什么。对于这个意外地闯入他的生活又突然告别的女孩儿,周时予总有些好奇。

盛穗离开教学楼后,径直走向篮球场的方向。

周时予则直接走向篮球场对面的升旗台,那里正好能看清此时在篮球场背后的树林里正低头揭开粗布系扣、拿出塑料饭盒的女生。

阳光透过叶片洒落下来,勾勒着盛穗纤细的手臂、肩膀与背脊。周时予没有意识到,他探究的目光、跟随的脚步早已越界。他静静地看着盛穗凸起的锁骨,微微皱眉,觉得女生最近又消瘦了不少。

究竟是盛穗真的清减了,还是他的臆想,周时予也分辨不清。

他从未这样长久地、极具耐心地、甚至小心翼翼地观察过任何一个女生。

每周二和周四,是全校学生最爱食堂的日子。每到这两天,学生们就满脑子都是鸡腿套餐以及那一小块巧克力慕斯。

而同样也是这两天,盛穗都会带饭来学校。她在十一点五十五分离开教室,抱着碎花粗布包好的饭盒,独自去篮球场后面的小树林里吃饭。

起初,周时予以为她是因为得了糖尿病不能吃甜食,才干脆躲开的。

直到上学期期末时,他没在走廊里看见女生的身影,却在"顺路"经过小树林时,看见了花坛边正小口吃着慕斯蛋糕的盛穗。巴掌大的蛋糕,邱斯一口就能吃完,女生却足足吃了半小时之久。

那天下午,周时予第一次知道,原来周二、周四的套餐价格,比平日要贵五块。

贫穷于他而言,是从未尝过的味道,就好像那个正午将蛋糕视若珍宝般捧在掌心的盛穗,同样令周时予格外好奇。

她今天中午吃的是白菜炒猪肉。她时而停下来,看向篮球场边逐渐聚集的男生。

周时予换了一处坐下,正午刺眼的阳光让他微微眯起双眼,他的目光也随之投向不远处正在说笑的男生们。

他的记忆力向来很好,几次升旗仪式后,他便轻松地记住了盛穗班里所有男生的面孔——那些面孔并没有任何一个出现在篮球场上。

周时予不曾细想,他的这种行为背后的深意。

他只是隐约觉得,盛穗的目光是否会为某个男生停留这件事,似乎对他而言很重要。

"周时予,你怎么也在这儿?你不去食堂吃饭,一个人坐在这儿干吗?"

熟悉的呼喊声在他的身后响起。

邱斯大步跑上台阶,顺着周时予的目光看向篮球场,自以为猜到了周时予的心思:"你这是想打篮球了?巧了!我和几个哥们儿约了中午和高三的打一场,正好缺一个人,你来不来?"

邱斯说着,就抬起胳膊要去勾周时予的肩膀。

周时予侧身躲开,将任何肢体接触都视为越界行为,淡淡地说道:"不去。"

他做事向来谨慎，不留痕迹。自从邱斯出现，他便收回投向树林的视线，说不清是为了遮掩心事，还是单纯不愿和别人分享盛穗只有他见过的那一面。

"你这家伙怎么回事？我老远就见你盯着篮球场，怎么，你一个大男人还害羞啊？！"邱斯习惯了周时予的冷淡，见他躲开也不介意，随即大大咧咧地扬起下巴，"你看见没？那么多学姐、学妹看着呢，大好机会，你不好好表现表现？"

周时予看向篮球场，他的目光所到之处，立刻有女生轻声尖叫，一时引起不小的骚动。

"不愧是校草啊，这魅力真是没的说。"注意到球场外的变化，刚投进一个三分球的高壮男生笑着跃上台阶。

他上来就一拳捶在邱斯的肩膀上，说道："行啊，你小子怎么高攀上咱们校草的？"

男生说完，又转向周时予："我是高三（1）班的邓城，怎么样，要不要来打一场？"

男生身上的汗味随风灌进周时予的鼻腔，他对群体竞技兴致缺缺，正要拒绝，邱斯先一步替他答话："当然要了！那么多妹子都在看，要是有一个能看上我，我以后就再也不会被寝室里的那几个家伙嘲笑是'单身狗'了！"

"谁问你了？你小子废话最多！"邓城笑着骂人，转向周时予问道："校草呢？你来不来？"

周时予静静地望着再度向他发起挑战的高三男生。

男生急于在女生面前展现自我的念头过于明显，只是不凑巧，周时予对这种可笑更可悲的攀比毫无兴趣。

周时予的目光扫过人群外默默走过的身影，拒绝的话停在嘴边，他轻挑眉梢，迎上邓城挑衅的眼神。

看见对方眼里正在勾唇微笑的自己，他点了点头，慢条斯理地说道："可以。"

他的确对邓城的小把戏意兴阑珊，可倘若能走进盛穗的视野，打一场篮球赛，于周时予而言似乎没有任何损失。

邓城是典型的莽夫，有勇无谋，空有一身力气无处发泄，再加上他急于表现的冲动行为，很快就被周时予一队抓住了把柄。

周围的人里三层外三层，越聚越多。周时予再一次三步上篮后，轻而易举地赢得了比赛。他在尖叫喝彩的人群中寻找女生的身影，巡视一圈无果后，他的心随之跌入谷底。

掌心里的篮球不知经过多少人满是汗的手，周时予不自觉地皱起眉头，不认为自己还有留在这里的任何必要。

他随手将球丢出，余光看见邓城一个拦截欲将球扣下，却没想力道太大，篮球直直地朝场外飞去。

围观的群众纷纷惊呼着跳开，好在球没砸到人，只是沿着退开的人群向前滚去，最终被一只纤细雪白的手拾起。

"幸好没砸到人！"邱斯心有余悸地拍了拍胸口，叫道："喂！那边的女生，麻烦把球丢过来！"

"先别扔。"沉默的周时予忽地出声。说话间，他主动朝怀中抱着饭盒的女生走过去。

他走近才发觉，盛穗比那年在医院里时高了许多。她用一只手抓不住篮球，只好将球抱在怀里，安安静静地站在原地，等待周时予过来。

周时予感觉吹过的风都变得温柔和煦起来。

"把球直接给我吧，"他站在盛穗一步之外，认为这样既能看清对方，同时又不会冒犯她，"再扔的话容易砸到别人。"

他从不和人多费口舌解释，于是后半句便成为他再难以自欺欺人的欲盖弥彰。

周时予和盛穗对视的那一瞬，他承认自己有过紧张与期盼，既希望她还记得自己，又不想让对方回忆起那时病弱的自己。

可惜，盛穗对他毫无印象。

她递还篮球时，另一只手里还拿着饭盒。她一时拿不住球，眼见就要掉落。

周时予忙伸手去接，他的手和盛穗的指尖相触，一触即分，像是蜻蜓点水后便悄然离去，只有湖水知晓曾经泛起的圈圈涟漪。

周时予回过神时，盛穗已经走远，留给他的仍是最熟悉的纤细背影以及随着她的脚步而轻晃的高马尾。

如果不是指腹还留有她的余温，大概周时予也要怀疑，刚才的触碰是他凭空捏造的。

"你直接让她把球丢过来不就得了,跑这么远干吗?马上就要上课了……"周时予返回球场后,邱斯又在他的耳边喋喋不休。

他忽然想起什么,脚步一顿,扭头问道:"这篮球是谁的?"

"还能是谁的,邓城的呗。这破天儿真是够晒的……"邱斯抹了一把脸上的汗,伸手要去拿球,却扑了个空,"哎,你干吗?"

周时予从衣兜里拿出饭卡,随手丢过去。

"你这是干吗?"邱斯接过饭卡,嘴都快咧到耳朵后边去了,"怎么,周公子打算请大家喝冷饮?"

周时予似笑非笑地瞥了他一眼。

邱斯立刻十分上道地转身吆喝兄弟们,很快,一群人就勾肩搭背地往小卖部走去。

乌泱泱的人群就此散开。

一时间,篮球场内只剩下周时予和邓城二人。

炫耀不成反出糗的男生撩起校服,胡乱擦去头上的汗水。他的余光见周时予走上前来,他停下手里的动作。

邓城"呵呵"笑了两声,倒是没甚恶意:"球打得不错,你没考虑过来校篮球队吗?"

"没有。"周时予一如既往,干脆地拒绝道。

他停在距离男生两步远的位置,以免被汗水溅到。他玩了一下手里的篮球,说:"邱斯和我说,这个篮球是你的。"

"对啊,是我的。"邓城被周时予盯得心里发毛,感觉莫名其妙,"怎么了?"

"没事,"始终面无表情的周时予摇了摇头,和邓城对视几秒后,忽地露出得体的笑容,"我只是想问一下,邓学长可以把这个篮球送给我吗?"

"兄弟,你盯着这个破球快一下午了。"课间休息时,邱斯又一次来找周时予玩,发现他竟然还在看用透明袋装起来的篮球,忍不住吐槽道,"这篮球上面画了藏宝图吗?"

回应他的,是周时予合上双眼的沉默。

周时予讨要篮球是一时兴起。直到将满是汗渍与黑手印的圆球特意用透明袋装起来时，他才猛然察觉自己的异常。

对着篮球发呆、远远地看着那人吃饭、大脑不受控制地反复回放着两人指尖相触的画面……周时予不是没有察觉到危险，却放纵情感的雪球越滚越大。

自他有记忆以来，世上所有人都被他分作两类：厌恶的人与无关紧要的人。

显然，盛穗不属于上述任何一种。

不同于善用暴力的父亲，更不同于身边总在讨好自己的老师和同学，女生只是绽放在周时予的世界里的一抹明艳春光，虽然短暂，却让他过目难忘。

她送的平安袋被周时予谨慎地放在书包的最内侧，只有在无眠的夜晚，才会被他拿出来抚摸。

周时予想：我大概希望盛穗能享受她的高中生活，希望她顺遂安康，仅此而已，别无所求。所以，我才没有贸然上前相认。我不想打扰她来之不易的平静生活。

但是，他的这份剖白似乎不太具有说服力。

带着几分探寻的意味，周时予在傍晚时，孤身一人去了篮球场背后的那片小树林。

盛穗每天晚上都会和一名叫肖茗的女生一起去食堂。有第三人在旁时，周时予不愿只能远远地跟在后面，好像自己是卑劣的跟随者。

周围人的眼神，似乎也会让他的心事昭然若揭。

夜色昏暗，银月被遮挡在厚厚的云雾后面。操场上处处可见三两成群的学生，有的在聊天散步，有的在打球跑步，也有的在打闹嬉戏。

周时予坐在盛穗中午过来吃饭的花坛边。

他在想，他对盛穗的特殊关注究竟是源于什么。

周时予右手的指尖微微发麻，他低下头，再难回忆起正午太阳最烈时，女生轻触他手指时的那点儿酥麻——他甚至快忘了她指尖的温热。

这毕竟是两人重逢后的第一次身体接触，周时予允许自己再耗费些时间，思考他对这个触碰的在意程度，用什么来形容会更加确切。

在那个初春的傍晚，周时予第一次意识到他早已越界了，只是之前不自知，也从此开启了他往后的人生中，漫长得宛若不见尽头的暗恋。

喜欢盛穗这件事，对于十七岁的周时予而言，是十分新奇的体验。

暴力血腥、憎恨厌恶、谄媚逢迎……他对根植于人性中的恶太习以为常，以至面对纯粹干净的情感时，反而会有些措手不及。

周时予自幼缺乏母亲的教导和疼爱，对"喜爱"的认识程度，同懵懂的孩童没什么分别。

周时予想：至少该让盛穗知道他的名字。

"小周先生，您还是要在车里休息一会儿，再去学校吗？"

一辆黑色的汽车停在距离校门百米远的专用停车位里，坐在驾驶位上的陈秘书问话后得不到应答。他透过后视镜看了一眼沉默地望着车窗外的周时予，闭上了嘴，不再废话。

隔着防窥玻璃，周时予平静地注视着三五成群的学生走进校园。

他将目光移至校门外右侧的成排柳树下，寻找那个熟悉的纤细身影。

他不知道盛穗住在哪里，只清楚她每天早上七点十五分左右到校。

女生在守时这一方面，和周时予有着相同的默契。

当腕表上的分针滑过数字"3"时，扎着高马尾的身影出现在他的视野中。她穿着最普通的蓝白色校服，肩上背着比她的身体还要宽厚的书包。

周时予究竟是什么时候练就在人群中一眼就能寻到她的身影的，他自己也说不清楚。

盛穗出现的那一刻，以她为圆心，周围的一切自动模糊，唯一的聚焦点，只有正中心的人影。

周时予开门下车。

从校门口到两栋相邻的教学楼的那一段路，大概是周时予每天仅有的能近距离看一看盛穗的机会。

周时予不喜欢裹挟在人潮中，被推向目的地的窒息感，不喜欢无论他走到哪里，都有黏腻的目光如影随形；甚至不喜欢刺眼的晨光，照到他深刻在骨子里的阴暗。

可倘若这些是能见到盛穗在春光下扬起眉梢、展颜一笑的等价交换，似乎又不再令他难以忍受。

盛穗其实生得很好看。

初高中的孩子审美更偏向张扬的艳丽或是具有攻击性的惊艳绝伦，盛穗的样貌显然并不属于上述两种。

女生的面部线条流畅，有种天然的纯真感；她好似留白恰好的国画，越是温婉平和，就越让人不由得生出探寻的欲望。

唯一美中不足的，是她过分纤瘦的身形，她袖口处的松紧带形同摆设，走路时频频露出小臂上的瘀青。雪白若藕的肤色，衬得成片的瘀青更加狰狞。

周时予的目光忽然停滞，这不是他第一次见到盛穗的身上带伤。

事实上，每隔四五天，他都能见到女生的身上又添新伤，有时在手臂，有时在脚踝，甚至有两三次在额角和脖颈上。

周时予不清楚，盛穗身上被布料遮掩住的皮肤，上面的瘀青是不是更加触目惊心。

他只知道盛穗的母亲抛弃了她，她酗酒成性的父亲会将殴打她当作人生趣事。

身边越过三两学生，周时予加快步伐，缩短和盛穗之间的距离，却没在女生的侧脸上看出任何悲伤的表情。

她低下头认真地迈过脚下的台阶，在落脚时忽地脚步微顿，有意跨过石砖夹缝中钻出的狗尾巴草，尽管它下一秒就被后面的学生踩歪了。

周时予想：我大概选择了和盛穗相背的人生。同样在暴力中长大，我将自己养成了情感缺失的行尸走肉，盛穗却依旧心怀温暖与善意。

念及此处，他不由得有些自惭形秽。

"哎，你小心点儿，后面还有人呢！"惊呼声响起，两名高壮的男生从对面冲了过来。

两人嬉戏打闹着，其中一个边跑边回头的男生手里握着纸团，扭过身丢了过去，丝毫没注意到身后的女生。

正在低头走路的盛穗闻声抬头，见男生即将撞过来，她的第一反应不是侧身躲开，而是瑟缩着，抬起胳膊去挡。

周时予再清楚不过，这是长时间遭受家暴，怕躲开会遭到更严重的毒打，下意识地保护自己的本能动作。

镜片后的黑眸微沉，他正要上前，就见险些撞到盛穗的男生一个紧急刹车，直挺挺地停在盛穗的面前。

他张牙舞爪，试图掌握平衡，滑稽的动作让周围的学生忍俊不禁。

"对……对不起啊，学妹！"这位和周时予同班的男生快速地扫了一眼盛穗胸前的名牌，不好意思地挠了挠后脑勺儿，"那什么，都是后面这个人追我，才害我差点儿撞到你的。"

"没关系的。"盛穗同样被男生的窘态逗乐，眉眼弯弯，笑容恬静，唇边的一对酒窝若隐若现。

女生清澈的目光向下一扫，她轻声提醒道："学长，你的鞋带开了，小心不要摔倒。"

"哦哦，谢谢！"一米八五的傻大个儿看着盛穗的笑容有些发愣。

周时予眉心微蹙，第一次正眼看这个与他同班近两年的男生，发现自己甚至不知道男生的姓名。

"谢谢学妹啊，我等会儿就系。"男生大大咧咧地傻笑个不停，小麦色的脸上泛起一抹可疑的红晕，"那什么，实在不好意思，哥哥再给你道歉一次。"

哥哥？

周时予轻哼一声。

闹剧迅速收场，盛穗与其他学生朝各自班级的方向走去。

险些撞到她的男生意犹未尽地望了一会儿那个消瘦的身影，正准备回教室，刚转过身就看见了似笑非笑的周时予。

陈宇曦。

原来男生叫这个名字。

"周时予？你……你在这里干吗？"见周时予挡着自己，陈宇曦一头雾水，对面前的优等生有些畏惧。

旁边那个追他的哥们儿脑子倒是转得快，立刻凑过去，悄咪咪地说道："哥，周哥，我知道你是学生会副会长，风纪部也归你管，但咱们仨是同班同学，你要是扣我们俩的分，这不是给班级抹黑嘛。"

"原来两位也知道在走廊上打闹嬉戏是违反校纪的。"

女生已彻底不见人影。

周时予收回目光，嘴角的笑容有些冰冷："风纪部在三楼，一个上午的时间,够两位去报到的吗?"

陈宇曦登时垮下脸,不情愿地嘟囔道:"不就是在走廊里跑了两步嘛,至于这么斤斤计较吗?咱们还是同一个班的……"

"行了,别抱怨了。"旁边的男生连忙拉他的袖子,讨好地朝周时予笑道:"哥,你就原谅我们一次吧,不然被班主任知道了,又得罚我们写三千字的检讨。"

周时予唇边的笑容渐渐淡去,他面无表情地看向陈宇曦,试图寻找男生小麦色的皮肤上是否还残留着悸动后的红晕。

面对两道希冀的目光,他轻启薄唇:"刚才的话,还需要我再重复第二遍吗?"

那天下午,周时予离校去了附近的药店。

晌午时分,阳光正烈,满是浓郁的中药气味的药店里,坐在柜台里的老中医听着收音机里正在播报的午间新闻。

老中医听见脚步声,抬了抬眼,也不起身,直接问道:"给谁买药?有什么症状?"

周时予没有理会老中医的提问,在放着治跌打损伤的药品的柜台前停下。他看着玻璃柜里的十几种药品,轻车熟路地念出几个外敷的外伤用药。

这些他以前都试过,效果还不错。更重要的是,这些药里哪怕是气味最重的药膏,只要隔开半臂远的距离就闻不出味道了,在学校里也可以用。

他径直走向收银台,说:"麻烦结账。"

低头开单据的老中医瞥了周时予一眼,笑道:"你小子知道的还挺多。"

周时予付款后离开药店,拎着一整袋药回到学校,路上遇到无数探寻的目光。

他并未察觉到周围人的目光,只是在思考怎样才能把这袋药交到盛穗的手中,快到三中正门时,连排的教学楼随之映入周时予的眼帘。本该肃穆寂静的校园里,传来学生卖力、兴奋的吆喝声。

他这才想起,今天是三中一年一度社团招新的日子,学校整个下午都没有课。

作为省重点实验高中，除却考试分数，学校也十分重视学生的全面发展，其中最负盛名的社团展览，更是全校瞩目的活动。

周时予对这些并不感兴趣，去年随意地跟邱斯报了相同的社团，结果一参加活动就被女生围观，实在不胜其烦。

现在学生和教师都聚集在操场上，教学楼内空荡荡的，周时予直接走向了高一所在的那栋教学楼。

四下无人，走廊内不见其他学生，只有倾泻下来的阳光。

盛穗的班级就在不远处，他只要再拐个弯就到了。

周时予仍旧不知道该如何将手里的药送给女生。

"哎呀，你就收下吧！这些药加起来也没几个钱，再说了，我今天不是差点儿撞到你嘛，就当是学长给你赔罪道歉了。"

带有几分傻气的声音在拐角的另一边响起。

说话的人是陈宇曦。

周时予定住脚步。

他站在背光的阴影里，眼前是大片的光影，耳边只剩下自己的呼吸声和操场上的吆喝声。

在仿佛漫无尽头的等待中，周时予沉默地注视着自己提着塑料袋的手，感觉手上隐隐作痛。

他将提手挂在手腕上，让手腕代替手掌担负重量。

"抱歉，我不能接受。"温和却坚定的声音响起，盛穗带着几分生涩，拒绝了陈宇曦的好意，"很感谢你的好意，但我不能收这些药。"

"可你的手受伤了，我早上就看见你小臂上的瘀青了！"

"那是我自己弄的，不能怪在别人头上。"盛穗语气十分诚恳，这也让她干脆的拒绝更加伤人，"真的很谢谢您的好意，但我真的没有理由收您的东西，而且学校有规定，禁止男女生关系过密。"

她甚至用上了"您"这样的称呼。

几句对话后，脚步声渐行渐远，唯一的观众还未离席。

周时予靠着墙想：如果刚才贸然送药的人是我，盛穗也会同样义正词严地拒绝我吗？如果我坦白两人过去的见面，她会对我这位躲在阴暗角落里的窥探者另眼相看吗？

周时予不清楚答案。

塑料袋的提手挂在他的手腕上，勒出两条淡淡的红痕。钝痛扩散，竟让周时予尝出几分发泄的快感。

他将塑料袋在手腕上系紧，就这样直起身，没有走进洒满阳光的长廊，而是转身原路折返，重新没入来时的阴暗。

社团招新毕竟是学校的重点活动，周时予不可能不参加。

事实上，他的无故缺席早在活动一开始就引起了不少人的关注。见周时予从教学楼里出来，不少正在摆摊和发宣传单的学生会干事放下了手里的活儿，热情地和他打招呼。

很快，正在满操场发传单的邱斯也发现了周时予。他三步并作两步地跑过来，劈头盖脸地问："兄弟，你去哪儿了？会长可找你好久了，抓着我问了好几次你人在哪儿。"说着，邱斯看见周时予的手腕上系着的塑料袋，瞪大眼睛问道，"你买这么多药干吗？你身体哪里不舒服？"

"没事。"

邱斯简直就是十万个为什么。周时予跳过其他的问题，询问道："会长有什么事？"

社团招新主要由活动部和宣传部负责，周时予平时负责风纪部门，跟其他部门几乎没有任何交集。

"还能有什么事，他想利用你的美貌引诱其他学生入社团呗，我的校草同学。"邱斯警惕地环顾四周，将四面八方投来的目光都当成是对他身边这个香饽饽的觊觎。他咳了两声清了清嗓子，说道："不过你放心，会长那边我都帮你推掉了！"

周时予怎么会看不出这人心里的小九九？他瞥了邱斯一眼，果然就见邱斯狗腿子似的递过来一张宣传单，大力宣传道："看看俺们农学部呗，学习之余还能亲近大自然，种下属于自己的爱心蔬菜。更重要的是，在当今这样高压的学习环境下，肉体的锻炼反而能促进精神的放松，说不定还有助眠的奇效……"

周时予耐心耗尽，冷冷地打断他："说人话。"

邱斯立刻换了副嘴脸，耷拉着脸说："教学楼后面有片废地，生物老师懒得自己折腾，就把这个烂摊子交给我了。"见周时予面露不耐烦，邱斯连忙一把拽住他的胳膊，"哥！现在就只有你能救我了，哥！一个半小时了,只有十个人收了宣传单,没一个人填表!你不能见死不救啊,哥!"

周时予见某人下一秒就要抱他的大腿,眉梢微抬:"出勤率有什么要求?"

"正常是每周二和周四的最后一节课活动,但没有出勤率的要求,您能来就行!"

正如邱斯所料,原本无人问津、谁见了都恨不得绕着走的农学部,自从周时予在摊子旁边落座,来问询和填表的人陡然增多。半小时后,预先备好的一百份宣传单被彻底发光了。

"我就说吧,周时予这小子的脸就是最好的招牌,只要他人往这里一坐,根本不愁没人……"邱斯正忙着和学弟吹嘘。

周时予觉得没必要再浪费时间,正要起身离开,就听不远处响起一道脆生生的声音——

"穗穗,快来,那边好热闹啊,我们要不要也过去看看?"

周时予自然认得那个总和盛穗待在一起的女生——肖茗。

盛穗被肖茗牵着。大约是在日头下晒了一会儿,盛穗的额头与鼻尖泛起点点汗珠,她正好奇地打量着摊位外的立牌。

周时予忽地出声喊道:"邱斯!"

"唉!怎么了,我的哥?"邱斯闻声忙跑过来询问。

周时予克制着自己想看她的冲动,靠着椅背,指尖在桌面上轻点:"社团招新有人数限制吗?"

"学校是没明文规定啦,但大多数社团为了方便管理,都会定一个数值,毕竟能拨的预算就那么一点儿。你怎么突然问这个?"

那就是说,农学部再招几个人也是可以的。

"那就招到队伍里的两个女生那里就停止吧。"周时予见盛穗手里握着厚厚的一沓宣传单,在摊位前徘徊,淡淡地说道,"你让人去通知一下。"

他随后又将饭卡放在桌上,有条不紊地下达指令:"再叫一个人去确定加入社团的人数,按人头算,去小卖部给每人买一瓶无糖饮料和一块巧克力慕斯蛋糕,再买一个手持风扇和一包冰凉贴,买完直接送去活动场地。"

邱斯愣了几秒没反应过来，磕磕巴巴地说道："哥，你这……这是要搞慈善？"

周时予看着派去的男生走到盛穗和肖茗的身边，反问道："怎么，不愿意？"

说着，他作势要将饭卡收回。

"别啊，我愿意！我肯定愿意啊！"

天降大饼的好事，傻子才不愿意。邱斯领命后立刻行动。

离开前，他没忘记向还在犹豫的两个女生喊道："那边的两个女生！我再给你们说一声，我们这边有活菩萨自掏腰包请客！今天报名入社团的人都有饮料、蛋糕，还有手持风扇和冰凉贴！后面还有好多人在排队等着申请入会哪，你们过了这个村可没这个店了啊！"

很快，周时予便收到了盛穗加入社团的申请单。

人心虽然难测，但也好猜。当犹豫不决的人在被要求立刻做出抉择，发现本该属于他的东西正在被许多人觊觎、抢夺时，大多数情况下，害怕失去的冲动会高过理性。

十五分钟后，满员的农学部正式收摊，邱斯带领新社员一起去往教学楼后面废地旁的活动室。

邱斯不拘小节，作为部长也没有架子。他把人领进来就叫大家随意坐，扬起下巴叫人下发周时予买的饮料、蛋糕、风扇和冰凉贴。

一时间，感谢声响彻活动室。大部分先到的学生围坐在长桌旁，后到的就找把椅子随便坐下。

"咱们农学部，主打的就是一个自由互助。感兴趣的同学可以自成小组，自选想培育的蔬果；要是实在不想来呢，我也不会强制你们参加集体活动，各位填完手里的这份调查表，本学期的任务就算完成了。"

周时予倚着墙，面朝正在喋喋不休的邱斯，目光却始终落在角落里的女生身上。

邱斯的确有几分演说才能，在众人的捧腹大笑声中，周时予明显察觉到落在自己身上的视线正在逐渐消失。

邱斯讲起他去年浇粪施肥的故事，其他人的注意力都被吸引过去了，除了正埋头小口吃蛋糕的盛穗，她的眼里只有那块巴掌大的巧克力慕斯。

周时予猜她刚才是去打胰岛素了，才来得这么晚。

女生轻轻地眨了眨眼，小心翼翼地打开包装袋，似是怕塑料摩擦的声音会打断此刻欢乐的气氛。

这是周时予第一次这样近距离地观察盛穗吃东西。

哪怕只是咬了很小的一口，女生也会微微鼓起腮帮子。她歪着头，水润的红唇上沾着一点儿巧克力。盛穗低下头伸出舌尖，快速将唇边的巧克力舔干净，两道细细的眉弯了起来，唇边漾起甜甜的酒窝。

周时予忽地感觉喉咙有些发热，手腕上被塑料袋勒出的红痕开始阵阵发痒。

她原来是这样吃蛋糕的，真的好像一只小猫。

周时予反复做着相同的梦。

梦里，他和盛穗被困在学校的活动室里，四周的桌椅凌乱地摆放着。

这原本是间废弃的杂物间，因为社团活动才被重新开启。头顶老旧的射灯光线昏暗，照出悬浮在空中的细小灰尘。

再无他人的封闭空间里，周时予靠墙站着，沉默地看向角落里低着头、细细打量着巧克力慕斯蛋糕的盛穗。

大门从外面被人反锁，两人被困在这里。

准确些说，只有盛穗一人不得不留下，至少周时予并没想过离开。

好在女生对此并未察觉。她全神贯注地看了一会儿小蛋糕，似是被人投喂的懵懂小猫，小心翼翼地撕开透明的塑料包装。

"窸窣"声响起，周时予目不转睛地盯着女生饱满柔软的双唇。

她一口咬下去，唇上沾了一些巧克力粉和奶油，又伸出灵巧的浅粉色舌尖去舔。

画面像是被刻意放大一般，周时予一言不发地见她一次又一次地去舔唇上的奶油，奶油却越来越多，就好像淤积在他心口的污秽，哪怕他有意清理，最终也只会日渐增多。

自厌情绪像是年久失修的防洪大坝，常年摇摇欲坠，现在终于决堤。

周时予像是作茧自缚的困兽，在自建的铜墙铁壁中四处碰壁。他白日在学校远远地望着盛穗在花坛边，全无防备地休憩；夜深人静时，又无法抑制自己将她强拉入梦。

即便在梦里，周时予从来也只是远远地望着，从没有一次真正走近过。

他隐隐意识到，他或许在无形中有意将盛穗美化了。像是经年身陷囹圄的人，习惯了黑暗，哪怕见到裂缝中钻进来的零星碎光，都会坚定不移地将其认作太阳。

周时予不舍得放手。

尤其在那个自称是他父亲的男人几次闯进周家老宅，在房门反锁的卧室里，挥动皮带来证明他不可撼动的父权地位后，周时予就更加频繁地梦见盛穗。

在相当长的一段时间里，周时予难分现实与梦境。

在学校待了一整日，他能记下的只有与盛穗相关的片段，晚上入眠后，大脑又将白天发生的事循环播放。

邱斯总问他最近是不是嫌钱太多没处花，不然为什么每次社团活动，他都自掏腰包给所有社员买吃买喝。

男生笑着揶揄道："事出反常必有妖，难道是社员里有你关注的女生？"

盛穗连他的姓名都不知道，追求当然是无稽之谈，周时予只是在试图维系两人之间几乎可以忽略不计的关系。

周时予一面试图维系着两人之间可以忽略不计的关系，一面有意拉开距离，从墙边退至堆放农具的角落。在每周例会时，他看到盛穗低头专注地吃他买的小零食，即使手上带着伤也恬静地笑着，他的窒息感总能得到片刻的缓解。

这不是对同病相怜的女孩儿的怜悯，是走投无路的十七岁少年在试图自救。

周时予观察着盛穗宽大衣袖下的累累伤痕，青紫在她雪白的皮肤上蜿蜒，他却从未觉得可怖。

可是为什么他回家站在浴室的镜子前，每每看向自己肩背上再也无法消退的纵横的疤痕，却只想作呕？

在煎熬和沉迷中，周时予安然无事地度过了整个春季。

直到春末的那日，女人突然死亡。

周老爷子早就看不惯儿子的所作所为，用铁血手腕将男人送到国外，决定放周时予的母亲一条自由的生路。

说来讽刺，周时予连见自己的母亲，都要被别人允许。

不过"母亲"于他而言，仅仅是存在于书本和别人口中虚无缥缈的形容词，甚至比每日清晨停在窗外的雀鸟还要陌生。

下车前，周老爷子递给了周时予一张照片，感叹孙子的眉眼和女人真的很像。

周时予看不出他们哪里相似，独自朝那幢囚困女人近二十年的别墅走去，身后传来周老爷子怅然的叹息。

女人看上去比泛黄的照片里还要苍白瘦弱。如纸片一般纤瘦的人倚在门框上，远远见到周时予走来，她的眼圈通红一片。

女人的力气出奇地大，周时予被死死抱住，不得动弹。

悲鸣般的啜泣一声又一声地砸进周时予的耳朵，他忽地有几分迷茫，不知是否该配合她落下几滴眼泪。

女人拉着他的手，一路走进金碧辉煌的客厅，殷勤地端上切成块的鸭梨。周时予叉起一块咬下去，甜腻的汁水糊住了嗓子。

他沉默地听着女人的喋喋不休。

"时间过得真快，你现在都长这么大了。我还记得你小时候特别黏人，总要让别人抱着，一把你放到床上就开始哭……"回忆到动情处，女人爱怜地握住周时予的双手，眼中满是不舍，"这些年妈妈没有陪在你身边，对不起啊。"

周时予任由热泪盈眶的女人抓着他的手，没有挣脱，也没有出声安慰，平静地看着女人眼中神色淡淡的自己。

他天生不具备共情的能力，也从来不会哭。

从他有记忆起，哭便是代表懦弱无能且需要付出代价的行为。

周时予从不做无意义的事。

他一言不发地吃完果盘中的梨块，舌尖都甜得发腻。他默默地想：这就是母爱吗？

周老爷子没给两人太多的时间相处。半小时后，他敲响大门，要单独跟女人说话。

女人踌躇片刻，依依不舍地松开周时予的手。她起身前，忽地问了他一句话："你……愿意叫我一声'妈妈'吗？"

周时予没有开口。

"你记恨我也是应该的，毕竟我没有一天是个称职的母亲。能亲眼见到你长这么大，我也没什么遗憾了。"

那晚究竟发生了多少事，周时予后来无法再想起全部。他的记忆被切割成碎片，每片都映照出殷红的血色。

先是他路过书房，听见周老爷子和女人的对话，得知女人被允许"重获自由"，但她要等到周时予明年成年后才能再跟他见面，且她不许插手周时予的任何事情。

然后是晚饭前，家政阿姨的一声尖叫穿破房顶，所有人冲进浴室。

越来越多的人挤进本不宽阔的浴室，哭泣声、询问声和争执声，声声如针般扎进周时予的耳膜。

作为听闻尖叫声后第一个赶去浴室的人，他目睹了全景。他本就记忆力超群，再微小的细节也没放过。

女人悄无声息地坐在溢满水的浴缸中，浴缸中的血色更衬得她肤色雪白。

周时予神色漠然地靠墙站立，自觉地为警察和医护人员让出一条道。他的裤脚沾上了血水，脚踝上黏腻的感觉令他很不舒服。

"听报案人说，你是死者的儿子？"

沉稳严肃的声音拉回周时予的思绪。他呆滞了几秒，缓慢地抬起头，问道："她已经死了吗？"

"嗯，已经停止呼吸有段时间了。"身穿警服的男人似乎意识到自己的语气太严厉，和缓地说道，"请节哀，我刚才是在例行公事。"

"没事。"周时予平静地摇了摇头，没有再向拥挤的浴室投去目光，点头低声说道，"她……是我的妈妈。"

对于女人的死，周时予谈不上伤心欲绝。

在他的记忆里，从来就没有女人存在的概念，不过是一个本就没交集的人，彻底消失在他的生命中，不留任何念想。

从今天起，他再也没有妈妈了。

他对于"母亲"两个字，终于在女人死亡的那一刻，拥有了前所未有的真实感。

在周时予还没理解"母爱"是什么时,"母亲"这个形象和所代表的情感,已经生生地从他的身体中淘尽挖空。

面对惨剧,周老爷子在回老宅的路上连连叹气。从始至终最淡定的,只有周时予。

他沉默不语地坐在车里的后座上,侧头看向窗外飞快倒退的景色,时而低头看向自己的左手腕。他倏地想起给盛穗买药的那天,塑料袋提手在他的手腕上勒出的道道红痕,像极了女人雪白手腕上的刀口。

周老爷子担心他受惊过度,回家后特意吩咐人去熬了一锅暖乎乎的红枣梨汤,有补血安神的作用。

周时予喝下那碗梨汤,熟悉的甜腻汤汁卡在了喉咙里,铺天盖地的窒息感席卷而来。

那一夜,他在浴室里吐得昏天黑地。第二日凌晨,他因为严重脱水,被紧急送往医院治疗。

急救车的鸣笛声尖锐刺耳,周时予戴着氧气面罩躺在担架上,恍恍惚惚地想:如果我当时答应了她的请求呢?如果那时的我,顺从地喊了那声"妈妈"呢?

再想这些也没意义了,他没有妈妈了。

周时予疲惫地闭上双眼,他的眼角十分干涩,流不出一滴泪水。

从记事起,他从未流过一滴眼泪——因为他知道哭是懦弱无能的代表。

周时予从不做无意义的事。

周时予的左手腕上开始频繁地出现红痕。

在女人堪称简陋的葬礼上,他全程表现得十分淡定。关于左手腕上的伤痕,他也只称是意外。最后周老爷子不放心,喊来了家庭医生。

很快,周时予被确诊为重度抑郁,书架被瓶瓶罐罐占去。

周时予觉得医生小题大做,因为他最清楚不过,他从未有过忧郁或是悲痛的情绪,只是会手抖和心悸,以及偶尔会听见女人同他讲话。

出院一周后,周时予重新回到学校。

返校那天正好是周四,中午到饭点时,周时予如往常一样,在同一个时间去走廊上等待，却没见到那抹熟悉的纤瘦身影。

就连小树林里也没有盛穗。

甚至连周四固定的社团活动，因为周时予之前的缺席，社员去的去、散的散，偌大的活动室里现在连五个人都不到。

"习惯就好啦，毕竟入团的第一天我就明说了来去自由。"等到活动室内只剩下两人，邱斯见周时予一动不动地坐在长桌边，也不知还能再劝些什么，只能说道，"你非要待在这儿也行，不过平时都是高一的一个学妹负责锁门，她待会儿要是来锁门的话，你记得出个声儿。"

周时予淡淡地应了一声，等人离开彻底安静后，起身走去门边，将门从内部反锁。

今日一整日，他都没找到她。

所以终有一天，盛穗也会像那个女人一样，永远地从他的生命中消失吗？

周时予在门边的塑料椅上坐下，闭上双眼，没有再深究这个问题。

不知多久后，门把手被人从外面拧了几下。

随后，寂静的房间忽地响起叩门声。周时予不耐烦地皱眉，正要开口时，一道声音从门缝钻了进来——

"请问，里面还有人吗？"

周时予立刻听出这是盛穗的声音。

他睁开双眼，不动声色地坐直，沉声回道："有人。"

听见他出声，盛穗在外面似乎松了口气，语调轻松了不少："那个，我是每天负责锁门的，想问一下，你大概还要在里面待多久？"

也许是感觉自己有些失礼，女孩儿匆忙补充道："我……我没有催你的意思！就是想确认一下，你需要帮助吗？"

她在担心，害怕他一个人在里面会出事。

周时予讶异于盛穗对情绪的敏锐感知，也同样疑惑于她下意识的反应。

"你……为什么觉得我需要帮助？"周时予这次出声才发觉自己的声音沙哑得厉害。

外面沉默了几秒，盛穗的声音近了些，大抵是她靠在了门边："因为你听上去很难过，所以，我想确认你在里面好不好。"

两人长久地沉默着。

老旧的门板隔音不好,周时予能听清门外时而路过的学生的说话声。

盛穗不知道他是谁,只是耐心地在另一端等待答复。

"我的妈妈去世了。"良久,周时予听见他嘶哑的声音响起。

他低下头,去抠手腕上刚结痂的伤口:"我没有妈妈了,我想,我应该感到很难过。"

话音一落,又是漫长难熬的沉默。正当周时予以为盛穗被他的话吓退时,轻柔的声音缓缓传来——

"对不起啊,我不太会安慰人。"盛穗没有提及那个女人的事,她的声音格外温柔,"但我每次难过的时候,会偷偷吃一点儿甜食。"

女生的声音又轻快了几分,她说:"这样我就可以告诉自己,哪怕再难,这世上也有甜的东西。"

她的确不太会安慰人。

周时予勾唇一笑,脑海中浮现出盛穗每每看着蛋糕时那视若珍宝的表情。

他又问:"那你会经常吃甜食吗?"

"偶尔,我身体不太好,比起吃甜还是更适合吃苦。"盛穗笑着调侃自己,"可能正是因为我不能吃甜食,才会觉得甜的东西更美好吧。"

即便看不到,周时予也能毫不费力地想象出,女生现在肯定眉眼弯弯,唇边的酒窝若隐若现。

"还有,"盛穗再次温声说道,"如果你是农学部社员的话,可以多来参加集体活动——有时候会发甜食,说不定你吃了会心情好些。"

这次轮到周时予笑了。他将头靠在门框上,隔着门缝找寻外面的女生:"你觉得有效吗?"

"嗯,有效。"盛穗将话题一转,说道,"如果你想出来就告诉我,我会走远一点儿,刚才的事我也会当作没听到,你可以放心。"

周时予知道女生在尽力维护他的自尊,不让他以狼狈示人。他沉声说道:"我已经没事了,谢谢你。"

"没关系,我五分钟后再回来锁门。"

周时予听见盛穗走远后又折了回来,几秒后,犹豫不决的声音传来——

"我的话可能没什么用,但我想说,我也有过很难熬的一段时间,所以,对于你正在经历的痛苦,我或许能感同身受一点儿。会好起来的——最难的时候,哪怕是自欺欺人,也要这样告诉自己,"女生说话时底气明显不足,"说不定骗着骗着,有一天会真的好起来呢。"

"好,我相信你。"周时予顺从地回应着,他的眼底泛起一片温柔,"总有一天会好起来的。"

不知为什么,话说出口的那一刻,他突然很想不顾一切地推门出去,将淤积在胸口太久的情绪一并宣泄出来。

"一定会的。"盛穗的话打消了周时予的念头,她语调轻快地说,"等你什么时候真正好起来了,我们再重新认识一次吧,好不好?"

精神类药物的副作用十分强烈。经年累月地遭受暴力,周时予的身体并不好。他又有空腹服药的坏习惯,导致药物一遍又一遍地刺激他的胃部。胃病发作时,他感觉身体的每个细胞都在痛。

好在周时予从小就在学习如何忍受疼痛,习惯疼痛后人便逐渐麻木了。他好像飘在云端,就像是被掏空了内里的行尸走肉,包括悲伤在内的所有情绪都被药物抹除干净。

医生为他更换了一次又一次药物,他副作用尝尽,检测结果还是一样,数值始终在危险线上。

连周老爷子都心疼起寡言的孙子,路过书房时,几次停下脚步,略显生疏地询问他的近况。

老人鬓角斑白却不失威严,说道:"实在太辛苦的话,就先休学一年,之后家里会安排你出国读书,换个环境或许有利于身体恢复。"

周时予淡淡地拒绝了。

女人去世后,他清减了许多。他的手腕上疤痕交错,已经到了必须用表带遮掩的程度。

药物抹除了他本就不丰沛的情绪,也逐渐麻痹了他的痛觉神经。周时予总是梦见血色的浴室和安睡的女人,清醒过来后闻到手腕处传来的血腥味,甚至感觉不到疼痛。

他不相信医生的诊断,却是最积极服药治疗的病患。

周时予还记得,在那个嘈杂的傍晚,周遭不断有人经过时,盛穗隔着门板同他说的话。

她说:"等你什么时候真正好起来了,我们再重新认识一次吧,好不好?"

盛穗说,他们要再重新认识一次,但要等到他真正好起来。

周时予在更换了八九次药物后,他的情况终于迎来明显的转变——他不再整日冷淡少言,反而会感觉到莫名其妙的亢奋。

一扫以往的疲惫,大脑皮层前所未有地兴奋、活跃起来,萎靡的周时予突然精神饱满,整夜睡不着觉。

不仅仅是周老爷子,连邱斯都发现了周时予的异常。短暂的愕然后,他迅速接受了周时予的变化。

"兄弟,你最近是中彩票了吗?你这两天怎么一直在笑?你一天说的话比过去一年说的还多。"

类似的话周时予在那几天不知听了多少,他乐见情绪日渐高涨。除了入睡困难以外,似乎一切都在朝着好的方向发展。

他想:等完全好起来的那一天,我就能如约定那样,名正言顺地走到盛穗的面前,将自己在心里背诵了数百遍的自我介绍说与她听——

"你好,我是周时予,是大你一届的学长,同时也是农学部的社员。"

这样会不会太过突兀?

或许他应该制造些场景和她"偶遇",好能自然地靠近她;然后他再提起学生会招新,让两人更有共同话题……

想法源源不断地从大脑里冒出来,那时的周时予全然没意识到,长时间过于兴奋,比单纯的抑郁还要棘手。

从平地掉进坑底,最多会扭伤;可若是从高空跌落,迎接他的,只会是粉身碎骨。

尽管两年后才被确诊患有双相情感障碍,可周时予后来仔细回忆,自己第一次真正发病,就是在那场突如其来的亢奋之后。

在女人死去一个月后,自称是他父亲的男人终于从国外赶了回来。得知周老爷子之前是故意将他支走的,他怒不可遏地闯进周家老宅。

这不是周时予第一次见男人发疯,男人将视线范围内的东西都抓起来摔碎。周围人避之不及，只求不被殃及。

周时予往常都是在一旁冷眼旁观，那天许是持续兴奋的大脑突然想为女人打抱不平，他冷冷地望着男人，忽地从喉间溢出一声冷笑。

似是没想到周时予会冷笑，男人呆愣了几秒，随后气急败坏地扯下腰间的皮带，重重地踏步而来。

"为什么不动手呢？"周时予欣赏着男人瞳孔里手持美工刀的自己，耐心地询问道。他将轻薄如纸的刀片抵在男人的喉间，第一次见到男人露出恐惧的神色。

男人强装镇定，盛怒下反笑："怎么，老爷子带了你一段时间，你就翅膀硬了，还想捅你老子？"

男人语气凶狠，却放下了手中的皮带，身体明显僵硬。

"我对弑父没有兴趣，"周时予收回刀，把玩着美工刀，面无表情地说道，"只是想告诉你，如果刚才我没来得及收回力道，也只会是正当防卫。"

在这件事上，他并没有扯谎，那个男人还没重要到让他时刻都放不下的程度。那把美工刀，也是周时予留给自己用的。

最后，这场闹剧以男人放不下金贵的面子，抬手重重地甩了周时予一巴掌作为结局。

清脆的巴掌声响起后，周时予的耳边嗡鸣声不绝。铺天盖地的绝望瞬间席卷而来，从高空坠落的失重感，让他感觉心脏仿佛被人紧紧攥住。

周时予双膝一软，险些站不住。

长时间的亢奋，让来势汹汹的压抑和空虚越发势不可当。他向来是自控力极强的人，在那一刻，却感觉大脑连最基本的情绪和行为都无法控制。

那天晚上，周老爷子外出不在家。周时予整晚将自己反锁在卧室里，用右手死死抓着战栗不止的左手都无济于事。

他像是一尊雕像般呆坐在桌前，无力抵抗汹涌来袭的抑郁巨浪，耳边忽地有熟悉的声音响起——

"会好起来的——最难的时候，哪怕是自欺欺人，也要这样告诉自己。"

会好起来的。

昏暗的卧室内,周时予一遍又一遍地这样告诉自己。

然而事实证明,一切都没有好起来。

盛穗说的那句话,哪怕周时予在心中反复念了千万遍,宛如濒死的窒息感在夜幕降临时仍会如潮水般袭来。

他一整个暑假都没有见过盛穗,强忍住派人去她家里的冲动,在分别的日子里独自咬牙忍耐。

关于他的病,家里的用人和保安不知窃窃私语了多少次。每每被周时予撞破,他们都自以为伪装得很好。

周时予没什么感觉,因为自他有记忆起,非议就是最常见的东西。

从前是"私生子",现在是"精神病",都是别人肆意给他打上的标签,本质上并没有任何差别。

周时予对此习以为常,只是隐约意识到,他在无形中早已被划分在正常人的范围之外。

他距离她说的"真正好起来",似乎又远了一步。

高三开学考试,周时予第一次从年级第一的位置上掉了下来,教导主任震惊得亲自算了三遍他的分数。

周时予对此倒是坦然接受。

数学考试时,他刚要做最后的三道大题,旁边高二教学楼的午休电铃声响起。

那天恰好是高二学生开学后的第一个周四,周时予想:如果我不是被困在教室里,就能在树荫下见到那个纤瘦的身影。

他随即停笔起身,不管考试时间刚刚过半,自己连最后的三道大题都没写,就头也不回地交卷走人。

开学考试难度中等,那三道题,周时予看一眼就能心算出答案。

班主任不相信周时予不会做那些题,似乎更担心他的状态,于是在成绩出来的下午就将周时予喊去办公室。

"学习成绩固然重要,适当放松也很有必要。老师猜你是最近压力太大了,正好学生会最近负责月底的校庆活动,你作为副会长,也去帮帮忙吧。"

在学生会，周时予一直是最神奇的存在。他从高一时就是副会长，自从他上任后，每届学生会会长的人选都要他点头同意后才能拍板定案。平日里的大小事情，三任会长都会找他商量之后，再确定方案。

周时予对管理学生会没有兴趣，只是单纯地不愿被人管，索性就先成为管理者。

对于班主任的好心建议，他自然没有答应的打算。

隔日学生会开例会，周时予经过礼堂的途中，瞥见一抹熟悉的身影。他忽地脚步一顿，决定参加校庆活动。

周时予查到盛穗参演的是宣传部组织的舞台剧，让他感到讶异的是，女生在舞台剧里饰演的是作为背景出现的一棵树，连一句台词都没有。

那段时间，周时予在下午的自习时都会准时出现在学校的礼堂。为了不打扰舞台剧的排练，他总是一个人坐在最隐蔽的角落里。

剧本很俗套，再有趣的台词听多了也会觉得无聊。校庆前几天，舞台剧的主演和配角都难免有些疲惫，偷偷跑来看舞台剧的学生会干事也越来越少。

到最后，全场乐此不疲的，只有台上的盛穗和台下的周时予。

盛穗尽职尽责地演着一棵树，站得笔挺不说，当背景音乐响起时，还会应景地摆手，好让服装上劣质的树叶跟着晃动。

和旁边心不在焉的"树"相比，盛穗那棵就显得格外突出。

女生被厚重的服装裹住，周时予看不见她的脸。他看向角落里无人问津的"树"卖力地伸展着手臂，心底忽地一软。

他想起很久之前，自己跟在盛穗的身后走进学校，看见她有意绕开那一根自砖缝中奋力长出的狗尾巴草。

盛穗就如同那根狗尾巴草一般。她或许早就明白，无论再怎样努力地演，台下的观众都不会注意到角落里充当背景的一棵树——她或许从来都不介意自己是否无人问津。

她穿着笨拙劣质的服装，自我欣赏式地奋力表演着，享受着每一次站在舞台上的愉悦。

每次舞台剧排练结束，盛穗都会摘下闷热的头套，露出满是汗珠的小脸，脸上满是恬静的笑意。

518

盛穗性格比较腼腆，不善于结交朋友。当周围的人勾肩搭背地离开，她只会在角落里抱着头套，笑着向那些从未想过带她一起玩的人点头，向高年级的学长、学姐鞠躬道别。

在笨重服装的衬托下，女生显得更加纤瘦。她总是会等所有人都离开后，才低着头走下舞台。

每当这时，周时予总有起身上前的冲动。他想抬手抚平女生头顶微微翘起的碎发，轻声告诉她：你今天也做得很好。

大概老天真的听见了周时予的期盼。

校庆当日，再有三个节目就该轮到宣传部的舞台剧上场了，宣传部的部长却突然慌慌张张地跑进后台。

作为学生会的副会长，周时予负责维护会场秩序。他时刻关注着盛穗那边的动向，察觉到骚动后立刻前去询问情况。

"有个演员把脚崴了，虽然只是个充当背景的角色，但也有固定的舞台走位，现在临时换人也来不及了……"

周时予让部长别慌，淡淡地说道："我可以替他。"

部长听了惊了惊："副会长来替他？可是你也不知道走位啊。"

"我见过你们排练，"周时予不想在这个问题上多作解释，"告诉我他的初始位置就可以了。"

崴了脚的人，竟然是盛穗身边那棵大树的扮演者。

惊喜来得猝不及防，周时予的眼底闪过一丝诧异。他准确无误地说出所有走位的变化，让一脸惊愕的部长去取服装。

"有一件事，"在宣传部部长离开前，周时予说，"换人的事不要说出去。"

"啊？哦哦，要低调点儿是吧，没问题，没问题，副会长放心。"

和低调无关，周时予只是不想在这种状况下，穿着滑稽可笑的奇装异服和盛穗"重新认识"。

因为周时予救场及时，演员换人的事情并没有传出去。在节目将近时，他穿着一套服装朝表演队伍走去，没有一个人发现异常。

他一眼锁定了站在角落里的盛穗。

似是对周时予的注视有所感应，抱着头套的女生抬起头，瞪着清澈的圆眼直直地看了过来，让藏在头套后的周时予蓦地有种被她看穿的感觉。

这是他人生中第一次名正言顺地走向盛穗,而不是躲在她的身后看她的背影。

"你还好吗?"

周时予刚走近,耳边就传来盛穗温和的询问声——

"我刚才听部长说你不太舒服,是因为天气太热中暑了吗?"

后台人声嘈杂,宣传部部长在发言,给演员们打气。演员们哄闹在一处,全然忽略了黑色幕布边的两人。

"可能是吧。"周时予应道。盛穗离得太近,让习惯远观的周时予一时难以适应,他含糊地说道:"我已经没事了。"

"中暑还是要注意一些的,"盛穗担心地说道,"等下上台时,灯光打下来会很热,头套里会更闷。"

周时予这时反而要感谢笨重的头套,让盛穗根本没听出内里换了个人。他默默地听着女生说话,隔着头套,肆无忌惮地看着她虽有几分稚气却姣好的面容。

半晌,盛穗从里面衣服的兜里掏出了什么。她不方便脱下演出服,便只能将手从演出服的领口处伸出来。

纤瘦雪白的手伸到周时予的面前,周时予垂眸,看见女生的掌心里躺着一张冰凉贴。

"这个给你。"或许是觉得自己的行为有些滑稽,盛穗声音带着点点笑意,"这是以前别人送给我的,贴在头上可以降温,我想应该能让你舒服点儿。"

周时予沉默了几秒,伸出手接过女生赠予的好意,心中忽地升起一股妒意。

盛穗对他这样好,不是因为他是周时予,而是因为他借用了那个临时缺席的男生的身份。所以,她和那个男生的关系这么好吗?

为什么排练的时候,他没发现任何蛛丝马迹?

"谢谢。"周时予沉声道谢。他很清楚,除此之外,他没有任何立场询问其他。

头套里视野狭窄,又有纱网遮挡,周时予只能看见眼前的一小片方形窗口。他看见盛穗笑着摇了摇头。他第一次发现,女生笑起来时,唇边浅浅的酒窝好像半轮银月。

"不用客气。"盛穗轻声说道。

她倾斜着身体凑过来,不放心地嘱咐道:"上台之后,如果你实在不舒服,也可以拽着我的袖子,不要一个人硬扛。"

"你对谁都这么好吗?"

这句话脱口而出后,周时予立马就后悔了。他实在太过鲁莽、失礼。他大脑飞速运转,正在想该说些什么弥补时,身旁的盛穗却忽地开口说道:"我觉得你今天好像和以前不太一样,你以前都不怎么和我说话。"

周时予一时不知该如何开口。

这时,前台传来喝彩与掌声,上一个节目结束,现在该轮到他们表演了。

"来,所有人都准备一下,这就是一场简单的舞台剧表演,大胆上就可以了!不要有任何心理负担!"

宣传部部长最后一次给演员们鼓劲儿后大手一挥,让技术部的干事放下幕布。他深吸了一口气,昂首挺胸地大步走上舞台。

盛穗跟在人群之后,周时予则在盛穗后面。

女生给的冰凉贴被他攥在掌心里,冰凉贴的外包装皱皱巴巴的,像是他难以用言语表述的纠结心事。

登台前,周时予抬手拽住盛穗的衣袖。已经上台的宣传部部长像是又在嘱咐什么,周时予没顾得上听,低声说道:"我刚才没有质问你的意思,你不要误会。"

盛穗脚下一顿,回过头,轻快的声音从头套里传来:"嗯,我知道的。"

舞台剧的背景音乐已经响起,前面的人加快了脚步,盛穗反握住周时予的手,将他往上带了带。

"快些吧,"盛穗没有留意到周时予指尖的僵直,轻声催促道,"节目马上就要开始了。"

周时予看着快步向舞台中央走去的人,光看背影都知道她心情雀跃。

他静静地看着被盛穗握过的左手,依旧不懂她作为无人在意的配角，究竟因为什么而欣悦，就像他不懂为什么此刻自己的唇角会不由自主地上扬。

台上的主角卖力地表演着，台下的观众时不时地哄堂大笑。

对这部舞台剧周时予看过很多遍，觉得无聊透顶。对他而言，唯一不同的，或许是他一阵高过一阵的心跳声。

滚热的灯光打下来，场景变化时，连他们这样的背景也要时时改动位置。

作为一场无厘头的舞台剧，夸张、滑稽是重要的组成元素。连背景的移动，都要求"树"要牵着手，晃动手臂上的"树枝"，两人站成一排横着走。

周时予被沉浸在表演里的女生牵住手，在全校师生的见证下，走过舞台上的每一寸场地。

他从没握过其他异性的手，也从来不知道原来女生的手这样瘦小。只要他想，就能轻松地将女生的手包在自己的掌心里。

周时予没有这样做。

他任由盛穗捉着他的手，听见没有一句台词的她时而轻声呢喃着主角的台词，感觉自己的胸腔被填充得很满。

盛穗有抚平人内心的慌张和伤痛的能力，周时予不舍得放手。

始终沉没在泥泞中的人是不会畏惧黑暗的，只有曾见过暖阳的人，才会对黑暗感到恐惧。

因为曾见过阳光，所以人会产生贪念。而内心的贪欲，则是人类一切痛苦的来源。

终于，音乐声停止，台上所有的演员站成两排，鞠躬向观众致谢。

盛穗松开了周时予的手。

掌声此起彼伏时，周时予恍然意识到，刚才那场无聊透顶的表演，只有他一个人当了真。

现在表演结束了，所有演员回归现实，只有周时予一个人还挣扎着，不愿出戏。明明他和她，都只是这场剧目里最无关紧要的背景板。

赶着分享喜悦心情的演员们迫不及待地跑下台阶，盛穗耐心地站在队伍的末尾。

周时予跟在她的身后，最后一次看女生摘下头套。她额上的碎发被汗水打湿，清澈滚圆的眼睛尤为明亮。

"盛穗。"

在女生即将走进人群时，周时予站在最后一级台阶上，等盛穗回眸看向他。

"刚才的表演，我认真地看过很多次。"周时予低沉的声音淹没在高昂亢奋的欢呼声中，他不确定女生是否能听见，自顾自地说道，"你一直都做得很好。"

这番话，哪怕只能假借另一个人的身份说出，哪怕他只能掩藏在滑稽笨重的头套之后，周时予也希望盛穗能知道，她并不是无人在意的配角。

至少她还有一个忠实的观众，认认真真地看过她的每一次表演，就算她没有一句台词，就算她连谢幕都只能站在第二排的角落里。

她不必知道他是谁，周时予只是想告诉她，她身上的光芒，曾无数次拯救过一个深陷泥泞的青年。

仅此而已。

回应他的，是盛穗长久的沉默和注视。

周时予垂下眼帘。他想：大概是自己的表白太突兀，吓到了眼前如白纸一般单纯的女生。他应该开个玩笑岔开话题吗？还是……

"谢谢你。"

轻快的应答声打断周时予的胡思乱想。他愣了一下，抬起头，隔着头套的纱网和那双漂亮的圆眼对视。

就见盛穗忽地展颜一笑："虽然听起来会有点儿奇怪……"

女生看着周时予的眼睛说话时，他觉得时间都静止了。

"但真的很谢谢你，我唯一的观众。"

周时予放弃保送，选择报考魔都大学的消息在全校引起轩然大波。

校长几次喊他去办公室，苦口婆心地劝他："为什么要拿前途开玩笑？你的成绩分明能上清北，为什么要报考魔都大学？这个时候叛逆，对你有什么好处？"

对此，周时予总是淡淡地回应道："我有自己的理由。"

上次演完舞台剧，他在后台听见宣传部的人闲聊，说起高考选报的第一志愿。

盛穗说，她想报考魔都大学。

不同于老师们的强烈反对，周老爷子倒是不管周时予如何抉择。反正周时予不管从哪里毕业，都是要回来接手家里产业的。

再者，魔都大学虽然不比清北，却也常年高居985高校排行前五名，经管类专业更是在全国数一数二，怎么都不算差。

在周老爷子的默许下，周时予几乎没受太多阻挠，以全省第一名的成绩，考取了魔都大学。

举办毕业典礼那天，礼堂响起离别的颂歌。严厉的老师、不苟言笑的教导主任，都和学生们一样红了眼眶。

连那些早早便决定出国留学、高三一年基本没来上课的同学都特意赶来，只是不想错过对于大多数人而言的最后一面。

周时予独自去了篮球场对面的小树林。

盛穗今天没有在学校里出现。

那么，他们以后还有机会再见面吗？

周时予也不知道答案。或者，在过于漫长的等待里，他本能地抗拒接受呼之欲出的答案。

事已至此，他只能相信盛穗，相信她能考上心仪的大学，再次和他成为校友。

抱着这样的想法，周时予在魔都大学里平安地度过了第一年。

又是一年高考季，周时予托他在学生会的关系，很容易就打听到了盛穗三次模拟大考的成绩和名次，以及她模拟填报的第一志愿。

她成绩优异，且排名稳定地保持在年级前二十名。从成绩单上来看，她没有任何偏科的迹象。她高考时只要正常发挥，上魔都大学便是板上钉钉的事。

盛穗参加高考的那三天，周时予几乎没怎么睡。凌晨时分，他全无睡意，躺在校外的小公寓里，想到自己高考时都没这么紧张，不由得勾唇一笑。

等待的时间总是格外漫长，紧绷的情绪压抑得太久后触底反弹。得知盛穗考取魔都大学的那晚，周时予又感觉到了熟悉而危险的亢奋。

他想见她，一刻也不能再等待。

他察觉到自己状态异常,却决定置之不理,当即购买回去的机票,甚至没想好该怎样和她见面,见面后又该说些什么。

如高中时的那两年一般,他等候着盛穗从那一排柳树的尽头出现。女生穿着轻薄雪白的衣裙,长发高束,宛如降临人间的精灵。

盛穗是来拿录取通知书的。

周时予没有再跟随盛穗走进校园,而是耐心地等候在校门外,想象着她同老师说话时会是怎样的模样。

一年不见,女生明显又长高了些,少了松垮宽大的校服,少女的亭亭玉立便显露出来。

周时予不是没察觉到自己过于兴奋的大脑皮层。他不是不觉得危险,但如果钓竿上的饵是盛穗,愿者上钩只会是唯一的结果。

半小时后,盛穗拿着录取通知书,脚步轻快地从校门里走了出来。

周时予跟着盛穗走过那一排枝干粗壮的柳树。

女生对此毫无察觉,束起的高马尾随着她的动作轻晃,好似无忧无虑的孩童。

走到十字路口,周时予随着盛穗左转,看清眼前不见尽头的老街,他的脚步猛然一顿。

不要去。

不要再往前走了。

那条路的尽头,是万劫不复的深渊。

毫无征兆的,周时予心中警铃大作。猛然狂跳的心脏和眼皮,都在预示着这场追踪之旅的不祥结局。

他向来不信这些。

犹豫片刻后,他继续朝盛穗走去。烈日将空气烘烤到扭曲,周时予的眼中只剩下女生轻轻晃动的发尾,他离她越来越近。

不要再往前走了。

她就近在眼前。

他三年时间都等得起,非要今天不可吗?

可是她就在那里,只要再往前走一步,只要再近一点儿,他就再也不用只能看她的背影了。

两道声音在脑海里争执不休,周时予头痛欲裂,皱紧眉头。上一秒还兴奋不已的高涨情绪，宛若坐过山车一般俯冲直下，没给周时予任何喘息的机会。

周时予无法发出声音，大脑呆钝，目光定在身侧售卖水果的杂货铺，摆在最外面的是一箱过熟的香蕉。

周时予意识到病症发作了。他依稀记得医生说过，香蕉可以改善患者的抑郁心情。

不该是这样的，他等了三年之久的"初次见面"，不该是这样的……

"请问，你要买那盒草莓吗？"

温柔的声音猝不及防地落在周时予的耳边。他猛然愣住，所有情绪因为震惊而停顿，要去抓香蕉的手悬在空中。

他僵硬地转过头，对上盛穗询问的目光，日思夜想的女生此时就站在他半步之外。

当干热的风吹来时，周时予甚至能闻到女生身上清淡的雏菊香味。

四目相对，周时予在盛穗的眼中清楚地看到了惊愕。

她是在害怕吗？

周时予沉默了太久。

盛穗小心翼翼地移开目光，伸出细白的手指向塑料箱里的最后一盒草莓，轻声问道："请问一下，那盒草莓你要吗？"

周时予摇了摇头，声音沙哑地说道："不要。"

"谢谢。"

或许是细心的女生看出了端倪，又或许是周时予伫立在原地的行为太反常，盛穗拿起草莓付款后，刚转身离开又折返回来。

"冒昧问一下，"女生又凑近了些，眼中满是不加掩饰的担忧，"你看上去脸色不太好，需要帮忙吗？"

正午时分，烧烤店生意兴隆，闷热的店内人来人往，头顶上的两台风扇不停地旋转着，发出刺耳的"吱嘎"声。

盛穗小心翼翼地打量着周时予。

"我看你一直站在杂货铺那里，看上去好像中暑了。"

女生接过了老板娘端来的冰镇绿豆汤。被问要不要再来一碗时，手头拮据的她摇了摇头，轻声道谢。

"你要不要喝一点儿绿豆汤？据说可以解暑，你喝了应该会好一些。"

周时予心中的窒息感在逐渐消退，他定定地望着眼前的绿豆汤，迟钝的大脑重新运转。

盛穗以为他中暑不舒服，所以带他来这间窄小的烧烤店休息。

冰凉的液体流过周时予的喉咙，绿豆炖煮得十分软烂，他将半碗绿豆汤喝下去后，甜而不腻的味道在舌尖久久不散。

"不行的，田阿姨，以前你就很照顾我，我怎么能一直占你的便宜？"

"就一碗绿豆汤，算得上占什么便宜！就当田阿姨请你和你男朋友喝的！"

周时予放下塑料碗，就见正打算付钱的盛穗被女老板调侃。

女生有些脸红，见周时予看过来，连连摆手说道："不是，他不是我的男朋友……"

"那可能是阿姨误会了。"女老板显然很喜欢盛穗，说什么也不肯收她的钱，故意凑到她的耳边说话，音量却并未收小，"阿姨看那小子从进来就直勾勾地盯着你，还以为他是你的男朋友呢！"

说完，女老板还特意朝周时予扬了扬下巴。

"田阿姨，真的不是……"

盛穗的解释大有越描越黑的功效，田阿姨的大嗓门引来更多食客的目光。女生最终无计可施，只能匆忙回座。

周时予敏锐地注意到，盛穗害羞时，连耳朵尖都会泛起薄薄的一层粉色。

在田阿姨八卦眼神的注视下，盛穗在周时予的对面落座，轻声说道："对不起啊，害你被误会。"

"没事，"周时予的声音不再沙哑，他扫了一眼女生光洁的手臂，没发现伤痕，眼神柔和了几分，"我不介意。"

他的回答别有用心，盛穗却毫无察觉，松了口气："你不介意就好。"

桌上摆着一张可供勾选的菜单和一根铅笔。周时予在桌下活动了一下僵硬的手指，抬手拿过菜单，淡淡地问道："那你呢？你介意吗？"

盛穗连忙摆手："我也不介意，只是希望不会给你带来困扰。"

回忆起高中时最常出现在女生饭盒里的菜肴，周时予快速地勾选出几道菜，再将菜单推到盛穗的面前："你有什么想吃的吗？"

盛穗又连连摆手："不用不用，我不饿，你不用破费。"

"好。"周时予点了点头，并不多劝，默默地看着菜单，低声问道，"是因为我刚才的样子吓到你了吗？"

"啊？"盛穗愣了一下，后知后觉地反应过来，慌忙解释道，"没有没有，你没吓到我，我不是因为这个拒绝你的！我就是不想让你破费，毕竟我也没做什么……"

女生非常焦急，语速越来越快。她的话字字清晰，像是掉落在瓷盘上的颗颗珍珠。

周时予的脸上泛起浅浅的笑意，他抬眸望向盛穗。

女生见他望着自己又愣了一下，说话忽然磕巴起来："其……其实，我当时反应不自然，是因为我没想到你会在这里出现。"

周时予微微向前倾，拉近两人之间的距离："你认识我吗？"

"三中的学生谁不认识你呢？"盛穗见他不再纠结刚才的问题，舒了一口气，"高考之前，我们都会去学校的荣誉栏前对着你的照片拜上一拜。"

周时予不知道女生回忆起什么画面，只见她红着耳尖，眉眼弯弯地笑了起来。

他温声问道："有用吗？"

"有的！"盛穗忙不迭地点头，拿起手边装着大学录取通知书的信封，言语间难掩兴奋，"我被魔都大学录取了！"

周时予佯装刚知道的样子，真心地祝福道："那我是不是该说一声'恭喜学妹'了？"

盛穗对周时予完全没有防备，他用女生心仪的大学资讯作为诱饵，跟她聊了起来。

在那个闷热的酷夏正午，角落里交谈甚欢的少年少女自成一道风景线，和匆忙来往的客人格格不入。

最后，墙上的时钟敲响，女生才意识到，两人不知不觉间已经聊了快三个小时。

"我该回家了，爸爸回家找不到我，可能会着急的。"

烧烤店外，周时予看女生面露不舍，眼底闪过一抹笑意。他忍住想抬手轻揉女生发顶的冲动，礼貌地询问道："需要我送你回去吗？"

"我自己回去就可以了，你快回家好好休息吧。"盛穗握着录取通知书的手稍稍紧了紧，她避开周时予的视线，轻声说道，"你……和我想的有些不太一样。"

周时予好奇地询问道："哪里不一样？"

"大概是我以前从没想过，我能和你这样的人认识吧。"盛穗笑着摇了摇头，自己也不清楚，只能对他表示感谢，"烧烤很好吃，谢谢你破费。如果在大学还有机会的话，我也请你吃饭。"

"你开学报到那天，我没有其他安排。"周时予顺着盛穗的话接下去，直白地提出邀请，"吃过饭后，我可以带你参观学校。"

盛穗笑着答应了。她唇边浅浅的酒窝好似两弯明月，她纯净的眼神不带丝毫杂质。

周时予以为他刚才的话已经说得足够明显了，现在却不确定女生是不是真的听懂了他的意思。

"盛穗。"分别前，他第一次当面轻声念出女生的姓名。

在盛穗看过来时，他勾唇一笑，轻声说道："我那天没有安排，并不只是因为想吃那顿饭而已。"

番外二
青葱岁月年少时（大学篇）

新生报到那日，周时予在川流不息的人群中一眼看到了盛穗。

相比于一众拎着大包小包、身后是父母的新生，盛穗拖着一只箱子，独身一人在人流中缓慢前进，时不时地左右张望。

年龄和阅历的增长，让她的审美有了改变，再没有了麻袋似的校服的拖累，女生高挑清瘦的身形以及清丽精致的五官，让她在人群中格外惹眼。

周时予远远看见有一个男生满面笑容地小跑上前，自来熟地要帮她拿行李。

盛穗没有答应，因为不适应对方突如其来的热情，反而将行李箱的拉杆握得更紧。不论对方说什么，她都礼貌地摇头。

"真的不用的，我可以自己找报到处。"

"唉，学妹客气什么，以后都是同学了，在学校里抬头不见低头见……"

"我来吧。"周时予上前打断男生的搭讪。

他走到盛穗的身边，余光看见她紧握着拉杆的手松了一些。

整个暑假，两人并没有再见面。周时予站在烈日投来的方向为她挡住刺眼的阳光，朝盛穗微笑："好久不见。"

盛穗今天没扎头发，黑发如瀑布般披散在肩上，柔顺的发梢随风轻晃，同那双明亮带笑的圆眼一样，都令人移不开眼。

见来人是他，女生眉眼弯弯，羞涩的笑容里有几分惊讶的喜悦："好久不见。"

见两人认识，搭讪的男生立刻知难而退。其他负责新生报到的学生会干事看到周时予居然主动上前和女生说话，纷纷露出吃惊的神色。

在平地上拉行李箱并不费事，周时予没有坚持替盛穗包揽这项体力活。他带她办理完所有手续后，提出要带她去学校里逛一逛。

盛穗对周时予没有任何防备，也对他有意将女生宿舍设置为必经之路的计划浑然不知。

"前面左手边就是女生宿舍区。"

魔都大学的绿化做得很好。经过满园的茉莉花树后，周时予放慢脚步，似是随口建议道："拎着箱子不方便，你想继续这么走，还是回宿舍放好箱子再出来？"

他没有给盛穗两人就此分开的选项。

考虑到女生搬行李不方便，每年新生报到当天，女生宿舍会允许外来人员进入。随行的男性大多是父亲、兄弟或者男朋友，很少会有非亲非故的男生帮初次见面的女生搬行李上楼，就算有，大多也是别有用心。

周时予的身份随之变得暧昧起来。

这个结果在他的意料之中，他也乐见。

盛穗站在人来人往的宿舍楼门前，踌躇不定。

"这边是老校区，宿舍楼里没有电梯，"周时予慢条斯理地列举现在的情况，"你的寝室在四楼，一个人很难把箱子扛上去。"

他一顿，想起女生不善拒绝，便温声建议道："如果你不嫌弃的话，我可以帮忙。"

"不嫌弃，不嫌弃，"有了前车之鉴，盛穗这回学聪明了，先行解释道，"我该谢谢你才对，怎么会嫌弃呢。"

见女生上钩，周时予的眼底泛起笑意，他接过她手中的行李箱："嗯，你不嫌弃就好。"

语毕，在微微愣怔的盛穗回过神之前，他朝女生宿舍走去。

"天哪，你看站在楼梯口的那人是不是周时予？他怎么会来女生宿舍？他还帮人拎箱子！"

"他是帮后面的那个新生拿的箱子。那个女生还挺好看的，是他的女朋友吗？"

报到日，学生最为密集，再加上还有不少外来人员堵在楼梯和走廊里，周围的窃窃私语声不绝于耳。

周时予拎着箱子走在前面，经过三楼的拐角时，忽地听见跟在他身后的盛穗轻声说："和在三中时一样，学长在大学里好像也很有名气。"

周时予回头看她，没在那双纯粹的眼眸中看出任何反感。他勾唇一笑，说道："大概是因为讨厌我的人很多。"

盛穗闻言瞪大眼睛，惊讶地说："怎么可能？你一定很受欢迎。"

周时予挑了挑眉，反问道："如果不是讨厌我，他们为什么随意议论我的私事？"

盛穗不知该怎么回复，腮帮子微微鼓起，看得出她是在努力想怎样反驳。

五分钟后，周时予在盛穗的宿舍门前停下脚步。他将行李箱交给她，言简意赅道："我在外面等你。"

盛穗犹豫了一下，点了点头："好，我马上出来。"

"不急。"

两人说话时，原本紧闭的宿舍门突然被人打开，两个女生挽着手从里面走了出来，见到盛穗和周时予愣了愣。

相比于戴眼镜的长发文静女生，留着干练短发的女生明显胆大些，她打探的眼神在两人之间流转。

"看来咱们寝室要迎来第三位美女了。"短发女生笑嘻嘻地打招呼，冲着周时予扬了扬下巴，"那什么，旁边这个是你的男朋友？"

面对两位女生的好奇打探，周时予看向盛穗，绅士地询问她的意见："我应该怎么说？"

盛穗没想到会被周时予反问，眨了眨眼，问道："什么应该怎么说？"

"你的室友刚才问，我是不是你的男朋友。"周时予微微俯身，耐心地在盛穗的耳边低声问道，"你希望我怎么回答？"

盛穗的耳尖泛起一层可疑的红晕。

最后，盛穗仓促地放好行李。周时予彬彬有礼地拒绝了两位竭力留他坐一会儿的女生，和盛穗一起离开了宿舍楼。

见女生仓皇而逃，周时予情不自禁地勾唇一笑，他偷笑的动作恰好落在女生的余光里。

盛穗答应要请周时予吃饭，在两人去往食堂的路上，女生放慢脚步，双手绞着衣角。

沐浴在阳光下的女生缓慢地眨了眨眼，似是有些不敢置信地问道："周时予，你刚才……是在偷笑吗？"

周时予未收起眼底的笑意。四目相对时，他看清自己的身影映在女生清澈见底的眼中，觉得路过的风都变得温柔起来。

过去的三年里，他从未想过能有一日如今天这般，和盛穗并肩站在同一片蓝天白云下。

"嗯，我是在偷笑。"他坦然地点头承认，反问道，"那么，你会生气吗？因为我没有回答我是不是你的男朋友。"

大概意识到争辩不过，盛穗没有再继续这个话题。她沉默了几秒，忽地问出毫不相关的问题："我可以知道为什么是我吗？

"我的意思是，从三中来魔都大学的学弟、学妹不止我一个，你为什么特意关照我？"

女生漂亮干净的眼睛定定地看过来，白皙的皮肤暴露了此刻脖颈和耳尖上的红晕，她鼓起勇气问出心中所想。

"因为想道谢。"

周时予突然很想将心里积存许久的话一吐为快，飞速运转的大脑细细地挑选着，究竟该将他们过去的哪个画面选作两人的初次见面。

"高三那年校庆的舞台剧，我是你的观众。"

这是他最后的答案。

"可我那只是背景。"盛穗面露疑惑。

过了半响，她不知想到了什么，忽地睁大眼睛，不可置信地说道："自称是我观众的还有一个人，所以那天的男生不是原来的人，而是……"

周时予接上她的话："谢谢你那天给我的冰凉贴。"

或许贸然坦诚当年的隐瞒，并不是拉近两人距离的最优解。周时予敏锐地察觉到，盛穗分秒间的几次表情变化。

漫长的沉默过后，盛穗又问了个毫不相关的问题："上次你在杂货铺前中暑了……你刚帮我搬了行李，要不要先找个地方休息一下？"

原来她是在担心他。

"我刚才沉默，不是被你吓到了。"女生这次甚至学会了抢答，低头盯着脚尖，仿佛自言自语般轻声说道，"因为我其实很早就知道了，那天在演出服下的是另一个人。"

这一次，终于轮到周时予感到意外。

他以为他掩饰得很好。

"我比较木讷，不太会说话。"察觉到他们身边的学生来来往往，不时有人好奇地停下脚步观望，盛穗声音越来越小，"我加入学生会是想锻炼自己，可是很久都没有交到朋友。"

周时予耐心地等待后文，目光情不自禁地落在女生总是泛起点点红晕的耳尖上。

"你说你是我的观众，你认真地看过很多次我的表演，说我一直都做得很好。"

周时予倍感惊讶，盛穗一字不落地重复着两年前他曾说过的话。

她语速缓慢却十分清晰地说道："你的话让我明白，原来我并不是无人在意，原来有人能看到我的努力。"

女生深深地吸了一口气，纤瘦的肩膀随着动作耸动。

她再次鼓起勇气，抬头看向周时予，无比认真地告诉他："这些话，对当时的我来说，非常重要。"

周时予久久地望着这个矮他一头的女生，同他每一次的处心积虑相比，盛穗的坦诚相待是那样的纯粹干净。

"那天表演结束后，其实我去找过你。"女生用带着几分羞涩的声音打断了周时予纷乱的思绪。盛穗弯眉笑了笑，不好意思地抬手摸了一下鼻尖："可惜部长告诉我，因为是临时喊的人，他也不记得那人叫什么名字。"

周时予注意到，女生用的词是"可惜"。

周时予漫长的沉默令人捉摸不透。两人在草坪边站得有些久了，盛穗飞快地瞥了他一眼，鼓足的勇气和胆量像是被尖针刺破的气球，一泻千里。

明明是周时予开的头，现在却是她独自喋喋不休。

女生声音里有几分委屈："怎么突然不说话，你在想什么？"

他在想：如果当时我能再勇敢一些，该有多好。

良久，周时予出声叫道："盛穗。"

"嗯？"

"今天过去，我们以后还有机会再见面吗？"这是周时予第一次在女生面前没有分毫算计，坦诚地将心里所想全盘托出，"我没有什么特别的理由，只是想要见到你，可以吗？"

他不清楚将压抑在心底三年之久的感情抒发出来，在盛穗看来有多莫名其妙，因为他的话说完后，两人之间又一次陷入长久的沉默。

"可是我现在还没有手机，联系起来不太方便。"盛穗将眉头轻轻皱起，这次连她的脸颊都染上了红晕，"你知道附近哪里有卖手机的地方吗？"

"知道，从东门出去笔直走，经过一条街就是电子城。我可以带你去，女生独自去容易被骗。"

"嗯，那好。"盛穗点头答应后，像是生怕周时予听不懂，又飞快地瞥了他一眼，轻声补充道，"我指的是，你说的两件事情。"

周时予心领神会，温和地回道："好。"

他没再打扰她，简单交代了几句注意事项后，表示要回学生会帮忙。

盛穗返回寝室才感觉脸颊隐隐发烫。

自来熟的室友纷纷上前打听八卦，盛穗随口搪塞过去，心绪纷乱地埋头整理行李。

一切发生得猝不及防。

当年那场演出，她唯一的观众，竟然是周时予。

他说，很感谢她当时随手递过去的冰凉贴。

傍晚，室友结伴去食堂吃饭。盛穗忍受不了一身汗，洗了澡后便换上睡衣躺在上铺。

535

她闭上眼，耳边回响着男生低沉的声音。他温和地说："我没有什么特别的理由，只是想要见到你。"

他们约好明天一起去电子城，离别前，她却没有问他的联系方式。

十七岁的少女不懂什么是"喜欢"，初尝情事，只觉得期盼中难免又带着几分微苦的青涩。

她想靠近又怕自作多情，想摒弃杂念却又忍不住想起对方当时的模样，几个轮回折腾下来，反而让那道高瘦的身影更深刻地印在她的脑海中。

连带着他的气味、声音，甚至搬行李时不小心触碰到他指尖的温度，她都一一记在了心里。

盛穗在薄被中翻了个身，用被子盖住头。

否则，她将看到对面床铺室友的镜子里，自己因羞怯而发红的脸。

好在周时予没有让盛穗烦恼太久。

入学第二天，盛穗睡了个懒觉。她正睡眼惺忪地在水池边刷牙时，室友兴冲冲地闯进水房。

瘦弱的女生力气出奇地大。她用力地晃着盛穗的肩膀："你怎么还在刷牙啊？周时予都在楼下等你好久了！"

盛穗满嘴都是泡沫，一脸茫然："周时予？"

"是啊，我去食堂前就看到他站在寝室外的花坛边。"室友激动得手舞足蹈，"刚才我回来时他还在那儿，他还冲我打招呼来着！你说，他不是等你，还能是在等谁？！"

周时予在等她吗？

盛穗"咕噜噜"地漱口，被室友推回寝室。她走到窗边，朝宿舍楼旁的小花坛看去，果然见到一抹熟悉的身影。

夏末烈日下，周时予穿着简约的白衣黑裤站在花坛边。他微垂着头，对经过的人群投来的目光视若无睹。

他在等她。

这个认知让盛穗的心脏"怦怦"直跳。

她再也听不见室友的调侃，匆匆打开衣柜，换上点缀着雏菊的淡黄色长裙，习惯性地把头发扎成高马尾。

出门前，她盯着门口镜子里学生模样的自己，犹豫了片刻，又将发圈摘了下来，而后快步下楼。

相距几步远时，盛穗见到周时予抬头朝她看过来。

盛穗的心口又跳了跳，她都要怀疑自己生病了。

她从没特意打扮过，在敞开校服都是罪过的学生时代，散开头发，穿着刚过膝的裙子和男生单独见面，几乎等同于砍头的大罪。

"很漂亮。"周时予走近，温声说道，"希望我没有打乱你原本的计划。"

"没有。"盛穗摇头，闻到男生身上淡淡的冷木幽香，不敢抬头和他对视，"其实你可以叫人上去喊我，就不用浪费这么多时间了。"

没吃早饭的两人一起朝食堂走去。

周时予走在外侧，淡淡地说道："在等待的时间里，我会忍不住想，今天的你是什么样子。"

男生勾唇一笑，转头看她："这怎么能算是浪费时间呢？"

盛穗对周时予的直白毫无招架之力。

高中时她不是没被人当面表白过，却从没有一次像现在这样无措。她连呼吸都紧绷着，生怕暴露自己的紧张。

盛穗把手背到周时予看不见的背后，捏着拳头，大胆地发问："如果我一直睡懒觉，你不就一直见不到我吗？"

话音一落，远处响起起哄的口哨声。两名男生正在跟周时予打招呼，其中招手的那个男生，盛穗感觉有些眼熟。

盛穗想看清招手的人是谁，视线却被周时予挡住了。

"那也没关系。"四目相对，男生镜片后黑亮的眼睛夺去了盛穗所有的注意力，他微微一笑，说道，"况且，我的时间和耐心很多，总会等到的。"

在群众的围观中，吃完早饭的两人离开校园。

终于摆脱如影随形的视线，盛穗不由得长舒了一口气，抬眸撞进周时予温柔带笑的双眼。

"我还不太习惯被那么多人盯着吃饭，"她找不到准确的措辞，只得比喻道，"这种感觉就好像——我是动物园里被人观赏的猴子。"

周时予闻言挑了挑眉，若有所思地说道："这样说的话，那我倒是当了很多年的猴子。"

盛穗一听，慌忙摆手说道："我不是这个意思！我和你不一样，你……"

盛穗不说话了。对上富有耐心的周时予的那双眼睛，她只会因为慌张而反复出丑。

而且，两人离电子城越近，她心里就越不安。

即使二人在高中里没有交集，盛穗也听过周时予家境富裕。她昨天光顾着惊讶对方的主动邀请，没想到两人之间消费水平的悬殊。

盛穗暑假打工攒下的钱只够买最普通的智能机，如果周时予推荐的款式太昂贵或是他看出她的窘迫而有意挑选便宜的……

"盛穗。"

呼唤声贴着盛穗的耳朵响起，她猛然回神，就见周时予放下手里的样机，问她："这里有不少款式，你要挑挑看吗？"

"哦哦，好的。"

盛穗胡思乱想了太久，打量着四周，反应过来他们已经在手机店里了，这里的手机都是主打经济实惠的国产品牌。

顾不上询问其他，盛穗先偷偷看了一眼标价。她确认大部分手机自己都能买得起后，松了一口气，语气轻快了不少："请问有推荐的款式吗？"

"妹妹是刚上大学吧？你想要什么样的手机啊？阿姨给你看看这款超大屏的，或者是自带美颜相机的新款，有好几个颜色任你挑……"柜姐异常热情，恨不得把店里最贵的手机通通推销一遍。

盛穗想说她并不需要太多复杂的功能，却插不进话："阿姨，其实我……"

"您说的那些款式我们不需要。"盛穗无措时，身旁沉默许久的周时予开口淡淡地说道。他从兜里拿出自己的手机，放在柜台上："麻烦您拿这款给我们看一下。"

柜姐瞥了一眼手机，堆满笑的脸瞬间垮了下来，嘟囔了一句，转身去拿手机。

"如果不追求配置和外观的话，可以看看我的这款。"周时予轻声对盛穗说，"我用了一段时间，感觉还可以。"

柜姐拿了新机过来，有些不耐烦地介绍着性能和价格，末了补上一句:"这个款式都过时了,别的大学生看都不看的。"

款式的确老了一些,但价格和性能无一不让人满意。盛穗表示并不介意:"就要这个吧,麻烦您把其他颜色拿来,我对比一下。"

再次等待时,盛穗忍不住偷偷打量周时予。

她脸上藏不住心事,轻易便被男生一眼看穿。他低声问道:"我看上去不像是会用这款手机的人吗?"

盛穗犹豫地点了点头,小声说道:"刚才柜姐说,这款手机都没什么人买的。"

更何况是你这样的有钱人。

"我和家里的关系不好,上大学后便没再向家里要钱,"周时予淡淡一笑,"赚钱不容易,能省就省一点儿。"

盛穗没想到原因竟是这个,有些愧疚地说:"抱歉,我不知道。"

"没关系。"周时予看看摆在柜台上的新手机,共黑、白、红、蓝四个颜色,温声建议道,"我觉得白色好看些,简约大气,你喜欢吗?"

盛穗本就对颜色无所谓,此刻心里又在愧疚,听周时予这么说,没多想就同意了:"好,那就要白色。"

直到付过钱,柜姐一并归还她和周时予的手机时,盛穗才发现两人的手机一黑一白,都是少有人用的款式,现在却越看越像两人定制的情侣款。

盛穗被这个念头惊得心头一跳,忙低头收好银行卡,以此遮掩发烫的脸颊。

手机店自带办电话卡服务,盛穗小心翼翼地将小卡片插进手机,心里盘算着,怎么问周时予的联系方式才不会让他感觉冒犯。

这时,她掌心的手机传来"叮"的一声响。

"+186×××0314:恭喜盛穗同学,拥有自己的新手机。"

盛穗看完信息内容惊讶地抬头,撞进周时予镜片后温和带笑的双眼。

"也恭喜我自己,"周时予这样对她说,"有幸能成为你的第一位联系人。"

那日过后,周时予没再联系盛穗。

不是他不想，只是凡事讲究适度，急于求成除了会吓跑她，别无所用。

幸好，对于盛穗，周时予最擅长的就是等待。

周三没课，周时予处理完学生会的工作回到寝室，就见邱斯正在电脑前"浴血奋战"，其他两人躺在床上玩手机。

游戏界面变灰，邱斯骂了一声，丢下耳机。他见周时予回来了，便扭头问道："难得你回寝室住两天，中午一起去食堂吃饭？"

一听要和周时予吃饭，床上的两个人纷纷探头，满眼期待地问道："周哥请客吗？我们终于能吃顿好的了吗？"

"我不去食堂。"周时予打开背包，拿出这段时间搜集的兼职宣传单，淡淡地说道，"你们去吃吧，回来找我报销。

"而且，以后我会住在寝室里——"

他抬头看向正在欢呼的室友们，镜片后的黑眸似笑非笑："希望不要再让我看到超过三天没洗的袜子、放了一天没丢的外卖，还有装着不明纸团的垃圾袋。"

三人同时打了个哆嗦："知道了，哥。"

周时予拿起桌上的黑色手机，垂下眼帘，看着仍旧空白的信息界面。

盛穗没有联系他。

"哥们儿，你最近很不对劲啊，"作为四年的同窗，邱斯摸着下巴，狐疑地说道，"又是换国产手机，又是换便宜衣服的，现在有好好的高级公寓不住，居然搬回宿舍了！老实交代，你在搞什么鬼？"

周时予不予回复，低头翻看着兼职的传单，沉寂几天的手机突然"叮"了一声。

盛穗发来信息："你中午忙不忙？上次我答应过要请你吃饭，你有想吃的吗？"

周时予谨记不能立刻回复，不然显得他太急迫。他在心里默数了三十秒，打字回复道："我不忙，在学校食堂吃就好。"

沉吟片刻，他补充道："你在哪里？我去接你。"

"不用不用。"女生立刻回复道。

对话框几次显示"对方正在输入中"，过了好一会儿，她才解释道：

"我现在和室友在一起,直接去食堂找你吧。"

随后她又发了一张可怜兮兮的猫咪表情包,像是在为刚才的拒绝而道歉。

周时予想象着女孩儿纠结如何措辞的模样,勾唇一笑,抬眼就发现室友正齐刷刷地瞪着他。

"看你笑得一脸淫荡的样子,"邱斯满脸惊恐地说,"你小子该不会是恋爱了吧?咱们可是说好全寝兄弟一起走,谁谈对象谁是狗的!"

周时予淡淡地瞥了邱斯一眼,将饭卡丢给他,起身说:"我走了。"

周时予在食堂门前找到盛穗时,女孩儿正被室友围在中心,不知被问到了什么,她的笑容羞赧青涩。

"盛穗。"周时予走近,轻呼她的姓名。

他微微颔首跟她身旁的女生们打过招呼后,重新看向她:"久等了,抱歉。"

女生今天身着长裙,披肩长发随风飘动,比高中时的她多了几分少女的娇媚。

"没有没有,"盛穗连连摆手,"那个,我的室友也没吃饭,可不可以……"

"突然想起来,我们几个还要去买奶茶,"短发室友打断盛穗的话,拼命地朝旁边的两人使眼色,"你们吃吧,不用管我们。"

"就是就是,我们不重要,你们俩快去吧。"

目送女生们相互推搡着离开,周时予看向盛穗藏在背后的双手,温声问道:"和我在一起,让你感到很不舒服吗?"

他将盛穗护在里侧,不让她被路过的学生碰到。

"没有不舒服,"盛穗赶忙摇头否认,小声解释道,"我只是有些紧张。"

"嗯,我能理解。"

话音一落,他就见女生抬起头,眼中写满不可置信。周时予不禁失笑:"可能你看不出来,和你走在一起,其实我也很紧张。"

盛穗忍不住问道:"为什么?"

食堂里人头攒动,吵嚷声中,周时予低沉的声音仿佛闷闷回荡的沉钟,他说:"我担心是自己哪句话说得不对、哪个动作失礼了,还是买手机那次做错什么了,所以你才这么久都不联系我……"

"你没做错什么。"盛穗急匆匆地打断他,耳尖爬上点点粉红,"是我这两天太忙了,既要选课找教室,还要去参加社团招新,才没时间联系你的。"

周时予始终用温和包容的目光静静地看着盛穗:"所以,其实你也想找我,只是没找到合适的时机,对吗?"

单纯乖巧的盛穗连连点头:"是的。"

"嗯,那我们算是心有灵犀了。"周时予压下揉她的发顶的冲动,笑了笑,"去3号窗口吧,新生报到日那天,你说过想试试学校的红烧狮子头。"

她那样聪明,不会听不懂他话里的意思。

四目相对,漂亮的圆眼里写着不解,盛穗欲言又止,最终只点了点头,快步上前跟在周时予的身后。

排队时,接连遇到共事的学生会成员主动与周时予打招呼,他谦和疏离地微笑着颔首,并不主动搭话。

周时予对于在校内树立形象没甚兴趣,只是希望当盛穗想从别人口中了解他时,只会得到"平易近人"的答案。

原生家庭让盛穗对男性设防。周时予等待这么久,不过是为了确保他们的每一次见面都如他所希望的进行。

就好比现在,当宣传部部长向他问好后,随口问道:"周哥最近忙什么呢?这两天都见不到你人。"

"我在兼职给高中生辅导功课,"周时予罕见地回话,"家长希望我辅导全科,可惜我并不擅长高中语文,还在找搭档。"

他说自己语文不好是假的,缺搭档更是无稽之谈,借机找盛穗做搭档才是真正目的。

等宣传部部长离开后,餐桌对面的盛穗主动问道:"你刚才说的辅导兼职……有什么要求吗?"

"高考语文成绩在一百四十分以上就可以。"周时予清楚地记得盛穗的语文成绩是一百四十二分,便随便报了个数字,"报酬还可以,你要考虑一下吗?"

面对比市价高两倍的薪金,盛穗却面露犹豫:"语文一百四十分在魔都大学不算罕见，报酬也很好，为什么你会找不到合适的人选？"

女孩儿比他想象的更机敏，周时予将刚买的绿豆汤推给盛穗一杯，轻声说道："可能是因为，我希望那个人是你。"

他尝了一口绿豆汤，煮烂的豆子口感软糯："尝尝看，味道很像那天你请我喝的绿豆汤。"

盛穗用双手捧着塑料杯，低头小口抿着绿豆汤，几秒后忽地开口说道："有没有人和你说过，你这样说话，很容易让人误会。"

女生的声音闷闷的，她半垂着眸，让人看不清眼底的情绪，只有微微颤动的长睫暴露了她紧张的心绪。

几次相处下来，周时予越发觉得盛穗像是一只怕生的小猫，因为受过伤，所以总是小心翼翼的，每次刚从角落里探出头，下一秒就又缩了回去。

好在他拥有足够的耐心，乐于一次又一次地给予她安定感："或许并不是误会，如果你指的是'我非你不可'这件事情。"

自那天起，周时予每周一、三、五，下午四点半，会准时在教学楼下等盛穗下课，两人再一同乘坐地铁去被辅导的学生家里。

有关两人恋爱的传闻在学校里迅速传开，两位当事人对此都默契地闭口不谈。一个学期过去了，二人也没有任何逾越之举。

相伴的时间不会骗人，盛穗已然从最初的生疏客气，到现在养成了和周时予互道早、晚安的习惯。

但与此同时，周时予也清晰地感觉到，女孩儿仍对他有所保留。他隐隐有些猜测，耐心地等待着最后的那张窗纸被捅破的日子。

寒假离校当日，两人最后一次去补课。

周时予拒绝了邱斯等人的邀请，没有订回乡的机票。他整理好全部行李，和往常一样，四点半在老地方等盛穗。

傍晚时分下起鹅毛大雪，柏油路面上积了薄薄的一层雪，给夜色蒙上灰白的雪纱。

临行前，学生母亲送上姜茶和过年红包，感激地说道："小希的期末考进步了一百多名，多亏有你们。"

盛情难却，五分钟后，兜里塞着红包的两人站在别墅门口，无奈地相视一笑。

盛穗望着眼前的漫天飞雪，感叹道："好大的雪。"

补课时，周时予就发现女孩儿心不在焉。他拿起手中的灰色围巾，想为盛穗戴上。

盛穗一惊，向后躲去。

周时予长臂一伸将人拉近，温和却坚决地说："别躲。"

他用暖和的羊毛围巾罩住盛穗被冷风吹红的耳朵："耳朵冻伤会很难受的。"

盛穗没有抗拒两人近似拥抱的姿势，安静乖顺地被周时予裹在风衣中。直到周时予出声提醒，她才回过神来。

周时予知道盛穗心不在焉的原因。

和他一样，盛穗没有放假回老家过年的计划，而她在魔都唯一的亲人——母亲，则组建了新的家庭，那个家明显也容不下她。

某次和室友聊天，周时予得知盛穗寒假在老城区租了房子，那里环境治安堪忧，但胜在价格便宜，离她的实习单位也很近。

今天正式放假离校，学生们都迫不及待地回家了，本地的学生还有父母来接。对比之下，无家可归的孩子就更显凄凉。

各怀心事的两人同往地铁站走去。

临近地铁站的入口，周时予接到邱斯的电话，对方的大嗓门在清冷的街道上响起——

"你寒假真的不回去？学校不让住宿舍，你打算住哪儿？"

周时予淡淡地说道："我自己会想办法。"

"你小子别糊弄我！你租到房子没有？现在的房子可不太好找……"

周时予挂断了电话，迈上地铁的扶梯，朝盛穗歉然一笑："让你看笑话了。"

"不会。"盛穗摇了摇头，怔怔地望向前方，过了几秒，忽地说道，"你……今晚找到住处了吗？"

话一出口，她自己先慌忙否认道："我的意思是，寒假我也留在这边，如果你还没找到住处的话，可以带着行李先去我家吃饭，这样能有多一点儿的时间找住宿的地方。"

"好。"周时予笑容温和，"我的厨艺还不错。"

他没有提醒盛穗邀请男生回家共进晚餐所代表的含义,尤其是对她抱有好感的男生。

风雪交加,周时予让盛穗在男寝的一楼稍等片刻,自己上楼去取拉杆箱和背包。

五分钟后,他收拾完毕,下楼时看见盛穗乖巧地站在大厅里。她微垂着头,将半张脸埋在他的围巾里。

女生听见脚步声抬起头,四目相对,那双漂亮的圆眼忽地亮了亮。

周时予的心底一片柔软,他拖着行李上前:"久等了。"

离开前,他不忘和小屋里的宿管阿姨道别:"辛苦您等我回来,提前祝您新年快乐。"

"好好好,新年快乐,"宿管阿姨最喜欢性格乖巧的女生,捂着嘴笑道,"你的女朋友真漂亮,你记得好好照顾人家啊。"

盛穗张口要解释,周时予出声说道:"我喊的车已经到了,我们快走吧。"

盛穗租的出租屋是一室一厅,四十平米出头,一个女生独居还好,再加上周时予就立刻显得拥挤起来。

盛穗弯腰在鞋柜中翻找,最后拿出一双女式拖鞋,难为情地说道:"家里没来过男生,只有这个。"

"没关系。"

比起舒适度,周时予显然更乐见他是首位登门的男性。他踩着毛茸茸的拖鞋,评价道:"很可爱。"

看他半只脚露在外面,鞋子前面的猫咪挂件随着他的动作颤悠悠地点头,一旁的盛穗"扑哧"一声笑了出来。

女生纤瘦的肩膀微微颤动,她说:"嗯,跟你挺配的。"

周时予看她笑起来时唇边的酒窝若隐若现,说道:"今天还是第一次见你笑。"

盛穗嘴角僵了僵,转身将沾雪的外套挂在衣架上,背对着周时予轻声说:"可能只有和你在一起,我才能真正放松吧。"

出租屋是小户型开放厨房的设计,用吧台圈出做饭的区域,厨房里的活动范围十分有限。

盛穗不太会做饭，自觉让出主厨的位置。

周时予打开冰箱时，盛穗的身体僵住了。她沉默地看着他拿出食材，忘记了洗菜。

周时予用餐巾纸将牛肉擦干，侧着头看向水池，提醒道："盛穗，水溢出来了。"

盛穗忙关掉水龙头，低着头问道："你都看到了？"

周时予动作不停，镇定地反问："看到什么？"

"放在冰箱侧面的……药。"难以启齿的话被盛穗强行用轻快的语气说了出来，她笑容有些勉强，"药盒上写着胰岛素，你成绩这么好，不会不知道是什么吧？"

她像是终于卸下重担一般吐出了一口气，直起身靠着橱柜："我患有1型糖尿病。"

周时予放下餐巾纸，转身看向女生。

她抠着手指，陷入回忆般自言自语道："我小时候生病了，稀里糊涂地进了医院被抢救，之后就这样了。"

盛穗说得轻描淡写，而曾经撞见她被父亲虐待的周时予，再清楚不过那段时间她有多难熬。

"盛穗，"漫长的沉寂过去，周时予听见他沙哑的声音响起，"你知道我看见药盒的第一反应是什么吗？"

盛穗不解地问："是什么？"

周时予的视线扫过眼前的灶台，因为不常做饭，台面干净且略显空荡，只摆着一口炒锅。

"我想，下次再过来，要记得带上食物称重器。"四目相对，他看清盛穗眼底的自己，轻声说道，"下一次给你做饭时，我就能预先算好摄入的碳水化合物量了。"

超市送货员上门后，周时予大显身手，飞速完成了两荤一素一汤——火锅丸子炖鸡、三色炒虾仁、干煸四季豆，再加上胡萝卜玉米鱼汤。一时间，满屋弥漫着菜香，让人忍不住吞口水。

出租屋没有单独餐厅，两人决定去客厅的四方桌上吃饭。

将厨房收拾擦净后，周时予解下围裙，转身就见盛穗正举起手机，弯腰对着三菜一汤拍照。

她连续拍了几张还不够,坐下后又对着屏幕点来点去,像是在编写什么。

周时予眉梢微扬,拿出手机点开朋友圈,果然最上面的一条是盛穗刚发的。

盛穗:"雪天配美食。"

盛穗平时很少发朋友圈,上一条还是她入学后买手机那天,站在手机店门口拍的天空照片。

算起来,她的朋友圈的内容都和他有关。

念及此处,周时予心里一片柔软。他给盛穗的朋友圈点赞后便收起手机,朝客厅走去。

"我以前不知道你的拍照技术这么好,让我做的家常菜看上去都高级了许多。"

盛穗闻言一惊,下意识地想将手机收起来,仿佛做错事的小孩儿:"我没经过你的同意就拍了,可以吗?"

"这是我的荣幸。"周时予拉过塑料凳,坐在盛穗的右侧,"再说这桌菜本就是为你做的。"

他用公筷给盛穗夹起鱼块,柔声说:"你说你不爱挑刺,所以不吃鱼。这条鱼的刺我都挑出来了,你试试味道。"

"从下午到现在,我每次刷朋友圈都能看到别人在晒回家的第一顿团圆饭。

"我每一张照片都认真看了,却都没有点赞。"

热汤升起袅袅的白烟,模糊了盛穗的模样。她说话时带着哭腔:"我想,我可能是很羡慕的。"

盛穗用力地吸了吸鼻子,往嘴里扒了两口饭,眼泪大颗大颗地掉落。

周时予听见她喊他的姓名——

"周时予,你或许不相信,但你真的是这几年里第一个为我下厨做饭的人。"

盛穗抬起头笑了,被泪水浸湿的眼尾通红一片:"发朋友圈的时候我在想,看,我也是有人在乎和陪伴的。"

看着她伪装坚强的模样,周时予觉得自己的心脏好像被一只无形的手攥紧,连呼吸都有些痛。

他抬手帮盛穗拭去眼泪,掉落在手背上的泪滴将他灼伤:"只要你想,我会一直在的。"

两人心知肚明,彼此早已越界。

窗外漫天雪花飞扬,屋内,周时予将肩膀颤抖的珍重之人紧紧地抱在怀中。他轻轻拍着她纤瘦的背脊,恨不能将她融进他的身体,替她承受所有的苦难与委屈。

"穗穗,所有的不幸都已经过去了。"他一遍遍地重复着,比起安抚对方,更像是在下决心,"未来的路一定会是繁花似锦,我保证。"

那一晚,周时予没有离开。

晚饭后,窗外下起暴雪。

周时予第六次用手机打车无果后,一旁的盛穗轻声说道:"如果你不介意睡沙发的话,今晚在这里将就一下吧。"

女生的脸颊红了一晚。

周时予忍不住想:如果她像小兔一般生了双兔耳,会不会第一时间用耳朵来捂住脸。

总之,她怎样都很可爱。

半小时后,周时予走进卫生间。

盛穗刚洗过澡,窄小的封闭空间里水汽氤氲,弥漫着沐浴露淡淡的甜橙味香气。

鼻间满是她的味道,周时予望向水池上的两只杯子,里面各插着一支牙刷,蓝色的那支是盛穗给他准备的。

门被敲响,盛穗拿着热水壶站在门外,湿漉漉的长发披在肩上。她说:"水池只有冷水,你要洗漱的话,兑些热水吧。还有,架子上的白色毛巾,没有人用过。"

周时予依言看过去,一眼见到架子上的白色毛巾被几条淡米色毛巾包围着,十分显眼。

周时予的目光停在和白色毛巾相碰的另一条毛巾上,忽地笑了笑。

盛穗放下水壶,好奇地问:"怎么了?"

"你看它们像不像在牵手?"周时予指给盛穗看,幽幽地轻叹一声,

548

"我的毛巾运气比我好，可以牵到它想牵的毛巾。"

盛穗被他的强词夺理震惊到了，微微睁大眼睛，一时不知该如何反驳。

"毛巾怎么会想牵别的毛巾？"

周时予应答如流："你不是我的毛巾，怎么知道它不想牵？"

盛穗脸颊微微鼓起，显然不服气。她说："谁主张谁举证，按照顺序，也该你先证明。"

"那我认输，"周时予眼底带笑，欣赏着她较真的模样，沉吟道，"但我羡慕它是真心的，天地可鉴。"

…………

"水刚烧开，不要碰水壶的侧壁，会烫伤。"

关门声匆忙响起，将女生的后半句叮嘱拦在门外。出租屋内一时静悄悄的，唯有不知谁的心跳声震耳欲聋。

卫生间被特意收拾过，各类用品摆放整齐，水池上还专门空出一小块位置，供周时予放东西。

周时予没有乱动盛穗的物品，拿起她为他准备的白毛巾时，有一根长发悄无声息地缠上了他右手的无名指。

架子最上方挂着擦头巾，头发应该是从那里掉出来的。

他合拢手掌，关上灯，返回客厅后，在沙发上躺下。

枕头和厚被都属于一墙之隔的女主人，盛穗的气味将周时予整个人包裹住。

他耳边是窗外呼啸的风声，客厅里一片昏暗。周时予看向手中的长发，感受着发丝的触感。

胸口的躁动让人毫无睡意，不知过了多久，周时予在沙发上侧过身，拿出枕头下的手机。

周时予："晚安，好梦。"

他打字发送过去，这么做毫无意义，也并未期待盛穗会回复。

十几秒过去，他的手机突然振动了一下，对话框里跳出一条回复。

盛穗："嗯，你也是。"

周时予回复道："你还没睡？"

盛穗："嗯。"

盛穗："有点儿紧张。"

周时予隔着屏幕都能感受到对面的胆大坦诚，勾唇一笑："我也睡不着。"

他想象着女孩儿收到消息的反应，打下一行字："第一次在心仪的女生家里留宿，我想，我应该比你更紧张。"

盛穗很快回复过来："你不是我，你怎么知道我没有你紧张？"

还挺记仇，周时予被逗笑，不紧不慢地回应道："既然如此，欢迎盛同学来客厅测一测我的心跳。"

盛穗果断拒绝："我不去。还有，有没有人评价过，其实你这个人非常表里不一。"

周时予扬眉回道："你是第一个。"

盛穗发来惊讶的猫咪表情包："这说明你身边的人并不了解你。"

周时予："因为至今为止，我只在你面前展露过最真实的自我。"

盛穗没再回复。

周时予看着不断显示的"对方正在输入"，收敛笑意，将手机放到唇边，低声说："比起紧张，我或许会更害怕。"

盛穗依旧用文字回复："害怕什么？"

他说："害怕一切都是假的，害怕明天早上醒来，发现今天发生的一切都是梦。"

沙发长度不够，周时予不得不蜷起双腿。他拉过被子遮住半张脸，声音有些发闷："穗穗，我好像缺乏很多真实感。"

深夜唤醒了周时予在白日里隐藏得很好的欲望与脆弱，他终于还是失去了耐心，第一次亲昵地呼唤在心底存放了多年的昵称。

话音一落，他不是没有后悔，尤其对面长久地没有回应，每一秒的等候都如凌迟般煎熬。

好在善良如盛穗，没有让周时予等太久。

"周时予，今天的饭我很喜欢，谢谢你。"

女生刻意压低声音，轻颤的尾音暴露了她此刻的紧张："另外，你今天说的食物秤，我在网上看了半天也没找到合适的。

"明天你不忙的话，我们一起去商场买吧。"

连续发了三条语音后，或许是不知道该如何继续对话，盛穗匆匆用一条文字消息作为结尾:"我很困,要睡了,你也早点儿休息吧,明早见。"

周时予将这三句话反复地听,直到手机提示电量过低,才放下手机,闭上双眼。

那一晚,他做了一个很长很长的梦。

在梦里,周时予没有亲眼见到盛穗入学。他因为反复发作的心理问题不得不退学,很快便被送往国外治疗。

之后的近十年里,在盛穗的生活中,再没人提起过"周时予"这三个字。

梦境之真实,让周时予一度分不清真假。

他自认为擅长忍耐肉体与精神的苦痛,而当他孤身一人被囚困在四面惨白的病房里,连珍存在心底的爱人都被人怀疑是幻象时,却觉得自己好像是被摔碎的瓷人,哪怕日后用再金贵的材料、再高超的技术修补,本质也只是一堆碎片。

他漫长的一生里,将不再有盛穗的存在。

这个认知,让周时予连喘息都艰难起来。

"周时予?"

心脏因为跳动太快传来阵阵刺痛,周时予从梦中惊醒,他的后背爬满冷汗,好像是刚被人从水中捞出来一般。

他胸前起伏不定,耳边再次传来将他从泥潭中拉回人间的声音——

"你是不是做噩梦了?你一直在说梦话,还出了好多汗。"

身体如同年久失修的机器,周时予迟缓地抬起头,目不转睛地望着坐在他身侧的盛穗。

盛穗显然是被他的梦呓惊醒,连头发和衣服都来不及整理就赶了过来。她满眼都是关切:"你要不要喝点儿热水?我去给你倒。"

说着,她便站起身来。

"别走。"

周时予下意识地抓住盛穗的手腕,猛然将人拉到他的怀中。

"陪我一会儿吧,"他将头抵在盛穗的肩膀上,声音沙哑地说,"一会儿就好……"

话音未落,周时予感觉一双纤细的手臂攀上了他的背脊。

盛穗凑近了一些，抬手抱着他，耐心地轻拍他的后背："我不会走的。周时予，"大概以为他没听见，盛穗在他的耳边又重复了一次，"我刚才说，我不会走的。"

"嗯。"心跳逐渐平缓，周时予低声问道，"我睡觉做噩梦了，有没有吓到你？"

"没有。"搂紧他的小姑娘用力地摇头，"周时予，你不要害怕。"

她温热的拥抱与气味令他安心，周时予笑了起来："嗯，谢谢你的安慰。"

"这不是安慰。"盛穗结束了这个拥抱，望着周时予的黑眸，一字一板地说道，"虽然不知道你梦到了什么，但我听见你喊我的名字，让我不要走。

"我不会说漂亮话，但我真的很感谢你。"

穿着睡衣的女生不擅长说肉麻的话，耳朵发红，语气却很郑重："所以，只要你还需要我，我一定不会成为先离开的那个人。"

周时予久久地凝望着他至爱之人。

晨曦透过纱帘柔柔地落在她的肩上，点点碎光连成线条，一如此时他胸腔满溢的幸福，让人心生无限美好。

周时予若有所思地笑了笑。

他不会再是孤身一人。

他也能够拥有如童话般美好的圆满结局。

盛穗一头雾水，不放心地问他在笑什么。

"我就是有些苦恼，"周时予凑到她的耳边，"是应该先表白，还是应该直接吻你呢？"

盛穗一愣，反应不及，结巴道："这……这么突然……"

"穗穗，"他伸手将爱人抱进怀中，如过去千万次那般呼唤爱人的昵称，"我真的很高兴。"

周时予在盛穗的发顶落下一吻，再一次用力地抱紧怀中他的全世界。

"我觉得自己很幸运，所以感到很高兴。"

人间幸事，莫过于梦醒时分，身边仍是深爱之人。